有爱的青春陪伴者

清醒梦 上

随以 著

江苏凤凰文艺出版社
JIANGSU PHOENIX LITERATURE AND ART PUBLISHING

图书在版编目（CIP）数据

清醒梦：全2册 / 随以著. -- 南京：江苏凤凰文艺出版社，2024.2
ISBN 978-7-5594-7971-6

Ⅰ.①清… Ⅱ.①随… Ⅲ.①长篇小说-中国-当代 Ⅳ.①I247.5

中国版本图书馆CIP数据核字(2023)第166490号

清醒梦（全2册）

随以 著

责任编辑	王昕宁
特约编辑	蒋彩霞
责任校对	言 一
出版发行	江苏凤凰文艺出版社
	南京市中央路165号，邮编：210009
网 址	http://www.jswenyi.com
印 刷	长沙鸿发印务实业有限公司
开 本	880mm×1230mm 1/32
印 张	19
字 数	623千字
版 次	2024年2月第1版
印 次	2024年2月第1次印刷
书 号	ISBN 978-7-5594-7971-6
定 价	62.80元（全2册）

江苏凤凰文艺版图书凡印刷、装订错误，可向出版社调换，联系电话025-83280257

目录 contents
·上册·

001 / 第一章　凛冬刺槐

018 / 第二章　早春邂逅

035 / 第三章　春意蹉跎

062 / 第四章　宇宙浪漫

079 / 第五章　天台有雨

116 / 第六章　夏日蝉鸣

144 / 第七章　新年快乐

178 / 第八章　如梦初醒

208 / 第九章　风华正茂

232 / 第十章　颠倒虚无

251 / 第十一章　有梦可做

271 / 第十二章　无比热烈

299 / 第十三章　夏日沉溺

目录 contents

· 下册 ·

315 / 第十四章 清醒梦境

343 / 第十五章 是在一起

363 / 第十六章 暗恋荆棘

386 / 第十七章 双向喜欢

409 / 第十八章 明目张胆

437 / 第十九章 礼尚往来

457 / 第二十章 绕过山巅

471 / 第二十一章 偏爱炽热

478 / 第二十二章 凛冬散尽

490 / 第二十三章 金凤玉露

502 / 第二十四章 春盛是你

515 / 第二十五章 一揽芳华

522 / 第二十六章 校服婚纱

537 / 第二十七章 尘嚣过往

550 / 第二十八章 长阶重逢

567 / 第二十九章 倦怠明媚

579 / 第三十章 清醒梦境 无人是你

591 / 番外 前方到站：心岛

第一章

凛冬刺槐
qingxingmeng-

> 人一旦悟透了，便是没有了逢场作戏的兴趣，这场冬夜烟火，到底还是只有我一个人看。
>
> ——《刺槐》

电梯门"叮"的一声，缓缓向两边移开，庄晏清抬起头，黑色帽檐下眸色疏冷。外庭的风灌进来，掀起散落在肩上的碎发，露出巴掌大的小脸和如雕琢般精致的轮廓线。

她目光落在门口摆放得东倒西歪的高跟鞋上，弯腰拾起归置在一旁的鞋架上。推门而入，空气里弥漫着一股淡淡的白柚香气。

"怎么这么晚过来了？"

庄晏清脱下外套，将路上折成心形的电影票随手丢进了玄关架上的透明玻璃瓶里，发出细微的声响。

莫宝贝站在客厅中心，闻声回头，见庄晏清投掷电影票的动作，无奈地双手抱臂："又去看午夜场？"

庄晏清心口轻微起伏，摘帽子和口罩的动作一顿，淡淡"嗯"了一声："睡不着。"

"哈？"

这是什么话？

是谁下午结束工作的时候就和她说很困，要补觉的？

走近瞧见刚点的凛冬白柚，庄晏清挑眉："你大半夜过来，总不会是来试香的吧？"

这凛冬白柚是新款，市面上还没有推，岑翎拿过来的时候莫宝贝正好在场，兴许早就惦记着了。

"哎，你之前同意我试的。"

莫宝贝食指一指，生怕庄晏清反悔不承认。

"我也没说不可以。"

庄晏清走到沙发旁坐下，拿起放在一旁的发圈随意绾起长发，视线落在桌面上那屏幕还亮着的平板上。

"你在看礼服？可之前不是已经定了？"

"是，可我后来想了想，跟萧北淮一块走红毯，这礼服要是选得和任南熹的气质再贴靠些，印象会更好？保不齐还能出话题先来波预热？"

任南熹，是庄晏清刚敲定的新电影《清醒梦》的女主角。

"你的眼光一向很好，我不担心。"

"行，那我去谈。"

莫宝贝收起平板，挪了挪位置贴近庄晏清。

"《刺槐》的剧情都倒背如流了吧？人家上亿票房，你贡献的就不止一个零头吧？消停点姐姐，你再这么看下去，没准哪天就真被拍到了！"

被戳穿心思的庄晏清眸底闪过一丝不自然："知道啦，我很小心的。"

庄晏清每次都是选午夜场，但帽子和口罩也都戴得紧紧的，这点分寸还是有的。

莫宝贝还想说什么，手机响了起来。

庄晏清如释重负，忙转移话题："言四？来催你回去了？你快走快走。"

"不是。"莫宝贝喉咙收紧，倏地收起笑意，"是公司。"

庄晏清的表情流露出诧异。

莫宝贝却按住了她的肩，皱眉道："你该不会真的被拍到了吧？"

闲庭。

大饼打来的电话响了第五遍后，萧北淮终于接听了，漫不经心地摁了免提丢到一旁，又躺回到床上，骨节分明的手指懒散地搭在额间，嗓音低沉："有事？"

新剧杀青，工作告一段落。

从横城回来后，萧北淮就直接在家补休，他提前打过招呼，休假期间不接任何工作电话。大饼这火急火燎一直打电话也是冒着挨骂的风险，但能怎么办呢，他也只是个平平无奇的打工人啊。

大饼惴惴不安地传递着网上炸开的消息："有营销号曝光了《清醒梦》的选角消息。"

男人旋即睁开眼，声线里的散漫淡了几分："然后呢？"

大饼做了个深呼吸才继续往下答："粉丝对庄晏清进行了抵制。"

"抵制？"

指尖倏地用力，上挑的眉尾失去了原本最后一抹懒意，男人的声音在偌大的空间里更显肃冷，空气中莫名静了一瞬。

大饼大气都不敢出，好半响才试探性地解释："也能理解？毕竟老板你刚和影后合作完，结果下一部戏就和新人搭，粉丝心里难免会有落差，觉得是被资本拉去捧新人。事业粉都盼着你下一部戏能遇上演技更厉害、口碑更好的老师。可现在……"

"呵。"

因萧北淮这一声冷笑，大饼吓得赶紧噤声，气都不敢出。

萧北淮掀开被子起身，简约的黑色丝绸睡衣下遮挡的是一股子禁欲和性感，敞开的领口隐约可见胸肌线条。

男人的嗓音一如深夜般沉静，乌眸里却无半点情绪："你的意思，是觉得庄晏清没有演技，因为是新人所以不能合作？"

毫无防备听到这样的质问，大饼汗毛竖起，说话都跟着不利索了："也、也不是这个意思……反正现在的情况就是粉丝一众抵制庄晏清，觉得她就是资源咖。仗着背后有人捧，净拿好资源，就指望着你来带红。"

一口气说完，大饼声都不敢吭，伸头是一刀，缩头也是一刀，反正是一死，不如把话全都说完。

"老板？"

过了几秒无人回应，大饼出声。

回应他的是一声毫无预兆的"嘟——"，通话被挂断了。

得，生气了。

挂断电话后，萧北淮点开微博，不忘确认一眼登录的是不是小号。他低垂着双眸，微凉的视线极快速地划过屏幕上那些字眼。

首页没有想象中铺满话题的浩大声势，但关注的几个营销号都发了与《清醒梦》有关的内容。文案都差不多，就是公布选角消息，顺便科普一下庄晏清，看得出来有通稿的痕迹。

配图是庄晏清出道前拍的一组写真，也正是这组照片让网上掀起热议，让大众记住了这张脸。

她可以是白月光，也可以是野玫瑰。

芸芸众生，顾盼流转，像冬日路旁难得一遇的野玫瑰，不久住人间。

时至今日，还有粉丝在微博下面刷这条评论。

《清醒梦》若是由庄晏清来饰演女主任南熹，路人觉得在剧情未公开的前提下，单凭颜值和上一部作品的表现，搭档萧北淮也不是不可以。

银幕早就该有些新小花来露脸演女主了，不然总是那几张脸，来来回回地搭配，久了也腻。

再者，比起那些选秀出身中途却跑来演戏，空有颜值没有演技的流量来说，庄晏清起码还有拿得出手的作品？

但萧北淮的粉丝却不是这么认为的。

…………

看了几条热评，萧北淮便退出该页面，此时，顶部弹出一条新推送：

△爆料！庄晏清深夜独自到电影院支持萧北淮新剧！

男人喉结滚了滚，清俊的脸庞上出现了一丝不受控制的情绪变化。

八卦上的图片非常模糊，女生还戴着帽子跟口罩，就这都能看出来是庄晏清，说狗仔是铁粉估计都有人信吧？

果然，点开评论区就见有人在问，这么模糊怎么能看出来是庄晏清？

萧北淮扯了扯嘴角，别人不清楚，但他敢肯定，那就是庄晏清。

他眸光里有一丝难以言明的复杂与缱绻。对于她的背影，他太熟悉了。

评论底下有人回帖，晒出一张截图证明，百丽宫影院里符合那个时间点播放的影片，就只有《刺槐》。

爆料一个接着一个，为了证明那个身影真的是庄晏清，网友们铆足了劲，争当"福尔摩斯"。网友们开始比对各种机场路透，从身形、走路姿势和衣服穿搭进行分析，还有人跳出来说，当晚在百丽宫的确有看到庄姓明星，当时还有想过上去要签名合影的。

不到半个小时，#庄晏清 萧北淮#话题热度一路走高，眼看着都要挤进前三的位置了。察觉异样，萧北淮重新点进关联话题，看到的第一条微博内容便是营销号发的电影定角消息。

配图是他和庄晏清的照片。

视线在那张配图上停留了许久，久到差点将它误认为是一张真正的合影，萧北淮收回视线，抬手摁了摁眉间，合眼沉思。

她本就好看，进了圈后更甚。

像不再藏于云后的星辰，落在尘世眼中，越发耀眼。

不容他多想，营销号的评论区已有上千留言，热评前三如出一辙，都在说庄晏清是倒贴上位的资源咖。

热搜页面往下拉，不管微博内容是什么，评论的风向皆一致指向庄晏清。

萧北淮掀起眼皮，指尖敲着手机背面数下后，径直拨通了经纪人凯恩的电话。

"阿淮？怎么，不是说这几天是勿扰模式？"

主带的艺人休假，经纪人凯恩也趁此机会调休，手头上的事务都交给了大饼来处理，若非重要紧急事情，萧北淮不会直接联系她。

"我和庄晏清上了热搜。"

如沉金冷玉般的嗓音响起，看似在说一件很普通平静的事情，实则暗藏的情绪汹涌。

凯恩了解他，不敢轻视："嗯？因为《清醒梦》选角消息？"她猜这个节骨眼，应该和这件事有关。

"嗯。"

萧北淮倚靠在窗边，身姿颀长慵懒又散漫，微合上眼，除却捏着窗帘的手指在用力，无其他地方流露出情绪。

"本就是营销号一个小爆料，但有人趁机买了热搜对庄晏清进行拉踩，大饼应该没这个胆子，你帮我查一下？顺带撤了热搜。"

凯恩："嗯……我看一下，晚点给你回电话。"

睃了微博一圈，凯恩心中大致有数，如萧北淮所料确实是有人从中作梗，没忍住暗骂一句，调出列表里的电话拨了过去。

　　"正要联系你呢。"

　　赵科的声音听上去很是愉悦，这会儿，他正拿着平板得意扬扬地看数据。

　　托这波营销的福，萧北淮以往的作品和演技口碑又被翻了出来，热度上了几分。

　　"赵总，萧北淮和庄晏清的话题，是你买的吧？"

　　赵科未曾察觉她的情绪，嘴角随即往上扬："你看到啦？评价呢？看见了吗？青年演员中少有的剧抛脸，夸北淮演技好呢。"

　　"赵总。"凯恩没好气地翻白眼，"您想买热搜可以，但为什么要拉踩人家女演员呢？"

　　见凯恩是来兴师问罪，赵科语气一下就变了，弹了弹指尖的烟灰，漫不经心道："我怎么就拉踩了，那不是实话吗？从一开始我就不希望萧北淮接这部电影，图什么？我给他揽了那么多资源，和光里谈了那么好的真人秀，还是常驻嘉宾！你说推就推，结果转身却给他接了一部文艺片。还人情也不是这么个还法吧？现如今大银幕的环境，文艺题材的十部九扑，前面攒得那么好的数据，你怎么就不知道慎重点？"

　　萧北淮是谁？是他月川的王牌。

　　光里平台那个真人秀，可是年度"S+"级别的大综艺，下了血本的。

　　光他知道，就有好几个一线艺人在争那仅有的几个常驻嘉宾位。而萧北淮，是人家总导演看上的，亲自来问的。

　　结果呢，就因为一部爱情题材的电影，生生推了这么好的机会。

　　凯恩无奈："我不都和您解释过了吗，北淮的定位就是演员，不接戏跑综艺算什么？再有人气那也不能成为代表作，也成就不了名角色。"

　　"是啊，那我不都已经接受了你们的选择了吗？但女主的选角什么意思？不求咖位多大，可也不至于去带天寰的新人吧？她也不掂量看看自己几斤几两，真以为背靠大树好乘凉呢，这么上赶着贴我们家。"

　　摊上这么一个老板，凯恩真觉得有备一备速效救心丸在身边的必要，保不齐哪一天就得被气晕过去。

　　"热搜我已安排撤下了。"凯恩语气凝重，"赵总，庄晏清她不是普通新人，天寰这么捧她并非偶然，这次我会主动去道歉处理。若再有下次，别怪我没有提醒您,公司有今天不容易,切莫因小失大。"

赵科气急:"你……"

凯恩却连听都不想听,直接打断:"您先忙,我不打扰了。"说完,径直挂了电话。

阴雨连绵,水滴砸在老旧的窗棂上,滴答作响。

"之"字形楼梯只有一盏昏暗油灯,随风摇晃着,光影照在墙上,映出斑驳痕迹。

一阵阵阴冷伴随着"呼呼"风声拾级而上,像匹在雨夜中吞噬一切的恶狼。

庄晏清双手提着裙摆,脸上写满急促与不安,发丝凌乱。她不顾一切往上跑,可这楼梯像是没有尽头一样,一层接着一层,永远望不到顶。

忽然,她脚下踏空——

"啊!"

手里的苹果脱手掉在了车毯上,滚了滚,彻底不能吃,莫宝贝拿苹果的动作还停留在半空中,愣愣地看着。

才刚咬两口啊!

而一旁的始作俑者,正惊魂未定,紧紧抱着小被子大喘气。

"怎么了这是?"

在车里打个盹的工夫,是做噩梦了?

庄晏清捂着胸口平缓,伸手讨要:"水……咳咳……"

顾不上捡苹果,莫宝贝先把水壶递给庄晏清,见她拧开瓶盖仰头"咕咚咕咚"连着几口,忙劝慢点。

"你这是在梦里跑了八百米吗?"

缓过神来的庄晏清,靠着椅背调整呼吸:"跟八百米没区别,穿高跟鞋,跑三十层楼梯都不止,还不能停,最后一脚踩空摔了下去。"

莫宝贝皱起眉,果断道:"上火了,活动结束后喝杯凉茶清清燥热。"

"上火?"

"凡是一沾枕头就做梦,梦里还被人狂追,不停奔跑,怎么都醒不来的那种,一律归为上火征兆。"

莫宝贝抽过纸巾,弯腰捡起地毯上的苹果扔到一旁的垃圾袋里,补充解释:"这都是我嫂子和我说的。"

庄晏清"哦"了一声，视线落在窗外的林荫大道，黄昏下，树影婆娑闪着光，晚风缱绻。再过不到一个小时，取代这短暂美丽的便是灯火与喧嚣。

莫宝贝："昨晚没休息好？"

庄晏清："嗯。"

莫宝贝又试探性多问一句："不会还因为那些评论在生气吧？"

"啊？"庄晏清愣了片刻，这才反应过来莫宝贝指的是什么，笑道，"不至于。"

和萧北淮的热搜，都是人为创造的，这点一开始庄晏清就知道。

她眼里的状态还算很平静。从决定进入这行开始，庄晏清就反复提醒过自己，一定要有颗坚强心脏，不能被舆论推着走。

当然，她也不是毫不在意，毕竟那个人是萧北淮。

想到他，窗外的晚风犹如穿透车玻璃卷入她的内心，带起一层涟漪。只要一想起那个人，心里总会泛起五味杂陈的感觉，可凯恩都亲自打电话来解释了，总不能还挂着张脸阴阳怪气吧？

不管怎么说，接下来还要合作，庄晏清不想把场面闹得太尴尬。

"我都和你说了，别再去看《刺槐》，不值得！你看看萧北淮那破团队，做的什么事啊，还买水军踩你。"

提到这儿，莫宝贝就来气，一时有些控制不住就当着庄晏清的面吐槽，这种男人还要来干什么，扔了算了。

"凯恩姐不都已经道过歉了嘛，说了是失误。"庄晏清拉着莫宝贝的手撒撒娇，"这事就算过去了。"

"一遇上萧北淮，你就心软好欺负。等着吧你，以后有你哭的。"

要不是还有时尚盛典的事情要忙，没工夫搭理这种掉价的操作，否则，以莫宝贝的性子，早就十倍百倍奉还了。

"我不会的。"

庄晏清低垂的眼睫轻颤了一下，这话，她也不知道是说给莫宝贝听，还是说给自己听。

偏头看向窗外，车子已驶入山岛内环，满眼郁郁葱葱，光线透过树荫缝隙落下，不是那种刺眼的明亮，伸手贴在车窗玻璃上，还能感受到暖意。

"天气真好，拍片一定很好看。"庄晏清忍不住道。

盛典定在山岛的W酒店，团队提前一天出发，就是因为安排了造型拍摄。

这年头，一有什么线下活动，比走红毯拿奖还要重要的就是这造型图。

论妆发，说造型，最后还要比一波工作室出片的速度和质量，能不能抢先占据热榜全靠它。

这点，莫宝贝惯是不担心的，要知道庄晏清当年就是凭借一组港风写真出圈。虽说也有公司在背后营销，但"自来水"口碑还是占很大一部分。

就庄晏清这颜值和身材，哪怕随便拍拍都是大片程度。更何况，这次盛典造型图的掌镜，还是蒋昼——

善于利用小道具与光拍出人物与景色相融的大片，是圈内顶有名气的新锐摄影师。

巧的是，蒋昼和言安是发小，多了这层关系，蒋昼和莫宝贝的合作也日趋增多。再说了，谁不喜欢给美女拍照片呢？

"蒋昼那边已经准备好了。"

莫宝贝垂眸回消息，边通知里头换礼服的庄晏清。

"我也好啦。"

帘子拉开，庄晏清提着裙摆走出来："现在过去吧？"

闻声，莫宝贝堪堪抬头，深吸一口气——

"美女，性别可不可以别卡那么死？"

庄晏清忍着笑，走上前去微微俯身，抬手轻捻莫宝贝的下巴："如果对方是你的话，我姑且可以考虑一下。"

莫宝贝做惋惜状："可惜有点晚了，在下家里还有糟糠之夫，不忍舍弃。"

"行了吧你。"庄晏清转而轻拍莫宝贝的肩膀，"要让言四听见你说他是糟糠之夫，还不气死。"

"他敢。"

莫宝贝斜挑了一眼，顺势牵起庄晏清的手，仔仔细细打量了这身衣服："当初是为了能和女主角气质贴靠才换了礼服，可如今看这穿上的效果……"

莫宝贝满意地点头："简直就是任南熹本熹！"

时间差不多了，莫宝贝催促小助理们赶紧收拾东西下楼拍片。庄晏清一共有两套礼服，现在这套纯白色缎面低调雅致，是红毯造型。

另外还有一套抹胸长裙勾勒身姿曲线，是盛典主造型，裙身缀满羽毛，摇曳鱼尾裙摆带有繁星碎钻。

每一步都似仙子下凡,人间罕有。

两套造型,要抓紧时间多拍几张才行。

暮色四合,落日被无限拉长,温柔的橙红色映在庄晏清的双眸里,一颦一笑里,更显浪漫夺目。

莫宝贝接到凯恩打来的电话,才知萧北淮也提前过来了。

"我们正在酒店空中花园拍造型,要不提前拍一组红毯照?"凯恩提议。

莫宝贝手指轻敲了下手肘处,目光望向不远处专心工作的庄晏清,笑了笑。

"凯恩姐,恐怕不太合适。要不是明儿厘导也在,这合体走红毯已经定下。不然,我都想和你商量着取消呢,热搜刚撤,避嫌为好,免得以后影响了大众对作品的第一印象。"

凯恩显然没料到莫宝贝会拒绝得如此果断,一时有些反应不过来。

"这样……没关系的,我也是本着和你们商量的态度来问一句,瞧着今日这天色着实好看,若能拍一套室外红毯照,指不定明天还能有个头条。"凯恩说得轻松,仿佛被小辈拒绝算不上什么事儿一样。

莫宝贝也不接话茬,开玩笑,她家缺个头条吗?

"很好,收工了!"

蒋昼喊了一句,莫宝贝抬起头,匆匆结束和凯恩的通话,示意旁边的小助理赶紧把外套送过去。

"辛苦大家,谢谢。"庄晏清捂着胸口弯腰同工作人员打招呼,看向蒋昼,"蒋哥,一起吃晚饭?"

蒋昼垂眸检查相机上的照片,声线很平静:"不了,你这组图明早就要出,我赶时间修片,吃饭等下次吧。"

庄晏清:"那好,辛苦你了蒋哥。"

蒋昼:"客气。"

"结束啦?"莫宝贝快步走来,"蒋大摄影师,今儿发挥得怎么样?这老天可帮了你大忙,多美的落日晚霞,跟大师级的油画似的。"

蒋昼收拾好相机,背起包:"放心,不会让莫大小姐你失望的。"

莫宝贝:"这就要走了?不一起吃饭?"

蒋昼:"修片,除非你们不想明早抢第一波工作室出图。"

一听这话，莫宝贝立马恭敬让开身："您请。"

蒋昼看了她一眼，淡笑摇头。

等人走了，莫宝贝转头看向庄晏清："萧北淮也提前过来了，凯恩刚给我打电话，问要不要一块拍个室外红毯LOOK。我拒绝了。"

庄晏清嘴角弧度微微收敛，挽着莫宝贝的手往回走："嗯，不拍。"

△春和景明，波澜不惊。日落大道，浪漫无垠，今夜是@庄晏清 观澜奇遇。
#观澜时尚盛典红毯造型##庄晏清羽毛繁星鱼尾裙#

次日早上九点整，工作室发布庄晏清盛典造型图，一经传播，反响热烈。…………

不止网友盛赞，许多大V也对这套图进行了转发，纷纷称庄晏清为春日女友，就该多参加这种活动，多出造型，多拍照片。

有她在，便是过春天。

庄晏清本人对这两套整体搭配也非常满意。

她行程安排不算拥挤，有时间慢慢拍，留给蒋昼处理照片的时间也够长，所以呈现出来的效果自然是最好的。

"到了。"

车子抵达活动现场，庄晏清在工作人员的指引下先行到嘉宾室休息。莫宝贝和团队小伙伴在对流程，庄晏清便坐在长沙发上玩手机。

没过多久，外头传来一阵喧哗声，庄晏清懒懒抬眸，凝神细听，似是听到了"萧北淮"三个字。

精致的五官下，神色有些微动，她转而看向莫宝贝，目光猝不及防地对上。

"他应该……"

"咚咚咚！"

敲门声打断了莫宝贝未说完的话。

庄晏清眼尾挑起，理了理身上的长裙，不急不忙坐直身，这才示意小助理把门打开。

门口站着的，正是萧北淮，还有经纪人凯恩。

莫宝贝扯了扯嘴唇："凯恩姐。"

"哎哟，宝贝，正找你呢。"

凯恩和庄晏清挥手打了下招呼，便亲亲热热地挽住莫宝贝的手，让她一时有些反应不过来。

"哎呀，我前段时间休假了，这盛典红毯流程都没弄清楚，我们对一对？还有刚刚，我看见厘导了，你先陪我一块过去打声招呼？"

"啊？"

对什么流程？

莫宝贝一下没站稳，整个人直接就被凯恩拉了出去，回头时正好瞧见庄晏清急急忙忙起身："我，不是，晏晏……那个……"

庄晏清："宝贝！"

"就是对个流程，顺便和厘导见个面，凯恩不会把她卖了。"

清冷的嗓音宛若屏障，隔开了庄晏清和莫宝贝，这段短暂姐妹难分难舍的小剧情也就此作罢。

萧北淮弯腰捡起莫宝贝落在地上的排表，递给一旁的小助理，仅一个眼神，对方立马意会。

"清姐，我去帮你买咖啡。"说完，小助理迅速躬身低头，不敢多看两位一眼，上演三十六计走为上计。

门"砰"的一声关上，速度快得庄晏清都来不及说什么，人像是被定在了原地。

这下，屋子里只剩她和萧北淮两个人。

她的目光从他乌眸移到削薄的唇瓣，再到那身裁剪得体，将他颀长身形勾勒得淋漓尽致的西装，袖腕处的袖扣在灯光下反射出低调又奢华的光。庄晏清藏在裙后的手指微微攥紧。

许久未见，他的气场又强烈了几分，明明已经提醒过自己，已经做好准备，可再见面，心湖仍旧会不受控地泛起涟漪。

庄晏清努力稳住情绪，装得客套且生疏："萧老师好。"

萧北淮迈开长腿走到沙发前，瞥了她一眼，喉结上下滚动："不叫我'淮哥'了？"

庄晏清一怔，心不受控制地猛跳，如擂鼓般一下下撞着胸腔。

她极少用这个称呼，基本上都是在和闺密喝酒闲聊时开玩笑用的。

他粉丝中就有这么叫他的人，而自己当初不过是代入"多年铁粉"的身份喊一声淮哥，本人怎么会知道？

"怎么不说话？"

萧北淮又往前逼近一步。

伴随嗓音里低沉又带着些戏谑传来的，还有他身上的香水味，佛手柑的清冽与木调的冷夹在一起，宛若张嘴猛兽，瞬间可以将她吞噬。

庄晏清下意识后退，脚后跟撞到了沙发角，没站稳又跌落至沙发。

"你……"

她慌乱之下仍不忘把脊背挺直。

"许久未见，就这么怕我？"

萧北淮收回下意识想要拉住她的手，眼底闪过一瞬失落，但很快又被温润笑意所遮掩："待会儿就要一起走红毯了，你确定对我要一直这么防着？就不怕媒体看出什么来？"

庄晏清抿了抿唇，小声道："我没有。"

"是没在怕我，还是没在防我？"

萧北淮随意坐在沙发扶手上，熨帖的西裤衬得腿笔直修长，他俯下身，嗓音将一切久别重逢的复杂情绪都压了下去："听说你接《清醒梦》，是因为有我的银幕初吻？"

"你有病吧！"

庄晏清脱口而出，骂完，只觉得话与自己形象有所不配，但要收回却已经来不及了，漂亮的脸蛋又气又尴尬。

"我的意思是我接戏和你那什么……没关系！纯粹是因为团队好，剧本也好！"

"哦。"萧北淮嘴角微微上扬，但很快便恢复如常，"没有就没有，解释一下即可，骂人做什么。"

庄晏清唇色被咬得更红了。

"前些天热搜的事情，我欠你一个道歉。"萧北淮蹙眉，嗓音沉敛，"对不起，是我团队擅作主张，买错了热搜。"

庄晏清没料到他会主动提及这件事，是因为爱惜羽毛，所以才急于撇清绯闻？

想到这儿，她敛眸咽了咽口水，压下心中翻涌的情绪，组织语言："我不至于被那些评论影响了判断，的确，和你相比，我在这圈里只能算是新人。但新人不代表就没有诚意，没有演技。新人也需要机会，我会努力向那些人证明，我庄晏清和你萧北淮搭戏，是势均力敌，是互相成就，而不是拉你下神坛。"

萧北淮静默片刻，开口："晏晏。"

"嗯？"

方才那几句话，已然抽空了庄晏清八九分力气去塑造冷静淡定的假象，这会儿有些慌神了。

她竟没有察觉萧北淮叫自己时用的称呼，是晏晏。

"你有诚意，有演技这点，我相信。"

萧北淮手搭在膝盖上，浑身泛着一丝慵懒的劲儿，问："但你能不能解释一下，午夜场去看《刺槐》是什么意思？"

庄晏清瞳孔骤缩。

她万万没想到，萧北淮竟然还注意到这个细节，她浓翘的眼睫毛微颤了下："什么什么意思？我只是想去看一下未来搭档的作品，了解一下他的表演习惯。"

视线有片刻模糊，庄晏清赶忙垂下眼，避开萧北淮的目光，手指扣住，指尖掐紧："传绯闻并不是我的本意，我知道萧老师你的理想型，是像靳老师那样的，和我……"

"你在说什么？"

萧北淮微蹙眉，打断了庄晏清的话。

他下意识地逼近，让庄晏清有种错觉，生怕下一秒就会听到一些不想听见的话，心里的妄念被直接宣判死刑。

想到这儿，她瞬间扮柔弱，眼眶泛红："我……"

萧北淮注意到了她快速转变的情绪，愣了一下，复又眯眼问道："你委屈什么？"

庄晏清还是咬着唇。

萧北淮叹气，不自觉地软下嗓音："我只是想正式澄清一下，我的理想型不是靳白雪那种。我和她之间……"

他停顿了一下。

庄晏清倏地抬眸。

"不是你看到的那样。"犹豫半天，萧北淮挤出这样一句话，似是意有所指，"在这个圈里，若非足够强大，便会有许多不得已。总而言之……"

他望向庄晏清。

因这一眼，庄晏清的心脏跟着短促地跳了一下："什么？"

萧北淮勾了下唇:"你不必拿自己与她作比较。"

"作比较?"庄晏清怔了片刻,陡然回神,"你胡说八道什么……我才没有拿她作比较,有什么好比较的!"

萧北淮低头笑了一下,重新坐直了身子:"你急什么?"

庄晏清不想再和萧北淮说话了,怕再说几句会忍不住暴露自己的心思,到那时,若被直接拒绝,岂不是太丢面子。

红毯还走不走了?

《清醒梦》还要不要合作了?

"关于我的理想型……"

话音在他薄唇间若有似无,变得极为暧昧。

不知道是不是错觉,庄晏清总觉得萧北淮在说这话时,看她的眼神怪怪的。

很……温柔?

甚至深情?

总之和从前完全不一样,她一下就紧张无措起来。

萧北淮观察着庄晏清脸上的寸寸表情,她的脸颊似比他刚进屋时瞧见的,又红了些。

"嗯……"

他喉结滚动了一下,像短时间内与自己妥协,心结全解。

"和你一起走红毯,是我主动要求的;让你演《清醒梦》的女主角,是我推荐的;每年的新年烟花,也是我亲自拍的;晏晏,我还要表现得多明显,你才能察觉到?"

庄晏清愕然,一颗心被提至喉间,太阳穴一阵一阵地突突跳。

视线不自觉落在眼前的男人身上,他说的话像是一根芦苇,轻飘飘地撩到她的心,又还试图将她整个人从沉溺的情绪中捞起。

气氛一时有些微妙,直到门口传来了凯恩和莫宝贝说话的声音,萧北淮犹豫了一下,终是起身。

只见他往门口走了几步,又忽地停下,静站数秒后偏过头回视,声音缓慢又清晰:"没有打乱你思绪的意思,你也可以不接受。"

不接受什么?

脑子混乱如糨糊,庄晏清还没来得及问,门从外面一下拉开。

莫宝贝撞上萧北淮，吓了一跳："站在这儿做什么？门神吗？"

凯恩率先察觉到休息室里异样的气氛，不动声色地拉过萧北淮，佯装思考："C家不是拿了一套珠宝配饰过来，怎么没搭配？漏掉了？赶紧回去戴上，免得耽误待会儿的红毯。"

说完，她又笑着和莫宝贝她们打招呼："那晚些时候见。"

莫宝贝："嗯，萧老师，凯恩姐，慢走。"

门关上。

莫宝贝环视四周："嗯？娅娅哪儿去了？"

庄晏清没回答，还愣着坐在原位。

莫宝贝这才瞧出她的不对劲："怎么了？和萧北淮聊得不愉快？方才你都没和凯恩打招呼。"

走近打量庄晏清脸上的表情，莫宝贝倏地瞪大眼："你这腮红怎么回事，怎么跟猴子屁股一样？"

"宝贝。"

庄晏清轻皱着眉眼，抬眸定定地看向莫宝贝。

后者都被她看麻了，不适应道："怎么了，这么看着我？"

庄晏清毫无铺垫，陡然笃定道："萧北淮疯了，要么就是，我疯了。"

莫宝贝彻底蒙了。

不是，她就出去个十来分钟，这间屋子里到底发生什么事了？谁疯了，怎么就疯了？

还有庄晏清，这晕乎乎的状态还怎么走红毯？

莫宝贝直接探手往她额头上贴，又和自己额头温度对比了一下："没烧啊，怎么开始说胡话了？"

庄晏清摇了摇头，保持深呼吸后的样子一分钟，缓缓开口：

"如果我听力是十级，阅读理解是接近满分的程度，那么，我就没有听错，也没有理解错。"

莫宝贝幽幽地看着她，极有耐心地没打断她。

庄晏清绷紧了后背："萧北淮，好像在和我表白。"

不是吧？

没事吧？

真的吗？

莫宝贝感觉脑门上像实时弹幕一样涌上一堆疑问。

下一秒，庄晏清却泫然欲泣，红唇紧抿："可不对啊，一直在暗暗喜欢的那个人，不是我吗？"

暗恋有法则，可如今，好像有人把它打破了。

第二章

/

早春邂逅

qingxingmeng-

三月底，一路的黄花风铃木全开了，蓝天白云下，目光所及处的颜色都被衬得异常明亮。

庄晏清背着书包沿途观察着，长凳几乎都有人坐，看样子除了去操场的大台阶，也没有合适的早读位了。

要怪，就怪自己今天起晚了。思及此，庄晏清转身准备往操场走，忽然，目光落向一处——

好像有空位。

是校道拐角处的位置，盛大树荫底下还有一张长凳，隐在粗壮的树干后，不细看根本发现不了，加上路尽头又是生物园，学生们通常不往这边来。

转校第一天她就听说过，这生物园荒废已久，里面有个密闭的小屋子，还有个小池塘。传闻那里曾淹死过一个女学生，也不知道是真是假，加上园林里植物繁多，不太像有人修剪整理过，从外往里看，就更阴森了。

可也没得挑了。离第一节课还有不到四十分钟的时间，古文还差一大半没背，只要不用跑去大操场，坐哪儿都好。

庄晏清小跑着过去，绕过拐角处的树干，视野瞬间打开，步调却猛地一顿。

这里怎么还睡了一个人？

方才视线被树干挡了一大半，加上椅背又高，她根本没看见，还以为捡了个好位置，结果白高兴一场。在宿舍睡觉不好吗？睡在校道长凳上算怎么一回事？

庄晏清的目光落在男生身上，校服外套松松垮垮，拉链也没拉，一只脚半支着贴靠椅背，另一只脚耷拉踩在地面上。视线再度移到他脸上摊开盖着的课本，她上前几步，睁大了眼睛一看，《高中化学选修六》。

高三生？

这哪有半点毕业生的模样？没有争分夺秒的紧迫感不说，还一大早霸占长凳用来睡觉。

校章被耷拉着的衣领盖着，瞧不清是哪班的，又不知姓甚名谁，庄晏清空欢喜的心情一下被推到最高点，某个想法在大脑中一晃而过，速度飞快却也被她及时抓住。

这么喜欢睡觉？她偏不让他睡！

"老师来了！"

庄晏清一把掀开课本，当瞧清男生五官眉目时，刹那呆住。

怎么会是他！

萧北淮睡得正香，蓦地被吵醒，用来挡太阳的课本被拿开，光线刺眼得紧。他下意识抬手挡住，皱着眉，只看得清是一个女同学，还未来得及说什么——

"啪"的一声，课本又狠狠地砸落在了脸上，疼得他瞬间清醒过来，弹坐起身。

庄晏清哪承想会在这里遇见萧北淮。

对上那熟悉的眉眼，庄晏清的心猛地一跳，脑海里像是有根弦噔的一声断掉了。她来不及思考太多，只知道千万不能让他看见自己，想也没想就把手中的书又丢了回去，下一秒撒腿就跑。

"喂！"

萧北淮气急败坏地起身，书本掉落在地，砸起旁边的落叶，他顾不上捡，往前追了两步。

可那小鬼跑得也太快了，他一个起身的工夫，就剩下个背影，还有挂在书包上那晃得异常剧烈的公仔。

"百变小樱？"

萧北淮眯了眯眼，表情冷淡，抬手不耐烦地拨弄了一下后脑勺的头发，弯腰捡起掉在一旁的课本。

庄晏清从未跑得这么快过，校考八百米要是有这速度，未必会被老师抓去补考。她一路无视他人目光,也不敢回头看,三个台阶两步迈上,直到闯进教室后门,她差点瘫坐在地板上。

安静的早自习被这慌乱的脚步声和急促的呼吸声打断,同学们纷纷往后看了眼。

岑翎放下课本,起身小跑到庄晏清面前,扶住她,又瞥了眼墙壁上的挂钟。

"离打铃还有半个小时,你跑什么呀?看错时间了?"

庄晏清挥了挥手,喘着气说不上话,一大早跑这么快,这会儿两条腿都发酸发软,在岑翎的搀扶下好不容易才回到座位上。

庄晏清将书包一丢,整个人瘫趴在桌面,对于方才那一幕仍是心有余悸。

"你缓一缓。"岑翎拍了拍庄晏清的背,帮她把书包挂好,又从自己桌屉里取出一袋早餐,放到庄晏清面前,"我爸一早排队买的,一人一份。"

庄晏清有气无力道:"谢谢叔叔……"

"对了,艺术节你要报名吗?"岑翎和庄晏清一块趴在课桌上,生怕影响到周围同学,小小声问道。

庄晏清摇了摇头,没兴趣。

"可是你琴弹得真的很好,昨儿放学班长还问我要不要和你一起搭个节目呢。"

岑翎都想好了,要是庄晏清愿意,她就报名参加。

作为文娱委员总不能眼睁睁地看着班里一个节目都没有吧,到时候班主任肯定找她谈话,指不定还要她先报名,起带头作用,但她自己又没有胆子敢单独表演。

"不要了……"庄晏清拒绝。

岑翎泄气:"那好吧,还想说这次艺术节不分年级。规模也一定会大一些,如果能上台表演一定很受瞩目。"

"嗯?"

庄晏清掀起眼皮看了岑翎一眼,不分年级?

不是说二中的艺术节是按年级来安排的吗?高一最先,紧接着是高二,高三必须在模考之后,以不影响学习为前提。

"说是各年级先筛选节目,然后全校一起演出,今年会请校外专做音乐节的团队来负责舞台和灯光,很隆重的那种!"

岑翎眼珠子一转,睃了周围一圈,确认同学们都没留意这边的悄悄话后,补充:"据小道消息,今年萧北淮也会参加艺术节。"

庄晏清愣了一下。

岑翎摸了摸下巴,开始自我分析:"大概是为了毕业之前能在母校留下美好回忆?如果是这样,似乎也能理解为什么学校会请校外团队来操办艺术节了,这妥妥就是招生宣传片素材啊!"

这样吗?

庄晏清没出声,长睫微敛。

脑海里瞬间浮现出一个人的身影,颀长挺括的身形,宽肩窄腰懒怠闲散。走路时,总喜欢单边背书包,另一边的书包肩带垂在身后,在他抄着口袋的手肘间来回晃动……

等等,怎么又想起他了,庄晏清猛地闭紧了眼,迅速挥散脑海里那个画面。

不知过了多久,早读铃声打响,值日班委拿着课本上讲台领读。岑翎开始收拾桌面,从书包里掏出英语课本,书皮是《魔卡少女樱》里的知世。

"翎翎。"

庄晏清突然出声。

岑翎头也没抬地翻课本:"嗯?"

庄晏清抿了抿唇,鼓起勇气:"我们组个节目吧。"

报名且敲定表演曲目后,每周四下午,庄晏清和岑翎都会一起留校练习,学校只有两架钢琴。如果有需要,需提前通过社团进行申请,然后按照音乐老师安排的时间进行使用,错过了练习时间就没有机会。

教室里。

"晏晏,要不你先去琴房等我?"

岑翎望了望面前的地理错题卷,可怜巴巴。

她昨晚来记作业的小本子落在桌屉里没带回家,等吃完晚饭准备写作业,都记不太清老师布置了哪些,结果就漏掉了错题卷,还是今天必须交的那种。

"还差很多吗?要不我等等你?"

"别别别,你先过去,不然被人抢先用了怎么办?"

岑翎催促着庄晏清赶紧走,虽说使用时间是安排好了的,但免不了有些同学一看没人来练琴就继续霸占了用。庄晏清性子软,常常在这种事情上因为不想争论而吃亏，一次两次之后，岑翎一打铃就拽着她往琴房跑。

宁可早到十分钟，也绝不想被人先占用。

庄晏清："好吧，那我过去等你，你快些。"

岑翎："好！"

其实，庄晏清一点都不着急，她家里有琴，每天都会练习两个小时以上。因为考级，每周还安排起钢琴课。和岑翎搭档的曲子，她其实早就练得滚瓜烂熟了，谱子都不用看的那种。

从教室走到琴房，中间需要穿过高三年级的教学楼，还有一段很长的台阶。

庄晏清照旧是走到了这里就忍不住放慢脚步，每往下一层，她心里都在默想，会不会遇见他。

放学时间，与高一教学楼间奔跑追逐、嬉笑玩耍的热闹不同，高三教学楼特别安静。走廊外墙有几个学生正搭着矮护墙做题背书，各自寻找适合自己且舒服的方式学习。

台阶走到一半，恰好能看见二楼的位置，庄晏清站定，先是看了一眼四周，确认没有什么人，她便火速踮起脚尖，望向左手边的位置，试图在那长长的走廊里看见想见的人。

风吹起她的头发，随着她踮脚的姿势轻轻往上扬，带着少女心事，越过十米、五十米距离，跃进那斜阳照射的地方。

心动与期盼在屏着呼吸等待间雀跃着，十、九、八、七、六、五、四、三、二……一。

十秒过去，脚后跟随着肩膀缓缓耷拉落下，庄晏清眸中闪过失落，扯了扯嘴角苦笑，她已经尽力拉长这十秒了。

只是结果还和从前无数次一样，什么都等不到。

身旁有人经过，庄晏清收回思绪，紧了紧拉着书包带的手，快步下台阶。

琴房在多媒体大楼顶层最靠边的教室，庄晏清到的时候，正好看见门口有几个扒拉着窗沿往里张望的女孩子，单从校服上看，无法辨认是几年级的。

她们这是在干什么？

一阵旋律传出，打断庄晏清的思绪，她停下脚步，辨认出曲子是《克罗地亚狂想曲》。

此曲旋律激昂高亢，又带着无声凄凉，能感觉得出来弹奏者琴艺的娴熟，但若论投入了几分感情,她觉得最多就三分。

却也是这恰到好处的收敛,才让这曲子听上去更加百感交集,似乎每个音符都能扣准心弦,而不是轻轻带过。

只是,是谁在弹呢?

"哎哎哎,别推别推。"

"嘘,小点声。"

"啊,萧北淮真的好帅!"

萧北淮?

庄晏清一怔。

熟悉的名字传入耳朵,肩膀微动,他怎么会在这儿练琴?还有门口那几个女同学,是粉丝?

还未冷静细想,庄晏清便装作不经意地上前,拍了拍挡在门口的人:"同学不好意思,借过一下。"

"哎哎,你干吗呀。"女生抬手拦住欲推门进去的庄晏清,"没听见琴声吗?里头有人在练琴。"

庄晏清指了指门口贴的时间表:"这里有时间安排,现在轮到我了。"

女生顺着她手指的地方看过去,对了一下腕表上的时间,忽而笑了:"高一(8)班?小学妹,知道里面练琴的人是谁吗?"

庄晏清抿唇没说话。

女生还以为她是新生,什么都不知道,索性好脾气地介绍:"高三(15)班萧北淮学长,这名字你应该不陌生吧?对,就是那个萧北淮。"

另一个女生也赶紧上前补充:"就是《一世倾城》里少年成清恒的扮演者,还有,今天广播听了吧?播的那首《逐光向上》里头的主唱就是他!我们天水二中的王牌!"

庄晏清点头,一本正经地答道:"听说过。"

"那就好!"带头女生松了口气,"再过两个月,学长就毕业了,这段时间他难得回校上课,我们要给予他一定的空间还有私密性。当然啦,还要珍惜和他同校的时光。"

虽说是同一个学校,但因萧北淮的特殊身份,其实能见到的机会非常少,像学长学妹这样的身份关系,给了她们一种优越感,自然而然地与校外那些粉丝划清了界限。

"学长这会儿正练琴呢,你就再等等。"女生上下打量庄晏清几眼,"报名艺术节了?"

庄晏清:"嗯。"

"那正好,听听看什么样才算是顶尖水平,对比一下你自己,我和你说,这可是免费学习的机会!"

好一张伶牙俐齿的嘴,庄晏清暗暗感叹。

视线越过窗户,望向坐在琴前的人,她在心里默默把旋律过了一遍,知道弹奏即将进入尾声。

那就再等一小会儿。

女生还以为是自己劝说成功,想着对方不过是个高一生,这会儿就跟知心学姐一般,一把拽住庄晏清,揽着她的肩膀往前带到门口,借着那半掩的空隙往里张望。

"你别……"

庄晏清几时被人这么拉扯过,下意识就想挣脱,偏偏对方劲儿还挺大,她用力一挣,手肘往前顶,门"吱呀"一声被推开了。

女生一时没站稳,整个人往前扑倒。没能及时拉开她的庄晏清,也被下坠的力带着摔在地上。

"嘭"的一声,与屋内的高音相互冲撞在了一起。

琴声骤停。

庄晏清猛地闭上眼,咬牙切齿,内心暗骂。

"没事吧。"

萧北淮走了过来,手肘肘骨抵着门沿,微微俯低身挡住了大片光影。

庄晏清手撑着地板起身,拍了拍裤腿后,不动声色地退到一旁,试图将自己隐于人群中,这样也就不会被他注意到。

毕竟真的很丢人。

那个一同摔倒在地的女生,见萧北淮走过来,激动得说话都磕磕巴巴:"没……没事……我……我没事……能有什么事啊……"

她赶忙往后摆手示意朋友把自己扶起来,无视校服上沾染的尘土,笑嘻嘻地打招呼:"学长好。"

萧北淮"嗯"了一声,目光扫过墙边,落在那张素净精致的小脸上,见她低垂着眉眼,便将视线敛回:"你们在这儿多久了?"声音听上去一点起伏都没有,似乎还带着点不悦的情绪。

带头的女生愣了一下,赶忙摆手:"不不不,我们刚下课,就是经过!经过而已!"

"对对,不打扰学长练琴了,我们这就走,这就走。"

说完,一帮人逃也似的跑掉。熙攘从身侧卷过,庄晏清面前的空间一下子变得很空旷。

傍晚的夕阳透过走廊,照射进教室一角,将两个相对而立的身影拉长,萧北淮单手抄着口袋,视线落在庄晏清身上,犹豫了几秒,抬起手。

就在他触碰到自己发间的那一刻,庄晏清倏地后退。

萧北淮指尖停留在半空中,数秒后堪堪收回,淡声提醒:"这里,沾了小纸片。"

"哦。"庄晏清侧身微低头,抬手扫了扫。

萧北淮:"没了。"

庄晏清收回手重新站好,理了理校服上的褶皱,转而看向不远处的钢琴,架子上没有摆放琴谱,看来他是把曲谱都背下了。

见她没有要离开的意思,萧北淮抬手掩唇,轻轻咳了一下。

这次,庄晏清的目光终于与他有了交集。

"你还有别的事情吗?"萧北淮抬了抬下巴,打趣道,"你的朋友们可都已经跑掉了。"

庄晏清攥紧了指尖,强迫自己保持平静,不要慌乱:"她们不是我朋友。"

萧北淮眉心微动。

"而且……"

庄晏清抿了下嘴唇,还没来得及说完,就听到了岑翎的呼唤。

"晏晏!我来啦!"

走廊另一边传来开心的声音,打断了正门这片刻的拘谨与尴尬。

来人以大鹏展翅的姿势登场,在看见萧北淮的那一刻,差点因为收不住而摔个脸贴地。还好庄晏清反应快,及时扶住了她。

岑翎一脸惊慌:"萧……萧北淮?"

这是什么情况?

岑翎颔首点了点头算作打招呼,小心翼翼地扯着庄晏清的手往后小退一步,小声询问。她眼角余光不自觉地偷瞟了萧北淮几眼,见对方没有太大反应,干脆一直盯着看。

庄晏清垂下头："我来的时候，他正在练琴。"

"练琴？"

岑翎望了眼墙壁上贴着的时间排表，可是在她们之前并没有高三（15）班的名字呀。

萧北淮收回手，抱臂在胸前，安静地看着眼前这两个小姑娘："如果没有别的事情的话……"

"如果没有别的事情，"庄晏清打断萧北淮，施施然开口，"学长可以走了吗？我们还要练习，而且……已经过去将近二十分钟了。"

练习？

萧北淮眼皮一抬，明显不解。

岑翎附和点头，指了指门口贴着的时间表："学长，琴房使用时间这里有，下午四点四十分到五点四十分，高一（8）班。"

萧北淮乌眸微眯，片刻后上前，指尖顺着墙上排表的字一行一行往下，直到看见高一（8）班，他嘴角抿紧。

他垂首深呼吸，缓了好几秒才再度抬头，望向庄晏清，确认："所以你是来练琴？"

庄晏清："是。"

"她们和你……"

庄晏清答得飞快："教室门口碰到的。"

萧北淮沉默了，还不如不问。

庄晏清嗓音里透着困惑："我刚刚好像说了，她们不是我朋友。"

萧北淮喉头滚了滚，还是忍不住问："这时间表什么时候开始的？"

"上个星期就有了。"岑翎抢先回答，双手背在身后，似是犹豫了好久才鼓起勇气问，"那个……学长，你能给我签个名吗？"

萧北淮手指轻扫过校服外套，点头："可以。"

岑翎激动不已，忙将手里的水壶塞给庄晏清，拉开书包拉链，翻出笔记本和笔："可以 To 签吗？"

萧北淮："好。"

岑翎赶忙取下校章递上："To 翎翎，翎羽的翎。"

萧北淮大笔一挥，在纸上写下——

To 翎翎：好好学习，天天向上。萧北淮。

"好了。"萧北淮没有把本子和笔还给岑翎，而是看向庄晏清，"你呢？也要 To 签吗？"

庄晏清愣了一下，心不受控地"怦怦"直跳："好……好啊……"

萧北淮随手翻页，下笔前顿了一下，抬眸瞅了眼庄晏清胸前的校章，扬唇："庄晏清，写'晏晏'还是'清清'？"

没料到他会喊出叠字发音，庄晏清觉得自己心跳的声音在耳边成倍放大，生怕被看出什么，她仓皇垂下眸，淡声回答："都好。"

萧北淮瞧了她一眼，点点头后在纸上落笔，写完将纸张撕下，递给庄晏清："你的。"

"谢谢。"

笔力遒健，字体清隽飞扬，竟和想象中的完全不一样，萧北淮的字像极了那夏日张扬的风，肆意又潇洒。

岑翎抱着本子，乐得合不上嘴："谢谢学长！"

"嗯。"萧北淮双手抄着裤兜，"那你们进去吧。不好意思，耽误了你们不少时间。"

"学长客气了。"

得到签名的岑翎此时此刻宛若拥有全世界，她对萧北淮的态度自然是好得没法儿说，哪里还计较什么占用琴房，都是不足挂齿的小事！

萧北淮弯腰捡起丢在前排椅子上的书包，往肩上一挎，大步离开。

经过时，庄晏清闻到了他身上淡淡的白柚香味，手抚着胸口处，生怕被听见那鼓噪不休的心跳声。

"天啊，我今天是走了什么狗屎运，居然能在这里碰到萧北淮，还得到了他的签名！"岑翎摸着纸上的签名，幸福得原地转圈，"还是 To 签。我一定要裱起来！"

庄晏清收回思绪，偏头看岑翎："从前怎么不知道你还是他的粉丝啊？"

岑翎眨了眨眼睛，笑道："以前不是，但现在是了，就冲他态度这么友好，我粉定了！"

庄晏清哑然失笑。

"对了,他给你签什么了呀?也是'好好学习,天天向上'吗?我看看我看看。"

岑翎凑过来,庄晏清赶忙将纸张折叠藏到身后,敷衍搪塞:"都一样,没什么好看的。倒是你,还练不练曲子了?"

"对哦!瞧我这记性。"岑翎低头看表,不看不知道,一看吓一跳,只剩半个小时了,"快快快!"

见岑翎的注意力终于回到练习上,庄晏清这才松口气,背在身后的手松开,低头看了眼上面的文字,又以极快速度塞进书包里。

这天的练习最终还是按点结束,虽不够时间,但岑翎的心情却没有受到半点影响,反倒因为得了张签名,更开心了。

用她的话说:"万一真进了选拔,萧北淮也参加,那我们就是同台了!所以我要更努力一点,争取进艺术节!"

彼时的庄晏清只是笑笑没说话。

放学回家,餐桌上又只有庄晏清和君姨两个人。

"先生和太太今晚去赴宴了,可能晚些才回,吩咐了如果你功课上有不懂的地方,可以直接和萧先生联系。"

庄晏清鼓着脸,含糊应声:"好。"

饭后回房,她将塞进书包的签名纸拿出来,展平后捋了捋上面的折痕。

　　　　To:晏晏 艺术节加油,然后天天开心。萧北淮。

和岑翎不同的签名内容,已让她很满足,一行字来来回回看了数次后,她终是舍不得地收起,夹在日记本内页,用力压了压。

艺术节高一节目选拔前夕,岑翎紧张得觉都睡不好,第二天顶着个黑眼圈进教室,差点没把庄晏清给吓到。

"你这样,表演的时候该不会晕过去吧?"

岑翎摆了摆手,无力地瘫倒在桌面:"早读读不了了,你让我睡一会儿,老邓来了你再推醒我。"

庄晏清抿唇,担忧地问:"真没事?"

"嗯……"

岑翎这一觉，直接睡了两节课，起来时，面前竖着的课本"啪"一声掉下。她眨了眨眼睛，迷迷糊糊地问："睡多久了？"

庄晏清："整两节课，老邓让做周报，就没叫醒你。"

岑翎长舒一口气："我真是幸运儿。"

"早读那会儿，进行了选拔赛抽签。"庄晏清双手展开字条，笑得有些谄媚，"手气不太好，希望你不要怪我。"

岑翎凑上前一看，本是睡眼惺忪，一下惊醒，抢过字条后再三确认。

"01？第一个上？不是小组分组，就是第一个表演？01？"

庄晏清强忍着笑意点头，这也是她抽到字条后，没有第一时间叫醒岑翎的原因。

怕挨打。

可就真的是手气的原因，庄晏清也很无奈。

社团负责人端着小盒子过来时，还特地说了句："同学，你是第一个抽号的，很幸运哦。"

事实证明，就真的是很幸运。看到号码的那一刻，庄晏清自己都有些哭笑不得。

"其实第一个表演也有好处，速战速决，不用煎熬等待，也不用因为看别人表演而有压力。"

庄晏清挽着岑翎的手，继续说服："我们四点结束后就可以走了，到时候我请你去吃海石花？去吃烧烤？"

岑翎睨了她一眼："说话算话？我每一种小料都要加，吃大满贯的那种。"

庄晏清笑："可以。"

第一组表演少说还是有点优势，没有其他人作比较，潜意识会认为只要自己表演不失误，那就是全场最佳。

上台前，庄晏清就是这么反复给岑翎洗脑，结果证明这对她来说确实是有效的。

琴声一起，岑翎很快进入状态中，旋律起伏、衔接流畅，最主要是两人配合默契，一曲演完，台下评委席主座的音乐老师满意地点头。

顺利完成表演，岑翎拉着庄晏清就往校外跑。

清补凉甜品铺子就在斜坡下第一条巷子口，平日里一到放学时间生意好到不行,少不了在外面先等上一会儿才有位置坐。

今天算提前放学,岑翎搂着庄晏清自信满满地径直往里闯:"老板,两个人!"

"哎!"老板娘抽空抬头,歉意地笑了笑,"没空桌啦,小姑娘,你们等一会儿?"

岑翎这才发现店里改了布局,不再是小圆桌,而是改成了两人位和四人位,这会儿都满座了。

庄晏清:"要不我们去吃别的?"

岑翎有些不甘心,她可是惦记了一天的海石花大满贯,什么底都想好了:"哪个年级的啊,放学这么早……"

她忍不住小小声嘀咕了一下。

"没事,我还知道有一家奶茶很好喝。"

庄晏清挽着岑翎的手正准备往外走。

忽然,校服下摆被人扯了下,庄晏清疑惑低头,却见一只手朝她扬了扬,骨节分明,修长白皙。

"坐这儿。"

声音清淡却透着一股莫名熟悉的感觉。

庄晏清后退一步,恰好对方也抬起头来,撞上眼神的那一刹那,她心底慌乱不已:"萧学长?"

萧北淮定定地看着她,眼神似深海:"嗯,不是要吃海石花吗?"

"啊!学长!这么巧!"

岑翎这个大嗓门,庄晏清下意识想把她的嘴给捂住。

坐在对面的江延挑眉看了眼,又问萧北淮:"认识?"

萧北淮压下想反悔的念头,极不自然地应了声,将面前的碗往旁边移,往里挪了个位:"坐吧。"

"认识呀?好好好,认识就好,对啦,拼个桌坐下一起吃。"老板娘看到这一幕,连忙上前递菜单,"店面确实有些小了,位置有限。来,你们想吃什么,自己写这单子上。"

"谢谢。"

岑翎拿过菜单,看了眼江延,萧北淮都挪位置了,他还一动不动什么意思?

"学长,麻烦往里坐坐呗?"

江延好整以暇地瞅了眼岑翎胸前的校章:"高一生?"

岑翎捂住校章,翻了个面。

江延不情愿地往里挪,主要是那个位置太靠墙,他嫌脏:"什么时候认识的,不会又是你粉丝吧?"

萧北淮踹了他一脚:"吃你的,话么多。"

岑翎往江延旁边一坐,庄晏清自然而然就只能坐在萧北淮这边,本想将书包放在两人中间当格挡物,却发现空间有限。

书包一放,她基本只能坐半边。

"阿姨,这边麻烦再加张凳子。"萧北淮像是读懂了庄晏清的想法,招手要来凳子后,先将自己的书包丢过去,再示意庄晏清:"你的也放那儿吧。"

庄晏清:"好的,谢谢。"

江延看到这一幕,目光若有所思地在这两个人身上来回,有问题。

"我们会不会点太多了啊?"

菜单都递给老板娘了,岑翎这会儿才开始后悔,说这话时还特意看了眼旁边。

仅这一个小动作,庄晏清立马明白过来了——哪里是太多,除了海石花是大满贯的分量,烧烤点的都是平日里常吃的那些。无非是顾忌旁边还有外人,多少维持一下形象罢了。

庄晏清轻描淡写:"没事,点多了大家一起吃。"

萧北淮:"今天的选拔赛表现如何?"

听见询问,庄晏清顿了下:"还好?就……算正常发挥了。"

"知道我们为什么这么早放学吗?因为我们抽中了第一个表演,这手气,就问你们牛不牛。"岑翎跟在庄晏清后面补充,"对了,高三这么早就放学了吗?"

萧北淮:"这周小考。"

"学妹叫什么名字?"江延突然起了兴致,打听道。

"我?"庄晏清愣了一下,"高一(8)班,庄晏清。"

江延点了下头,指尖移到萧北淮面前轻点了下桌面:"他们都说我跟你是形影不离,可连我都不知道你什么时候认识了这么漂亮的学妹?"

萧北淮差点呛到。

庄晏清赶忙解释:"学长误会了,我们就是在琴房见过一次面。"

江延拉长了尾音："哦？是吗？"

明显不太相信的样子。

"海石花来啦。"

两大碗海石花端过来放在桌面，别说是庄晏清了，就连萧北淮都多看了一眼。

"阿姨，大满贯的量……这么实在的吗？"

老板娘笑嘻嘻："对呀，装修后换了新碗，分量是不是更足了？你们慢慢吃啊。"

庄晏清勺子都不敢拿起来，看向岑翎，后者心虚："我也没点过大满贯，大不了晚饭就不吃了。"

"你们是不是还点了烧烤？"江延问。

如果没记错的话，小姑娘在菜单上可没少"激情勾画"。

岑翎干笑了一声："烧烤是点了大家一块吃的，答谢学长们给我们俩拼桌的机会！"

萧北淮和江延顿时无语。

"要不海石花也来点？"岑翎干脆把大碗往前推了推。

江延手肘搭在桌面上，手指反托着下巴，略微挑了下眉，望向自己面前的空碗："没看见？才吃完。"

岑翎默默收回碗："那好吧。"

庄晏清拿起勺子，拨弄了一下海石花表面的碎冰，她嫌麻烦，就和岑翎点了一样的大满贯。这会儿正暗暗发愁，大满贯除了分量多，还有她不爱吃的芋头与莲子。

"B05桌的烧烤。"

一盘烤串叠得跟座小山似的端过来，庄晏清都傻眼了，反倒是萧北淮，及时把自己面前的空碟子撤下，这才有空间放下这碟烤串。

岑翎激动得拍手："看起来就很好吃的样子。"

萧北淮换了个更闲散的姿势，漆黑的眼睫微颤，他望向庄晏清："不就一个演出，压力有这么大？"

萧北淮以为她们这种报复式点单是在释压。

庄晏清尝了一口海石花，含糊回答："就还是会紧张的。"

"学长，你尝尝这个掌中宝，特别好吃！"

岑翎先是给自己拿了一串,可能是觉得不太好意思,又给萧北淮也递了一串。

庄晏清瞥了眼,倏忽抬手拦住:"他不吃辣。"

话音刚落,在场其他人,包括萧北淮在内,都抬眼看向她。

"哟,学妹还知道北淮不吃辣啊?"江延的目光在庄晏清脸上来回转了个圈。

岑翎也惊讶不已:"对啊,晏晏……你怎么知道呢?"

庄晏清只觉得脑子里"嗡"的一声,一片空白:"我、我……"

她的语气有些紧张,拿着勺子的手还在无意识舀动碗里的海石花:"我的意思是,掌中宝是辣的,我身边很多人都不吃辣。"

"哦。"萧北淮抬手摸了下后脖颈,若有所思地点头,"谢了,我确实不能吃辣。"

庄晏清"嗯"了一声,赶忙埋头吃海石花。

岑翎半信半疑地看了庄晏清一眼,碍于萧北淮的气场,也不敢看他什么反应。只觉得这桌的氛围,更诡异了……

从甜品铺子出来,岑翎摸了摸鼓得圆圆的小肚子:"晏晏,你家里人来接你了吗?"

"在路上了。"

吃得差不多的时候,她就给司机发了消息,这会儿应该快到了。

萧北淮和江延一前一后出来,书包松松垮垮地搭在肩上。

"不走?"

萧北淮的声音无比懒散,却又透着一股说不清道不明的磁性。

庄晏清回过头,回答时还有些局促:"啊,我们聊会儿天就走。"

江延笑笑:"感情挺好。走了,谢谢今天的烧烤!"

庄晏清:"不客气。"

岑翎看着萧北淮和江延骑车离开,这才凑到庄晏清身旁,轻轻撞了下她的胳膊:"什么情况啊?认识?"

庄晏清摇了摇头。

"怎么可能?"岑翎警惕地看了眼四周,小心翼翼说道,"我都看见了,萧北淮他总是有意无意地看你。"

"啊？"庄晏清愣了一下，一时呆住。

"真的！特别是你说他不吃辣的时候，他嘴角都往上翘了！"

岑翎越是起劲，庄晏清就越是清醒，平静地解释："你看错了，我们真的不认识。他估计就是和你们一样惊讶，是我的问题，一时嘴快。天水人不都喜淡，不爱吃辣？我自然认为他也是。"

真的只是这样？

岑翎又想不出什么反驳的话来："好吧。"

黄昏已至，天色渐暗，岑翎家住得比较远，庄晏清让她先走，自己走到路口等司机来接。

晚风徐徐，与耳机里的音乐一起，让原本有些浮躁的心情慢慢变得平静。

在琴房门口的遇见，加上今天坐在甜品铺子的那一个多小时，是庄晏清转来二中后最不知所措的时刻。期待又不安，惊喜又紧张，所有的情绪与小心思最后都变成生硬和小心翼翼，像是心底藏着另一个自己，只有在遇见萧北淮时才会跳出来取代平日里的她。

喇叭声将游移不定的思绪拉回，庄晏清抬起头，见到熟悉的车牌号，吁了一口气走上前。

"赵叔，你能送我去趟琴行吗？"

"好的。"

琴行在松涛路80号，途经燕云路，直到车子停在琴行门口，庄晏清都没有看见那道熟悉的身影。

第三章

/

春意蹉跎

qingxingmeng-

周一的升旗仪式上,校领导提起了一年一度的艺术节,表示各年级参加选拔赛的节目都非常优秀,看到了学生们的热情还有洋溢着的青春活力,已经开始期待今年艺术节的表演。

台下,高一(8)班的队伍里,岑翎站在庄晏清后面,身子微微朝前倾,小声问:"你说,我们能进艺术节吗?"

庄晏清摇摇头:"不知道。"

岑翎:"选拔结果应该贴公布栏了,升旗仪式结束后我们去看看?"

庄晏清:"好。"

校文艺公布栏在高三年级教学楼前面,看榜会先经过教学楼,岑翎拉着庄晏清跑到时,公布栏前早已围满了人,里三层外三层,压根儿没有空隙可以给她们挤进去。

"要不我们课间操结束后再来看?"庄晏清提议。

岑翎大为震撼:"你就不想知道结果吗?我都抓心挠肝一整个周末了,就盼着赶紧出结果,你居然还能忍到课间操结束?"

庄晏清苦笑:"这看榜的人不是太多了嘛,待会儿还有班会呢,万一迟到怎么办。"

岑翎咬咬牙,盯着人群猛看了一小会儿,正当她发现一个可钻入的空隙,准备拉着庄晏清往前冲时——

"烧烤小学妹?"

一声特别的称呼，打断了岑翎的起势，偏头看见江延时，她闭了闭眼。

叫烧烤小学妹？

仿佛是为了印证自己没有听错，江延走近面对面时，岑翎又听到他问："站着干吗呢，烧烤小学妹？"

岑翎好声道："我姓岑，上山下今的岑，名翎，左令右羽的翎，岑翎，不叫烧烤小学妹。"

江延舌尖抵着上颚，发出清脆响声，点点头，随后又看向一旁的庄晏清："恭喜小庄妹妹。"

庄晏清："嗯？"

"你们不就是来看榜的吗？"江延指了指身后的公布栏，"帮你们看了，高一（8）班的演出，入选了。"

"啊！真的吗？"

岑翎激动地跳起来，不顾前面还围着多少人，一边道歉一边往里挤，非要亲眼确认这个结果才行。

留在原地的庄晏清朝江延微微颔首："谢谢学长。"

"不谢，我也是受人之托来看榜，顺便而已。"

受人之托？

庄晏清眼尾微微往上挑，下意识问道："萧学长他，也参加选拔赛了吗？"

"萧北淮？"江延摸着鼻子笑了下，"他哪里用得着选拔啊，主任早就找过他了，艺术节表演，他压台演出。"

"啊，对哦。"庄晏清失笑。

她怎么就忘了，萧北淮早已是天水二中的王牌，位于高处，而她，才需要靠层层选拔，突破重围才能去到他身边。

"总而言之，恭喜。"江延抬手轻轻拍了下庄晏清的肩头，"好好准备，艺术节见。"

庄晏清："好。"

"哇！晏晏！我们真的进了！"岑翎盯着名单榜看了又看，再三确认又挤出人群，第一时间扑到庄晏清身上，"太棒了！我简直不敢相信！"

庄晏清抱着她，被情绪感染到，笑得眉眼弯弯："我说了，要对自己有信心。"

"那也是因为你弹得好，我只是个伴奏。"岑翎停下来，看了眼四周，"江延呢？"

庄晏清："走了。"

"他来干什么？看榜吗？可我刚刚没看见他的名字，是落选了？"

庄晏清拉着岑翎的手，往高一教学楼走："不清楚，我们快走吧，班会要迟到了。"

踩着铃声进教室，班主任早就到了，庄晏清和岑翎猫着身小跑回位置上，生怕动作慢挨批评。

班会第一件事就是表扬庄晏清她们的节目顺利通过选拔赛，即将在一年一度的校艺术节上为班争光。正当岑翎沉浸在喜悦中，和庄晏清挤眉弄眼时，班主任话锋一转——

"距离期中考还有不到一周的时间，今天英语老师还找到我，提到大家课上精神不够集中，有些松懈。"

戒尺敲了敲讲台边，响声吓得原本坐姿本还有些懒散的学生立马端正坐直。

班主任严肃道："我再提醒你们一次，期中考后会开家长会，要是不想让自己卷面成绩太丢人，回家挨骂，这几天就给我认真点，好好听课，专心做题，有不会的题目记得来办公室问老师。听明白了没有？"

同学们："听明白了！"

班主任收起戒尺，整理讲台桌面，拉开椅子坐下："接下来的时间自习，卷子有不懂的题可以拿上来问。"

岑翎拿出习题本，一边翻页，一边俯低了身："差点忘了还有期中考这件事。"

庄晏清语气平平："考试范围不多，你现在抓紧复习还来得及。"

岑翎摇头："政史地还行，生物化就够呛了，特别是化学……我这是文科生的命。"

"你想好选文科了？"

升上高二就是文理分班了，这学期期中考后就会进行分科志愿填报，这也是开家长会的重点内容之一。庄晏清成绩好，文理分数都很均匀，但相比之下理科还是更有优势些，所以她想选理科。

但岑翎又是她转来二中后认识的好朋友，一旦岑翎选了文科，势必又要分开。

"嗯呐。"岑翎一边扒拉笔盒，一边解释，"上学期我就和家里人说好了我要选文科，我对理科真的一窍不通，上学期我生物考了多少分来着？32？迄今难忘！"

她还记得那时课代表发完卷子，自己看见分数的那一刹那，差点没晕过去。她平生没得过那么低的分数，满分一百的卷子就考了32分，上体育课的时候哭了小半节课，想想都觉得很丢人。

"你呢？你选文科吗？"

庄晏清摇头："我应该会选理。"

"啊……理科竞争压力好大的，全年级十六个班，就两个文科班，剩下十四个都是理科班。"这话说完，岑翎又变了态度，"不过你是妥妥的学霸，我不担心。"

转校后，庄晏清在开学考就拿了全年级第三，整个年级一下子都知道八班来了个很厉害的转学生。要不是旁边刚好空了个位置，岑翎觉得像自己这种学渣，这辈子都没机会和学霸成为同桌。

"还讲悄悄话呢？是不是想去门口罚站？"

班主任出声提醒，岑翎吓了一跳，赶紧埋头认真做题。

庄晏清抿了抿唇，心下有了主意。

这天放学，庄晏清拉住收拾书包准备回家的岑翎，小脸写满了认真："翎翎，我给你补课吧？物化生，你有什么不懂的就问我。"

岑翎一脸疑惑不解："咋了？这么突然？"

庄晏清双眼亮晶晶，眼神里充满坚定："你的理科交给我，我带你一起复习！等期中考结束后你再决定，选文还是选理，好不好？"

本以为庄晏清就是随口一说，结果第二天，当她拿出复习大纲来时，岑翎还是小小震撼了一把。

"这该不会是你为我制定的复习计划吧？"

庄晏清点头，拿过岑翎的物理课本开始圈重点："三门理科，你的物理基础最好，就先从它开始复习，我们短时间内解决，然后把较多时间放在化学上。"

岑翎看着庄晏清，欲言又止。

庄晏清："怎么了？"

岑翎："我幻想过这个补课画面。"

庄晏清不解："嗯？"

"是和某个帅气学长，他带领着我，共同进步，把我从一个学渣培养成优等生。"岑翎直言，"反正不是现在这种。"

教室里，值日生下课后要打扫卫生，她俩只能去走廊，靠着外护墙复习，等同学打扫完才回到教室。住宿生晚自修开始前，教室里就只有她们两个人。

庄晏清："没事少看那种青春杂志，都是幻想的东西，真要让一个大帅哥坐在这里教你学习，你注意力能集中吗？"

岑翎当真认真想了一下，果断摇头："不能。"

庄晏清："那不就得了，别啰唆，赶紧看错题。"

岑翎的注意力很快被带入到学习中，不得不说，庄晏清的讲解思路真的通俗易懂。

起初碍于面子，她都不好意思说自己连基础知识都不太懂，公式也记不清，一问三不知时还妄想打哈哈瞒过去。结果，全被庄晏清看透了，庄晏清也没有多余的表情和废话，只是很耐心地给她拆解，教她如何更快记公式，包括目前学到的知识点。

哪些是常考的，哪些熟记即可。

原本枯燥乏味的物理，通过庄晏清的讲解变得有趣起来，学到最后，岑翎都有些舍不得结束了。

"王老头的课，我一听就想睡，可听你讲完，我只会觉得好有趣。晏晏，你怎么这么厉害啊？这些技巧都是谁教给你的？"

庄晏清合上错题本，边收书包边解释："我舅舅是物理学教授，上初中学物理那会儿他就已经教会我很多内容了。翎翎，你其实挺聪明的，就是对理科的偏见有些先入为主，花心思去学，未必会差。"

"啊啊啊！你怎么那么好啊！"岑翎熊抱庄晏清，激动不已，"我妈要是知道我有这么好的一个同桌，肯定认你做干女儿！"

庄晏清拍了拍她："你只要别回家就把我今天下午讲的内容忘记了才好。"

"保准不会！"岑翎抬手敬礼。

两人背着书包走出教室，天色都暗了，沿着校道往自行车棚走，刚好遇上打完球准备回家的同学。

岑翎扯着庄晏清的袖子，两眼亮晶晶，小小声说道："那个7号，是五班

039

的蒋淮止。"

庄晏清没听过这名字:"谁?"

岑翎:"我们的级草,你不知道吗?"

庄晏清沉默了,她的确不知道,别说级草了,班草是谁她都不感兴趣。

岑翎揪着她犯花痴,直到人都离开了,眼神还收不回来。

庄晏清瞧她这样,心里有处地方受到触动,下意识脱口而出:"你是不是……暗恋他?"

"暗恋?"岑翎像头一回听到这个说法一样惊讶,"怎么可能,我像是有暗恋资格的人吗?"

庄晏清:"为什么没有?"

岑翎苦笑:"我长相普通,甚至都不算好看,个子也不高,人群中一下就被挡住了,成绩也不好,你说我有什么暗恋蒋淮止的资格?"

庄晏清怔住:"你怎么这么说你自己啊……"

"我只是在陈述事实罢了。"

岑翎初中的时候就和蒋淮止同校了,因为他打篮球很厉害,长得又帅,从不缺女孩子追捧,是个眼光很高的主,只可远观不可暗恋,否则吃亏的一定是自己。

"可是,暗恋是自己的事情啊……"庄晏清双手攥着书包肩带,迎着晚风缓缓说道,"不需要看别人的眼神,也不需要在意别人对自己的评价,不是吗?"

岑翎推着自行车的动作顿了顿,目光在庄晏清脸上来回睃了一圈,狐疑:"晏晏,你在暗恋谁吗?"

"啊?"

庄晏清被这么一问,一点心理准备都没有,吓了一跳。

岑翎又继续问:"那不然怎么会说这话?"

庄晏清抿了下唇,佯装淡定道:"我有说很深奥的话吗?只是阐述事实而已,而且你也没有像你自己说的那么差,我觉得你挺好的。"

"哎,是你平易近人好吧。"

两人互吹互捧地出了校园,关于暗恋的话题就那样无疾而终。

那时的岑翎并没有真的把暗恋这件事安在庄晏清身上,因为她觉得暗恋是这个世界上既苦又无解的事情,而像庄晏清这样的天之骄女,本可以不用受这些苦的。

到家,庄晏清刚进玄关就看到门口摆了几双大人的鞋子。

君姨闻声出来,接过她的书包,一脸笑盈盈:"小清,你今天怎么这么晚才放学啊?先生和太太回来了,还有晏先生和萧教授也在,晚上都在家里用餐。"

"舅舅和萧伯伯也来了?"

庄晏清惊讶。

君姨:"嗯,应该是有公事讨论吧,先进屋。"

经过餐厅,桌上已经摆好了碗筷,庄晏清扫了一眼位数,来到客厅打招呼:"爸爸、妈妈、舅舅、萧伯伯好。"

"哎,晏清放学啦。"萧长河看了眼墙壁上的挂钟,托了托鼻梁上架着的眼镜,"高一也这么晚才放学吗?下午也有考试?"

"没有,下周就期中考了,和同学一块复习来着。"

"妹妹,来,坐这儿。"晏琼玉示意庄晏清坐到自己身边,温柔地问,"最近课业很紧张吗?"

庄晏清摇摇头:"还好,就是期中考后会开家长会,到时候是你去还是爸爸去?"

晏琼玉有些为难:"家长会啊,下下周吗?这得看我和你爸爸的工作安排了,时间上如果不冲撞的话,我就去。"

庄晏清:"嗯。"

"小清在学校里,有遇见过北淮吗?"萧长河又问。

晏琼玉微惊讶:"小淮还回学校吗?不是已经考上正阳了?"

正阳?

不是中戏、中传,也不是上戏,而是正阳?

这下,庄晏清都糊涂了,正阳大学可是正儿八经的工科大学,萧北淮的校考报正阳?

萧长河笑着解释:"校考过了,但不代表就录取了,还是得看文化课的成绩,这不,上个月就回去上课了,六月也是要参加高考的。"

晏琼玉恍然大悟:"原来如此。"

"萧伯伯,萧……呃,北淮哥他,报的是正阳?不是中戏或者上戏?"庄晏清脊背挺直,纵使有些紧张,但还是试图让自己的语气听上去平静。

"嗯……他自己的选择,我一贯是不干预的,从小都是他妈妈在带他,包括唱歌和演戏。也是这一两年，我们父子才有些交流和相处，选正阳大学也好，起码我在那儿，能关注到他的成长。"

萧长河的语气里透着无可奈何与掩饰不了的慈爱，早些年和妻子离婚，儿子随妈妈生活，关系一贯不温不火。也是因为庄晏清转学到了二中，和萧北淮同校，他才会问起。

"他在学校还好吧？没有因为进了影视圈，就搞特殊吧？"

庄晏清摇头，事实上她和萧北淮就只见过那么一两次，兴许他都忘了自己是谁。

但萧长河问起，庄晏清还是帮忙润了润色——

"虽然不同年级，但同学们都挺喜欢他，应该是很好相处的学长，学弟学妹才会有这么好的印象吧。"

萧长河听了哈哈大笑："那就好。"

晏涛将沏好的茶端到萧长河面前："瞧你得意的，喝茶。"

"先生、太太，晚餐准备好了。"

君姨过来打招呼，大人们纷纷起立。

庄晏清也跟着起身，低头跟在后面，直到撞上庄怀。

"爸爸？"

"怎么魂不守舍的？"庄怀揉了揉庄晏清的头，轻声道，"饭后爸爸和你舅舅、萧伯伯还有事情要讨论，你课业上有没有什么不懂的，可以先拿下来问。"

庄晏清乖巧点头："好。"

席间大人们交流的话题都不在庄晏清感兴趣的范围内，她很快吃完晚饭，打完招呼后便上楼做作业。九点钟到琴房练琴，又是一个小时起步，结束时经过书房，见灯还亮着，她没有停留，径直回房。

次日，岑翎将写好的物理卷子拿给庄晏清，又接过她提前一晚帮忙列好的化学复习大纲，看了起来。

"晏晏。"

庄晏清头也没抬地应："嗯？"

岑翎眼角余光偷瞥了同桌一眼，状似不经意地说道："下午有年级篮球赛，想不想一起去看啊？"

庄晏清半点都没犹豫："不看。"

拒绝得这么快，反倒让岑翎为难了。

庄晏清改完岑翎的物理卷子，兴许是回家做的缘故，不会的内容就翻书，所以没有错太多。庄晏清将卷子还给岑翎，抬头："怎么，你想去看？"

岑翎老实回答："想，因为是我们年级和高三年级的比赛，别说蒋淮止在，我听说萧北淮也来参加。两位淮哥的球局，届时肯定整个球场台阶都坐满了人，你觉得我还能静下心来学习吗？"

庄晏清听了有些心动，主要还是因为转来二中后，还从没看过萧北淮打篮球，他在球场上到底是什么样的，她只能靠想象。

"晏晏……"

岑翎还想磨一磨，上课铃就响了，同学一窝蜂拥进教室，老师也随后进来，她只能长话短说，直接双手合十成祈求状："求求你了，陪我一块去看比赛吧。"

庄晏清："那……背完元素周期表再去。"

岑翎："没问题！"

二中球赛一贯都是学生自己约球组织的，班赛是，级赛也是，学校和老师并不会参与其中进行管制。

高一年级和高三年级在今天要打球赛的消息，早就传遍了校园，也就是庄晏清刚转学，人脉有限，这才没有第一时间听说。下午第二节课结束，同学们收拾书包的动静明显比往日大，冲出教室的速度也堪比参加体育课的百米赛跑。

岑翎因为答应了庄晏要先背元素周期表，所以并不着急。

教室走廊外一片哗啦啦，大家三五成群结伴冲向篮球场。

就连庄晏清都被这动静震撼到了，她喃喃自语："好夸张……"

岑翎头也没抬，像是早就料到了会有这个场面："一个是校草大明星，一个是高一之光，这要是在校外比，看的人更多。你放心，我已经交代好了，哪怕我们晚点去，也有最佳位置！"

最佳位置？

当庄晏清被带到计分板前，与球员近距离面对面时，还有些缓不过神来。她使劲拉着岑翎的手，面上维持着僵硬的笑容，背地里压低声问——

"你说的最佳位置就是这儿？不可以吧，这都等于是裁判区了，大家都看着呢。"

计分板对面就是看台大台阶,挤满了人,乌压压一片,庄晏清只是瞥了一眼,就恨不得抬手挡住自己的脸。

像这种明目张胆加塞VVIP座位的行为,她只觉得很不自在。

岑翎:"可以的,我们又不是只来看球。"

这是什么话。

还未来得及细问,怀里就被塞进一部相机,庄晏清赶忙双手接过,生怕摔了。

"校报的雪琼学姐下午有考试来不了,我记得你会用相机,就提前和她打过招呼了,你负责拍素材,我负责记录名场面。"

岑翎得意地扬了扬下巴。

庄晏清恍然大悟,她怎么给忘了,岑翎还是校报的编辑。

"来,这马甲你先穿上,我们的工作服。"

岑翎从书包里翻出一件印有校报logo的黑色马甲递给庄晏清,拍摄需要满场跑,有工作服就不会被说三道四。

庄晏清接过换上:"谢谢。"

既然是帮忙,那就得做好。

她简单调试了一下相机参数,对着场下球员休息位置抓拍了几张,然后仔细查看并对参数进行微调。

突然,调试的指尖一顿,庄晏清眼里闪过一丝慌张。她下意识抬头,却见那个人已经消失在了座位上。

裁判喊了中途暂停,换人上场。

庄晏清垂眸,注意力回到照片上,刚刚她拍的是高三球员的休息区,两三人坐在那儿,与其他人目光都集中在场上不同——

有一个人的目光,正对着她的镜头,那就是萧北淮。

"晏晏,比赛开始了。"岑翎小声提醒庄晏清。

她这才收回思绪,胡乱应了一声便往外走。

上半场的比分,是24比29,29是高一年级,分数算咬得比较紧。

庄晏清走动着取镜头时,能听见身后的学生在小声议论。这高一球队里,有新招的体育特长生,初中就是校队的,会出去打比赛的那种,上半场大部分得分也都是他拿下的。

反观高三那边,上半场萧北淮没参加,球员里一个校队的都没有,但配合得还算默契，所以分也不低。

萧北淮的球技到底厉不厉害，身后的学生没说，庄晏清也不太清楚。但她下意识还是把他往灌篮高手的水准上靠，应该……不会太差吧？

十五分钟过后，庄晏清的表情有点微妙，她抱着相机来到计分板旁边，挠了挠岑翎的肩。后者神情和她差不多，想来观感达成一致了。

"我属实没想到，萧学长的球技这么烂。"岑翎警惕地看了眼四周，小声说道，生怕被萧北淮的粉丝听见，当场摁在地上暴打。

庄晏清"嗯"了一声，顺便将拍的照片大致给岑翎过了一遍。

关于萧北淮的镜头，除了在场中奔跑、双手扶膝弯腰喘气、队友得分举手鼓掌，无一可用。

因为他的投中率是零。

"拍得真好。"岑翎赞叹。

庄晏清眨了眨眼："放心，蒋淮止投中三分球那儿，我抓拍了好多张，肯定会有你喜欢的。"

岑翎满意："不愧是你。"

五点四十分，球赛结束，场上比分 32 比 41，高一年级胜。蒋淮止与队友抱在一起欢呼，而高三休息区这边气氛也还算融洽，看样子并没有把输赢放在眼里。

"托北淮的福，我们这收官战的关注度，比从前可涨了不少。"

"就是，以前比赛哪还有这么多小学妹帮忙加油，输赢重要吗？不重要。"

"对不住了兄弟们，太久没打球，一点准头都没。"萧北淮拿着毛巾一边擦汗一边说。

队长："没事，尽兴就行。"

"哎，我看今天校报的小姑娘也来了，拍了不少照片吧？走，去要几张，怎么说也是高中生涯的收官战，得留几张照片做个纪念。"一个队员想起了在场边拍摄做记录的庄晏清，拍了拍萧北淮的肩膀，不等他答应，便揽着人往计分板走。

彼时的庄晏清正在给岑翎还有校报另一个同学看照片。

"嗨，学妹！"

庄晏清闻声抬头，瞧见来人，愣了一下："学长。"

对上萧北淮的目光，她又补了一声："萧学长。"

萧北淮轻咳了一声，抬了抬肩："我队员想找你们要张照片。"

"原来是认识的关系啊？"男生大为惊喜，"早说啊！本想找你们要一下给我们拍的照片，毕竟是最后一场了，做个纪念。既然是认识的关系，要不帮我们拍张大合照？可以吗？"

"最后一场？"

庄晏清喃喃重复，以后，不打球赛了吗？

"是啊，最后一场了。"

队长走上前来，拍了拍队员的肩，并排站着。

"高二的时候我们就组队了，打到现在有多少场了？记不清了。很快我们就要二模，然后是三模，最后是高考，没时间再打球了，考完试我们就毕业退场，再打，也不代表二中高三年级了。"

短短几句话，却让庄晏清的心底为之一震。

在他们相视而笑的目光中，她仿佛看到了过去的三年——这群人踏入二中校门，正式成为一名高中生。

因篮球结缘，在球场上肆意挥洒汗水，带球传球还有投球，在一次次配合中培养着默契。计分板上的每一分，都是他们热血青春的见证，受过伤，输过球，可只要这支队伍还在一起，队魂就不会散。

赢是青春中重要却也普通的一瞬间，此时此刻的笑脸与不舍，才是青春中最难以忘却的。

"好，我帮你们拍。"

庄晏清爽快答应。

天色渐晚，光线非常重要，定好了角度和站位后，庄晏清迅速举起相机，连拍了好几张，效果不错。

"你们要不要也一起？把相机架在计分板上。"队长突然提议。

站在一旁的岑翎双手捂嘴，格外意外："可以吗？真的可以吗？"

队员们也非常热情："当然，来，想坐着还是站着，都行。"

"晏晏，我们快过去。"

庄晏清没料到会有这一茬，被岑翎一拽，手里的相机差点摔掉。

"我、我调一下定时。"

在岑翎的帮忙下，她以最快速度架好相机，校报另一名小姑娘则抢先冲到前排坐下，后面站着的正好就是萧北淮。

"你……"

萧北淮抬手的动作一顿，话到了嘴边又收了回去。他看向对面的庄晏清，只见她在调好镜头后，被岑翎拉着跑到了另一边。

又错开了。

一抹懊恼划过眼底，很快又被转移注意力。

众人喊："三、二、一、茄子！"

岑翎双手放唇边呈喇叭状，大喊："高考加油！"

"高考加油！"

"哈哈哈哈哈哈！高考加油！"

岑翎头一回放学回家，有一堆男生陪着，阵仗轰轰烈烈搞得她都有些晕乎乎的。

"晏晏，你要是也骑自行车就好了，我们能一起回。"

庄晏清忍着笑，拆穿她："有这么多帅哥陪你回还不好啊？别害羞了，赶紧，都等着你呢。"

岑翎耳朵都红了："那……那我们先走啦？"

庄晏清："路上小心。"

道路两旁，灯火初升，一群少年前后骑着车子飞驰而去，庄晏清背着书包在后面慢慢走着。

"走路回家？"

一道声音从背后响起。

庄晏清回过头，就见萧北淮骑着辆山地自行车，停在她旁边。

她不自觉问："你怎么没和他们一起？"

萧北淮："不同路。"

庄晏清点头。

"你这要走到什么时候？家住哪儿？我送你一程。"萧北淮看她一眼，下意识发出邀请。

庄晏清看了眼山地车，表情有些奇怪："怎么送？你这车连后座都没，还是想让我坐前杠？"

萧北淮愣了一下，失笑。他倒是忘了这点，但嘴上却仍要杠一下："我的送,是护送,指跟在你旁边。"

"那不用了。"庄晏清抿唇,"我家人在来接我的路上了。"

萧北淮从善如流地点头:"行,那我先走了。"

庄晏清:"学长再见。"

"嗯。再见。"

黄昏与夜晚交际的边缘里,庄晏清尝到了春日的悸动与快乐。不仅是因为看了一场有他的球赛,还有那张有他在的合照,虽然隔着数人距离,但起码还同在一张照片里。

晚风捎来庆贺,欢喜在心底雀跃,脚尖在地面上划了几圈,嘴角的笑意渐渐上扬,庄晏清的心动,校外每一寸风景都知道。

相机是校报办公室的,照片由负责的编辑修完统一报备冲洗,因岑翎提前打过招呼,所以这次由岑翎负责。去照相馆之前,岑翎还问过庄晏清,除了那张大合照,还有没有想洗的照片。

生怕被看出小心思,庄晏清不敢只挑有萧北淮的,所以多选了几张,还包括蒋淮止的投球特写。彼时的岑翎还意味深长地看了她一眼:"你该不会……"

庄晏清:"帮你选的,怕你不好意思挑。"

岑翎瞬间红了脸。

转眼到了周五。

庄晏清刚进校门,就听到身后有人喊她名字。

"晏晏!庄晏清!"岑翎推着自行车小跑着追上,喘着气,"在斜坡就看见你了,叫半天了。"

"我没听见。"庄晏清扶着岑翎,笑,"你今天怎么来得这么早?"

往日岑翎可都是踩点进教室的人。

"取照片去了。"岑翎拍了拍书包,"拍得特别好看,我都有些后悔只洗三张了,早知道应该全都洗出来!"

庄晏清一下兴奋起来:"真的吗?快点快点,我想看看。"

岑翎警惕道:"等到了教室再给你拿,免得路上让人看见了抢。"

庄晏清:"不至于吧……"

"那你就不懂了,乖,听我的准没错!哦,对了——"

岑翎忽然停下。

庄晏清一头雾水："怎么了？"

岑翎："还得把合影给学长们送过去啊，三个镜头，各洗了十张，够吧？"

庄晏清："够了，不是才九个人吗？"

岑翎点头："但我课间要去趟校报办公室，要不你去送吧？"

"我？"庄晏清犹豫了一下，像是想到什么，点头答应，"好，我去。"

第二节课结束，有十五分钟的课间休息时间，庄晏清揣着装有合照的信封小跑下楼，往高三教学楼走去。

比起从前只在台阶上张望，今天是她第一次正儿八经走进高三教学楼。

走廊里依旧很少有人嬉笑打闹，学生大部分都在教室里学习，哪怕现在是课间时间，也没有什么人在外面嬉闹。高三严肃紧张的学习氛围多少感染到了庄晏清，朝十五班走去的步伐不自觉加快。

高三（15）班在二楼最靠右的位置，庄晏清找到时，门口正好有两个女生在聊天。

"同学你找谁啊？"

见小姑娘在门口张望半天，又是个生面孔，其中一个女生主动问，声音听上去温温柔柔，很友好的样子。

庄晏清不自觉地捏紧手里的信封："学姐好，可以麻烦你帮忙叫萧北淮学长出来一下吗？"

"萧北淮？"另一个女生明显反应更大些，她看了庄晏清一眼，目光落在她手里的信封上，忽而笑了，"又是来送信的吗？"

又？

庄晏清捕捉到这个字眼，唇线微抿，想来之前应该是有不少女生来送过了。

女生见庄晏清没说话，还以为她是害羞："小妹妹，趁早打消这个念头吧，你的萧北淮学长他……"

"思慕。"方才主动和庄晏清搭话的女生，打断了朋友未说完的话，眉眼温柔道，"小同学你等一下，我帮你叫他。"

只见女生转身往教室里去，她走到倒数第三排，最靠窗的位置，推了推趴在桌上睡觉的男生："北淮，外面有人找你。"

明明隔着有一小段距离，走廊还有谈话声，可就是这样，庄晏清还是听清了那声温柔的叫唤，北淮。

她喊他北淮。

"谁?"

被叫醒的萧北淮明显有些情绪不佳,眯着眼睛往外看了眼,但逆着光,有些看不清人脸。更何况,外面的人还下意识后退一小步。

廖婧柔不动声色地往旁侧挡了挡:"是个小学妹,应该……应该是来给你送信的。"

萧北淮一听这话,表情里露出一丝不耐烦,"啪"的一声又趴下去,嗓音冷冷:"不见。"

廖婧柔似是早已料到,嘴角几不可察地勾了一下,但面上还是多问了一句:"那我让她先回去?"

这次,萧北淮连声儿都没应,压根儿不搭理。

教室外,庄晏清看到原本已经坐起身的萧北淮又趴下去的时候,心"咯噔"一跳,冷了半截。

站在旁边的女同学见状,双手抱臂,轻笑了一声:"和你说过吧小妹妹,乖,还是回去专心上课吧。"

庄晏清没有理她,视线落在走出来的廖婧柔身上:"学姐。"

"他不见你。"廖婧柔用着最温柔的声线,说着最冷漠的话,"小同学,回去吧。"

"学姐,我只是……"

"小庄妹妹。"

身后传来熟悉的喊声。

庄晏清回过头,就见江延抄着裤兜走过来:"找北淮?"

"嗯,来给他的球队送照片。"庄晏清拿起信封,"校报帮忙拍的,因为不知道球队队长在几班,所以只能送到这边让萧学长转交。"

"那他人呢?"江延张望了一下教室,"哦,睡觉。"

庄晏清语速平缓:"学姐刚刚帮我叫他了,但他不见我。"

江延闻声,看了廖婧柔一眼,后者张了张嘴却什么都没说。

"没事,估计起床气呢。照片是吧,你给我,我帮你交给他。"

庄晏清双手递上:"那就谢谢江学长了。"

江延:"不客气,先回去吧,要上课了。"

庄晏清微微一笑:"好,学长再见。"

050

江延微皱眉："下次叫延哥，学长听着怪别扭。"

"好。"

转身离开前，庄晏清还朝廖婧柔礼貌颔首。待她离开，江延看都没有多看身旁人一眼，径直进教室。

庄晏清的步履沉稳有序，丝毫没有因为见不到萧北淮，又或者因为女生的话而将自己变成狼狈逃跑的失败者。尽管心里有那么一丝异样的情绪，可她还是强忍着挺直脊背，一直持续到离开高三教学楼，庄晏清才松了口气。

高三（15）班。

江延拿着信封走到萧北淮桌前，先是用指节象征性地在桌面上敲了两下，再用信封拍打他的手臂："醒醒，上课了。"

萧北淮动了一下，没有立马抬头。

江延眯眼看了下讲台，语气虽听上去没什么起伏，但声调明显比方才要高些，为的就是让趴在课桌上的人听见。

"小庄妹妹来过了，给你带了东西。"

"谁？"

后背一震，肩胛骨明显抬起，萧北淮抬头，脸颊上还带有校服印子，嗓音里有化不开的倦意。

算起来也睡了有小半节课了。

"你说谁来了？"

"小庄妹妹，庄什么来着……"江延故作迟疑。

萧北淮喉头滚动："庄晏清。"

"对，小姑娘跑来找你，看样子在教室门口站了好一会儿，你什么情况，就顾着睡觉。"

…………

"北淮，外面有人找你。"

"是个小学妹，应该……应该是来给你送信的。"

…………

萧北淮眼睛眨了一下，回想起廖婧柔说过的话，猛地一起身，凳子被踢翻，动静把周围人都吓了一跳。

"干吗，都要上课了，人家早走了。"江延将人摁回原位，把手中的信封递给他,"给你送照片来的。"

心上像被这信封的棱角刮过,眼底浮着的红血丝格外明显,萧北淮伸手接过,刚好上课铃打响,盖住了他那声又轻又淡的谢谢。

江延摆了摆手,绕回自己的位置坐下。下一秒,和廖婧柔的目光猝不及防对上,比起后者的惊慌,他却是无所谓一笑,似无意,又似嘲讽。

踩着铃声进教室,庄晏清小喘着气坐回到位置上,早就从校报办公室回来的岑翎从书包里拿出纸巾。

"都跑出汗了,你怎么去那么久?"

庄晏清接过纸巾:"谢谢……"

还没来得及解释,班主任就进教室了。这节原本是体育课,因为临近期中考,就变成自习答疑。老师例行吩咐了几句,便拉开椅子坐下备课。

"给,这是你想洗的几张照片。"

趁班主任低头不注意,岑翎将信封塞给庄晏清。这里面装的,除了一张和球队的合照,还有萧北淮、蒋淮止在场上的特写。

"蒋淮止那张我抽出来啦。作为回礼,我和你交换一张!"

看着岑翎字条上的字,庄晏清好奇地拆开信封,当即怔住。

是她在调试参数时拍到的,坐在休息区的萧北淮抬眼正看镜头的照片。

庄晏清心动了一下,只觉得那个眼神一眼望入了她的世界。

一时间目光舍不得从上面移开,小心翼翼却又贪婪地占有着这个眼神,就像在想象着他的眼里只有她一样。

"喂。"

岑翎轻轻撞了一下庄晏清的胳膊,下巴扬高指了指讲台处,示意她收敛些,免得被班主任发现了,直接没收。

庄晏清点点头,将照片收回信封,如获至宝似的放进书包里。

也就是这个细微的动作,岑翎觉得自己内心的猜想得到了证实,嘴角微微勾起。就当是庄晏清给她开小灶补课的报答吧,她这个人不喜欢欠人情。

很多年后,庄晏清仍会时常回想起那张照片里的眼神。

还有,他打篮球的样子是真好看。

至于那张大合照,即便中间隔着其他人,但也是她高中生活里为数不多热烈又青涩的回忆,是每每经过操场与大台阶都会想起的画面,是偷偷藏在心底的见证,也是首次光明正大的合影。

期中考三天,轰轰烈烈而过。

岑翎头一回有把握理科三门肯定都及格了。虽说这考试范围囊括了第一学期学到的内容,乍一看复习的量非常多,可不知怎的,庄晏清总能把考点摸透了,精准猜中题目。

"晏晏,周末我请你出去玩吧,就当答谢你这几天帮我补课了。"

庄晏清整理书包的动作一顿,笑着看岑翎:"不练琴吗?可别忘了下周就是艺术节了。"

岑翎纳闷:"我想练啊,但周末学校又不开门。"

庄晏清眨眨眼:"你可以来我家。"

这是第一次,庄晏清主动邀请自己的同学来家里,以至于和晏琼玉说起时,对方还惊讶了数秒。

"来几个同学啊?妈妈给你们订小蛋糕好不好?奶茶?还是其他什么吃的?"晏琼玉想了想,又补充,"要不我们出去吃饭?妈妈带你们去吃西餐?吃牛排?"

"妈妈,不用麻烦,就来一个同学,而且是来练琴的,学校下周有艺术节表演,我和她搭档演出。"

练琴?艺术节?演出?

几乎每个词对晏琼玉来说都是陌生的,她温声道:"参加艺术节这件事,我怎么从没听你提起过啊?"

庄晏清莞尔:"因为妈妈你也没有问过我。"

晏琼玉当即怔住,姣好的妆容下,却来不及管理微表情。

周六的早上,晏琼玉难得没有去公司,早早就和君姨在厨房里张罗着做小点心。

庄晏清接到岑翎的电话下楼来,瞧见晏琼玉在家,下意识地揉了揉眼,生怕是看错了:"妈妈?"

"哎,同学来了吗?"晏琼玉问。

庄晏清换好鞋:"到门口了,我出去接她。"

晏琼玉:"好。"

岑翎头一回来大通路这边，进小区前岑妈妈还和她反复确认地址有没有错。因为距离较远，岑妈妈不放心女儿自己骑自行车，想着正好出门买菜，顺道骑摩托载她过来，没承想竟到了富人区，一时有些好奇。

"翎翎，你这同桌是刚转学过来的吗？初中和你不同校？"

"嗯。"岑翎踮着脚尖往里张望，看见庄晏清时，连忙兴奋招手，"晏晏！"

"翎翎！"庄晏清小跑过来，看见长辈在，微笑打招呼，"阿姨好，我是岑翎的同桌庄晏清。"

岑妈妈："晏清你好，那你们俩玩吧，阿姨就先走了。翎翎，回家前给我打个电话，再过来接你。"

岑翎点头："妈妈再见。"

庄晏清："阿姨再见。"

"再见。"

"哎，我妈要不亲自把我送过来，总觉得我是找借口出门玩的。"岑翎背着小提琴，挽着庄晏清四处张望，由衷地感叹，"你们小区好漂亮啊，像花园一样。"

庄晏清指了指前面一栋："那是我家。"

"小清。"刚踏上台阶，大门就开了，晏琼玉风姿绰约地站在门口朝她们招手，"翎翎是吧？欢迎来家里做客。"

后来即便过去好些年，岑翎仍旧忘不了初次来庄晏清家时的画面，觉得晏阿姨就像是仙女下凡一样漂亮，而庄晏清家也像是宫殿。

那是第一次，她心里生出想法，觉得自己和庄晏清像是两个世界的人。

"原来你家里有架钢琴啊，我总以为你和我隔壁家那个姐姐一样，是在老师家练琴的。"

岑翎小心翼翼摸了一下钢琴，只觉得学校那架和这根本没法比好吧。

"嗯，我小学五年级就开始练琴了。"庄晏清坐在椅子上，活动了一下手指，"我们开始？"

岑翎："好！"

虽说选拔赛和正式演出中间隔了一个期中考复习，但显然并没有太影响搭档之间的默契和熟练度。配合十几遍下来，庄晏清率先举手投降。

"我觉得这程度应该可以了，再练我可能会吐。"

岑翎揉了揉胳膊："我也……"

茶几上还放着晏琼玉一早起来做的小蛋糕，庄晏清尝了一口就知道，应该是君姨的杰作，妈妈只是在旁边打打下手。

反倒是岑翎，吃完表情瞬间变成星星眼，对晏琼玉崇拜得不行。

"对了，我们下午出去逛街吧！"

庄晏清："逛街？"

岑翎："嗯嗯！"

表演需要演出服，虽说衣柜里还有好几件裙子，但她觉得和这次表演节目不太搭，不如出去逛一逛，看有没有合适的衣服。

庄晏清想了想，点头答应。

周末出门逛街对庄晏清来说，有些陌生，往常需要什么，晏琼玉都会帮她安排好，她所要做的就是认真学习，还有专心练琴。

和庄晏清不同，岑翎家就住在市中心一个老旧小区里，周围遍布商铺，还有一条潮流街，关于去哪儿玩和上哪儿能买到最新潮的衣服的问题，问她准没错。

"对了，我先把你拉进艺术节的大群。"

岑翎注意到庄晏清自己有手机，想着由她来接收消息会比较方便。

"我妈管我管得比较严，只有周末可以玩手机，上周他们就把我拉进群里了，我也是今天才知道。组织者应该是没有你的微信才没有第一时间邀你进群。"

话音刚落，庄晏清口袋里的手机就响动起来。

岑翎笑嘻嘻："改一下群备注，接下来这几天要是有什么通知，例如彩排啊抽签之类的，有你在，我就不担心不知情了。"

庄晏清："好。"

改完群备注，习惯性将群设置为免打扰，直到傍晚回家，庄晏清才重新点开这个微信群——天水二中第八十五届校艺术节之表演组（46）。

群公告是目前最新的彩排时间和场地安排，顺着往下能看到群成员，除了参演节目的主要成员，就是班级文娱委员和班长。大部分人都改了备注，庄晏清慢慢往下滑动，忽然，视线在一个名字上停住。

萧北淮。

他没有改群昵称，但因为微信名就是本名，即便不改，大家也知道他是谁。

庄晏清没有萧北淮的联系方式，微信没有，QQ也没有，如今能和他在一个群里，这种感觉既新鲜又微妙。像是无形之中，与他又多了一层关联，哪怕是微不足道的，都足以让她兴奋起来。

点开萧北淮的头像，大图是张海边背影照，她几乎第一眼就认出那个地方——沪城的澜沧海。

他第一部戏的外景拍摄地。

因为不是微信好友的缘故，庄晏清看不到萧北淮的朋友圈内容，能获取到的信息只有头像、背景和签名。

△请，变得耀眼。

言简意赅，却也是他对自己最大的期许。

手机响动了一下，庄晏清退出萧北淮的微信页面，下一秒就看见群里有人@自己。

文娱部副部长：是高一（8）班《爱乐之梦》的参演人员吗？@G108-庄晏清

YanQ：是的。

文娱部副部长：终于出现啦？按照之前群通知，节目单彩排顺序是按照申请先后来，剩你们组没人申请，所以暂定倒数第二，最后压台节目是@G315-萧北淮。

倒数第二？

庄晏清皱眉，岑翎之前虽然进群了，但因为没有手机，没及时看见消息也就没申请，结果自动变成倒数。这未免也太随意了些。

萧北淮：嗯。

聊天页面跳了一下，是被点名的萧北淮。

他似乎对自己是最后一个表演这件事并不意外，所以也没有多说什么。被他插队回复后，庄晏清也只能回了个"好"。退出群聊后，通讯录上出现了小红点，她下意识以为是负责这次校艺术节的学生会来加好友，结果点开一看——

萧北淮。

庄晏清吓得手机丢在桌面上，"啪嗒"一声响。

什么情况？

书桌前的小镜子映出她那张略显惊慌的脸，萧北淮竟然主动添加自己为微信好友？

　　雪白面颊因为这突如其来的好友申请而紧张得泛红，颤颤巍巍的手指点了通过以后，庄晏清整个人都变得谨慎起来，是不是该主动打声招呼？

　　可不对呀，是萧北淮加的她，所以也应该他先发消息吧？

　　对对对，女孩子要矜持些。

　　想到这儿，庄晏清将手机锁屏放在一旁，拿出卷子准备开始学习。她坐姿端正，题目都来回读了几遍，可思路就像是飘在了上空，怎么都无法扎根落实下来，目光总会不受控制地落在手机屏幕上。

　　怎么还没有听到新消息提示音，是开了静音模式了吗？

　　借着调整手机模式，她又看了眼微信界面，萧北淮那一栏依旧没有未读消息，她一下蒙了，总不会只是要加个好友吧？

　　心不在焉了一晚上，卷子没写多少，手机倒是先电量告急。庄晏清心情一下沉到了谷底，她被萧北淮这波摸不透的操作彻底影响了。

　　难不成，微信聊天这件事，也讲究礼尚往来？萧北淮主动添加她为好友，那作为学妹，她要主动打招呼？

　　想到这儿，庄晏清心跳有些快。

　　她慢吞吞地编辑文字，删掉又重来，反反复复斟酌措辞，最后一个手滑发送出去。

　　YanQ：嗯？

　　这下可把庄晏清给吓坏了，这、这……

　　她赶忙补充编辑：学长好，刚刚在忙，请问有什么事情吗？不好意思，刚手滑了……

　　十秒、十五秒、三十秒……一分钟都过去了，没有半点动静。

　　庄晏清这才意识到，萧北淮可能在忙，兴许他是加了好友之后被什么事情缠住了，这才一直没有给她发消息。

　　不管怎么说，她主动打过招呼了，礼貌到位，想到这儿，瞬间没有了心理压力。

　　"晏晏，这么晚了还不睡？"经过房门口，见灯还亮着，晏琼玉敲了敲门后进屋。

　　庄晏清忙不迭将手机藏于袖口，回头："马上就睡。"

　　晏琼玉没有上前，而是坐在床尾的软榻上："今天和小岑出门逛街了？"

057

"嗯，岑翎想买件新裙子，艺术节表演当天穿。"

"那你呢？有挑中喜欢的吗？"

庄晏清摇头，她衣柜里有不少小裙子，都挺合适的，不需要买新的。

晏琼玉："要不妈妈给你们挑套姐妹裙，到时候演出一起穿？"

庄晏清："不用了妈妈，她买到新裙子了。"

晏琼玉莞尔："好，那赶紧睡吧，别忘了明天要早起。"

"嗯，知道。"

每周末早上，他们家都要开视频会，原因就是家里有个"小祖宗"，人在美国读书，有时差。约定视频会交流，美其名曰增进家人关系，维护家庭和睦。

但往往，都没啥效果。

凌晨一点多，萧北淮拖着疲惫的身躯回到房间，卫衣连帽下的头发被汗打湿成一绺一绺，遮住了深如暗潭般的双眸。

To do list（待办事项清单）上的待办行程越来越少，像是对他选择正阳大学的反击，他嘴边浮起一丝苦笑。

他点开微信，像是想起什么，拨下帽子打开灯，一把拉开椅子，坐定了仔细翻看。

终于，萧北淮看到了那条来自庄晏清的未读消息。

台灯下映着那张清隽的脸庞，眼底像盛满了光亮，晃动成星。

几个小时前，萧北淮无意间点开校群，正好就看见那条提及自己的消息，而上面则是熟悉的名字，庄晏清。

头像看起来有点意思，他想着点开看大图，结果目光被"添加到通讯录"一行字吸引，鬼使神差地点了下去，发送。

他反复看着对话框上显示的消息，是距离他发送添加好友申请通过后足足过了一个多小时才发过来的。

萧北淮没有细想为什么隔了一个多小时才发消息，而是犹豫着自己要不要马上回复。右上角显示时间进入新一日的伊始，现在回消息已经太晚了，他退出聊天页面，将手机丢在一旁，起身拿着换洗衣服去浴室洗漱。

次日一早，庄晏清被叫醒时觉得整个人都晕沉沉的，像是刚入睡了十分钟就被揪起来一样，浑身有气无力。

"小清，你是熬夜了吗？都有黑眼圈了。"晏琼玉被女儿这状态吓了一跳，双手轻捧脸蛋，左看看右看看，不止黑眼圈，还有眼袋，整张脸也略显浮肿，"没睡好？"

庄晏清一脸怏怏，别提了。

因为加了萧北淮微信好友这件事，她一整晚都没睡着，明明睡前已经潜意识说服自己对方在忙，可还是忍不住断断续续爬起来确认微信有没有新消息。

等到下半夜，她忽然想起自己如今已经是萧北淮微信好友的关系，可以看朋友圈了！她又是一个鲤鱼打挺，翻身起床，生怕被晏琼玉发现，连灯都不敢开，就这么拿着手机猫着身窝在被子里翻阅。

萧北淮的朋友圈大部分都是记录式照片，不是自拍，也不是单一风景。有的是片场花絮，有的是街道随拍，像是在专注记录生活，可乍一看却没什么规律和逻辑，全凭喜好，却也自成风格。

配的文字也很简单，比起其他好友小作文似的朋友圈，他一个表情、一个词语、一句话，显得格外简约。

翻着翻着，不知不觉到底。起起伏伏的心情仿佛随着这一条横线落至平静，庄晏清选了几张第一眼就觉得很喜欢的图，偷偷保存至手机。

这晚，她梦里都是和萧北淮朋友圈里场景有关的画面，像是也去了一遍，见到了同他镜头下一样的场景。

就在刚刚，借着看时间的间隙偷瞥了眼手机，仍旧未有新消息，庄晏清抿了抿唇，在晏琼玉的搀扶下起身洗漱。

餐厅里，庄怀和晏琼玉正专心视频，庄晏清趴在桌面上半眯着眼打瞌睡，视频里的"小祖宗"讲了半天后终于察觉到异常。

"庄晏清在干吗？""小祖宗"拔高了声量，"我抽出宝贵的周末时间分享我的学校生活，她在干吗？不听？"

庄晏清不耐烦地换了姿势趴着，嘴里嘟囔一声："烦死了。"

"爸！妈！她态度不端正！"

晏琼玉赶忙制止噪音来源："嘘，庄明宴，别吵你姐姐，她昨晚看书看太晚了。"

"看书？不是都考完试了吗？国内的高一生活这么拼？太乏味了吧。"

虽说是龙凤胎，但庄晏清和庄明宴的性格可谓是千差万别，小的时候还知道跟在庄晏清屁股后面叫姐姐，长大了越来越嚣张，甚至还打过架，可往往被打哭的人是庄明宴。

为此，就连晏琼玉都解释不清，女儿的性格明明比儿子要温顺很多啊。

"小清，要不就上楼睡吧，别在这儿趴着了，免得感冒。"庄怀轻轻拍了拍庄晏清的后背，继而抬头望向视频，嗓音沉了几分，"别光说社团活动，学习呢？跟上了没？"

焦点一下又集中到了庄明宴身上，本就是家庭视频，既然爸爸开口了，庄晏清就当完成点名，慢吞吞地起身上楼回房补觉。

沾枕即眠，她是真的很困，大约睡了有一个多小时，床头手机接连响动了几下。

起初庄晏清并没在意，下意识又要睡过去，倏地，像是想起什么，她又挣扎着起身，摸过手机迷蒙着眼。

萧北淮。

看到这三个字，庄晏清瞬间清醒。

萧北淮：早。

萧北淮：昨晚出去练舞，没带手机。

萧北淮：照片谢谢，拍得很好看，已经转交给队友了。

萧北淮：那天太困了，趴在桌上睡着了，不知道你来送照片，不好意思。

四条消息连发，不带表情包，庄晏清尝试着揣测了一下对方编辑这些话时的表情和语气。

原来他加自己，是为了说照片的事情。

庄晏清盯着对话框看了半天。

其实……她都已经忘了那天的事情了，尽管当时有一瞬间心情不是很好，可毕竟已经过了这么多天，没必要还一直放在心上添堵。

想了想，她编辑回复。

YanQ：没关系。

YanQ：照片喜欢就好，嘻嘻。

末尾，她还不忘贴个表情包，显得气氛又软又和谐。

页面顶部显示"对方正在输入"，他在玩手机？在回复自己消息？

庄晏清屏住呼吸等待，眼睛都不敢眨。

页面弹出新消息。

萧北淮：嗯。

萧北淮：艺术节加油！

庄晏清的嘴角瞬间上扬，仅仅因为那五个字，整个人兴奋地往被子里缩，翻滚了好几下才平复心情，飞快编辑信息。

YanQ：好！

第四章

/

宇宙浪漫
qingxingmeng-

周一,得知自己的节目被排在倒数第二个,还是以在微信群冒泡举手抢位置这种非常草率的方式决定。岑翎在教室里大喊了一声。

引来无数同学注目,庄晏清想捂她嘴已经来不及了。

"拜托,不带这么欺负人的吧?"

想过节目编排要么是按照年级,要么是按照表演形式来安排,最差不过抽签。现在倒好,还有抢号这种事,真有意思。

"没事啦,只是个彩排顺序,兴许到正式表演还会改呢。"

岑翎挑眉:"真的?"

庄晏清不敢打包票:"百分之五十的可能。"

艺术节定在本周五晚上,周三和周五下午会进行两轮彩排,前者不带妆参加,主要是过个流程和把控每个节目的时间。

庄晏清和岑翎到的时候,已经演完了三个节目,因为是倒数表演,她们也不着急,签到之后就找了个位置坐下,等着叫名字。岑翎鬼鬼祟祟地从书包里掏出一期最新的《时代影视》,迅速夹在英语课本中,看了周围一圈,这才撞了撞庄晏清。

"看我给你带了什么好东西!"

庄晏清从书本中抬头:"嗯?"

"当当当当!嘘,新出的,昨天放学经过报刊亭特地让老板给我留的,一大早就去拿了,晚点都抢不到!"

这要让班上的同学看见了，指不定抢着来借，等轮完一圈回到自己手上，封皮都有折痕了。也就是和庄晏清关系好，这才第一时间分享。

"课间的时候我都偷偷翻看过了，你呢，要不要看？"

庄晏清头一回接触这些，接过手翻了几页感觉还挺有意思。

"就坐这儿吧。"

前排有几个女生走近落座。

听声音很熟悉，庄晏清抬起头来，本是不经意地瞥了眼，却怔在原地。

是她？

岑翎顺着庄晏清的目光看过去，贴近小声问："认识？"

庄晏清马上否认，随即低头，生怕被对方发现。

"没想到今年艺术节规模这么大，我刚进来时听老师说，明天就要开始搭建舞台了。"

"可不是嘛，赶上这一届专业舞美，也算是给自己高中生涯增添一抹靓丽色彩了。"

"呜呜呜，别说了，我不想毕业。"

"我和你不一样，我啊，就想快点高考，快点结束，快点上大学。大学生活可比高中丰富多了。"

"你是想上大学可以谈恋爱吧？"

"嘘！"

"婧柔你别跟着笑啊，说说，你打算考哪所学校？"

庄晏清机械地翻页，视线却只停留在一处，文字不过眼，她的全部注意力都集中在那个人的回答上。

"我？"廖婧柔想了想，柔声却又坚定，"正阳大学。"

庄晏清呼吸一滞，耳畔回想起那夜萧长河说的话——

"他呀，选了正阳大学，像是笃定能考上一样，连个备选都没有，真不知道这孩子怎么想的。"

庄晏清脑袋"嗡"的一声，只觉得有什么碎片被强行拼凑到一起。眼前一阵白光闪过，遮挡住了原本杂志上的画面。

前面人聊天嬉笑的声音，像是开了环绕音效在她耳边徘徊——

"就知道你肯定也选正阳大学，嘿嘿，和某人有关吧？"

"嘘，你小点声，别乱开玩笑。"

"谁开玩笑了？这次难道不是你开口，他才来参加演出的吗？"

"就是，梦幻同台，宇宙浪漫！"

梦幻同台。

宇宙浪漫。

庄晏清搭在杂志页面上的手指微微颤抖，胸口不受控地起伏，长睫轻颤，视线有些模糊，纸张上的字她一个都看不清，像是直接跃出页面往四周散开，偏不入她眼。

"谁的新闻啊你要看这么久。"

岑翎凑过来，大致扫了一眼，了然地"哦"了一声，指尖在页面上轻轻点了两下，像是提醒："八卦呀，大多都是假的。"

庄晏清蓦地抬眼看她。

却见岑翎只是笑笑，再也没往下说。

这话，到底是针对杂志内容，还是别有深意，岑翎是不是看出了什么，庄晏清统统都不敢问。

傍晚下了一场大雨，空气中夹带着丝丝凉意，不少人因为没带伞被困在了教室里，卷子都写完一套了，雨还没停。

伴随着窗外刮风下雨，庄晏清和岑翎完成演奏，学生会代表记录好时间，音乐老师站在一旁作最后指导。

"这雨来势汹汹，却无形中给你们添了不少氛围感，演奏钢琴的同学状态有些紧，放松些，速度放慢注意情绪。彩排可以失误，上了台可就没有补救的余地了。"老师指了指自己的耳朵，"有没有弹错，台下可都听得一清二楚。"

庄晏清抿唇，垂眸。

"回去再好好练练。"老师转身又向学生会负责记录的同学吩咐，"这节目还是安排在压轴，不改了，旋律和氛围感用作收尾正合适。"

原本还抱有调整出场顺序希望的岑翎一听这话，手里的小提琴差点掉在地上，整张脸垮着，语气可怜兮兮："怎么就合适了啊……"

庄晏清没有听见她说什么，起身离开琴椅，朝身后休息区看去，并未有萧北淮的身影。

他不来彩排吗？

"好了。"老师拍掌示意，"今天就到这里，都六点多了挺晚的，大家回去路上小心些。正式演出节目安排表出来后会发到群里,各自再重新确认一下。"

同学们异口同声:"谢谢老师。"

大家陆陆续续离开多媒体教室,岑翎也在弯腰整理琴盒。

"早上出门还是大晴天呢,说下雨就下雨了。晏晏,你还是家里人来接吗?等车到了再出去?"

"嗯。"庄晏清看了眼窗外,还下着小雨,"你要走了吗?这会儿还有雨呢。"

岑翎背上书包,抱着琴轻轻拍了拍:"我看雨势变小了,还可以接受,再等怕又下大雨,那就回不去了。"

庄晏清:"要不你今天别骑车了,和我一起走,我让赵叔先送你回家,明早再让你妈妈载你来学校。"

岑翎:"不用,我妈上班不顺路,再说了我蹬得快些不就淋不到了嘛。"

拗不过岑翎,庄晏清陪着她下楼,两人在一楼分开,一个往停车棚小跑而去,一个在台阶上徘徊了许久,最终绕回顶楼。

许是下了雨,墙壁有些潮湿,空气中夹带着一丝沉闷的霉味。整条走廊都被大雨溅湿,庄晏清走得很小心,生怕脚下打滑。

下午她就觉得空气里闷得慌,本以为压在心头透不过气的是那些聊天,如今想来,一场大雨也能成为撕破沉郁气口的主导者。

"这个点不回家,来这儿干什么?"

空气中传来一道清冷的声音,直接把庄晏清吓到后退一步,脚底打滑踩到了放在墙角的废旧铁料。

"丁零当啷"一顿响。

没料到这个点顶楼还有人,她定睛一看,竟是萧北淮。

"是你。"她下意识呛了一句,"那你又来这儿干什么?"

他就站在墙角的位置,单腿抬起半支着墙壁,颀长的身形慵懒隐于房檐下。

若不是因为她的突然闯入,这整个顶楼天台都属于他一个人。

萧北淮眯了眯眼,红光在指尖若隐若现,意外坦然地在庄晏清面前呈现他另一个形象,与高三生无关。

"今天艺术节彩排。"庄晏清盯着萧北淮看,"你为什么不去?"

萧北淮指尖微动,语气格外平静,像在说件本就很不重要的事情:"我不需要。"

庄晏清没说话。

萧北淮随手指了下天色："彩排结束了不回去，跑这儿来做什么？"

"家里人还没到，所以想上来吹吹风。"

没想到就在这儿遇见你了。

后半句庄晏清没说，只看了一眼萧北淮手上的东西。二中是国家级示范性高中，校风很严。

萧北淮这是明知不可为而为之，若被抓住那就是个典型。

"你常来这儿？"庄晏清问。

萧北淮没有立即回答，囫囵清了下脚边位置的垃圾，双手抄回口袋，校服外套拉链松松垮垮："晚点还有一场雨，走吧，这里不能多待。"

见庄晏清站着不动，他还催促了一下："走不走？"

"抽烟。"庄晏清仰起头看他，娟秀面容下的眉眼如远山黛与清水澈，"一点都不酷。"

嗓音里是难得执拗和小脾气，这让萧北淮有些意外。

庄晏清却是没有再理他，转身离开天台。下台阶时，她甚至还觉得有些生气——

坏学生才抽烟。

而他，不该是坏学生。

继房檐屋顶被雨水打湿后，入夜的城市被浓雾层层罩住。

庄晏清拿着手机坐在床头发呆，回想着傍晚在顶楼天台的那一幕，脑海里一遍又一遍重复着自己说过的话，陷入自我怀疑。

自己的态度会不会太差了？

萧北淮会不会觉得自己多管闲事？

自己当时的表情会不会很臭啊？

万一萧北淮误会自己讨厌他，那不就糟了？

…………

她只是不希望萧北淮变成不良少年的样子，脱口而出那句话也是出于关心，可他会信吗？

本就对她没印象，现在好了，不会因为那句话，就觉得她是个多管闲事又幼稚可笑的小屁孩吧？

庄晏清似小扇般的眼睫毛扑闪扑闪，最终还是忍不住拿起手机，发了条不带图的朋友圈——我曾无意窥见月亮，明明有光却说它不够明亮，是我疏忽了月有阴晴圆缺，抱歉。

不能太明显，又得让他明白自己的意思，庄晏清琢磨了老半天，最后还是借窗外的月亮发了这么文绉绉的一句话。

心想，他应该能看懂吧？

她就是不小心撞见，没有说他不好的意思，只是抽烟这个行为和他身份不符合。

庄晏清用自己的思维理解了一遍，点击发送前，犹豫了一下，在"谁可以看"那一栏选择通讯录——萧北淮。

她发了这条仅他可见的朋友圈。

一分钟、五分钟……十分钟过去了，朋友圈毫无动静，并没有任何新消息。

这一幕像极了不久前通过萧北淮好友时的样子，那会儿的她也是如今日这般苦苦等待。

但不管怎样，庄晏清觉得这已经算是一种道歉与解释了。

夜雨淅淅沥沥，到了家门口，萧北淮收起雨伞，往外抖了抖水珠。

"大明星，回来了？"

流里流气的声音，萧北淮不看也知道来的人是谁。

"喂，和你说话呢你这小孩，有没有点礼貌？"来人一把扯住萧北淮的领口，用力一推，偏头往地上吐了口痰，"回去和你妈说一声，三月的房租快点交，要不然我可要砸东西了。"

"三月的房租？"萧北淮皱眉，"不是月初就给过了吗？"

"谁和你说给过了？还的是另一笔钱，总之，回去提醒你妈，要再这么拖就给我滚蛋走人！呸！真晦气！"男人拽过萧北淮的书包，随手翻了翻。

萧北淮缄口不言，只是冷冷盯着他。

"看看看，看什么看，别给老子装！"

男人翻到想要的东西，将书包丢回萧北淮怀里，不耐烦道："滚。"

萧北淮唇线紧抿，转身上楼。

家门口发黄发霉的墙壁上又多了几张牛皮癣，他眸色无波。进屋后，他将

067

伞挂在阳台，又从房间里翻出仅剩的一瓶颜料，还是上学期画画时用剩下的。他随意找了个塑料碗挤出来兑了点清水，拿了把旧牙刷往门口走去。

等涂完小半面墙，楼梯口传来熟悉的脚步声。

杜宁絮看见萧北淮，疲惫的面容上多了抹柔色，见他手里端了个塑料碗，随即望向墙壁，数秒钟后轻笑出声。

"这又不是墙面漆，没用的，过几天又贴了。"

萧北淮平静地道："总比被当成特殊住所要强。"

杜宁絮愣了愣，嘴角挤出一丝笑容："小淮，你又胡说。"

萧北淮沉默不语，收拾完东西转身进屋。

杜宁絮收敛笑容，在门口缓了好一会儿才进屋，彼时萧北淮已经将用过的塑料碗和颜料清理好，丢进垃圾桶里。

"房东说三月份的房租还没交？"

"啊？"杜宁絮表情有些慌，装作惊讶，"他记错了吧，你爸拿钱过来时你不也在吗？我都交了。"

萧北淮敛眸，语气不咸不淡："别卖那些产品了，他给的钱交完房租，够撑到我考完试。到时我们搬出去，在公司附近找个房子。"

杜宁絮温声道："这段时间，你先专心备考，工作不是让凯恩帮你暂缓了吗？"

凯恩是萧北淮的经纪人。

"嗯。"

最终，他还是什么都没说，关上门回房。

细碎的刘海下双眸紧闭，高挺的鼻梁，紧抿的唇线，在没有光线的屋子里，同黑暗隐于一处，逐渐模糊。口袋里的手机响动了几下，是凯恩发来的消息。

凯恩：有个校园剧的本子，我看了觉得挺适合的。

凯恩：考完试后试戏？

凯恩：这次合你心意了，是男主角。

萧北淮：谢谢姐。

退出聊天界面，萧北淮看见朋友圈出现小红点，旁边的头像他认得，是庄晏清。

△我曾无意窥见月亮，明明有光却说它不够明亮，是我疏忽了月有阴晴圆缺，抱歉。

这话……

萧北淮下意识低声念了出来，嗓音在这夜里像带磁一样鼓动耳膜，一遍结束又在心里默念了数遍，直到反应过来什么意思，倏忽笑了下，肩膀轻颤的幅度渐渐变大，直到喉间有些发痒，连咳了几声冷静下来。

不管庄晏清发这条朋友圈初衷是什么，但是萧北淮决定，就按自己的理解来。

这小姑娘，挺有意思。

转眼就到了周五。

一早，晏琼玉抱着两个盒子敲门进屋，彼时的庄晏清已换好校服，准备下楼吃早餐。

"我给你梳个好看点的发型吧？"

本想说学校请了专门的妆发造型团队，可见晏琼玉已经走到梳妆台前挑饰品，庄晏清便忍了下来，放下书包走过去。

"妈妈，不要太夸张哦。"

晏琼玉的操作欲极强，一度体现在她转学当日，在她梳高了的马尾辫上编了足足十条小麻花辫，隆重程度堪比国外脏辫。现在的庄晏清依旧能记得那时头皮的沉重感，所以忍不住提醒一下晏琼玉。

"放心，我昨晚就想好啦，一定要搭配裙子来。"

晏琼玉将她原本梳好的马尾辫解开，轻轻梳顺，在两旁挑了两缕碎发开始往后编麻花辫，最后再用橡皮筋绑在一起，将中间的头发从麻花辫中掏出，披散在肩头。

"要不是你还在上学，我一定帮你把发尾再烫一下，那样更好看。"别上小雏菊发卡，晏琼玉搂着庄晏清对镜欣赏，"我女儿长得真漂亮。"

庄晏清："谢谢妈妈。"

"对了。"晏琼玉想起来意，拿起放在尾榻上的盒子，"你的裙子我拿去熨了一遍，这里面另一件裙子是给小岑的。"

庄晏清不解："我说过她买了新裙子啊。"

"是，但妈妈觉得这件和你的更搭。搭档表演嘛，衣服搭配也挺重要的。你就带过去，让小岑试一试，她要是还喜欢自己买的那件，那这个就当是妈妈送她的礼物。"晏琼玉揉了揉庄晏清的头发，"她是你在二中交的第一个朋友，妈妈希望她能和你一直做好朋友。"

庄晏清重重点头："好。"

得知晏琼玉给自己准备了新裙子，本还在为表演紧张得坐立难安的岑翎瞬间呆愣在原地。

"我妈妈说，这是送你的礼物，可以今天舞台上穿，也可以带回家留着下次穿。"

"呜呜呜，阿姨也太好了吧。"岑翎感动得眼泪都在眼眶里打转，虽说自己买的裙子也喜欢，但明显眼前这套和庄晏清的更搭，"谢谢你晏晏，让我今晚也当了一回公主。"

庄晏清捏了捏岑翎的脸蛋，笑："你本就是公主。"

门口传来一阵小喧哗，紧接着就看见萧北淮背了把吉他进来，走在他后面的是江延，手里拿着架子鼓鼓棒。

"哟，小庄妹妹。"

江延几乎是一眼就看见了庄晏清，抬手打招呼。他们节目靠后，都坐在最后一列。

"延哥，萧学长。"

庄晏清想起上次江延的话，学长两个字都到嘴边了，生生咽了回去。

反倒是萧北淮，见称呼差别如此之大，好看的眉毛挤在一处成"川"字。

"你叫他什么？"

不止萧北淮，岑翎也同步好奇转头，眨着眼看庄晏清，实在是因为这称呼太亲昵了。

庄晏清神色平静："延哥。"

萧北淮眯眼。

江延反手碰了一下他胸口，解释："是我让她这么叫的，老学长学长的，听得我鸡皮疙瘩都起来了。"

萧北淮："就这？"

江延舌尖顶了下脸颊，轻笑："那不然呢？"

萧北淮重新看向庄晏清，慢悠悠道："那你也改一下对我的称呼。"

庄晏清觉得喉头有些干涩："你……咳……你说什么？"

"改称呼啊。"萧北淮慢条斯理地重复着要求，"我和江延一样，觉得学长学长听起来太肉麻，你能叫他延哥，不能叫我淮哥？"

不待庄晏清反应过来，一旁的岑翎倒先忍不住别过脸偷笑，嘴角一抽一抽的。

"北淮哥。"

沉默片刻，庄晏清妥协，只不过比萧北淮要求的多了一个字。

"果然。"当事人满意地点头，随即看向江延，挑眉，"确实顺耳很多。"

"北淮。"

门口传来一声又娇又柔的呼唤。

庄晏清抬头望去，目光正好与门口站着的廖婧柔对上，后者朝她微微一笑，像是在打招呼。

萧北淮眉眼淡淡："有事？"

廖婧柔朝他招了招手，示意他过去。

萧北淮沉默了三秒，将吉他递给江延，抄手走了过去。

距离的缘故，两人都说了什么，庄晏清未能听清，只能看见廖婧柔脸上掩饰不住的笑意和害羞。

因为她偶尔也能从镜子里看见自己这副模样，在想起萧北淮的时候。

庄晏清收回目光，坐回座位上，十指交叉放在膝上，有意无意地捏着，试图缓解心头复杂难解的情绪。

"紧张？"江延面对着庄晏清和岑翎，坐在前排桌子上，低头拨弄调试琴弦，"我和北淮第一次上台演出的时候，也像你们现在的样子。"

"第一次演出？在学校吗？"

岑翎忽然好奇起来，她初中的时候就听说了。

二中高中部有个风云人物叫萧北淮，人长得帅、歌唱得好，关键还会演奏乐器，是无数女孩子追捧喜欢的对象。

后来考上了二中，萧北淮却因为拍戏和其他行程，不常在学校，和庄晏清相比，即便是早待了一学期的岑翎在学校也没怎么见过他。

所以，像现在这样见面能打声招呼，甚至还能聊上一两句，是岑翎想都不敢想的，托朋友的福，她和风云学长也有面对面交流的机会。

江延："不是，是在少年宫。"

庄晏清活动手指的动作停了下来。

"很临时的一场演出，不过也是因为那次登台，北淮才被他现在的经纪人

071

发现，签了公司，正式进入影视圈。"

岑翎大吃一惊："原来如此。"

江延点头："他的台风非常强，一旦上台便像是换了一个人。后来我问他怎么做到的，他说……"

嗯？

怎么停下了？

见庄晏清终于抬头，江延才顺着往下讲："权当台下都是一群数码宝贝。"

"噗！"岑翎大为意外，笑道，"这都行？"

江延抬了抬手指："不信？等你自己上台试试就知道了。"

晚上七点整，艺术节正式开始。

开场表演是由校舞蹈社和老师一起搭档演出的舞蹈诗剧，其中副领舞是廖婧柔。后台准备区与主舞台只隔着一间休息室，舞台上的音乐与舞台下的欢呼声，都听得一清二楚。

"她们人气真的好高。"岑翎在门口张望了半天，回来同庄晏清描述，"之前就听说过我们学校的舞蹈社，是王牌社团，一直没机会看她们的表演，今天总算是见识到了。"

庄晏清点头："早些时候看到她们的妆发造型，很漂亮。"

"哎哎哎，看见了吗？"

"什么？"

"萧北淮，在场边拍照呢。"

"拍谁啊？"

"还能拍谁，廖婧柔啊。"

身旁经过两个女生，正小声议论着，庄晏清舔了舔唇瓣，眼角余光扫了眼前排位置，的确只剩下江延一人，他和她们一样正在低头玩手机。在未被点名准备演出之前，外面的事情都与他无关。

"翎翎，我去趟洗手间。"

"好。"

庄晏清拿起手机起身离开座位，从后门出去，却往洗手间相反的方向走去。

休息室，是留给接下来准备上台表演的同学作最后整理妆容与设备的地方。帘子衔接处，是舞台侧边上场区域，那里正站着个熟悉的身影。

——"萧北淮，在场边拍照呢。"

——"还能拍谁，廖婧柔啊，你没听说过他俩，是那种关系吗？"

　　同学的话在耳畔回响，庄晏清站在那儿，隔着不到十米距离静静看着，垂在身侧的手指微微颤抖，生怕被看见，又小心地藏在身后。

　　旁人说的话，她一贯是不相信的，尤其还是与他有关的事情。可当她亲眼看见，每一帧画面落在眼中都像是击碎自欺欺人的巨石，一下下砸得异常用力。

　　生怕不够狠心，生怕再生妄念。

　　萧北淮倚靠在门框处，单手抄着口袋，另一只手举高了拍，视线专注在舞台上，在他的镜头里，是另一个女生的身影。

　　节目表演至尾声，庄晏清转身离开。

　　"北淮！"

　　下台后，廖婧柔几乎是第一时间跑到萧北淮面前，状若无意地看了眼四周，在收获其他人艳羡与议论的目光时，佯装自然又熟络地与他攀谈。

　　"我跳得还可以吧？"

　　"给。"萧北淮将手机还给廖婧柔，"拍好了。"

　　神色无波，是一如既往的冷淡。

　　先前，廖婧柔来后台准备区找他，说是想找人帮忙记录自己在高中母校舞台上最后一场演出。候场区的视角最为独一无二，有幕后纪录片那种感觉，所以才拜托萧北淮帮忙。

　　"我的朋友要么一块演出，要么都在台下，只有你可以进候场区。同学一场，能不能帮我拍照记录一下？这应该是我最后一场演出了，可以吗？"

　　许是"最后一场演出"这样的措辞，让萧北淮有一瞬间触动，这才答应了她。

　　廖婧柔接过手机，双眼亮闪闪："谢谢你北淮。"

　　"嗯。"

　　萧北淮转身离开。

　　廖婧柔来不及看照片拍得如何，收起手机后小跑着跟上。

　　庄晏清从洗手间出来，正好与他们撞了个正着。

　　彼时的廖婧柔似乎在说着什么开心的事情，仰着脸看萧北淮，笑得很甜，露出两个很深的酒窝。

　　而一旁的萧北淮，虽说脸上没有什么表情，可也对廖婧柔的话有所回应。

　　周围的一切像静止了一样，黯淡无光，唯独那两个人，像满心欢喜的相遇，恣意昭告所有人，他们很般配。

庄晏清不作停留地缓步走去，下意识地告诉自己，目光表情一定要保持平静，不能被察觉出一丝一毫的异样。

颔首打过招呼，再是擦肩而过进休息室，直到回位置上坐下，庄晏清才松了口气，只有她自己知道藏在背后的手心里满是濡湿的汗。

岑翎："人很多吗，去了那么久？"

不等庄晏清回答，前排阴影落下，萧北淮脱下外套搭在椅背上，拿过吉他开始试音。身上淡淡的香水味隔着前后排的距离，肆意在鼻尖萦绕，根本躲不开属于他的气息。

"廖婧柔叫你干吗？使唤那么久。"江延轻佻地撞了下萧北淮的胳膊，问。

萧北淮头也没抬："帮她拍照记录最后一次演出。"

"就这事？"江延分明不信。

萧北淮垂眸拨弄琴弦，淡淡地道："不然呢。"

江延："我不信，拍照记录这种事情她朋友做不到？非得要你去拍？这不摆明了坐实你俩之间关系匪浅吗？"

听到这儿，萧北淮忍不住抬手，推开江延越凑越近的脑袋："有没有你不知道？别给老子瞎传！"

最后一句声量不小，庄晏清抬起头时发现，隔壁也有不少人朝这边看过来。

看样子很快就会有"官方说法"传出去——

"萧北淮本人否认和廖婧柔有暧昧关系。"

庄晏清愣了数秒，待反应过来，嘴角止不住上扬。生怕被发现，她又悄然抬手挡住，缓了缓，这才装作若无其事地继续玩手机。

约莫过了两个节目，不到十分钟的时间。岑翎等累了，"砰"地趴在桌面上："好无聊啊，好煎熬啊，为什么我们只能在这儿苦苦等着？不能去前面看演出？"

消消乐已经领取完全部好友送心并且一颗不剩地用光，算是被游戏彻底抛弃的江延，在听到岑翎哀号后，"嗖"地回过头："要不我们？"

他比画了一个打牌的动作。

岑翎直起身，顿时来了兴趣："好呀，你带牌了吗？"

要知道学校可是禁止学生带与学习无关的物品。

江延眨了眨眼睛，食指抵在唇间轻轻示意了一下："嘘。"

紧接着,他拿出书包像开启百宝盒一样从里面翻呀翻呀,翻出了一副扑克牌。

岑翎只差尖叫欢呼为他鼓掌了,赶忙撸起袖子,火速整理桌面。

"阿淮,一起。"

江延拉着萧北淮掉转座位。

两两面对面,视线猛地和萧北淮撞上,庄晏清只觉得浑身不自在起来。

"晏晏,你很热吗?"岑翎指了指她,"你的脸都红了。"

"哦哦,有点,可能是紧张的缘故。"庄晏清干咳了两声,讪笑,"因为我不会玩。"

纸牌、麻将、游戏,这些与学习毫不相关的东西,在庄家都是被禁止的,她从来没有接触过。

"我也不太会。"

萧北淮很自然地接在她后面出声,抬了下眉骨,示意江延:"要不你先给大家说下规则和玩法。"

谁?谁说自己不太会?

拉倒吧!

也不知道是谁,在宿舍里号称打遍天下无敌手,玩牌就没有输过。

宿舍里原本都是些好好学习天天向上的学生仔,打牌也只会玩算二十四点这种跟数学沾边的,结果,就是萧北淮,从外面混了一圈,回来科普了十几种玩法,生生拓展了宿舍牌技文化。

现在这人说自己不太会?

见对方佯装看不见自己,摆明了是要把这场戏一演到底,行吧,江延妥协,姑且当他是维护自己优秀学长的形象。

"那我就把玩法和规则给你们说一遍。"

江延教得仔细,庄晏清听得认真,还像上课听讲一样反问了好几个问题,甚至还举例。

萧北淮垂头笑了一下,就在庄晏清提出第五个疑问的时候,他叩了叩桌面,轻声打断:"打一局就明白了,再让你这么继续问下去,一局都不用打了。"

庄晏清呼吸微滞。

萧北淮余光瞥见她轻蹙的眉间,停了停,嗓音放柔:"我的意思是,实践出真知。"

庄晏清点头："那开始吧。"

岑翎举手："提问，输赢有奖惩吗？"

江延掀眸看了她一眼："有想法？"

岑翎憨笑："嘿嘿，那我们输得最惨的那个人，周末请吃麦当劳怎么样？"

其他人还没表态，萧北淮率先爽快答应："没问题。"

事实证明，这人秒答"没问题"是有底气的，几乎每局都是优胜，最差也是个第三名，就从没输过。

玩到最后，庄晏清领牌的动作都不积极了，梗着白皙如凝的脖子，问："你这水平，确定是不太会吗？"

江延"扑哧"一声，差点笑出来。

萧北淮眼锋掠过，似是警告，然后又装得一本正经："只是运气好罢了。"

接下来，又像是为了证明自己真的只是因为运气好，假模假式地输了一把。

这人的演技也太拙劣了吧！

"高一（8）班！过来候场准备！"

不知不觉就到了她们的演出顺序，庄晏清放下手中的牌跟随岑翎起身，江延还不忘敲了敲桌面提醒她。

——输得最惨的人，记得周末请吃饭。

庄晏清下意识看了萧北淮一眼，点头："好。"

临上台前，岑翎拿着小提琴朝庄晏清莞尔一笑："如果当初你没有答应和我一起组队，我可能就没有勇气和机会登上这个舞台了。晏晏，谢谢你。"

庄晏清愣了愣，微笑："加油。"

一曲《爱乐之梦》结束，便是最后的乐队演出，因为临近晚会结束，庄晏清和岑翎也不用再回到准备区，下台后直接绕到前排站着。

舞台更换，当前奏响起，场下的学生开始欢呼尖叫，庄晏清永远记得那一瞬间的狂热，是她从前从未感受过的。

她也永远感谢那一瞬间——

因为可以藏进人群里，和其他人一起尖叫欢呼，肆无忌惮地发泄且能不被发现少年心事。

> 起点总是平凡无光无拘无束没有锋芒

我们追逐奔跑无法无天也无人阻挡

　　有人曾说，唱歌的萧北淮永远是舞台上的神，会让人从第一个音开始心动，会让人从第一句词开始爱上，会让人在曲子直至高潮时被征服，最后彻底成为他的粉丝。

　　从前庄晏清只觉得这样的话过于超出现实，是粉丝给予的美化与推崇。直到她今天亲眼看了现场，才明白什么叫作从脚趾到发丝都为之心动。

　　他与舞台像是天生契合，而她也是甘愿臣服。

　　永不认输因为永远向光
　　我们追逐着光是成名在望

　　曲终，鼓音落，划破长夜的是千人欢呼，他们永远会在燥热、平凡与枯燥的高中生涯里，回忆这场悸动与热血的青春。

　　有些人是刚刚开始，有些人的体验卡却即将到期。

　　抢早起床只为争得一个早读的位置，绿荫树下见证的是一个个莘莘学子如何破万卷、行千里。课间时的吵闹追逐，黄昏时的奔跑投球，黑板上写的倒计时纵然漫长却也是转瞬即逝。

　　校园里留下的，是平凡却又闪耀的青春，是努力奋斗，是逐光向上。

　　望着台下千人，萧北淮手握话筒，与江延对视了一眼，嘴角一勾，用尽全部力气大喊："愿我们的青春，永远灿烂耀眼！"

　　人群中不知道是谁带头喊了句"萧北淮，我喜欢你"。紧接着，一群人也紧随其后喊起来，喊完开始大笑。

　　教导处的老师从慌张生气，忙着大声警告，到最后因为起哄人群太多而放弃挣扎，只是催促着现场导演赶紧让乐队成员下台。

　　见主任那气急败坏的样子，岑翎笑得眼泪都出来了，抱着小提琴轻轻撞了撞庄晏清的肩膀："你刚刚喊了吗？"

　　庄晏清故作听不见，装傻："喊什么？"

　　"就喊'萧北淮，我喜欢你'那个。"岑翎笑着，扬起下巴，"我反正跟着喊了，真刺激。"

　　庄晏清一愣，数秒后轻笑，眼底如盛满校园上空的繁星，明亮耀眼。

她也喊了，在心底里，很大声地喊了。

那一年的二中生，回忆起这届艺术节都如出一辙地表示印象深刻，不仅仅是因为台上有萧北淮，而是为热烈的气氛、为恣意的青春、为精彩的节目，更为那些真正追逐着光，变得耀眼的人。

第五章

/

天台有雨

qingxingmeng-

周末。

庄晏清起了个大早，洗漱换好衣服下楼吃早餐时，君姨还愣了一下。

"小清，今天不是周日吗？起这么早？"

"和同学约好一起出去玩。"

昨晚，她还专门给岑翎打电话确认，说好输了游戏的人请吃饭，应该不是开玩笑吧？别是她信守承诺，结果其他人并没有放在心上。

岑翎的回复是：这顿饭她蹭定了，管他萧北淮和江延去不去。

见面的地点约在市中心的天环广场，商场六层是动漫电玩城，周末异常火爆，庄晏清到的时候，岑翎已经买好票坐在门口的小凳上晃腿了。

"翎翎！"

庄晏清看了眼四周，并未见熟悉身影："江延和萧北淮呢？不来了吗？"

岑翎尴尬地笑了笑："有个问题，昨天困扰了我一天。"

"什么？"

"我们没留他俩的联系方式啊！"

斗地主前说好输赢奖惩，最后还不忘提醒输了游戏的庄晏清要记得请客，可就是这个过程，谁都没有主动给联系方式。

试问，这局要怎么组？

岑翎："我想过去大群里找人，可江延没进群，唯一进去的萧北淮还设置了拒绝添加为好友，这下好了，两个都联系不上。"

庄晏清瞥了岑翎一眼，小声说道："其实……我有萧北淮的微信。"

岑翎还没听明白，以为她说的就是微信号："嗯？我也有啊，就是加不上嘛。"

庄晏清加快语速解释："我的意思是，他是我的微信好友。"

"嗯嗯，啊？"反应过来的岑翎瞪圆了眼，难以置信，"怎么回事？你加得了，我加不了？"

"不是的。"

庄晏清摆摆手，忙把之前萧北淮因答谢照片，然后主动在群里添加她为好友的事情同岑翎讲了一遍。

"但就那一次，客气地说完谢谢后就没联系过了。"

岑翎听完，一副无所谓的样子："没联系那也是加了好友的关系，给萧北淮发个微信吧，问他们来不来，就说我们在动漫电玩城这儿等他们。"

"真要发啊？"

庄晏清耳根泛红。

岑翎不理解："不发怎么联系人家啊，说好输了游戏请吃饭，你主动邀请了，来不来是他们的事情，别到了学校一碰面，说我们小学妹说话不算话。"

有道理。

庄晏清一下就被说服了，拿出手机开始编辑短信，也没太犹豫，很快就发送出去。

"那我们先进去玩吧，等他们人到了，自然会联系你。"

庄晏清："嗯。"

电玩城的游戏非常多，可岑翎一进来却只奔着夹娃娃区去，见她换币时询问今日优惠的话术十分娴熟，庄晏清还以为是隐藏的大玩家级别。

结果，岑翎一本正经道："我就玩过两样，夹娃娃和打地鼠。"

庄晏清没作声。

"你喜欢哪个？本小姐夹给你！"

岑翎放下豪言壮语，就等着庄晏清挑。庄晏清看了眼周围几台机子，不得不说电玩城里的娃娃比外面其他商场娃娃机里的好看不止十倍，也难怪大家都爱来这里夹娃娃。

"就这只独角兽吧。"

"没问题。"

见岑翎自信满满地投币，又是分析角度，又是预判，一副经验王者的模样，结果三波操作结束后，一只都没抓起来。

庄晏清咬了咬唇："好像很难的样子，要不我们放弃吧？"

"放弃？"岑翎像是听到什么不可思议的话一样，"怎么可能，我的人生字典里，关于抓娃娃的关键词就没有'放弃'二字。"

她煞有介事地压低声音："我和你说，工作人员肯定是调了机器，不然爪子不可能这么松的，我们去其他台试一下，你再选！"说完，她就把人拉到旁边另一台橱窗里娃娃比较可爱的机器前。

庄晏清认清自己的定位，就是挑选公仔、积极鼓励，还有无尽等待。

"就你这技术，还不如花钱直接去买一只得了。"

身后传来一声轻笑调侃。

庄晏清回头看去，原来是江延。

牛仔裤搭白色T恤，外面又穿了件单条纹的衬衣，从打扮上看确实有准大学生的模样。

江延双手抄着口袋，语气闲散："北淮有点事，晚些再过来。"

庄晏清"嗯"了一声。

"说得你好像技术很好的样子。"岑翎被刺激到，不管不顾拉起江延的手，往他手心塞了一半的游戏币，"比一比？"

突如其来的比试，像是被小孩子抓着陪玩一样，江延笑得有些无可奈何："行，让你见识一下真正的本领。说，要哪只？"

岑翎随手一指："小白熊。"

江延："好。"

两人各自霸住一台机子发挥，庄晏清就在中间站着，时不时看这儿，时不时看那儿。最终，先一步夹起娃娃，获得胜利的人是江延。

"行了，别浪费钱了，娃娃给你，玩点别的。"

江延将夹到的娃娃径直塞给岑翎，后者愣了片刻，反应过来："可晏晏想要的那只，我还没夹到！"

早已被其他游戏吸引注意力的江延敷衍地摆了摆手，说："晚点让萧北淮给她夹。"

庄晏清听见，脸颊"噌"地就红了。

岑翎在一旁毫无察觉："也行，我今天可能真的不适合夹娃娃，手气不太好。"

三人很快就被跳舞机区域的热闹所吸引,岑翎拉着庄晏清的手挤进前排,双眼发亮:"哇,好厉害啊。"

庄晏清跟着连连点头。

快节奏音乐丝毫没有影响到台上的人,步伐动作反倒是游刃有余,几乎和屏幕里显示的卡通人物做到同步。

岑翎不由得赞叹:"简直就是民间高手。"

江延双手抱臂在侧,轻笑了声:"这就民间高手了?那你就是见得太少。"

岑翎偏头看他:"你会?"

江延:"不会。"

岑翎差点翻白眼:"那你在这里酸什么劲儿。"

江延还想争辩,手机响了起来。见是萧北淮的电话,他得意地抬高下巴:"真正的高手来了。"

离开校园,萧北淮到哪儿都戴着帽子和口罩,谨防被人认出来,生出不必要的麻烦。

"怎么说?"

他抬了抬下巴。

江延很娴熟地答道:"里面的人不算多,还行。"

萧北淮点头,正准备买票,却被庄晏清拦住:"要不我们直接去吃饭吧?"

她担心里面人群杂乱,万一出点什么事。

岑翎却不理解:"现在?这么早?"

她感觉吃的早饭都还没消化呢。

江延附和:"对啊,北淮才刚来,你不是要夹娃娃吗?让他给你夹。"

"夹娃娃?"萧北淮乌眸看向庄晏清。

江延冷不丁提这一嘴,庄晏清都呆住了,半天只来得及摆手和摇头,一句解释都说不出来。

而岑翎还在旁边添油加醋:"对对对,晏晏喜欢的那只独角兽,我夹了三十个币都没夹到,要不学长你帮帮忙?"

萧北淮:"……你想要?"

本还觉得尴尬的庄晏清,听到萧北淮这话,目光扫过岑翎怀里抱着的小白熊,又见自己两手空空。

想了想，她鬼使神差地点头："嗯，我想要。"

萧北淮倒是淡定得很，压低帽檐，遮挡住眉眼："行，那进去吧。"

四个人浩浩荡荡回到娃娃机区，声势明显要比两个人来时要大，岑翎挽着庄晏清的手走在前，步伐欢快，脸上写满了喜悦。

萧北淮和江延并排跟在后面。

"岑翎手中那只公仔，是你夹的？"

江延："嗯，和她比了一场，我先夹到的。"

萧北淮视线落在前面，声音淡淡："用了多少个币？"

"多少？"江延抬手挠了挠额角，"记不清了，反正没耗太久，十次以内吧。"

萧北淮皱眉。

江延嘴角抬起，伸手搭住他的肩膀："兄弟，有压力了？没关系！正常发挥就行，我们等个三十分钟一小时，都没问题！"

萧北淮："滚！"

他们来到机子前面。

"这个？"

萧北淮下巴抬了一下，指向里面那只独角兽。

庄晏清"嗯"了一声，纤细手指攥着包包带，暗暗告诉自己表情一定要淡定："萧……北淮哥，能夹到吗？要不算了吧？"

正准备投币的动作一顿，萧北淮抬起头来："还没开始，就说算了？"

庄晏清肃然噤声。

一米开外，江延慵懒闲散地倚靠墙面，低头玩手机，丝毫不关心萧北淮夹娃娃这件事。

岑翎本是在庄晏清身旁陪着观望，看了好一会儿，决定还是找个舒服点的地方坐着，结果一转头就看见那个玩手机的人，于是走了过去。

"喂，你是不是早就知道萧学长是这水平？"

"嗯？"江延头都没抬，漫不经心地问，"什么水平。"

岑翎压低了声音，时刻警惕谈话不被当事人发现："就……口头巨人，行动菜鸡。"

江延轻笑了一声，偏头看她："说你自己呢？"

娃娃机前，一男一女并肩站着，男生时不时低头聆听女生说的话，看似是在否定她的指挥,可下一秒还是照着她说的来。

失败,投币,再失败,再投币,在没有人催促的情况下不停重复着,直到篮子里的硬币只剩最后一枚。

萧北淮摘下鸭舌帽,拨弄了一下头发。

见他额前有细密的汗水,庄晏清拦住他戴帽的动作,从包包里拿出纸巾,递给他:"给。"

萧北淮顿了下,敛眸:"谢谢。"

庄晏清语气自然又平静:"这枚硬币用完,我们就找地方吃饭吧,我饿了。"

萧北淮擦汗的动作停下,偏头,目光紧锁着她:"不相信我?"

"呃。"庄晏清犹豫数秒后老实回答,"就是因为信,才会陪你等到现在。"

都快用掉一整篮游戏币了,还不算相信吗?

她没敢把这话说出来。

"行。"萧北淮重新戴上帽子,调整身体站姿,大有一种与机械爪决一死战的气魄,"信我,这次一定可以。"

半个小时后,一行四人坐在麦当劳最靠里面的位置,萧北淮半边身子倚靠着墙,帽檐压得很低,接近盖住整张脸的程度,双手环抱在胸前,一副颓废的样子,毫无生气。

"点完餐了,真的够吃吗?"

庄晏清将小票放在桌面,下意识地看向萧北淮,从电玩城出来,一路上他都没说话,不管江延怎么和他闹,都一副拒人于千里之外的样子。

点吃的也是,别问,问就是不吃。

江延:"够啦,小庄妹妹,点多了浪费,省点零花钱。"

"你们常来电玩城玩?"江延又问。

庄晏清摇摇头:"第一次。"

岑翎则是有不同答案:"一个月来两三回?上初中那会儿放学没事,不想太早回家就过来玩一圈了。"

江延余光扫了萧北淮一眼,很刻意地问:"那你应该是注意到了吧?"

岑翎一头雾水:"嗯?注意到什么?"

江延"啧"了一声,一副恨铁不成钢的样子,就差拍桌子解释了:"今儿电玩城这机子应该是被调整过了?感觉以前也没这么难夹。"

一顿暗示,就差挤眉弄眼,岑翎很快反应过来,忙不迭附和:"啊,对对对,你没来之前我都快把币用光了,也是一只都没夹到。以往我都是要自己带袋子来装的那种。肯定是被老板发现了,不想做亏本买卖,所以调整了机子。"

桌下,江延踢了下某人的脚:"听见了没。"

萧北淮深呼吸,坐直了身子,摘下帽子后一把丢在江延怀里,眸色冷冷:"我这是犯困,谁跟你说和抓娃娃有关了?就一个破娃娃我至于放在心上?"

呃……

一个破娃娃。

乍一听这个说法,庄晏清面上一阵青一阵白,有些无所适从,就好像萧北淮是因为自己才这么丢人的一样。

不对,不是好像。

就是因为她。

"那个……"

庄晏清正准备开口道歉,萧北淮就咳了一声,许是意识到自己方才的措辞有不妥,他随手指了下庄晏清的背包,解释:"我的意思是,百变小樱比较适合你。"

百变小樱?

庄晏清下意识地摁住自己的包包,待反应过来这动作有点此地无银三百两的感觉后,她匆忙收回手。

撞上萧北淮意有所指的目光,她一下怔住,半天接不上话。

难不成那天,他真的看见她了?

哪怕跑得飞快,哪怕当晚自己就把公仔小樱从书包上摘下来,他还是知道了那个吵醒他补觉,还把课本丢他脸上的人,就是自己。

庄晏清脊背僵直,表情有些慌乱。

岑翎察觉不到异样,还好奇地问,为什么是百变小樱。她记得那一排的娃娃机里,并没有百变小樱的公仔啊。

萧北淮撩起眼,目光扫过庄晏清,状似不经意地答道:"啊,随口一提,你们女生不都挺喜欢这个的?"

"确实。"岑翎像是想到什么,拍了下手,"晏晏就很喜欢,我见过她书包上……"

"翎翎!"

庄晏清倏地站起身,动作有些突然,把对方都吓了一跳:"那什么,你陪我去看一眼餐好了没有，我一个人拿不过来。"说完，拉着岑翎起身往取餐处跑去。

见人走远，江延好奇地问："百变小樱是有什么故事在里面吗？"

萧北淮理了理前碎发，淡淡道："没有。"

江延纳闷，是吗？怎么不太信呢。

"点这么多？"

萧北淮起身端过堆得满满的盘子，微皱眉，吃得完吗？

庄晏清活动了一下手指，坐下："只是看上去多而已，问你想吃什么你都没说，那个板烧鸡腿套餐，延哥帮你点的。"

萧北淮看她："你吃什么？"

庄晏清："麦辣鸡腿堡。"

萧北淮意外："能吃辣？"

庄晏清老实摇头："不能，但因为图片上看起来很好吃所以我就点了。感觉应该不会辣到哪儿去吧？我问过翎翎了，还行。"

五分钟后，庄晏清被辣得找不着北，手忙脚乱的，又是扇风又是找纸巾。还得是萧北淮，他淡定地拿起吸管戳进可乐杯，递给她。

"喝点。"

庄晏清："呜呜呜，谢谢……"

狼狈之下，她压根儿没有看见萧北淮瞧她时，那微微上扬的嘴角和深陷的梨涡。

"对了，你们下周是不是要开家长会？公布期中考成绩排名。"江延突然问起。

岑翎一口可乐差点呛到，顿时觉得眼前的炸鸡都不香了："非得在吃饭的时候说这些吗，大哥？"

见她这副表情，江延一脸了然："明白了，要不大哥给你支个着？租个家长什么的你觉得怎么样？"

岑翎一点面子都不给："不怎么样！这都什么年代的老套路了。"

"你呢？考得如何？"

没想到萧北淮会问到自己，庄晏清想了想，老实地回答："还行吧。"

正常发挥，也没什么太大感觉。

萧北淮点头，敛回眼风专注于手上的汉堡。

庄晏清咬着吸管，视线落在他搭在桌面的手指上："学……北淮哥，我能问下你的第一志愿吗？"

即便早已知道，但她还是想从萧北淮口中听到官方版回答。

"正阳。"

意料之中的答案。

庄晏清："为什么？你如果想继续做演员，为什么不是选北影或者中戏，而是正阳。"

萧北淮扯了下嘴角，慢条斯理道："和某人好了，得信守承诺。"

和某人，约好了？

她脑海里一闪而过廖婧柔的脸，心上"砰"的一声像被人猛撞了下，阵阵生疼。手心有些凉，一时不知道是握了带冰的饮料杯，还是别的什么原因。

"这样啊。"庄晏清强挤出笑容来，应了声，"挺好的。"

彼时，正低头给薯条蘸酱的萧北淮并没有看见庄晏清脸上的表情，也没有再继续往下说。

这样的态度，无疑像是佐证心中的猜想。

人不都爱这样吗，胡思乱想然后妄下定义，将自己困在那个怪圈里，自以为那就是答案继而耿耿于怀。

那天过后，庄晏清连着一个多星期都没见过萧北淮。

周一升旗仪式，校领导对这次举办的校艺术节做了肯定表态，感谢相关负责老师、同学对校活动的全力支持与积极参与，给全校师生留下了一个难忘的艺术夜。

确实是难忘，站在班级队伍里的岑翎听得飘飘然，妄想着开班会时会得到班主任的简单表扬，哪怕只是口头上的。对她而言，艺术节的余热还未彻底散去，能说上三天三夜不停。

想象总是虚荣又丰满，一遇现实便被击垮。

班主任老林一进教室门就黑着张脸，本还嬉嬉闹闹的学生三秒钟各归各位，瞬间鸦雀无声。

"知道自己期中考考成什么样吗？记不记得周末还要开家长会？"

班主任将手中的卷子"啪"的一声摔在讲台上，吓得底下的学生脊背又挺直了几分，个个低垂着头。

"年级十六个班，你们排倒数！上学期期末起码还是个中间位置，怎么了？过个寒假回来，心都散了，知识点都忘了？"

年级排名表一出来，得知自己的班排第十五，全年级倒数第二，老林这张脸一下就挂不住了。

"家长会邀请函班会后发一下，时间定在本周六早上，回去之后跟爸妈说一声，事关文理分科，所以一定要来参加。"老林将一沓邀请函递给班长，然后示意课代表上来把卷子发下去。

"这一次我们班庄晏清同学，考了全年级第一名，其中数学还有物理，都是满分，大家掌声表扬一下。"

台下一片哗然。

连岑翎都惊讶得张大了嘴，她知道庄晏清学习成绩优秀，但不知道优秀到这种地步，刚转过来连适应期都没有，直接拿第一？

"牛啊姐妹。"

岑翎鼓掌鼓得掌心都红了。

庄晏清直接摁住她的手，往下压了压："太夸张了。"

老林欣慰地看着庄晏清，起初以为就是一个普通转校生，谁曾想真是捡到宝了。

八班迄今为止最好的个人成绩也是年级五十名开外，要知道高一还有两个重点班，全是中考尖子生，个顶个。

"你们以后要向庄晏清同学学习，哪怕是换了学习环境，也要第一时间适应，全身心投入到学习中来。这次她和岑翎同学还代表我们班参加了校艺术节，表现也很优异，真正做到了通文达艺。学习与课外活动两不误，互不影响。"

一想到开大会时得知全年级第一在八班，两个重点班的班主任都露出不可思议的表情，老林就忍不住眉飞色舞。

倒数第二怎么了，全年级第一可就在他的班上！

老林："卷子都拿到手了吧？选择题答案我先写在黑板上，你们把错题都过一遍，等下午上课再从头开始讲题目。"

座位上，岑翎刚一接过试卷就死死摁住卷面写分数的地方，连做三个深呼吸，这才小心翼翼地一点点揭开。

78？

她小脸耷拉下来。这次政治考卷说难不难，知识点大都是上学期的，可就这么考，她也才高于平均分五分。

"晏晏，你考了多少分啊？"

岑翎凑过来，看到卷面分数时，有一瞬间喉头哽住，她就不该好奇年级第一的成绩。

"原来我的同桌是学霸，年级第一竟是我同桌。"

连说了两个杂志上常出现的关键标题，岑翎掩面欲哭无泪："所以，学渣就是本人。"

庄晏清拍了拍岑翎的脑袋，柔声安慰道："78分也不低了，看看都错哪儿了。"

所有科目的卷子在周三前陆续发完，庄晏清的数学和物理都拿了满分，理科成绩明显比文科高出许多。

但就文科三个科目单科排名，她依旧是在靠前位置，也就是说不论文理，庄晏清的成绩都非常拔尖，不存在明显偏科现象。

许是转学生的缘故，又考了年级第一，每个科任老师发卷子前都会先夸她一下。

课间时间，偶尔会有重点班的同学过来串门，美其名曰找朋友聊天，实际上就是打听关于庄晏清的事情。

人长得漂亮，成绩又好，简直就是女神级的人物。不到一周时间，"高一级花庄晏清"的称号传得尽人皆知。

至于上任级花是谁，无人关心。

"岑翎，有人找！"

坐在门口的同学例行帮喊。

岑翎直起身来望了眼，见门口站着几个初中同学正朝她招手。现如今大家是同校不同班，最多就是路上遇见了打声招呼，关系根本没好到课间找上门来闲聊的程度。

兴许又是来打听庄晏清的。

果不其然，等她再回来时，手里多了两个信封。

"这次是三班，还有十二班的。"

岑翎坐下，摆了摆手："看样子，这新鲜劲儿一时半会儿结束不了了。"

庄晏清苦笑,将信封塞进课桌抽屉里。

"不好意思啊,连累你了。"

"你这说的什么话。"

岑翎双手叉腰,更正庄晏清的说辞:"我们什么关系?说什么不好意思呢,再说了,要不是你考前带着我复习,这次我指不定就垫底了。冲着这份恩情,我定是要报答的!"

庄晏清"扑哧"一声笑出来。

岑翎挑眉:"我认真的,别笑。"

之前,要不是庄晏清抓着她做题,列重点,她这次理科成绩也不会提高那么多。

原本还发愁考得太糟糕,没胆子和爸妈开口说家长会的事,现在她只纠结文理怎么选。

是的,她被庄晏清动摇了。

"晏晏,周六家长会,是你妈妈来参加还是爸爸来参加啊?"

"嗯……可能都不来参加吧。"庄晏清平静地说道。

毕竟从小到大,凡需要家长出面参加的校活动,到她这儿都有例外,没什么特别原因,晏琼玉和庄怀都太忙了。

偶尔有一人可以抽时间出来,也是参加庄明宴的,谁让他俩是双胞胎呢,一有活动,时间都冲撞了。

本以为庄明宴去了国外念书,再也不会有人和她抢着爸妈,结果,就在昨晚,她提起周六开家长会的事情,晏琼玉又是一脸歉意。

"对不起啊小清,爸妈周五要去沪城出差,没办法参加家长会。要不让你舅舅去?实在不行,妈妈给你班主任打个电话说明一下?你这次考得这么好,爸爸妈妈为你开心,想要什么奖励?妈妈出差的时候给你买。"

这些话对庄晏清来说,是能猜得到的回答,好在她一开始也没抱太大的希望,所以不至于不开心。

周六一早,下起了雨。

家长会九点半开始,庄晏清到的时候就看见教室门口的走廊上,挂满了各式各样的雨伞。

校方规定,家长要和学生一起签到,等班主任核对完名簿表,学生再离开教室自由活动，会议结束后和家长一起离开。

因为是一个人来的，所以庄晏清在签到后就提前领了文理分科意向表，以及期中考年级分数、班级分数表。

老林不忘贴心叮嘱："领完表可以先回家，到时候让你爸妈签字即可。外面还下着雨，等雨小一点再回去。"

庄晏清："好的，老师。"

出了教室，她将表格叠好放回书包。室外的雨淅淅沥沥下个不停，雨声听得人心头烦闷，身边陆续有同学带着爸妈来，庄晏清不做停留，拿起雨伞快步往楼下走。

雨势未减，庄晏清走到多媒体大楼，忽地停下，想了想，转身朝里走去。

"家长会还没结束，你来这儿干什么？"

爬到顶层，正准备继续往上，楼梯口传来一声询问，庄晏清吓了一跳，脚底差点打滑摔跤，抬头见是萧北淮，有些意外："你怎么会在这儿？"

她眼珠子一转，又问："该不会又是来……"

这语气，怎么有点教导主任的感觉。

庄晏清三步并作两步上台阶，站到他面前，吸了吸鼻子并未闻到什么味道。

"我没有。"

萧北淮抬手轻敲了下庄晏清的额头。

庄晏清后退一小步："那你来这儿做什么？今天又不上课。"

萧北淮："我先问你的，你都没回答反倒问起我来了？"

外头的雨还在下，他们站的位置在风口，多少会被雨水溅到。萧北淮轻扫了一下肩上的雨珠，随口问："上天台看会儿雨，要不要一起？"

庄晏清："好。"

但凡这雨下得再大些，和萧北淮并肩站在屋檐下的场景便不会出现在她的世界里。与上次天台撞见他的慌乱匆忙不同，这次他们像不约而同有了某种默契才出现在这里，一起看雨。

"门后面藏了张凳子，要是站累了就坐着。"

他像是这方空间的拥有者，对一切都很熟悉自如。

庄晏清摇头："不用，我不累。"

萧北淮单腿支着倚靠在墙壁上，任凭打在屋檐的雨声一点点冲淡心头的烦闷。

"今天年级开家长会，不过我爸妈出差了，没来参加。"庄晏清垂首，双手背在身后，脚尖在地上有意无意地画着圈，"所以我一个人来签到跟领表。"

萧北淮："领表？"

庄晏清："嗯，文理分科。"

萧北淮偏头看她，好奇道："那你想选什么？"

"理。"

庄晏清几乎没有犹豫，似乎在她这里，文科就从未是备选。

"嗯。"萧北淮望着远处，眸光深沉，"对未来有清楚规划就好。"

"你呢？"庄晏清站直了身，藏在校服口袋里的手因为紧张而握紧成拳，"距离高考仅剩不到六十天，准备好了吗？"

萧北淮盯着她看了数秒，忽地一笑："上一个这么问我的，是我经纪人，就在三十分钟前。"

凯恩一早打电话来，先是例行询问日常，她之前想过要帮萧北淮找个名师团队进行一对一复习，专门针对这种艺考生在高考前做突击训练的，但被他拒绝了。

看过萧北淮一模的成绩与排名后，凯恩明白且尊重他的选择，答应空出四月、五月的档期来给他彻底回归校园生活，专心备考。

可就在上周，萧北淮主动找到她——

"之前你说的那个校园剧本，试戏安排在什么时候？我想接。"

凯恩有些意外："不是说工作都推到考试后了吗？"

萧北淮："两个月，会有很多变数。"

凯恩沉吟片刻，表示认同："的确，这次的剧本是小说 IP 改编，作品本身就很有关注度，有非常强的粉丝基础。别说是其他公司，我们自己内部就有竞争者。但好在和制片人的关系不错，她也理解高考对于你的重要性，答应了试戏可以暂缓，等考完试。"

萧北淮："姐，你把剧本大纲发给我，然后约一下试戏的时间吧。"

他很清楚如今圈中的大环境，作为乐队团体出身的偶像，粉丝群体相对其他明星来说要窄不少，不是每个月都能出新歌，不是每个季度都有新专辑。

曝光不够，热度就难以持续。先前规划的演唱会，也在公司推出新女团后被搁置。

现实就是这样，资源有限，不力争上游，就只有为他人让路。

如果因为一部剧里的角色火了，就把自己摆在高位，那这条路不会走太远。萧北淮知道，如果这次他不主动抓住，那么两个月后，他便不再是片方眼里的唯一。

"好，我给你发资料，找时间看看，揣摩一下角色感觉。试戏时间我去约，定了就通知你。"

在接到《一世倾城》这部戏时，凯恩曾担心过戏份太少，对萧北淮没有太大的帮助。

令她意外的是，剧大火，连带萧北淮也受到了不少新关注。如果不是这部剧，他微博粉丝到现在都不过五十万。

初次触电就有这样的成绩，他像是天生吃这碗饭的。

这是在片场亲眼看到萧北淮表演后，凯恩得出的结论，相比于偶像团体，或许演员这条路，更适合他。

凯恩对萧北淮是有所期待的，这一点，从初见时就没有变过。

"所以呢，你到底准备得怎么样了？"

一个回答等半天，眼看雨都快停了，萧北淮还没开口的意思，是联想到什么事情了吗？庄晏清张望半天，也没能从他脸上的表情窥探出半个字。

萧北淮回过神来，眉心微动，下颌线往后扩了扩："能怎么样，除非考试当天忘带身份证，或者出门的时候遇上大塞车，否则……"

"呸呸呸。"

他话还没说完呢，小姑娘就嫌他过于乌鸦嘴。

"有人这么咒自己的吗？都是要高考的人了，说话吉利些。"

庄晏清忍不住蹙眉打断他，俗话说得好，好的不灵坏的灵，人没事还是少说点丧气话，万一真撞上了呢。

关乎一辈子的事，开不得玩笑。

风吹过萧北淮额前微乱的碎发，露出他鼻梁高挺笔直的线条，他抬手碰了一下庄晏清的头："智者不语怪力乱神，凡事信自己即可。"

头上被触碰的那一处，一阵酥麻感通过发丝传递至整个四肢百骸，她像被点了穴似的，失神地愣在原地。

身旁人还说着什么，庄晏清却有些听不真切，直至视线中出现一条还未开封的抹茶牛奶糖。

"雨停了,别在这儿乱晃,回家吧。"萧北淮抬了抬下巴,"当奖励你考了年级第一,戒骄戒傲,继续努力。"说完,他把糖塞进她手心,便转身离开了。

脚步声逐渐远去,屋檐下只剩她一个人。这场雨总算是停了,空气中有着骤雨过后的舒爽。沉闷的天幕像被这场雨成功撕开一个口子,光线初绽,烦心事尽数被冲刷洗净。

有人不爱雨期,可庄晏清不是。

她永远不会忘记这两场雨带来的奇妙偶遇,她缓慢拆开牛奶糖的包装纸,放入口中,浓郁的抹茶味在舌尖化开。

"当奖励你考了年级第一,戒骄戒傲,继续努力。"

嗯?

萧北淮的话重复在耳边回响,庄晏清这才反应过来,不可思议地轻喃:"他怎么知道,我考了年级第一?"

当晚,萧北淮发了条朋友圈,一如往常只有配图没有文字。庄晏清却是一眼就认出了那张照片,是在天台屋檐下拍的。

是下雨的场景,那便是她也在场,他什么时候拍的,她居然都没有发现。

"怎么说也是看了同场雨的关系,点个赞不为过吧?"

庄晏清小声嘀咕了一句,手指轻点爱心,像揣了份仅他俩可见的秘密,无比满足。

交完文理分科表后,庄晏清能明显感受到班里微变的氛围,像隐约画了一条分割线,一边是文科,一边是理科。

理科生们照旧在上政史地的时候睡觉开小差,下课就和伙伴打闹,以常识二字来概括学业水平测试的内容,一点都不担心分数。分科对他们来说是减压减负,除此之外没太大区别。

文科生们就不同了,她们依旧挣扎在生物化的泥潭里,毕竟这三者没法光凭常识来解决,还是要背一大堆公式。

课余时间还要发愁,因为不舍得与选了理科的好朋友分开。放学就去小卖部选同学录,精心挑选后分发给选了理科的朋友,有些还会约着放学一块去拍大头贴,总之,分别仪式感在他们身上体现得淋漓尽致。

岑翎这边,在庄晏清的鼓励下也大胆突破自我,和父母商量后选了理科。

高二第一学期期中考后,还有一次转科的机会。如果那时成绩不理想,还觉得学理科吃力,那她再转回文科班。

总之,试一试嘛,少年从不畏惧为自己拼搏。

四月底,高三迎来二模。

教学楼挂起了崭新的冲刺横幅,庄晏清每每路过,都会将上面的句子默念一遍,顿觉心潮澎湃,指尖攥紧。

考试前一晚,犹豫了许久,她还是主动给萧北淮发了条微信。

YanQ:二模加油。

等到次日,萧北淮才回了她一句谢谢。

简单两个字,却也是翻来覆去看了好几遍。

模考进行两天,学校课间操和广播都停了,楼道也禁止追逐打闹,要不是临近的五一长假给学生们带来兴奋感,所有人都会以为这场模拟考当真是高考。

"晏晏,你五一有什么打算啊?会出去旅游吗?"

打完水回来的岑翎,见庄晏清还维持着托腮看窗外的姿势,她伸手在庄晏清眼前晃了晃:"想什么呢?看什么?"

她俯低了身,试着从同一个角度往窗外看,也就是看见天空和一角教学楼外墙。

"有什么特别的吗?"

"没什么,放松一下眼睛。"庄晏清回过头,接过岑翎手里的水杯,说了声谢谢,"我应该会去沪城,我爸妈在那边出差,过去找他们顺便玩一圈。"

庄怀和晏琼玉去沪城出差也有小半个月了,该是很忙,归期一直未定。昨天他们给她打电话才提到,如果假期不想待在天水,就给她买张机票来沪城,不过,他们不一定有时间带她出去玩,所以可能来了以后,也还是一个人。

"沪城?真好,我长这么大还没出过天水呢,假期也都是在家做题,和周末唯一不同的就是能多看一会儿电视剧,嘿嘿。"

岑翎的话提醒了庄晏清,她问:"要不你和我一起去沪城?反正我爸妈很忙,不一定顾得上我,到时可以一起出去玩?"

"和你一起?去沪城?"

岑翎有一瞬间的心动,但同时她也知道这事不太可能。

"我妈不会同意的,先前我表姐她们去邻市玩,两天一夜的行程,我妈都不让我跟着去。她呀,就觉得出门花钱又不安全,好不容易有这时间,都可以在家里多写几套卷子了。"

庄晏清诧异："不至于吧,怎么说也是个小长假,你回家再问问?要不让我妈妈和你妈妈说?"

岑翎有点点心动："那我晚上回家试一试,不行再给你打电话。"

庄晏清："好!"

许是之前送岑翎去庄家练琴时留下了好印象,加上期中考她的成绩在庄晏清的帮助下有明显提高,所以,庄晏清在岑妈妈心里地位非比寻常。

"如果是小清邀请你,也不是不可以,但妈妈得和她家长通个电话了解清楚,不能给他们添麻烦。"

岑翎有点不敢相信。

"好,我和晏晏说一声!"

五一的沪城之旅很快敲定下来,岑翎兴奋得几夜都睡不着,因为头一次搭飞机,连领到登机牌这种事情都需要拍照纪念一下。

落地时,晏琼玉开车去接,带着两个小姑娘吃了顿自助餐,又在江边逛了一圈,这才回到酒店。

"我买了大后天去迪士尼的票,到时和爸爸带你们去玩。不过明后两天,你俩就得做伴了,给你们安排个司机?"

"不用了妈妈,我们搭地铁出去玩,攻略都提前做好了。"

庄晏清点开手机里的备忘录,递给晏琼玉。来之前,她特地上网查了一下,也和岑翎讨论过行程安排,包括几点起床、搭几路公交车、吃什么好吃的、去哪里玩,全都计划好了。

"博物馆值得一去,沪交也可以去看看啊,提前感受一下大学氛围,有了目标,回去学习就更有动力了。"

晏琼玉将攻略拍了一份保存到自己手机里:"出门时在群里发个信息,到哪儿了,吃什么好吃的也在里面分享一下,好让妈妈好知道你们的情况。对了小岑,给你妈妈打过电话了吗?"

岑翎嘻嘻笑:"和妈妈约过时间了,睡觉前打。"

"那就好。"晏琼玉将两张房卡递给她们,顺带拍了拍庄晏清,"爸爸妈妈的房间就在隔壁,你行李放好后就过来一下。"

庄晏清:"嗯!"

许久未见女儿,庄怀连酒都没喝,结束应酬就直接回酒店。除了关心日常生活,就是学习上的事情,班主任老林给他们打过电话,算是进行一次简单的线上家访。

除了夸赞庄晏清期中考考了年级第一,提及了选报理科,重点还是和全国高中数学联赛有关的话题。

说实话,这次期中考出的数学卷子难度并不低,考了满分的庄晏清几乎是第一时间吸引到了数学教研组组长的注意。组长也是及时将想培养她参加数学竞赛的想法传递给了班主任老林。

"不知道庄同学在上初中的时候有没有接触过竞赛,我们学校教研组组长,也是主带联赛的吕老师说,她在数学方面是极有天赋的。就想问问看未来有没有想走竞赛这条路线,拿奖后加分或者保送高校。"

这是班主任的原话,庄怀一字不落地传给庄晏清听。

事实上在假期前,老林就已经和庄晏清谈过一轮了,许是觉得她拒绝得太快有些可惜,这才辗转找到父母这边,试图通过家长来劝说孩子。

"这次考满分纯属偶然,爸爸不是知道吗?中考结束后,我就把高中数学、物理,还有化学都浅看了一遍。"

庄晏清显得格外平静:"不过是比其他同学早学了一点皮毛知识,还有运用萧伯伯教的一些灵活解题思路,考得好不代表有天赋,竞赛这条路我不走。"

晏琼玉颇为意外:"这么笃定不选联赛吗?"

庄晏清:"没有兴趣又为什么要强求呢?高中生涯本就只有短短三年,珍惜还来不及呢,又怎么舍得让竞赛分去我大部分时间,也不是一锤子买卖,预赛、联赛、决赛加上封闭式备考训练,关关难过,稍有不慎全盘皆输。"

她见过这样的例子:一次发挥失常,没有名次和加分,保送理想大学梦碎,眼看着其他科目因为竞赛而落下不少进度,偏科导致最后高考也没能取得好成绩。

心态大崩,郁郁寡欢上了所不喜欢的学校,沉迷游戏最终耽误了整个人生。

所以在她这儿,可以走正常高考的路线,又为什么非得选联赛呢?

"我对我自己有信心,你们呢?"

庄晏清的反问令晏琼玉和庄怀面面相觑。

最先反应过来的还是庄怀,他欣慰地点头:"爸爸明白了,尊重你的选择。

爸爸相信只要你努力,不论是哪所大学,都能考得上!"

庄晏清眯了眯眼,笑得像只乖巧的小猫咪:"我也相信。"

离开爸妈房间,庄晏清捏着房卡朝隔壁间走去,正准备刷卡进门,就听见里面传来阵阵笑声。

岑翎是真的很开心,头一回离开天水出门玩,头一回坐飞机,头一回住五星级的大酒店。

从吧台小冰箱里有什么饮料零食,分享到落地窗外的夜景,连带超级舒服的大床,都要给妈妈看躺上去弹两下的样子。

怕打扰到她,庄晏清收回手,将房卡揣回口袋转身朝电梯口走去。

墙壁上贴着楼层指示,她踮了踮脚尖看完,最终选择刷卡上60层,那儿有个行政图书馆,庄晏清想去看看是什么样的。

进电梯后,她习惯性站在最靠右的角落位置,低垂着头微微合眼。

"叮"的一声,电梯停下。

这么快?

庄晏清睁开眼,下意识站直了身准备出去,电梯门缓缓向两边打开,门口站着的人身穿黑色宽大卫衣,连帽下还叠戴了一顶鸭舌帽,浑身上下弥漫着一股生人勿近的气息。

"还没到。"

男生与她擦肩而过,站在最靠里的位置,瞥了眼亮着的电梯键:"这是52楼。"

"哦哦。"

庄晏清抬头看了眼所在楼层,还真是,差点横冲直撞就出去了。

不过……

这声音好像在哪里听过,有点熟悉。

庄晏清退回到轿厢一侧,摁下关门键,见身后人没有摁键的动作,一进来就直接往里站,她抿了下唇,小声问:"你不摁楼层吗?"

借着询问的契机,庄晏清抬起头偷偷打量了眼对方,却也是这一眼,她整个人都呆住了。

"萧北淮?"

二模结束后,萧北淮赶的最早一班飞机飞来沪城,先是试妆,然后和凯恩找的表演老师紧急上了两节课。下午结束试戏就一直在等消息,他刚刚才接到凯恩的电话,应酬告一段落,角色算是十拿九稳。

他松了一口气,在露天阳台吹了阵风才离开,肩上像驮了两头巨牛似的沉重,脑子里只有一个想法,那就是回房补觉。

酒店是凯恩订的,保密性很高,加上自己本身也不算什么有咖位的明星,不至于有粉丝蹲点。所以萧北淮想着,只要把帽子压低些,行动低调些,等电梯里的人都走了再按楼层,应该没什么大问题。

这会儿,突然有人喊出他的大名,他脊背下意识绷紧,原本耷拉着的眼皮瞬间抬起,心头窜过一阵冷意,整个人呈警惕状态。

庄晏清不清楚萧北淮此时的心情,只是专注地上下打量,在看见那熟悉的靠墙站姿后,眼底闪过惊喜的光。

"北淮哥,真的是你。"

会叫他北淮哥的人本就不多,加上这声音……

萧北淮倏地抬头,眼底警戒色褪去,声线中还夹带着一丝沙哑:"晏晏?"

"是我。"

没想到来沪城竟然会遇上萧北淮,城市这么大,他们竟还住同个酒店,还在同部电梯遇见。这是什么神仙缘分?

过于激动的庄晏清直接忽略了萧北淮对她的称呼,欣喜上前:"你怎么会在这儿?"

萧北淮扫了眼被她抓住的衣袖,站直了身:"有工作,你呢?"

"放假了,我爸妈前两周来这儿出差,所以我就和翎翎一起过来玩了。"

说话间,电梯到了60层。

"你要去图书馆?"

萧北淮留意到了门口的标识,问道。

庄晏清回过头:"啊,对。你呢,你要去哪儿?回房间吗?"

他本是一脸疲乏,连抬眼皮都觉得费劲,谁知会在这儿遇见庄晏清,听她一问,鬼使神差地应了声:"不是。"

他想想,又补充:"和你一样,来图书馆。"

庄晏清很意外,小脸写满惊喜:"这么巧的吗?那我们走吧。"

萧北淮:"嗯。"

出了电梯往右走还需要上个旋转楼梯,两人一前一后上台阶。

庄晏清一看到书架就扑过去,像无意间发现了宝藏,兴奋得像个孩子,循着书架上的书逐一辨认。

"哇,这里的书比我想象中的还要多,我还是头一回见酒店设有一层图书馆。"

萧北淮走到沙发区坐下,摘下帽子,拨弄额前碎发,撩起眼皮看了下不远处的小姑娘:"打算在沪城待几天?"

庄晏清专注于面前的图书,没回头地回答:"嗯……我们今天刚到的,应该待到小长假结束,然后和爸妈一块回去吧。机票还没订呢。"

萧北淮:"嗯。"

"《COSMOS宇宙》!竟然还有这本书!"

庄晏清的反应引起萧北淮的好奇,他掀眸望去,瞧见她正开心地向自己展示一本书籍。Cosmos?

单词在嘴边过了两遍才想起来是什么意思,下一秒,小姑娘就已经抱着书跑到自己身边坐下,积极推荐起来。

"《COSMOS宇宙》是天文学家卡尔萨根的作品,这里头的内容不仅涉及宇宙、天文,还有化学、地理相关的,我早就想看了,可是去图书馆好几次都没借到,没想到竟能在这里看见。"

"天文?"

头顶上吊灯的光洒落在她身上,在萧北淮看来,宇宙苍穹皆不如庄晏清此刻眼底的繁星明亮。

他乌眸盯着她微微颤浓密的睫毛,下意识地问了句:"你喜欢天文?"

"怎么说呢,世间万物,唯璀璨与浪漫是女孩子至死追寻,我也不例外。"庄晏清眯了眯眼,笑。

目光沉溺于这个笑容数秒后,萧北淮匆忙别开眼,点了点头后站起身:"我忽然想起还有点事情要处理,你是把书……"

他停住,看了眼四周,氛围过于安静,这个时间点,除了他俩没有其他人来这间图书馆。他确认腕表上的时间后,再度开口:"借回去看吧。"

头顶的光线照下来,将他的影子拉长,庄晏清周身均笼罩在其中,好久没有离他这么近过。可是才刚坐下来,就准备离开了。她低低应了一声:"好。"

庄晏清抱紧借完的书亦步亦趋地跟在萧北淮身后,试探性地问:"你在沪城的工作结束了吗?会在这里待多久?"

"算暂时告一段落了吧。"

萧北淮也不太清楚凯恩后续的具体安排，如果说角色已经敲定下来，那是不是要再去见一下制片，吃顿饭作答谢。只是这都还得凯恩来铺陈，他能做的，是前期凭自己的实力将这个角色争取到手。

"那你明天有安排吗？"

问完，庄晏清自己就先慌了，只觉得这话说得太过亲昵，像关系很好的样子，可实际上并不是。

"我的意思是……"

"没什么事情。"萧北淮看着庄晏清，表情倒没什么变化，只是眼睛微眯时，总给人一种在试探打量的感觉，"怎么，有什么安排？"

"我……"

萧北淮倒是比她坦然许多："你们明天打算去哪儿玩？"

庄晏清脊背挺直，老实回答："博物馆。"

所以学霸的长假旅游路线就是这种？

一上来就是博物馆？

"你……"庄晏清紧了紧抱着书籍的手指，暗忖半刻后抬眸，鼓足勇气问，"要不要和我们一起？"

话都说到这份上了，干脆破罐子破摔大胆邀请一次，反正也没什么好吃亏的。

主动问一句，也算是一种礼数？

这么想着，她僵直的肩膀一下就放松了。

萧北淮茕茕孑立，双手抱臂，低垂着眉眼，倒像是真的在考虑她的邀请。

恰好此时，电梯到了庄晏清所在的楼层。

萧北淮凝视着庄晏清，近在咫尺的距离，电梯轿厢里的光线落在她白皙脸蛋上，从额前刘海到卷翘睫毛，再到脸上细密的绒毛，无一处不在跳跃发光。

"好，若临时去不了，我会提前和你说。"

没想到他会答应得这般爽快，庄晏清像被一股无形中的力推出电梯，回过身来再度看向萧北淮，仍旧有种做梦的感觉。

他重新将帽子和口罩戴好，再度隐于轿厢角落，只是在此之前，还和自己对视了一眼，眸光如静水微澜，却令庄晏清胸腔微震。

若是喜欢一个人，即便是一个眼神，都能让心绪飘忽。

"北淮哥再见。"

萧北淮在电梯门关上前，抬手回应了下。

不过一晃神的工夫，如果不是怀里紧抱着的书，证明自己的确和萧北淮一起去过六十楼的图书馆，庄晏清会觉得自己就像在电梯门口徘徊，做了个悠长的梦。

岑翎应该是打完电话了，房内很安静，庄晏清刷卡进入，正好遇上她从浴室里出来，穿了一套卡通睡衣，模样可爱。

"还以为你赖在叔叔阿姨那儿，不过来睡觉了呢。"岑翎擦着头发，注意到庄晏清手上的书，"这是什么？"

"我在酒店楼上的图书馆借的《COSMOS宇宙》，关于宇宙的书。"

岑翎凑近一看，见是英文版，立马像被弹射开似的，捂住脑袋挥手："拿开拿开，我不认字。"

庄晏清失笑。

岑翎耷拉着脸："下飞机后到现在就这么点工夫，你还能上楼去图书馆借书？晏晏，你是来玩的还是换地方学习的啊？要不你把我包里的作业也做了吧，巩固知识。"

"我没想着要换地方学习，就只是上楼逛逛，也是偶然看见这书，就借来当这几天的睡前读物了。"

庄晏清将书放到小沙发上，折回浴室洗手，顺便和岑翎提起遇见萧北淮的事情。

"谁？你说在这儿见到了谁？"

岑翎还以为自己出现了幻听，这可是沪城，离天水隔着上千公里的距离，说萧北淮在这儿？

"嗯，我一开始也有点惊讶，不过他说是过来工作的。"

"对哦，差点忘了他的身份。"岑翎沉默了下，又问，"不过离高考也就不到一个月的时间了，他还有通告行程？兼顾得来吗？"

庄晏清不置可否："你可以等明天见到他，问一下。"

"明天？"岑翎抿了抿唇瓣，干笑了两声，"该不会是要一起去玩吧？"

庄晏清点头："目前看是这样。"

第二天一早，晏琼玉过来敲门，本想叫两个小姑娘起床，提醒她们别错过酒店早餐。谁知，两人衣服鞋子都已穿好，连小背包都背上了。

晏琼玉忍俊不禁："这么早就要出门啦？"

岑翎笑嘻嘻道："阿姨早，我们准备去二十楼吃早餐。"

晏琼玉拍了拍岑翎的肩膀，亲切地道："去吧，进门时报房号就行，吃饱再出门玩。"

庄晏清："妈妈，你和爸爸吃完了吗？要不要一起？"

晏琼玉："你爸还在睡懒觉呢，妈妈等他醒了再一起。你们先去吧，路上小心，有什么事情就给妈妈打电话。"

庄晏清："好。"

等电梯的时候，庄晏清低头盯着手机界面看，出门前她反复确认了好几次，萧北淮都没有给她发消息。

是应该主动问一句吗？还是等他消息就好？

昨天应该有说过早上出发的时间吧？

庄晏清开始自我怀疑，都怪昨晚在电梯里，话题发起以及沟通的过程过于顺利，导致结束了，她都觉得在做梦似的。

"想什么呢？给萧北淮发信息了吗？说我们先去吃早餐？像他这种公众人物，应该不太方便去餐厅吃吧？是叫餐到房间里？"

岑翎问个没完，庄晏清却一个都答不上来："我还没问他呢。"

岑翎催促："那你还想什么，问呗。"

庄晏清："行。"

餐厅里的美食多到数不清，岑翎逛一圈回来只觉得什么都想吃，恨不得把今日行程取消了，就泡在餐厅里享受美食和惬意的早晨。

"问好了吗？"

时间还早，靠窗位置有富余，岑翎挑了个视野最开阔的位置坐下，第三次满载而归后，桌上已经堆了好几盘吃的。

庄晏清头也没抬地盯着微信聊天界面："还没回我，估计是没起？"

岑翎一副无所谓的样子："那等我们吃完饭了再问吧。"

与岑翎在专心享受美味早餐不同，庄晏清吃得有些心不在焉，眼前放着的就一碗燕麦奶和一份抹了蓝莓酱的华夫饼。

"哎？那是不是萧北淮？"

103

岑翎忽然出声,下巴微抬。

庄晏清条件反射地起身,往门口张望:"哪里?"

眼见餐厅已座无虚席,门口陆续有人进来,却始终没有见到那个熟悉的身影。

庄晏清茫然回头,对上岑翎那似笑非笑的表情,这才反应过来。

"干什么啊你。"她羞恼。

岑翎吃饱喝足,身子往前探了探,心下了然:"先前没发现端倪是我眼拙,我这要还没看出点什么来,那就真是眼瞎了。"

庄晏清以手抵唇,嘘声:"别乱说。"

岑翎:"要不直接拨语音吧?问问到底还去不去,我们总不能一直在这儿等着,再晚些,等到了博物馆就得排长队了。"

"好,我现在问。"

庄晏清刚准备点语音通话,萧北淮的信息就弹了出来。

是一条语音:"我不去餐厅了,在楼下等你们。"

离得近,岑翎也能听见,随即抽过餐巾纸擦了擦嘴:"那我们走吧。这个,还有这个,你给萧北淮带上,免得他没吃早餐。"

是一瓶酸奶,还有一份煎好放在小纸袋里的三明治。

庄晏清和岑翎携手下楼,出了酒店大门一眼就看见站在路边踢小石子的萧北淮,他微微弓着身,双手抄着裤兜,宽大渔夫帽遮挡了他的眉眼。

她总是能很快地辨认出他的身影,但凡是和萧北淮有关的,像是会刻意加重线条单独勾画出来,呈现在她面前。

视线不期而遇,他站直了身子,单手从口袋里掏出,抬起示意。

庄晏清快步上前:"不知道你吃了早餐没有,给你带的。"

萧北淮接过早餐:"谢谢。"

"那我们直接去地铁站?"

岑翎拿出提前准备好的攻略小本本,上面写清楚了行程路线。

萧北淮:"嗯。"

庄晏清从小到大出门都有司机接送,很少会乘坐交通工具,来沪城后头一回坐地铁,从进站安检到投币买票,一切都让她觉得很新鲜。

"先滴卡进闸,保存好卡,出站时还要刷。"

萧北淮像大家长一样领着两个小姑娘乘车,进车厢后找了个靠边的位置站着，身旁仅有一个空座。

庄晏清抢先一步推岑翎坐下，然后将小书包递给她："帮忙抱着。"

岑翎瞬间明白，大大方方地说了声谢谢，然后低头玩手机，识趣地将自己隐身。

萧北淮见庄晏清就站在岑翎前面，显然没有搭乘地铁的经验，便说："过来我这里。"

他抬手将人拉到自己原先站着的位置，后背贴靠着车厢，旁边就是隔挡。他则是站在庄晏清前面，他个子高，伸手轻而易举抓住吊环扶手。

"地铁启动和到站时会有惯性，你站那儿很容易摔倒。"

庄晏清稳住乱了的心跳，小小声道："哦。"

旁边有人经过，萧北淮往前让了让，距离一下子拉近，庄晏清忙屏住呼吸，紧张得整个后背紧贴着车厢，一动不动。

岑翎不经意间抬头，看到的就是这样一幕——

小姑娘双手有些无措地垂在前侧，视线不敢乱看，整个人恨不得嵌进厢壁里，就因为跟前站着令她心动的男生。

车厢拥挤，周围陆陆续续有人进来，男生单手抓着扶手，尽量护着小姑娘的位置不被挤碰，虽未有多余交流，却也能看得出他很照顾她。

岑翎偷笑了一下，小心举起手机佯装自拍，调试镜头，将这一幕拍了下来。

地铁到站，日头比刚出门时要强些，三个人就萧北淮戴了帽子，没走几步路，两个小姑娘晒得脸颊通红。

"等着。"

萧北淮叫住她们，转身朝便利店走去，再出来时手里多了把伞。

"进馆前估计要排很长时间的队伍，打伞遮着，别晒晕了。"

庄晏清接过："谢谢。"

话音刚落，岑翎像是看见了什么，大吃一惊："我的天，我没看错吧？那是售票区取票进馆的长队吗？这得有三百米吧？"

萧北淮倒是很平静："小长假，哪儿都是人流高峰。"

"对了。"庄晏清想起件很重要的事情，"你订门票了吗？"

她和岑翎的票都是提前买的，那会儿还没遇见萧北淮。

萧北淮："嗯，昨晚买了。"

庄晏清松了口气："那就好。"

萧北淮瞧见她这样，缓缓笑道："不觉得你现在才来确认有没有票，太晚了吗？"

人都到这儿了，难不成当保镖来护送？

庄晏清不好意思地挠挠头："我真忘了。"

岑翎举着伞，方才晒得眯起的眼睛，这会儿终于得以放松睁开："她呀，光顾着激动了，没想到会在这儿遇见你。对了，学长，你和我们这样同行没问题吗？不用戴口罩也可以？"

萧北淮："我就一普通高中生，没什么特别的。"

庄晏清喃喃道："可也算是明星吧？"

萧北淮站在她后边，如黑曜石般的眼睛带着浅浅笑意，自嘲道："明星？红不红，你们不清楚吗？"

小姑娘们瞬间噤声。

庄晏清还想说什么，岑翎扯了扯她的袖子。

排队取票、过安检然后进馆，前后花了一个多小时的时间，进去前，她们还在犹豫要不要租个语音解说器。结果就听见萧北淮说："看见前面那个举着小旗子的人没？跟上。"

庄晏清和岑翎一脸茫然。

那不是别人的旅游团吗？跟上干吗？

很快，两个小姑娘就明白过来了——蹭解说！

起初他们还是跟在人家旅行团后面，踮着脚尖鼠头鼠脑，后面听入了迷，岑翎拉着庄晏清就往前挤，试图听得更清楚些。

渐渐地，萧北淮落在后面，他本也不喜欢拥挤，等一拨人离开玻璃展示柜，面前腾开空位，他再凑近细看，想观察多久就多久。

庄晏清是在准备去下一个展厅的时候才发现萧北淮没跟上来的。

"翎翎，等一下。"

岑翎正痴迷于导游的讲解，觉得他说得比课本上枯燥的知识点生动太多，正想着继续跟去下一个厅，就被庄晏清一把拽住，脸上大写的茫然。

"怎么啦？"

庄晏清往后张望了下："我们走太快了，萧北淮还没来。"

"又不是小孩子，他不会迷路的。"岑翎想了想，"大概是对讲解不感兴趣，要不然这样,你要是想等他,那我先去听?你们跟上来就行,要走散了就微信联系?"

庄晏清:"可是……"

岑翎:"哎呀,就这么定了,我先去听故事了,你等他一起走哦!"说完,手握成拳在胸口上轻捶了两下,又指向庄晏清,一副我最懂你的样子。

庄晏清:"……不是。"

就这样,她还是和岑翎分开了。

展厅外的通道有两排座位,给看展过程中疲累的旅客作短暂休息,旁边还有个帷幕做的语录宣传墙,束灯从上至下打落,字体若隐若现。

南有樛木,葛藟累之。乐只君子,福履绥之。
南有樛木,葛藟荒之。乐只君子,福履将之。
南有樛木,葛藟萦之。乐只君子,福履成之。

读到最后一个字的时候,视线里出现了那个身影,像是越过人海万千朝她走来,风尘仆仆却又毫无戾气。

目光在一瞬间对上,她不由得捏紧垂在身侧的手指。

乐只君子,福履绥之,我祈愿幸福欢乐永远降临在你身上。句子含义竟是如此贴切。

"怎么就你一个人站在这儿?"

萧北淮的视线在她四周睃了一圈,并未看到岑翎的身影。

庄晏清:"有些累所以休息一下。"

她还是不好意思说自己是专门在这儿等他。

萧北淮陪她站了一会儿,问:"觉得那人解说得如何?"

"挺好的,比书本上的知识要生动许多,这不,翎翎跟得紧紧的,连休息都不用。"

通道上人来人往,离得近了,庄晏清还能闻见萧北淮身上淡淡的茶香。

"演员这条路,你会一直坚持走下去吗?"

"嗯?"萧北淮似是没料到庄晏清会突然问这个问题,微微朝她身侧低下头,"你说什么?"

距离一下子拉近,庄晏清紧张得眼睛一眨不眨:"我、我的意思是,你一定会红的。"

萧北淮沉默了两秒，勾起嘴角。

庄晏清一副很坚定的样子，生怕自己的话不够有力量，默默攥紧拳头："你还年轻，只要坚持下去，百炼成钢，不怕没有代表作品和人气。仰赖勇气和冲撞，终会成名在望。"

那双熠熠闪耀的眸子笃定又认真，一下望入了他的心底。

人生，像是突然有趣了起来。原本打定了孤独、昧俗与寡淡，却突然出现一个人告诉他，百炼可成钢，成名已在望。

月有阴晴圆缺，世界上也绝无完人，可她却像是看一轮皎洁圆月似的看着自己，眼里充盈着光芒。

不过数秒，萧北淮别开眼，语气里辨不清情绪："嗯，谢谢你。"

从博物馆出来，岑翎只觉得意犹未尽，她有些后悔选了理科："中华历史博大精深，我真该来一趟博物馆再做决定的。"

庄晏清："现在改也来得及。"

岑翎一副"你是认真的吗"的表情看着庄晏清，拦都不拦？

"时间差不多了，找个地方吃午饭？"

萧北淮摘下帽子，习惯性拨弄头发。庄晏清这才注意到他换了新发型，怎么说呢，有点像刚入学的乖乖仔，不像艺术节上那么张扬和狂妄，充满少年人的锐气与锋芒。

"哎，等等，学长，你先帮我和晏晏拍个照？"

好不容易来沪城一趟，自然是要拍照留个纪念的。岑翎将手机递给萧北淮，然后拉着庄晏清的手站在大门口比耶。

"记得要露出博物馆的字哦。"她不忘提醒。

萧北淮稀里糊涂接过摄影师的差事，但还是认认真真地连拍了好几张，角度和姿势都照顾到，拍完将手机还给岑翎。

"你看看可不可以。"

岑翎拿过手机说了声谢谢，也不着急确认照片，拉过萧北淮顺势推到庄晏清身边："我给你俩也拍一张吧，来都来了。"

猝不及防的一出，让庄晏清愣怔在原地，她不由自主地看向萧北淮。

他像是也很意外，却没有拒绝，理了理外套便站好。

岑翎火速拿起手机，不忘指挥："哎呀，你俩放松点，太僵硬了，笑一下，对对对，笑一下。"

庄晏清攥紧了手指，心跳越来越狂，"咚咚咚"每一下都撞得她紧张又心虚，生怕被身侧站着的人发现。

"好了吗？要不一起……"

"走吧，肚子饿了。"

萧北淮冷不丁出声，打断了庄晏清未说完的话。

岑翎走上前来，挽住庄晏清的手轻捏了捏，十分识相地开口："嘘，我不做电灯泡的。"

庄晏清一怔，用手指戳了戳岑翎，耳根红起来："胡说什么呢你。"

午餐选在一家本地老字号面馆，这个时间，座无虚席。萧北淮领了号码牌就在门口站着玩手机，岑翎和庄晏清则凑在一块选照片。

"这张，还有这张，还有这个，你都发给我吧。"

岑翎的照片拍得是真的好，合照另说，单几个博物馆的空镜就很有意思。

"我还想着修一下呢，既然如此，先原图发你。"

庄晏清："谢谢。"

托岑翎的福，她有了一张和萧北淮单独的合照，哪怕她的笑容因为太过紧张而看起来有些僵，但这都不重要了。

庄晏清如获至宝，觉得整颗心像是泡在蜜罐里，单方面甜得入味。

"B21。"

店员报号，萧北淮拿着小票上前确认。

"三位请跟我来。"

小姑娘们还沉迷于照片，萧北淮伸手在庄晏清面前打了个响指，修长漂亮的指尖一晃，她心思都跟着起伏。

萧北淮："进来。"

庄晏清："……好。"

他们在圆桌前坐下，庄晏清要了碗葱油拌面，萧北淮和她一样，不过是加了半两面的分量。岑翎有选择恐惧症，选了半天，难以取舍。

口袋里的手机响动得欢，萧北淮拿出来看了眼号码，眉头倏地蹙起。

"我出去接个电话。"

109

庄晏清:"哦,好。"

应该是很重要的电话,以至于他的步履有些慌乱,差点撞到进店的客人。

"点完了,我们坐着等吧。"

岑翎趁着这点空隙时间开始修图。

庄晏清手支着下巴在旁看了片刻,有些心不在焉,视线又望向门口位置,这才发现已没有萧北淮的身影。

餐很快就上齐了,可人还没回来。

"面坨了就不好吃了。"庄晏清找了个借口,放下手中的筷子起身,"我出去看看。"

岑翎沉迷修图,头也没抬:"去吧。"

大路上人来人往,她踮着脚四处张望也未曾见到萧北淮,他分明是很好辨认的,可入目所及的每个身影都不是他。

庄晏清有些茫然地往前走,五十米、一百米,依旧没有。

上哪儿去了?

她拿出手机点开微信对话框,想要拨语音,又想起萧北淮接到电话时那一瞬间严肃的表情,万一还在通话中呢。

车流的喧嚣声在她耳边挥之不去,她转身往回走,顶着大太阳有些睁不开眼,抬手遮挡着额头。

手机连着几条新消息,她慌忙点开看,却不是萧北淮发来的。

翎翎:人呢?

翎翎:一个失踪带跑另一个?

翎翎:我先吃了?面可都坨了。

翎翎:没事吧……

庄晏清抿着唇,站在路旁,只觉得视线有些模糊,额角突突跳着,一阵接一阵。

她缓了缓才编辑信息回复岑翎。

YanQ:我没找到萧北淮。

那天的最后,原本的三人桌变成了两个人,那碗凉透了的葱油拌面终是一筷未动。服务员上前询问是不是送错了餐,庄晏清嚼着面条闷声摇头。

微信消息未回,语音通话也未接,庄晏清头一回觉得微信没有设置消息是否已读的功能,很不人性化。

　　岑翎安慰她:"应该是有急事先走了,他来沪城不是因为工作吗?"

　　庄晏清:"也许吧。"

　　直到晚上十点多,她才收到微信回复。

　　萧北淮:抱歉,临时有急事先走了。

　　他发来一笔转账,说是面钱,庄晏清没有收。

　　萧北淮:后面几天祝玩得愉快。

　　YanQ:啊……不用转账的,算我请客。

　　YanQ:是很棘手的事情吗?

　　YanQ:那你现在已经回天水了?

　　她连回了三条消息,视线都快把屏幕盯穿了,也没再等到回复,连"对方正在输入"的字眼都看不到,她悻悻地退出微信。

　　他,还好吗?

　　是发生什么事情了吗?

　　她上微博输入"萧北淮"三个关键词,实时搜索出来的帖子也看不出什么异样。

　　直到长假结束,庄晏清也没再收到萧北淮的消息。除了手机里的那张合照,无其他可以证明萧北淮曾经和她们在沪城相遇。

　　一切像深潭死水,再无波澜。

　　"明儿一早,课间操取消了,高三要进行誓师大会。"

　　岑翎刚从小卖部回来,买了两支冰激凌,将抹茶口味的分给庄晏清,不知怎的,庄晏清最近对这个味道很执着,奶茶、小蛋糕,统统要抹茶口味的。

　　她接过冰激凌,说了声谢谢。

　　岑翎:"你猜,高三上台发言的优秀学生代表是谁?"

　　庄晏清摇头:"不知道。"

　　岑翎清了清嗓子,眼角余光扫过四周,见无人注意到她们这边,才小声说道:"江延和廖婧柔。"

　　庄晏清:"嗯?"

　　"想不到吧?是不是!廖婧柔我能理解,文科第一,人长得也漂亮,老师眼中的乖学生。可江延……这名单不出,我都不知道他曾经是学生会会长。"

岑翎学习成绩一般，对校学生会并不了解，若不是庄晏清的关系，也不会和江延认识。

之前总觉得这人嘴皮子特别厉害，看上去吊儿郎当的，还以为学习成绩不怎么样，没想到妥妥是个隐藏级别大佬。

岑翎上小卖部买零食那会儿听到的八卦，起初还以为是听错了，后来厚着脸皮加入聊天，这才知道——

江延，天水二中风云人物之一，萧北淮的发小。高二分科先选的理科，后转入文科，成绩照旧保持在年级前三。当过学生会会长，性子不好惹，但绝对不是坏学生。

岑翎："誓师大会，我们去瞧一瞧吧？反正课间也没什么事情。"

庄晏清："好啊。"

时间如白驹过隙，窗前过马，用完的笔芯可以塞满一整个课桌抽屉，写完的卷子堆叠起来可藏住一个课间打盹的人，高考倒计时不足三十天，战役终将来临。

庄晏清和岑翎赶到大操场时，正好轮到廖婧柔上台发言，以榜样力量激励每一位高三生。

树荫下，岑翎双手搭着栏杆，单脚有一下没一下地踢着地面。

"你说，站在下面的高三生，现在是什么心情啊？恨不得明儿就高考吧，煎熬两天后彻底解脱。"

庄晏清认真思考了这个问题："应该会很激动，也很不舍吧。"

岑翎："嗯……不过我还挺羡慕他们的，大学生活一定比现在要有趣十倍百倍，而我们还得再等两年。"

庄晏清笑笑没说话。

学生代表发言完毕，便是最后喊口号的环节，由校长组织，台下全体高三生跟着呐喊，青春便是如此，以梦为马，朝夕拼搏。

大会结束后的操场，久久还有人未散去。

庄晏清一直站在台阶右侧的大榕树下，视线盯着一处未曾移动过。

"站这儿等谁呢，小庄妹妹。"

倏忽，一道熟悉轻佻的声线至头顶落下，庄晏清蓦地回过身，仰起头瞧见江延。

别说她了，就连岑翎也吓了一跳，不知道这家伙什么时候绕到她们身后来的。

"延哥，你从哪儿……"

庄晏清指了指台阶口。

后者明白过来，抬手指了下景园的木栈道："走器材室那条路上木栈道，会更近些，也不用跟着人流挤。"

庄晏清："哦哦。"

岑翎往后张望，不见平日里和江延形影不离的人。

"萧北淮学长呢？没参加誓师大会？"

"他请假了。"

江延神色未变，长假过到一半，他就接到萧北淮打来的电话，请假手续已办好，不出意外的话，三模不准备考，高考前也应该是不会回学校了。

庄晏清大为意外："为什么？是之前的事情还没处理好吗？"

江延收敛眸中情绪，打量了庄晏清一眼，试探性问："你知道他的事？"

庄晏清老实摇头："我不知道。"

江延纳了闷，看她方才接话的反应，分明是知道了什么才对吧。

见江延皱眉，庄晏清把在沪城遇见萧北淮的来龙去脉简单说了一遍。

"我以为他是因为工作的事情，才着急离开，但现在看，应该不是？"

高考有多重要，萧北淮不会不知道，更何况他报考的还是正阳大学，文化课成绩不会低。眼下离高考不到三十天，什么样的工作能重要到他请假离校，庄晏清想不通。

"确实不是因为工作，但这是他的私事，我不好乱传。"江延仍旧是闲散的模样，笑意却不及眼底，"别耽误上课，回去吧。"

岑翎刚准备抬脚，却发现庄晏清还站着不动，起势立马缩了回来，眨了眨眼望着身旁的好友。

庄晏清犹豫道："那你可不可以告诉我，事情会影响到他考试吗？"

江延温声笑了笑："不会，北淮的成绩很稳定，考上正阳没问题。除非……"

"除非什么？"

庄晏清迫不及待地问。

江延双手抄着口袋："除非他缺考，但这不可能。"

庄晏清松了口气。

上课铃响，大操场离教室还有一段距离，岑翎扯了扯庄晏清的衣袖，提醒

113

道:"这节是老班的课,再磨蹭就得罚站了。"

庄晏清:"那延哥,我们就先走了。"

江延:"嗯。"

傍晚,庄晏清回到家。

晏琼玉正坐在客厅沙发上看书,庄怀在阳台打电话,许是聊什么很重要的事情,眉头紧皱,表情看上去也不是很明朗。

见女儿回来了,晏琼玉放下手上的书:"饿了吧?等你爸打完电话,我们就可以开饭了。"

庄晏清瞧见桌上的书,愣怔片刻。

这不是……

"啊,《COSMOS宇宙》,我见你在酒店图书馆有借书记录,就买回来看看。内容很不错,涵盖了很多方面的知识,你对天文感兴趣吗?小清。"

庄晏清坐到晏琼玉身旁,像累了的小猫一样瘫靠在妈妈身上:"已知有涯,而未知无涯,我对整个宇宙大到星系,小到一粒粟米,都感兴趣。"

"那等妈妈把书看完,再和你交流。"晏琼玉揉了揉庄晏清的头发,眉眼温柔。

庄怀结束电话进屋,就瞧见妻子和女儿坐在沙发上聊天,模样亲热,令他紧皱的眉头在一瞬间舒缓开。

"两位公主说什么小秘密呢,是我不能听的?"

庄晏清抬头:"爸爸。"

庄怀:"哎。"

"是长河的电话?"晏琼玉问。

庄怀"嗯"了一声,摘下眼镜,抬手捏了捏睛明穴。

晏琼玉拍拍庄晏清的肩膀:"小清,先去换身衣服,然后准备吃饭。"

"……好。"

庄晏清知道,父母这是有话要说所以把她支开,她拎着书包上楼,却在拐角处站定,屏息偷听着。

晏琼玉收回目光,看向丈夫:"出什么事情了?"

庄怀叹气:"宁絮……被抓了。"

晏琼玉大惊。

"这些年她为了培养孩子,投入了不少,这些成本都来源于一些小商品的推销。什么瘦身包还是减肥药,哎,我也听不太清楚。"

庄怀将萧长河在电话里头说的内容,拣重点说给晏琼玉听。大概就是有人贩卖三无产品,上线跑了没抓到,而杜宁絮则是被举报抓的。

晏琼玉担心道:"那小淮怎么办?"

庄怀:"暂时被长河接回家了,杜宁絮那边也在找人疏通关系,这不问不知道,一问……原来近年来长河给的钱,都被杜宁絮拿去还债了,东补一个坑,西挖一个,大手笔进货却卖不出去,总之就是一塌糊涂。"

晏琼玉抿紧了唇,片刻后惋惜:"宁絮也是可怜人,我不知道你怎么想的,但我能理解她。被骗的起源,也是想要多赚些钱,多留一些给小淮。她那亲妹妹可是吸血般的人物,宁絮温善,逃不开,没少在这上面折耗。可即便如此,她也还是将小淮培养得很好,舍得在他身上花钱……"

庄怀:"嗯。"

晏琼玉:"天底下没有做父母的舍得孩子受苦,就是这赚钱的途径选错了,误中了别人的圈套。对了,我们能帮什么忙吗?"

"我已经联系好律师,介绍给长河了。他也不容易,学校教学任务重,好几个研究项目要做,忙得团团转。要不是遇上假期去了趟小巷,过问小淮考试的事情,还不知道出了这档子事。"

庄怀浅呷了一口茶,缓了缓:"北淮这孩子性子冷,自尊心强,你说这还有不到一个月就考试了,偏偏在这节骨眼上出事。长河是劝了又劝,这才把他劝回家安心备考,你都不知道,这小子还想着能一个人解决他母亲这件事呢。"

原来,他家里出了这么大的事情。

庄晏清纤长的眼睫低垂,攥紧了书包带,轻手轻脚回屋。

第六章

夏日蝉鸣
qingxingmeng-

转眼便到了六月,端午节后就是高考,高三生提前一周回家复习,调整心态,备战高考。为了布置考场,高一高二也在4号开始放假。

对高一高二的来说这就是个难得的小长假,至于高考,与他们无关。

"小清,准备好了吗?要出发了。"

"来了!"

节前老宅打来电话,老爷子说是好久没见到孙女了,很是想念。这不,一放假,晏琼玉就张罗着带庄晏清回趟老宅。

车子刚一进大院,庄晏清就被小孩追逐打闹的声音所吸引,手扒着车窗探头张望着,嘴角忍不住上扬,回想起从前,她也是这般调皮吵闹。

"叔,婶儿。"

庄南承刚从屋里出来,本是低头点烟,手半挡着掩火的动作,瞧见他们来了,忙收起。

"大哥好。"庄晏清笑嘻嘻打招呼。

"哟,丫头这是长高了呀,变漂亮了。"

庄南承收起烟和打火机,上前帮晏琼玉拎东西:"我还在纳闷老爷子怎么一早就打扮得格外讲究,原是二叔你们来了。"

庄怀拍着庄南承的肩膀上台阶:"你爸呢?"

庄南承:"在屋里听训呢。"

庄怀:"你这孩子。"

"没说假。"庄南承帮忙把东西拎进屋后,准备逃,"我可一早就过来了,茶都是首冲,叔、婶儿,你们进去就行,我屋外透透气。"

经过庄晏清身旁,他还不忘吹了声口哨,挤眉弄眼一顿暗示。

庄晏清:"……知道了。"

"闲了给大哥打电话,带你出去溜达一圈。"

话是这么说,但一出了门,人影就没了,还打什么电话。

庄南承这是知道,老爷子的心肝宝贝来了,自己落了个清闲,这时候不跑,啥时候跑。

庄晏清是小辈中唯一一个女孩子,自小在老爷子这儿就是最得宠的。要什么有什么,掌上明珠似的捧着。

别人家的孩子小时候都是爸妈给讲故事,在庄晏清这儿不是,上至天文,下至地理,野史甚至是武侠小说,都是老爷子讲给她听。

这不,一见面便是嘘寒问暖。

"丫头,学校生活可还习惯?和同学们相处得好吗?爷爷可都听你爸说了,新学期的期中考试,你考了全年级第一?"老爷子笑得白胡子一抖一抖,对庄晏清是满心喜欢。

庄晏清:"爷爷,学校生活我很习惯,而且还交了不少朋友,她们对我都特别好。"

老爷子点头,颇为满意:"我就知道,我们丫头在哪儿念书都能取得好成绩,不一定非要去国外。"

这话听得晏琼玉脸上的表情一僵。

老爷子却似看不见一样继续说:"人心比环境更重要,除了勤奋学习,还要广结善缘,以我们丫头的聪明懂事定是讨人喜欢的。"

庄晏清:"知道啦爷爷。"

"怎么不见南承啊?人呢?又跑出去了?"老爷子张望了一下,问。

庄怀端着杯新沏的茶过来:"许是出去找院里那几个孩子了吧,都放假回来了。"

"这样。"老爷子忙不迭催促着庄晏清,"那丫头你也去,和你大哥一块,别落下。"

庄晏清抿唇忍着笑:"好嘞。"

庄怀口中说的那几个孩子,都是从小在大院长大的,年纪大都和庄南承相仿,最小的去年刚考上南大,读法律。

在这些人眼里,上高一的庄晏清就像是个女娃娃,要宠着还得保护着,有时还得躲着,生怕被大人训斥带坏了小姑娘。

所以,和他们一起玩,庄晏清兴趣也不是很大。她嘴上答应老爷子,结果出了门,自己先寻了处阴凉地儿,坐着玩手机,这时,岑翎给她发来了一条消息。

翎翎:晏晏!萧北淮开通微博了!

随即,她发来一张手机截图。

庄晏清旋转树叶的手一顿,立马点开微博在搜索框输入,果不其然,弹出了熟悉的名字。

萧北淮。

演员,代表作《一世倾城》少年成清恒。

粉丝:192701。

庄晏清数了数,不到二十万,但对刚开通微博的人来说,已经算很多了。她点了下右上角的关注,成为第192702位粉丝。

点进首页,只有一条打招呼的内容,评论也出奇一致——欢迎,还有祝高考顺利。

庄晏清蹙眉杵了会儿,也点进去评论:淮哥,祝事事顺意,考上理想大学。

微信新消息不断弹出,留完言后,她退回到微信聊天框。

翎翎:应该是接新戏了。

翎翎:我看到有博主在说,萧北淮要演男一了,校园剧。

翎翎:女主角是姜雯英。

翎翎:不知真假。

姜雯英是谁,庄晏清又搜了一下,瞧见那张梨涡笑颜,心下忍不住称赞,长得好甜好漂亮。

她要和萧北淮搭档?演情侣?

她飞快输入编辑信息。

YanQ:会不会是假料啊?

YanQ:下周一就高考了,这时候还注册微博。

YanQ:正事不做,宣传新剧?感觉不太可能。

翎翎:晏晏,戾气有点重啊。

118

翎翎：你该不会是在吃醋吧？

YanQ：陈述事实罢了。

先前得知萧北淮家里的情况，庄晏清就总想着打听事件后续，可等了又等，却不见庄怀和晏琼玉再提及此事。她又不能主动问，只能在心里暗示自己，事情应该是顺利解决了。

等到了31号，萧北淮照例发了条总结性质的朋友圈，这一次只有一张图，庄晏清几乎是一眼就认出来，那是在沪城酒店落地窗前拍的夜景。

她在这条朋友圈下点了赞，心里却有些空落。

萧北淮的朋友圈，她等了有一阵时间了。准确来说，应该是从在沪城相遇后，就开始等着盼着，总觉得他的月结内容里，该有一张是留给他们的合影。

总归是一起出去玩，就像她的朋友圈，九张，有三张都是与博物馆之行有关的，包括合照在内。

但萧北淮没有。

许是不方便吧，庄晏清给他找足了借口，和自己简单的好友列表不同，他的身份会有很多圈内人士，不适合放合照。

"躲这儿干吗？找了你半天。"庄南承拿了杯奶茶，捂了下庄晏清的脸，冰得她一哆嗦。

他又问："就给我发了条信息，自己怎么不过来？"

庄晏清接过奶茶，因为不敢太用力，吸管戳了三下都没戳进去，可怜巴巴地递给庄南承："大哥，帮帮忙。"

庄南承瞥了她一眼，拿过吸管，干净利落一戳："给。"

小姑娘笑着说谢谢，低头专注喝奶茶。

庄南承想起老爷子的嘱咐，主动问："晚上有流星雨，要不要一起去看？"

"流星雨？"庄晏清半信半疑，"在这儿能看见？"

"当然不是，我们打算开车去山顶，在那儿看。"

庄南承和庄晏清解释，天琴座流星雨是今年三大周期性流星雨之一，加上今儿天气晴朗，定能看得很清楚。

庄南承拍了拍庄晏清的小脑袋，说："一起去？许个期末考再考年级第一的愿望。"

许愿？

庄晏清下意识想起了萧北淮，有一瞬间呼吸起伏。

"好，我去。"

夜里十一点多，庄晏清接到庄南承打来的电话，本是在打盹睡眼惺忪，听到要出发了，一下清醒过来，捞起外套和手机，蹑手蹑脚往屋外走。

"行不行啊？别在我车里就睡着了。"

出了大门，庄南承提高了些声量，捏着庄晏清的小脸，垂眸打量。

"别捏我的脸。"

庄晏清打掉庄南承的手，不经意望向前方。这才注意到，原来还有同行之人。她眯了眯眼，好一会儿才认出来："盛闻姐。"

"嗨，小庄妹妹，好久不见。"

庄晏清终于记起来，为什么一开始听江延叫她"小庄妹妹"会觉得像在哪儿听过，也不抗拒。

早在大院，盛闻还没去当兵时，就这么喊她了。

"上车吧，其他人带着装备先走了。"打完招呼，盛闻绕回驾驶位上车，动作帅气利落。

庄南承则等着庄晏清爬上后座，关好门，这才坐回副驾驶位置。

从大院出发到山顶这条路，少说得有四十分钟，庄晏清看了眼导航后缩回座位，总觉得这车里的气氛有些微妙。

前排这两人，不聊天的吗？

盛闻坐得笔直，专注开车，旁边的庄南承则窝在座位上，慵懒散漫地玩手机，丝毫不关心前方路况，没有一个作为副驾驶的自觉。

想了想，庄晏清主动探前打开话题："盛闻姐，你是刚好休假回来吗？"

盛闻柔声道："对呀，请了几天假啊，正好赶上端午节。"

借着这距离，庄晏清注意到，盛闻的眉眼比从前英气许多。小时候只觉得这大姐姐性子很爽朗，干什么都风风火火，现在看，似乎成熟稳重了不少。

"盛……"

"凑这么近干啥呢？"

庄南承像是怕庄晏清问太多，直接把人脑袋往后推："坐好，离山顶还有段距离，你可以睡会儿。"

庄晏清："我不想睡……"

庄南承抬起食指，眼神带有警告："那就安静待着，别影响你盛闻姐开车。"

盛闻睨了庄南承一眼:"你冲妹妹凶什么凶,我俩聊天呢,有你什么事。"

"对呀,有你什么事。"

庄晏清跟长本事似的附和了一句。

庄南承:"嘶……我带你出来还带错了?"

庄晏清低头偷笑。

凌晨时分,车子抵达山顶停车场,庄晏清下车,跟着哥哥姐姐往前走,不过百米,便听见了嬉笑吵闹声。

庄南承吹了声口哨,小跑上前。

盛闻始终和庄晏清走一块,小声和她介绍着今晚一起来看流星的都有谁。

听下来,几乎都是院里的人。庄晏清不是怕生的性子,到了帐篷前,一句"哥哥姐姐们好"就算是全打过招呼了。

"晏清也来啦,今儿天气好,视野开阔,指不定肉眼就能看到流星,不过以防万一,给你个小望远镜,能看得更清楚。"

庄晏清接过,乖巧地道:"谢谢闵泽哥。"

盛闻:"帐篷、躺椅,还有越野车顶棚,你想在哪儿看?"

庄晏清想了想,指向车顶棚:"上面。"

盛闻笑:"和我想的一样,走,我扶你上去。"

在盛闻的帮助下,庄晏清好不容易爬上顶棚,正想着回身拉她一把,却见她身手敏捷,两三下便翻了上来。

"姐,你好厉害。"

盛闻不好意思地笑了笑:"小意思。"

顶棚很高,但胜在体验感强,像一下子和天空拉近了距离一样。等待的时间里,庄晏清学着盛闻仰躺在车顶棚,脑袋枕着双手。

"新闻上说,最佳观测时间是一点,也不知今晚的运气怎么样,能不能看见流星。"

盛闻声音很轻,充满期待。

庄晏清眼望苍穹,嘴角微勾:"我觉得可以,一定可以。"

盛闻笑。

庄晏清偏头看她:"盛闻姐,你想好要许什么愿望了吗?"

毕竟流星划过的速度太快，这愿望要是没提前打好腹稿，等看见了再想恐怕就来不及了。

"许愿？"盛闻眼中闪过一丝黯然，语调明显也沉了几分，"那都是骗小孩子的。"

"可我们本就是小孩啊。"

盛闻一愣，扭头看庄晏清，后者狡黠："不信就不会专门来看了，我相信，今夜许下的愿望，一定会成真的。"

盛闻心上微动，半晌后点头："嗯。"

不知过了多久，底下忽然有人大喊："流星！那儿！看到了！"

盛闻一跃而起，不忘拉庄晏清一把。

巨大天幕下，出现了从高处快速坠落的星光，庄晏清猛地闭上眼，虔诚许愿，把在心底里斟酌了无数次的愿望，郑重又迅速地默念了一遍：

"我希望，萧北淮高考顺利，人生再无荆棘泥泞。"

希望他永远骄傲又锋利，飞云踏海，直上云霄。

她的心跳如擂鼓，逐渐被这愿望的声音盖住，生怕错过这一刹那，也怕自己不够专心。

再度睁开眼时，庄晏清眼底有些许泪意，盈盈如这夜的星光，而她紧握的双手，藏着濡湿的汗。

高悬的明月，还有那盼了一夜的流星，帮帮忙实现这个愿望吧。

"星海浩渺，远超人们最狂野的想象。我想，宇宙一定会包容我们的愿望，对吗？"

身旁的人忽然出声。

哪怕太过盛大，哪怕太过荒诞，可在这一刻，盛闻信了庄晏清说的话，觉得它是可以实现的。

庄晏清用力点了点头，笑得眼角弯弯。

这夜，两个女孩并肩坐在了车顶棚，各自许下心底最深处的愿望。

星光为证，秘密可以心照不宣。

浪漫引路，喜欢总是有迹可循。

时间疾走，整个六月对高三生来说充满了变数。两日内，四场考试，前后间隔不过二十几天，成绩公布，轨道既定，输赢见分晓。

庄怀给萧长河打电话时，庄晏清刚从学校回来，听到聊天提及萧北淮成绩的信息，换鞋的动作匆匆忙忙，差点被绊倒，跌跌撞撞赶到客厅，隔着一米远都听见电话另一头爽朗开心的笑声。

"成了吧？"庄怀笑着说。

萧长河连答三个"成了"，然后才补上分数："587分！587分啊！第一名！文化、专业双第一！"

情绪一下子被巨大的喜讯冲上最高点，587的分数在她脑海里不断徘徊，这是什么概念？就算不参加艺考，单凭这分数，萧北淮也能上一本院校！

她手指紧攥成拳，笑意盈满眼底，他真的太厉害了！

庄晏清拎着书包"哒哒哒"上楼，跑回房间后第一时间拿出手机，找到萧北淮的名字，颤抖着手指飞快编辑信息：恭喜你！！！

发送后，她脊背贴靠着门板，胸口一阵一阵起伏，窗外的风声吹打着屋内的窗帘，轻纱浮动，紧跟她心里的节奏，一下又一下。

过了数秒，掌心传来响动。

她垂下头，屏幕跃出一条新消息。

萧北淮：谢谢。

不过简单二字，她却看得格外欢喜，忍不住笑出声来。

就说对着流星许愿能成吧！

看！

这不就遂了心意了嘛！

这夜，庄晏清发了条朋友圈，愿望成真当回以还愿之礼。她把那天拍的星空图简单修了修，配以文字发了上去——*我就知道，星星不骗小孩。*

很快，这条朋友圈下有了评论。

南承：拍得还挺好看，问题是，上次看完流星你咋不发？

YanQ回复南承：我喜欢。

盛小闻：恭喜小庄妹妹！

南承回复盛小闻：恭喜？恭喜什么？

YanQ回复盛小闻：谢谢盛闻姐！希望姐姐的愿望也早日达成！

南承回复YanQ：愿望？这不还没期末考吗？你许的不是期末考年级第一的愿望？

南承回复盛小闻：你呢，许什么愿望了？

盛小闻回复南承：……

YanQ 回复南承：……

南承回复 YanQ：你学你盛闻姐发什么省略号，好的不学坏的学！

书桌前的庄晏清看到这条评论，笑得往后仰，双手没拿稳，手机一下砸在她的鼻梁上又滚落到地板上。

"啊！好痛。"

她捂着鼻梁，疼得眼泪一下就出来了，手忙脚乱地找镜子，生怕这一下砸出一道疤来。好在没什么大问题，就微微泛红，揉一揉即可。

庄晏清拿着手机起身，目光瞥见屏幕上出现了萧北淮的小头像，倏忽站定，忘记鼻梁上的痛，迅速点开消息。

他除了给她朋友圈点了个赞，还有评论。

萧北淮：期末考加油！

庄晏清抱着手机在屋里来回踱步，兴奋又激动，这是她加了萧北淮好友后，头一回被评论，先前最多就是点个赞。

涌上心头的喜悦瞬间淹没了全部情绪，这一刻她觉得自己是这世界上最幸福的人。不过是一条评论，庄晏清却像看中彩票头奖的信息一样，原地蹦蹦跳跳，又摔倒在床上捂着被子翻滚。

等冷静下来，她又像变了个人似的，生硬端着，生怕被对方察觉到情绪，礼貌且克制地编辑回复：谢谢北淮哥。

七月中旬，网上陆续放出明星艺考的录取情况，萧北淮因超高分数得到关注，其文科数学接近满分的成绩一度成为榜上热点。

长相出众、成绩优异的明星，谁能不爱，萧北淮的微博粉丝一下翻了数倍，成为当年最耀眼瞩目的艺考生。

八月，由热门校园 IP 小说《你是我的月亮》改编而成的同名网剧选角公布，萧北淮饰演男主俞渊，女主则是由人气小花旦姜雯英饰演。

定妆照一出，网上一片哗然，纷纷喊着太配！

……

九月开学，庄晏清已是高二生，因期末年级第一而直接转进理科重点班，岑翎还留在八班，两人之间隔了一层楼的位置，课间见面都要爬上爬下。

关于萧北淮，庄晏清和他的微信聊天就停留在"谢谢"那一句。

他成了大学生，又进了新剧组担当男主角，日子该是过得很忙碌，庄晏清只能偶尔在萧长河来家里做客时，听见与他有关的碎片消息。

例如，他读的是音乐表演的专业，开学还作为新生代表发言；

例如，他工作很忙，接了新戏，片场学校两地跑，根本没时间回家。

说起萧北淮，萧长河眉目间净是慈爱，显然父子间的关系已缓和了许多，甚至，谈得上亲密二字。

高一结束的暑假，年级数学教研组组长吕老师再度找到庄晏清，重提联考一事，在他眼里，庄晏清是不可多得的明珠，倘若参加竞赛，定然可以拿到全国顶尖高校的保送名额。

从最初果断拒绝到心动答应，这中间的变数，不过是因为多了萧长河的邀请——

"小清啊，这数学联赛对你来说是很有帮助的，不妨参加看看？开学后试一试，这个假期来萧伯伯这儿，伯伯帮你冲刺辅导！"

去萧家上课？

庄晏清脑海里浮现萧北淮的身影，即便知道他刚接了新戏，不一定在家，可依旧抱有与他见一面的幻想。

事实证明，直至假期结束，他们都没能遇上。

但不管怎样，庄晏清已算正式加入了校数学联赛队伍。

九月中旬，天水二中共有十二名同学参加数学联赛，一试满分120，二试满分180，内容涵盖平面几何、代数、组合数学等。

对于庄晏清来说，难度并不小，但好在假期得到萧长河的指导，短时间内在原有基础上有所提高。

成绩出来后，庄晏清一试108分，二试131分，总分239，获得天水赛区一等奖，将代表天水二中，参加CMO（中国数学奥林匹克）。

联赛一战成名。

那一年，庄晏清越过高考省级理科状元刘鹏飞、市级文科状元江延、明星萧北淮，成为天水二中响当当的大人物。

无人不知，无人不晓。

午后一点半的教室，安静得连根针掉在地上都能听得一清二楚。零星几位同学趴在课桌上睡觉，还有一些正专注做题。

庄晏清的位置靠窗，阳光透过帘子照进教室，一大半洒在她身上，微风徐徐，蹭得她懒洋洋地调整了一下睡姿。

岑翎进教室时看见的就是这样一幕，脚步一下变轻。

她慢吞吞挪到庄晏清的位置上，拍拍她的后背，小声喊：“晏晏，醒醒。”

"嗯？"

庄晏清枕着手臂的脑袋微动了下，费劲睁眼："翎翎？"光线有些强，眼皮一下又耷拉下来，声音带着困意，含糊问，"怎么了？"

岑翎："一起去小卖部？我请你吃冰激凌。"

"这都十一月了，还吃冰激凌，你不怕拉肚子吗？"庄晏清差点以为自己听错了。

岑翎起身帮她把窗帘拉好，挡住最后一缕阳光后，强制性拉她起身："大冬天都可以吃冰激凌，更何况现在才十一月，走走走，陪我去。"

十分钟后，小卖部前的长凳上，坐着两个小姑娘，边吃边呵气。

"爽！"

岑翎晃荡着腿，眼睛眯成弯弯两道缝。

"萧北淮新戏杀青了，你知道吗？"

庄晏清小口小口舔着冰激凌，听闻这个名字，还愣了一下。

"我又不是剧组的人，怎么会知道。"

"你不刷微博吗？娱乐博主一早就发了消息，《你是我的月亮》剧组杀青，萧北淮暂时返校上课，准备期末考试。"

也是班里同学下课时在讨论八卦，岑翎无意中听见便凑上前看了下。

微博配图是萧北淮手捧花束庆祝杀青的照片，西装革履，英挺剑眉，孑然独立间散发着清冷气息，与当初在校园时遇见，判若两人。

"他果然天生是吃这碗饭的人，我现在都后悔当初去沪城的时候，没有和他合影，不然要个签名也行啊，现在肯定转手能卖很多钱。"

岑翎咬着冰激凌，"吭哧吭哧"地生自己的闷气。

庄晏清笑而不语。

"对了。"

岑翎抬起胳膊肘撞了下庄晏清。

"你不是有他的微信吗？这段时间联系过吗？他朋友圈有没有发什么照片啊？和明星是微信好友的感觉是什么样的？说实话，我现在都觉得很神奇，你说等我们毕业了，他会不会已经红透半边天了呀？到时候还会不会和我们这些同校小学妹联系？"

就岑翎这张嘴，还有那小脑袋瓜，要没人拦着，能问出十万个问题来。

"我们私底下没有说过话，他应该很忙，我现在也很少玩手机。"

下个月就要考CMO，庄晏清觉得自己单纯就是去陪考的命，花钱买支答题笔和橡皮泥，一点胜算都没。

可即便如此，每天依旧要做大量的题目。

刚刚过去的国庆长假，庄怀和晏琼玉去国外看庄明宴，她一个人在家，白天还得去萧长河那儿上课。

总之，她一点都不清闲，像提前体验了把高三生活。

不过这样也好，时间紧凑，注意力全都花在学习上，她就不会因为太想萧北淮而影响心情了。

"那他没有发什么朋友圈吗？"岑翎还揪着这个问题不放，是真的很好奇，"例如和姜雯英的合照？剧组日常？又或者透露一下下部剧演什么？"

提到姜雯英的名字，庄晏清吃雪糕的动作明显停了一下。

"他们这剧，有吻戏吗？"

不答反问？

即便如此，岑翎还是老实回答："应该……没有吧？没听说过，而且这剧大篇幅都是校园生活，青春群像，不允许早恋！"

庄晏清若有所思地点头，又绕回方才的问题，给出答复："他上一条朋友圈还是九月份，晒大学新生生活的，军训还有舍友合照。"

岑翎："没了？"

庄晏清"嗯"了声："没了。"

岑翎叹气："好吧，很符合他人设风格，话少，高冷。"

校园广播响起，意味着还有不到三十分钟的时间就要上课，庄晏清加快吃冰激凌的速度，起身时跺了跺脚，只觉得胸前一阵凉意窜过。

"天气越来越冷了，少吃冰激凌。"

岑翎把纸巾递给她擦嘴，囫囵答道："行行行。"

不知是不是白天吃了冰激凌的缘故，当晚，庄晏清肚子一阵一阵疼，在被窝里蜷缩成一尾虾，双眼紧闭，额头直冒冷汗。

127

她以为只要揉一揉，睡着了就不疼了，结果闹到大半夜，她还是起床下楼找药吃。等疼痛缓解，她迷迷糊糊有睡意，已经是凌晨三点多。

第二天，闹钟响了好几遍，庄晏清才爬起床，苍白着一张脸，下楼吃早餐时把晏琼玉吓一跳。

"小清，你是哪儿不舒服吗？"

庄晏清摸了摸肚子，坐下，有气无力道："昨晚半夜肚子疼，吃了药才睡着的。"

晏琼玉大惊，问："肚子疼？你怎么不叫醒我呀？现在呢？还有哪儿不舒服吗？"

庄晏清摇头："不疼了，就是困。"

晏琼玉盛了碗热粥，放到庄晏清面前，想起今日她还要去萧长河家补课，有些担忧。

"要不和你萧伯伯说一声，今儿在家休息，等明日再去？"

庄晏清拿起勺子，下巴搁在手背上，小脸凑到碗边，边吹边舀："不行，萧伯伯周日没空，有课题研究。"

晏琼玉："那这周就不去了，等下周再去？"

"也不行。"庄晏清小脑袋一歪，解释，"下下周就要考试了。"

怕妈妈太过担心，庄晏清提起精神，坐直了身子，笑着拍了拍小胸脯："我没事的，妈妈，今天都不疼了。"

晏琼玉狐疑："真的可以？"

庄晏清："嗯！"

晏琼玉眉头舒缓，却还是放不下心："那你喝粥，搭配点青菜就好，鸡蛋先别吃了。早上我送你过去萧伯伯家，有不舒服再打电话给我。"

庄晏清乖巧道："好的。"

萧长河的家在燕云路，车程要三十多分钟，一路上，庄晏清都在背公式，晏琼玉时不时偏头看，欲言又止。

到了红灯口，车子缓缓停下。

"小清，萧伯伯和爸爸妈妈说过，你解题思路非常清晰，做题沉稳细心，是竞赛的好苗子。"

庄晏清抬起头来，与晏琼玉视线相对。

后者目光温柔，语气轻缓："但妈妈始终觉得，竞赛只是你高中生涯一小部分，不是全部，你不需要有太大的压力。考得好或者不好，权当积累经验。不要对自己太过苛刻，享受当下的高中生活，快乐便好。"

"妈妈。"

"嗯？"

庄晏清目光坦然："你去美国，见到庄明宴的时候，也和他这么说过吗？"

晏琼玉有一瞬间怔忪，很快便又调整过来："当然，不论是你还是明宴，在妈妈心里都是一样的。"

沉吟数秒，庄晏清淡笑："我知道了。"

绿灯亮，后边的车子开始催促，晏琼玉收回目光，专注开车，未曾瞧见庄晏清沉默看她的眼神。

把庄晏清送到萧家后，晏琼玉便离开了。

近两周，萧长河主要是针对庄晏清比较薄弱的几何题型进行针对性训练。落座简单聊了会儿天后，他便给了她一套新练习题，同时收回上周布置的真题作业进行批改。

庄晏清几乎没有偷懒的时间，就要抓紧进入解题状态。

客厅一角的小圆桌像是自动被划分为庄晏清独自思考的空间，周围发生的一切，皆与她无关。

萧北淮从卧室里出来，看见的就是这样一幕。

他习惯睡醒起床后先找水喝，趿拉着拖鞋，睡眼惺忪，结果发现客厅多了一个人，好巧不巧，就坐在冰箱旁。

等认清那人是谁，他吓得连连后退几步，差点被人字拖绊倒。他半边肩膀重重撞在过道墙上，闷哼了一声。

生怕吵到对方，他下意识捂住嘴。

听到动静，萧长河放下手中的卷子起身走来，看见儿子一手捂着嘴，一手摩挲着被撞到的位置，脸颊涨得通红。

"你这……"

萧北淮以手抵唇，示意萧长河小声点，又问："庄晏清？"

萧长河压低了声："是小清，我给她辅导奥数。昨晚你回来得晚，忘了和你说一声。"

萧北淮顶着一头乱得跟鸡窝似的头发，有些生无可恋："您可以给我留个信息啊。"

萧长河："这不是忘了嘛。"

老汉背心、条纹大裤衩，还有人字拖，他差点就让庄晏清看见这么没形象的一面。他背靠墙壁，表情有点一言难尽。

萧长河不懂儿子的心思，还多问了一句："你俩在学校不是见过？出来打声招呼？"

"睡觉，别吵我。"

说完，萧北淮转身回屋，又把门关上。

萧长河摇了摇头，回客厅，正好对上庄晏清的目光，倏地笑了笑："没事，你继续做题。"

庄晏清没往萧北淮身上想，只道是和之前一样，老太太来儿子萧长河家小住，又低下头写卷子。

一上午的时间，在做题和听讲解中度过。

午饭叫的是外卖，三人份，萧长河将其中一份单独打包的拎进卧室，刚把门关上，就听见手机响。

电话里头的声音有些急，庄晏清洗完手出来，便安静地站在餐桌旁。

"行，知道了，我马上过去，你等我一下。"

见萧长河挂断电话，庄晏问："萧伯伯，您是有什么急事要办吗？"

"对对，不好意思啊小清，下午可能没法给你讲题了。这样，你把不懂的题目列出来，等我回来看了后，把解题思路方法写到纸上，拍照发给你。"

餐桌上的外卖还没拆开，萧长河不忘叮嘱："先吃饭，吃饱了休息会儿再回去，不着急。"

庄晏清愣愣地道："好。"

很快，萧长河便换好衣服出门了。

庄晏清一个人坐在餐桌前，望着外卖发了会儿呆。

卧室。

萧北淮迷迷糊糊又睡了一觉，他是真的很困，好不容易有个周末可以回家休息，恨不得一下把觉都补回来。

闻到饭菜香，辗转醒来，他看了眼手机上的时间，这都下午一点多了。

微信有不少未读消息，最新的两条是萧长河发的语音，萧北淮眯着眼点开。

"小淮，奶奶身体不舒服，我先过去一趟，午饭我放你书桌上了，起来记得吃,要是冷了就去微波炉转一圈。"

"我急着出门,小清应该还在家里吃饭,你出去的时候看着点,别吓着妹妹。"

等等!庄晏清!

萧北淮猛地想起家里还有这个小姑娘,差点就忘了。

萧长河厨艺不太行,所以每次补课都会给庄晏清叫外卖,这次也不例外。

餐桌上没人陪着吃,饭后也不用继续做题,庄晏清便彻底放松下来,边吃边刷微博,好一会儿才拨一筷子。

萧北淮拎着外卖袋出来,乌木般的瞳孔紧凝着餐桌前那个人,见她筷子上夹着颗摇摇欲坠的丸子,看也不看,慢动作似的送进嘴里。

"吃饭还要玩手机?"

声音如惊雷,重重砸在庄晏清脑门上,她猝不及防抬头。

当意识到不远处站着的人是谁时,她差点被丸子呛住,低头猛咳了几声,急急忙忙站起来,脚踩到拖鞋边边,又绊了一下,重重磕在了桌角。

"嗷呜!"

一声如惊慌失措、受了伤的小兽。

实际上,也真的是撞疼了。

"小心点。"

萧北淮走上前,将外卖放到餐桌上。

庄晏清忍着疼,磕磕绊绊地喊人:"北……北淮哥……"

萧北淮扶她站好,瞥了眼桌上放着的手机:"吃饭就别玩手机。"

庄晏清:"嗯……"

等坐下来,她还有些恍惚。

原来早些时候房间里传出的动静,不是老太太,而是萧北淮。

她偷偷抬眼,眼前的人似乎与之前有些不一样,皮肤变黑了,眉眼棱角更分明了,生出几分凌厉和成熟。

"今儿来上课?"

桌面上的卷子还没来得及收拾,萧北淮看了一眼,只觉得额角突突疼,果然,他碰不得奥数题。

庄晏清笨拙地拿起筷子,拨弄白米饭:"对,下个月12号就要考试了,萧伯伯帮我补一下弱项。"

萧北淮收回视线，拆开外卖，应得有些漫不经心："果然是学霸。"

"不不不，我不是。"庄晏清忙不迭摆手。

"如果年级第一都不算学霸的话，那什么才算？"他勾唇轻笑，"我知道你学习成绩好，不用太谦虚。"

这怎么上来就夸啊，没见面的这段时间，他夸人的本事倒是长进了？

庄晏清眼睛滴溜溜转了转，好半晌才找回自己的声音："你怎么突然回家了？也没有节假日呀。"

萧北淮："周五没课，加上周末，正好凑个小假期。正阳离家也不远，一个半小时车程，能接受。"

庄晏清注意到萧北淮的五官，比印象中的立体，特别是那双眼睛，没了刘海的遮挡，如鹰隼般锐利。

"这是新戏的发型吗？"

她不知不觉地问了出来。

萧北淮："嗯？你说我的头发？"

太长了还没来得及剪，就用发箍简单束起，与拍戏无关，没想到庄晏清会注意到，他淡声解释。

餐厅的气氛安静下来，各自都在专注吃饭，庄晏清却觉得这比她边玩手机边吃，还要难消化。像是一下子和他成了客气的陌生人，明明该有很多话要讲的，却不知从哪儿开始。

忽然，小腹下方一阵暖流窜过，庄晏清执筷的手一抖，整个人跟失了魂似的愣了愣。当意识到发生了什么，她大脑宛若有根线"噔"的一声断开，紧接着一片空白。

不……不会吧……

筷子掉下，她踉踉跄跄起身，动作幅度太大，差点把桌上的饮料撞翻。

萧北淮吃到一半，因这动静抬头，还没来得及问怎么了，就见庄晏清像只无头苍蝇一样左右晃了下，然后背着手往洗手间跑。

这是怎么了？

吃到什么不干净的东西了？

门"砰"的一声关上，庄晏清一个劲儿地祈祷。

千万别是来例假了！

然而，人生就是这么戏剧化，从不给预告。

难怪昨晚肚子疼得那么厉害，还以为是吃了冰激凌闹肚子的缘故，确实也可以怪那支冰激凌，毕竟日子提前了。

庄晏清双眼失神地坐在马桶上，脑袋里一阵"嗡嗡"响，目光睃了一圈洗手间，彻底死心。萧长河家没有女性，不可能备有卫生巾。

偏偏今天穿的还是条浅色长裤，沾染的痕迹一眼就能看出。

"晏清。"

萧北淮敲了敲门。

庄晏清宛若惊弓之鸟，一下挺直了腰背："怎……怎么了……"

萧北淮在门口站着，轻声问："是不是来例假了？"

猜来猜去，也只有这一个可能，她背着手跑向洗手间的动作实在是太明显了。

隔着一扇门，庄晏清面如死灰，在听见萧北淮问这句话时，恨不得一头栽倒在浴缸里，怎么就在他在家的时候上演这一出呢。

也太丢人了吧！

强迫故障的小脑袋瓜开始运作，可憋了半天却什么办法都想不出来。

门口的人似乎知道她的难堪，过了一会儿才出声："你等等，我下楼给你买。"

"嗯？"

庄晏清抬起头，买？买什么？该不会是买卫生巾吧！

"那……那个……"

她声音细如蚊，还磕磕巴巴，门口的人根本听不见，早已转身离开。

隐约听见拿钥匙的声音，然后是开门又关门的声音，庄晏清无奈地望着天花板，行吧，也只能这样了，还能怎么办呢？

也是没有办法拒绝如此"细心如发"的萧北淮了。

谁的人生没有尴尬瞬间，看开了就行。

庄晏清在极短的时间内给自己做心理疏导，说服自己接受眼前已经发生的事情。紧接着开始想象萧北淮下楼帮她买卫生巾的样子。

他现在可是公众人物，不会被发现吧！

不对。

伪装遮掩是当明星的必要素养，这点，不用担心，他应该是懂的。

只是卫生巾，他知道该买哪种吗？

眼前随即浮现画面——

第一幕，萧北淮本着速战速决的心态，进门之后就往女性用品区域冲，看都不看，横扫一排，继而结账离开。

第二幕，萧北淮鬼鬼祟祟偷偷摸摸地进店，生怕被人发现，压低帽檐，面对一整面女性用品无从下手，最后被店员当成奇怪分子，抓个正着！

庄晏清猛地摇头，不论是哪个场景，都让她羞愧得手脚蜷缩，无地自容。真的太对不起萧北淮了！

不知等了多久，门外传来开门的声音。

嗯？

这么快就回来了？

庄晏清倏地起身，跑到门边紧贴着墙壁站着，试图通过对方说话的语气，来判断这趟下楼之旅是否愉快。

但，萧北淮似乎没有第一时间过来，而是走回了房间。

纳闷之际，她听见了靠近的脚步声。

"咚咚！"

萧北淮敲了敲门，语气很是平静："我把东西挂在门上了，你自己拿一下。"

庄晏清咽了咽口水，努力装得镇定："谢谢。"

她等了一小会儿，才把门打开一条缝。

她伸出手去，想着快速拽过袋子，却发现好像装的东西有点多，拿进来一看，愣住。

袋子里装了件外套，还有一包日用卫生巾。

与想象中格外不同，在这件事上，他似乎很有把握。庄晏清说不清心里是什么感受，就是有些烦闷。

难怪一开始，他在门外那么淡定，一下就猜中她的情况，把例假和卫生巾两个词说得那般轻巧自如。

想来，已经过了不好意思的阶段。

是他之前有帮谁做过这件事吗？

庄晏清开始钻牛角尖。

"外套长度还合适吗？"

把吃完的外卖盒收拾好，洗手间的门还没有打开的动静，生怕小姑娘还需要帮助，萧北淮上前询问。

彼时的庄晏清，刚洗完手："啊，合适！"

她拿起外套抖落，是二中的校服，不过是男生的尺码，穿在她身上就跟唱大戏似的，袖口都要挽上好几圈。

对镜打量了一下，后面长度刚刚好可以遮住。

从洗手间出来，庄晏清脸颊还有些发烫，怀里揣着卫生巾，以极快速度挪回桌旁，打开书包塞进去。

一顿操作迅猛如蛟龙，客厅沙发上的萧北淮，只觉得一道身影闪过，也不好细看。

毕竟小姑娘脸皮薄。

"那个……谢谢啊。"庄晏清走到沙发前，双手拘谨地攥在一起，"多少钱，我微信转给你吧。"

萧北淮抬起头，自己的校服穿在庄晏清身上，像极了小孩偷大人衣服穿，尺码变成大码。

"不用了，没多少钱。"

庄晏清摩挲着校服拉链头："那……这校服，等我回去洗了，下次再带过来还。"

"呵。"萧北淮笑了下，"没事，反正我现在也不穿了。"

哦，对，他毕业了。

现如今是穿正阳大学的校服，而不是天水二中的。

客厅里又陷入沉默。

萧北淮扫了眼墙壁上的挂钟，问："我爸下午估计回不来了，先送你回家吧。"

庄晏清忍着小腹一阵阵不舒服，摇头："不用了，我打电话让我妈来接。"

萧北淮："哦。"

庄晏清跑回餐桌前拿手机，给晏琼玉打电话，巴不得她快些到，嗓音又急又委屈。

得知萧长河出门办事，女儿又身体不舒服，晏琼玉片刻不敢耽搁。

只是对于庄晏清来说，这等待的时间，还是有些漫长。收拾完书包，庄晏清站在玄关处，靠着墙低垂着头，任凭心里乱糟糟的情绪起起伏伏。

萧北淮并未察觉她的异样，以为她是来例假了不舒服。

"坐着等吧？"他邀请。

庄晏清闭着眼，没应声。

萧北淮一时无措，拿起手机佯装刷微博，可注意力却总是不受控制地飘向门口站着的人。正当他犹豫着是不是要上前和庄晏清聊会儿天，就听见她手机响起。

晏琼玉到楼下了。

庄晏清背上书包，换好鞋子，转过身对着萧北淮客客气气道："今天谢谢你，我先回家了。"

萧北淮手插着裤兜，指尖微微用力，面上却一如既往的平静："再见。"

"嗯。"

庄晏清吸了吸鼻子，径直离开。

身体不适，情绪不爽，全反映在脸上。

楼下，晏琼玉见到女儿，抬手摸了摸她的脑袋，柔声："上车后闭眼休息会儿，很快就到家了。"

"嗯。"

庄晏清调整姿势，把脸埋进外套里，清冽的茶香窜入鼻尖，一缕缕唤醒她脑海深处的记忆，这是萧北淮专属的气息。

她垂下眼睫，不动声色地抬高下巴，紧接着压下衣领。

似乎这样做，能避开那缕清香。

到家。

晏琼玉帮庄晏清拎书包，这才注意到她身上的外套："这衣服是……小淮的？"

庄晏清换鞋的动作顿住，闷声"嗯"了一下。

晏琼玉："也是个细心的孩子。"

庄晏清垂眸，接过书包。

"那我上楼换衣服去了。"

房门关上，将书包随意丢在地上，她看都没有多看一眼，抬脚跨过去，取了套新的家居服便往浴室走。

…………

"是不是来例假了？"

"你等等，我下楼给你买。"

"外套长度还合适吗？"

"谢谢啊,多少钱我转给你吧。"

"不用了,没多少钱。"

"那这校服,等我回去洗了,下次再带过来还。"

"没事,反正我现在也不穿了。"

…………

同水流一样落在周身的还有和萧北淮之间的对话,每一句都在耳边徘徊,越来越响,越来越深刻,如同要刻在骨子里一样。

庄晏清关好花洒,视线落在衣架上那件宽大的校服上,一把抓过,如置气一般用力丢进换洗筐里。

小腹的疼痛感远没有心里那股好奇劲要强,她拿起手机钻进被窝,点开微博后,直接找到萧北淮的账号,进入关注人页面。

指尖拨弄屏幕,向上滑了数次,直至最底。

萧北淮的微博有233个关注,不全是明星和V认证,其中夹着几个素人号,应该是好朋友。

像这个小江同学,庄晏清一看头像就知道,肯定是江延。首页没什么原创内容,偶尔一两条哈哈哈的转发,确实是本人风格。

庄晏清又往上翻了翻,在你是我的月亮、姜雯英、白笙等一众主创演员后面,看见了一个全英文且没有认证的名字。

Zoellljr。

思绪有些跟不上指尖的动作,等回过神来时,她已经进了对方主页,头条微博就是一张自拍。

是廖婧柔。

她和萧北淮是互相关注的关系。

意识到这点,庄晏清觉得心里一股酸劲涌了上来,难受得很,把头埋进被子里,双腿用力扑腾拍打了一下床面,大喊了一声发泄后才重新抬起头。

与江延不同,廖婧柔的微博内容几乎都是原创。

分享校园生活里的一日三餐,今日份读书笔记,还有丰富的社团活动……能感受得到,她的大学生活的确很精彩。

最新一条更新在上周,外出散步,还在银杏树下拍了几张自拍。

评论区点开全是夸好美,其中一段对话引起庄晏清的注意。

乔乔今儿不想上课:刚回校就陪你去看银杏?

Zoellljr：没有啦。

乔乔今儿不想上课：照片拍得真好看！

Zoellljr：谢谢宝贝！

乔乔今儿不想上课：对了，记得帮我要签名！

Zoellljr：哈哈哈哈，好。

刚回校？

这让庄晏清禁不住联想到萧北淮新戏杀青，回校上课准备考试这件事，关键是对方还管廖婧柔要签名。

什么人的签名值得要，不就是明星吗？

庄晏清将手机丢开，裹着被子翻了个身，眼睛一眨不眨地盯着天花板，开始"复盘"。

从前她就觉得，萧北淮和廖婧柔之间关系不简单，她头一次去高三教室，给他送照片的时候，廖婧柔身旁那个女同学就暗示过她。

萧北淮喜欢的人是廖婧柔。

不管这是不是真的，但廖婧柔喜欢萧北淮，这假不了。

廖婧柔叫他北淮时的样子，看他的眼神，还有言语中隐隐约约想告知旁人，自己和其他追求者不一样的态度，都让庄晏清在第一时间笃定，她和自己一样，也喜欢萧北淮。

从某种角度上讲，她们是相通的。因为喜欢同一个人，所以能在对方身上敏锐地捕捉到相似气息，而那份相似，可能是本人潜藏在心底里，不敢表露出来的。

再就是校庆晚会，萧北淮帮廖婧柔拍照纪念，即便他本人说过——别给老子瞎传。

但现在看，也可以把这句话理解成被闹得脸红，气急败坏，不好意思承认。

影视圈不就是有这种人吗？

明明是情侣关系，却碍于事业发展，没有胆量承认。被拍到了，就说是同事关系、朋友关系，总之就是否认。

现在，两人都上了大学……

对了——

廖婧柔考上哪所大学了？

脑海一阵光闪过，窜出来的关键问题让庄晏清蒙了一下。

好像没有听谁说起过。

庄晏清挣扎着爬起身,端正坐好,开始仔仔细细研究廖婧柔的微博首页。

缜密如廖婧柔,尽管分享了不少生活碎片,但却把隐私保护得很好。没有填写毕业院校,也没有相关的微博内容,就连照片也看不出是在哪个学校拍的。

好吧,放弃。

太阳穴突突直跳,联想得越多,整个人就越不舒服。

这时,微信有新消息提醒,庄晏清点开看。

萧北淮:到家了没,还好吧?

YanQ:嗯?

萧北淮:多喝热水。

庄晏清倏地瞪圆了眼:"去你的多喝热水!"

她把手机丢得老远。

萧家。

屏幕陷入死寂,对方明显已读不回,萧北淮茫然地挠了挠头,他哪句话说错了?

庄晏清走的时候对他爱答不理的样子,就像根刺扎在心头,令他做什么事都提不起劲,那张小脸时不时浮现在眼前,无时无刻不在提醒他,她有小脾气。

可到底是哪儿出问题了?

不应该啊。

帮女孩子买卫生巾这件事,虽说现实生活中是头一回,但上次拍戏,剧本里正好有这段,与萧北淮本人不同,男主角俞渊是财大气粗,直接一样一份扫了一筐结账。

当时拍到一半,中场休息时,姜雯英就和他简单科普过。

这本就不是什么难以启齿的事情。

事实证明,他今天去便利店的时候就很顺利,按照姜雯英教的,大大方方买了回家,不至于像无头苍蝇一样在那儿乱撞。

可庄晏清却不开心了。

唉,搞不明白。

周一升旗仪式结束后,庄晏清就在台阶前等着岑翎,很快见她小跑过来,忙踮着脚挥手示意。

"怎么啦？找我什么事呀？"

昨儿庄晏清给她打了电话，约今早操场见，也不说什么事，害她好奇了一整晚。

"翎翎，你知道廖婧柔考上哪所大学了吗？"

"廖婧柔？"岑翎纳闷，"你问她做什么？"

庄晏清装作若无其事："就……单纯好奇，当初觉得她和江延、萧北淮关系还挺好的，也不知道大学是不是同校。"

岑翎仔细回忆："她是文科班尖子生，考过年级第一，可后来高考好像发挥失常输给了江延？至于上了哪所大学，去光荣榜看一眼不就知道了？只要考上一本，名字就在上面。"

"光荣榜？"庄晏清不假思索，"那走吧，去看看。"

岑翎："哎，哎……"

到了高三年级布告栏前时，岑翎头都大了："好几大榜，这要看到什么时候？"

庄晏清推开岑翎，示意她从最右边开始："分开找，我从头开始，你从尾开始。"

岑翎咬咬牙："行吧。"

嘴里默念廖婧柔的名字，一行行往下找，很快，庄晏清就看到了："在这儿，正阳大学。"

"哪儿呢？"岑翎闻声凑过来，视线顺着庄晏清手指着的地方看过去，"正阳大学，她居然也报了正阳大学！"

庄晏清没有在听岑翎说什么，顾自盯着榜上"廖婧柔 正阳大学"这一行字看。好巧不巧，旁边那列与她并排位置的就是萧北淮。

像是约定好一样，考上同一所大学，登同一张光荣榜。

如果非要再传是命运的安排，那这一左一右紧贴着的名字，便是最佳佐证。

"哎，萧北淮。"

岑翎迟了几秒钟看见，喃喃自语："我们学校考上正阳大学的人不少啊，不愧是省重点，不过江延怎么不报正阳？难道兄弟情都是假的，上了大学就是各自飞？"

庄晏清没说话。

廖婧柔考上正阳大学这件事，对她来说无疑是个重击。那是不是可以理解为之前看到的微博，说刚回校就和她一起去看银杏的人，确实就是萧北淮了？

想到这儿，她心上一阵抽痛。

"晏晏，你怎么了？"

榜也看了，上哪所大学也知道了，不回去上课吗？岑翎扭头正准备问，瞧见庄晏清那失魂落魄的样子，愣住。

庄晏清摇了摇头，敛眸，声音夹带几分涩意："没事，我们回去上课吧。"

岑翎将信将疑，又多看了两眼："你眼眶怎么红了？"

庄晏清赶忙眨了下眼，顺势将涌上喉间的涩意再度压了下去："盯着红榜看太久，眼睛有点累了。"

岑翎："……真的假的？不过也是，这大红色我刚刚看得也有点晃眼。"

庄晏清魂不守舍地回到教室，刚一坐下，班主任就进来了，往台上一站便开始强调班级纪律与学习进度。

庄晏清是一个字都没听进去，坐姿端正，视线盯着书本上的解析一动未动。脑海里浮现好几个画面，全是灿烂又美好的大学生活，这画面中的男女主角就是萧北淮和廖婧柔。

而她呢，还坐在这一方教室里，听着训，做着题，还得挨过两个春秋，才能重新追上他的脚步。

距离高考还有五百多天，这比想象中的更难熬。

又一个周六，也是考试前最后一次去萧长河家补习，庄晏清把洗好晾干的外套带上，却没碰见萧北淮。

萧长河得知他们上周见过面，还笑了："你们还真有缘，他就上周回来住了几天，这不，又接了新工作，忙得微信消息都不怎么回。"

有缘吗？

她弯了弯嘴角，苦笑了一下，没说话。

萧北淮和廖婧柔的事情，或多或少还是影响到了庄晏清，就连晏琼玉也看出来，女儿近段时间的情绪很低落，还时不时会走神。

怕她是因为考试而压力太大，晏琼玉没少旁敲侧击安慰，还拉着丈夫一起，说什么等庄明宴回来，搞一个新年派对。

哦，对，庄明宴放假，要回国了。

庄晏清对圣诞节没什么概念，毕竟是西方节日，班里头有同学互送贺卡，岑翎也给她挑了张很好看的。

"送给你，圣诞节快乐。"

"谢谢。"庄晏清回了一张自己画的贺卡，老实承认，"我没去书店，所以就亲手做，不过有点简单。"

岑翎如获至宝："亲手做可比书店买的更珍贵呢。"

庄晏清勾唇。

岑翎托腮打量着庄晏清，抬手轻轻扯了扯她的袖口："还因为竞赛的事不开心呢？"

刚过去的竞赛，庄晏清发挥失常只得了个三等奖，一下成了大冷门，就连普通班的同学都在议论。

当时岑翎一听到这消息就往重点班教室跑，担心得不得了，结果一进门就瞧见庄晏清趴在桌子上睡觉。

同桌小声告诉她，晏清这阵子经常心不在焉，估计是压力太大了。

岑翎听了很是心疼，什么破竞赛啊把人折磨成这样，又不是偏科考不上重本，才需要走这条路。

本想就让这件事赶紧过去，可是，这都多少天了，庄晏清还一副闷闷不乐的样子，岑翎禁不住重提。

"没有，本就是半路出家试一试，考得好不好并不重要，当积累大赛经验了。"

岑翎："那就开心点，下周就放假啦，我这都盼了快两个月了。"

从国庆盼到元旦，巴巴等着这三天假期。

庄晏清想起家里要办新年派对，问岑翎："你跨年有什么安排吗？"

岑翎当真思考了一下："跨年？十点半上床睡觉，在这之前争取看能不能多看几集《射雕英雄传》！"

庄晏清："那你要不要来我家玩？我妈妈要办个小派对，到时候会有很多好吃的，还有小礼物。"

"哇！"岑翎两眼直冒光，"什么神仙妈妈啊，还办新年派对？"

庄晏清笑笑："也是头一回办，好不好玩不知道，但吃的少不了。你来呗，带上衣服在我家过一夜，和我睡！"

岑翎蠢蠢欲动，想想都觉得很有意思，但还得回家征得家长同意才行。

庄晏清:"那没问题,再不济,就让我妈给阿姨打电话说一声,和上次去沪城一样!"

岑翎:"哈哈哈,好!"

第七章

/

新年快乐

qingxingmeng-

转眼便到了31号,庄家办新年派对的日子。

放学前班主任还千叮咛万嘱咐,别只顾着玩,记得把卷子都做了,回校便要进入期末考复习阶段,一刻都不能松懈。

岑翎边听边收拾书包,点头频率如捣蒜,实则只听进去了两三成。下课铃一响,她便去找庄晏清,两人小手一牵,撒腿就跑。

校道上,两个小姑娘踩着落叶飞快往外跑,将霞光抛至身后,不忘送上一阵银铃般的轻笑声。

虽说不是头一回来庄晏清家,岑翎还是有些拘谨,进门便瞧见玄关处摆放的大圣诞树,布置得特别漂亮。她凑近细看,上面挂着小星星、小铃铛、小雪花,还有其他闪闪发亮的装饰。

"妈妈,我们回来啦。"

换好鞋子,庄晏清拉着岑翎的手往屋里走。

晏琼玉正在厨房和君姨一块准备晚餐,闻声走出来:"小岑,好久不见。"

岑翎微微弯腰打招呼:"阿姨好。"

晏琼玉:"先洗手,然后上楼玩会儿,今天你萧伯伯也会过来,和小淮一起,等人齐了我们再吃饭。"

谁?谁要来。

纤长的羽睫颤了下,庄晏清拽着书包带的手指不自觉收紧,她以为自己听错了:"小淮?萧北淮?"

"对呀。"晏琼玉理了理挽起的袖口,不经意道,"这大学离家近,确实不错。"

庄晏清还愣在原地。

"行了,我先忙,你俩上楼去吧。"

等晏琼玉离开,岑翎忙扯了扯庄晏清的衣袖,一脸好奇:"我没听错吧?你家和萧北淮家认识?之前怎么没听你提起过啊?"

庄晏清紧了紧手指,敛眸遮住眼底那份紧张与小小雀跃:"嗯……他家情况有点特殊,所以我没说。他爸爸和我爸妈是很好很好的朋友,前段时间就是他爸爸给我做的竞赛辅导。"

岑翎恍然大悟:"原来如此,那你之前帮我补习,提到过的那位教你解题思路的长辈,就是萧北淮他爸?"

庄晏清意外,偏头看岑翎:"难为你还记得。"

岑翎不好意思地挠挠后脖颈:"我呀,书读得一般般,全因这脑子塞满了其他乱七八糟和学习无关的事情。"

庄晏清失笑。

"没想到来你家还能遇见萧北淮,不行,我得要个签名!"岑翎还惦记着这事,喃喃自语,丝毫没有察觉身旁好友的情绪。

萧北淮要来,这让庄晏清原本轻松的心情一下紧张起来,既期待又忐忑,这中间还夹杂着一丝闷气与不爽。这种自相矛盾的情绪,全赖之前看到的和自己猜的那些和萧北淮、廖婧柔有关的事情。

掌心不自觉攥得很紧,她想见到他,却也怕见到他。

"想什么呢?站着不动,走呀,去你房间,我给你看看新买的裙子!"

岑翎催促着庄晏清,短暂地将她的思绪从矛盾中抽离开来。

"咚咚咚!"

敲门声打断两个小姑娘之间关于漂亮饰品的分享。

晏琼玉推门进来,满脸无奈:"小清,你出去接一下你弟,给我打电话说是迷路了。"

"迷路?他去哪儿了?"

庄晏清乍一听只觉得很离谱,虽说搬来新家后庄明宴确实是没回来过,可不是能打车吗,司机都给他送到目的地了,还迷什么路?

"下飞机就直接去老宅了,行李都是老赵先送回来的,你爷爷嫌他吵,都没待多久就把人赶回来了,许是去哪儿玩儿了吧。"晏琼玉也不太清楚,"你给他回个电话,问仔细点,我楼下还有烤串在等着串呢。"

庄晏清起身:"好的,我知道了。"

等门关上,岑翎眨巴大眼,语气里满是惊讶:"晏晏,你还有弟弟啊?亲的那种?"

好家伙!

认识那么久了一次都没听说过!还以为庄晏清和她一样,是独生女呢!

只见庄晏清拿起手机划拉页面,语气不冷不淡地更正:"是冤家,大冤家。"

电话响了四五声才接通,庄晏清没好气地问:"你在哪儿?"

庄明宴:"鸣凤大道这儿的711,来便利店买盒薄荷糖,出来就不知道怎么走了。手机就剩3%的电,没法导航。"

"行,你原地站着,我去找你。"

挂断电话,庄晏清看向岑翎:"你玩会儿手机,我出去接他。"

岑翎:"要不,我和你一起吧?"

庄晏清穿上外套,活动一下筋骨:"不太合适,因为可能会上演一些暴力画面,我怕影响了我在你心目中的形象。"

"噗……"

岑翎万万没想到庄晏清和亲弟之间是这样的关系。

"那你快去快回。"

鸣凤大道离小区还有五百多米远,中间隔着两条分岔路,从家里出发,小跑过去,大概要十分钟时间。

什么薄荷糖能好吃到非要中途下车来买,庄晏清着实不理解。

到了分岔路,等红绿灯的时间,庄晏清一眼就认出便利店门口那叉开大长腿、坐姿豪横的人,就是庄明宴。

还真是一如既往的二流性子。

她走近,仗着后排角度看清了庄明宴玩手机的屏幕,等等,不是说手机只剩3%的电量?

不能导航,能刷微博?

庄晏清气得上前，直接抬脚踢了下凳子腿。

"骗鬼啊你？"

庄明宴吓了一跳，正准备骂人，抬头瞧见是双胞胎姐姐，表情一下阴转晴。

"哎呀！这不是我们庄晏清嘛！想死你了！"

庄明宴起身就是一个很实诚的拥抱，他将近一米九的个子，抱住庄晏清就像抱只小鸡仔一样。加上天气冷，他穿了件黑色长风衣，一伸手就把她整个人给罩住了。

"松手，松手。"

庄晏清只觉得要被香水味给熏死。

虽说一年未见，可每周基本都有视频，样子没太大变化，就是这个头蹿得有点快。还有衣品，压根儿不像个高中生。

庄晏清捋了捋被弄乱的头发："爷爷没留你吃晚饭？"

"老爷子五点钟就要吃晚饭，我这午饭才刚吃完，怎么吃得下。"庄明宴单手绕过庄晏清的肩，搂着她并排走，"困死了，借我靠靠。"

"薄荷糖呢？"

庄晏清摸了摸他的口袋。

"哎哎，不能随便乱摸！"庄明宴一下躲开，"要什么？"

庄晏清摊开手索要："薄荷糖，好吃到让你忍不住中途下车来买，甚至还迷路回不了家的薄荷糖。"

庄明宴从口袋里掏出一个小铁盒，递给她："用来提提神的。"

路口，等绿灯。

庄明宴又问："听妈妈说，你前段时间参加了国内数学竞赛？怎么，想去京北念书？"

"这和京北有什么关系？"

庄晏清不理解。

庄明宴疑惑："那些参加竞赛的，不就是想保送去京北吗？国内顶尖大学，数一数二。"

庄晏清直截了当："我不是。"

"那你准备考哪里？要不一起来美国？"

庄明宴笑得痞气十足，让庄晏清看了十分碍眼："滚，离我远点。"

"哎哎哎，怎么又生气了呀，别气别气，我就提个建议。"

147

庄明宴追上前去，又一把搂住庄晏清，两人小打小闹往家里走，未曾察觉路口另一侧，那个站了许久的人。

昨日，萧长河和他说——

"你庄阿姨要在家里办新年派对，邀请我们父子俩过去。小清也叫来了朋友，你们不是认识吗？年轻人一起好好玩玩？"

朋友？

脚底的落叶被踩躏得细碎，萧北淮抬脚转身离开。

到家，庄晏清正在门口换鞋，就听见晏琼玉的声音。

"怎么就不来了呢？我东西都准备好了。"

脑海里一闪而过某个身影，她鞋子都没穿好就急急忙忙跑进屋。

晏琼玉正在接电话："这样啊，那好吧，等下次。嗯，没事没事，那再见。"

她挂断电话，瞧见庄晏清和庄明宴："回来啦？去洗把脸然后准备吃饭吧，叫上小岑。"

庄晏清没动，抬眸看着晏琼玉，抿了下唇，轻轻问道："妈妈，是萧伯伯的电话吗？"

"对呀。"晏琼玉头也没抬地解释，"说小淮去他妈妈那儿了，没法儿来参加我们的新年派对，他也就不过来了。"

不……不来了？

胸口猝不及防地被撞了一下，像是有什么碎了满满一地，原本沉甸甸的位置一下就空了。

"小岑？小淮？"庄明宴走上来，一脸迷茫，"谁啊？我认识吗？"

晏琼玉解释："小岑是你姐的同学，今儿也来家里玩，在楼上呢。至于小淮是你萧伯伯的儿子，在正阳大学念书，本想让你们认识一下的。"

庄明宴似懂非懂地点头，实则也并不在意。

晏琼玉说："行了，让你姐先带你回房间，床和被子都是君姨昨儿给你新晒的。"

庄明宴："好，我爸呢？"

晏琼玉："书房开视频会，先别去打扰他。"

"明白。"庄明宴抬手装模作样地敬了个礼，紧接着推了推站着不动的庄晏清，"走呗，愣着干吗？"

庄晏清没说话，把人领到房门口就罢工："这是你房间，隔壁是书房，对面是我房间，洗漱换身衣服下楼吃饭。"说完，头也不回地离开。

听见门口有动静，岑翎抬头，正好与推门而入的庄晏清四目相对。

"回来啦。"

"嗯，我们下去吃饭吧。"

庄晏清将外套挂到衣架上，朝岑翎伸手。

"行。"岑翎起身，拿起手机，不忘带上一早准备好的签名纸，还是从庄晏清那一堆漂亮信纸里选出来的，"萧北淮也到啦？"

庄晏清摇头，表情淡淡："他不来了。"

岑翎挑眉："啊？"

庄晏清不动声色地捏了捏手指，说道："去他妈妈那儿了，他爸妈不在一起生活。"

岑翎张大了嘴，默默消化着信息，龟速点了点头。

原来这就是庄晏清说的，家里情况有些特殊啊。

少了萧长河和萧北淮，新年派对就变成了庄家家宴，岑翎反倒成了唯一一个外人，坐在庄晏清旁边有些不好意思。

"这也太丰盛了吧，都快赶上大年三十年夜饭了。"

本已有困意的庄明宴，看到这一桌子菜，整个人都精神了，他拿着手机左拍拍，右拍拍，就差每盘来个特写，拍完也不知发给谁，笑得跟个二傻子似的。

庄怀忙了一下午，刚刚才处理完手头上的工作，见萧长河没来，便问晏琼玉原因。

"是小淮，不知怎么突然去了宁絮那儿，许是有什么事情吧。他不来，老萧说自己来也没什么意思，就不叨扰了。"

"叨扰？"庄怀笑了一声，"这也是他老萧会用的词？"

"晚餐预备了他们父子俩的份，不过没关系。"晏琼玉招呼坐对面的三人，"你们三个孩子多吃点，正长身体呢。"

岑翎："谢谢叔叔阿姨。"

有庄明宴在的地方，气氛永远是活跃的。

庄晏清的心绪本还沉浸在萧北淮不来这件事上，结果愣是被庄明宴一句话里两个"庄晏清你呢",彻底转移注意力,到最后忍不住放下筷子,眉尖轻蹙:"叫姐,老喊我大名怎么回事。"

晏琼玉紧随其后,眼尾往上挑地警告:"就是,别没大没小的。"

记不得是懂事后第几次争论了,庄明宴的措辞还和之前一样:"双胞胎之间不要讲究这种小细节,都不重要!我那是谦虚,才不争这几分钟早晚。"

"我争。"

庄晏清咬着后槽牙,微微一笑。

庄明宴视线盯着她看了数秒,屈服点头:"行行行,输给你了。"

与庄家热闹的氛围不同,萧家显得落寞许多。

萧长河从厨房里端出两碗清汤挂面,眉头皱紧:"你确定吃面就可以?外卖叫两个小菜能难到哪儿去啊?"

萧北淮推开阳台的门回屋,浑身裹着冷气,乌木瞳眸平静无波:"不是很饿。"

萧长河分好筷子,摇了摇头,琢磨不清儿子心里在想些什么。

"你妈那儿,确定没什么事?"

萧北淮:"嗯。"

萧长河皱眉:"那不就可以去庄家参加新年派对了吗?为什么还要我打电话拒绝,你晏阿姨把我们父子俩的份都预备上了,临时爽约多不好意思。"

萧北淮拿起筷子,拨弄碗里的挂面,眼前浮现在十字路口撞见的一幕,沉默不语。

萧长河:"哎,本想着带你过去,年轻人多交些朋友,这庄家小儿子刚从国外回来,你还没见过呢。"

萧北淮眉心微动,夹面动作停下:"庄家小儿子?庄晏清不是独生女?"

"不是啊。"萧长河这才想起自己从没对儿子说过庄家的情况,"晏清有个双胞胎弟弟,叫明宴,在国外念书很少回来。这次你晏阿姨会办派对,主要也是因为他。"

脑海像有根弦断开,震起一些画面碎片。萧北淮嗓音有些发紧,问:"您见过……庄明宴吗?"

萧长河哧溜一口面,边嚼边回答:"他高中就去国外上学了,近两年没见过,印象中是个长相挺帅气的小伙子。和老庄挺像的,个头都很高。"

听到这儿,萧北淮就已经察觉到了不对劲,捏着筷子的手不自觉用力,汤面的热气氤氲,不止在他眼前,在心上也蒙上了一层热雾,拨散不开,闷得慌。

他误会了。

那个和庄晏清在十字路口亲密打闹的男生,不是她请来参加派对的朋友,而是从国外回来的亲弟弟。

庭院安置了一个小帐篷,旁边还有个老式怀旧设计的炭火炉。庄怀夫妇和几个邻居围坐在炉边,伸手取暖,闲话家常。

氛围融洽且美好,如果没有庄明宴在旁边大喊大叫的话。

"后退点后退点,哥哥准备点烟花了。"

几个小孩抱着庄晏清和岑翎的手往后退,眼巴巴地等着庄明宴点烟花。

岑翎拉着庄晏清,小声问道:"你俩真是双胞胎吗?这性子差得也太了吧?"

庄晏清若有其事地点头:"我有时也会怀疑。"

一个小时前,庄明宴在餐桌上问晏琼玉,关于新年派对,除了一桌子美食,还有没有别的活动项目。

晏琼玉反问他有何安排。

庄明宴立马来了兴趣,把在国外过的那一套照搬给家里人听,末了还不忘拉踩今日这派对——

办得有些随意了,没啥人气。

晏琼玉不服气,拿出撒手锏,便是庭院早早准备好的烟花。

放烟花啊?那得人多才热闹。

放下饭碗后,庄明宴就跑出去拉人了,其积极性和自来熟让庄晏清佩服不已。

"社交达人庄明宴,不知道的还以为你在这小区住了小半辈子呢。"

庄怀哈哈大笑:"随他去吧,搬来这么久还没和邻居打招呼,借此机会增进一下邻里关系也不错。"

就这样,托庄明宴的福,新年派对总算是热闹起来了。

"砰!砰砰!"

烟花在空中绽放开来,将天幕染成绚烂颜色,庄晏清仰头望着,任凭熠熠星光落入眼中,一年终将过去,新的一年就要开始了。

头顶这一片片炸开的星空,像每一份潜藏在心底里的不如意,就这样"咻"的一声,飞天后化为烟雾,从此仅有快乐与美好。

"许愿了晏晏。"

岑翎撞了撞她的胳膊,迅速低头,双手合十,虔诚地闭上眼睛。

庄晏清笑着看岑翎,一瞬间像是看见之前对着流星许愿时的自己。

她弯起眼睛在心中默默回应,那就许个希望你的愿望能成真的愿望吧。

绚烂又雀跃的时刻稍纵即逝,夜空恢复平静,邻居们也陆陆续续回家。

晏琼玉和庄怀简单收拾了下庭院,便上楼休息。

庄明宴负责把燃放完剩下的垃圾整理到大纸箱,抱出门丢到小区垃圾处理区,回来正好瞧见庄晏清和岑翎准备上楼,忙跑上前拦住。

"你俩去哪儿?"

庄晏清:"洗漱睡觉啊。"

"不是吧!"庄明宴简直难以置信,"都坚持到这个点了,不跨年岂不是很可惜?明儿又不用上学,那么早睡干什么。"

"我不行了。"

岑翎率先投降,平日那双灵动闪亮的眼睛,现如今困乏得只剩一丝缝隙,她在家里,就没超过十一点睡觉,现在都十一点零六分了,身体电量耗尽。

岑翎松开挽着庄晏清的手,如果非要留一个人陪庄明宴跨年,那还是亲姐姐上吧:"你要守夜吗?要的话,我先去洗澡睡觉。"

"你先去你先去。"不等庄晏清回答,庄明宴抢先把人拉到身旁,"房间里浴室不是只有一个?你先,庄晏清你陪我。"

还有反抗的余地吗?

庄晏清觉得没有。

就这样,庄晏清硬生生被庄明宴拽回了庭院。

小帐篷还在,炉火却是已经灭了,庄晏清拉了拉外套,藏起小半张脸,只露出一汪明澈的杏眸盯着庄明宴看。

"干等?"

"怎么可能。"庄明宴从口袋里掏出一盒仙女棒,分了两支给庄晏清,"早给你们准备好了。"

低垂的眼睫轻颤了一下,庄晏清好半晌才伸手接过。

"仙女棒仙女棒，仙女才能放。"

庄明宴嘴里念念有词，拿出打火机帮庄晏清点上："开心点，新的一年就要到了，哪有人放着快乐不要，揪着糟心事不放的。"

庄晏清猛地看向庄明宴，眼前璀璨的光亮一闪一闪，映着男生脸庞忽明忽暗。这是属于双胞胎之间的默契，不用言语明喻。

心间沉浮的酸涩与难过，在这夜，在手中仙女棒的光亮中，逐渐被滚烫热意所取代。后来很多个跨年夜里，庄晏清都会回想起这一年的仙女棒，还有庄明宴说过的话——

重新开始，便不会觉得眼下一切很难熬。

庄晏清回房间的时候，岑翎已经睡下了，桌上留了张小字条。

△你的手机落在我这儿了，一直在响，应该有很重要的消息，记得看喔。

点开微信，瞧见"萧北淮"三个字时，庄晏清脑袋蒙了数秒，列表旁显示最新一条消息的送达时间。

00：00。

他在零点，给她发了消息？

心快要跳到嗓子眼了，庄晏清拿着手机转身跑进洗手间，把门关上，连做了几个深呼吸，这才点开对话框。

12月31日凌晨零点零分，旧的结束，新的开始。

不是谁都可以掐着这个时间点发消息，发给谁都是值得去斟酌的一件事。

萧北淮：今天临时有事不能去你家参加新年派对。

萧北淮：那就在微信上祝你——

萧北淮：新年快乐，学习进步，心想事成。

萧北淮：还有，天天开心。

虽然还是那些别人用烂了的祝福语，可庄晏清仍旧是看笑了，守岁的含义，此时此刻她终于体会到了。

但凡早睡，都会错过这条祝福，等白天再看，便不会像现在这般激动与欢喜。

今夜漫空烟花都不及她此时心里炸开的绚烂，庄晏清笑得像是尝到世界上最甜的一颗糖，编辑信息的手指都在轻轻颤抖。

YanQ：你也是，新年快乐！

如果说，庄明宴的仙女棒拯救了她一日的不开心，那么萧北淮的零点祝福便是给予了她开年最大的快乐。

人的矛盾情绪总是极容易被满足，前一秒尝过的苦涩，在未完全被打入十八层地狱时，总能被轻易拯救，下一秒就能被丢来的小甜头充盈心头，继而被带入云端。

反反复复，皆因为是那个人才能如此没有原则。

萧北淮：还没睡？

YanQ：嗯，刚放完烟花回来。

萧北淮：放烟花？

萧北淮：我开始后悔今天没有去参加新年派对。

庄晏清正想着怎么回这条消息，手机又接连响动了几下，是庄明宴把手机里拍的照片都传给了她，别说，拍得有模有样的。

忽然，一张烟花照片闯入视线，想起萧北淮说的话，庄晏清将这张图转发给他，并附言。

YanQ：送给你，新年烟花。

过了十几秒，她收到回复。

萧北淮：谢谢，很漂亮。

这晚，庄晏清发了条朋友圈，颇有仪式感地对过去一年的学习生活做了个简单总结，附上的九张照片，是从近一年拍的量里精挑细选，具有代表意义的。

其中，她将转发给萧北淮的那张烟花照放在了最中心的位置。

△万物更新，新年顺意。

次日，庄晏清和岑翎下楼吃早餐，晏琼玉一脸笑盈盈地看着她："所以你们昨晚后来还玩了仙女棒？"

"您怎么知道……"话说到一半，庄晏清反应过来，"看到我朋友圈了？"

"是呀，早上起床看手机的时候就刷到了，那张自拍拍得也太好了，你们姐弟俩以后一定要多拍些合照，多好看。"

晏琼玉把热好的牛奶端上餐桌，不紧不慢地拿出手机，将昨晚从庄晏清朋友圈里转存的照片点开大图，递给庄怀看。

"是不是很好看？我生的！"

拥有一对颜值这么高的儿女，晏琼玉满脸自豪感和幸福感。自早上起来刷到这条朋友圈，她的嘴角就没下来过，可都是她的心肝宝贝。

庄怀放下手中报纸，偏头瞅了眼："嗯，确实，小清这张照片笑得很自然，好看。"

"你发朋友圈了？"睡早了的岑翎感觉像是错过一整个世界，手忙脚乱地掏出手机，喃喃自语道，"可惜了，不是第一个点赞，感觉自和你一起跨年。"

庄晏清禁不住笑了。

"哎？江延给你评论了，这说的啥呀？你和谁的烟花一样啊？"岑翎凑到庄晏清身旁，小小声问。

"什么？"

庄晏清没听明白，顺着岑翎的视线看过去。

江延：小庄妹妹新年好哇！

江延：等等，我发现了什么？你俩这烟花怎么一样的？

庄晏清赶忙拿出自己的手机。

过了一夜，朋友圈足足有"99+"新消息，前所未有的多。她点开来，除了家里人还有好朋友的点赞，就是评论区的超长对话。

因为有萧北淮微信，所以对话在庄晏清这里呈现了完整版。

大抵意思是，江延在点赞评论庄晏清朋友圈后，又在萧北淮那里刷到了同一张配图，时间有先后，那肯定是晚发的盗图。

但萧北淮却不承认。

萧北淮回复江延：这图本就是我的。

岑翎指着这句话，撇了下嘴角："萧北淮真是的，昨晚明明有事没来参加，怎么还好意思说这图是他的。"

"你们两个嘀咕什么呢？别玩手机了，早餐都凉了。"

晏琼玉的催促成功转移岑翎的注意力。

只有庄晏清，她还在强压着试图往上翘的嘴角，不紧不慢地编辑着消息。

YanQ 回复江延：这图确实是他的。

因为，是我送给他的。

一想到这儿，她的颧骨就忍不住往上，整颗心也像是被灌进了蜜糖，甜乎乎的。明明只是一条新年朋友圈，却因为那张共同的烟火图而显得很不一样。

还有萧北淮说的话——

他的。

莫名其妙的酥麻在心间窜过，是什么样的一种感觉，专属感？白皙的手指在屏幕上停留，不舍得它变暗。

"晏晏，想什么呢？还不吃饭？"

见女儿盯着手机出神，晏琼玉催促道。

"好，马上。"

庄晏清将自己和萧北淮的朋友圈分别截图，裁剪尺寸最终拼接成一张。新年第一天，她发了一条仅自己可见的朋友圈，配上文字——这是第一次，我们拥有并记录了相同的回忆。新年快乐，你也是。

开春后的日子过得飞快，伴随着新的高考倒计时，庄晏清也踏上了第二次数学联考的征程。

相比上一次联考，庄晏清的做题经验和应试胆量长进了不少，学校对她寄予厚望，但家里长辈灌输的观念永远是"轻松上阵，不负自己"，不希望她有太多压力。

毫无保留、拼命挥洒，过五关斩六将最终换来的是省级一等奖的荣誉，彼时，庄晏清已经成为一名高三生。

和想象中的一样，联考竞赛确实分去了她八九分精力，也就没有心思顾及其他，这正是庄晏清想要的。

过去的新年，萧北淮在剧组拍戏，没有回天水，但仍旧从父亲萧长河的口中听说了庄晏清竞赛获得一等奖的好消息。隔着上万公里的距离，他给她拍了北方冬天的雪，瑞雪兆丰年，有好的开始，祝愿她一切都顺利。

"和谁发消息呢？给。"

凯恩将刚买来的咖啡递给萧北淮，视线掠过他屏幕上的对话框，对方头像是粉色的，虽一时看不清图案，但能确定是个女生。

"谢谢。"

萧北淮摘下架在鼻梁上的银丝框眼镜，捏了捏眼窝处，接过咖啡。

"我听大饼说，你刚刚在外面录视频？谈恋爱了？"凯恩提醒他，"我可是你的经纪人，有什么情况你得第一时间交代清楚的，公关应急预案要时刻准备着。"

萧北淮不疾不徐地抬起头，眸中神色微变："没有。"

"是没谈恋爱，还是没有喜欢的人？"

凯恩严谨得很，既然都问了，没道理不问清楚些。

她比萧北淮年纪大，在这个圈子里也浸淫许久，察言观色这方面自认还是修得一点本事，更何况萧北淮还是她一手带起来的。

　　萧北淮饮了口咖啡，苦涩的味道在舌尖处蔓延开来，慢慢覆盖住方才的那份悸动与小心思，他的嗓音，如这夜色般沉静。

　　"有喜欢的人，不过还没到表白的时候。"

　　凯恩眼睫一颤，意外萧北淮的这份直接。

　　"圈里人？"

　　"不是。"

　　凯恩心里松了口气："那你之后有什么打算？"

　　"没什么打算。"萧北淮直截了当，扬唇一句话堵住了凯恩的全部猜想，"我还不够好。"

　　是还没到时候，亦是徐徐图之。

　　彼时的天水，庄晏清因收到萧北淮的小视频而感到开心，包括关于一切都顺利的祝福，她也欣然接下。

　　YanQ：谢谢萧学长。

　　YanQ：也祝你新戏大火，早日上映。

　　虽然不在同一座城市，联系也仅在于线上。但，去年看同一场烟花，今年看同一场雪，这也算是事事有延续？

　　庄晏清的脸颊微微有些发烫，心跳也比之前快了许多。她按捺住心底某处像藤蔓般蔓延开来迅速疯长的少女情绪，开始期待崭新的一年。

　　竞赛之旅圆满收官，庄晏清也拿到了保送名额，这几日班主任到哪儿都是笑靥如花，连同学们都在议论——

　　"瞧见没，老班上课讲题好像变温柔了。"

　　庄晏清被叫到办公室的时候，吕老师也在，见她来了，笑得合不拢嘴："我呀，慧眼识千里马！从一开始就说了，晏清这孩子，是学数学的好苗子！"

　　老林整理桌面，招手示意庄晏清过去，不忘回应吕老师的话："是是是，不愧是你吕老师，今年这竞赛硕果累累，有你的功劳！"

　　庄晏清站到班主任办公桌旁，莞尔。

　　"晏清啊，想好要保送哪所学校了吗？"

　　作为班主任，老林想了解一下学生心里的真正想法，就算没有参加这次的数学竞赛，以庄晏清的能力参加高考，说不准今年省理科状元，就会是她。

这点信心，老林还是有的。

庄晏清抿了抿唇，背在身后的手指交叉攥紧："老师，我想选正阳大学。"

"为什么呀？"老林托了下镜框，有些意外，"首先啊，老师并不是说正阳大学不好，它也是双一流大学，国内排名靠前的高校。但你就不考虑一下其他学校吗？还是心里已经有了想要读的专业？经济金融？"

正阳大学的经济金融专业名列前茅，如果是因为这个而选择，那老林能理解。

庄晏清背在身后的手下意识交攥在一起，她很清楚自己的能力，想考哪所大学也是之前就决定好并默默放在心上当作目标来努力实现的。

对她来说，不会想选离家太远的学校。远，会让她有种又回到小时候的感觉，一个人去适应陌生的环境，一个人去接受完全不同的生活习惯和氛围。

什么都是一个人。

是，她太矫情了，如果她是那种敢于去适应新环境，恨不得往外飞，离父母越远越好，那她从一开始就会争着和庄明宴一块去美国留学。

选正阳，从来不是因为萧北淮，毕竟当初她也没有料到他会选这个双一流院校而不是北影上戏。

"老师，正阳大学是经济金融和工科专业都比较强的院校。"庄晏清终于出声，语气沉稳大方，也很坦然，"考正阳是我很久以前就决定好的事情，我会为我自己的选择而负责。学校的选择的确会影响我一生，但它决定不了我的一生，至于专业，我一定会选最好的。"

早在当初劝庄晏清加入校联赛队伍的时候，老林就已经知道她的脾性，看似是个性格温婉的孩子，实则刚强有主见。

从她这番回答也不难看出，主意已定。

老林点了点头："既如此，你先回教室吧。保送哪所大学，等和家里人商量好了，再让他们打电话告诉我。"

"好的，老师。"

庄晏清从办公室出来，正好遇见准备上楼的岑翎。

"翎翎！"

被叫住的人一回头，立马冲了过来一把抱住庄晏清："去哪儿了？找老林去了？商量保送的事？"

庄晏清:"嗯嗯。"

岑翎眨了眨眼:"怎么样,还顺利吗?"

庄晏清眼神轻晃,抿了下唇:"还行吧。"

"这么顺利?就没有问你为什么要选正阳?"岑翎挑高了眉又望了眼四周,见无人注意,这才小声道,"不过你做这个决定,和萧北淮有关吗?温馨提醒,明星通告日程繁多,在学校上课的时间是少之又少的,到时候情况不会比我们现在这样好多少。"

说完,许是怕庄晏清难过,岑翎还补了一句:"我个人感觉。"

"才不是。"庄晏清呼吸一紧,眸中闪过窘迫,"你别想太多。"

岑翎说:"确定是我想太多了?我都认识你多久了庄晏清,我这双眼睛要还看不出点什么来,那真是瞎了。你敢说这个决定和萧某人没有一两分关系?不沾边?"

沉默变相是默认。

岑翎点头:"是吧……我就知道。"

朝夕相处,她又怎么会看不出来。每每提起萧北淮,庄晏清眼里总会带着光,但凡是与他有关的话题,她都会格外上心。

哪怕装得满不在乎,费尽心思地藏着,可作为好朋友,岑翎不可能看不见。

当然,也是因为从庄晏清身上,她看见了自己的影子,岑翎知道,自己也会是这般小心翼翼,庄晏清从未拆穿她,那她自然也会尊重庄晏清。

"我也不知道怎么说,你向来是比我有主意的,不能陪在你身边。"

岑翎清楚自己与庄晏清之间的距离,眼底诚恳:"所以,千万别为了某个不确定的因素,影响到自己的选择。"

阳光照射进走廊,将两人身影拉长,庄晏清站在光里,视线落在岑翎那被光线镀了层金色的脸颊上,微微一笑。

"你放心,我不是全然因为他,也不是追逐他跑的人。"

平淡又匆忙,积极又热血的日子,因为拥有最好的朋友,而格外值得珍惜。因为是会站在自己的角度,去换位思考的朋友,所以更加感恩。

四月,竞赛中取得保送资格的同学陆陆续续都有了着落,包括庄晏清在内。在舅舅和萧长河的分析推荐下,她报了正阳大学录取分数最高的经济学专业。

对这个选择,岑翎曾好奇过,她还以为庄晏清会选数学抑或金融,毕竟她已经敢开始想象闺密成为叱咤金融圈的女白领。

"埃德蒙·伯克曾说过,骑士时代已经过去,随之而来的是智者、经济学家和计算机天才的世界。我在计算机方面没什么天赋,但对经济学有所好奇,加之正阳大学经管学院的经济与金融专业非常出名。所以……我选了它。"

庄晏清挽着岑翎的手,在操场外沿散步:"你呢?读什么专业选好了吗?"

"传媒类的吧,广告?我觉得还是对文科的东西更感兴趣些,可以天马行空。"

有庄晏清这样的朋友,岑翎多少有些耳濡目染,对自己的未来也有所思考不至于惶惶而过。家里人希望她能念会计,毕竟女孩子,做财务这份工作相对安稳些,也好找工作。

但岑翎不喜欢,她真的厌倦理科了,恨不得赶紧考完试,丢掉理科生这个身份。

"传媒啊,挺好的,我觉得很适合你。"

庄晏清由衷道:"翎翎,高考加油,我在正阳等你。"

岑翎瞬间红了眼眶,数秒后重重点头:"嗯!"

天水二中被设作高考考场,除本校高三生,还有来自其他两所学校的学生。考前,庄晏清还特地陪岑翎过来看过考场教室及座位安排。

考试那两天,朗日当空,站在窗前能听见蛐蛐起起伏伏的叫声,有些刺耳,却也是夏日标配。

对于不用考试的庄晏清来说,时间过得异常慢。眼前不断浮现刚转进二中时的画面,每天一早到校,四处找早读位置,对了,她还吵醒过躺椅上补觉的萧北淮。

再后来就是参加艺术节演出,还有校演讲、联赛、交谊舞比赛等等。

这一切像一帧帧电影画面在庄晏清眼前回放,原以为会过得很漫长的高中生活,终于,没有停留地从她生命里走过。

成绩放榜那天,庄晏清一直在等岑翎的电话,可从白天等到傍晚,她都没有打来。

晏琼玉还问她,小岑考得怎么样啊?

庄晏清摇头,她隐隐有些不安,主动给岑翎打电话,结果对方一直拒接。

说不上来的慌张,难道……

庄晏清不敢细想,直接去了岑翎家,给她开门的是岑妈妈,与往日见到时总挂着笑容不同,岑妈妈眉眼间全是烦躁。见是庄晏清,岑妈妈勉强挤出一丝笑意:"晏清来啦。"

"阿姨,翎翎她……考得怎么样啊?我打电话给她,她也不接。"

站在门口的庄晏清往屋里看了眼,闻到一股很浓的烟味,下意识地皱了皱鼻子。

岑妈妈让开身:"先进屋吧,岑翎一个人关在房间里呢,你去看看她。"

庄晏清换鞋进屋,便看见坐在沙发上低头猛抽烟的中年男人,是岑翎的父亲,像在哪里见过,一时间也记不起来。

她颔首打招呼。

男人应了一声,有些匆忙地拨散眼前呛人的烟雾:"你就是晏清吧?"

"是的,叔叔。"

岑爸爸招呼庄晏清:"好好好,你是考上哪儿?正阳?"

庄晏清点头。

"挺好的,真厉害,坐吧。"

岑爸爸推开茶几前的烟灰缸,上面堆满了烟头,似乎正准备掐灭手里这根,被庄晏清拦住。

"叔叔,我不坐了,我进去看翎翎。"

岑爸爸一顿,忙不迭点头:"对对对,你进去劝劝她,和她说说。这考试成绩都出来了,已成定局,就是把自己困死在房间里,也于事无补。早知今日当初……"

"你就别说了。"岑妈妈打断岑爸爸的话,看了庄晏清一眼,"来,我带你去她房间。"

到了房门口,岑妈妈敲了敲门:"妹妹,晏清来找你了,你俩说说话哈。"说完,帮庄晏清拧开门把,"进去吧。"

"谢谢阿姨。"

这是庄晏清第一次来岑翎家,进房间后昏暗的光线令她心头"咯噔"一下。环境陌生,加上视线昏暗,她往前的每一步都格外小心。

"翎翎?"

庄晏清绕过床头,脚踩到一个手机,借着屏幕亮起微弱的光,看见了抱膝埋头缩在角落的岑翎。

"翎翎。"

窗帘被拉得严严实实，一缕光都透不进。

她几时见过这样没有生气的岑翎，不说话，也没有哭，沉默着谁也不搭理。庄晏清都慌了，一下下抚摸着岑翎的后背。

"还好吗？"

岑翎肩膀微微一动，缓缓抬起头来，哑着声说："晏晏……我考砸了……"

高三第二学期，岑翎的成绩有很大起伏，时好时坏，考得好的时候，能进班级前十五，考得差时，也有过垫底的时候。

高考那天晚上，她怎么都睡不着，翻来覆去都是关于考试成绩的，脑海里不断反复纠结，如果考砸了，人生是不是就完蛋了，要怎么和父母交代，要怎么面对周围关心的亲朋好友。

没休息好，自然没有好的状态，说到底就是应试心理素质差了些。

再就是今年的数学卷子难度非常高，满分150分，年级平均分只有82.7。考完数学那场，岑翎就觉得自己完蛋了，到家后把自己关在房间里，双眼空洞地望着窗外的晴天。

次日的英语和理综，她都没有发挥出最佳水平。

等成绩的这些天，她不敢去细想，生怕自己一个消极的念头，一语成谶。

可到了今天，岑翎才意识到，已成定局的事情，不会因为多想、多祈祷就有所改变。

岑翎抬起头来，眼睛都哭肿了："我的分数，连二本都考不上……"

庄晏清震惊，一下说不出话来。

"怎么办啊，死了算了。"

"你先别说这些。"庄晏清皱紧了眉，问，"和你估分差距大吗？要复查分数吗？"

岑翎摇头："没有用的。"

庄晏清："那……那你想过复读吗？"

咬咬牙，重新再来一次。

听闻这话，岑翎抱着膝盖，沉默了半晌后垂下头。庄晏清的提议，她何曾没有考虑过，但那瞬间涌进脑海里的想象画面，足以将她全部信心和理智淹没。

"我不行。"

庄晏清:"为什么?"

岑翎双眸失神地望着窗边一角,那里堆满了高三一整年做的卷子和习题,每个焦灼难熬的夜晚都数着过来了,重来一次谈何容易。

"你见过我爸爸了吧?"

一听,庄晏清愣了一下:"见……见到了,叔叔在客厅。"

岑翎回头看她,问:"你就没有什么问题要问我吗?"

问题?

问什么?

庄晏清一头雾水,一下有些接不上来。

可确实在她第一眼看见岑爸爸的时候,就有种在哪儿见过面的感觉。

见庄晏清没说话,岑翎兀自开口:"我爸他,是二中教导处副主任,高一年级的语文老师。"

庄晏清噎住。

在二中待了快三年,她居然都不知道这个八卦,庄晏清一时蒙了,关键是岑翎也从未和她说起过这件事,在校也没表露出什么异样。

居然藏得这么深。

"从初中开始,我就是在我爸的视线下学习的。入学登记会有填写家长信息一栏,即便不写,很快科任老师也会知道,我是岑明的女儿。"

岑翎陷入漫长的回忆,把这些年来,她在学习上所有的压抑与不自信像倒罐子里的蚕豆一样一股脑倒出来。

不说不知道,原来,蚕豆早已装满,快要溢出来了。

"上初一时的六一儿童节,我和同学在学校走廊追跑,玩泼奶油,当晚我爸就知道了这件事,训斥我没个初中生的样子;课上和同学传字条,说悄悄话,很快就被告到我爸那儿,说我上课不专心;每次考试,别的同学还不知道多少分时,我爸已经拿着年级分数表回来,连夜分析。"

岑翎下巴搭在膝盖上:"我的一举一动,几乎是在我爸的监视下,不论是多小的动静,他都会第一时间知道。我觉得我就像是一个商品一样陈列在这个学校,分数是我的价格,考得好,那我就是耀眼瞩目的。经过橱窗的老师们都会私底下议论,这是谁谁谁的女儿,考了多少分,多厉害。我爸也会觉得很有面子,走路抬头挺胸。相反,考得不好,我便是丢人的,会被放在橱窗最角落的位置,别人经过时指指点点,我爸也会抬不起头,觉得我考得很差很丢人,

163

丢了他的脸面。"

"岑明女儿"这个身份，在她初高中生活里，像是个定性桎梏将她死死圈住。她必须是个乖学生，因为不论走到哪儿，背后都有人在默默关注她。

她像是被贴了标签，该考多少分才能配上二中教导处副主任女儿的身份。

如果她能像庄晏清一样，每回都考年级第一，那教导处副主任女儿的身份就是另一层光芒，能带来虚荣心上的满足感，走到哪儿夸到哪儿。岑明觉得有面子，家里的气氛也会开心和睦，而不是像现在这样，见到谁都抬不起头，怕被问，也怕回答，岑明只能一根烟接着一根地闷抽。

"如果还是在这所学校复读，那我无疑是又走回那个牢笼里，情况比以前严重，因为我是复读生的身份，这三个字会像是烙印一样烙在我脸上。二中教职工子女里，我会成为第一个考不上本科而选择复读的，我连上橱窗陈列的资格都没有，是个返场作品。"

"翎翎……"

庄晏清光是听着就已经觉得很难受了，整颗心像被揪紧了一样。她觉得自己这个好朋友，当得特别差劲，岑翎有这些情绪，她竟一次都未曾察觉。

"对不起，我之前什么都不知道。"

岑翎扯了扯嘴角："说明我演得好呀，可是我不想再演下去了。我比谁都渴望能够快些挣脱逃离这个学习环境，不想被分数和名次定义我一辈子，不想因为分数而受到别人的冷眼。"

一模成绩出来后，岑翎在回家路上遇到了邻居徐老师，对方夸她考得不错，她有些受宠若惊，过后又细想了下，徐老师既不是她现在的科任老师，也不是任教高三级，怎么会知道自己的成绩呢？

可对方和她说话时和蔼的态度以及赞赏的目光，多少令她心绪膨胀。

再就是五校联考，试题难度较高，她数学和理综都没考好，排名一下掉到年级六百名外，处于垫底的水平。

巧的是，那天放学回家，她又遇见了徐老师，她主动打招呼，可这次，对方却像是没听见一样，没有多看一眼地离开。

这让岑翎敏感的情绪一下被挑起，回家后她将这件事告知妈妈。

岑妈妈的反应非常平淡："你就是打招呼太小声了，声音停留在嘴边，别人怎么听得见呢？下次打招呼大声点。"

是这个原因吗？

岑翎知道，不是。

因为这种冷眼的态度，她上初中时就已经遭遇过了，成绩不好，在老师眼里就是差生，半分眼神都不会多给。

这是头一次，岑翎将自己的伤口完完全全撕开来，展现给庄晏清看。

那些以为好了的、无所谓的记忆，伴随着高考失利，像汹涌了数倍的洪水席卷而来，原来她始终未曾忘记过。

"翎翎。"庄晏清用力抱住好朋友。

岑翎缓缓闭上眼，深呼吸后问："你会觉得我说的每一句话，都是在为高考失利而辩驳吗？你会觉得，我这是矫情，是小家子心理吗？"

庄晏清拼命且用力摇头。

岑翎："嗯……我就怕，我是生病了。"

那天，岑翎和庄晏清说了很多很多，也是庄晏清第一次见到不爱笑、不爱闹、不再咋咋呼呼，而是安静和她说心事的岑翎。

高考失利，让她见到了一个不一样的岑翎，溃败后的失神，将积攒了许久的情绪尽数抛出。

后来，岑明给出建议，希望岑翎能调整心情后鼓起勇气重来一次，并以二中环境更熟悉为由，否掉了她想去其他封闭式学校复读的想法。

岑翎没有接受。

人生留给一个人做选择决定的时间是有限的，像做一场豪赌。

填志愿之前，庄晏清问她，会后悔吗？

岑翎摇头："它能决定我一生吗？不能。"

立秋一过，同学们陆续都拿到了通知书。

岑翎报了省外一所大专院校，在北方，离天水近四千公里远。她想要逃离这座城市，越远越好。她拜托庄晏清，不要告诉任何人关于她学校的信息。

庄晏清答应了。

和最好的朋友分开，一南一北，是庄晏清这个暑假最难过的一件事。回头再看二中的校门，风声中传来读书声、嬉笑声，满是散不尽的回忆与青春。

再好的关系，也会等来分离。

唯一能让庄晏清有所期待的，便是与萧北淮重逢的日子。

…………

萧北淮：听说你志愿填了正阳？

萧北淮：恭喜你成为我的小学妹。

萧北淮：九月见。

夏天的热烈与漫长随着九月到来而告一段落，庄晏清到校报到那天，萧北淮给她打了个电话。

"宿舍收拾好了吗？手续办到哪儿了？"

庄晏清有些紧张："哪有那么快，我刚报到完，准备去宿舍区。"

许是因为舅舅和萧伯伯的关系，加上萧北淮也在，正阳大学给庄晏清的感觉并不陌生，倒像是进了一个新的舒适圈。

前天萧长河来家里，说自己已经和萧北淮交代过了，庄晏清入校报到后，就由他领着熟悉学校情况。

一听这话，庄晏清吓得够呛，萧北淮今非昔比，怎么说也算是个小明星了，怎么好让他来接。

生怕入校第一天就成为同学们关注的焦点，庄晏清委婉拒绝了萧长河。

不过昨晚，她还是收到了微信。

萧北淮：我明早有课，结束的时候给你打电话。

萧北淮：一起吃饭。

YanQ：你在学校？

YanQ：一起吃饭……方便吗？

萧北淮：江延也来。

庄晏清理解他这话里的意思，这顿饭并不是只有他们两个人，所以不会有什么影响，当成朋友见面聚餐即可。

YanQ：好。

报到处离学生宿舍楼有段距离，各系都安排了接送车辆提供给行李较多的学生。萧北淮听闻庄晏清准备去宿舍区，便问她行李多不多。

庄晏清低头看了眼，老实回答："两个箱子，还有被子和四件套。"

原本庄怀和晏琼玉是要送她来学校的，结果入学时间和一个重要会议撞上，庄晏清再三强调一个人可以，还拒绝赵叔把车开进学校。

可现在看，她似乎拒绝得太早了。

"你现在在哪儿，拍一下周边建筑给我，我和江延过去。"

"哦哦，好。"

挂断电话，庄晏清张望了下四周，选择一个有出现大楼名字的角度拍了照片发给萧北淮，顺带附上详细定位。

等待的时间里，她将行李箱还有四件套移动到台阶角落放着，摘下帽子捋了捋头发。

"同学，你是经管学院的吗？"

几个男生穿着统一服装，上面印有经管 logo（标志），笑着同庄晏清打招呼："我们是志愿者，这边有需要帮忙的吗？"

庄晏清站直了身，摇摇头："学长好，我这边暂时不需要什么帮助，谢谢。"

"学妹，我是 SEM 信息管理与信息系统专业的师兄，我叫秦子鸣，你呢？"

其中一位主动打招呼，庄晏清礼貌地颔首："师兄好，我是经济与金融专业的。"

"经济与金融？直系学妹啊这是！"又一位男生跳出来，明显激动许多，"学妹好，我陈俊宇，经济与金融专业大二年级。"

看对方这么热情，本着礼尚往来的态度，庄晏清正准备简单做下自我介绍，忽然听见了喊声——

"小庄妹妹！"

她转头便看见江延，招手朝她走来。

江延身着深色短袖衬衣和长裤，内搭白色 T 恤，衬衣扣子未系上，衣摆迎风往后。简约又不失少年英气，嘴角还挂着那标志性的痞笑。

"好久不见呀。"

庄晏清开心招手："延哥，好久不见。"

自从去了燕西大，江延很少回天水，回也是和萧北淮玩一起，高中毕业后便没再见过庄晏清，好在加了微信，也不算断联系。

"和谁说话呢？"

江延走近，看了眼跟前的男孩子，心下了然："同学，我们自己搬行李就好，不用麻烦你们了，前面又来了批新生，估计需要你们帮忙。"

话外意思再明白不过，志愿者们悻悻转身离开，其中那个直系师兄还频频转头，可惜的是，庄晏清的注意力并不在他身上。

"延哥，萧北淮呢？"

怎么就他一个人？

江延打量了下庄晏清的行李，抬手往某个方向随意一指："那儿呢，被缠

167

住了。"

顺着手指的方向望去，庄晏清看见几个衣着打扮应该也是新生的女孩子，正围着萧北淮要签名，她秀气的眉毛微微蹙起。

"我是不是给他添麻烦了啊？之前就和萧伯伯说了，不用他来接我。"

"嗯？"江延听见这话，有些意外，"这有什么，他也是这学校的学生啊，难不成因为怕人围观就天天待宿舍或者躲着？这也就是新生，才会追着他要签名。"

庄晏清："嗯？"

江延一脸不稀罕："待久了你就明白了，还和我们当初在二中一样，没太大新鲜劲。"

庄晏清不太认同："他和以前不一样了，《你是我的月亮》豆瓣评分 7.8，是当季度全平台收视率最高的影视作品，他作为男主角，粉丝翻了数倍不说，现在接的也全是男一的戏，怎么能和高中时一样呢。"

作为萧北淮微博粉丝之一，庄晏清觉得有必要为他的人气作证明。

《你是我的月亮》播出时，她正忙于联考，没有追剧却不代表没听过这剧的反响。周围好几个同学都在追，课间也都在讨论剧情，一个个化身为萧北淮的狂热粉丝。

岑翎买的几期八卦杂志，上面也有关于《你是我的月亮》和萧北淮的大篇幅报道，小甜剧火出圈，萧北淮的身价也翻了翻。

后来再接的也都是男一的戏，导演团队和制作班底也很不错。

"哟，你看过他那小甜剧？"

听庄晏清话说得有板有眼的，江延一下来了兴致，手指摩挲着下巴，笑着问："觉得他演得怎么样？特别是谈恋爱那一段。"

庄晏清还没回答，江延先挨了一拳。

"胡说八道什么。"

萧北淮走过来就听到那句话，下意识地看向庄晏清。

后者不好意思地扯了下嘴角："因为准备联考，所以我没有看过这剧。"

联考是其中一个原因，也是最合理、最能让对方接受的说辞。根本原因是她不想看萧北淮和别人谈恋爱，还是校园恋情。这无疑是在挑战她的心理防线。

萧北淮面无表情地强调："《你是我的月亮》的定位是青春群像。"

江延不以为然地挑了挑眉："所以呢？"

萧北淮不紧不慢地说："不支持早恋，也没有亲热戏。"

江延："啧……"

这话铁定不是说给他听的。

气息吹拂耳畔，有股轻而缓的力量抚平庄晏清心头微微涌起的波澜。

"东西就这些？"萧北淮低头睃了一圈，弯腰拎起四件套，搭在行李箱上，"那走吧。"

江延自觉认领另一个箱子："小庄妹妹，宿舍地址。"

庄晏清："立夏园1号楼。"

"哪儿？"

萧北淮猛地一个急刹车，江延差点撞上，莫名其妙地看他："干什么呢，耳背？立夏园1号楼，1号楼！"

江延又给他重复了一遍。

庄晏清不明所以，背着书包跟在后面，乌黑的眼睛盯着萧北淮看。

"咳。"萧北淮抬手抵唇，轻咳一声掩饰尴尬，"小电车来了，我们搭车过去。"

江延："嗯？"

等到了立夏园，庄晏清才明白萧北淮在听到她宿舍楼时的第一反应为什么那么奇怪，这也太远了吧！

经过多少建筑，绕了几个弯，她都快记不清路线了。

下了车，萧北淮重新戴上帽子："几楼？"

庄晏清："六楼，604。"

江延摸了摸鼻尖，心头犯虚："你们这宿舍楼，有电梯的吧？"

萧北淮淡定地道："有。"

江延松了口气，还好。

帮庄晏清把行李搬进宿舍后，萧北淮和江延便下楼等她，一会儿的工夫，小姑娘"哒哒哒"就下来了，定睛一看，身旁还多了个人。

两人牵着手，脸上写满了惊喜和开心，怎么看都不像是刚认识的关系。

江延："小庄妹妹，这位是？"

庄晏清激动不已："宝贝！"

江延讪笑："哈？你叫我啥？"

萧北淮一巴掌拍在他后脑勺上，眯起星眸："清醒点。"

庄晏清连忙摆手，解释："不不不，这是我朋友，莫宝贝。"

她也没料到会在这里遇见莫宝贝，刚刚在宿舍里看见名牌，还以为是遇上了同名同姓的，结果转头就看见从洗手间出来的人——

正是她认识的那个！

庄老爷子和莫老爷子曾是一起出生入死的兄弟，到了庄怀这辈，和莫家也有生意上的往来。

高中以前，庄晏清都是在云城念书，莫宝贝是她初中同桌，后来她回了天水，两人就只剩下线上联系。没想到这次竟考了同一所大学，还住在同个宿舍，这要让爷爷知道了，还不开心得跳起来。

莫宝贝性子明朗活泼，比岑翎还要大胆，见两个男生长相都很出众，不免打趣。

"你们好呀，我叫莫宝贝，名字确实有点占便宜的嫌疑，你们也可以叫我小莫。帅哥和我们晏晏是什么关系啊？追求者？还是……男朋友？"

面前站了两个男生，她说话间手指来回晃了下，提到男朋友时，正巧就指向了萧北淮。

萧北淮倒是没什么表情，庄晏清一下慌了。

"不不不，你别乱说。他们是我高中学长，也是很好的朋友。这是萧北淮，本校大三，这是江延，燕西大的。"

"燕西大？"莫宝贝眼前一亮，双手抱拳行了个江湖礼，"学霸好！"

江延笑而不语。

萧北淮点了个头算是回应，接着不耐烦地转身："吃饭，饿死了。"

四人在萧北淮的带领下，来到校外一家私房菜小馆子，装修风格有点像徽派建筑，大方又不失高雅。

落座后，庄晏清问起莫宝贝关于专业的选择，依稀记得她喜欢艺术，喜欢新闻，但怎么会选完全不搭边的经济金融。

莫宝贝："我是新闻与传播学院的啊。"

庄晏清蒙了，可她俩不是一个宿舍的吗？不同专业可以住同一个宿舍？

莫宝贝猜到庄晏清想问什么："我是我们学院多出来的那一个，正好你们宿舍有个空位，辅导员问我介不介意，我当然不介意啦。"

她凑上前，笑得狡黠："因为我看到了你的名字，哈哈哈。"

庄晏清："原来如此。"

"可你又为什么会选读经济呢？"

莫宝贝的问题一出来，在场其他人也都看向了庄晏清，包括萧北淮。

他没问过庄晏清想读什么专业，私以为她在联赛上花了那么多精力和功夫，是因为对数学很感兴趣，大学也想继续深入研究。

没想到最后选了经济与金融。

庄晏清："因为我喜欢钱啊。"

萧北淮眉间拧出一个小"川"字，显然对这个回答抱有存疑态度。

莫宝贝"啊"了一声，稀里糊涂道："这是什么理由啊，你家也不缺钱吧公主。"

"经济学是门很深刻却又很现实的学问，我是讲究纳什均衡的人，所以，我希望能在一切最优条件下，达成最好的结果。"

庄晏清解释了，又像是没解释。

听完，莫宝贝煞有介事地点头："我就当你是喜欢钱吧，这理由我比较能接受。"

庄晏清："对了延哥，你们还没开学吗？"

江延闻声，抬眼："后天开学，我明天回去。这不，听闻你考上了正阳，还没来得及帮你庆祝，就和北淮一块过来了。"

"谢谢……"

庄晏清有点受宠若惊，的确是她思虑不周了。

岑翎考得不好，她也不敢太过张扬，拿了录取通知书后就回老宅了，每天早上陪老爷子晨练、写毛笔字，时不时还去逛花鸟市场。等庄南承放假，又扎堆玩在一起，没有回天水，自然没法组局。

"小庄妹妹，我有个问题想问你。"

"你说。"

江延好整以暇地看了萧北淮一眼，问庄晏清："竞赛拿了一等奖，保送学校却选了正阳是为什么？你淮哥？"

"噗……"莫宝贝一口水差点喷出来，手忙脚乱找纸巾。

结果，就在庄晏清急着想要解释，生怕莫宝贝又和方才一样莽撞草率发言时，莫宝贝却先开了口——

"竞赛一等奖？究极学霸啊你这是！"

庄晏清被吓得简直大喘气，还好莫宝贝关注的重点是前面的内容。

结果，就在她以为莫宝贝只关注学习时，莫宝贝接下来的发言可以说直接让她差点原地弹跳。

"你淮哥是谁？你对象？怎么还背着我偷偷谈恋爱了啊，不是说好了节奏要同步的嘛，我都还没把言四追到手，你这怎么回事？"

庄晏清赶紧捂住莫宝贝的嘴，干笑了两声："哈哈，她开玩笑的你们别在意。"

江延倒是觉得这女孩子着实有趣，性格有点像岑翎，却又不太一样，看热闹不嫌事大地提醒："淮哥指的是这位，萧北淮。"

莫宝贝的视线在庄晏清和萧北淮之间来来回回，倏地冷静下来，眨巴眼，示意庄晏清可以松手了。

"你先答应我，别胡说八道了。"

"嗯嗯。"

莫宝贝得了自由，好奇地看向萧北淮。从刚刚她就觉得这人有些眼熟了，可又说不上来在哪儿见过。

"师兄，可以冒昧问下你是正阳哪个专业的吗？"

这就叫上师兄了？

时隔许久，莫宝贝的社交能力依旧很让庄晏清佩服，不得不说，成长环境对一个人的性格影响真的很重要。被保护得很好的莫家小公主，永远都是这副肆无忌惮、无须收敛的性子。

"音乐表演。"萧北淮淡淡答道，"还有，不用叫我师兄，我们不是一个专业的。"

莫宝贝不以为然："不是同专业，但，是同一个学校啊，不严谨地说，算师出同门的，正阳的大门。所以我叫声师兄也没毛病吧？还是说，叫萧大哥？"

真是服了。

庄晏清交朋友是有什么固定喜好，一个两个全是这种张嘴就招架不住的。

"叫我萧北淮就行。"

他认输，本名绝对比什么萧大哥来得好听。

饭吃到一半，莫宝贝的手机响了，看见来电显示上的名字，嘴角都咧到耳后根去了。

"我出去接个电话,你们慢慢吃。"

娇羞的样子,生怕别人不知这通来电,是心上人打来的。

莫宝贝和言家公子哥的事情,庄晏清知道,也很羡慕。青梅竹马,两小无猜,年龄差在他们这儿,体现在男人的成熟以及对女生的贴心与包容上。

"小庄妹妹,想好要进什么社团了吗?学生会参加不?"

大学生活的丰富程度,三天三夜都说不完,江延以过来人的身份提醒庄晏清:"千万别和高中一样,只顾着闷头学习,要多参加社团活动,多结交朋友。"

庄晏清:"嗯,有初步的打算,社团招新在下周,到时候再仔细看看。"

"喂,给点反应啊,你才是正儿八经的学长好不好。"

经江延提醒,萧北淮抬眸,放下手中的筷子,抽过纸巾擦了擦嘴角,状似不经意地说:"辩论社我觉得挺适合你的。"

江延挑眉:"怎么,嫌我们小庄妹妹性子太软,这张嘴不太厉害让人家去锻炼一下?"

萧北淮瞥了他一眼,隐隐像在嫌弃他格局太低,继而不疾不徐地解释:"辩论有利于提高逻辑与思辨能力,你一贯是个很有主见且立场坚定的人,我想辩论社会很适合你。而且正阳大学的校辩论队很出名,参加的过程会学到很多。"

"你参加过?怎么听上去很有经验一样?"江延问完,又陷入自我怀疑,"不可能吧,你一学期才来上几天课?"

萧北淮:"演过。"

江延:"……行,算你厉害。"

庄晏清抿唇偷笑,下意识说:"等我找时间,补一下你的剧。"

既然没有亲热戏,那她也能看的。

萧北淮咳了声,不自然地别开目光:"如果只是为了考古辩论,那不是很有必要。"

"你们在聊什么啊?"

莫宝贝打完电话回来,红光满面。

"聊大学社团活动。"庄晏清好奇,"你这新生入学,言四怎么没有来送啊?你家里人也都没来?"

莫宝贝："他倒是想来，不过被我拒绝了。"

庄晏清："为什么？"

莫宝贝挤眉弄眼，窃笑："新生哎，未来还有联谊活动的，哪能让他这么早就登场，搅了我美好的大学生活。"

"嗯？"

庄晏清愣住，这都可以？

萧北淮搭在桌面的手指轻敲了几下。顺着动静看去，手指修长又漂亮，指甲也修得很整齐，庄晏清的目光一下就被吸引了。

"少参加联谊，把注意力放在学习上。"

莫宝贝偏头看他，问号脸。

考虑到在场还有初次见面的人，怕被误会，萧北淮看向庄晏清，又补充了一句："这话是和你说的，来之前我爸嘱咐过我，要监督你。"

监督？

确定是监督？

庄晏清抿了下嘴角，乖巧点头："好。"

饭后，江延有事先行离开。

莫宝贝以给言安打视频介绍学校为由，速速逃离了尴尬三人行，她不至于傻到看不出好朋友和萧北淮之间微妙的气氛。

这一下子，回校路上就只剩下庄晏清和萧北淮。

"走大路中间去做什么？"

从店里出来，庄晏清就刻意与他保持距离，生怕走得太近被同学看见，给萧北淮带来麻烦。加之这又是在校外，万一有狗仔蹲点拍到了，看图写作文，也会影响到他。

这种自觉，像是不知不觉养成的。

可在萧北淮看来，却没必要，他一把拎起庄晏清背带裤的肩带，径直往里带。

"等……等等。"

庄晏清耳根红透，眨着湿漉漉的眼睛望向萧北淮："不用保持距离吗？"

萧北淮抬手在她脑门上敲了一下："没那个必要。"

庄晏清顿了顿，忽地低头笑起来。

萧北淮："怎么？"

庄晏清摇头："就是想起了在二中的日子，没想到大学又见面了，要是翎翎也在就好了。"

"岑翎她，还好吧？"

萧北淮偶有听说岑翎高考考砸的事情，还以为她会选择复读。

庄晏清："嗯，可能还需要一段时间过渡吧，现在也很少和我联系，回消息也是隔了很久才回。"

萧北淮："高考只是一个阶段，学历可以慢慢提升。"

庄晏清："我也是这么和她说的。"

行至立夏园，萧北淮抄手站定。

"上去吧。"

"你后面有工作吗？"庄晏清问。

之前听萧长河说过，他有新戏要拍来着。

"下个星期进组。"

"我可以问是什么题材的吗？还是……需要保密？"

庄晏清紧张地掐了掐手心。

萧北淮犹豫了一下，还是告诉她："现代悬疑，不过是网剧。"

他资历尚浅，现阶段递来的本子都是网剧形式，但凯恩判断过，大环境使然，网络剧会成为未来影视圈崭新的制作运行模式。

相较于电视剧来说，它条件没那么苛刻，题材相对广泛，上线程序也不复杂。对新人演员来说，只要挑对本子和团队，效果不会比电视剧差。

"网剧？"庄晏清果然对这些不了解，但还是表现得很积极，"只要题材不重复，能和有经验有演技的前辈合作，对你演技有所提升，那就是好的。"

萧北淮有些意外庄晏清的反应，竟和凯恩一样。

莫宝贝回宿舍的时候，庄晏清已经把床铺都收拾好了，正在整理书桌。

"柴蔚和……"

庄晏清提醒："杨璐。"

"啊，对对对。"莫宝贝倚靠在庄晏清的衣柜前，"她俩呢？"

庄晏清："去食堂吃饭了。"

莫宝贝点点头："看样子是都收拾好了，那我也抓紧。"

宿舍四人，就莫宝贝是新传的学生，庄晏清和柴蔚、杨璐都是经济与金融专业的，不过杨璐和她们不在同一个班。

军训十天把几个小姑娘累得够呛，感觉还没怎么缓过来，便迎来了英语入学分级考试，课程也被安排得满满，内容涵盖通识教育和专业学习，一点都不比高中时轻松。

起码庄晏清是这么认为的。

入学第三周，学校各大社团集中招新，一大早从图书馆借书回来的柴蔚怀里揣着大沓传单，进门就嚷嚷："宝贝帮帮忙，重死了。"

"这是被发传单的盯上了？"

莫宝贝接过传单，一张张翻看起来。

还在赖床的杨璐闻声探出头来，嗓音夹带着困意："今儿开始社团招新，包括学生会在内，持续一周。唔……你们有想好要参加哪个社团吗？"

柴蔚脱下外套，不以为然："我对社团没什么兴趣，太浪费时间了，还不如多看几本书。"

杨璐又问庄晏清和莫宝贝："你们俩呢？晏晏，你想进学生会吗？"

新生眼里，学生会是个很神圣的组织，但凡有想锻炼社交、工作能力，给自身履历增添色彩的，都会想报名试试。

杨璐个子高挑，身材好，人长得也很清秀，性格也是外向开朗型，来之前就和师兄师姐打听过，觉得宣传部和外联部都很适合她，所以想去试一试。

莫宝贝翻完手里那些宣传单，一个感兴趣的都没："我能躺着绝不站着，最怕麻烦了，光新传的课就够我喝一壶的。"

庄晏清心中已有了打算："我应该会去试一试辩论社，学生会就算了，我懒。"

杨璐的睡意一下就散了，她猛地坐起身来："你们这也太懒了吧，大学和高中可不一样，光成绩好没用，学校活动也要多参加，不然以后这简历一写，全空白。"

莫宝贝摇摇头，把一整沓宣传单放在杨璐桌上："祝你面试成功。"

"不行不行。"

杨璐掀开被子立马下床:"你们一个是未来大主播,一个是保送的尖子生,哪能这么低调。还有你柴蔚,好歹是高考状元,积极性要高点,别真成书呆子了。收拾一下姐妹们,我们半个小时后出发!不,二十分钟,二十分钟后出发!"

就这样,拒绝到最后还是整个宿舍一块出动了。

第八章

如梦初醒
qingxingmeng-

招新设在学校东广场，距离还有不到百米就感受到了热闹气氛，杨璐拉着柴蔚的手，有目的性地朝学生会招新区走去。

莫宝贝则和庄晏清从入场处开始看："这也太多社团了吧？和柴蔚抱回宿舍的那沓传单比，才哪儿跟哪儿啊？"

庄晏清还没来得及回答，就被几个学生稀里糊涂拉到一旁摊位，拿着传单开始积极宣传起来。

一次两次三次，因不好意思直接拒绝，可谓是寸步难行，光听完社团介绍再委婉说不合适，就浪费了将近一个小时。

"救命，也太尴尬了吧。"莫宝贝单手扶额，拉着庄晏清快步往前走，"你说你只想去哪儿来着？辩论社？赶紧的，面完就回宿舍！"

庄晏清："你不再看看了吗？广播社呢？"

莫宝贝把头摇得跟拨浪鼓似的："没伴儿不去，一个人多寂寞。进去还要面试，面试完了还要培训，还有考核，有这时间我都能和言四出去玩了。"

"庄晏清？"

人群中传来一道不算熟悉的声音。

庄晏清停下脚步，莫宝贝先她数秒扭头，惊呼："哎哎，辩论社在这儿。"

这世界，有时候真小。

吸引庄晏清目光的，除了"辩论社"这三个字，还有坐在主位上巧笑嫣兮的廖婧柔。

"好巧啊，竟然会在这儿遇见你。"

方才叫住庄晏清的，正是廖婧柔。见她主动打招呼，身旁的社员不禁好奇副社长和新生之间的关系。

廖婧柔弯了弯嘴角，柔声道："是我高中的学妹。"

"学妹？"社员一听，眼睛立马瞪圆，二话不说拉过庄晏清，"学妹好呀，学妹对我们辩论社感兴趣吗？学妹是哪个专业的新生啊？"

问题接二连三抛过来，庄晏清有些手足无措。

廖婧柔主动帮她解围："哎，你别吓到人家，有你这么招新的吗？小庄别怕，我们这儿不强迫人的。"

"学姐好。"

庄晏清颔首打招呼。

廖婧柔："你是哪个学院的啊？"

庄晏清诚实回答："经管学院，经济与金融专业。"

"这么巧！"社员又抢先回答，指着廖婧柔，"你嫡系师姐！也是金融专业的。"

别说是庄晏清，就连廖婧柔都愣了一下，很快又恢复如常："这也算是缘分了。"

庄晏清抿唇不语。

廖婧柔礼貌性地拿起报名表，问："对我们辩论社感兴趣吗？要不要试一试？"

想起先前在廖婧柔微博里看到的对话，还有萧北淮推荐她参加辩论社的话术，这世上哪来那么多巧合，庄晏清攥紧了手指，拒绝的话都到了嘴边，结果下一秒——

"谢谢学姐。"莫宝贝抢先帮她接过报名单，又扯了扯她袖子，"发什么呆呢，不是早想好了要选辩论社吗？填资料呀。"

庄晏清："我……"

"你原先就想要进辩论社？"廖婧柔听到这句话，微微一笑，"那正好，填完表格后来这边抽签面试吧。"

庄晏清这下便是没有退路，只能硬着头皮上了。

来之前，庄晏清浏览过网上一些关于辩论赛的信息，也研究了几个比较经典的辩论案例，但和经验丰富的副社长廖婧柔相比，她完完全全是个新人。

填完资料后便到抽签环节，庄晏清抽到的是政策辩。围观的几个社员倒吸一口冷气，好家伙，一来就整了个最难的。

政策辩和其他辩论类型相比，更考验辩者对时事热点、政策，甚至法律条规的知识积累，要求非常高，很吃准备经验。

"近年来未成年犯罪事件引起热议，应不应该将刑事责任年龄降低？（反方，即不应该）。"

读完字条上的题目，莫宝贝佩服地拍了拍手掌："敢，真敢。"

提供题目抽签的社员站在一旁，温馨提示："同学，你有十五分钟的准备时间，期间不可以上网查资料哦，这里有纸和笔。待会儿我们成员会过去和你进行十分钟辩论，请在这边稍作准备。"

"不可以上网查？"莫宝贝难以置信地看着庄晏清，"真难。"

庄晏清淡定地接过纸和笔，道声谢后，走到后排临时摆放的小桌椅坐下。

庄晏清思考片刻便开始提笔，很快，一张纸写得满满。站在一旁观看的莫宝贝从起初的胆战心惊，到认可点头，最后就差直接给庄晏清鼓掌了。

她潜意识觉得反方是最难辩的，当下萌生的几个思路，很快就被自己推翻，反观庄晏清纸上所写的几点，一下就被说服了。

十五分钟过得很快。

"小庄，准备好了吗？"廖婧柔走来，视线落在庄晏清的草稿纸上，微微勾唇，"写了不少啊，那我们开始吧？"

庄晏清起身："和学姐你？"

"嗯。"廖婧柔双手抱臂在前，"怎么，害怕我这个副社长？没关系，我会让着你的。"

她身子微微往前倾了倾，压低声音："你要真想进辩论社，开个口就好。"

庄晏清眸光微动，神情却毫无变化，声音平静："不用了学姐，我们开始吧。"

廖婧柔眼底闪过一丝讶异，很快又恢复如初："好。"

到底是辩论社的副社长，有过参赛经验的，廖婧柔一开场就从气势上压倒了庄晏清。就连站在旁边的莫宝贝，都忍不住后退一步，有被震慑到。

这是面试？

还是那种"让着你"的面试?

莫宝贝不敢苟同,这明明就是真刀真枪上场,势必要杀对方个片甲不留,当众甘拜下风。

她担心地看向庄晏清,却见好友眉头都没皱一下,还是那副冷冷清清的样子。

不愧是庄晏清,心态一流!

很快,这个"面试现场"吸引了不少人围观,大家纷纷被辩题以及双方辩论陈词所吸引。庄晏清不是专业出身,一句——

"怯者愤怒,却抽刀向更弱者,调整刑事责任年龄就能降低未成年人犯罪概率?我不敢苟同。"

引起热议。

廖婧柔像是抓住了漏洞把柄,开始强力输出:"弱者?因为未成年,所以在你眼里他们就只是个孩子?因为相信人性本善,所以恶就可以钻法律空子?那受害者呢?当见过十三岁杀人分尸,十四岁强奸幼女,还会觉得他们只是个孩子吗?法律保护不了所有人,但不应该纵容犯罪者。"

"好!"

"说得好!"

围观者纷纷鼓掌叫好,廖婧柔扬高了下巴像是骄傲的小孔雀。反倒是庄晏清,自始至终都是那副清高寡欲的样子,即便是输了,也是施施然领首,由衷道:"谢学姐赐教。"

"是新生吗?长得好好看啊。"

"应该是吧,来辩论社团面试的,哪个专业啊?不知道有没有男朋友?"

"气质真好,一点都不输廖婧柔呢。"

四周是窸窸窣窣的议论声,庄晏清没有在意,她心思全落在这面试结果上,能进,还是不能进。

廖婧柔像是读懂她眼底的意思,示意身旁社员将表格拿过来,紧接着不知提笔写了什么,速度飞快。

"接下来一周,我们会陆续通知新入社成员,大家可以静等消息。"

也就是说,结果并不是当场宣布。

庄晏清心下了然,将手里的草稿纸折叠好塞进掌心里。

"小庄,记得要接电话哦。"

廖婧柔依旧是那副温温柔柔的样子，庄晏清："好的，谢谢学姐。"

莫宝贝拉着庄晏清的手，可以说是连拉带拽地将人带离辩论社团，一口气走了百米远，这才松劲。

"什么情况？"

庄晏清不明所以："啊？"

"你和那个学姐，有问题啊。"

还得是莫宝贝，一眼就看出了庄晏清和廖婧柔之间隐隐的火花："什么情况？因为男人？"

"没有。"

庄晏清立马否认。

"怎么可能。"莫宝贝比画了一下双眼，"就我这眼睛，看的故事还少吗？那个学姐对你，分明就不太友好，嘴角的笑意就是掩饰。"

庄晏清微微挑眉："有吗？她一直都是这样的，说话待人都温温柔柔。"

莫宝贝："她要是这辩论社副社长，等你进社团，准没好日子过。你就等着看我这话，有没有说错吧。"

庄晏清欲言又止。

很快，莫宝贝的话就得到了印证。

周二专业课结束后，庄晏清就接到了社团打来的电话，恭喜她通过面试，成为辩论社一员。社团将在本周四晚上八点半召开新社员欢迎仪式，届时会进行首轮培训。

以为只是短暂开个小会，一下课庄晏清就赶到辩论社，结果光仪式就花了一个小时，但实际上就是听社长、副社长、组织员轮流发言。紧接着是培训和分小组，未来将采取以老带新的模式来组织打辩论。

首次会议结束，已近十一点，宿舍有门禁，庄晏清做好了结束后背包跑回去的打算，结果刚准备出门，就被廖婧柔叫住。

说了半天没什么实际内容的话，等庄晏清跑回立夏园，阿姨已经把楼下拉闸门给锁了。

庄晏清喘着气，拍着拉闸门喊："阿姨，阿姨开门。"

值班室的门窗关得严严实实，半点动静都没。

庄晏清踮脚张望许久，无奈只得打电话把莫宝贝叫下来，让她直接去敲门。

很快,阿姨出来了,态度看上去并不友好:"门禁时间辅导员没有和你们说过吗?大一就这么不守规矩,这是要记过的。"

庄晏清搓着手掌,道歉:"对不起阿姨,我们社团活动结束得晚,我都是跑回来的。给您添麻烦了。"

阿姨:"登记一下,学号、姓名还有晚归原因,都要写清楚。"

庄晏清:"……好。"

莫宝贝打着哈欠上楼,问:"你们社团结束得也太晚了吧。"

庄晏清满脸疲惫:"本来能赶上的,是廖婧柔把我拦住了,说了会儿话,这才迟了。"

莫宝贝:"啧……"

"社团每周有两次活动,周四晚上还有周日下午,要分组找组员、找辩题、上课和训练。"庄晏清都有些后悔入社了,"感觉比上课还累。"

莫宝贝干笑了两声:"回去之后你可以和柴蔚交流,她回来后已经吐槽一整个晚上了,差点把杨璐灭了。"

柴蔚在杨璐的怂恿下,成功面试学生会宣传部,杨璐自己也进了外联部,这两人几乎每晚下课都要去部门开会,就没一天晚上是十点前回宿舍的。

今天多了一个庄晏清,合着一个宿舍里,就莫宝贝最清闲。

"我也后悔了。"

洗完澡爬上床,庄晏清感觉一闭眼,廖婧柔的脸就在她眼前晃,带着命令式的语气。越是强迫自己不要想,对方的脸就越清晰。

不得已,她又坐起身来玩手机。

朋友圈出现萧北淮的小头像,是一条记录式内容,最后一张照片是写在备忘录上的话,笔锋隽秀大气,很是赏心悦目。

庄晏清想,如果有一天要盘点圈里字写得好的明星,萧北淮定是榜上有名。

她给这条朋友圈点了个赞。很快,手机响动了两下,退回到聊天界面,竟是萧北淮发来的消息。

萧北淮:这么晚了还不睡?

萧北淮:大学节奏还习惯?

YanQ:嗯,还好。

YanQ:你呢,在学校还是进组了?

萧北淮：在剧组。

紧接着，他发送了一张照片——

万家灯火，高低辉映，错落有致的建筑和墙壁上隐约显现的斑驳痕迹，庄晏清将放大的照片缩回原状。

YanQ：这是在山城？

萧北淮：你来过？

YanQ：没去过，但有机会还是很想去一次的。

萧北淮：嗯，是个很漂亮的城市。

萧北淮：忙吗？

YanQ：还可以，系里也组织了不少活动，几乎每天都过得很充实。

YanQ：对了……

庄晏清犹豫着，要不要和萧北淮说自己已经进了辩论社的事情。

萧北淮：嗯？

想着毕竟当初是他建议自己去的辩论社，出于礼貌，也该说下结果。

YanQ：我进辩论社了。

萧北淮：恭喜。

庄晏清犹豫了一下。

YanQ：辩论社真有你说的那么好？

萧北淮：嗯？

YanQ：我只是觉得社团生活，好像比我想象中的要累。

萧北淮：只是社团活动，放轻松，就当是积累人脉和锻炼自己，没有必要去争个一二？

这话是什么意思？

庄晏清一时有些茫然，手上动作却半点都不含糊。

YanQ：和谁争？廖婧柔吗？

她飞快地编辑信息，一赌气直接发了出去，发完才猛地反应过来，尖叫着弹起身，脑袋一下撞到蚊帐顶。

动静吵醒了舍友，柴蔚哑着嗓子问："谁呀……"

庄晏清只得赶紧道歉："不好意思，我蚊帐进蚊子了。"

说完，她赶紧轻手轻脚放慢动作趴回被窝，抓着手机暗自懊恼，脑子一热就问出这话，这下可怎么办。

萧北淮：什么？

萧北淮：关廖婧柔什么事？

庄晏清将这两句话文字里的情绪揣摩了大半天，他这是很平静地询问，还是……在质问她方才这话，和廖婧柔有什么关系？

她把脸埋进枕头里，半晌叹了口气，直接问吧，都冲动一次了还有什么好遮遮掩掩的。

YanQ：不是说学姐不好的意思，是不太清楚你说的争一二，代指和她竞争？

萧北淮：。

句号？

给她发个句号算什么？

是肯定的意思还是？

突然觉得和萧北淮聊天好累，就不能给点通俗易懂的反应，每一句话都要费劲揣测也太辛苦了。

正当她腹诽，页面又弹出来新消息。

萧北淮：和她无关。

萧北淮：我不知道她在辩论社。

庄晏清先是愣了一下，很快反应过来，原先像乌云一样笼罩在心上的情绪因这两句话被彻底拨散开。

只要是与廖婧柔无关，那便好！

YanQ：我明白你的意思啦，我加油。

萧北淮：嗯，早点睡，晚安。

YanQ：晚安。

后来几周，莫宝贝发现庄晏清对辩论社似乎没有了负面情绪，社团活动参加得相当积极，不仅毫无怨言，就连柴蔚都忍不住说，她像是着了魔似的。

上课时，教授举的经济金融案例，她立马就能延伸出一道辩题来。课后宿舍一块吃饭，聊起什么社会热点新闻，她也要辩上一辩。

哎？

这情绪调整能力，也太强了些吧？

当初是谁说，后悔参加辩论社了？

一转眼，大一生活在指缝中流逝，暑假过后，庄晏清即将升上大二，而萧北淮也进入了预毕业的阶段。

他的步伐总是比她快上两年。

如果说，《你是我的月亮》让萧北淮在新生代演员中打了一个漂亮的亮相，那暑期定档播出的音乐综艺《盛夏乐队》无疑将他的人气推至了高潮。

《盛夏乐队》是繁星台自制的一档青春乐队户外综艺，风格参考日漫里的夏日乐团，主打青春、追梦和热血。

非选秀性质，只是选择了夏天这个最有热血标签的季节，集结了一群热爱音乐，有乐团梦想的年轻人，围绕"音乐"尽情释放才华与能量。

节目企划阶段并没有引起太多关注，正当所有人都以为，这又是繁星台一档扑街综艺时，它却以黑马之姿，杀入大众视野。

在这个夏天参加逐梦乐队之旅的，皆是真正有才华、有实力，还有颜值的年轻人。不难看出节目组在选角时期就下足了功夫，二十位少年里没有一个是花瓶角色，都在自己所擅长的领域独当一面，有着很出色的成绩履历。

包括萧北淮，乐队偶像出身，吉他弹唱与编曲能力一流。初次亮相的个人演出就得到导师全票高分，后续更是吸引了四位志同道合且同样热爱音乐的年轻人组队，成为节目里最快成团且唯一走到最后，没有被拆散过的乐队。

帅气男孩、白色校服、青春、音乐，还有夏天。

这些无疑都是成就他们在这个夏日里，成为瞩目明星的关键词。

作为萧北淮微博的粉丝，庄晏清第一时间就关注了这个节目。

摄像老师对萧北淮格外偏爱，很擅长捕捉并放大他的五官优点，还有气场。造型师也是下足了功夫，九期节目，八次重要演出的造型都堪称神作，举手投足间弥漫开来的高冷与贵气之感，被粉丝奉为神祇。

舞台上的他，宛若翱翔在苍穹的鹰，锋芒锐利，毫无遮挡。而那仅有一个的酒窝，也成了击溃无数少女心的秘密武器，甘愿为他一笑而沉沦。

《盛夏乐队》收视率一路走高，收官之夜更是拿下微博热榜七个关键词，观众纷纷称其为暑期最强综艺，强烈要求第二季原班人马。

MOboo：所以我有幸和大明星吃过一顿饭？

莫宝贝像是村里刚通网，在热搜第一看见了似曾相识的名字，点进去一看，差点惊掉下巴，连忙把视频转发给庄晏清。

YanQ：你才知道？

YanQ：你真的很不关心内娱。

MOboo：我的天啊。

MOboo：原先只是觉得他长得很帅，和你很相配，是你的暧昧对象，但万万没想到他竟然是个明星！还有代表作品！

MOboo：是他太低调，还是我太无知了……

庄晏清的确很佩服莫宝贝，可话又说回来，也能理解，她如数家珍的韩流明星，自己也是一个都不认识。

YanQ：先更正一下，他不是我的暧昧对象。

MOboo：又当我眼瞎。

MOboo：看他这势头，未来前途不可限量，你的小心思怕是……

莫宝贝不敢把话说得太绝，生怕伤害了朋友，加上她也不了解庄晏清和萧北淮之间的过往。

MOboo：他经纪人谁啊？哪家公司的？能上《观澜》的封面，前途不可限量。

《观澜》是国内顶尖时尚杂志之一，能拿到封面资源，人脉资源不容小觑，侧面也说明公司有意帮萧北淮搭上时尚这条线。

的确，他的外形条件太卓越了。

特别是那个酒窝，仅有一个，那不叫甜，是稀有与狂狷。

庄晏清不清楚萧北淮的经纪人是谁，但偶有耳闻，对方能算得上是萧北淮的伯乐。与其他看中一时投资回报的经纪人不同，她对萧北淮格外有耐心，愿意下功夫去培养。

消息一来一回还不如直接一个电话，莫宝贝打过来时，庄晏清正在慢吞吞收拾行李，准备明天返校。

"萧北淮的公司，竟然是言四对家！"

言四，便是莫宝贝的男朋友言安，也是天寰娱乐背后的大老板。他见小女友在百度萧北淮，这才搭话说了一嘴。

莫宝贝自然拿到第一手珍贵情报，这不，立马给庄晏清打电话。

"言四说了，萧北淮现在是圈内非常看好的小生，他手里那部待播剧，什么题材来着？悬疑？有爆相！而且已经有好几家品牌代言在接触他了。"

庄晏清一点都不意外，眉眼弯弯，嗓音温柔："我一直相信，他能火。"

次日返校，庄晏清明显感受到萧北淮在校园里的人气，和上学期相比有了翻天覆地的变化。

拿小卖部来说吧，门口贴满了他的海报，还有饮品代言。

从天水二中的门面，成长到正阳大学的门面，他只花了不到四年的时间。

"啊啊啊，萧北淮好帅！"

"《盛夏乐队》看了吗？"

"当然当然！都是第一次做人，凭什么他这么优秀，简直爱了好吗。"

"我刚看完《你是我的月亮》，他和姜雯英好配！完美身高差，啊，我也想被他拥入怀中。"

…………

经过几个女生身旁，庄晏清听到了她们谈论的内容，下意识地捏紧手里的水瓶。

想过有一天，他星路璀璨。但那也意味着，他和自己之间的距离，山迢路远。

柴蔚来电，打断了庄晏清的思绪。

"晏晏，你在哪儿呀？宝贝说晚上一块出去吃饭顺便唱歌，一起啊。"

"哦，我到宿舍楼下了。"

"行！我们等你。"

吃饭地点选在了沁园路一家很红的音乐酒馆，大厅有驻唱，楼上有包厢。

进门时，经理就迎了上来："莫小姐，您的位置已经留好了。"

莫宝贝："谢谢，菜也可以上了。"

经理："没问题。"

杨璐拉着柴蔚的手，异常兴奋："边吃饭边看演出，简直赏心悦目。托宝贝的福，体会了一把尊贵VIP的待遇。"

柴蔚："对呀，谢谢莫大小姐。"

莫宝贝摆手："客气客气。"

宿舍四人的感情很好，莫宝贝和庄晏清原本就认识，自然走得近些，可也没有因此搞什么小团体，多数时候都是四个人同进同出。

莫、庄二人的家境，柴蔚和杨璐也都知道个七八分，起先只觉得她们用的东西都是名牌，气质举止也很优雅，家境定是不错。但了解了才知道，不是不错，是显赫。

好在莫宝贝和庄晏清都没什么架子，性格也大方，所以相处下来都很舒服。

"对了，交流生计划本学期可以开始申请了，你们有打算吗？"因为在宣传部，所以柴蔚的消息总是比其他三人更灵通些。

正阳大学和英国杜伦大学有合作项目，全校每年有二十个为期一年到两年的交流名额，今年也不例外。大二上学期开始申请，提交资料后结合大一学年的绩点以及在校表现进行审核，在学期末出结果并公示。

杨璐是个十足吃货，所有注意力都在菜肴上，对交换生一事毫无兴趣："我学渣一个，这种要看绩点的事情我就不凑热闹了。"

莫宝贝："看绩点，我也有点悬，这种事比较适合你和晏晏。"

庄晏清承认："我有这个打算。"

这项目，舅舅之前和她提起过，暑假在家里也和晏琼玉、庄怀讨论过两次。杜伦大学是英国顶尖大学之一，在和正阳大学合作的细节里，经济金融是重点。对庄晏清来说，是个拓展眼界和学识的好机会，她自己也很心动。

柴蔚眼前一亮："那晏晏，我们搭个伴儿好吗？一块申请！"

庄晏清："好啊，没问题。"

"申请什么？"

头顶传来熟悉的嗓音，庄晏清还没来得及抬头，坐在对面的杨璐率先捂嘴尖叫。

"啊啊！萧！萧北……"

萧北淮以手抵唇，示意安静。

他们所处的VIP区，与普通座位还有小段距离，加之还有舞台音乐，一下就盖住了这边的动静。

庄晏清目瞪口呆地看着身旁坐下的人，连给他挪位置都忘了："你、你怎么会在这儿？"

萧北淮指了指台上的乐队："过来给朋友捧场。"

庄晏清："我的意思是，你怎么回来了？"

他现在不是应该很忙，很多工作吗？

萧北淮薄唇轻掀："开学了，回来上课。"

杨璐："扑哧……对、对不起，这画面真的很好笑。明星世界里，也有'开学'二字，也得回校上课？"

别说杨璐了，就连莫宝贝都小有震惊，要按照言四的说法，萧北淮现在可是呈上升之势，多少合作巴巴上门聊，他还能有时间回学校上课？

莫宝贝好奇道："贵专业，那么严格的吗？"

萧北淮单手随意搭在膝盖上："其他好说，《毛泽东思想概论》和《思想道德修养与法律基础》的出勤率要有。"

这些都是基础课，一般大一大二就都安排了，萧北淮忙着拍戏，一直没上，现在临毕业，要补上出勤率。

庄晏清："原来如此。"

她双眸微垂，视线不经意落在他搭在膝盖上的手上，骨节上的伤痕把她吓了一跳。

庄晏清眸色一凛："你受伤了？"

恰好，台上的表演告一段落，音乐停下。

萧北淮和主唱打了声招呼，后淡定地将手藏于口袋，起身："没事，我先走了。"

她还来不及说什么，萧北淮已经三两步跃到朋友身旁，勾肩搭背说着什么，一帮人往后台走去。

柴蔚如梦初醒，放下手中的筷子："晏晏，你和萧北淮认识？你俩什么关系啊？"

瞧方才那样，不像刚认识的。

庄晏清惦记着萧北淮手上的伤，无心回答舍友的问题，拿起包包起身："我出去一会儿，你们先吃。"

柴蔚："哎，你还没回答我的问题呢。"

"没什么关系。"莫宝贝倒着酒，神色淡然，"高中同校，你可以理解为同乡会成员。"

柴蔚半信半疑："真就这么简单？那可是萧北淮啊。"

莫宝贝抬眸："怎么，你也是他粉丝？"

柴蔚否认："不是，他不是我会粉的款，但好歹是明星。"

莫宝贝笑笑："这有什么，明星也有私交啊，成名之前也会念书，会念书就有同学、校友、朋友，这有什么好大惊小怪的，吃吃吃。"

话题轻而易举地被带过，柴蔚看了杨璐一眼，后者藏于桌下的手轻拍了拍她的腿，摇头。

也是，她们本就是不同圈子的人。

190

出了小酒馆，庄晏清点开地图搜索最近的药店，幸好两百米远有一家，她循着导航小跑过去。

店员在她描述下拿来了云南白药喷雾还有白绷带："先喷白色的，再喷红色，具体的说明书上写了。如果有伤口，怕碰水，可以缠上绷带。"

"谢谢。"

结账后，庄晏清拿着袋子往回跑，路上给萧北淮拨了语音通话。

响了很久，对方才接。

"喂？"

"是我。"庄晏清声音有些急促，"你在哪儿？"

萧北淮换了处安静的地方："酒馆二楼。"

庄晏清："房间号，我去找你。"

萧北淮似是犹豫了一会儿，但还是报出了包厢号。

二楼格局与一楼完全不同，反光玻璃设计，无形中像进了处迷宫，偏偏门口没有服务生，庄晏清只得循着房号自己找。

期间，她还要躲避一些酒鬼，烂醉还不忘嚷嚷两句"唱啊，继续唱啊"。

"哎！"

忽然有人伸手，将她一把拽过，庄晏清差点想喊，待看清对方是萧北淮，忍不住白了一眼："吓我一跳。"

后背抵着门板，庄晏清这才看清是间空的包厢。

"怎么了？"

萧北淮问，刻意压低的声音在黑暗中，特别是在这独处的环境下，显得诱惑力十足。

只是，庄晏清的全部注意力都在他受伤的手上。

"伤口处理一下吧，我买了喷雾。"

萧北淮这才注意到她手里的袋子，接过一看："云南白药？"

庄晏清点头，迟疑道："你这伤是……打人了？"

若非握拳，不会伤到这骨节处。

萧北淮没有直接回答她的问题，拆开盒子拿出白瓶，连说明书都没有看，熟练地用起来。

庄晏清抿紧了唇，视线集中在伤口上。

191

"谢谢。"萧北淮活动了一下手指,"揍了个人渣,没事。"

"怎么会没事,都红肿成这个样子了。"庄晏清一下急了起来,"什么人需要打架动手?你现在正值事业上升期,若是被拍到了传出去,怎么办?前途都不要了吗?"

萧北淮几时见过她着急的样子,生怕再不解释,小丫头就急哭了。

"就一个无赖,放心,没人看到。"

"真的,我保证。"

"哎,你瞪我也没用,打都打了。"

庄晏清:"君子动口不动手。"

萧北淮服了:"……行。"

庄晏清攥了攥拳头,小胸脯上下起伏,药也送了,告诫也给了,似乎也没有继续待这儿的必要,她转身准备离开。

"等等。"萧北淮拦住她,"早些时候在卡座,你还没回答我,想申请什么?"

庄晏清把交换生项目同萧北淮简单说了遍,见他手扶着门框,指尖轻敲着不知道在想什么,很快就听见他问。

"这种一般是交换一到两年?"

庄晏清:"嗯,如果绩点好,可以申请留校继续读研。"

萧北淮不再说话。

气氛一下变得微妙起来,空荡的包厢里只有两个人的呼吸声,离得又近,庄晏清觉得脸颊有点热。

打破尴尬的是手机铃声,莫宝贝打来电话:"饭吃到一半上哪儿去了?不吃了吗?直接上楼唱歌?"

庄晏清捂着手机小声道:"我现在回去,你们等我一下。"

萧北淮没有告诉她,离得这么近,即便是捂着,说什么也都听见了。

"那我先回去了。"庄晏清指了指袋子,语气认真,"记得上药,以后做事稳重些,到底是个公众人物了。"

萧北淮被训了还觉得好笑,勾着嘴角:"好。"

"那我先出去,你待会儿再出来。"

把门拉开后,庄晏清还探头张望了一下,确认四周没有人,这才小跑着离开。

萧北淮手插着兜,将这一幕收入眼中。

五味杂陈的情绪伴随着听到的关于她想申请去英国交换的消息，足足令他在昏暗角落消化了好几分钟才敛回眸色，起身离开。

"要不我们再点些，带到包厢里吧？晏晏都没吃多少。"

柴蔚刚准备翻菜单，庄晏清就回来了。

"不好意思，你们都吃完了吗？"

莫宝贝指了下她堆得小山似的碗："每样都给你留了点，但估计都凉了，要不叫点新的到包厢，边唱边吃？"

庄晏清坐下，拿起筷子："没事，我先把这些吃了。"

莫宝贝："包厢我订好了，在二楼 301 房，你俩可以先上去唱。"

杨璐："好呀，那我们先把东西拿上去。"

莫宝贝："行。"

等杨璐和柴蔚离开，她这才坐回原位，手托着下巴打量庄晏清："找萧北淮去了？"

"我看到他手受伤了，出去买点药给他。"

莫宝贝点了点头。

V02 包厢。

"接个电话后跑哪儿去了，大半天了？"乐手胡潇瞥见萧北淮手里的药袋，"哪儿受伤了？叫的跑腿送药？"

萧北淮坐下，将袋子放在一旁，拿起桌上的杯子仰头喝了两口。

胡潇："别一个人喝闷酒啊，来给兄弟我捧场，不得走一个？来来来。"

萧北淮抬手碰了下杯。

"对了，你和 001 桌那四个小姑娘认识？我刚刚都看见了，要不叫上来一起玩？"

胡潇只当是人多热闹，结果话刚一说完，就被萧北淮睨了眼。

"不行。"

胡潇一下了然，"哦"的一声拉长尾音："看不出来啊，你这都进圈了，什么女明星没见过，还喜欢那种清粥小白菜？"

萧北淮仰头喝完酒，将杯子倒扣到桌面，然后拿着袋子起身："你们慢慢喝，这单我买，还有事就先走了。"

"哎？你不是刚坐下……"

胡潇一脸蒙，人没拦住，门"嘭"的一声关上，和队友面面相觑："这是怎么了？"

团里唯一一位女鼓手挑了下眉，抬脚轻踢沙发脚："没品，拿女生开什么玩笑。"

胡潇："我就随便说一说……从前我这样，他也不会生气啊。"

女鼓手不耐烦地"啧"了声："看不出来吗？那是心上人！"

萧北淮下楼时，大厅里已无庄晏清的身影，他下意识掏出手机点开与她的聊天界面，指尖却在语音通话上顿住。

算了。

他垂眸瞥了眼手中的袋子，嘴角勾起一丝嘲讽的轻笑。

庄晏清惦记着萧北淮手上的伤，第二天一早就发消息问，伤口怎么样了，她怕买的喷雾没效果。

萧北淮直接拍了张手部细节回复她。

萧北淮：好多了。

YanQ：那就好。

萧北淮：你这学期修《毛泽东思想概论》吗？什么时间？

问这个做什么？

庄晏清虽有疑惑，但还是点开自己的课表，将课程编号发给萧北淮。

YanQ：周五上午的。

萧北淮：**OK！**

聊天到这儿便没了下文，直到周五早上，庄晏清和柴蔚、杨璐从饭堂出来，正准备去教室上课，就接到了萧北淮打来的电话。

"《毛泽东思想概论》课帮我占个座，最好是最后一排。"

"啊？你和我选了同一节？"

庄晏清差点以为自己听错了，还能这样？

萧北淮："嗯。"

庄晏清又把教室号报了遍，再度确认。

萧北淮忍俊不禁："我没说错，都和你说了，我要补出勤率。"

庄晏清："对哦，那好。"

挂断电话，杨璐在旁边蹭着提问："怎么了？和谁打电话啊还报教室？"

庄晏清努了努嘴，有点为难："待会儿我不和你们坐一起了，我朋友要来上课，让我帮忙占座最后一排。"

柴蔚："萧北淮？"

庄晏清愣了一下，自己表现得很明显吗？

柴蔚解释："之前在酒吧遇见，他说过《毛泽东思想概论》和《思想道德修养与法律基础》要出勤率。"

庄晏清由衷佩服："你记忆力真的很好。"

柴蔚笑笑。

杨璐从旁弹出小脑袋，好奇道："他来上课，还和你坐一起，不会引起轰动吗？小心被偷拍后发到网上。"

"不至于吧。"柴蔚率先分析，"这《毛泽东思想概论》本就是大课，来上课的学生一百多号人，谁会去注意最后一排坐着谁。再说了，萧北淮是正阳正儿八经的学生，和朋友一块上节课，有什么好编派的。"

庄晏清抿唇，眸光带笑："我也是这么觉得。"

杨璐豪爽点头："行，大不了要真有人做文章，我们给你当人证！"

庄晏清："好！"

到了教室，最后一排零零散散坐了几个学生，庄晏清踮脚看了下，最靠窗户那里还有两个空位，她立马冲了过去。

"啪"一声，她把课本放在桌上，像极了盖章专属座位。

柴蔚和杨璐在她前排落座，回头看了她一眼："不至于不至于，这真不是什么好座位。"

庄晏清："为什么？"

杨璐扬高下巴指了下前排："瞧见没？早就听闻王教授的课，越往后坐被提问的概率就越高，所以都铆足了劲儿往前坐呢。"

庄晏清："这……这是反套路？"

柴蔚："可以这么说，加上你这位置又靠窗，日晒充足，知道为什么没人坐吗？"

庄晏清一脸自我放弃的表情。

柴蔚敲敲桌面："太适合睡觉了，因此一定会被王教授盯上，概率百分之九十九的那种。"

庄晏清顿住。

给萧北淮留这个位置，他不会想杀了她吧。

正襟危坐，直到上课铃响，庄晏清才听见后门处传来的动静。

萧北淮戴着顶渔夫帽进来，瞟了眼最后一排，看见庄晏清旁边的空位，似是犹豫了一下。

那一下，庄晏清觉得有点久，她甚至一度怀疑萧北淮是不是准备扭头离开，去其他地方坐。但最后，他还是走了过来。

庄晏清心里长舒了一口气。

"庄晏清。"

"嗯？"

见他叫自己名字，庄晏清还是硬着头皮回头，弯了弯嘴角："北淮哥，早。"

萧北淮从书包里掏出课本，还有两瓶牛奶。

"你可真有能耐。"

恰逢教授进门，庄晏清忙压低了声敷衍过去："快坐下准备上课吧，王教授的课很严的。"

萧北淮睨了她一眼，不回应。

庄晏清清了清嗓子："咳……"

萧北淮摘下口罩，轻丢到桌面，冷哼："下次占位置，别选靠窗边。"

下次？

还有下次吗？

庄晏清心一紧，他的言下之意，是不是以后每节《毛泽东思想概论》课都要帮他占座，一起上课？九年义务教育，三年高中，一年大学，她头一回对自己的理解能力产生怀疑。

开学后首堂课，王教授讲了一下自己的考勤标准以及教学内容。《毛泽东思想概论》是大课，所以不采用课前点名的方式来记考勤，不然一百多个名字念下来，这课都去掉一大半。

他会采取课间互动、尾声答疑环节提问这两种方式来抽取学生参与，这些人就是考勤幸运儿。

规则听清楚了，庄晏清瞬间觉得这最后一排也不是百分百会中招，还是要看点运气成分。

"选一瓶。"

萧北淮拨了拨手指，将两瓶牛奶往庄晏清桌前移了一下。

她吃过早餐了啊……

但话到了嘴边还是咽了回去，一瓶草莓，一瓶抹茶，她选了后者："谢谢。"

萧北淮挑了下眉，似是没料到她会选抹茶，以为女孩子都喜欢草莓，他才买的……好吧，只能把那瓶粉红包装的牛奶留给自己。

见庄晏清翻开课本，开始提笔做笔记，萧北淮垂眸勾唇，果然是好学生。他自己则是寻了个舒服的姿势，把课本翻了几页，便合眼开始睡觉。要不是庄晏清，他绝对不会选这个时间点的早课，太煎熬了。

旁边的人，表面上是在认真听讲，实则眼角余光无数次偷偷打量，心思全然不在课本上。这是她第一次和萧北淮坐在同一间教室里，甚至，还成了同桌。

是梦吗？庄晏清觉得有些不真实。

如果说每个月、每周都需要有一件值得纪念的事情，那现在的庄晏清会在笔记本上写满"成为萧北淮同桌"这几个字。

像填补了高中时的遗憾，又像满足了青春时期的幻想，即便猝不及防，但好在为时不晚。

"今天的课到这里就结束了，布置一下作业，回去后看部电影《建党伟业》，然后提交不低于千字观后感。"

新学期第一节课，看在大教室几乎都坐满的份上，王教授并没有为难学生，布置完作业便下课。

庄晏清松了一口气，开始收拾桌面。

柴蔚和杨璐也回过头来，碰巧对上刚睡醒的萧北淮，后者眼神惺忪，脸颊还有托腮久了留下的红印。

"学长运气可真好，这得是睡了一节课吧？"

杨璐抱着课本打趣。

萧北淮活动活动筋骨："还是有听一部分的。"

柴蔚瞥了眼庄晏清写得密密麻麻的本子，大为震撼："这头一节，就有这么多笔记吗？"

庄晏清慌忙把本子合上，生怕被看见上面的内容，支支吾吾地掩饰："没什么，随便抄的。"

柴蔚看了庄晏清一眼，又瞥了眼窗外的日头："萧学长这都给你挡掉一大片阳光了，怎么还能晒得脸颊通红啊，别是中暑了吧？"

"有吗?"庄晏清条件反射地摸了下脸,不烫啊。

杨璐附和点点头:"你的脸确实很红。"

庄晏清胸腔微震,着急忙慌起身:"定是这大教室人太多,闷的。"

萧北淮敛眸笑了下,不作声。

出教室的时候,庄晏明显注意到有人看向她身旁,还在小声讨论。

眼角余光扫了眼身旁,只见,萧北淮一手抱着书,一手刷着手机,脚步很慢地跟着她们的节奏。

"晏晏,我和杨璐去上选修了。"

楼梯口转角,柴蔚停了下来同庄晏清打招呼。

庄晏清回过神来:"好。"

杨璐热情挥手:"拜拜晏晏,拜拜学长。"

萧北淮抬头:"拜。"

等人走了,他扭头看向庄晏清:"没和她们选同一节?"

庄晏清抿唇,尴尬地道:"我抢课的运气不是很好……"

萧北淮:"接下来呢?没课了?"

庄晏清:"嗯。"

萧北淮勾唇:"巧了,我也是,要不陪我去趟书店?"

校外北戈书屋的老板,听说是正阳大学建筑系毕业的,在外闯荡多年后,回来母校旁边开了家独具岭南风格的书店。

因装修风格别有一番韵味,吸引了不少人前来打卡,一度成为正阳大学周边打卡网红点之一。

△今日新书 《岛上书店》《无声告白》,还有店长刚学会的手冲咖啡。喜欢可夸,不喜欢的话,附赠半小时到店读书时间。

庄晏清念出门口悬挂着的小黑板上的字,忍俊不禁:"这老板还挺有意思。"

萧北淮单手抄着口袋:"头一次来?"

庄晏清:"嗯,现在不都流行电子书了吗?所以很少逛书店了。"

萧北淮推开门,示意她先进:"从某些程度上讲,电子书未必比得上纸质书。"

风铃声响得清脆,正钻研着手磨咖啡的店长抬起头来:"欢迎光临,哎?

这不是我们的大明星，萧老师？"

萧北淮："哥，别拿我开玩笑。"

店长笑："好久没见到你了。"

萧北淮随手拿起前台摆放的新书："工作告一段落，暂时回归校园生活。"

店长瞧见他身旁正好奇打量的女孩，眼底闪过一丝惊喜："这位是？不介绍一下？"

闻声，庄晏清回过头，主动打招呼："老板好，我是庄晏清，嗯……北淮哥的学妹，也是正阳的学生。"

"学妹？"店长的目光在两人身上来回睃了一下，了然笑道，"学妹好呀，知根知底。"

庄晏清："啊？"

萧北淮将手中新书一丢，"砰"的一声："废什么话，我要的书呢？"

"等会儿，我去拿。"

店长离开，前台只剩下萧北淮和庄晏清，后者对周围的一切都感到很好奇。

"那个……我四处逛逛？"

萧北淮："嗯。"

店长抱着五本书过来，一下堆在了前台桌面："全是刑侦题材的，为新戏做准备？"

萧北淮翻了下，嗯，和他列的书单一致。

"不一定能接到。"

凯恩最近正在接触邢导，他手里有个刑侦题材的剧在筹备，男主角是初入刑侦一腔热血的新人，后因卷入一场反贪风波，凭借智慧和天赋，快速成长最终磨炼成有担当的刑侦警察。

人设讨喜，导演团队也很靠谱，能搭上这条线，无疑是给自己演艺生涯增添一部代表作。不过自己能不能在竞争激烈的选角中脱颖而出，萧北淮觉得，除却资本手段及人脉，诚意也很重要。

所以，他需要提前去了解这个角色，学习相关专业知识，才有资格去参与试戏，争夺这个角色。

"来一杯？"

店长又开始炫耀他的手磨咖啡，并诚邀萧北淮品尝："新买的豆子，上等的。"

萧北淮想起他写在门口小黑板上的字,再加上这稍显生疏的操作,委婉拒绝:"早上喝过了,一天不能喝太多。"

热情被一盆冷水浇灭,惨遭拒绝的店长在看见庄晏清的一瞬间,脸上又重燃希望:"小学妹,你要不要来一杯手磨咖啡?学长请客。"

庄晏清愣了一下,不敢拒绝:"好……好呀,谢谢学长。"

萧北淮还没来得及提醒,就见她答应下来,猛地闭上眼,暗道不妙。

喜得新客的店长忙不迭准备,还不忘得意地看了萧北淮一眼,似乎是想告诉他:你不愿意当我的品鉴大师,自有人愿意。

"你买了这么多新书?"庄晏清走近看了眼,发现全是刑侦专业相关的,"这些网上不都有吗?"

萧北淮:"看电子书容易走神还费眼,也不好做记录。"

"哦……"

庄晏清明白过来,这就是他说的,从某些程度上讲,电子书未必比得上纸质书。

店长:"咖啡好了,小学妹试试?"

庄晏清受宠若惊:"谢谢。"

店长眨了下眼睛,双手交叉搭在台面上:"好喝的话,记得夸我哦。"

庄晏:"啊,好的。"

店里还有其他客人在,他俩不好总霸着前台,庄晏清寻了一处位置坐下,闻了闻杯中咖啡,意外地很香。

"怕苦就别喝。"

萧北淮走了过来,见她端着咖啡杯发呆,还以为是太苦不敢喝。

"店长手磨的,不好浪费。"庄晏清眯了眯眼,轻勾唇,"而且应该会好喝。"

萧北淮挑眉:"你喝得了美式?不怕太酸太苦?"

庄晏清:"拿铁喝得多些,但美式也喝的。"

晏琼玉很爱咖啡,每天早上都会自己冲一杯,她上高二那会儿就已经有了喝咖啡的习惯。

这会儿尝了一口,嗯,偏酸。

对上萧北淮那眼神,庄晏清讪笑:"店长咖啡豆选得不错,手磨也很费工夫,真的还可以,你要不尝一尝?"

萧北淮盯着她手中的杯子看了眼。

"哦,我的意思是,问店长再要一杯。"庄晏清忙不迭解释,生怕萧北淮看出些什么。

而她这个急于更正说法的样子,在萧北淮眼里,成了着急撇清关系的证明,他眸底神色微黯,话里也没了情绪:"不用了。"

庄晏清抿了抿唇,低头喝咖啡,温度有些烫,她喝得很慢。萧北淮则是一点都不着急,拆开一本书,就这么倚靠着墙壁翻看起来。

书店很安静,来的人都是为了书,所以即便是经过,也没注意到站在那儿看书的人。就这样,他成了庄晏清眼里独一无二的风景,且无人争夺。

杯中咖啡见底,苦味和酸味在舌尖流连,很快便被一抹不为人知的喜悦与贪婪冲散。

庄晏清放下杯子,见萧北淮并无察觉,随手拿起搁在一旁的书,翻看起来。书名是什么,内容感不感兴趣,这些都不重要,只要能和他再待久一些。

后来,庄晏清才明白,就是这些自以为很快乐、很幸福的,明知不可为而为之的时刻在缓慢吞噬着她的一腔孤勇与喜欢。

以为能偷偷喜欢很久很久,其实并不能够。

因为没有得到回应,所以消耗定会有终点,只是在当下这个阶段,她仍旧有最大的诚意去付诸喜欢。

走出书店的时候,肚子正咕咕叫。

庄晏清鼓起勇气问身旁的人:"北淮哥,要一起吃饭吗?"

萧北淮拎着一袋书,婉拒:"不了,一会儿有事要出去一趟,得先把书放回宿舍。"

失落宛若重石坠入心底,溅开的情绪蔓延至四肢百骸。庄晏清声线里的情绪像音乐旋律中的休止符,一下降至平缓:"那好吧。"

前面便是分岔路口,一个往学校食堂,一个往学生宿舍。

"再见。"萧北淮说。

"再见……"

庄晏清茫茫然应了一声,脚底却像生了根般难以移动。

本是再平凡不过的岔路口分别,明明下次还会再见,可不知怎的,她心里油然而生一股悲恸,像提前尝到分开的滋味。也像是在提醒她,像早上这种只有两个人之间的相处,是短暂且有句号的。

他的步伐迈得很快,身影逐渐变小直至完全消失在人群中,庄晏清堪堪收

201

回目光，转身朝食堂走去。

路上，她给莫宝贝打了电话："我落单了，快来食堂一起吃饭。"

这个时间点的食堂不算拥挤，庄晏清拿好餐盘开始排队，不到十五分钟就到了窗口，随意要了两个菜，阿姨手里的勺子抖了又抖，到她餐盘里便显得有些少。

好在她并不觉得饿，端着盘子开始寻找较显眼的位置，方便莫宝贝找到她。

找到位置放下餐盘，庄晏清从包里拿出纸巾擦了擦桌面，又擦了遍椅子，这才坐下给莫宝贝发消息。

视线前方一道阴影落下，紧接着是餐盘触碰桌面发出的声响。

"这么快？"

庄晏清猛地抬起头来，话一说完，整个人愣住。

"你好，请问我可以坐在这里吗？"

男生身材高大不失英气，袖子卷起露出手臂的肌肉线条，询问庄晏清时，眉眼笑得弯弯，倒也不是油腻搭讪，反倒有种与外貌不相符的可爱。

庄晏清歉意地歪了下头："不好意思，那是我给朋友占的位置，她在来的路上了。"

"哦，没关系。"男生将餐盘往旁边位置移了下，挪了个位，与庄晏清呈对角状态。

很快，莫宝贝便到了。

"你吃的什么呀？"

她手搭着庄晏清的肩，俯身一看，秀气眉毛皱紧："咦，就吃这些？我们去新开的烧腊摊档吧？我想吃手撕鸡拼烧鹅盖饭，顺便给你加点荤的。"抬眸询问时，正巧看见对面坐着的男生，小哥长得挺帅气，就是这巴巴的眼神怎么回事？

"你朋友？"莫宝贝问。

庄晏清摇头。

莫宝贝"哦"了声，注意力又回到吃的上面："走呗，去烧腊摊档，我帮你背包，你端餐盘。"

庄晏清："好。"

走远了，莫宝贝才出声："刚刚这出还行吧？"

庄晏清这才反应过来，说："你都看到了？吃盖饭只是借口？目的是把我带走？"

"不然呢？老远我就看见他对着你献殷勤了。"

庄晏清长得好看，有追求者也不奇怪，从开学到现在，没有十个也有五个，最夸张的还有跑来宿舍楼下弹吉他、送早饭的，吓得她们都不敢出。

"也不算献殷情吧，他看到了我笔记本上的logo（标志），也是经管学院的，所以就说了两句话。"

重新落座后，莫宝贝问起庄晏清上午的行踪，平日里她上完课就回宿舍了，今天反倒这个点才给自己打电话，不是就一节选修吗？

庄晏清没有提起和萧北淮的事情，只说了去书店。

莫宝贝也没多问，话题很快转移到其他事儿上。

"好像就是她！"

"有点像……她谁呀……"

"不知道呢，大几的啊？这么主动。"

隔着过道，另一桌几个女生正凑近了讨论什么，声音也没刻意压低，莫宝贝和庄晏清都听见了。

只不过庄晏清背对着她们，看不见表情，以为就是普通聊天，直到莫宝贝给她眼神。

"怎么？"

庄晏清问，顺着莫宝贝的目光转过头，正好与几个女生那打量般的目光对上，后者条件反射地低下头，将手机翻盖到桌面。

明显就是有鬼。

莫宝贝放下筷子，走了过去，俯下身笑嘻嘻问："小姐姐们是好奇我们这桌吃什么好吃的吗？可以问我呀。"

庄晏清：……胆子真够大的。

"你们刚刚在讨论什么八卦啊？好像很有意思的样子，都吸引到我了。"

莫宝贝把手搭在桌沿，指尖正好可以碰到对方的手机，她也的确顺势敲了下。

对方显然没想到她会这么直接，一时尬在原地。

莫宝贝："别藏着了，就你们刚刚那声量，该听的都听到了。"

"得了，校内网上都有，现在是热帖。"其中一个女生示意同伴把手机给莫宝贝看，"她们早晚看得到，都敢主动追求了，还怕什么。"

主动追求？

听到这儿，庄晏清回过头来。

莫宝贝拿起手机，光看标题就能大致猜到帖子里是什么内容——经管新系花倒贴隔壁小明星，又一个栽了，来人叉出去！

莫宝贝大致瞄了眼原帖内容，说庄晏清正在狂热追求萧北淮，不惜帮他占座，还跟他一块去书店，最后惨遭拒绝。

一句话能讲清楚的事情，楼主洋洋洒洒写了篇四五百字小作文，声情并茂，莫宝贝合理怀疑这人是中文系的。

还有，这照片怎么回事，拍得也太模糊太不专业了吧？

这几个角度，都把庄晏清给拍丑了。

帖子里的评论卷到了几百楼，莫宝贝扫了眼回复较多的两条。

15%20：这女的我知道，拒绝不少人的表白，先前还以为是专注于逐梦学术圈，看样子也是俗人一个，就喜欢长得好看的。

拨打热线321：楼上是有什么问题？怎么就是俗人了？你家俗人是奥赛第一、年级专业第一、绩点4.65？别高攀了OK？再说了，喜欢长得好看的有什么问题？盲猜楼上红眼病！

骂得好！

看到这儿，莫宝贝将手机还给女生，一副不屑一顾的样子："散了吧，假料。"

女生惊讶脸："姐妹，真的吗？"

莫宝贝姑且不去论她上来就用姐妹这个称呼，着实有些拉低自己的层次，就这帖子荒谬的程度，着实得帮庄晏清辩一辩。

"去打听打听，这两人高中都是哪所学校的就知道了，还不让人明星有个三两知己好友了？给情书了吗？牵手了吗？哪儿看出狂热了？要狂热她现在就不会和我一起吃饭了，而是追求失败躲在宿舍里号啕大哭，你们看她像是很伤心的样子吗？"

几双眼齐刷刷看向庄晏清，继而面面相觑，好像……的确不是表白失败的样子。

庄晏清一脸蒙，拉过莫宝贝的手问："怎么了？"

莫宝贝坐回原位，重新拿起筷子："没什么，校内网上有人发帖，造谣你和萧北淮，说你追求失败。"

"啊？"

庄晏清猛然拿出手机，着急忙慌地上网。

莫宝贝安慰道："没事的，过一阵子这帖子就沉下去了，压根儿没什么实质内容。"

"帖子在哪儿啊？"

庄晏清平日里进校内网都是查阅浏览和专业课程相关的信息，压根儿不知道八卦在哪儿看。经莫宝贝提醒，找到了入口点进去，却没有看见她说的帖子。

莫宝贝伸手要过手机，翻了翻，又凭着记忆搜了下关键词，确实没有相关信息。被删了？这动作也太快了吧！

"应该是读取到和萧北淮有关的关键词，第一时间处理了。"莫宝贝把手机还给庄晏清，提醒她吃饭。

庄晏清担心地问："帖子没乱写什么吧？对他不会造成什么影响吧？"

莫宝贝满脸不理解："该关心这事儿对你自己有没有造成影响才对吧？通篇都在写你，嘲讽你高岭之花，不落俗也倒追明星。作者应该是萧北淮的校园粉，就是针对你来的，萧北淮压根儿没怎么提到，会有什么影响？"

"我？"庄晏清满不在乎地笑了笑，"无所谓的。"

莫宝贝竖起大拇指。

一直到傍晚，庄晏清才收到萧北淮发来的消息。

他也是刚知道，不过帖子已经第一时间处理了，希望庄晏清没有受到影响。

萧北淮的措辞很严谨也很周全，几乎没有留下什么话柄好让庄晏清顺着聊天，只能得体地回一句"好的，没关系"，聊天戛然而止。

次日，辩论社有活动。

庄晏清去到课室，意外遇上了廖婧柔。

"学姐。"

上个学期，由廖婧柔所带领的校辩论队获得全国大学生辩论比赛金奖，上大四后，她就卸任了副社长一职，很少出现在社团。

廖婧柔回了声招呼，定定看着庄晏清。

"怎么了学姐？"

"我总觉得你应该是不一样的。"

"啊?"

庄晏清听得一愣,不知道廖婧柔这话是什么意思。

可对方却没有想要再解释。

"不过也能理解,萧北淮的确有让女生想当一只飞蛾的冲动,你也不例外。"

飞蛾?

飞蛾扑火?

庄晏清拎着包包的手倏地攥紧:"学姐,我并……"

"总归是要试一次的,才会知道结果。"廖婧柔温婉勾唇,经过庄晏清身旁时,用仅有两人听得见的音量说,"你喜欢他,我早就看出来了。"

庄晏清听到了自己的心跳声,很响很响。

等反应过来回头,廖婧柔已经走远了。

手心上的汗涔涔,被人戳穿心思后的思绪余震还未完全褪散。和岑翎、莫宝贝不同,被廖婧柔戳穿,让庄晏清有一种羞耻感。

她愣愣地站在原地,像被人一把推到了礁石边上,前一秒还在欣赏着无边无垠的蔚蓝大海,下一秒巨浪就试图吞噬她整个人。

"晏清?晏清?"

社团同学见她一直站在门口,便喊了一声。

庄晏清回头,双眸失神毫无光彩。

"你是不是哪儿不舒服啊?"同学注意到她的脸色有些难看,上前关心时碰到了她的手,冰冰凉的。

庄晏清摇头:"我没事……"

同学:"可你的手好凉,先进去吧,辩论会马上开始了。"

庄晏清:"嗯……"

今日社团有两场辩论会,事先分了组,庄晏清也在其中。参加的辩题是"考编制的年龄到底应不应该限制在三十五周岁内",她是反方,即不应该。

内容提前做好了准备,可临了,她却完全没在状态,在自己观点陈述环节的磕磕绊绊,反驳正方时也不积极。

结束后,庄晏清向小组成员道歉。

队友见她状态是真的不好,也没有说什么,不过是社团内组织的小活动,并不会放在心上。

　　离开大楼，庄晏清缓缓闭上眼睛，一次次调整呼吸。

　　她觉得自己像一尾鱼，在海底沉溺直至沉底。

第九章

风华正茂
qingxingmeng-

太阳几乎直射赤道，日子迎来昼夜平分。

庄老爷子大寿，庄晏清请了两天假，连着周六日正好攒个小假期赶回老宅。

晏琼玉见到她，第一句话就是："小清，你这脸色也太难看了吧？是生病了吗？"

是吧，庄晏清也说不清，没有发烧没有感冒，可整晚整晚都睡不着觉。

一沾枕头就会做和廖婧柔、萧北淮有关的梦，她强迫自己不要再去想这件事，要花上很长一段时间去反复说服，怕翻来覆去吵到舍友，索性拎了盏台灯去阳台学习。

白天也是，她恨不得把全部时间和精力都投入到学习中，这样就不会分神去想其他事。

结果呢。

状态不好，也做不到真的心无旁骛，还是会偷偷去翻看廖婧柔的微博，包括每一条评论，代入式地揣摩对方说的那句话，和她有无关系。

庄晏清觉得自己是真的病了。

"怎么啦？"

晏琼玉拉着庄晏清的手，带到庭院小花园，抬手将了捋她脸颊的发丝，温柔地挽到耳后："你这皮肤状态有些差，明早和妈妈一块去做个美容吧。"

"妈妈……"

晏琼玉："嗯？"

庄晏清近乎坦白地问："您和爸爸当初是怎么在一起的啊？"

晏琼玉瞬间领会到女儿这个消极情绪的来源，小声问："怎么突然问起这个，你谈恋爱啦？"

庄晏清："没有。"

也是，如果谈了，现在就该是一副很甜蜜的小女生模样。

晏琼玉也不急着问庄晏清，挽着她的手轻轻拍抚着，像和小闺密说话那般，眸光柔软地望向不远处的鲜花坛，那里至今还栽着火烈鸟。

火烈鸟，是庄怀第一次给她买的花。

"我和你爸爸是相亲认识的，起初并没有什么感觉，我性子比较慢热，凡事都藏在心里，也不表露。对方要是不主动，基本就没下文，我以为和你爸爸也会是这样。"

庄晏清好奇："后来呢？"

"后来？后来我就和你外公说不合适，不想耽误对方，因为我没有从庄怀身上感受到对我的喜欢。你外公就和你爷爷说了，结果你爸知道这个事，就把我约了出来，敞开聊了一次。说什么觉得我性格太温吞了，怕太快表示什么，会让我觉得他是很轻浮很随便的人，这才刻意跟着我的节奏放慢了来。"

晏琼玉聊起和庄怀谈恋爱时的故事，眉眼间洋溢着的全是温柔。这些年，他们夫妻感情也很稳定，事业上相互支持，生活中相互偎依，虽没有常把"爱"字挂在嘴边，但细节处的点滴都不难看出对彼此的爱。

庄晏清知道父母感情甚笃，还以为是自由恋爱，没想到却是相亲。

"喜欢一个人，该是一件很快乐的事情，爱意是与幸福挂钩的。"晏琼玉有意无意地将重点抛出来，她相信以庄晏清的聪明伶俐，也该听得懂。

"介意和妈妈分享你的喜欢吗？"

庄晏清一下变得支支吾吾，掩饰已经来不及了，晏琼玉那表情分明就是看透一切，哪里还容她狡辩。

"我……"庄晏清摇了摇头，"我的喜欢不值一提，因为他不知道的。"

"怎么会不值一提呢？"

晏琼玉惊讶，轻拍庄晏清的手背："没有人可以否定一个人的喜欢，你自己也不能。喜欢，难道不是花了心思和时间？又不是简单两个字。"

庄晏清被训得有点蒙。

晏琼玉："你不开心，是因为他不知道，还是……他有喜欢的人了？"

妈妈的直接让庄晏清反应有些措手不及，害羞又拘谨，想说又不敢全部说。她怎敢想有一天会和晏琼玉讨论自己的感情问题。

"我……不是……我只是……"

磕磕巴巴说了半天，心底的难过和委屈又涌了上来，庄晏清都开始讨厌起这样的自己："他应该有喜欢的人，但我也不太了解。他们……妈妈，我说不清楚……就是觉得很难受，这本来是我自己的事情，可被发现后，我觉得自己像个跳梁小丑一样，被人看笑话。"

"笑话？"晏琼玉不理解，"不是这样的小清，你先冷静一下，听妈妈说。"

庄晏清红着眼，点头。

"你要正视你自己。首先，你拥有一个非常和睦幸福的家庭，爸爸妈妈给你创造了很好的生活、学习条件，保障你衣食无忧，过得快乐。其次，你长得漂亮，性格也好，关键是学习能力也很优秀，这是你为你自己挣来的价值，足以告诉任何一个人，你是非常优秀的女孩子。妈妈相信，能被你喜欢的男生不会差，但你一定不比他差。"

见庄晏清沉默不语，晏琼玉更加相信自己的判断，同时也有些难过，因为她不知道自己的女儿在感情中为什么会如此谨小慎微。

"小清，趁年轻，大胆去喜欢，哪怕栽跟头也不用怕，有爸妈在呢。只要不越过底线，再张扬些都没关系，可如果你没有这个胆量，那就先放下，努力充盈自己，把心思都花在学习上。听妈妈的，先要爱自己，再去爱别人。"

"妈妈……"庄晏清嗓音哽咽。

"傻孩子。"晏琼玉揉了揉她的脑袋，"喜欢一个人是好事，不用哭的，你还年轻，偶尔碰壁也不要紧，总会有一天遇到一个比你喜欢他，更喜欢你的人。那样他才会珍惜你，才会永远对你好。"

和晏琼玉的聊天，让庄晏清郁结已久的情绪找到了宣泄，虽有点耻于和父母说这些事，但好在妈妈并没有责怪她学习分心。

庄晏清："谢谢妈妈，我现在好多了。"

晏琼玉："没事的傻孩子，爱恋没经验，会有失眠、难过、苦涩这些情绪都是正常的，但快乐最重要。开心些，别让你爷爷看出什么来。"

"好。我去洗把脸。"

庄晏清捂着脸，觉得自己现在肯定很丑，方才都掉眼泪了。

"女儿怎么了？"

庄晏清刚进屋,庄怀就从小阳台绕过来,快步走到晏琼玉身旁。

女儿回来后,他也注意到了她情绪不佳,正想着找时间问一下,就见妻子拉着女儿的手往小花园走。眼看着时间一分钟一分钟地过去,小阳台上的盆栽叶子都快被他揪秃了。

"你过来。"

晏琼玉招招手。

庄怀赶忙坐下,竖起耳朵:"你说。"

晏琼玉转头看他:"小清她有喜欢的男孩子了,不过好像不是很顺利,我猜是暗恋未遂。"

"什么?"庄怀"噌"地起身,眼底有几分逼压,"有喜欢的人了?问出来是谁了吗?还未遂?对方拒绝她了?谁啊,敢拒绝我的女儿?"

"你小声点小声点!"晏琼玉急得直跺脚,猛拍了几下庄怀,"想让爸听见吗?"

"不是,谁啊?"庄怀纠结于这个最关键的问题。

这让晏琼玉怀疑他要知道对方名字,会把人逮着教训一顿。

"冷静点,我没问是谁。小清也没有明确说是对方拒绝了她,我看啊,她应该没和对方摊开心意。只是觉得希望不大所以很难过。"

晏琼玉将自己对庄晏清说的话,简单说给庄怀听。

半晌,庄怀拍着大腿,气急败坏:"暗恋有什么好的!女孩子暗恋就是在吃苦!"

见丈夫这一惊一乍激动的样子,晏琼玉真是气死了:"都让你小点声了!你能不能控制一下你自己。"

"不是,我们女儿多优秀啊,能被她喜欢上不是应该第一时间积极回应吗?怎么还能让她难过?这种男的,不要也罢。"

庄怀的眼神像是要把庄晏清的暗恋对象给生吞似的:"你都没劝她现阶段先好好学习,不急着谈恋爱,以我们的条件,未来要什么样的男朋友会没有?"

晏琼玉:"我就奇怪了,明宴和你说他交女朋友的时候,怎么没见你这么激动?"

庄怀满脸不屑:"那能一样吗?儿子和女儿,那能一样?"

晏琼玉气极反笑。

庄怀还在那里絮絮叨叨,反复强调着暗恋不好,倒追不好,太主动不好,言语间全是生怕庄晏清吃亏受伤的担忧。

晏琼玉抿唇："我呀，现在都能想象未来你嫁女儿时的样子了，可千万别号啕大哭。"

庄怀："呵。"

与自己和解，是比想象中还要愉悦的一件事。得益于晏琼玉的开导，庄晏清开始坦然又勇敢地直视自己，包括对萧北淮的这份喜欢。

住在同一个宿舍，莫宝贝最能感知到庄晏清的变化。从天水回来后，她像变了个人似的积极、开朗。莫宝贝甚至都觉得，这样的庄晏清比从前更容易令人着迷。

秋去冬来，转眼又到了年末。

交换生项目申请结果公示当日，正好也是《毛泽东思想概论》考试前最后一节课。

最先发现校网更新结果的人是柴蔚，在此之前，她整节课都在刷新页面，都快把网页刷到瘫痪了。

"怎么样啊？"

杨璐凑过去和她一起看。

宿舍里，就柴蔚和庄晏清申请了这个项目，不过两个人选择的学校不同。

柴蔚家境一般，选了个包学费、住宿费，为期一年的学校项目。庄晏清则是在舅舅晏涛的建议下，选了杜伦大学为期两年的研学，但不包含住宿费的项目。

"有有有！有你的名字！柴蔚！"

杨璐找到了柴蔚的名字，激动不已。

"蔚蔚真棒！"杨璐抱了抱舍友，又问，"晏晏呢？快看看。"

萧北淮收拾书的动作停住，注意力全落在身后几个女生身上。不知怎的，他觉得这段时间，庄晏清对他的态度有些奇怪。

与从前相比，大方了许多，也变得爱笑，会主动和他分享一些校园里的趣事，偶尔还会开玩笑。

是变得亲近了？萧北淮不敢苟同，因为隐隐约约能察觉到，她在和自己保持距离。

"晏晏你这分数，绝了绝了！"

不同项目的结果分开公布，庄晏清在杜伦大学项目上申请资质排名第一，其绩点让围观者为之瞠目结舌，不愧是学霸。

杨璐看向庄晏清："我和你之间，就只剩下短暂一学期的相爱温存啦？"

只剩下……

一学期。

手中的笔"啪"一下被摁压在桌面上，萧北淮垂眸，心绪忽明忽暗。

庄晏清看着自己的名字，嘴角微微上扬："所以呀，接下来一学期，我们要更加相亲相爱才行。"

杨璐哭哭唧唧道："呜呜呜，604一下走掉两个宝，只剩我和宝贝相依为命了。"

"寒假有什么打算？直接回天水？"萧北淮背起包，回看庄晏清。

她今天穿了件纯白色的马海毛套头毛衣，头发扎成个小花苞，只留耳旁几缕碎发，看上去软乎乎的，像个糯米团子。

特别是坐在光源处，更衬得柔软恬静。

"和翎翎约了，会先去找她玩，然后一起回天水。"

庄晏清回问萧北淮的打算。

"准备进组了，所以不回去。"

是邢导的剧，《无声黑白》，男一。

业界很看好的一部剧，定角消息一出，网上风评呈两极。

萧北淮的粉丝"喜大普奔"，为自家弟弟接到这样好的作品而激动。虽是青春小甜剧起步，但没有执着于演这种偶像剧题材。

从《你是我的月亮》到悬疑剧《暗夜》再到如今的《无声黑白》，萧北淮一直都在不断尝试提升自己的演技。

很明显，萧北淮对自己的演艺生涯是有清晰规划的。最难能可贵的是他身上这份认真和谦逊，这也是打动邢导最重要的原因。

他像是雏鹰，珍惜自己的羽毛，积攒能量等待一鸣惊人；他像是后浪，接受一切赞美与否定，但仍旧心中有火，奔涌向上……

他愿意去花时间打磨自己，脚踏实地，低调却又努力。

偶像如此，粉丝自当愿意为他做数据、做营销、去打榜、搞宣传，因为能从萧北淮的成长上，看到自己投入的回报。

这是价值。

但有些人并不会这么觉得,在他们看来,萧北淮的成长过快,到底是乐团偶像出身,这顶帽子怎么都摘不掉,就差一部真正爆款作品来证明他的身份是演员。眼下又接了邢导新作男一,对方无非是看中《盛夏乐队》带来的流量效应。

没想到,一向注重作品和演员实力的邢导也开始走选流量博眼球关注的路,这选择是好是坏,难下定论。

但与最初盛传在接触邢导新作男一的几个男演员相比,萧北淮确实稚嫩,能不能扛起大旗,难说。

这边是风评中,持消极看法的一拨人。

好在萧北淮并没有受到影响,他顺利完成这学期该上的课程,准备待考试结束,便直接进组。

庄晏清:"这样……"

萧北淮又看了眼后排几个挤在一起叽叽喳喳讨论、规划着留学生活的小姑娘,语气认真:"恭喜你,申请成功。"

庄晏清愣了愣,旋即微笑:"谢谢。"

没有谁规定,喜欢一个人,就一定要在原地站着等他给予回应。

萧北淮有自己的事业规划,庄晏清也有学业上的追求。

公示通过,便正式进入办理留学交换的手续,奔波于资料的收集整理,还有留学物品的筹备,时间一晃而过。

"晏晏!救命!我卡里没钱,出不来热水啦!"

莫宝贝这澡洗到一半,嗷嗷叫。

庄晏清连忙拿起桌上的卡,敲门塞进去。

桌上电脑页面高亮,杨璐经过瞧了眼,"咦"了一声:"晏晏,你怎么也关注这个啊?"

庄晏清回过头,意识到自己忘了缩小网页。

"哦,下载资料的时候,随便点进去看的。你们最近就是在忙这个?"

过去一周,杨璐每天都在往外跑,拉合作、拉投资,柴蔚也是不停地开会,做PPT和海报,两人忙的都是同一个活动,但庄晏清没打听具体是什么。

她刚刷到的活动页面,是艺术与设计学院的毕业晚会。

杨璐伸了下懒腰,活动筋骨:"可不就是。往年也没那么隆重,今年却把我们院的学生会都拉上了。我猜应该是和萧北淮有关,正阳多少年才出现一个大明星啊。"

"哎哟,舒服!"莫宝贝洗完澡出来,唧叹一声,见庄晏清还站在浴室门口,好奇道,"怎么了?你俩聊啥呢?"

杨璐:"在说艺术与设计学院的毕业晚会呢。哦,对了晏晏,你们辩论社那个前社长,廖什么来着。"

庄晏清:"廖婧柔。"

杨璐:"哎,对对对,廖婧柔,她也有节目表演。"

"她不是你们学院的吗?去人家艺术学院毕业晚会表演啥?"

莫宝贝不理解,她可没忘记这人是闺密庄晏清的情敌,怎么,萧北淮的毕业晚会,廖婧柔也要去表现一下子?

该不会是要表白吧?

庄晏清犹豫了下,说:"她学过舞蹈,跳得还挺好的,高中的时候是我们校庆晚会开场表演的副领舞。应该是有邀请?或者是舞台合作?"

杨璐摇摇头,这她就不清楚了。

莫宝贝把下巴搭在庄晏清的肩上,整个人像考拉似的挂在她身上:"萧北淮参加这个晚会吗?"

好像有很长一段时间没在学校见过这号人物了,但明星的传说依旧在。更何况身边还有庄晏清这个大粉头,消息半点没少。

庄晏清无意识地拨弄着挂在椅背上的公仔,轻声说:"我也不知道。"

OK,说她是大粉头这句话收回。

庄晏清的确不知道,因为萧北淮非常忙,光拍《无声黑白》就进组五个月,连着春节都没停,到今年六月初才传来杀青消息。

朋友圈许久没更新,微博也只有些商务内容短暂维持曝光和数据,庄晏清猜,那应该是持有他账号密码的工作人员帮忙发的。

她自己忙着交换申请的事情,还有学业课题,便没有主动找他聊天,也怕打扰到他。渐渐地,萧北淮的头像就从自己聊天列表里消失了。

"要不你问问?"

莫宝贝戳了戳庄晏清的手:"大四不都开始拍毕业照了嘛,我们系下周就拍了。你很快也要出国,走之前不得见一面?"

一句话如石子砸入庄晏清的心湖,溅开的水花搅动她平复已久的心情,

"哗"的一声。

星子落入帘幕,晚间有风涌动。

庄晏清倚靠阳台栏杆,望着手机上显示的对话框。

上次和萧北淮单独发消息,还是过年那会儿,说了新年快乐,他还给她看了一场山城烟花。

说起来也巧,《暗夜》和《无声黑白》都是在山城拍的。继跨午烟花后,是除夕烟花,庄晏清将照片和视频都保留了下来。

YanQ:在忙吗?听说大四有些院系已经在拍毕业照了,你呢?回来拍吗?

文字编辑后发送出去,等了许久都没回应。

就在庄晏清想,对方应该在忙时,手机响动了起来,萧北淮直接打来语音通话,让她有点措手不及。

接通前,她还在原地小步来回徘徊了两三圈,调整呼吸,清了清嗓。

"喂。"

"在忙?"

充满磁性有些低沉的嗓音传来,耳边绒毛微微动了动,连着心都跟着痒。

庄晏清一手拿手机,一手揪着项链坠子,指腹摩挲,分散着紧张感:"没有,手机调静音了,没第一时间发现。"

"嗯。"萧北淮那边传来窸窸窣窣的声音,紧接着便听见门"砰"的一声关上的声响,"我们学院的毕业照下周三拍,我会回去。"

庄晏清垂下眼:"哦。"

萧北淮:"没了?"

"啊?"

庄晏清被他问得一愣。

萧北淮翘了翘嘴角,嗓音里带着笑意:"怎么,不打算给我送花?"

庄晏清抿唇,眼睛弯成小月牙,嘴上却不饶:"给你送花的学姐学妹怕是队伍都排到正阳校门口了,轮得到我嘛。"

萧北淮笑:"我可以只接你的花。"

我可以只接你的花。

她耳边"嗡"的一声,霎时愣住。

庄晏清以为自己听错了,缓了数秒才磕磕巴巴:"是……是吗?那你都这么说了，我必然不会空手过去。"

萧北淮："好。"

聊天有短暂的空白，她陆续听见对面传来摆弄东西的声音，萧北淮也不主动开口，极有耐心地等着。

庄晏清犹豫片刻，问："你们学院今年的毕业晚会，你也参加吗？"

萧北淮也没瞒着庄晏清："有接到邀请，但还没有明确要参加。我们班的毕业大戏，之前因为工作都是线上介入，等下周回去就要抓紧和同学一起排练，所以不一定有时间。"

庄晏清："这样。"

萧北淮："你去英国留学的事情呢？手续都办好了吗？"

"办好了。"

"什么时候过去？"

"我爸妈想和我一起提前过去，应该是七月底八月初。玩一圈熟悉下环境，再置办住宿。差不多等九月中旬就开学了。"

距离现在，也不过只剩下一个多月的时间。

萧北淮应了声，沉默了许久，久到庄晏清都怀疑是不是信号问题导致语音断了，正准备拿下手机看眼屏幕，对面便传来声音——

"你对自己未来的规划总是很清晰。"

清晰？

清晰吗？

庄晏清用力捏了捏项链坠子："我其实没想那么多，只是做当下觉得对的事情。反倒是你，才是对自己事业规划很清晰的人，一直都很拼很努力。"

她无意识地陷进自己的情绪而不自知："等《无声黑白》播出，就会有更多人关注你、喜欢你，通告代言接到手软，到那时……"

你还会像现在这样，因为我一个微信，就回一通语音电话，陪着我聊天和发呆吗？

后半句她不敢说。

其实，早在很久以前，他们就不再是同一个世界的人了，往不同轨迹在走，偶尔相交，但更多时候是在偏离。

"那我问你，到那时，你还会不会在零点和我说新年快乐？"萧北淮声音幽幽的，突然算起旧账，"说起来，庄晏清，今年你的新年祝福都不是零点发的。"

"啊?"

庄晏清喉咙发干,没想到萧北淮会突然说起这个。

今年确实……

庄明宴没回来,她都没守夜,早早就上床玩手机,结果睡着了,等一觉醒来都快凌晨一点了。

"可是,你也没有零点给我发呀。"

她就纳闷了,这都过去半年多了,怎么突然计较起这些。

萧北淮轻笑:"就是提醒你,以后每年都要零点给我发新年祝福,不然就不给你看烟花了,录视频还需要时间呢。"

庄晏清反应过来,情绪像是喝了碳酸饮料一样"咕噜噜"冒起小气泡,若非要尝一口,那便是甜的。

"好。"

她听出了他的话外音,不管他处于什么位置、什么身份,他们之间的联系都不会变。

"阿淮,视频ID录好了没?"

手机另一头传来女声,听上去应该是聊工作,庄晏清赶忙道:"你先忙,我就不打扰你了,只是问你什么时候回来而已。"说完,恨不得立马咬舌,又说错了!

萧北淮却一点都不介意,正儿八经地回她:"周日的飞机,回来后有时间找你吃饭。"

庄晏清:"……好。"

挂断电话,她一个人站在阳台上缓了许久。夜色浓稠,偶有其他宿舍传来的嬉笑声,还有寥寥虫鸣声,但都不及她心底,噼里啪啦绽放开的属于快乐的声音。

不到一周时间,校门口陆续出现了不少鲜花摊位,好多与鲜花经营无关的店铺也都腾出空间来出售毕业花束和纪念品。

毕业季气氛浓郁,除了毕业照和鲜花,还有告白。场所各有不同,图书馆里的、操场上的,还有宿舍楼下的。

庄晏清也不知道自己哪点与磁场相吸,几乎出现的地方,下一秒都有表白,一个星期下来就连莫宝贝都好奇地问她:"你是不是提前收到信儿?"

庄晏清无辜。

莫宝贝摆弄着手里的花束,这已经是庄晏清买来练手的第三束包装了。

她不明白,学校外的花店不是多了去了,再不济想要好看的,找品牌订一束也行啊,花也可以自己选,何必在这里执着于亲手包装。

可能这就是喜欢吧。

莫宝贝换位思考了一下,如果当初赶上言安的毕业典礼,她会不会像庄晏清现在这样给他亲手包装花束。

答案是不会。

买一束可能来得更省心些,当然,主要还是因为她手残。

"下周三你打算直接去会馆,还是等他们拍毕业照的时候再去?"

学士学位授予仪式是在礼堂举行,早上八点就开始了。各院系班级毕业照是在典礼结束后分批在广场前拍摄,安排最快的一个班级也是在中午十二点四十五分。

庄晏清拨弄着包装纸的边缘,瞧了莫宝贝一眼:"拍毕业照的时候再去吧?我那天早上有课。"

莫宝贝了然地点头:"行,我没课,可以先去礼堂帮你探探是什么情况。"

庄晏清笑:"好。"

等真到了周三这日,庄晏清才知道,想专心上课是不行的。别说是艺术学院的人了,全校都在讨论萧北淮毕业这个话题。

只因他今日这身学士服,太过耀眼。

Moboo:从我们系群偷来的高清大图,堪比站姐直拍。

Moboo:也不能说是偷吧,到处都有的程度了!

柴蔚:确实,论坛首页飘红的帖子全有"萧北淮"三个大字。

柴蔚说完发出一张论坛截图。

柴蔚:咱就说这程度在正阳大学,算顶流级别了?

杨璐也发来一张微博截图。

杨璐:大胆一点,不止在学校,微博都有热搜话题了。

庄晏清顺势点开微博,的确看见了相关词条#萧北淮正阳大学毕业典礼##萧北淮毕业#挂在热搜上,点进去一看,有萧北淮身穿学士服和同学合影的

219

照片，还有一些校园路透视角。

王王王彤童鞋：今天简直走大运了！去上课的路上偶遇准备去礼堂参加毕业典礼的萧北淮，学长好帅！现实版的俞渊，哦不，比俞渊还要帅！PS：俞渊是《你是我的月亮》男主角，也是萧北淮饰演的，话都说到这儿就推荐一下，不过分吧。

今天也是T拉怪：今天他是我学长！在校三年头一回遇见传说中的人物，一点架子都没有好吧！经过时正好看见同学在和他合影，朋友就拉着我上去碰运气，问的时候也是很尴尬，又小心，都做好被礼貌拒绝的准备了，结果！他竟然答应了！啊我表示从今天开始，要做萧北淮的头号粉丝！他真的好好！

哇唧唧哇唧唧：咱就是一整个羡慕了好吗，恨不得混进正阳大学，光这几张照片真的拍得好绝！#萧北淮毕业#祝未来星路坦荡！

…………

显然，比起刚入学的阶段，现如今的萧北淮已经积攒了很高的人气与关注。他没有缺席人生中最重要的毕业典礼，也没有摆明星的架子，和舍友一起身穿学士服有说有笑地前往礼堂，享受且珍视此刻作为正阳大学音乐表演专业毕业生的身份。

Moboo：下课了吗@YanQ，礼堂这边结束了，我们直接广场会合？

Moboo：记得提前和萧北淮联系。

YanQ：好。

庄晏清正在回宿舍的路上，收到莫宝贝的信息，加快步伐。她放下书本，抱起昨晚准备好的花束，走到门口又折回镜子前，左右转了转身，认认真真地打量了几眼衣着妆容，确认无误这才出门。

"快点快点，他们要开始拍毕业照了。"

"天啊，她们的花都好好看，不是在校外买的吧？"

"给萧北淮的？该不会这些人都是准备给他送花的吧？"

前往广场的路上，庄晏清听到了不少女生之间的谈话，步伐不自觉变慢，视线落在自己怀里这束花上，双手微微抱紧。

——"我可以只接你的花。"

萧北淮说过的话在脑海里浮现，短暂思绪游移后，庄晏清抿唇快步朝前。

人比想象中的要多，庄晏清站在台阶上一时不知从哪里走。她给莫宝贝打了几通电话都无人接听,正想着是不是直接联系萧北淮,就见高中四人小群里接连弹出几条@她的消息。

江延:@YanQ 小庄妹妹来不来?

江延:@YanQ 我们在这儿。

江延说着发来一张所在位置的图片。

翎翎:@萧北淮 恭喜大佬毕业!祝前程似锦哈!

翎翎:苟富贵莫相忘!

江延:@翎翎 没来参加北淮的毕业典礼,就是不够义气。

翎翎:这时间确实很尴尬,没得请假啊我满课。

萧北淮:@YanQ 哪儿呢?我看到莫宝贝了,你俩没在一起?

萧北淮的毕业典礼,作为好哥们,江延定是要来的,昨晚的飞机到酒店凌晨四点多,睡一觉后便过来了。

他来之前还在群里卖关子,说什么辅导员给不给批假都不知道,故作神秘,可萧北淮自始至终都没搭理过他,像是看他想怎么演。

庄晏清点开江延发到群里的照片,放大了仔细看,咦,这不是礼堂后的小树林,离广场可还有百米远。

莫宝贝的电话适时打过来,嗓音里有按捺不住的惊喜与笑意:"晏晏你到哪儿了?我遇见萧北淮了,在礼堂后竹林小道这儿。"

"我在广场大台阶这儿,现在过去。"

人群都往广场去,小树林这边显得异常安静,谁都没想到萧北淮会在这里,包括庄晏清在内。

绕过竹林小道,顺着木栈台阶往上走,来到大平层,正所谓曲径通幽处,禅房花木深。这儿的屋子,是艺术学院美术生写生画画,独于一隅的地方,庄晏清很少来。

莫宝贝瞧见她的身影,赶忙招手:"这儿!"

庄晏清:"来了。"

她三步并作两步,小跑到莫宝贝跟前:"你怎么会来这儿?"

莫宝贝:"说来也巧,我就是想寻个高处先观望一下广场那边是什么情况,没想到就遇见萧北淮了。"

闻声,萧北淮从屋里走出来,身上还穿着学士服,双手环抱在胸前,靠着门框处,样子显得极为懒散:"送我的花?"

庄晏清走上前，捧起花束，眉眼如弦月："毕业快乐，星途似锦。"

萧北淮低头扫了眼上面的鲜花和包装纸，想起莫宝贝方才说过的话——

"你萧大学长的毕业花束，我敢说，绝对是世上独一无二。"

独一无二吗？

那便是她亲手做的了。

想到这儿，萧北淮波澜不惊的眼底有了情绪，伸手接过庄晏清递来的花束："谢谢，很好看。"

江延从后面走了过来，意味不明地问："来时我特地看了眼你们校外摆的摊，卖的都大同小异毫无竞争性。你这束倒挺特别，也没那些花里胡哨的装饰，哪儿订的啊？品牌？"

庄晏清压根儿就不好意思承认，这花是自己做的。

心思昭然若揭，哪还能像现在这样淡定地与他们相处。

萧北淮静静凝视庄晏清数秒后，收回目光："几点了？"

江延垂眸看表："一点零六分，你们专业安排在几点拍？十五分？"

萧北淮点头。

江延："那应该差不多了，问一下群里有没有通知。"

萧北淮转身进屋，复述江延的话。

庄晏清这才注意到，原来屋里还有其他人，偏眼看向江延。

后者收到眼神询问，解释："北淮的舍友，平日里关系比较好的几位。"

原来如此。

很快，陆续走出来三个年轻人，瞧见庄晏清，都很主动地打招呼，视线明显在她身上停留了许久，却像是提前被警告过，明明好奇，但又没有多嘴说什么。

"走吧。"萧北淮一手抱着花，一手拿着学士帽，"凯恩刚给我发消息，她到门口了，直接去广场那边和我们会合。"

庄晏清眉梢微动："是你经纪人吗？"

萧北淮点头。

庄晏清没料到这人会出现，可又觉得理所当然，毕竟带了萧北淮那么多年，是伯乐般的存在，是该来见证这一重要时刻。

"我听说过凯恩。"莫宝贝挽着庄晏清的手，凑到她耳边压低了声，"挺厉害一经纪人，人脉通天，心思八面玲珑，是言四都会夸的人才。"

庄晏清似懂非懂地点头，她只在萧长河那儿听说过凯恩，萧北淮本人倒很少主动提起。

不过这些年，萧北淮的成绩有目共睹，能够走得如此顺风顺水且拿得一手好资源，除了他本人努力争气，和经纪人的张罗布局也脱不了干系。

很快，一行人抵达广场，见萧北淮出现，不少女生都开始疯狂尖叫，甚至还有扛着专业长枪大炮拍摄的。

也不知这相机带着是给自己或朋友拍照，还是主要目的在萧北淮这儿。

"萧学长。"

有女生很大胆地跑过来，双手捧着花束，脸颊红扑扑的也不知是害羞还是跑得急："我是音表大三的刘娅然，我非常非常喜欢你。嗯……今天特地来恭喜你毕业，往后，我也会一直期待你的作品的。这花送给你，毕业快乐。"

女生胸口用力起伏一下，显然很紧张，几句话说得有些磕绊，但不管怎么样，有这个勇气上前来表达，已是很不容易。

萧北淮礼貌说了声谢谢，手却没有接过她的花："你的心意我领，花就不收了，只抱得了一束。"说完，还不忘展示一下自己怀里这束花。

萧北淮这动作，说张扬吧，也不算，却是把握得十分准确，让周围人都看见了，便也不会再上前相送。

女生愣在原地，停在半空中的手顿了顿，片刻后收回，干笑着道："好……好吧。"

萧北淮："嗯，谢谢。"

"阿淮。"

一道清亮却不娇媚艳俗的声音响起。

那是庄晏清第一次见到凯恩，本是漫不经心的一眼，却不自觉被对方身上那股美艳不可方物的气质所吸引。

黑色小西装外套下，是一件抹胸长裙，红唇黑发，摘下墨镜露出一双乌黑瞳眸。

"好漂亮。"

就连莫宝贝都忍不住惊叹。

这哪里是经纪人，是饰演经纪人的女明星吧！

"恭喜。"

凯恩抬手拥抱了下萧北淮，视线扫过周围，猝不及防地与庄晏清相撞，她清楚捕捉到女孩眼中一闪而过的惊艳，红唇微勾。

"还不赶紧介绍一下。"凯恩拍拍萧北淮的肩膀后，松开手。

萧北淮："啧……"

几人介绍下来，凯恩的目光始终停留在庄晏清身上，乌黑双眸里盛着笑意："妹妹多大了？想不想进影视圈发展呀？"

"啊？"庄晏清蒙了，交握在身前的手指不自觉攥紧。

萧北淮不动声色地挡在她前头："别瞎开玩笑。"

凯恩挑了下眉，扭头看萧北淮："谁说我在开玩笑了，当初我这么问你的时候，你也没觉得我在逗你玩啊？"

萧北淮："她是做学术的。"

生怕凯恩不懂做学术是什么意思，他又补充："年级第一，要出国留学了。"

"喔，这样。"凯恩嘴角笑意不减，微微倾身，态度格外友好温柔，"哪天觉得学术枯燥无味，腻了，想来玩一玩，就记得告诉我。姐姐亲自当你的经纪人！"

庄晏清被她说得一愣一愣，全无招架能力，只得生硬回了句谢谢。

干巴巴的，像是被商人的直白吓唬到。

"音乐表演专业的同学准备，先排位置！"

轮到他了。

萧北淮随手把学士帽戴上，理都不理就准备朝前走。凯恩一把拦住他，好一阵细细调整这才松手。

凯恩："多笑笑，别老摆着张脸，经典酒窝不露多可惜。"

萧北淮眼尾扫了眼庄晏清，"嗯"了一声。

这一眼，凯恩也瞧见了。

在鱼龙混杂的地儿待久了，什么人情世故会看不透，涂抹着墨绿色指甲油的手指轻搭在手臂间，一下下，略有停顿，是有所思。

"风华正茂，真正属于他的人生才刚开始。"

摄影师喊下三二一，定格笑容时，庄晏清听见了凯恩这句话。

不知怎的，心跳有些紊乱，她轻吸一口气，极快整理好百感交集的情绪，撞上萧北淮看向这边的视线，微微一笑。

匆匆追赶至有他的世界，到如今见证毕业照。像每一次用力贴近，却被告知终要说别离。

好在他怀里捧着的是自己送的花。

这次,是花瓣能聆听他心跳声音的距离。

真好,这已是自己最大限度争取到的幸福,仅属于她一个人的。

八月中旬,庄晏清飞往英国。

留学的日子比想象中过得还要紧凑,忙着适应,忙着融入,也忙着提升自己。

转眼一年过去,岑翎大专毕业,在庄晏清的鼓励和帮助下,顺利申请到了牛津布鲁克斯大学的录取通知书,继续本科的研读深造。

异国重逢,是可以再度亲密分享故事与生活,互诉浪漫与心动的日子。岑翎感慨于庄晏清的长情,谁能想隔了这么些年,她心里还是只有一个萧北淮呢。

留学圈里表达感情的方式大胆又热烈,挣脱了传统与规矩,追求的是心里最真实的感受。庄晏清收到的告白,不说多少次,光送来的鲜花玫瑰,足以堆满整个小花园。

这不,今日又有人送了新的花束过来,岑翎正巧到门口,就帮忙签收了。

"招蜂引蝶,说的就是你。"

庄晏清无奈又苦恼,她拒绝了啊,可好像并没有什么用。

"男人都是有那种雄竞心理,越是得不到,就越想得到,别人都在争,他也要争。而你,长得好看,还是单身!这就更吸引他们了。"

庄晏清的美,是那种只要看一眼,就会移不开目光,忍不住再看再看的类型。明明认识了很多年,可岑翎总觉得每次见面,还是会被这张脸吸引到。

关键是她的漂亮,在不同阶段,是完全不一样的。

如果说高中时的她是青涩却又脱俗明亮的桃子气泡水,那现在的她,就似冬日壁炉旁热烈绽放的野玫瑰,似盛夏蝉鸣萤火堆砌梦境的灵感缪斯。典型东方美人的骨相,在岁月毫不吝啬雕琢下越发精致夺目。

经过餐桌,岑翎瞧见平板电脑上的内容:"看什么呢?"

庄晏清:"《燃灯》的主创见面会。"

"萧北淮的新戏?"岑翎凑上前看了眼,"这么快就定档了吗?"

如果没记错的话,这是去年暑期才拍的剧吧,这就要播了?从杀青到定档,还不到一年时间。

"不愧是市场认可最有价值的青年男演员。"岑翎感慨。

庄晏清单腿屈起,手肘撑着膝盖,歪头斜靠着:"他现在是圈内炙手可热的明星,搭档的又是靳白雪,平台就等着过审后速速定档,拿这S级剧目冲新年收视率开门红。"

岑翎抱着洗好的水果坐到庄晏清身旁,推了推她:"这话,是宝贝和你说的吧?"

庄晏清捡了颗草莓,咬一口,好甜。

"我看的都是表象,她说的是圈内行话。"

大三结束,莫宝贝就去天寰娱乐实习了,本以为就是去言四的地盘混个实习履历,结果倒好,混得风生水起,大有往这一行发展的趋势。

这不,今年暑假又去宣发部门,没少和庄晏清说八卦,连带着岑翎一起,三人建了个小群,名字就叫——顶流背后的成功女人。

岑翎陪着庄晏清看了好一会儿,目光全在靳白雪身上:"要不怎么说女明星很自律呢,这身材管理得也太好了吧。不行,她太好看了,我要爱上了。

"哎,这是大女主戏?师徒?神魔?时间太久我都忘了剧情人设了。"

先前岑翎还特地搜了下百科,三生三世的仙侠恋,又虐心又复杂,完全不是她的菜,以至于看过又忘记了。

台上主持人一直引导着男女主之间的互动,包括还原剧中经典场景,还有默契问答、小游戏等等。

任谁都看得出,这场见面会的重点,在萧北淮和靳白雪身上。

岑翎偷瞟了一眼庄晏清,瞧见她面色平静,下意识地放低了声音试探:"你看得了这些?心情还好吧?"

抛开朋友的身份,单纯从观众或者粉丝的角度看,都是会大喊一声"好配"的程度,不得不说,萧北淮和靳白雪的合作,CP(情侣)感极强,也难怪剧组一开始公布选角时,赞同看好的声浪那么高。

谁不爱看俊男靓女,双演技派的合作呢。

包括现在,镜头给到主角特写时,他俩都还有眼神互动。靳白雪身子明显朝向萧北淮,笑着的时候也会微微往他的方向倾。

萧北淮也会下意识伸手护着她、照顾她。

岑翎敢保证,现在要是点开弹幕,肯定是一片叫好,嚷嚷着在一起的声音。

"嗯,工作而已。"

庄晏清不带情绪地应答,也算变相安慰自己。

许是这见面会目的太过明确,频繁为男女主互动造声势与暧昧,先一步拉观众入戏,继而开始炒CP。

庄晏清看着有些不舒服,揉了揉眼窝,拉开椅子起身:"我去躺会儿,昨晚熬夜做pre(presentation,主题演讲),乏了。"

岑翎没有拆穿她,将平板电脑的声音调至最低,说:"睡吧,晚饭做好了我叫你。"

庄晏清:"好。"

平川,演播大厅。

"姐,出事了。"

大饼匆匆赶来,一脸焦急。

凯恩看了眼台上井然有序,气氛融洽的见面会,同大饼使了个眼神,往台边走。

"怎么了?"

"萧哥和台上那位,传绯闻了!"

大饼将手机递给凯恩,是一条短视频。

两分钟的时长里,拍到萧北淮和靳白雪前后进入同一家酒店,同一个房间,约莫过了半个小时,靳白雪助理离开。紧接着,服务生送东西至房间,开门的人是萧北淮,穿着酒店浴袍。

《顶流小花恋情曝光!竟是因戏生情!》

凯恩皱眉:"什么时候的事?"

大饼回答:"三分钟前发的,毫无预告,现在词条已经被顶上热搜,虽然位置不算靠前,但……"

凯恩抬眸看向不远处站着的泽洲,也就是靳白雪的经纪人兼老板,这会儿正偏头听助理说话,很快,也开始张望四周,直至与她目光对上。

凯恩看懂了泽洲的手势,将手机还给大饼并吩咐:"联系公关部处理,想办法降热搜。"

大饼:"恐怕有点难,这视频……"

凯恩瞥了他一眼,清冷冷道:"难?早些时候干什么去了?"

大饼噤声。

凯恩嘴角抿出冰冷的弧度，再不多看他一眼，疾步离开。

休息室内，泽洲正低头翻手机，凯恩推门进来时他头都没抬，只因空气中一缕檀香，便知道是她。

"你的艺人在和我的人谈恋爱？"

凯恩一脸不屑："不是谁的眼光都和你一样吧大叔。"

被叫大叔，泽洲倒是一点也不生气，将手机丢到桌面，从口袋里掏出烟和打火机，没问过凯恩便顾自点着一根。

"对方明显有备而来，没有事先通知我们，目的不在钱。又专门挑了发布会直播这个时间点，是想搞砸这部剧。"

屋子里白雾袅袅，凯恩闻着味皱眉："谈正经事，能不能把你的烟掐了。"

泽洲没作声，桌上的手机响了起来，同一时间，凯恩的手机也接着响起。

绯闻压不住，制片方和平台找上门来了。

见面会现场临时调整了节目顺序，将歌手请上台演唱主题曲，然后放预告片片花，为绯闻男女主争得时间处理一下热搜上的新闻。

休息室内有过短暂两分钟的沉默与冷滞，率先稳不住情绪打破僵局的，是平台负责人，亦是这部《燃灯》最大投资方。

"搞我呢这是？戏就要播了，闹哪出？你俩真在谈恋爱？"

靳白雪："当然不是。"

萧北淮冷着脸，垂眸看完视频，唇线抿紧："这视频是剪辑过的，剧组都住同一个酒店，雪姐那天是来我房间组队开黑，她助理和顾青都在。"

顾青是《燃灯》男二号，此时正在台上。

听萧北淮这么说，靳白雪忙不迭附和："对呀，打了一局我就困了先回房睡觉，小米都比我晚走，这视频却剪掉了我离开的画面，故意营造我在北淮房里度过一夜的假象。"

"对对对，那天晚上我穿的就是这件衣服。"小米举手。

凯恩心里长舒一口气："很好，证人有了。接下来就是到酒店要监控，发原视频出来澄清。"

她拍了拍手，缓解现场气氛："小误会，大饼，喊公关部干活，出声明。"

"等等。"

泽洲打断凯恩，眼神里藏着商人的精明与算计："如果监控要不到或者被毁了呢？对方费心剪辑这一段，把故事都编好了，局都布了，怎么可能还留尾巴给你。"

凯恩不以为然："那也不妨碍先出澄清声明，不是还有小米和顾青？"

泽洲弯了弯唇："如果，我们把这段绯闻坐实了呢？"

投资方大惊："什么意思？"

"林泽洲！你疯了吗？"凯恩反应过来他话里的意思，气得差点原地揍人，"休想算计到我头上。"

"算计？"泽洲冷笑一声，"若论算计，我可不是你的对手。我的提议，你不妨冷静思考下，先看看热搜下的评论。"

小米接收到老板示意，点开评论区："凯恩姐。"

…………

见凯恩皱紧的眉头越来越松，萧北淮心想不妙，走上前握住她的手腕，微微用力似是提醒："姐。"

凯恩看着萧北淮数秒，直到门口传来敲门声，PD助理探出小脑袋。

"老师们，片花快结束了，要回台上了。"

凯恩敛眸，抬手搭在萧北淮的手背上轻拍了两下："放心，我心里有数，你和白雪先回去。直播呢，注意情绪管理。"

萧北淮盯着她看，数秒后松开手，转身离开。

休息室一下安静下来，只剩几位大佬。

凯恩走到泽洲对面的位置坐下，长腿交叠，尖细高跟有意无意地磕着桌腿边缘，眸子乌黑明亮，紧盯着泽洲。

"萧北淮是我一手带上来的人，从籍籍无名到如今坐拥粉丝百万，他的努力你看不见，不代表其他人不清楚。想炒作恋情？我不接受。"

泽洲看她，笑了，下一秒的话却是对着投资方说："覃总可是已经看了微博上的评论和直播间的弹幕？粉丝对这两位艺人恋情绯闻持有的态度够明朗吧？这戏毕竟是平台开年第一部S级，若是有这恋情加持，收视率和话题度定会翻上几番，您说，我这猜测对吗？"

商人逐利，自是会经过一番利害分析才肯下定义，可眼前这局面也不算难分辨。

"眼下剧已定档，后续安排艺人合体宣传新剧的综艺节目也都谈得差不多，要是这会儿澄清，后续免不了避嫌，观众就无法代入角色，宣传效果自然也大打折扣。"

"对呀。"泽洲打了个响指,赞叹,"覃总果然是明白人。"

凯恩假装听不懂泽洲的话,低头回微信。

过了几秒,泽洲又道:"如果我没记错,他俩这周是不是还有《繁星》的画报拍摄?"

凯恩编辑信息的手指一顿,后槽牙咬紧。

"我们白雪,是 AN 家中国区珠宝品牌大使,听说你最近……"

凯恩将手机反扣到膝盖上,做深呼吸,唇微启:"最长半年,半年后友好分手,期间注意形象,不做有损他方的行为。"

泽洲满意点头,抬手示意小米:"知道怎么做了吧?见面会结束后和白雪说一声,配合一下。"

小米:"是。"

凯恩连客套的笑都懒得假装,当着其他人的面,起身走到泽洲面前,俯身将他困住,用着仅两人听得清的声音说:"既是称了你心的交易,那我要的条件,你半分都不能少。"

修长的手指在旁人见不着的角度,从扶手移到凯恩腰间,轻拢了一下。

凯恩僵住,眼神里带有警告。

泽洲淡笑:"你放心,不会让你吃亏的。"

说完,他转而看向周围的人,嗓音清冽:"今天这么好的日子,我申请组个局,我做东请各位老板赏脸,结束后一起吃饭。"

回酒店的路上,萧北淮歪头斜靠着座位,帽檐压低,墨镜紧戴,周身弥漫着一股冷凝的气息,像靠近就会被冰冻了一样。

大饼坐在副驾驶,不时回头瞧上一眼,气儿都不敢出。

就在半个小时前,凯恩让他配合发条官宣微博,他愣是生生将手机砸到墙面,扭头便走,以此来发泄与反对经纪人主张的合约恋情。

不得已,凯恩只得告知泽洲,用工作室的微博号来发布恋情消息。

就这会儿时间,微博上 # 萧北淮 靳白雪 # 词条已高居榜首位置,旁边还带了个"爆"字。点开评论区,已有两家提前商量安排好的水军,以宣传《燃灯》为主,最后再浅提一句天作之合。

大有成熟男女因戏生情,被曝光后大方承认并用选择作品与演技说话,不在恋情上拉踩或攀扯对方的态度,很博好评。

刷了一圈首页营销号的撰文,大饼心里暗叹一口气,结果也没有那么糟,反倒是因祸得福了,毕竟是和靳白雪传恋情绯闻,也不算太吃亏?

萧哥怎么就那么生气且不配合呢……

他不理解。

第十章

颠倒虚无

qingxingmeng-

国外。

岑翎刚做完晚餐，口袋里的手机就响个不停。

"宝贝？"她抬高肩膀，将手机夹着，腾出手来清洗抹干，"怎么想到给我打电话了？"

"岑翎，晏晏呢？"

听出莫宝贝的声音有些急，岑翎拿稳了手机走出厨房："在睡觉呢，午后犯困上楼补觉了。"

莫宝贝："你确定她还没醒？"

"怎么啦？我上楼看看。"

岑翎三步并作两步上楼，蹑手蹑脚推开庄晏清的房门，厚重窗帘拉得紧紧的，屋里一丝光线都没有，屏息观察了数秒，她掩上房门折回楼下。

"睡着呢，发生什么事了？"

莫宝贝抱头尖叫："哎，乱了乱了！出大事了，萧北淮和靳白雪恋情被曝光了！"

"萧北淮？靳白雪？你是说他们的新戏《燃灯》？我知道啊，定档了，下午我和晏晏还一块看了会儿见面会呢。"

岑翎不觉有异。

莫宝贝："不是戏！是现实中，这两人官宣恋情了！"

"什么？"岑翎惊得猛抬起头，眼睛瞪圆了一眨都不敢眨。

庄晏清上楼休息后，岑翎就把视频关了，她本就对这种剧组见面会不感兴趣，便一心张罗着晚餐吃什么。

择菜腌肉调酱汁，她忙得不亦乐乎，压根儿没有玩手机的空隙，这会儿听到莫宝贝的话，忙将通话置于后台，点开微博一刷，才知错过了大瓜。

可这八卦……

"我的老天爷。"岑翎张了半天的嘴缓缓闭上，咽了咽口水，倒吸口凉气，"宝贝，晏晏怎么办？"

"我也急啊，收到消息的时候我就给萧北淮发消息打电话了，可他手机直接关机，应该就是不想接。我以前总觉得这两人是有戏的，现在居然官宣了，怎么就是靳白雪了呢！"

莫宝贝急得眼眶都红了："还好你现在和晏晏在一块，不然我都担心她看了新闻后情绪失控，有什么三长两短。"

没有人比她俩更清楚庄晏清对萧北淮的感情。

这些年瞧着萧北淮进影视圈后只专注拍戏和磨炼演技，也没见得他和哪个女明星走得近或者传绯闻，还以为是个洁身自好的。

谁承想，一下来了个大瓜。

"救命，他对晏晏居然真的没有半点意思吗？"

岑翎着实不理解，她总觉得萧北淮对庄晏清很不一样，难不成只是兄妹之情？如果先前看到的、感受到的全都是假的，那她真要狠夸一波萧北淮的演技了。

莫宝贝扶额："如果是绯闻，我们还能帮晏晏要个真实答案，关键是双方工作室都证实了，确实是在恋爱。"

"官宣这种事，他们自己不发，工作室发？"岑翎瞧出端倪，"不会是假的吧？为了新剧在营业？"

莫宝贝："工作室承认之前，网上八卦视频都传疯了，就是进同一个房间一夜未出，你觉得成年男女同处一室一夜，能做些什么？总不会是和我们一样煲剧聊天喝小酒吧？"

岑翎蔫了吧唧："无语。"

"要不是我家言四拦着，我现在都想杀到平川去，好好质问萧北淮。"

岑翎瞬间手握成拳，狠狠砸了一下桌面："我也是！我都不想问了，直接就给他一拳，花心大萝卜，负心汉！"

"谁花心大萝卜？谁负心汉啊？"

头顶传来庄晏清懒散的声音，岑翎捂着手机回头，见她穿着睡衣站在楼梯口，一脸将醒未醒的样子。

"在说什么呢？"

"晏晏……你醒啦……"

手机另一头的莫宝贝倏地屏住呼吸。

《小王子》里曾有过这样一句话——如果你要驯服一个人，就要冒着掉眼泪的危险。

庄晏清给过自己无数次心理暗示，如果决定默默喜欢一个人，就要有被伤得无分寸感可言的准备，因为这段付出是单向的，兴许是不会有回应的。

她不是没有尝过酸涩，不是没有红过眼眶，不是没有想过放弃，但这些渐渐消沉的情愫，在看到廖婧柔和男友的合照后，彻底死灰复燃。

廖婧柔的男朋友居然不是萧北淮。

她设想过漫长时间的假想敌，事实上并不是。这让庄晏清觉得，自己还有机会。

所以，从来都是她单方面的喜欢，单方面的爱上，单方面劝说自己放弃，单方面又告诉自己，还可以再等等他。

雨天推开窗户拥抱他，歌词里写着他，朋友圈里的秘密是他。他喜欢她。

这一切，其实都是颠倒和莫虚无的，是存在在她的想象里的。

因为——

雨天不会推开窗户拥抱他，是他推开窗户拥抱雨天。

歌词不会写着他，是他在写歌词。

他才是朋友圈里的秘密，所以自始至终，是她在喜欢他。

庄晏清在客厅沙发一角窝了整晚，窗外的天色从黄昏晚霞到深夜浓雾，星星像感知到她全部情绪，躲在云层后不出来。

她的心底，便全都黯淡了。

屏幕上的页面，是萧北淮工作室的声明。亮了又暗，暗了又再度戳亮，来来回回几行文字，庄晏清早已倒背如流。

岑翎陪在她身旁，看着闺密这样，难过得直掉眼泪。

半晌，庄晏清偏头看岑翎，失焦的双眸终于有了一丝情绪浮动。

"我都没哭，你哭什么啊？"

岑翎抹着眼泪，一抽一抽地说："难过你就哭出来，别一个人憋着啊！不舒服你就骂，我陪你一起骂！萧北淮就是个大渣男！负心汉！"

庄晏清偏过头，苦笑："骂他做什么，他又没错。是自由恋爱，是光明正大地承认，郎才女貌天作之合，应该祝福才对。"

岑翎愣住。

"是我一个人的喜欢，与他无关，他也没有回应过我，不算渣男，也不算负心汉。"

"晏晏……你认真的吗？"

庄晏清收起手机，手撑着沙发起身，下一秒却像失去重心一样摔倒在地上，尾椎骨重重磕到了沙发角，疼得她脸色煞白。

岑翎惊慌："没事吧？摔哪里了？"

缓过疼痛的劲，眼角挤出几滴眼泪，一下一下做着深呼吸，直到可以尝试起身时，庄晏清摇头，推开岑翎的手，无力道："我累了，先回房休息。"

岑翎不放心，想跟着上楼。

"翎翎。"庄晏清闭眼吸了口气，努力维持着情绪，不想当着朋友的面崩溃，"你让我一个人静一静，没事的。"

岑翎一怔。

也就是那一刹那，庄晏清挣脱开她的手，疾步离开。待门"砰"的一声关上，岑翎也像泄了气的皮球一样跌坐进沙发里，失神。

这一夜，庄晏清房间里的灯未曾亮过。

岑翎收拾好未动过的晚餐，关灯上楼，经过庄晏清房间，轻手轻脚贴近门板，能清晰听见里面断断续续的哭泣声。

尽管很不好受，但比起憋着，能哭出来发泄是好事。

今日宜哭泣，忌暗恋。

没用的是暗恋，暗恋一点用都没有。

微信没有已读未读的显示功能，岑翎只知道自己发给萧北淮的无数条消息都石沉大海，语音也全是未接。

听了庄晏清说的那几句话，她也不再挣扎去要个说法。就让她像个冲在一线吃瓜的八卦群众吧,为了庄晏清,她甘愿背这个误会。

江延打来电话时,她正反复刷新微博,试图看到什么反驳恋情的蛛丝马迹。

"在干吗呢?和小庄妹妹在一起没?"

想到江延是萧北淮的发小死党,岑翎肚子里的火"噌"地冒上来,通通发泄到江延身上:"关你什么事呢,国内这才几点,就醒了?醒了不刷牙洗脸去上课,给我打什么电话?"

江延被喷得有些莫名其妙:"哎,你干吗对我发脾气,我就是来关心一下小庄妹妹,还有你。"

岑翎翻着白眼望天花板:"我们吃好睡好玩得好,劳您关心,都准备要睡觉了。"

江延纳闷:"真的假的?我昨儿等了一晚,你俩咋都安静得没啥反应,出这么大的新闻也不在群里蹦跶,比我还淡定?"

他得知萧北淮和靳白雪官宣恋情那会儿,正在球场打球,听闻这消息宛若被篮球砸中脑门,"嗡"的一声,一片空白。

之前没听说过他喜欢靳白雪啊,怎么就承认恋情了?

啥情况都不和他透露一下,这是每天都会联系的好哥们吗?

江延头一回对自己和萧北淮之间的感情产生了怀疑,关键是,他一直都觉得,发小喜欢的人是小庄妹妹。

要不然,他之前开玩笑说对庄晏清感兴趣的时候,萧北淮也不至于给他一拳,还小气到一星期都不帮忙带早饭。

岑翎没好气道:"很大新闻吗?抱歉,不感兴趣,我们留学圈节目多的是,十分钟前才玩完回家。"

江延也不傻,这语气一听,摆明了就是知道。

他笑了笑:"别装了,是不是和我一样有背叛感?萧北淮这次属实不厚道。"

岑翎眨了眨眼,憋了半天还是忍不住:"你的意思是,你也不知道他和靳白雪在谈恋爱?"

江延:"我不知道啊,他压根儿就没说。"

岑翎冷嘲:"你们这感情也不咋样,真塑料。"

江延一本正经地点头:"确实,我把他当兄弟,他把我当路人。就昨儿微博曝光,我给他打了一百八十通电话,没一个接的,这通电话就是让你做个证。"

岑翎："什么？"

江延煞有介事地宣布："我和萧北淮，绝交了。"

岑翎直接挂断通话。

无聊。

惴惴不安地过了一夜，次日一早，岑翎就听见门外有动静，囫囵爬起身，抓起眼镜就往外面跑，鞋子都忘了穿。

门一推开，正好对上不远处庄晏清的目光，她正背着网球包，准备下楼。

"早。"

庄晏清主动打招呼。

平静淡定的模样让岑翎愣怔在原地，岑翎手指紧抓着门把手，视线落在她肩上背着的包，支吾着问她："你这是、这是要去练球？"

庄晏清："嗯，今早协会有活动。"

"你这状态行吗？没觉得哪儿不舒服？要不咱今日不去练球了，去中古街吧？我知道一家法餐很不错，我们……"

"翎翎。"庄晏清打断岑翎的话，"我没事，就去两个小时，结束后就回来。"

岑翎："那……那好吧。"

待送走庄晏清，她回身瞧见楼梯口悬挂着的时钟，竟然才六点十分！

哪家协会这么早组织运动啊！

不对劲！

可再追出去，庄晏清的身影却早已见不到了。

协会有活动是假，她想出门透透气出身汗是真。

往日去球馆都是打车或者地铁，今日庄晏清背着包徒步走在街道，企图用这样的方式来缓解心情。

莫宝贝打来电话时，她刚到球馆门口，满头大汗，脸色也不太好。

"晏晏？"

庄晏清强压下不适，卸下背包坐在长椅上："嗯……"

莫宝贝总觉得她声音不太对："你起了吗？在做什么？"

庄晏清："晨练。"

莫宝贝大叫："这么早！"

她就知道萧北淮这事对庄晏清打击不小，烦死了，要不是手头上有工作，她这会儿一定飞英国去陪庄晏清。

"我总觉得这事来得蹊跷,真的因戏生情了?不至于吧,保不齐就是营销手段,等《燃灯》播完,这两人准分手!"

莫宝贝不知道该怎么安慰庄晏清,过去这几个小时,她一直在网上研究粉丝扒出来的那些所谓嗑糖痕迹和恋爱时间线。

讲真,太硬了,阿尔卑斯糖都没这么硬。

庄晏清垂眸,视线盯着鞋尖前的一颗小石子,抬脚无意识地缓慢碾着,发出粗粝又刺耳的声音。

莫宝贝还在说什么,她已经听不太清了,走神的间隙里充斥着一整晚都捋不清的情绪。她扭头看了眼天色,晨光熹微,却像是照不进她的心底。

庄晏清猛地提了一口气,做深呼吸后,问:"宝贝,我想进圈里,你能帮帮我吗?"说完,心脏又微微揪紧。

"哪儿?影视圈?"

莫宝贝屏住气,差点以为听错了。

"嗯。"

庄晏清轻轻应了一声,摁了摁眼窝处,企图压下那一阵疲惫和酸涩,日光和煦,她的声音却像是刚淋了一场大雨——

萧瑟、湿漉、飘忽不定,还有颤意。

"我想去到有他的世界,再看一看。"

看那儿到底是个怎样的地方,是不是真的纸醉金迷,是不是真的令人沉沦、无法自拔,是不是真的能轻而易举地爱上一个人,不需要时间和理由。

她的指腹反复摩挲着背包上的拉链头,像是在反复确认自己的心思。

莫宝贝喉头堵着,涩着嗓子问:"看了之后呢?"

庄晏清嘴角泛起一丝苦笑,心底里却比之前又难受了几分:"结束这段虚妄又可笑的暗恋,亲自为自己谢幕。"

她用力捏紧拉链头,感觉到了痛意,就像与心底里泛起的那一阵试图同频。

她喘了口气,视线恍惚一瞬又重新变得清晰。

不是所有人的喜欢都能够得到回应,悄悄的喜欢可以越过无数大山,高飞无阻,可一旦知道那个人的视线已经望向了另一人,那便是再也越不过去的天堑。

是做再多也毫无意义。

莫宝贝和岑翎以为庄晏清就是一时冲动，等过几天就会改变想法，结果，正当她们准备再一次小心试探时，等来的是一份PPT方案。

这就是学霸的计划意识？光口头表达不够还用PPT？

莫宝贝捂着嘴点开，边看边在心里暗叹，全部浏览完后的十分钟她还处在惊惧状态，太强了这个人，这比公司新人企划部做的方案还要好。

通篇用的全是经济学术语，好在庄晏清都作了批注，莫宝贝也不至于看不懂，虽说有些晦涩，但能把进影视圈当作一笔提升自我价值的商业投资，庄晏清是第一个。

就连言安看了，都忍不住夸一句："奇才，头脑清醒，逻辑缜密，要真进了这行，保不定是个搅动风云的主儿。"

莫宝贝巴巴地问："所以你可以签晏晏嘛？我来带！"

言安垂眸看了眼怀里的人，被她逗乐："我签不了，你也带不动。"

莫宝贝一听，不服气地挣扎起身，顾不得被单滑落露出一截香肩。

"你怎么就签不了了？不是你说的奇才吗？天寰不签，你想让他人占了便宜？再说了，我怎么就带不动了，在天寰实习的日子我可是兢兢业业，半分不敢偷懒。我闺密要出道，那必然得是我带着才放心，双向成长不好？她凯恩签萧北淮的时候也是个籍籍无名的小经纪！谁不需要个成长机会了？"

"你别激动行不行。"言安好笑地看着莫宝贝，不忘拉起被子盖住她的肩膀，"庄晏清是天水庄家的掌上明珠，当继承人来培养的，这一下说要进影视行业发展，你觉得庄家人能同意？我要是签了她，那庄老爷子还不闹到我家去。"

莫宝贝一下泄了气，扁着嘴："那怎么办啊？"

言安抬手，将莫宝贝搂回怀里："除非庄晏清自己说服庄家人同意。否则天寰要是签了，那就是和天水庄家作对。放心，她要真有这个决心，PPT做得那么好，说服人的口才也不会差到哪儿去。"

"小清，年轻人当然可以意气风发，但绝对不是意气用事。"

云层渐薄，露出城市轮廓，机上广播提醒着天水的室外温度以及降落时间，庄晏清的目光落在舷窗外的景色上，脑海里反复回想起视频里庄怀和她说过的话。

此次回天水，就是为了和家里人好好谈谈，庄晏清已经做好了挨骂甚至是

239

挨打的准备。

落地,她打开手机,庄南承的电话第一时间拨进来。

庄晏清:"哥。"

庄南承:"我在抵达大厅2号门外等,你盛闻姐进里头接你了,别错过。"

庄晏清:"好。"

庄晏清推着行李箱过检,走出去就看见了站在前排等待的盛闻,抬手打招呼:"嫂子。"

去年年末,庄南承和盛闻领了证,如今成了一家人。

"妹妹。"盛闻上前,搂了搂庄晏清,瞧见她只带了个二十寸的小箱子,加之前日听到的消息,眸中微黯,"这是不打算多住几天?"

庄晏清微扯嘴角:"事儿谈完还要赶回去上课,我只请了两天假。"

盛闻牵着庄晏清的手往外走,提前和她打预防针:"爷爷已经知道这事了,没发脾气,就是摆着脸色不说话。二叔和二婶的态度还是没变,至于你哥,也觉得那是个极为复杂的圈子,不适合你。"

庄晏清来之前就知道,对于她这个决定,家里无一人会赞同。

包括庄明宴,他还和她吵了一架,非说她是脑子进了水,甩不干净还给甩错位了。

盛闻:"可这毕竟是你自己的人生,谁都没办法替你做决定,替你负责。如果你想清楚了,那我会祝你,得偿所愿。"

庄晏清扭头看向身旁的盛闻,宛若回到多年前,同她一起看流星的时候:"谢谢你,盛闻姐。"

盛闻:"不客气。"

出了大厅,她们就见庄南承倚靠在车旁,双手抄着口袋,姿势闲散。

待庄晏清走近打招呼,他也不动,就那么盯着妹妹看,没好气道:"乖乖女也会有叛逆的时候?你青春期的时间线是不是拉太长了?"

盛闻抬手拍了下丈夫手臂:"别贫了,赶紧放行李,爷爷和二叔二婶还在老宅等着我们呢。"

庄南承垂眸一看,就个小箱子:"呵,你还不如背个包回来得了。"

"啪"的一声,又挨了一掌。

盛闻不多看他一眼,自顾自打开车门:"妹妹,上车。"

庄晏清抿唇:"好。"

老宅的气氛没有想象中那么严肃，进屋前庄晏清做足了心理准备，但客厅沙发上却寻不见老爷子的身影。

庄怀努力让自己的语调听上去显得心平气和："洗把脸然后跟我进书房，你爷爷在里头等你。"

庄晏清："好的，爸爸。"

转身前，她同晏琼玉也打了声招呼。

但晏琼玉似乎还在气头上，话也不愿和她多说。

书房里的谈话持续了将近三个小时，这期间庄南承来来回回走了无数遍，打着偷听的主意，结果刚靠近书房，就被盛闻眼神警告，憋不住只得去小花园抽烟，叮嘱盛闻一有动静，立马通知他。

"聊什么能聊那么久……"

他不理解。

盛闻也懒得理他，陪在晏琼玉身边。

"我到现在都没想明白，她怎么会忽然萌生这样的想法。之前假期，我问起她有没有留在英国读研的打算，她还说考虑考虑的。"晏琼玉捂着胸口，连连叹气，"怎么劝她都没用，跟着了魔似的，这孩子到底怎么了。"

"二婶您别急。"盛闻轻轻拍抚晏琼玉的后背，"今天见到小清，她性子其实还和从前一样，我听南承说过，她其实很有主见，会有这个想法也定是再三思量过而不是一时冲动。不论是高中的联赛还是大学的专业，都有长辈从旁指导给予意见，或许这次她就是想打破常规，过一过自己想要的生活呢。"

盛闻像是想起了自己的从前，眸中闪过一抹柔软与坚定："二十岁有二十岁的活法，而我们也不是永远二十岁的年纪。"

晏琼玉怔住。

恰逢此时，书房的门从内打开，老爷子杵着拐杖在庄怀的搀扶下走了出来。

"爸。"

"爷爷。"

晏琼玉和盛闻起身。

老爷子挥了挥手："我回屋躺会儿，晚饭简单吃就行，庄怀。"

庄怀低下头倾听："爸。"

老爷子："别忘了我吩咐的事情，你亲自安排，安排妥了！"

庄怀："好的。"

待老爷子回房，庄怀和庄晏清一同下楼，晏琼玉赶忙迎上。

庄南承也听到了声儿，小跑进屋，扬声问："怎么样？闯荡影视圈的梦是不是破碎了？"

盛闻狠狠拍了一下他后背，只差当着长辈的面把他明杀了。

庄怀看了庄晏清一眼，拉过晏琼玉的手带她到沙发前坐下："就给她两年时间，如果无法拿出成绩向我们证明她的选择是正确的，就退出回到学术上来。"

晏琼玉惊讶不已："这怎么行，爸竟答应了？那个圈子有多复杂你不是不知道……"

"云城言家，和我们庄家是世交，国内如今最大娱乐经纪公司天寰是言家公子言安手底下的产业。我会亲自去一趟云城，将此事同言家谈妥，你放心，小清就算进了这一行，也能护她周全。"

晏琼玉依旧迟疑。

庄怀："孩子终究长大了，会有自己的选择和规划。她也答应了会对自己的选择负责，那么来日哪怕撞个头破血流，我们也不会帮着收拾残局。就让她试一次，还年轻，也没什么不可以。"

庄晏清咬着唇，忍下鼻头酸涩："谢谢爸爸，谢谢妈妈，我不会后悔的。"

人生漫漫，就让她再搏一次吧。人一旦有了执念，是对是错，是输是赢，轻易无法用言语来衡量。

喜欢、失望、放弃与尝试，如果前三者是让她觉得酸涩又不甘，那么请允许她选择后者，做一次勇敢者的告别。

得知庄晏清签约天寰那天，平川下了很大一场雨，萧北淮从广播大厅出来，匆匆上车，凯恩扭头将平板递给他，声音里有辨不明的情绪。

"小学妹想进咱们这一行的消息，你怎么从未和我说起过？你明知道我第一眼见到她，就起了兴趣，竟还帮忙瞒着。这下好了，被天寰抢了去。"

"谁？"

萧北淮垂眸看了眼平板上的新闻，倏地皱紧了眉。

"怎么，这事你也不知道？"凯恩甚是惊讶，"你不是和她关系很好吗？前些日子，她照片在网上走红的时候，我就和你说过一定会有经纪公司想要签她，还让你先帮我牵线，你偏不肯。说什么人家是专心读书之人，照片会火是意外，绝对不可能当演员。现在好了，我早早看上的人，一声不吭就被天寰签了。"

凯恩的话，萧北淮并没有细听，他全部注意力都在天寰娱乐这条官宣新人的微博上，点开评论，褒贬不一。

……

"别看了，屏幕都要被你给看穿了。"

凯恩夺过平板，顾自刷了一下首页，#冬日玫瑰#的话题再度上热搜，点进去便是那组半个月前杀遍全网的港风照片。

明眼人都看得出，天寰这次是有备而来，想捧庄晏清。

商务车抵达酒店门口，凯恩收拾好东西准备下车，却见身旁人毫无动静。

"干什么呢？"

萧北淮："你们先下车，我打个电话。"

凯恩反应过来，他应该是要和庄晏清联系，红唇微微抿了下："注意点分寸，别忘了你现在和靳白雪的关系。"

萧北淮却仿若没听见，不作答。

半个多月前，他换新手机后登录微信，无数条询问他和靳白雪恋情的消息涌了出来，就连岑翎都发了好几条。

唯独庄晏清没有。

怀疑过是不是遗漏了信息，又或者因为关机的缘故，她电话打不进来，各种情况他都猜了一遍，但就是没有准确答案，因为庄晏清没有主动联系过自己，他也不可能去试探。

所以，这是换手机后，也是传绯闻之后，他第一次主动和庄晏清联系。语音通话响了很长一阵，对面才接通，听到熟悉的声音，萧北淮的思绪被拉了回来。

"喂。"

"是我。"

车厢内很安静，静得都能听见通话另一端人的呼吸声。

"有什么事情吗？"

意料之外寡淡又平静的声线，像是无形中划清分割线，萧北淮怔了怔，紧了下手指。

见听筒另一端迟迟没有声音，庄晏清强压下心头翻涌的涩意，声音清清淡淡："杜伦市现在的时间是下午四点钟，我还有最后一节课要上。"

"对不起。"

是他忘了，他们还有时差："我看到热搜了，你签约了天寰？"

庄晏清："嗯，公司微博上应该写得挺清晰的，有什么问题吗？"

萧北淮明显察觉到庄晏清对自己的语气过于冷漠，这是从前所没有的，一时之间他将不清这段莫名情绪是从哪儿来的，只得强压下烦躁，就着签约天寰这件事沟通："为什么？专业不对口，这条路也不适合你。"

"适不适合，我爸妈都不敢下定义，你又有什么资格说？"庄晏清没有了耐心，"萧老师还是先管好自己的事情吧，毕竟您和靳老师在谈恋爱，担心其他人恐怕不太好，我这边要上课了，先挂了。"

"我……"

不等他回应，通话戛然而止。

萧北淮盯着暗下的手机屏幕，整颗心也跟着往下坠，不仅仅是因为庄晏清的选择，还有她话里那生硬划清界限的态度。

他猛地捶了一下座位扶手，薄唇紧抿。

另一边，挂断通话后，庄晏清像被定住一样站在原地，她没有料到萧北淮会打电话来问签约的事情。

天知道当她看见屏幕上"萧北淮"那三个字时，心跳得有多快。呼吸调整再调整，她才敢接，掌心一直在冒汗，包括说的那些话也全是情绪使然，理智不占上风。

心里冒出疑问，会不会说得狠了些？会不会让他听出什么来？

可是，她没有时间细想了。

虽说签约天寰，有庄、言两家这层关系在，但庄晏清有自己的原则，既然选择了这条路，那她必然也会花时间和精力学习相关知识。而不是觉得签约了，便一劳永逸。

和庄老爷子的约定，庄晏清时刻都记着，她会用自己的努力去证明，哪怕这条路不好走，一切要从头开始，她也不会退怯。

做了几次深呼吸后，庄晏清冷静下来，这一步已经迈出去了，没有人可以阻拦她，萧北淮也不可以。

庄怀离开云城后，言安第一时间和公司合伙人曾云屿飞往英国，与庄晏清见了一面。

曾云屿是拥有近三十年从业经验的经纪人、制作人，曾一手带过影帝吴沛恒、影后令筠，还有多位顶流艺人，是圈中数一数二的人物。

得知公司要签一名完全没有专业经验，唱跳演都不在行的新人，曾云屿头一个反对。以天寰如今在圈内的位置，要什么样根正苗红的没有，非要挑个外行的，理科学霸怎么了，又不是签来给练习生当辅导老师，做高考冲刺的。

但看了庄晏清的形象视频还有那份企划PPT后，曾云屿又立马改了主意，难怪言安会答应，这姑娘的思维逻辑太强了，双商如此之高，若真悉心培养，难保他日不会成为这行业中的翘楚。

她当下决定和言安一同飞英国，要亲自见一见庄晏清。

事实证明，此趟英国之旅极为值得，曾云屿更是当场拍板，要亲自带庄晏清，莫宝贝可以跟在她身边学习，假以时日可以独当一面了，再从她手中接过庄晏清单独带也不迟。

考虑到庄晏清还未毕业，且成绩十分优异，曾云屿不希望她中断学业马上回国。学霸是她进这一行后独一无二的标签，不可草率。

至于表演这方面的基本功，曾云屿专门为她请了一位业内知名老师，飞往英国小住三个月，一对一进行培训。等庄晏清放假，再和她一道回国。

同时，曾云屿还为她安排了几次平面拍摄，目的就是不间断地在公众面前刷一波存在感，积累一下前期的人缘。平面风格各有不同，曾云屿私心觉得庄晏清那张脸与气质，在时尚圈会更吃香。

自#冬日玫瑰#话题后，庄晏清又度因为氛围感海报出圈。有人说，她那张脸与无数白月光适配，演戏可以，千万别是个花瓶。

对这些评论，庄晏清并没有放在心上，她用钻研学术的精神，钻研演技；别人忙着接戏，她忙着剖析经典影片的角色成长和剧情逻辑。

三个月的表演课告一段落，曾云屿吩咐莫宝贝开始给庄晏清挑剧本。

"《鲸鱼与气泡》怎么样？绿江现言积分榜排名挺高的一个IP。现在这种校园小甜剧挺火的，也很容易出圈。"

莫宝贝认为新人选这种有IP背景的改编剧作为首发作品，保稳，关注度会稍微高些。

曾云屿没有立马表态，只是很含糊地道："甜宠剧的门槛的确不高。"

莫宝贝："是不高，但演员如果选得好，也有爆红的可能。萧北淮当年不也是因为甜宠剧才火起来的？那部《你是我的月亮》给他积累了不少的粉丝量。"

萧北淮？

曾云屿被莫宝贝这特意举的例子吸引了注意力,偏头看向庄晏清:"晏清,你自己觉得呢?"

庄晏清低头翻着手上的剧本:"我还是之前那个想法。"

听到这话,莫宝贝扶额。

工业糖精空壳剧情,毫无逻辑且没有人格魅力的剧本角色她不接;新手村历练过还屡屡失败的不靠谱团队她也不合作,别人是演戏,庄晏清是搞投资,又开始讲究那套什么纳什均衡。

"大小姐,要不咱还是退圈吧,我剧本都要看吐了。"

曾云屿忍俊不禁,拍了拍莫宝贝的肩膀:"急什么,晏清的想法也没错,这第一炮要是哑火了,后面不论发展得多好,首部剧的评分都会被拉出来鞭尸。现在这些是你筛选后最终剩下的本子了?"

莫宝贝:"嗯。"

"就这个吧。"

庄晏清从一堆剧本里挑出一小成本网剧《年轻得更久一些》。

曾云屿接过,仔细翻看项目信息还有剧情大纲和角色。

莫宝贝:"这本我有印象,编剧已经写完整个故事了,属于原创剧本。聚焦一个大学宿舍里四个女孩子不同学习、生活状态的故事,很写实。就是和《鲸鱼与气泡》比起来,一点都不甜,不知道大众会不会喜欢这种接地气的群像温情现实题材。"

"甜不甜是次要,重点是班底以及剧本内容,起码这是完稿,比起只给你看前几集的内容后面全是飞页,等正经开拍时边拍边写,人设走偏的风险会小很多。"

曾云屿合上剧本,挑唇:"我觉得可以接。"

"她虽不是科班出生,但天生就是吃这碗饭的。"

这是圈内知名制片人对庄晏清的评价。《年轻得更久一些》开播后,好评如潮。庄晏清中路杀出,成了影视圈里不可多得的娇艳玫瑰,不久住人间。

明昏这一角色,让庄晏清一战成名,镜头里的她,比年少时校服下的乖张多了一分有迹可循的迷人。

就连莫宝贝都忍不住夸:"你开了金手指吧?"

庄晏清抿嘴浅笑:"这大概算是……运气好?"

入夜的杭山畔，像隐匿于林间层层展开的画卷，山水为影壁，月牙为缀色，朦胧光线在空间中错落有致，庭院深深，暗香萦绕。

莫宝贝来时，庄晏清正趴在庭院的小矮榻上翻剧本，长发用木簪子松垮垮绾起，散落的几缕发丝随风微动，还沾上了庭院灯上的暖光，像不慎落入凡间的仙女。

"呜呜呜，我好爱你这房子，来一次爱一次。"

庄晏清头也没抬，对莫宝贝这夸张的样子早习以为常："喊你搬过来住又不愿意。"

莫宝贝："那不行，现在一天二十四小时，我大半时间都和你黏在一起，要搬过来，言四指不定把我这份工给停了。"

"然后把我给雪藏了。"庄晏清顺着她的话接下去，笑着调侃。

莫宝贝："不说他了，《清醒梦》本子看得怎么样了？真打算接？"

"当然。"

这是近期庄晏清看到的最好的剧本，不愧是出自林亦伽之手，善于在浪漫与细腻之间，塑造峰回路转的情节，拿捏住人的情绪，以为是陷入一个莫比乌斯环的诅咒，实际上不过是个简单又深刻的爱情故事。

"这已经是我看的第九遍了，眼泪不值钱。"

《清醒梦》讲的是一对夫妻之间的故事，开篇女主像是陷入无限流循环，重复着与丈夫之间的故事碎片，从家庭、亲情、事业再到爱情，每次只要一发生争执，就会有一段背景音乐响起，画面戛然而止，再醒来时，她会比从前年轻些。

循环里的故事场景，从他们婚后生活开始，伴随着每一次醒来，时间倒退到交往时的热恋，最后回到校园初遇时的青涩。

相比于女主多重复杂的情绪交织，男主始终处于一个非常温和的状态。

正当观众以为这个电影想表达的是一对爱侣因为生活中一地鸡毛的琐事而逐渐被削去棱角，感情在争吵中逐渐变淡，时间给予女主一个重新选择的机会，她还会不会和少年时一样选择和男主在一起的故事核心时，结尾又出现了反转。

原来女主不是陷入了循环，现实世界里她已是一位八十二岁的奶奶，得了阿兹海默症。

每个循环的片段，是她记忆里的回忆，时间之所以会倒退，是因为她在日渐遗忘，男主之所以始终温和，是因为他没有忘记与爱人之间的回忆与感情，他知道奶奶的病情，并一直默默陪伴。

故事的结尾是悲剧。

第一次看时，庄晏清哭得稀里哗啦，整夜都没睡着，第二天起来肿成鱼泡眼。莫宝贝不信邪，觉得她就是泪点太低，自己把剧本带回家细看，次日因情绪不振罢工，言四还陪着安慰了小半天。

曾云屿递来这个本子时就透露过，男主已经敲定了萧北淮，彼时她并不知晓这两人的关系，只是觉得选角很贴脸，要真有机会搭档，指不定能擦出火花。

唯有莫宝贝，担心庄晏清过不了心里那一关，情绪影响试戏，差点就想拒了这个本，结果还是舍不得这么好的剧情。

夜凉如水，稀零几颗星星难以与人间的华灯璀璨相抗衡，这个时间点，外面的浮华喧嚣仍于顶端。庄晏清合上面前的剧本，伸了个懒腰。

"他在《刺槐》里，没有吻戏。"她突然说。

莫宝贝有些莫名其妙："所以呢？"

庄晏清看了她一眼，笑出梨涡浅浅："但在《清醒梦》里，他有。"

莫宝贝像是听到了什么傻话一样："大小姐，你总不会是因为这个原因，才答应试戏的吧？"

庄晏清抿着唇，凑近挽住莫宝贝的手，压低声道："实不相瞒，这很重要。"

莫宝贝倏地直起腰："说好的是被剧情和角色打动的呢？"

见她这样，庄晏清忍俊不禁："逗你玩的。"

莫宝贝收回惊讶，有点无语："我就知道……"

从前庄晏清对萧北淮是什么样的，她再清楚不过。

眼下这剧本男女主的感情从青涩到深刻，从校园到婚纱，明着是在写其他人的爱情，实际上对庄晏清来说，像她又不能是她。

"我会努力做到剧与真实分离的。"

庄晏清承认，剧本里特别是校园那部分，会让她下意识代入在天水二中的每一幕，疯狂又沉溺，卑微又欢喜。

她之所以会反复去看《刺槐》，就是想要熟悉演员萧北淮。

他的眼神太容易令人沉溺，在演员这个身份上，萧北淮本就比她有经验，做再充足的准备和再多的功课,一旦代入角色身份,她还是担心会将自己内心暴露。

莫宝贝点头:"也是,藏了这么多年了,你若真想到此为止,就藏紧了。至于其他,都是工作。"

庄晏清故作淡定地点头认可:"嗯,仅仅是工作。"

聊天内容又回到行程上的安排,这周庄晏清除了《清醒梦》试戏,还有两个画报拍摄。

试戏,其实就是走个过场,有曾云屿这层人脉在,加上庄晏清在《年轻得更久一些》里的表现,厘导基本敲定了她,但还是想见个面聊一聊。庄晏清也在积极做准备,不希望被人看成是资源咖。

"也不知道试戏现场,萧北淮在不在。"莫宝贝托着腮帮子,自顾自说道,"你俩这也好久没见了吧?"

庄晏清手指微顿,沉默几秒:"嗯。"

说起来,她并没有刻意避着萧北淮,两人进了同个圈子,本以为会抬头不见低头见,可谁承想,竟一次都没遇见过。

他行程很满,戏约不断,年初和靳白雪声明已分手的理由也是用的"行程忙碌,关系淡化,最后决定做回朋友"。

看到这则新闻时,庄晏清内心像坐了一趟过山车,一下去到了最高点,禁不住做深呼吸。

她以为自己已经成长到能镇定自若地接受关于他的一切消息。

可那样是不是也意味着,对他的喜欢变淡了。

庄晏清不敢细想。

岑翎倒是和她讨论过,萧北淮和靳白雪怎么看怎么像是宣传期的情侣,收视率和话题度有了,没等作品播完,互动直接归零。期间除了合体上了一档综艺节目宣传电视剧,几乎没有再结伴出现,微博上也毫无互动,压根儿不像真的情侣。

是真是假,庄晏清没有心思去判断了,《年轻得更久一些》开播,毕竟是自己入圈后交的第一份成绩单,庄晏清说不紧张不忐忑那都是假的,很快,一颗心都扑在了工作上,再没有空去考虑其他。

倒是萧北淮,在剧播出后,他主动帮她转了微博宣传,还特地发过微信,说看了剧,夸她演得很好。

出于礼貌，庄晏清也回了消息，并客气道，有机会一起吃饭。

两人默契地没有提起半年前语音通话时的不愉快，也避开了关于恋情的话题。

第十一章

/

有梦可做

qingxingmeng-

周四晚,曾云屿与厘导等人约在了闵斋见面,庄晏清拍完杂志和莫宝贝赶过来,只来得及把浓妆卸掉,并未重新上妆,好在她底子不错,清丽容颜更显脱尘。

见面第一眼,厘导就笑着点头:"的确是我的女主角。"

曾云屿:"厘导谬赞了,晏清来,打声招呼。"

庄晏清微微弯腰,乌浓长发从肩上泻下,随着动作幅度轻轻摆动,颇有一番江南女子婉约绰绰之韵。

"厘导好,我是庄晏清。"

厘导抬手一点:"好!"

厘导的目光随后落在庄晏清身旁站着的莫宝贝身上:"这位又是?"

莫宝贝没想到厘导会主动问起自己,大大方方自我介绍:"早闻厘导大名,今日有幸一见,我叫莫宝贝,是晏清的经纪人。往后日子厘导指不定常会见到我,那时可别嫌我太叨扰。"

厘导笑声爽朗:"原来是莫家小公主,看来传闻也有真的,言总果真舍得女朋友进这一行。"

莫宝贝挽着庄晏清的手,笑道:"这不是陪我家晏晏一同打天下嘛。"

编剧林亦伽也在,勾勾嘴角:"女孩子之间的感情真好,我都想以你俩为原型,写一个故事了。"

莫宝贝双手抱拳,恭敬道:"那我们就约定林老师下一个剧本了。"

林亦伽:"哈哈哈,好说好说。"

寒暄后便直入主题,厘导想听听看庄晏清在读完剧本后的看法,并不急着让她试戏。

演员演得好不好,在于她能不能抓住角色的特征和精髓,准确无误地将纸上角色进行还原呈现,有代入感地表演,让观众完全信服这个角色以及故事。

演技固然重要,但光会演还不够。

"你怎么评价任南熹这个角色?

"你会觉得她丈夫,也就是张燎,不够爱她吗?

"你是什么时候发现,这个故事不是无限流循环,也不是平行时空,而是任南熹的回忆?"

厘导一连问了三个问题,莫宝贝都为庄晏清捏了把汗,看导演那严肃的表情,绝对是不好糊弄过去的。

庄晏清思考片刻,给出了回答,语速轻而缓,内容既有逻辑条理又有自己独到的感情分析,听完,厘导静默了一分钟。

正当莫宝贝屏住呼吸,和曾云屿面面相觑,试图从对方眼神中判断出场上情况如何时,厘导拍了下桌面,将她的注意力一把拽了回来——

"不用试戏了,任南熹非你莫属!"

林亦伽眼底带着笑意,也跟着点头:"我觉得你读懂了我想要表达的东西,谢谢你晏清。"

庄晏清颔首:"是我要谢谢厘导能给我这个机会,也谢谢林老师写了这么好的剧本和角色,我会努力的。"

曾云屿面露喜色,主动端起酒杯:"那我提一杯吧,替我们晏清谢谢厘导此次的赏识和给予机会,我们一定会努力诠释好这个角色。"

厘导:"嗯,合作愉快。"

庄晏清:"合作愉快。"

"对了,月底观澜时尚盛典,晏清也会在吧?"

厘导像是想起什么,看向曾云屿和莫宝贝:"到时和北淮一块,见个面,先聊一聊。你俩是不是同一个学校毕业的?我好像看过网上那些八卦。"

庄晏清拾筷的手微顿,数秒后放下:"是的,厘导,我和萧老师高中都是在天水念书,和宝贝,我们三个都是正阳大学毕业的。"

厘导点头:"略有耳闻,你是正儿八经理科学霸。"

庄晏清颔首:"厘导过赞。"

厘野没有再说什么。

这一次的会面比想象中还要顺利,分别前,厘野似是有意无意地提了一句:"他果然没有推荐错。"

庄晏清恍神,偏了下脸。

月初的观澜盛典,在预热期结束后准时开始,艺人在工作人员的带领下提前从酒店离开,坐车抵达现场后会先经过一个提前布置的民国风造景,进行盛典主题故事的氛围海报拍摄。

紧接着按照提前沟通好的红毯顺序,艺人依次出场并在背景板前进行拍照与简单采访,最后进入会场落座。

庄晏清的主题海报是单人拍摄,从进场到摆造型拍摄,前后不到八分钟时间,速度快得惊人。

"萧北淮已经拍完了,在前面等你。"

莫宝贝走过来,低声说了一句。

庄晏清闻言往前看,果然瞧见了在红毯候场区等待的顾长身影,后背再度绷紧。

莫宝贝牵过她的手,察觉到掌心濡湿,不由得用力捏了捏以示提醒:"出了那扇门,可就有无数闪光灯对着你,上百双眼睛盯着你,表情管理很重要。"

庄晏清:"嗯。"

莫宝贝又啰唆一句:"不论他说过什么,盛典结束后再算账。"

庄晏清敛眸,整理情绪:"明白。"

两人朝前走,待距离近了,莫宝贝率先客气打招呼:"萧老师,我们家晏清就交给你了。"

男人闻声回过头来,一袭修身的西装将他颀长身子和宽阔肩背的线条勾勒清晰,眉宇间原本有着拒人千里之外的淡漠在见到庄晏清的那一秒尽数疏散。

纯白色的缎面礼裙将她姣好的身材展露无疑,现代与典雅交融,衬出她的优雅与高贵。不需要多么浓烈的色彩和烦冗的元素,气场自现。

在休息室见到时,她的头发尚未绾起,如今一个简约发髻将天鹅颈线条露出,搭配一条钻石项链,气质更加出尘。

萧北淮抬起手臂,庄晏清走上前顺势轻挽,两人距离一下拉近。

"紧张？"他问。

庄晏清目光定在前方那道帘子，耳畔各种纷杂声音无限放大，有活动背景乐，也有工作人员的喧哗声，直至他的声音响起，像无形中有一股力量将浮躁情绪往下压。

"有点。"她老实回答，语气里还带着些不悦，"拜某人所赐。"

萧北淮眼尾一垂，尾音一挑："嗯？我？"

"不然呢？"庄晏清抬眸瞪了他一眼，"非要在走红毯前和我说那些莫名其妙的话？"

迎上她带愠的目光，萧北淮眼底泄出一丝笑意，是有小脾气了。

"我那是……"

"萧老师、庄老师，到你们了。"

场控打断了未说完的话，萧北淮只得收回眸底情绪，两人迅速调整状态，在工作人员的示意下走上了红毯。

不到五十米的距离，在庄晏清心中却越过了很多年。

从儿时初闻萧北淮的名字，到萧长河带他进庄家做客，然后是高中、大学同校，如今，她为他又进了同个圈子。

庄晏清不自觉深呼吸，面上无懈可击的微笑下藏着万般情愫，认真来说，这是她与萧北淮之间距离最近的一次。

从前梦里出现的场景，如今成了现实，台下数台摄像机都为她做了见证。

虽不过是工作需要，可对她来说仍旧有着非比寻常的意义。

合影、签名，然后是回答问题，走完全流程下来，庄晏清像瞬间泄力，双脚宛若踩在棉花上般不真实，下一秒便要往一旁栽倒。

是萧北淮，及时察觉到她的不妥，反手扶住。

"没事吧？"

庄晏清摇了摇头，钻石耳环上的光晃得他不禁失神，片刻才松开扶着她的手。

莫宝贝赶过来，长围巾披在庄晏清肩上，把她带到身边，紧接着从怀里掏出一块巧克力："吃点。"

庄晏清攀住她的手腕，急急地问："我刚刚，有没有表现得不妥的地方？"

过去那短短几分钟在她脑海里像断片失忆似的，什么都想不起来，唯独记得那些闪光灯，还有自己签名时的犹豫——

萧北淮也不知道是不是故意的，就在她旁边签，两个人名字紧挨着，害她看得心惊肉跳，收笔时都顿了下。

"没什么，就是走红毯的速度稍微快了些。"

莫宝贝在后台大屏上看，到了萧北淮和庄晏清这一组，红毯走得明显匆忙，明眼人一看就知道是萧北淮在配合庄晏清的速度。

不过这都是小细节，无伤大雅。

所有人的注意力都集中在拍摄上，这两人往那儿一站，CP 感爆棚，自成一处风景，谁还会记得红毯上的步履快慢。

莫宝贝："手机还给你，晚宴结束后我再过来。"

"好。"

庄晏清接过手机落座，她的位置并不算靠前，属于偏靠角落的位置。不怪主办方安排，她本也只是个新人，和同台其他艺人相比只有一部网剧，成绩确实单薄。

不过这样也好，省去不少虚与委蛇，落得轻松自在。

庄晏清手撑着下巴，翻看面前的盛典名册，有一个小型拍卖会的环节，来之前莫宝贝就给她介绍过拍品，可惜，没有感兴趣的。

眼尾一垂，她合上名册。

一想到还要在这儿耗上两个小时，她顿时有种度秒如年的感觉。

对了，萧北淮呢。

庄晏清抬手，借着捋发和整理围巾的动作扫了周围一圈，很快便看见了坐在 C2 桌的他，旁边隔着一个位置的便是靳白雪。

好会安排！

但凡会场里有人拍下座位图传出去，指不定又是一场腥风血雨，我嗑过的 CP 又复活了！庄晏清脑海里一下有了声音。

晚宴准点开始，这一桌坐的基本都是去年年末今年年初有过作品小爆的艺人，不止演员，还有综艺咖。大家聊天也都是客客气气的，十分有规矩，不似前排那几桌热闹。

一切按部就班，没什么太大惊喜，结束时庄晏清都困了。

莫宝贝接她时还好奇："当真没有看得上的珠宝？"

言安刚拍了颗绿钻，肯定是听见她先前嘀咕时的话，知道她喜欢便不惜

255

一掷千金。

庄晏清摇摇头:"我好困,想先回了,你呢?和言四一起走?"

"不了,他今天带了女伴。"莫宝贝眼中闪过一丝黯色,但很快便遮掩过去,"这种场合我和他不适合走一起,先送你回酒店吧。"

庄晏清偏头看了眼四周,人头攒动,觥筹交错,说到底这就是时尚圈一场大型社交晚宴,她没兴趣,不代表旁人没有。

只是这些人里,并没有萧北淮。

"走吧。"

她紧了紧身上的围巾。

"晏清。"

空气中传来熟悉的声音,庄晏清转身便看见朝她走来的厘野,还有《观澜》杂志副主编麦姿。

"厘导,麦姿。"

庄晏清礼貌地打招呼。

"这是准备走了吗?"麦姿的目光在庄晏清脸上睃了一圈,勾勾嘴角,"方才还同厘导说呢,你和北淮的红毯照片上热搜了。金童玉女,天作之合,这《清醒梦》还没官宣,热度就已经起来了。"

厘野跟着呵呵笑,显然很满意自己挑中的男女主。

而庄晏清,注意力却全在"热搜"这两个字上,无语,又捆绑上话题了,底下该不会又是骂声一片吧?

这要让家里人看见了,还不把她两年之期缩短再缩短。

"两位演员的合作,是板上钉钉的事情了吧?"麦姿又问。

"当然,不日便会官宣了。"

凯恩不知从哪儿冒出来,手上还端了两杯香槟,她将其中一杯递给了麦姿:"届时,还想请米总给个官宣的排面呢。"

麦姿接过香槟,红唇微挑:"我?我能给什么排面,你又在打什么小算盘呢?"

"《观澜》历年'520'都会推出限定恋爱特刊,今年应该也不例外吧?"

凯恩一说,莫宝贝恍然大悟,心下暗叹不愧是圈内鼎有名的经纪人,对资源这块的把控,还有很多她要学习的地方。

麦姿意味不明地笑了下,抬手指了指凯恩:"你呀你,这限定恋爱的选题,我们可是提前三个月就开始筹备的。"

"我知道,可这不也是才定下的男女主嘛。"

凯恩话说到一半,见萧北淮走来,二话不说将他拉到庄晏清身旁,轻晃了下手中小酒杯:"你看他俩,今儿这波红毯效应也算是印证了,同框即热度。"

萧北淮被推过来时,没站稳,撞到了庄晏清的肩膀。

"抱歉。"他小声道。

庄晏清瞥了他一眼,摇摇头没说话。

这一幕落在麦姿的眼里,她嘴角浮起一丝笑容,有意思。

"北淮档期可以,那晏清呢?"她问。

莫宝贝迎上:"我们自然也是全力配合。"

"那好。"麦姿勾过厘野的手,轻轻一挽,"厘导新作主角官宣,就交给我们《观澜》来做,可以?"

厘野垂眸,数秒后弯唇:"当然,荣幸之至。"

谈笑间定下了一个'520'大刊特辑拍摄,待上了车,莫宝贝还在那里感叹:"太牛了真的,我要有凯恩这张嘴,你现在肯定成顶流了。走红毯前她拉着我去和厘导打招呼时,都没提起过特刊拍摄这件事,我差点接不上。"

"《观澜》'520'特刊,该不会是去年萧北淮和靳白雪那期吧?"

庄晏清眼神怔怔,换了个舒服的姿势靠着问。

"你这是困晕了吧,他俩在一起不过半年时间,都没赶上'520'。之前拍的那套也不是《观澜》家的。"

莫宝贝回答完,又特地看了庄晏清一眼,说起来刚刚她也在场,好歹是拿到了特刊机会的女主角,好像一点都不激动?

"你该不会是因为萧北淮和靳白雪拍过情侣画报,所以介意?"

庄晏清不说话。

介意吗?

算是有那么一点点吧。

这种情绪既不受控,也不应该。庄晏清调整呼吸,把这份冒了尖的计较彻底压了下去:"我就是随便问问。"

"差点忘了正事,快和我说说,萧北淮怎么和你表白的?"

莫宝贝系好安全带,半边身子都往庄晏清那儿探,一下来了精神。

庄晏清将自己和萧北淮在休息室里的对话内容重复了一遍:"虽然没有很

直白地将'喜欢'二字摊开来讲,但意思是这个意思?"

莫宝贝认真思考:"他和你说,靳白雪不是他的理想型,两人之前的恋情也不是你看到的那样?"

庄晏清:"是。"

即便挡板已经拉下,但考虑到话题内容的敏感度,莫宝贝还是压低了声,凑近和庄晏清交流。

春节前萧北淮和靳白雪工作室发声明说回归到朋友关系的时候,就有不少粉丝在猜,这两人是宣传期恋人。

顾名思义,为了配合新剧假传恋情,增加话题量后便选个差不多时间以行程忙碌或者性格不合为由,说分手。到那时,剧早已播完,热度和成绩已成定局,而他们艺人的话题度与商业价值也早上了一个台阶,几乎是双赢局面并没有损失什么。

"他俩官宣恋情和分手都是工作室出面说话,这期间除了合体参加一档综艺宣传新剧,拍了套杂志封面,压根儿没有互动。起初粉丝还咬死这两人是低调恋爱的作风,现在看,萧北淮话里潜藏的意思便印证了当时一部分人的猜想,恋情是假的。他这是在跟你解释!"

庄晏清晃了晃神,心中还是有所介意:"可宣传新剧有很多种方式,为什么非要选假恋情呢?"

"因为被拍到了呀。"

莫宝贝轻轻敲了敲座椅扶手,提醒庄晏清可别忘了,这一开始可就是因为孤男寡女酒店同住一夜开始的。

旧事重提,心像被人戳了一下,当初那股酸涩感又冒了上来。

"既然萧北淮都主动挑明了说,那你倒不如找个机会,问个明白?"

虽然那几句话是喜欢的意思,但对方又没有索要答复,场合也不算正式,多少给人感觉没有几分认真的样子。

庄晏清是什么性子的,莫宝贝再清楚不过,萧北淮比她早入圈那么多年,到底也不会和年少读书时一样,说白了——

小白兔和大灰狼。

庄晏清顶多比小白兔凶一些。

"我回去后想一想。"

庄晏清又拉起毛毯,蜷缩回座椅上。

观澜时尚盛典的新闻在首页热闹了一整晚,晏琼玉打来电话时,庄晏清刚洗完澡。

"工作结束啦?"

"嗯。"

晏琼玉柔声道:"我今天看到你和北淮一起走红毯的新闻了,后面是要有合作?"

庄晏清将手机调成外放,搁在桌面上,边护肤边不紧不慢地问:"妈妈不是对影视圈的事情不感兴趣吗?什么时候也开始关心了?"

"因为对方是北淮呀。"晏琼玉陷入回忆,"当初你萧伯伯还特地来过家里,说是北淮的意思,毕竟比你早入行几年,往后有什么事可以直接找他。"

晏琼玉的话,像平地炸开的惊雷,震得庄晏清差点打翻手边一瓶精华。

"萧北淮说的?"

"对呀,过年那会我和你爸爸去萧家拜年,他也在,还夸你演的明宵很有灵性呢。"

说来晏琼玉还很惭愧,事业上的忙碌加上当初对女儿入这行还耿耿于怀,以至于《年轻得更久一些》播出时,她并没有太过留意。若不是萧北淮一番话,晏琼玉也不会在后来腾时间"补功课",了解关注女儿的作品及发展情况。

"我还一直在想,你跟北淮也算青梅竹马了,眼下进了同个圈子,是不是可以有合作,没想到今儿就看到新闻了。"

晏琼玉对萧北淮好感度这么高,庄晏清倒是没想到。

"妈妈,我们接下来的确有合作,是厘野导演的新电影。过一阵子就官宣了,大概7月底8月初开拍吧,争取冬天杀青。"

晏琼玉又问:"什么题材的呀?能和妈妈说说吗?我保证绝对不说出去,就连你爸爸我都不和他说。"

听到最后一句,庄晏清都笑了。

难得晏琼玉对她的工作感兴趣,即便是沾了萧北淮的光,庄晏清也觉得很开心,她简单说了一遍剧情,没有透露太多细节,只是反复强调是一个很费眼泪的作品。

事实上,晏琼玉真正在意的,是女儿的状态。

不难听出,此刻的庄晏清是快乐的,对这份工作,对演员这个身份,对即将到来的新挑战，都充满了激情与期待。

晏琼玉终于理解了丈夫说的那句话——

"按照既定轨迹走的人生，也太没意思了，生活感受的最终解释权在她自己手里，她能及时把握，快乐就好。"

如今庄晏清多数时间都在云城，距离上一次见面还是清明假期，虽说也才过去不久，但晏琼玉还是忍不住问她五一的安排。

"还不清楚呢，您和爸爸要不要来云城玩？"

晏琼玉："有这个想法，等和你爸爸商量看看，如果你没有工作安排，我们就过去。"

庄晏清："好。"

晏琼玉："挺晚了，早些休息，睡前记得护肤。"

庄晏清笑着望向桌面上的瓶瓶罐罐，方才到哪个步骤来着？

记不清了。

结束和晏琼玉的通话，庄晏清这才注意到萧北淮给她发的消息——

萧北淮："还在酒店吗？"

萧北淮："凯恩买了很甜的莲雾，你要不要吃？"

萧北淮："睡着了？"

都是三十分钟前的消息了，庄晏清手一抖，回了个句号过去。

当看到页面顶部"对方正在输入……"这行，她惊愕，萧北淮该不会一直拿着手机盯着微信页面等她回复吧？

萧北淮："语音？"

他发完不待她回复就拨了过来，还好不是视频，否则庄晏清会立马挂断！拒接！

"有事？"

她尽量让自己的语气听上去散漫又不在意。

萧北淮却不介意："吃不吃莲雾？很甜。"

庄晏清："这都几点了，萧老师就这么喜欢半夜请人去房间里，吃水果？"

她发誓，在说这句话的时候并没有别的意思，可一说完，脑海里立马浮现萧北淮和靳白雪之前的绯闻。

好家伙，有暗讽那味了。

也不知道萧北淮会不会生气，她下意识坐直了身。

"我没有半夜请人到房间里的习惯。"萧北淮好脾气地解释,"先前和靳白雪传绯闻的那段视频,是被人恶意剪辑过的。"

恶意剪辑?

十分钟后,庄晏清望着桌上那一大袋水果,里面根本不止莲雾。

"我又不在这儿安家,怎么吃得完?"

萧北淮:"那就带回家,慢慢吃。"

他拆出莲雾,走到厨房清洗。

庄晏清趿拉着拖鞋,跟过去:"你说视频是被人恶意剪辑,那当初为什么不澄清呢?"

萧北淮抬了抬手肘,示意庄晏清帮忙把袖子挽起。

她就只是要听个瓜,怎么那么多事儿。

挽好袖子,她往后撤一小步:"可以说了吧?"

"那天收工早,我们就约了组队开黑,在场除了靳白雪,还有她助理和顾青。打了一局,靳白雪就走了,但视频却剪掉了她离开我房间的画面,故意拼凑成其他人都走了,唯独她留在我房间一夜未出的假象。"

萧北淮将洗好的莲雾切成两半,再递给庄晏清:"不骗你,真的甜。"

这动作过于自然,让庄晏清愣怔了一下,她接过:"……谢谢。"

"绯闻曝光的时间点很微妙,明显是有备而来,酒店监控录像也没有。没有了原视频,要指出剪辑痕迹不是不可以,就是花时间,也不是没有证人,但信不信在于个人,这很主观。"

话还没听完,庄晏清便顺着他的意思往下解释。

"所以权衡利弊,你们决定认下这段恋情?毕竟在那时,一旦澄清,粉丝不认便会抵制新剧播出,觉得CP提前出戏。也会有人落井下石,揪着夜会这个点抹黑你们的形象,同样是对《燃灯》不利。"

作为圈内人,庄晏清一下就懂了,可当初她怎么就没往这方面想,没有主动多问萧北淮一句呢。

恋情公开后,她还难过了好长一段时间,莫宝贝和岑翎也把"萧北淮、靳白雪"这两个名字列为敏感字眼,提都不敢在她面前提起。

"是。"萧北淮敛眸,因背对着灯光,额前落下一片阴影,语调也跟着往下沉,"那时,我还不够有话语权。"

庄晏清怔住。

她从未见过这样的萧北淮。

是……消沉和无力？

像一丝挣扎都没有地选择沉入海底，又或者其实是想过伸手渴望攀扯住什么，只是无人在意。

这样的他，与当初站在学校舞台上肆意自由，逐光耀眼的萧北淮，全然不同。

"你……"

话哽在了喉间，一时不知道怎么接。

萧北淮却像不在意那般，视线落在她手里只剩一小口的莲雾："没骗你吧？"

庄晏清茫然："啊？"

萧北淮："很甜。"

庄晏清："……"

"还有什么想问的吗？"萧北淮双手抄兜，好整以暇地看着庄晏清，"没有的话，我就回去了。"

庄晏清囫囵吃掉手上的莲雾，含混不清地道："休息室，呜，你在休息室，呜呜，和我说的话。"

萧北淮淡笑："慢点。"

庄晏清咽下，终于得以一口气说完："休息室里那些话，什么故意的，表现得多明显，到底什么意思？"

她其实就是想要个言简意赅的说法，不要那么多弯弯绕绕。

萧北淮缓了数秒，突然笑了。

笑什么，很好笑？

萧北淮清了下嗓，声线在这深夜里清晰又富有磁性："Summer is for falling in love（夏天是恋爱的季节）。"

此间隐喻尽显。

庄晏清不是听不懂，只是和她要的那种直白回答不一样，谁要和他 falling in love（坠入爱河）了。

半响，见他也没有继续往下说的意思，庄晏清点点头算是回应，陪他演到底，转身走到外头沙发，一把摘下大饼的耳机："把你老板领走。"

大饼游戏打到一半,茫然抬头:"啊?要走了吗?"

半个小时前,自家老板说要来给庄晏清送水果,他吓得够呛,磕磕绊绊话都说不全,脑海里什么乱七八糟的想法都有。

他生怕没有尽到助理的职责,又闹出大绯闻,敲门前他还特地抬手挡了挡,同萧北淮最后一次确认:"是真的吗?真的要进去吗?真的只是送水果吗?"

现在。

大饼极快速地扫过庄晏清的表情,悬着的心微微放下,很好,应该不是他想象中的那样,这俩人估计没戏,纯职场友好往来。

是纯纯的友谊。

"老板?"大饼看向萧北淮。

后者将目光从庄晏清身上收回,来日方长,也不急于这一时。

"走吧,回去。"

大饼笑嘻嘻:"行嘞,那庄老师早点休息。"

庄晏清垂下眼,略微绷紧的后背倚靠在沙发上,故意不看萧北淮,点点头。

等人走了,她回到桌前拉开袋子又仔细看了眼里面的水果,种类不多,全是当季新品,样子看上去也是精挑细选的。

算是花心思了?

《观澜》正式拍摄通告下来,可以说时间上比较急。

以往杂志在内部定好选题和拍摄对象,敲定档期后会出一份详细的执行方案,内容包括拍摄创意、服装、场地推荐、资源安排等等。

这些都需要前期沟通,反复推敲确认。

但因为萧北淮和庄晏清这对属于临时定下,所以在部分资源上的考虑,没有特别完整。

好在凯恩和莫宝贝本身也有丰厚的人脉与资源,诸如场地、服装和珠宝这种,尽量配合到能够呈现最好的效果。

拍摄当天,现场。

"两位老师这边准备好了吗?"

"可以了!"

娅娅举手,并引着庄晏清往场间走去,彼时蒋昼刚完成一组空镜的拍摄,正在调整参数,见庄晏清身着一袭绿纱走来,宛若林间精灵,随时会与这森林里的绿意一起起舞。

"蒋哥,记得帮我们家晏清拍好看些。"

娅娅笑着叮嘱一遍,退到场边等待。

萧北淮一身冒险者打扮走过来,卡其色工装长裤配马丁靴,白色衬衣外搭黑色户外马甲。见到庄晏清时,他随即开口称赞:"很好看。"

庄晏清吓了一跳,下意识看向蒋昼,见他表情平静,这才松了口气:"谢萧老师夸奖,萧老师也很帅。"

一口一个萧老师,就差把"安静!别搞事"这几个字写在脸上了。

萧北淮无奈笑了下,收回目光。

"两位对表现形式有没有什么意见?"

拍摄前,蒋昼将大致创意与参考姿势以 PDF 形式发到了双方邮箱里,这会儿问起,必要的话还可以做最后修改:"或者是有新想法也可以交流一下。"

"追逐牵手、背后拥抱、搭肩膀这几个姿势,我都不想要。"

庄晏清意外直白地给到自己的想法。

蒋昼难得惊讶地看她,茫然地眨了下眼睛:"都……不要?"

可这次拍的是情侣主题,经典的无外乎就这几个姿势,庄晏清全否了,这与往日和她合作时表现的顺从态度极为不同,蒋昼下意识看向另一个人。

萧北淮倒是垂眸轻笑了声,继而点头:"庄老师有什么想法,我可以全力配合。"

蒋昼松了口气,还好。

"主题是森林奇幻际遇,你是冒险者,我是山中精灵,那便是你看不见我,只有我能看见你,靠近你。"

庄晏清一讲,蒋昼立马有了画面。

原先他定的是春日邂逅的惊喜,是冒险者与精灵的故事,如今听庄晏清这么一说,倒有点像是精灵视角——

她在春意中,他在她眼中。

加上下一套的主题是公主与骑士,人设有了对调,倒有些许下一世情缘的感觉。

蒋昼打了个响指:"很好,我有想法了。"

无意冒险,偏有奇遇。

像掉进绿野仙踪，没有魔术师，只有山间精灵——

"如果可以，我想要你的心。"

外圈工作台，娅娅看着电脑屏幕前显示的照片，连连咋舌："绝了，太绝了。"

"我也觉得，好好看！"

一旁的工作人员同她一块兴奋："光看这些照片，我脑子里都脑补出一部奇幻剧了，晏清姐好灵动，真的像仙子一样。萧老师也是，气场好足。呜呜呜，每张都想用来做结案封面，文字都不用了，堆照片就可以。"

娅娅："哈哈哈，这才开始拍，你就想着结案怎么写了，还有第二套呢宝。"

女孩捂嘴伴装爆哭："我真恨不得明天就是'520'，神图真的藏不住！"

对于场外观众的反应，庄晏清全然不知，她努力告诉自己，这是在工作，态度要端正，情绪要稳定。

可还是忍不住偷偷走神。

毕竟，这是继萧北淮的毕业典礼、相携走红毯后，与他再度同框，最近距离的一次接触。无数次梦里出现的场景，如今真实发生，是一不小心就会跌入他的眼神里，被他看透看穿。

"别笑。"她冷不丁地开口。

萧北淮搭在她腰间的手顿了一下，乌眸一瞬不瞬地盯着她看，平静地问："怎么？"

庄晏清："酒窝有点晃眼，收一收。"

萧北淮："……好。"

第二套拍摄，庄晏清状态明显平稳许多。

宫廷风长礼裙，裙身缀满红玫瑰，复古又温柔。给人感觉像回到庄晏清成名前出圈的那套写真——冬日野玫瑰。

不过如今是夏日。

那便，再度加冕，浓烈且炽热。

而萧北淮所饰演的骑士，则像是臣服于这朵玫瑰之下，即便有荆棘与刺，也想得到她。

经上一组拍摄后，两人已然有了默契，这套公主与骑士风格配合起来也很符合蒋昼要的效果。

很快，拍摄结束。

"我有预感，它会成为我近几年代表作品之一。"

蒋昼难得一笑，眉目间净是对这次拍摄的满意。

"两位老师请等一下。"统筹拉着负责拍摄花絮的摄影上前，手里还有几张纸，"今日这两套拍摄真的太完美了，我们策划老师这边萌生了个新想法，想录制一个VLOG（视频记录）到时用来预热或作为解锁福利彩蛋，不知两位老师意下如何？这是一个简单的剧情脚本。"

庄晏清双手接过："我们看看。"

萧北淮一手抄着口袋，一手背在身后，站在庄晏清斜后方，就着微低头的姿势看脚本，鼻尖萦绕的是她身上淡淡的甜香。

一股水果味的甜，混着雪松木质调的慵懒。

"私服……营造三生三世感觉？"

庄晏清扭头回看萧北淮："你怎么想？"

萧北淮轻轻一挑眉："我今天没有其他行程安排了，可以配合。"

庄晏清故作冷静："嗯，那还是先就这一套，拍一个擦身而过，单独回眸的片段？"

脚本里就这么写的。

统筹小姐姐点头："对对对，那我们补补妆，开始？"

庄晏清："好。"

化妆师补完妆，帮庄晏清提了提裙摆走回到场地中央。有风吹过，裙袂薄纱微微飞起，缀满的玫瑰花像真的一样随风摇曳。

"写这个脚本的策划老师呢？"她问。

统筹小姐姐愣了一下，往工作区一指："那儿呢，抱着电脑蹲在绿藤下那位。"

庄晏清望过去，也是个小姑娘，从她这角度看，那扎着的小丸子头格外醒目。

"可以请她过来稍微讲一讲这个小故事吗？"

统筹小姐姐："啊，当然可以，稍等我一下。"

很快，丸子头跑过来，惊讶又惶恐地介绍自己："晏清姐好，我是负责这次拍摄主题的策划伊敏。"

"伊敏你好，脚本我们看过了，没太大的意见，但你可以讲一下大致想要的效果？例如我们这个擦肩而过，你这里只是简单写了动作，那感情上呢？我们是延续在上一个故事里，玫瑰公主最终还是拒绝了骑士，又或者面对公主的主动，骑士最终还是选择默默守候？你希望我们怎么表现？"

一个小小的VLOG，伊敏没想到庄晏清会这么认真，以至于有些受宠若惊。不过，这点紧张并不妨碍她将自己想要表达的故事流利叙述。

庄晏清听完，点点头，抬眸望向面对面站着的萧北淮。

他随即"嗯"了声："没问题。"

庄晏清还什么都没问，萧北淮就说没问题，还有，他嘴角那抹轻笑是怎么一回事？离这两人太近，伊敏觉得自己像窥见了什么不得了的秘密——

他们好配！

摄影喊开拍后，萧北淮小心避开庄晏清的长裙。作为公主的骑士，他信奉始终如一的忠诚与规矩，目光克制又深沉。不敢泄露一丝心动情绪，生怕被公主察觉。

怕不够坚定，会回头望向她。

隐忍又深爱。

这是第一个镜头。

换衣服的时候，庄晏清情绪还沉浸在拍摄里，萧北淮那个眼神对她来说，杀伤力太强了。

那并不是被感动到，而是被伤害到。

像给满腔热恋的迎头一击，像给平静大海的暴风海啸，所有勇敢与付出都止步于那个坚定拒绝的目光里，没有回应，也不会有回应。

如果那日在休息室，她没有听到萧北淮和自己的剖白；如果她没有选择进影视圈，主动缩短彼此间的距离；如果她没有在一次次被打击到，还选择继续喜欢……

那今日，她是不是也和公主一样，暗恋戛然而止。

一想到这儿，她整个人都有些后怕与唏嘘。

"晏清姐？"

娅娅歪头看她，见她情绪不佳，担心地问："是哪里不舒服吗？"

庄晏清回过神，望向镜子中的自己。

浓妆已卸，衣服也换成了来时那件设计简单的法式短裙，她不是故事里的公主，她是庄晏清。

"没事，好了吗？"她问。

化妆师将最后一缕发丝调整好，先是自己打量了一番确认，再询问庄晏清的意见，看妆感需不需要再强些。

和前两套造型相比，这淡妆几近素颜的程度。

"嗯……唇色再调得橙一些，就夏日橙汁气泡水的感觉，其他没意见。"

"好！"

回到拍摄现场，萧北淮已经站在那儿，一身廓形白衬衫搭黑色西装长裤，看似简单的穿搭，却英气十足。

原先打了发蜡往后梳，只留下额前一两缕碎发的造型，变成现在这种随意散漫的偏分，像淋过一场雨，冲掉了身上的精明与锐气，用毛巾囵囵擦干，连打理都懒得打理。

骨子里的懒与少年气，又被他放出来了。

嗯，和高中时见到他第一眼的样子，几乎一模一样。

旁边的工作人员像是说起什么有趣的事情，他听闻轻笑了起来，无意偏头，便看见她。

"来了。"

萧北淮出声。

庄晏清明眸皓齿："嗯，聊什么呢？"

工作人员答得飞快："萧老师和我们分享高中时的趣事呢，才知道你们二位是高中校友。"

萧北淮严谨补充："大学也是。"

工作人员哈哈笑："对对对。"

伊敏抱着本子站在一旁，小心翼翼地道："老师，那我们先说一下接下来的镜头？"

单从脚本上看，无非是这几个镜头比较重要：屋檐下的偶遇，一起躲雨，还有离开前的询问——

"可以一起，共进晚餐吗？"

但，拍摄现场条件有限，因为是临时加的 VLOG 拍摄，没能营造有雨的环境。伊敏便将其改成了屋檐下失意者在吹风。

庄晏清一听，下意识看向萧北淮，对上彼此的目光，显然，他们都想到了同一个画面——

　　高中时在多媒体教学楼的顶楼，他们曾一起躲过雨。

　　庄晏清低下头，忽地一笑。

　　这个策划，是偷窥了她的心吗？

　　是不同于少年时期的屋檐，是已然成长的心境，因这偶然制造的刻意拍摄，像是和过去的记忆撞在一起，噼里啪啦溅出火花。

　　"毕业后回过二中吗？"

　　庄晏清背着手，脚尖在地面上无意识地画圈，用着仅有两人听见的音量问萧北淮。

　　这一幕，落在摄像镜头里，是演绎情境过程中的自然交流。

　　萧北淮："没有，你呢？"

　　"我也没。"庄晏清抬手轻轻碰了下垂落在屋檐的绿藤，上面有小小的花苞，正待绽放，"我一直挺好奇的。"

　　萧北淮："什么？"

　　庄晏清扭头与他对视一眼，嘴角翘起："你是自己配了顶楼的钥匙吗？"

　　片刻后，萧北淮笑："被你发现了。"

　　《观澜》特刊拍摄工作正式结束，统筹小姐姐对萧北淮、庄晏清抽时间多拍了一条故事向VLOG感激不尽。

　　后半场赶过来看进度的凯恩爽快表示："小事，这段临时加的彩蛋，我本人也非常喜欢。期待画报成片还有小视频，辛苦大家了。"

　　娅娅随后道："今天拍摄非常愉快，辛苦各位。"

　　萧北淮走到庄晏清面前："后面还有没有工作安排？到饭点了，一起吃晚饭？"

　　莫宝贝今日有事，工作都是助理娅娅在跟，她并不知道庄晏清和萧北淮之间的渊源，担心被她察觉到什么，庄晏清还是谨慎摇头。

　　"宝贝不在，娅娅送我回家后还要去趟公司。"

　　萧北淮瞬间明白，不再勉强："好，那路上小心。"

　　庄晏清："嗯。"

　　回去的路上，娅娅还沉浸在今日的拍摄中，她私心偷偷嗑起自家艺人和萧北淮的CP，全因在片场，这两人实在太相配了。

269

"拍立得在哪儿？"

庄晏清靠着车座，忽然提起。

娅娅："啊？"

庄晏清抬手指了指她，十分无奈："我给你拍下来，你自己好好瞧瞧这明晃晃的嘴角。看什么好东西能笑成这样，和我分享一下啊。"

娅娅："哈哈哈，对不起，是我没有控制好自己。"

庄晏清换了个舒服的姿势，闭眼小憩："笑得太傻了真的。"

既然都被发现了，那不如趁此机会再打听一下。跟在庄晏清身边久了，她是什么性子的人，娅娅多少也清楚。所以根本不怕八卦，因为庄晏清也不爱发脾气。

"晏清姐。"

"嗯？"

"你和萧老师之间，是不是……"

"我们认识超过八年了。"

庄晏清一句话，将娅娅未问出口的话尽数堵了回去。

娅娅愣了一下，忽然明白过来，对呀，都认识这么久了，有些许默契与熟悉也不为过吧，她暗自告诉自己。

第十二章

/

无比热烈

qingxingmeng-

回到杭山畔,娅娅就先走了,庄晏清踩着软拖走到沙发前瘫下,动都不想动。

岑翎打来电话时,她差点都睡着了。

"翎翎?"

意外虚浮无力的声音,把岑翎吓了一跳:"你这声儿怎么这样啊?你在哪儿呢?没事吧?"

庄晏清费劲地睁开眼,抓过一旁的软垫塞在腰后,坐起身来清了清嗓子:"我在家呢,一大早就去拍杂志,刚回来,好困。"

岑翎松口气。

这外边的天还没黑呢,乍一听那么困倦的声儿,真会不小心误会什么。

"我想问你个事。"

"嗯,你说。"庄晏清揉了揉眼窝位置放松下。

岑翎犹豫了数秒:"你有蒋淮止的消息吗?"

"谁?"庄晏清倏地清醒,"蒋淮止?"

这个名字对她来说不算熟悉,可对岑翎却有着非同一般的影响力,是轻而易举可以套取岑翎全部注意力和光亮的存在。

"我没有进过校友群和同乡群,不太清楚他的情况,只知道他后来去了香港读研,怎么,你怎么突然问起他?"

岑翎苦笑了两声,像是在斟酌着如何将发生在自己身上的事情同庄晏清说清楚。

"我家里人帮我介绍对象,对方就是蒋淮止。"

"啊?这都行?"

庄晏清惊讶不已,这世界未免太小了些,如果她没记错的话,岑翎去北方上学后,几乎就和高中时期的同学断了联系。

这自然是包括蒋淮止在内。

后来得知蒋淮止也考上了正阳大学,岑翎才偶尔会问起他的近况,无外乎就是——他有没有交女朋友。

"什么渊源啊,怎么就介绍给你了?你们见过面了吗?"

缓了缓,庄晏清还是觉得不可思议,这世界上竟有如此巧合又戏剧化的事情,若岑翎还喜欢蒋淮止,那这不就是天赐姻缘?

"我阿姨和他妈妈是同学,聚会上聊起的,然后就牵了线。"

怎么觉得岑翎的声音听上去并不算兴奋,甚至还有些……失落?

不对啊,对方不是蒋淮止吗?

岑翎的反应为什么会这么异常,庄晏清起身翻出包里的耳机戴上,将手机页面切换至QQ,许久未登录,光密码和身份验证就捣鼓半天。

这期间,她开门见山地问岑翎:"你不开心,是因为对方拒绝了这次相亲,还是别的什么原因?"

到底是最好的朋友,总能第一时间感知到对方情绪里的异样。

岑翎闷声感叹:"真想立马飞奔到你身边,你要是在天水就好了。"

庄晏清翻好友列表的动作一顿,声音放柔:"后天放假我会回去一趟,到时就能见面了。"

岑翎:"真的吗!嗷!太好了!"

庄晏清:"但在此之前,你先和我说一说情况?有什么我能帮上忙的,我去帮你了解?别急,我在你后头呢,给你撑腰打气。"

岑翎父母对女儿情感问题的把控，讲得直白些，就是病态。

不允许早恋，而且要看对方的学历与家世背景，岑翎考的是大专院校，他们便给她灌输专科生资质差，要找也得找学历高的思想，不让她在上大专的时候谈恋爱。

后来，岑翎出国留学，接触的人大都家庭条件优渥，本也可以尝试一下恋爱。但岑妈妈又说，留学圈不好，又乱又爱玩，关键是条件太好了，高攀不上，这嫁过去要吃亏的。

父母永远有道理可讲，岑翎听着也烦。

重要的是，她心里一直有一个人，标准就放在那儿，所以看谁都觉得不来电，久而久之便一直单着，单到父母开始着急。

自岑翎毕业后回国创业，家里便开始给她张罗着介绍对象，庄晏清听了几回，都觉得对方条件与岑翎不太匹配。

甚至都不理解，往日眼光那么苛刻，标准一套一套的岑妈妈，如今怎么会把这些人列为备选介绍给岑翎。

岑翎的回答是："我父母人脉就那样，那是他们仅有的资源。从前考试分数高就是他们眼里的好孩子，现在标准改了，不再是看成绩，而是看嫁得好嫁得早。说到底，考高分上个好学校，挣得一份光鲜工作都抵不过嫁人这一桩事。"

与父母在婚姻这个问题上的争执，岑翎从来没有改变过想法，也不会去妥协。

不喜欢就是不喜欢，勉强不来。

所以，她几乎把全部精力都投入到工作中，与留学时认识的朋友一块创业，有了今日这小有名气的东方香薰品牌"越 LING"。

事业上的成功并没有让父母对她的感情问题有所松懈，岑妈妈仍旧是每天都会给岑翎打视频发语音，聊天中叹着气强调，自己每晚因为岑翎终身大事未落定，而揪心睡不着，压力很大，睡眠质量也很差。

岑翎听着心烦，可有什么办法呢，父母就她一个孩子，万一要真出什么事，她也不忍心。

就这样，岑翎最终还是妥协了——

介绍吧,她相亲就是。

蒋淮止,就是她松口后家里人推来的,意外的是,岑妈妈这次并没有很看好这个人,甚至一度想在推给岑翎之前先拒绝。

是岑父劝住她,让她先给岑翎说一说情况,好歹是一个学校毕业的,万一认识呢。

岑翎也在听到介绍之后,心情有一瞬间像被推至云端,飘飘然,还未来得及惊喜呐喊感谢上天的安排,就被一把拍进了深渊谷底。

因为——

蒋淮止,离过婚。

在岑翎的记忆里,蒋淮止永远是那个人群中最耀眼的,人长得帅,成绩又好,打篮球也很厉害,最重要的是性格好。

不论庄晏清把萧北淮捧得多高,在岑翎眼里,始终超越不了蒋淮止,这就是她为什么会对萧大明星免疫的原因。

然而这万般好的人,来到她身边的契机却是离异。纵使曾是心头好,如今也像有了根刺,扎在了岑翎身上。

她不是对"离异"二字有什么偏见,只是觉得为什么她不可以在最好的时候与他接触,为什么她一次恋爱都没谈过,却已经被介绍给离过婚的人。

岑翎的很多不理解,最后化成断断续续的哭泣,以至于结束通话后将近一个小时的时间里,庄晏清心里这股心疼的劲还缓不了。

她决定亲自帮岑翎找男朋友!

△Hello冒昧问一下大家,有无单身优秀帅气性格好的男孩子介绍?可以谈恋爱的那种。

发送前,庄晏清不忘谨慎选定"工作""家人"标签分组不可见。

很快,出现了第一条回复。

萧北淮:?

庄晏清:……

忘了给他添加"工作"的标签了,糟糕。

不等庄晏清回复，萧北淮直接一个语音电话打过来。

她瞬间觉得手机像个烫手山芋，只想丢得远远的。

萧北淮慢声问："什么意思？"

庄晏清装傻："啊？"

"我才和你表白，你就发了这朋友圈，介绍什么？单身？优秀？帅气？性格好的男孩子？谈恋爱的那种？"

他把每一个描述字眼的发音都咬得很重，生怕听的人察觉不到他情绪里的不悦。

庄晏清忍不住笑："你在不高兴什么，我说了是给我自己找的吗？不能是帮朋友介绍？还有，你什么时候和我表白了？"

萧北淮："上次在酒店……"

"中国人不说洋话。"庄晏清直接打断，"还有，萧北淮，喜欢不是一时兴起。"

对方沉默了。

在这短短几秒钟时间里，庄晏清觉得自己像是个别扭的小孩子，拼命想够着的糖果如今就在眼前了，明知道味道很甜，可就是不敢拆开那层包装纸。

"我的意思是……"

"晏晏。"萧北淮问，"你现在在哪儿？我们当面说。"

杭山畔是庄家早年购置的房产，庄晏清搬来之前又重新装修了一遍，这里属于极品豪宅，进出需要过三道安检。

萧北淮来之前，庄晏清让赵叔给警卫那边做了车牌登记，他到了便可以直接进入。

他说要当面聊。

不知怎的，待反应过来，她已经将杭山畔的地址报了过去。

只能说后悔也来不及了。

门铃响的时候，庄晏清刚换好衣服，从片场回来后就一直在沙发上懒散躺着，得知萧北淮过来，她赶忙洗漱换了身干净衣服，样子看上去不至于太邋遢。

275

"朋友圈删了？"

进门就问这句，显然是在路上又刷了一遍。

庄晏清让开身给他进屋，从鞋柜里拎出一双还未拆标签的男士拖鞋，是先前给爸爸庄怀备着的。

"宝贝连环call，让我删了这条朋友圈，以免被人截图传出去惹是生非。"

的确，是她一时冲动，在编辑文字上欠考虑，用莫宝贝的话说，哪怕屏蔽了影视圈的人，也可能会被其他人截图传出去，一样会惹来关注。

萧北淮抬手解开领口扣子，难得称赞一句："莫宝贝这经纪人当得还算称职，没由着你胡来。"

庄晏清噎住。

"路上买的。"

眼前递过来一个袋子，庄晏清垂眸一看，是枇杷。

颗粒大，表皮光滑，应该会很甜。

"谢谢。"

地址问得那么急，来时还顾得上买水果，真不知道该夸他细致呢，还是太客气。

"那朋友圈帮谁发的？岑翎？"

萧北淮落座沙发，轻掀眼皮。

庄晏清盘腿坐在他对面位置，颇为惊讶："你怎么知道？"

萧北淮笑了声，嘴角有些懒散："能劳您为之发一条原创朋友圈的人，必定不普通，又是单身，显然不是莫宝贝，那就只有岑翎了，很好猜。"

末了还不忘补上那三个字，显得特别有把握。

事实上，他这是猜了一路！

庄晏清瞥了他一眼，小声哼了一下，鼻子大出气。

"很好猜还在那里发问号，还打电话给我兴师问罪？"

萧北淮："我那是一时被你这话给吓到，热心帮忙介绍对象也不该是用这方法，岑翎就没说你？"

庄晏清："我屏蔽她了，哪能让她知道。"

276

萧北淮摇头，真是小孩子操作。

"行了，说说我们之间的事。"

闻声，庄晏清抱着软垫的手指紧了紧，故作淡定："你说，我听着。"

萧北淮抿了抿唇，将来时酝酿了一路的话说了出来。

"我们第一次见面，应该是在老宅，那年我十四岁？"

记忆忽地被拉回从前。

"那年看见你，觉得你长得跟洋娃娃一样，被庄老爷子抱在身边，乖巧坐着。你是天水庄家的掌上明珠，出身显赫，而我，出身普通人家，父母离异，随母亲生活。每天放学回家除了做功课，还要练舞练琴，每个周末要坐最早的班车去城里上艺术班，偶尔还要去各地走表演。"

庄晏清没想到萧北淮会突然说起这些，竟让她有些反应不过来，只能被动听着，接受着一些她从前不知道的讯息。

"我和你之间像隔了一整个星系，距离遥远，所以当我爸笑着把我推到你面前说，这是小清，你们以后可以一起玩时——"

萧北淮自嘲一笑，骨节分明的手交握着搭在膝盖上，他整个身子呈俯低，垂头顾自回忆时的样子落在庄晏清眼里。

有些萧冷。

"我只觉得我爸说话真好笑，我们怎么可能玩到一起。"

庄晏清只觉得胸口一紧，闷闷的。

"过了四年，你转到了二中，我又看见了你，像流星落入我的轨道里，喜欢变成有迹可循。我告诫自己起早去读书，指不定就会遇见你，连着几天装模作样也等不来人。偏偏是撑不住犯困睡着时，就被你抓了个正着，你把书丢我脸上这件事，我还没找你算账呢。"

说起这个，萧北淮看着庄晏清的眼底都带着浅浅淡淡的笑意。

反倒是当事人，猛地倒吸一口冷气，僵坐在对面，整个人像被抽掉线的木偶，一动不动。

他居然真的知道是她！

那会儿以为闯了大祸，生怕被抓了算账，一口气跑进教室后第一件事就是

277

把公仔给摘了,到现在那只小樱都还在房间抽屉里。她做贼心虚,压根儿不敢再拿出来。

结果萧北淮竟是从一开始就认出了自己,庄晏清有些无所适从。

"再就是艺术节、琴房、顶楼天台、篮球场……我自己都有些数不清究竟有多少次,是故意出现在你面前的。"

他可能已经记不清楚上学时的卷子有多难,记不清球场上的三分球进了多少个,记不清艺术节台下有多少人朝他喊"萧北淮我喜欢你"……

他唯独记得的,都是和庄晏清有关的瞬间。

是明知有距离,却还忍不住被吸引;是明知喜欢兴许没用,却还忍不住去喜欢;是明知是场冒险,却还忍不住贪恋相处时的偷心欢喜。

所以,出身他改变不了,能争取的就是让自己变得耀眼,耀眼到可以被她看见,可以不做宇宙尘埃,而是做同她一样夺目璀璨的星辰。

"我以为我有足够的耐心,可以等自己更好时再向你表露心迹,但……并不是所有事情都在我的计划之中。"

包括和靳白雪的恋情。

凯恩一句——这样的曝光对你的事业来说有质的推进,你不是想要往更高处去吗?

令他没能在第一时间拒绝这种荒诞的绑定,他虽怕庄晏清误会,却也不知道要怎么解释才好。只能尽量少地和靳白雪接触,每当有网友循着蛛丝马迹开始胡乱嗑糖,他都会吩咐大饼第一时间将这些热搜撤下。

半年期限一到,他就催着凯恩发布声明,决不能拖到年后,否则他连一句新年快乐都不敢和庄晏清讲。

"表面上看五光十色的影视圈,远比你想象中的要复杂,你一声不吭地跳进来,对我来说是意外,是慌张,但也是惊喜。因为你,打破了我原有的谨小慎微的预设,你的飞速成长也让我清醒过来,是时候主动和你坦白了,我很喜欢你。"

萧北淮双眼凝望着庄晏清,将梦中不知练习过多少次的话,清晰且笃定地说出来:"无比热烈地喜欢你。"

庄晏清听得一颗心都快要蹦出胸腔来了,是从未有过的急促与兴奋。

她怎么敢想有一天萧北淮会主动和她告白，又怎么敢猜萧北淮会喜欢她这么多年。她胆小又固执地以为，暗恋这件事是她一个人的事。

所以凡事都做得很好很优秀的她，偏偏在这件事上毫无把握，自卑又敏感，小心又谨慎。无数次在自我猜测中受伤，可又不愿放弃，像涨潮时在海水中溺水的人儿，起起伏伏，难过得喘不上气，却还想抓住那一线生机。

她表现得什么都不想要，实际上是生怕得不到那最想要的。

庄晏清喉咙干涩，整颗心都乱了，对上萧北淮那双乌木般的瞳眸："我……"才开口一个字，眼眶就红了。

她急忙别开眼，低头做深呼吸。

萧北淮站起身，迈开腿走到她面前，抬手轻轻碰了下她的额头："这是什么反应？"

庄晏清轻吁一口气，重新抬头看他，明明眼眶都红了，却还嘴硬地问："你刚刚该不会是在给我背台词、对戏吧？"

萧北淮忍住没飙脏话，也是被庄晏清这个样子给气笑了："你就那么听不得表白？"

"我……"

她话还没说完，下巴忽地被他漂亮的手指捻起，视线被迫重合。

"我真服了你了。"萧北淮虽眉头微微蹙了一下，但对着庄晏清，他语气还是很温和，"考试成绩那么好，听力理解怎么那么差？"

"没听力理解这种题型，是阅读理解。"

就这种时候了，庄晏清还在那煞风景地狡辩。

萧北淮服得透透的，嘴角一翘，酒窝骤显："庄晏清。"

"嗯？"

萧北淮："愿意做我女朋友吗？"

"嘭"的一声。

脑子里像有什么像烟花一样漫天炸开，庄晏清抱着抱枕的手攥得紧紧的，骨节泛白。

萧北淮察觉到了她的动作，沉默了半响，终是放开捻着她下巴的手。

"拒绝也没关系。"

客厅光线下，他笑得很温柔："大不了，我下次再问一遍。"

空气在这一秒陷入了莫名的死寂，萧北淮垂下眼，就在庄晏清捕捉到他有

279

个转身欲离开的动作时,手已经先一秒伸出去,拦住了他,她的声音有一丝紧张:"等等。"

萧北淮半垂着视线看她,极有耐心地等着。

庄晏清将一直揣紧在怀里的抱枕放下,站起身,这过程她都没有松开拉着萧北淮的手。

"我不能答应你。"

萧北淮错愕了一下。

原来嘴上说着没关系,但被拒绝的时候心里还是会痛,像被针扎了一下,又酸又麻。

沉吟片刻,他开口:"是我考虑不周。"

背对着光,碎发遮挡下,萧北淮眼底情绪不明。

庄晏清摇了摇头:"不是。"

他是明星,不是一张白纸,不是掉落人海中便无迹可寻的普通人。一路走来,吃了多少苦,付出多少努力才站到如今这个位置。高处不胜寒,有多少双眼睛盯着他,又有多少双跃跃欲试的手试图将他拽下这高台,都说不清楚。

而她,从学术跨界到演艺,扛下多少压力甚至和家里还有一桩赌约在,即便是没有萧北淮,她庄晏清也要为自己做出的选择负责。

所以这个时间点并不适合。

庄晏清抿唇:"我们谈恋爱了,《清醒梦》怎么办?"

"有影响?"

萧北淮有点蒙,《清醒梦》是爱情电影,感情代入不是更合适?

"怎么没有。"

庄晏清缓缓松开抓着萧北淮的手,指尖松了又紧,紧了又松,像她的情绪。

"我们都不是天生满分的演员,一旦谈恋爱,再怎么伪装都会有蛛丝马迹。这是厘导第一部爱情题材电影,也是林老师最珍视的剧本,对他们来说都是很重要的作品,所以,作为男女主演,我们不能让观众戴有色眼镜去评判这部电影,觉得我们是在公费恋爱。"

萧北淮不可置信地看着庄晏清,这人居然在这种时候,还能考虑这么多?

他在表白哎!

她居然想的是工作!

"恋爱和工作可以分开啊。"萧北淮耐心解释。

庄晏清看着他，问："你分得开？就算你分得开，粉丝呢？"

吸顶灯的光线落下，衬得他乌眸里情绪深深浅浅，萧北淮眉梢微挑，不甚理解。

庄晏清轻而缓道："我不希望你再有一段在外人看来是因戏生情的恋情了。那样他们只会质疑你的不专业。"

萧北淮一愣，看着庄晏清的眼神愈加沉。

她却没有半分妥协之意，仰起头，干净的小脸恬静又漂亮："我可以做你的女朋友，但要在《清醒梦》拍完之后。"

没有喝酒，萧北淮却觉得自己像是醉了。

方才还在谷底，现如今就被一把抛至云端，幸福来得太突然，哪怕有个时间期限在，他都觉得不成问题。

"你再说一遍。"

迫切的愉悦在心底升起一分，他贪婪地想要再多些。

庄晏清表情微变，羞红顺着后脖颈爬上了耳朵："听不见就算了。"说完，她推开萧北淮就准备离开。

下一秒，一股力将她拉回，紧接着，她跟跄跌进他的怀里。鼻尖撞向温热的胸腔，一瞬间盈满属于他身上清冽的味道。

萧北淮俯低身，松了松手，调整成一个将她抱满怀的姿势。

"喂，我们还不是男女朋友。"

庄晏清又羞又哂。

萧北淮勾起嘴角："没关系，互相喜欢也可以拥抱。"

耳畔是属于他的心跳声，频率与自己一样，雀跃又欣喜。这次不是一场梦，是一次确认互相喜欢的剖白。

庄晏清嘴角不受控制，在他怀里笑得眉眼弯弯。

"所以岑翎家里人给她介绍的，是她高中的暗恋对象？"

萧北淮从厨房里端出一碗洗好的枇杷，坐在庄晏清身旁帮她剥皮去籽，边听她说岑翎的事情，边将果肉递给她吃。

"对啊。"庄晏清吃得腮帮子鼓鼓的，"好甜，你也吃。"

互诉心意后的相处，比从前亲昵自然许多。

萧北淮的淡定是不是装的，庄晏清也不知道，她唯独清楚的是自己在面对他时还会有些小紧张。

"离异这个点，还得看原因。"萧北淮神色有一瞬的黯淡，像是想到了自己的家庭，"有些是试错代价，倒也不至于被一杆子打翻。"

"我不了解蒋淮止，不知道他是什么样的一个人。我也担心翎翎对他，是有初恋滤镜在，判断不够客观，生怕最后会栽跟头。你知道的吧，暗恋是会影响你对这个人的印象判断，不管别人怎么说，你都觉得他就是最好的。"

"你的确是最好的。"萧北淮平静接过话茬。

庄晏清红了脸，抬脚踢了他一下："谁要你抖机灵，我在说翎翎的事情！"

萧北淮往她小碗里又丢了块枇杷肉："那你继续。"

庄晏清："我说到哪儿了，被你一掺和都忘记了。"

萧北淮温馨提示："滤镜。"

"对，所以哪怕她现在介意离异这个点，拒绝这桩相亲，我都怕她后面会犹豫会后悔，会努力说服自己去接触。"

庄晏清太了解岑翎了，她就是那种很容易心软的性子。

一旦陷入蒋淮止这个圈，就会给自己找无数个理由借口，去掩盖"离异"二字带来的瑕疵。

萧北淮："那你就等她接触了再说。"

庄晏清："什么意思？"

"她的婚姻大事，你能做得了主？旁人给再多意见也没用，她心里总是有一杆秤在。"萧北淮始终保持一个很清醒的态度，帮庄晏清分析。

"你现在去和她说，什么锅配什么盖，二婚就该找二婚的，你猜她会不会和你狡辩，不应该歧视二婚，而且一婚的未必就会比二婚好，起码后者已经错了一次，会懂得珍惜。"

庄晏清瞪圆了眼，舔了下嘴唇，由衷感叹："真有你的，我好像连画面都想象到了。"

萧北淮收拾好桌面，将垃圾归置到袋子里，抽过湿纸巾将一根根手指擦干净。

"她想听别人的意见，实际上就是要从那些话里找到一丝和她心意吻合的点，去佐证她的想法，奠定心意，其余的是什么也都不重要了。你的意见，给一次就好，剩下的是她自己的事，我们左右不了别人的人生。"

他站起身，目光睃了周围一圈："还有垃圾要扔吗？我顺便。"

庄晏清跟着起来，下意识问："你要走啦？"

萧北淮愣了一下，要笑不笑地睨着她："那不然我在这儿住下？你这房子看着也挺大，应该不缺空房间？"

庄晏清皱了皱鼻子："我不是这意思！"

萧北淮温声道："很晚了，你今天工作了一天，要早点休息。"

庄晏清看了下手机，居然已经十一点五十三分了！

时间竟过得这么快？

她压根儿没注意。

萧北淮："假期有什么安排？"

"没有工作，后天回天水。"庄晏清反问，"你呢？"

萧北淮："凯恩帮我接了档综艺，飞行嘉宾，后天开始录制。"

庄晏清知道他工作行程安排得很满，也是见怪不怪。

"那我走了，回去替我问候叔叔和阿姨。"

萧北淮戴好帽子和口罩，拎过垃圾袋。

庄晏清心里甜滋滋的，软声答应："好。"

门关上，庄晏清站定数秒后终是按捺不住心中的激动，原地转圈挥舞着手臂，开心得像个得了最甜糖果的小孩子。

先前的淑女温柔全然抛之脑后，只剩她一人时便肆无忌惮地表露真实的情绪。

"啊啊啊啊啊！"

踮着脚尖小跑到沙发处，她拿起手机也不管这都几点了，径直给莫宝贝打电话，响了好一阵对方才接。

"有事？"

庄晏清吓了一跳，整个人一下清醒过来："言？言总？"

脚底一软，她差点跪坐在地板上。

"嗯。"言安的声音听上去有些哑，要不是庄晏清的电话，他压根儿就不会接，"找宝贝有什么急事？她不舒服，睡了已经。"

庄晏清一下紧张关切："不舒服？她病了吗？"

这人抓重点的能力和学霸二字可以说完全搭不上边。

言安："有事说事。"

庄晏清反应过来，尴尬地咳了两声："没事，找她聊点八卦，那等明儿她起了再回电话给我就行。不打扰言总了，再见。"

言安："嗯。"

挂断电话，庄晏清盯着屏幕上显示的时间，猛地拍了一下脑门。

一时不察，罪过罪过。

莫宝贝没空接电话，岑翎现阶段情况特殊，庄晏清的分享欲被迫终止，抬着下巴琢磨半响，决定发条仅自己可见的朋友圈作纪念。

△今天他说喜欢我，无比热烈的喜欢！！！

发完一刷新，她瞧见了萧北淮新的朋友圈，这一次没有九宫格，只有一张碗里装满枇杷肉的照片。

附上文字：当季水果，很甜。

他什么时候拍的照片啊，她都不知道。

庄晏清嘴角往上咧，先是点了个赞，再退回去对话框。

YanQ：这么快就到家了？

等了好一会儿，萧北淮都没回消息，她又重新点开朋友圈，这会儿底下评论热闹多了。

江延：大半夜吃枇杷不怕拉肚子？

萧长河：多吃水果好，注意休息别熬夜。

麦姿：可以，生活很精致。

…………

不愧是大明星，就一张普普通通吃枇杷的照片都能炸出一堆圈内人的点赞和评论。

等等——

凯恩：大半夜上哪儿吃枇杷去了？

庄晏清吓了一跳，不愧是凯恩，这眼睛也太尖了吧！她重新点开萧北淮拍的照片仔细看，就一碗装满枇杷肉的图，背景也没其他杂物，就是她的茶几。

仅凭碗和茶几，凯恩就断定他不在家？

神级观察力，庄晏清给萧北淮编辑信息。

YanQ：凯恩发现盲点了，你这朋友圈要不还是删了？

这次，萧北淮回得很快。

萧北淮：刚到，朋友圈是等红绿灯时随手发的，作纪念。

萧北淮：不用管她。

萧北淮：她知道我喜欢你。

看到这句话，庄晏清怔了怔。

这一天，可以说多半时间都在蒙圈中度过，接收各种猝不及防的讯息。

也是，凯恩是萧北淮的主经纪人，带了他这么多年，不是亲人胜似亲人。知道他喜欢自己，好像也不是什么值得震惊的事。

难怪，每次遇见凯恩，她都特别热情。

庄晏清还误以为那是金牌经纪人的社交手段……

YanQ：那没事了……

YanQ：我去洗漱。

萧北淮：嗯，晚安。

YanQ：晚安。

今夜，枇杷很甜是暗语。

次日，莫宝贝来杭山畔时，庄晏清正在收拾行李。

"5号就要回来哦，别忘了你6号有个活动要参加。"她高声提醒。

庄晏清："知道啦，娅娅说过了。"

莫宝贝满意地点头，拎着外卖进餐厅放下，到厨房拿碗时像是想到什么，赶忙折回客厅拿手机。

庄晏清从楼上下来时，刚好碰上这一幕。

"急急忙忙做什么呢？"

莫宝贝连应她一句都顾不上，直接点开萧北淮昨晚发的朋友圈，照着图片作比较。

"庄晏清！"

这高音，天花板都要震塌了。

庄晏清皱着眉头进厨房，见莫宝贝手里拿着昨晚盛枇杷的小碗，就知道她要说什么。庄晏清双手环臂倚靠在门框处，干脆主动承认："嗯，他昨天来家里了，买水果给我吃。"

莫宝贝丢下小碗跑上前来，脸上写满了八卦吃瓜的迫切。

"行啊你，够能憋的，快点老实交代。"

白天才拍了情侣大片，大晚上就跑来送水果，光吃还不够，还发了条很甜的朋友圈，这哪儿哪儿都写着"不对劲"三个字。

怪她太粗心,早上刷朋友圈也没仔细看,见凯恩在那里评论"大半夜上哪儿吃枇杷去了",也没起任何疑心。

她这个经纪人又输了!

"不是我能憋,是你睡得太早了,他前脚刚走我后脚就给你打电话了,结果是你家言四接,说你早睡了。"

庄晏清就差拿手机给她调通话记录佐证:"他没和你说?"

"哦,我昨晚……那个……头疼,对,头疼,十点不到就睡觉了。"莫宝贝遮遮掩掩,"哎,这不是重点,快说说你和萧北淮的事。"

昨天娅娅跟《观澜》的拍摄过程中,拍了不少照片和小视频传到群里,莫宝贝也都看了,确实很有 CP 感,主要是两个人长相气质都格外出众。

但今儿要是重新分析那些眼神,指不定还能揣摩出些新的点。

"他和我表白了。"

庄晏清把昨晚发生的事情,萧北淮说的话,还有自己的回应无一落下全都说给莫宝贝听。详略得当,不到十分钟就说完了。

"没了?"莫宝贝皱紧了眉,像地铁老人看手机脸,盯着庄晏清,很是无语,"你这样让我感觉像是看了一部开篇巨带感的连载电视剧,狂热嗑到最后,烂尾了。"

"没有烂尾呀……"

庄晏清狡辩。

"怎么不是烂尾,他这表白讲得多深情,我听了都要掉眼泪的程度,结果你竟然拒绝了。"

莫宝贝简直无法理解:"你能忍住没告诉他其实你也暗恋他很长时间,这我可以理解,女生嘛,喜欢藏点小秘密。但怕被发现恋爱而拒绝在一起,这敬业程度,我回去之后一定要和言四讲,他不给你颁个天寰年度最佳员工,我头一个不答应。"

庄晏清哭笑不得:"别闹。"

莫宝贝托着下巴,目光灼灼地盯着庄晏清看:"你确定不会后悔吗?"

庄晏清:"我只是把在一起的时间,推迟到电影拍完,又没说不做他女朋友,为什么会后悔。"

"要我说你这就是多此一举。"

莫宝贝早注意到了,庄晏清只要一提起萧北淮,根本没法控制脸上表情,这嘴角都要翘到天花板上了。

还说什么谈恋爱会影响工作。

都是文化人的狗屁说辞。

就这个样子去拍《清醒梦》，厘导只会误以为庄晏清演技一流，一秒入戏。

"他和靳白雪的恋情虽说是假的，但在外人看来也是因戏生情，若这次又不小心曝光，那粉丝会怎么想他。《扶摇直上》就快定档了，这段时期对他来说很关键，我不想他形象受到影响。"庄晏清非常坚定，"戏里戏外，我会分清楚的，是任南熹，就不会是庄晏清。"

莫宝贝沉默了一阵，终是妥协地扯了扯嘴角："行，那我就做好经纪人该做的事情，看好你。哦，对了，你下次发朋友圈能不能谨慎些？"

莫宝贝终于记起今日来的目的，要知道大晚上刷到庄晏清那条求介绍单身男青年的朋友圈，差点没吓出一身冷汗。

她第一时间拨语音，偏偏还有人占线，编辑消息时，手指用力得都快把屏幕敲碎了，还好后面听到解释，松了口气。

"岑翎呢，没事吧？"莫宝贝挑了下眉梢，直言不讳，"不过，你难道不觉得江延和她，很配吗？我老以为这两人之间有情况，难不成一直是我误会了？"

"江延？"庄晏清倒是很意外，"你不说我都没往他那儿想……"

天水傍晚霞光的色彩要比云城更丰富些，庄晏清隔着车窗连拍了好几张照片，觉得不过瘾，又把车窗打开。

晚风灌进，她惬意地闭上眼："好舒服。"

岑翎煞风景地问了句："你确定你吸入的不是车尾气？姐姐，前面塞着车呢，你要不怕被人拍到，尽管把窗再开大些。"

庄晏清悻悻关上车窗。

岑翎："你这次能待几天啊？"

庄晏清："四天差不多吧，5号的飞机回去。"

岑翎："好像还行，行程上有什么安排呢大小姐？"

庄晏清一本正经地清了下嗓子："今日特许你来接机，就是翻你牌了，晚上时间都是你的。明儿一早要去我爷爷那儿，估计待个一两天？4号你要有空我们再约，去你店里品新调的香？"

287

"可以。"岑翎顺势打起算盘,"庄大明星什么时候帮我家越LING代言啊。"

庄晏清抿唇,笑着摆手:"好说,费用和宝贝谈妥就行。"

岑翎故作惊讶:"难道不是友情代言吗?哎,感情都是虚的,还没有钱重要。"

正聊着,岑翎手机响了起来,因连在中控导航,庄晏清也就轻而易举地看见上面显示的名字——蒋淮止。

"呃,我接个电话。"

岑翎着急忙慌连上蓝牙:"喂?"

许是因为庄晏清在,不方便细聊,通话三两句就结束了。

"你还是和他联系了?"

庄晏清侧过头看她,之所以拒绝赵叔来机场接自己,就是为了能第一时间见到岑翎,问清楚和蒋淮止之间的事打算怎么处理。

看样子,是已经在接触了。

"他妈妈知道我的情况,又是高中同学,所以非常积极……"

明白了,长辈的热情,老好人岑翎又拒绝不了。

"昨天他加班,原本约的晚上一起吃饭,我说要接你,他就把见面时间改在了中午。刚刚是问我接到人了没。"

岑翎把和蒋淮止见面的情况同庄晏清说了一遍。

"听上去你好像对他印象还可以?"

岑翎苦笑:"谈不上好坏吧,毕竟这么多年没见,他和高中时的样子也不一样。"

庄晏清:"那他为什么离婚这件事,你问了吗?"

岑翎摇头。

庄晏清:"为什么?难道你不介意?"

"不是。"岑翎紧了紧握方向盘的手,"去之前我准备了很多问题,昨晚我连睡觉都在想见到他应该说什么,应该怎么观察他,怎么委婉地了解他这些年的情况。但去到之后我才发现,真的很难开口。"

庄晏清不是很理解,她尝试着代入岑翎的角色去想象和高中暗恋对象见面的场景,嗯,会紧张是一定的,尴尬估计也会,但不至于全程两个人都是哑巴吧?

"印象中他也不是社恐类型?但现在性格很沉默寡言?"

岑翎想了想:"挺能说的,说不到一处去就是了。"

庄晏清没说话。

"我把他想象得太好了,以至于见到本人那一瞬间,会怀疑我这些年对他的迷恋与喜欢,是不是就只是精神寄托,没有实质,一碰就碎。他其实挺好的,很绅士也很照顾我,只是他身上已经没有了我当初喜欢的那股少年气。"

红灯口,岑翎停下来,偏头看向庄晏清,嘴角自嘲似的勾起:"你知道的,我是学渣,哪怕喝过洋墨水,也只是混的。可他不一样,正儿八经的学霸,周围接触的也都是高精尖人才,圈子和我的圈子也不一样,所以能聊到一处去吗?"

午饭那两个小时,她大部分时间都在沉默地点头,礼貌地聆听。

不知道的还以为她性格真好,是耐心聆听型对象,实际上她是听了都听不太懂,更别说要怎么接话茬了。

"相亲真难,不提也罢。"

到了溯园,赶上节假日,绕了好几圈才勉强找到一个停车位,庄晏清先下车,戴紧帽子和口罩走到一旁等岑翎。

庄晏清点开微信,萧北淮给她发了好几条消息。

萧北淮:到家了没?

萧北淮:晚餐吃什么?

接着,他又发来一张图片。

萧北淮:我的晚餐,本人亲自烹饪。

庄晏清点开晚餐图,如果她没记错的话,萧北淮不是去录制综艺当飞行嘉宾吗?怎么还有空自己做饭。

YanQ:和翎翎一起呢,准备去溯园吃日料。

YanQ:节目录制这么早就结束了?

"和谁发消息呢,笑成这样。"

岑翎走过来,挽住庄晏清的手。

后者陡然回神,身子夸张地往旁边倾了个角度:"我戴着口罩呢,你怎么还能看见我在笑?"

"拜托,笑的话,口罩就会往两边撑开啊。"岑翎一把拍中她的手臂,"还是很明显的好吧,而且你眼睛也没藏住,都弯成月牙形了。"

庄晏清反手挽住她:"进去再说。"

作为庄晏清高中时期最好的朋友，也是第一个知道她对萧北淮感情的人，岑翎太清楚这份感情里，庄晏清付出了多少。

以至于听见是萧北淮先和庄晏清告白，说喜欢她很多年时，尖叫声差点把包厢里的玻璃震碎，还引来侍应生敲门贴心询问，是否需要什么帮助。

岑翎抬手往下压了压："没事，没事。"

这话像是和侍应生说，又像在和自己说。

庄晏清全程捂着脸，哪怕提前有过预判，但岑翎的反应还是超出了她的想象。都成年人了，淡定些，OK？

"这、这也太突然了吧……"

岑翎在屋里不停地走来走去，在自己的时间逻辑上进行细节梳理："你们俩要合作的新电影，是萧北淮背地里牵线的。确认合作后，你们又搭档拍了期杂志海报，准备在'520'当作官宣物料。紧接着萧北淮就和你表白了，说其实从很久以前就喜欢你？"

庄晏清喝了口汤，"嗯"了一声当作回应。

岑翎却越想越不对劲，反倒认真起来："不对吧？那你之前看采访，岂不是都白哭了？"

庄晏清一口汤差点喷出来，呛得她直咳嗽。

岑翎不慌不忙地给她递纸巾，将庄晏清本人早已忘记的黑历史一滴没落地补上："我没记错吧？先前在英国的时候，你看了萧北淮的采访，关于校园和初恋的关键词，然后在那儿哭得稀里哗啦，大喊着暗恋是这世界上最没用的事情。是你吧？是你庄晏清本人吧？"

庄晏清也不知道平日里这个经常嚷嚷自己记忆力不好，看过的书籍新闻转身就忘了的人，为什么对这种破事儿能记得那么清楚！

庄晏清扶额，干笑了两声："这种细节咱就不要记着了，OK？"

"为什么不记啊，你自己不觉得奇怪吗？"

岑翎具体忘了当时采访萧北淮到底是怎么回答的，但这段视频现在要找，网上肯定还有片段。

"我记得你当初说那些关键词都和你没关系，现在他本人却说，你是他初恋，那可不得好好对质一番？"

好严谨。

庄晏清一下就被说服了。

其实岑翎不提,她大概都忘了之前发生的事情,主要怪酒量不好,她一喝酒就会闹脾气耍性子,但睡一觉醒来就全忘了。

那天正好是周五,莫宝贝来杜伦找她,晚上便约了岑翎一块到家里喝酒。也不知道聊什么,就聊起了萧北淮,紧接着就看到那则采访。

媒体问他关于校园和初恋的关键词,萧北淮的回答是:纳什均衡、毕业晚会,还有抹茶冰激凌。

岑翎挨个把关键词说了一遍,也没太懂,只觉得隐约在哪儿听过"纳什均衡"这个词语,正想问是不是庄晏清说的。

结果一转头,就见庄晏清噘着嘴,满脸的委屈和不开心:"我才刷到廖婧柔的微博,也在说纳什均衡。"

屏幕里,媒体还想问得再仔细些,萧北淮却是什么都不答了。

莫宝贝也看向庄晏清,像被噎住了似的:"他毕业晚会那天……你不是没去吗?那……这个关键词……和你无关?"

庄晏清眼眶泛红,重重点了点头,眼泪一滴一滴跟着砸落。

大四年级毕业晚会那天,她扭伤了脚躺在宿舍里哪儿都去不了。她不停地刷校内网的帖子还有朋友圈,始终没有看到与萧北淮有关的消息,后来得到的说法是,他并没有参加晚会表演。

为此庄晏清还松了一口气,前一秒还在为没能去现场而掉眼泪,下一秒就觉得还好没去,不然岂不是白等了一夜。

可如今,毕业晚会成了萧北淮关于校园与初恋的关键词,很明显,那是属于他和另一个人的秘密。

纳什均衡、毕业晚会、抹茶冰激凌,这些字眼与她都毫不相关。庄晏清觉得自己像个笑话,努力了那么多年,可从未在他心里留下过任何痕迹。

"暗恋是这世界上最没用的事!"

她气得大哭。

萧北淮成为了许多人心中的人间浪漫,她却只能在一个又一个采访中,窥见他心底白月光的痕迹。

干了这杯酒,从明天开始她就不要再喜欢萧北淮了!

这是庄晏清醉倒前的豪言壮语,至于第二天醒来后,别说发过什么誓了,就连看过的视频采访都忘得一干二净。

岑翎和莫宝贝面面相觑,庄晏清对萧北淮的满腔热恋,她们是不想管,也管不了。

被迫回忆完这个片段,庄晏清支着手肘靠着椅背,一脸怅怅,她很想替萧北淮解释,毕竟那晚他的话是真的很真诚。

可架不住那几个关键词在自己脑海里放大循环,一时语塞。

岑翎夹起一块寿司塞进嘴里,"嗷呜"一声,享受地咀嚼完,慢条斯理道:"趁现在,把视频直接转发过去,要个说法,自己在这儿愁什么劲呢,没用!"

庄晏清眨了眨眼睛,纤长睫毛在白皙皮肤上投下细碎阴影:"真的要问?"

岑翎夹肉的动作一顿:"这就要看你自己了,除非你不在意他撒谎。"

"不行。"

庄晏清的立场陡然坚定起来。

她可以接受萧北淮喜欢过其他人,但不能接受他撒谎。

在岑翎的目光怂恿下,庄晏清拿起手机,摩挲下指腹带走手心的汗。她将采访视频一键转发至萧北淮,附上一个疑问表情包。

YanQ:要不,解释一下?

发完,庄晏清将手机一把丢开,紧张得绷紧了神经:"你猜他会说什么?"

岑翎淡定地往她碗里夹了块玉子烧:"先吃饭,男人不重要。"

庄晏清:"……真有你的。"

闲庭。

满屋子装了不下十台机器,记录着萧北淮一天二十四小时独自生活。这是凯恩给他接的一档生活观察类综艺,作为飞行嘉宾录制三天。

庄晏清给他发消息时,他正在客厅沙发上看剧本。

解释一下?

解释什么。

他一头雾水地点开链接,发现是自己一年前的采访,因为没戴耳机,声音直接外放。他淡定地看完,退回到微信界面。

原来是翻旧账来了,萧北淮嘴角勾起,摇头很轻地笑了下。

这种操作委实不符合庄晏清的性格,想必是和岑翎在一起后,对方提醒的她。

对于这个采访，萧北淮有印象，事先媒体给的采访大纲里，关于初恋的问题问得比较直白——关于初恋的回忆有哪些？

凯恩直接划掉问题并与主持人沟通，商量到最后才定下现在视频里看到的这个。

哪怕只是三个关键词，开始采访前，凯恩还是提醒他不要直白写实地回答，尽量半真半假。

因为粉丝都是福尔摩斯，指不定因这几个关键词，就能把萧北淮的初恋扒个底朝天，到时候恐怕会伤及无辜。

对这个说法，萧北淮认同。所以三个关键词里，他只留了一个真的，其余两个全都是假的。

本以为能躲过粉丝的火眼金睛，没承想最后还真给她们挖到了一个适配度高达99.9%的人，那便是萧北淮微博关注列表里的廖婧柔。

一开始，是出于礼貌的回关，后来列表关注人逐渐增多，他也不会去主动删除哪个人。不管怎么说也是高中兼大学同学，是老乡又是校友。

粉丝能从三百多号关注里找到廖婧柔，也是费了不少力气。

和萧北淮是高中、大学同学，符合校园这个大标签。是经管系毕业，又曾发过一条微博，文字内容出现了"纳什均衡"，巧妙安上了第一个关键词。

紧接着便是扒出她曾在大学毕业晚会上跳过舞，又喜欢吃抹茶口味的冰激凌，对粉丝来说这无疑是个重磅发现。

一时间，廖婧柔微博拥进无数网友纷纷前来围观打卡，在她微博下发表感怀小作文，诸如"竟然是哥哥的初恋！我慕了"。

萧北淮是在剧组里得知这一消息，第一时间找到廖婧柔的联系方式作了澄清解释并道歉。

对方态度也很友善，对于这个突如其来的乌龙表示无奈又惶恐，只得在平台上晒出和男朋友的合照，解释与萧北淮只是同学关系，并无其他。

最终这事不了了之，渐渐地便淡出了粉丝的记忆。

网络世界本就是这样，昨日热烈追逐讨论的点，今日便会被新的关键词转移注意力，印象逐渐淡化直至完全消失，不再有人记起。

今天要不是庄晏清转发这个视频,萧北淮自己都忘了。

他面上情绪分毫不显,修长指尖飞快编辑的文字却耐心又温柔。

萧北淮:是你。

萧北淮:采访要回答三个关键词,我不能全都往准确了说,会有被网友扒的风险,所以保了一个真的,纳什均衡。

萧北淮:我记得从前你总把它挂在嘴边。

萧北淮:至于毕业晚会和抹茶冰激凌,你可以拆分理解为毕业典礼、校庆晚会,还有抹茶口味的棒棒糖,夏天的冰激凌。

庄晏清看到这儿,忍不住咯咯笑出声来,啪一下把手机屏幕立在岑翎面前,食指一指:"看!"

因这动静,岑翎一筷子直接杵进了芥末堆里,光闻味道都能想象那种冲到天灵盖的酸爽感。

她凑近了看完聊天,频频摇头:"你完蛋啦,陷入爱河啦。"

庄晏清眼尾往上挑:"才不是,就是澄清一下。"

岑翎:"确定还不是男女朋友?你这都被他吃得死死的。"

庄晏清收回手机,掀眼笑得自信:"光我沉迷可不够,我要拉着他一起沉。"

岑翎放下手中筷子,鼓掌:"不愧是你。"

转眼便到了19号,庄晏清一天都有工作安排,结束时回到商务车上,困得眼睛都睁不开。

"《观澜》安排明早八点发海报,我们要进行互动,你打算用自己的微博号发,还是工作室来?"

莫宝贝将杂志方拟好的发布文案发给庄晏清确认,在此之前她已经改过一回。

"用我自己号发吧,不是还要用作官宣?"

要是工作室发,那《清醒梦》官微就不好转发互动了。

庄晏清再度点开那两套图,嘴角止不住上扬,先前《观澜》将修好的片子发过来时,她就已经傻笑了一整晚了,拍得真好。

萧北淮还和她一起选了张最喜欢的用作微信聊天背景,每次点开对话框都能看见。

莫宝贝："行,那明早记得准点发。"

车子经过市场,庄晏清无意瞧见路边摆的水果车,车上挂着大喇叭和手写纸牌——阳光青提!无籽包甜!包甜!

"哎,大川等等。"

庄晏清喊了声。

莫宝贝纳闷："怎么了?"

庄晏清："车子靠边停下,我去买点水果。"

莫宝贝："啥?"

庄晏清："就前面那儿可以停,我买点青提回家。"

莫宝贝往外看了眼,还真有辆水果车,大喇叭喊着一斤二十八元,超级甜超级甜。

"你吃不吃?"

庄晏清问。

莫宝贝摇头："一看就不怎么好吃。"

她吃的水果,全都是进口超市里买的,最好最新鲜,像这种推着小车子卖的,她一贯不喜欢。

"你呀,惯的。"

庄晏清丢下这句话,自己下车买水果。她精挑细选买了三大串,分两个袋子装,上车后递给大川一袋。

大川喜出望外："谢谢老板。"

"买这么多,一个人吃得完吗?"

莫宝贝看了一眼。

庄晏清朝她使了个眼神,小声娇气道："吃得完!"

莫宝贝："……我真是服了你了。"

晚上,杭山畔。

萧北淮到的时候,庄晏清刚洗好青提,中间忍不住吃了好几颗,老板没骗人,的确很甜。

听见门铃响,她忙又往嘴里丢了一颗,再小跑去开门。

"你这是……"

295

庄晏清站在玄关处，看着萧北淮拎着个大包裹，一时不解。

"我刚健完身回来。"

庄晏清点点头："看出来了，但你这不放车上，还拎下来干吗？"

"这是给你买的。"

萧北淮换好鞋，将袋子拎到客厅小圆桌上放下："一整套全给你配齐了，任南熹可是校田径队的，有肌肉和线条，要想观众看了不出戏，这段时间你得练练塑肌。"

庄晏清微眯大眼，霎时说不出话。

若要问她最讨厌做的一件事是什么，那便是运动。能躺着她绝不站着，能坚持十分钟就是极为给面子。

现在萧北淮居然要她去健身。

庄晏清："我觉得应该是有折中办法的？"

"怎么折中？"萧北淮走到沙发坐下，好整以暇地看着庄晏清。

《清醒梦》里的女主任南熹是校田径队短跑选手，代表学校参加过省级以上比赛，还是国家一级运动员。

后来在一次比赛中受伤，从此站在了操场圈外。

校园部分的拍摄量不算多，但若是以庄晏清现在的形象上镜，百分百没法儿代入到这个角色里，观众看了也会出戏。

庄晏清往嘴里塞了俩青提，一左一右正好将腮帮子撑得鼓鼓的，小脸却没有半点尝到甜味的欢喜。

萧北淮的话不无道理，原先是她没有考虑到校园这部分，以为就是演个普通高中生，却忽略了田径生的不同。

她们起早贪黑训练，皮肤会偏健康麦色，肌肉线条也比较明显。

庄晏清看了眼自己，除了瘦就是白。

大约是看出了庄晏清的犹豫摇摆，萧北淮扬了扬眉："进组前你先去健身房，我会给你介绍一个教练，她陪着你先做身体测试，再针对性地进行训练，难度不会太大。进组后每天早上跟着我去晨跑，练一个月下来就有感觉了。"

所以，问她今晚在不在家，要过来也不是为了提前过"520"，惊喜倒是准备了,确实又惊又喜,可偏偏是她不想要的。

庄晏清揣着装满青提的水果碗,语气幽幽地道:"你现在回家去,好吗?"

她真是一颗青提都不想分给他了。

萧北淮轻笑了声,起身走到庄晏清面前,抬手揉了下她的发顶,乌眸攫住她,眼底笑意摄人心魄:"确实是为了你好,要不不去健身房,明儿开始没工作的时候,我陪你晨跑?起不来,夜跑也行。"

庄晏清:"陪我跑?不怕传绯闻?"

萧北淮平静道:"为了电影能呈现更好的效果,陪同事一块锻炼,这有什么好怕被说的?"

有被说服到。

"这青提都抱了大半天了,不请我吃?"

萧北淮示意她怀里抱着的水果碗。

庄晏清顿了一下,还是举高了给他。

修长好看的手指刚触到碗边,像是想起什么缩了回来。萧北淮:"我先去洗手。"

"等等。"庄晏清站起身,拿起一颗青提递到萧北淮嘴边,"就当答谢你给我安排的健身企划了!"

萧北淮看了她数秒后,俯低身凑上前去,咬过青提卷入唇齿,果肉的脆甜在舌尖上漫开。

"嗯,好吃。"

庄晏清堪堪收回手,轻咳了一声,别开脸不去看萧北淮,目光有些躲闪:"是吧,我也觉得挺甜的,买多一串你待会儿可以带回去吃。"手指藏在身后,有些无所适从。

应该是没有碰到,可不知怎的觉得有些麻。

"对了,凯恩和你说了明天要发的微博没?"庄晏清问。

萧北淮洗完手回来,在她旁边坐下:"你是说《观澜》拍的海报?"

庄晏清:"嗯。"

"说了。"

群里一大早就让他选九张图,他也没犹豫,把和庄晏清聊天里,她说的那几张好看的挑出来发给凯恩。

速度快到凯恩都忍不住多问一句"确定吗",想了想,又补充问了句,这是你自己选的吗?

萧北淮惯是不在意这种,往常拍的海报,他看了眼觉得还行,凯恩却能从里面挑出十个不"OK",后来他便懒得管了。

这次和庄晏清的不一样,情侣主题、发布节点特殊,加上又是为新戏官宣,凯恩这才询问他的意见,没想到他还认认真真回复了。

庄晏清又问:"那你是用自己的号发还是工作室代发?"

听见这话,萧北淮偏头看她:"和我一起拍的,你让工作室发?"

"没有没有!"庄晏清心虚地哈哈几声,"我当然是自己发。"

萧北淮虚着眸盯着她:"那你问我。"

庄晏清梗着脖子强辩:"这不是看你以往和女明星有关的海报都是工作室代发,所以问一下。"

萧北淮嗓音滚了滚:"你和别人不一样。"

咬破一颗青提,上了瘾。

第十三章

夏日沉溺
qingxingmeng-

△夏日沉溺，晚来有风，做一场有你的清醒梦。张燎@萧北淮 这次醒来，我一定不会忘记你。

△春日已过，爱意灼灼，做一场有你的清醒梦。任南熹@庄晏清 我会同你一起，从岁月到梦里。

5月20日早上九点整，庄晏清和萧北淮带着气氛海报官宣《清醒梦》定角，在这个浪漫的日子里，携手杀上了热搜第一的位置，将其他影片的CP物料牢牢甩在了身后。

"天啊天啊，已经3万转发了！热度还在往上！"莫宝贝一大早抱着数据嗷嗷叫，激动程度远超过言安给她发了个"52000"的红包。

反倒是庄晏清，发完微博将手机一丢，看都不敢看。

原先说什么不在意网友的评论，那都是假的，一旦和萧北淮沾上了边，她比谁都在意。

△这是什么好东西！啊啊啊，宝贝"520"快乐！期待任南熹！

△"520"暴击说来就来？好美啊我夸累了！这两人怎么能那么配！从这一刻开始期待任南熹！期待庄晏清的《清醒梦》！

△光看这两张脸我真的是心动得很彻底，一下嗑进了我的心里，是谁说他们不配，拉出来洗洗眼！

……………

莫宝贝几乎把微博评论区、热搜广场、超话都刷了一遍，兴奋地拍打庄晏清。

"全员好评！一众期待！真的，你自己上来看一下！"

"真的？"庄晏清半信半疑，"你不会是找水军了吧？又或者片方、《观澜》那儿买了粉丝做数据？"

莫宝贝"咦"了一声："你怎么对自己那么没信心？是，一开始传出合作，粉丝是不看好不满意，那不是他们想象不到你俩配合，能擦出什么火花嘛。"

她将平板屏幕移到庄晏清面前："但现在有了这两组主题拍摄，你俩有了同框，配不配不就一眼看出来了？都是需要代入感和想象力的。加上已经官宣，即成定局，自家粉丝都会收敛一些，尊重自己艺人的选择，配合宣传。再闹岂不是败坏艺人对外形象？"

庄晏清垂眸，刷新了一下页面，数据又成倍翻。

《观澜》发布的微博里写得一清二楚，若原博转发破百万可以解锁新鲜VLOG一支，开启"难（南）撩（燎）夫妇"第三世。

先前看到这文案，庄晏清都在那儿摇头，觉得《观澜》把数据定得太高了，指不定这VLOG会变成压箱底。

殊不知，人家是对这套拍摄极为自信。

萧北淮和原先商量好的只发布一条原创官宣定角微博不同，他又在第一时间转发了《观澜》这条微博，附上文字"520快乐"。

粉丝纷纷在底下评论，觉得这是自家哥哥在和她们说"520快乐"，一下又将数据带高了一个阶层。

"啧啧啧。"莫宝贝瞧见了，小幅度撞了一下庄晏清的臂弯，意有所指道，"这里有人迫不及待想解锁VLOG看第三世呢！"

庄晏清警惕地看了眼四周，食指抵在唇间警告莫宝贝："小声点！"

这儿又不是在杭山畔，周围还有其他工作人员在，万一被听了去，指不定怎么乱传。

莫宝贝知她谨慎，改用微信编辑消息问——

MoBoo：早上忘了打听。

MoBoo："520"他表示了什么没？

MoBoo：昨晚你俩待一起了？

手机一直作响，庄晏清低头一看，脑门挂满了黑线……

YanQ：让你扫兴啦，他零点前就走了。

YanQ：如果非要说表示，一套装备齐全的健身包算吗？

莫宝贝张了张嘴，愣是半天反应不过来，啥？健身包？

其实庄晏清没说全，除了健身包，还有一个拥抱和额头吻。

许是考虑到她第二天还有工作，萧北淮并未在杭山畔待太久便走了，走之前在玄关处同她轻轻抱了一下。

"提前'520'快乐，希望明年这时候我们一起过。"

还不是男女朋友，所以留了一点边界感在，萧北淮始终很尊重庄晏清，将这个度把握得很好。

等《清醒梦》拍完，他们便可以在一起。

喜欢一个人可以很久很久，所以也不差这一时半会儿。

庄晏清心想，在那个时间点，他要是亲吻她，指不定情绪战胜理智，就直接把这段关系坐实了。

还好只是一个拥抱和恰到好处的额头吻。

"晏清，准备好了吗？节目要开始录制了。"

项管过来催场。

庄晏清站起身："我去工作啦，有什么情况中场休息的时候再和我说。"

莫宝贝："去吧。"

中午十二点四十分，不到五个小时的时间，《观澜》清醒梦"520"海报微博转发成功破百万。粉丝在底下刷新着评论，像极了嗷嗷待哺的幼兽，就等着那支 VLOG。

官方也出来回复，将在下午两点发布 VLOG 花絮彩蛋。

"怎么样？"

庄晏清结束节目录制,问起网上的舆评。

莫宝贝笑嘻嘻地将手机递给她:"超前解锁 VLOG,爆啦!都在说你们俩是偶像剧里的天仙配,看看,是不是要转发一下 VLOG。"

由于合同里明确写好了艺人权益的使用细节,这条 VLOG 并不在官方想要艺人转发互动的范围里。

但因反响热烈,《观澜》负责宣传的相关人员还是过来询问了一下,是否可以转发原博。萧北淮那边今日还有《扶摇直上》的物料要发,便婉拒,庄晏清这儿,莫宝贝等着她节目录制结束再问。

"可以呀,他先转发促成了 VLOG 提前解锁,我这也算是首尾呼应?"

庄晏清很喜欢那支 VLOG,听说配乐还是专门找老师编排的曲子,用心满满,一点也不敷衍。

关键是好些镜头,都能让她回想起和萧北淮高中时的碎片画面,不算巧合,可也是具有一定代表性意义。

"呃,这是什么情况?"

庄晏清点开评论,看到热评怔住了。

"怎么了?"

莫宝贝凑过去一看,"哈哈哈哈哈"笑出声来:"什么鬼呀!"

原来是评论区有网友留言——

△啊这?@正阳大学 你不来看看瞧瞧捞一捞转一转?免费招生宣传啊我和你说!看看这俩崽子多有出息,妥妥牌面!

△哈哈哈哈哈哈笑死,楼上说的有道理!@天水市第二中学 你要不要也来蹭一波?缺代言人吗?问问这俩,估计免费!

△点进@天水市第二中学 首页看了一眼,你就算啦,听话,咱先搞学习,那些花里胡哨的别参与。让给@正阳大学 双一流名校,双一流 CP 宣传!

让庄晏清和莫宝贝哭笑不得的并不只是网友的脑洞大开,还有正阳大学、天水二中的官微,真的出现在了评论下方……

正阳大学:啊啊啊啊啊啊啊我们正阳大学的学子!(骄傲脸外加撕心裂肺喊叫)排面排面!蹲一个和母校合作的机会?可能?

天水市第二中学：给我急死了，都听我说！我这儿有85周年校庆表演视频！捞捞我，今年校庆等一个重返青春的合体舞台？看一下我呀呜呜呜呜。

"绝了，还可以这样？"

莫宝贝光是看评论都要笑死，谁能想一个合作竟把俩学校官号都炸出来了。光大学高校还不够，高中也要来凑热闹。

庄晏清："这两个号应该都是学生会在运营吧？这种发言确定不会给学校带来什么影响？"

"能有什么影响，有也是积极影响，这就叫明星效应。"莫宝贝很看好这波联动，"要都是北影上戏出来的，那不稀奇，毕竟是专业院校。但你和萧北淮这种普通高中、大学都一起的，就很有故事可以说了。依我看，学校要真是抛橄榄枝过来，一定要接！"

庄晏清忍俊不禁："别想啦，赶紧下班回家，免得耽误你晚上的约会。"

莫宝贝不慌不忙："哎，那不是约会，就是去'故事'玩，一起呀，我姐我哥他们都会来，人多热闹。"

"故事"是莫宝贝的嫂子随有初开的一家高级俱乐部，庄晏清去过几次，氛围很不错。莫家人有独立的包厢，私密性也比较强。

莫宝贝见庄晏清犹豫："怎么，有约？"

庄晏清："没有。"

莫宝贝伸手一拉，将庄晏清挽住："那就一起啊！走！现在就出发！"

"520"疯了一整夜，次日没有工作的庄晏清睡到大中午才醒。

她躺在床上，眼睛就这么半睁半眯地刷着朋友圈，挨个给秀恩爱的、认真过"520"的，都点了个赞。

雨露均沾，谁都照顾到。

没多久，她便发现这些朋友圈里，没有岑翎的身影。

翎翎一贯是爱分享的，难不成昨儿没有节目？

想到这儿，庄晏清倏地清醒，爬起来点开岑翎的头像，顺着朋友圈进去看，上一条还是4月份宣传新品的内容。

YanQ：起了吗翎翎？

YanQ：昨儿没约会？

翎翎：没。

翎翎：方便电话？

岑翎回得很快，看到这消息，庄晏清立马拨了电话过去，大早上还没开嗓，第一声哑得她自己都吓了一跳。

岑翎一听，格外谨慎地问："才起？真的方便聊天？"

昨儿那套横扫全网的《清醒梦》情侣大片，岑翎也看了，是一点开就迫不及待想收藏原图用作背景的程度。

这两人确实很养眼。

加上5月20日，所以她潜意识觉得庄晏清昨晚应该和萧北淮待在一起，生怕打扰到，连微信消息都不敢发。

同样的想法也发生在庄晏清身上，她以为岑翎和蒋淮止应该有约，谁知道并没有。

"我等了他一天，从白天等到晚上，没有礼物也没有约饭。"岑翎苦笑，"可以说和我期待的完全不一样。

"他的所有热情与浪漫，都给了他前妻，如今被消磨殆尽，兴许已经是乏了吧，重复的事情便不愿再做了。"

想了一夜，岑翎还是给蒋淮止找了一个看似最合理的解释。

和蒋淮止相比，她从未谈过恋爱，虽不敢肖想铺张浪漫，但对于女孩子该有的，岑翎还是会想要。不论她是十八岁、二十八岁还是三十八岁，都会对浪漫爱情有所期待。

年龄，不该成为她放弃一些原则与标准的罪魁祸首。

庄晏清万分同意："原先我还担心你会因为年少时对他的爱恋，失去判断力。现在看来你自己已经想得很清楚了。"

岑翎："我昨晚想了一整夜，都没睡着。心里就像是有两个小人在打架，一边一个说法。除了是少年时喜欢过的人，他的家境也是我动摇的一部分。人都是现实的，如果婚姻不是从喜欢开始做选择，那就是一场关于未来的交易。

比起普普通通的家庭，起码和他在一起，我不用担心经济条件。"

"可你自己也不差啊。"庄晏清反驳岑翎。

在她看来，岑翎就是处事太悲观了些，从前是，现在偶尔也还会有这种消极情绪。

觉得自己什么都比不上别人，不够漂亮，不够优秀，哪怕已经拥有一个越LING 的品牌，也觉得它不够火。

兢兢业业做产品，从用料、取名到文案宣传、品牌包装，她都是用尽心思。可小众国产东方香想要破圈取代大牌名牌，谈何容易。

"呜呜呜，我以后要是混得很差，你能不能接济一下老姐妹啊。"

如果越 LING 做不下去，岑翎属实想不到自己还可以做些什么。

庄晏清柔声安慰她："不会有那一天的，你相信我。"

两人断断续续说了好一段时间，直到岑翎那边有工作需要处理这才结束。刚挂断，萧北淮的语音通话就这么毫无征兆地冲进来，庄晏清吓了一跳。

"怎么啦？"

萧北淮被她问得一愣，想好的招呼问候卡在嘴边："秒接？"

庄晏清忙解释："刚和翎翎打完电话，结果你就拨过来了，有什么事吗？"

"怪不得。"

他打了好几通，对方都在忙线。

萧北淮缓缓揉了一下眼窝处："出来吃饭？叫上莫宝贝一起。"

"啊？这么突然。"庄晏清看了眼时间，确实已经到了饭点，"去哪儿啊？不怕被拍？"

"怕什么。"萧北淮语气非常平静，"褪去明星这层身份，我们也是普通人，有朋友也有社交。"

庄晏清爽快："行！地址发我！"

得知萧北淮要请客，莫宝贝声音立马扬高了一整个八度："可以带家属吗？我和言四一块！"

庄晏清："可以。"

萧北淮给了地址，是一个平野园区，庄晏清开车跟着导航走，好半天才到，却怎么都找不到停车场,无奈只得给萧北淮打电话,央求帮助。

"等我。"

萧北淮到时,就看见庄晏清站在车旁,正一下一下踢着地面上的石子。

"怎么不在车里等?"

闻声,庄晏清抬头,嘴角不自觉上扬:"太闷了,下车透透气。"

从杭山畔开过来可要不少时间。

萧北淮递上一瓶鲜榨的果汁,顺便向她讨车钥匙:"我来开,你到副驾驶座去。"

"嗯。"

一路过来,她都在好奇萧北淮是怎么发现这处好地方的,就连莫宝贝这个本城人都没来过。

"这是我父亲一个老朋友的产业,并不对外开放。退休后,他就带着妻子住到这园区里了,自给自足,生活很是惬意。"

萧北淮轻车熟路地驶进园区,将车子停在凉棚下方。

庄晏清看了眼导航:"我给宝贝更新一下定位,免得他们和我一样不知道车要停哪儿。哦,对了,宝贝和她男朋友一块来的,不介意吧?"

萧北淮:"言总?"

庄晏清眼珠子一转,好奇:"你也知道?"

萧北淮半点不惊讶:"撞见过几次,他俩也没有刻意避着。"

两个人一块下车,正好碰见了园区老板和他妻子,萧北淮作介绍:"王伯,这位是晏清。"

王伯笑着:"是天水庄家的大小姐吧?"

庄晏清礼貌打招呼:"王伯好,阿姨好。"

王伯点点头:"年轻人在一起好好玩,我和你们阿姨去趟朋友家做客。走的时候,北淮帮我把大门锁上即可。"

萧北淮:"好的,王伯。"

"小庄妹妹。"

熟悉的声音响起,庄晏清猛地回头,惊喜道:"延哥,你什么时候来云城的?"

江延本是叼着根烟,见人来了,随手掐灭在烟灰缸里,隔着小段距离回答:"昨晚。"

庄晏清见烟灰缸里还剩大半根烟,抿了抿唇:"怎么就给灭了?"

"你不是闻不惯烟味吗?"

"我?"

庄晏清纳闷,她什么时候说过自己闻不惯烟味了。

江延下巴一挑,指了指萧北淮:"他说的,还为你把烟都戒了。"

什么?

庄晏清一怔,旋即扭头看向萧北淮,他戒烟了?

萧北淮倒是没有什么特别大的反应,帮庄晏清把包放在了架子上,将她带到阴凉处的位置坐下。

"你什么时候戒烟的?"庄晏清小小声问。

萧北淮偏头看她,半晌:"被你看到之后。"

庄晏清倏地瞪圆了眼,难道是因为……

萧北淮像是读懂了她脸上的表情,抬手揉了揉她的脑袋:"不是你说的抽烟不好?所以就戒了。"

不仅戒了,还让身边的人也跟着少抽,例如江延。

居然真的是这样。

庄晏清觉得有些不可思议,那时候的她怎么敢想自己说的话,有一天会被萧北淮放在心上。如今细细回想,好像真的是从那次之后,就再没见过他抽烟。

原本以为是顾着明星的形象,不在公共场合抽烟,谁知,他是真的戒了。

"你俩过几天就要进组拍戏了?"

江延知道萧北淮已经和庄晏清表白过心意这事,便没得遮拦地开玩笑:"都是公众人物了,可得注意着点,来来来,隔开点坐,你坐我这儿。"

他拉着萧北淮的手,不让他坐庄晏清旁边。

"滚。"

萧北淮一点都不客气,把他椅子踢远了点。

庄晏清忍不住笑了。

"延哥来云城，是出差？"

今儿可不是周末，怎的就有空过来。

江延自研究生毕业后就一直在天水工作，是知名游戏 IP 的产品副总监，能一毕业就坐到这位置，皆因他在大学时设计的一款游戏软件，一度在 TapTap（游戏社区）上获得了超过 4.8 的高分。

再就是他出色的履历，国内顶尖名校毕业，到哪儿都抢手。

"嗯，谈个合作，顺便见见你们。"

江延刚说完，手机就响了。应该是工作上的来电，他匆忙走到一旁接听。

庄晏清拉了拉萧北淮的手，低声打听道："江延谈女朋友了吗？"

萧北淮垂眼看她，反应力一如既往地快："替岑翎问？"

"嗯……宝贝说，江延和岑翎……"庄晏清小心翼翼地斟酌措辞，"看上去有那么点点发展的可能？"

"呵。"萧北淮冷笑了声，"她怎么就能看出有没有发展的可能了。"

见递给庄晏清的果汁她还没拧盖，就这么揣在怀里，萧北淮又拿了回来，重新替她将瓶盖拧开："阿姨鲜榨的果汁，很甜，边喝边说。"

庄晏清："好。"

萧北淮眯了眯眼，看向不远处的江延："他没谈恋爱，不过和岑翎配不配，一时也说不清。你不是说岑翎心里一直有个暗恋对象吗？就和她相亲那位，怎么，没成？"

自上次之后，他就没再听庄晏清说起岑翎的事。

"嗯，不合适。"

这果汁果然很鲜甜，庄晏清连喝了几口，才顾得上继续说："一个是有过一段刻骨铭心的恋情，一个却是一张白纸，对什么都抱有期待。"

萧北淮十指交叉相扣，将手置于脑后就这么懒散地靠着月亮椅："你的意思是，蒋淮止对岑翎，不够主动？"

庄晏清："差不多吧，如果一味都是女孩子主动，那么这段恋情多半不会幸福，因为没有等同的回应，就会有落差，会有失望。"

萧北淮:"那都是男生主动,你怎么不说男生会失望。"

庄晏清回头,对上萧北淮那似笑非笑的表情,顿时明白他话里的意思,下意识抬手捶了他一把:"大丈夫能屈能伸,委屈什么!"

"我就是替男同胞讨个说法,怎么动不动还打人了呢。"

萧北淮夸张地揉了下手臂。

正巧,门口传来动静,是莫宝贝和言安到了。

"晏晏!"

待言安停好车,莫宝贝便率先跑下来,手里还拎着盒关山岚的蛋糕:"昨儿定的蛋糕,原先想的是和言四在家吃的,正好拎过来一块尝尝。"

庄晏清认出品牌:"啧,蛋糕中的爱马仕,不愧是莫家小小姐。"

"吃这方面我还是很在行的!"莫宝贝看见萧北淮,"啧"了一声,"昨儿才和我家晏晏上热搜,今儿就把人约出来野餐,你这是风口上的肆意妄为啊。"

"又不是只有我和她。"萧北淮目光越过莫宝贝,望向她身后走来的言安,"天寰言总也在的场子,总不会有什么绯闻可传吧?"

莫宝贝:"你你你,把我们俩当工具人使了。"

言安极少在私下场合碰见萧北淮,原先听莫宝贝说起他和庄晏清的事情,还颇为惊讶。难怪这庄大小姐,好好的学霸不当,非要进影视圈。

"萧老师。"

言安招呼打得极为客气。

萧北淮开口:"言总称呼我北淮就行。"

言安:"那你也不必叫我言总,喊言四吧,和晏清一样。"

萧北淮:"好。"

莫宝贝将蛋糕放到桌上,这才注意到还有个位置:"还有谁啊?"

"我。"江延打完电话回来,正好遇上莫宝贝和言安,抬手挥了下,"好久不见。"

"哟。"莫宝贝挽着言安的手轻轻靠着,"什么风儿把江大总监给吹来云城了,就你一个人来?岑翎不来就可惜了。"

"岑翎？"

江延愣了下，关岑翎什么事。

莫宝贝这张没把门的嘴真是把庄晏清给吓一跳，恨不得跳上前去一把捂住，可人在言安那儿，她哪碰得着，只能递过去一个眼神警告——

别乱讲！

莫宝贝却像是心里很有把握似的，朝庄晏清挑了下眉，视线又回到江延脸上："对呀，你俩不都在天水工作嘛，早知道就让你把她也带过来，我们可是好久都没见到了。"

"哦，她估计也没什么时间吧。"江延坐回到月亮椅上，语气闲散，"不是在谈恋爱吗？"

这下，连萧北淮都觉得意外，偏头看了他一眼。

江延随即解释："在餐厅遇见过一次。"

莫宝贝瞬间反应过来，拉了把椅子坐到江延对面，问道："那你觉得男方怎么样？"

江延："什么怎么样？不清楚，感觉像在哪里见过那男的，但是想不起来了。"

莫宝贝始终在观察江延脸上的表情，对回答其实根本就不在意。见对方表情与语气都很平静，她一下愣住。

难道猜错了？

江延对岑翎没有意思？

莫宝贝下意思瞟了庄晏清一眼，发现她也正盯着江延看，似乎也在分析着什么。

江延："她早就该谈恋爱了，就得有个人治治她那咋咋呼呼的性子，我见那男生也挺沉稳的，估计是互补型？你们和她不是好朋友？没听她提起过？"

庄晏清敛下眸子，应了声："提了，只是普通的相亲局，并不合适。"

江延意外："不合适？"

这次，仅一秒钟的时间，莫宝贝成功捕捉到了江延眼底一闪而过的惊喜。

不是惊讶，是带有一点侥幸的惊喜。

言安抬手拍了拍她后脖颈，嗓音低哑："盯得太明显了宝宝，收敛点。"

莫宝贝："啧……"

"你俩，28号进组？"言安很自然地将话题带到了拍摄上，"听宝贝说，你给晏清安排了一套健身装备？"

萧北淮"嗯"了声。

言安："挺好，有你带着，这部戏总不会差到哪儿去，庄大小姐也不至于被撵回天水了。"

撵回天水？

萧北淮侧过脸来睨了眼她，微挑眉："什么意思？"

庄晏清抿了抿唇，佯装淡定："没什么，往后再和你说。"

萧北淮神色一敛，乌黑双眸凝着庄晏清，半晌才收回目光，搭在她椅背上的手微微攥紧，末了才松开。

有江延和莫宝贝在的场子，几乎不用担心气氛，没一会儿桌上的水果就被一扫而空，庄晏清端着空盘准备起身去冲洗。

萧北淮单手接过盘子，另一手拉起庄晏清："我带你去。"

门口明明就有一排水池子，可他偏偏把自己往屋里领，庄晏清张了张嘴想问，又霎时反应过来，他应该是有话要说。

果不其然，一进餐厅，萧北淮将盘子一放，把庄晏清带到面前，骨节分明的手指穿过她的腰侧撑在吧台边缘，将人松松圈住，撞上她那双澄澈带笑的双眸，他压低嗓音开口："知道我要问你什么吧？"

庄晏清背靠着吧台边缘，双手无处可放："不是说了，往后再和你说？也不用这么急就把我拽进来问吧？"

萧北淮眉间微蹙："连言安都知道，我却不知道，你觉得我能忍多久？"

庄晏清忍俊不禁："你和他计较什么？言家和我们庄家是世交，也是因为我要进这一行，我爸才去找的言安，让天寰把我签下。这份人情，我必须拿实际行动来还，否则不正落人口舌，坐实了资源咖的身份？"

萧北淮："那他说的撵回天水，又是什么意思？"

311

庄晏清叹了口气,就算她不说,他终究是要知道,两年时间看似很长,实则眨眼即过。等拍完《清醒梦》,估计也差不多了。

"当初我非要入这个圈子,是和爷爷做了约定。两年时间,若我没有取得什么实绩,仍靠着庄家的背景在天寰拿些不痛不痒的资源,那么就退圈,重新回去念书。"

长而浓密的眼睫毛在眼睑处落下小扇般的影子,庄晏清垂眸盯着自己的指尖看:"这就是言四说的,如果《清醒梦》没有实绩,我就会被撵回家。"

萧北淮眯了眯眼:"你之前怎么从不提起这个?"

"提它做什么?"庄晏清不解。

"两年时间,拼一点能无缝衔接拍上三四部戏,能不能播那都不是定数,这成绩自然也是打折扣。更何况你前半部分时间全用来学习,到今天也只有一部网剧播了,《清醒梦》最快最快也是明年定档,到那时……"

萧北淮睨了庄晏清一眼,又气又无奈:"早过两年了。"

"你怎么还生气了?"

庄晏清抬手,碰了碰萧北淮的眉头,轻轻帮他舒展开:"我都不着急,你急什么?欲速则不达,就算剧接得不多,但成绩也不算差啊。作为处女作,《年轻得更久一些》的成绩还是可以的吧?"

萧北淮:"你家人所谓的成绩,难道不是拿一两个有代表性的奖?"

庄晏清摇摇头:"爷爷看中的才不是这个,他怕我是一时兴起,一时好奇,也怕这圈里的风气将我带坏,日子过得不舒心。可有你们在,我又怎么会不开心?"

一不小心,她将心里的话都说了出来。

萧北淮:"我答应你。"

庄晏清的心像是被人不轻不重地攥了一下,对上他的瞳眸,喃喃道:"答应什么?"

萧北淮抬手,指腹在庄晏清白皙的脖颈上轻轻捏了捏,嗓音沉稳笃定:"《清醒梦》会成为你人生代表作之一,而我,也永远会陪在你身边。"

庄晏清凝眸看他,眼神里只有彼此,呼吸逐渐变得紊乱,她下意识咽了咽口水。

萧北淮被她这个动作逗笑，原先托着她脖颈的手改为搭在肩上，捏了捏。

庄晏清旋即瞪了他一眼："有什么好笑的，别笑了。"

脚下一绊，她整个人直直撞进他怀里，猛地抬起头来时，却与他垂首的动作无端端碰到一块，仅隔着几缕发丝的距离。

"这叫……投怀送抱？"

懒懒的嗓音里透着些平日里没法儿在他身上看见的痞气，是有些陌生却陡然让人上瘾的坏劲。

辩驳的话都堵在了喉间，视线逐渐往下，焦点也渐渐模糊……

"你俩洗个盘子怎么那么久啊！"

莫宝贝一嗓门，把庄晏清吓得一激灵。

红唇擦过柔软，她整个人慌乱得像小猫偷尝蜂蜜，才闻见味道便被抓了个正着。

别说庄晏清了，就连罪魁祸首自己都吓得不轻，别开脸仰起头。莫宝贝哪知道这两人是进来偷偷亲密的，难怪门口一池子水龙头都不用。

现在算是撞破好事？

莫宝贝还没这么尴尬过，在门口原地扶额转了两圈后像是想起什么，倏地站定："你俩不是没在一起吗？"

听到这话，萧北淮忍不住翻了个白眼，掌心扶着庄晏清的后腰，待她站稳了这才松开，转过身。

"你有事？"

嗓音冷得如冬日寒冰，在这五月底闷热的天气里，让莫宝贝不由得打了个冷战。

"没事，催你俩呢，蛋糕都切好了再不吃就软啦。"喊完话，莫宝贝扭头就跑。

庄晏清脸颊烫得不行，方才那一阵儿的心悸，足足站在原地缓了好一阵才平复。

彼时，萧北淮已将全部碟子都洗干净了："走？"

那双眸子如今已如平静湖面，哪承想数分钟前，像疾风骤雨卷起的海浪，差点就将她吞噬。

庄晏清抿了下唇，点头，跟在萧北淮身后回到外面。

清醒梦 下

随以 著

江苏凤凰文艺出版社

有爱的青春陪伴者

第十四章

清醒梦境
qingxingmeng-

《清醒梦》月底开机，先拍都市部分，取景地在穗城。

庄晏清拿到剧本时研究过，都市部分上来就是热恋，与少年时的青涩和笨拙有所不同，全是成年人的大胆与直白。

加上是电影，尺度比她从前接触到的都要大。

本以为会循序渐进，先拍校园再进都市，没想到导演来了个掉转，庄晏清一下就绷不住了。

"我听说主角拍戏都有这么个习惯，上来先拍亲密戏，既能够捕捉到那一丝怦然心动的紧张，又能让演员第一时间熟悉起来，不至于拍个大半天还没法儿入戏。"

莫宝贝猜测着导演此番安排的用意，又觉得顺序先后没什么影响，对方是萧北淮啊，早亲晚亲有什么不一样，又不是没亲过。

自那日园区撞见后，她就笃定这两人私底下有进展，肯定不止于牵手和抱抱。

说什么拍电影前绝不在一起，都是骗小孩的！

"可我们本就熟悉，先拍亲密戏反而……"

"反而什么？"

萧北淮手抄着口袋进屋，正巧听到这话。

庄晏清急急忙忙将剧本反盖到桌面，站起身："你怎么不敲门就进来了？"

萧北淮指了下半掩的门:"没关,这刚走过来就听见你们的谈话声了。"

莫宝贝:"这个娅娅,做事马马虎虎的。"

萧北淮走近,打量了眼庄晏清脸上的妆:"有点浓?"

庄晏清茫然,抬手摸了一下脸颊:"会吗?我觉得还行啊,任南熹就是这种形象的。"

萧北淮:"素颜最好看。"

莫宝贝做了个鬼脸。

"我不行了,先去外面等你们,十分钟后就要开拍了,别搞出什么花样来哦。"

莫宝贝摆摆手,逃也似的离开休息室。

一时间,屋里只剩下萧北淮和庄晏清,两个人妆造都做好了,就等着回到片场直接进入角色。

到那时,他是张燎,她是任南熹。

"今日要拍的戏,你都看了吗?"庄晏清扬眸问。

萧北淮靠着沙发,双手后撑着边沿:"当然,提前熟悉剧本不是理所应当的事情?"

"你明知道我说的什么意思。"庄晏清跺了跺脚。

萧北淮见了,勾唇:"你当初不就是因为这电影有我的银幕初吻才接的吗?怎么,敢接,临了又不敢拍?"

"萧北淮!"庄晏清抬脚轻踢了他一下,"能不能说正经的。"

萧北淮笑得有些无奈:"我哪儿不正经了?再说了,等进了场,你就得忘记自己是庄晏清,忘记演员的身份,你只是任南熹,所有情绪都围绕着这个人物来。别慌,我带着你。"

庄晏清深呼吸,调整自己的情绪。

萧北淮见她是真的紧张,偏了下脸,猜测:"这该不会是你的初吻吧?"

庄晏清陡然瞪大了眼:"不然呢?你以为谁都和你一样是情场高手吗?"

萧北淮哭笑不得,这简直就是天降大锅:"谁说我是情场高手了,这些年忙着训练拍戏,哪儿来的时间谈恋爱。"

"所以——"萧北淮上前一步,"你紧张吻戏的原因是,自己没经验?"

庄晏清绷紧了唇,在萧北淮面前也不怕坦白些:"没亲过,所以上来就是亲热戏，我怕会露怯，没法儿让导演相信我的表演。"

真是个傻姑娘。

萧北淮差点没忍住笑。

庄晏清："我本来以为会先从校园部分开始拍的，没想到导演临时调了顺序，来之前我还纳闷，不是先去平城嘛。"

萧北淮："都到这时候了还计较这些有什么用？"

庄晏清："嗯？"

"不如先熟悉一下？"

庄晏清心脏忽一下悬至云端，说话都磕磕巴巴："什……什么……熟悉什么？"

萧北淮倾了下身，抬手捻起她的下巴："接吻。"

腰肢被他掌心触碰的地方，又热又麻，垂在身侧的手无处可放，紧攥成拳，庄晏清整个人绷紧成一条弦。

在萧北淮眼里，她俨然像是钢铁巨人，他忍不住低笑了声，捻着下巴的手转而托住她的后脖颈，轻而缓地揉了揉。

他启唇劝着："放松些，是我。"

是他啊，萧北淮。

庄晏清一瞬间松了松劲，她的初吻并不是给了别人，也不是给了搭戏的演员，而是给了暗恋多年的男人。

青春里遇见的他，像站在茂密树荫下得以捕捉到那一缕穿透至她掌心的光。

人生是原野，暗恋是荆棘。

虽痛也深刻，却不是狼狈不堪，跨过了便能迎来炽热的光。像现在这样，照亮她一整个心底。

不再患得患失，不再陷入自我怀疑的循环，大胆地拥有，去靠近，去亲热，去正大光明且贪婪地享有属于他的全部。

松开彼此时，庄晏清羞愧地埋头藏于萧北淮的怀里，声音又哑又弱："你，不可能是第一次！"

萧北淮搂着她，一下一下地顺着她的后背，轻笑一声："有些事情，本不用学的。"

"我现在的脸是不是特别红?"

庄晏清抬头看他,明眸水盈盈,只稍一眼,就勾得萧北淮想再亲一次。

但,时间不够了。

莫宝贝重重敲了几下门,吸取上次撞破的经验,改而用这种方式提醒,连进门都选择背对的方式。

庄晏清看不下去,偏头抬手扶额。

"聊得怎么样?要开拍咯。"

莫宝贝提醒。

萧北淮松开搂着庄晏清的手,捋了捋被他揉乱的发丝:"我先过去。"

庄晏清:"嗯。"

等人离开,莫宝贝小跑着上前,瞥了一眼便熟练地从桌上抓过口红,一脸的淡定:"唇色补补,都吃掉了。"

莫宝贝点头认可:"萧北淮确实挺会,起码你现在这个样子,有热恋中娇羞的味道了。"

这是在夸,还是在讲反话?

事实证明,这个吻确实像是魔法一样,打开了属于任南熹的那扇门。

就连站在场边观望的莫宝贝都被一下子拉进这个故事里,相信庄晏清就是那个小镇女孩任南熹。

褪去校园时的青涩与懵懂,一头扎进这个像是灌满拥挤沙丁鱼的城市里,与履历光鲜的张燎不同,跨专业的她就像是一张白纸,等待着被穗城的烟火繁华染上璀璨色彩。

萧北淮饰演的张燎,与他本人性格完全不同,多了份嚣张气焰。

张燎从读书时起就是张扬的性子,成绩好家境好,无一处不是光。毕业后多家公司递来橄榄枝,他一个都没选,转身便和朋友一同创业。

今日这场戏里,是他应酬到深夜两点醉醺醺回家,与在沙发上等了彻夜后不小心睡着的任南熹,因一个热吻发生的一场争执。

与休息室里那个甜分超标又带着些许小心珍视的吻不同,酒后的吻带着一股风暴席卷而来的势不可当,欲将任南熹从梦里撬醒,直接吞噬。

哪怕知道是这样的情绪,可演起来,庄晏清依旧有被萧北淮吓到,牙齿直接撞上，疼得她直皱眉。

"咔！"

导演喊停，萧北淮扶着庄晏清坐起身，掌心在她后背上轻轻顺了几下。

"没事吧？"厘导探出头来问，"有挣扎那股劲儿是对的，但有点过了，别忘了你们是热恋中的情侣。是熟悉对方的，所以要先有习惯性的回应再是对抗与挣扎。"

庄晏清喉咙微紧，点了点头。

萧北淮借着帮她捋顺发丝的动作，小声道："没磕疼吧？待会儿我会温柔些，你反抗的时候尽管使劲，不用顾及我。记住，你是任南熹，不是庄晏清。"

庄晏清点头："好。"

这场戏的情绪由升至降，最后化为暗夜里的争吵，所有的一切都在变，与年少时盼望着的生活有了不重合的地方。

应酬免不了喝酒，喝酒免不了伤身，最主要的还是触碰到了任南熹心底里那段不愉快的经历，才会在这夜彻底爆发。

大开大合的戏份演完，当导演喊停时，庄晏清整个人瞬间像是脱力一样瘫坐在了沙发上，小口小口喘气。

萧北淮走了过去，将她滑落到臂弯处的衣服拉起，遮盖住裸露的肩膀。

"挺好的。"

对于这场戏，厘野也很满意，他本是担心庄晏清不是科班出身，状态会忽高忽低。头一个镜头下来，喊停那一声时，他心里也有些打鼓，担心这第一天就要一个镜头揪着一个镜头熬过去。

幸好，演员还是有一定的信念感。

"张燎，你的眼神在与任南熹发生争吵的时候，要有变化，不是狠劲。她是你的爱人，在察觉到她情绪不对劲的时候，你要清醒过来的，不能一直都是在醉酒的状态。"

厘导直接上前给两位主演讲戏，力求在这场表演中将情绪发挥得淋漓尽致。

大银幕会放大每一个表演细节，不能只讲究台词到位，还要让观众看到脸上情绪甚至眼神的变化。

莫宝贝帮庄晏清拍了不少片场花絮，用作记录她在演技上的成长。这也是莫宝贝第一次看庄晏清和萧北淮两人对戏，她忍不住偏头问娅娅："先前你在《观澜》现场看的时候，他们俩互动也这么多？"

娅娅不明所以，只得老实回答："萧哥估计是担心晏清姐怕生？所以都会站在她身旁，有时两人也没说话，就那么并排站着。莫姐，你是不是觉得他俩特别般配啊！"

莫宝贝看了眼娅娅，也不知道该心疼她傻还是夸她心思单纯，作为庄晏清的贴身助理，竟一点都没察觉。

还在这儿嗑CP（情侣）呢……

娅娅："不过拍戏他俩明显亲密许多，杂志片场可没有现在气氛这么'粉红'。"

可不是？

简直不把周围人放眼里，莫宝贝低头看着自己拍的花絮，恨不得捂紧了，这要是不小心发到网上去，肯定掀起腥风血雨。

归根到底，就是这两人由内而外散发着虐狗的气息，莫宝贝拿小本本记下，决定收工后和庄晏清好好谈一谈。

再不克制点，要被人看出来了！

与莫宝贝的担心不同，这第一日拍摄庄晏清觉得非常过瘾，她甚至爱极了自己在镜头里的样子，也就是任南熹的角色。

不论是情绪、阅历还是人物性格，任南熹都要比她本人丰富许多。

"还行吗？"接过莫宝贝递来的水壶，庄晏清忙问，"你有没有觉得哪儿演得不太好？"

莫宝贝："厘导都夸你了，我可是外行人，说的话哪能算。累不累？"

"不累，挺过瘾的，好久没有这种感觉了。"

这样的拍戏气氛，庄晏清有种梦回《年轻得更久一些》片场时的感觉，甚至比那会儿还要浓郁，加之对手的戏也好，演起来就很过瘾。

莫宝贝："保持住这样的状态，然后稳步提升！"

庄晏清："嗯！"

"和导演打过招呼了，我们先回酒店？"莫宝贝注意到萧北淮后面还有一场群戏要拍，也不知道庄晏清会不会留下来看，"还是你想等萧北淮？"

"等他做什么，我都饿了。"庄晏清挥手，"收工，去吃饭。"面上装作若无其事，实则就是想着赶紧拍完开溜。

太羞耻了！今天这场亲热戏拍下来，她都数不清和萧北淮亲了多少回，后面化妆师补妆的时候还嘀咕了一句，有点凶哦，咬破了。

天知道她在听到这句话时，脸涨得多红，她还顺带瞪了萧北淮一眼，也不知道吻戏五次重拍下来，有没有一次是他故意为之的。

上车后，莫宝贝将拍摄的片场花絮递给庄晏清："你先看着，等我一下，给云屿姐回个电话。"

曾云屿当初为了《清醒梦》这个项目，可没少费心出力，早些时候就发消息过来问第一天拍摄的情况，碍于现场环境，莫宝贝只是简单发了几张片场照，想等结束了再打电话。

娅娅也还没过来，车上只剩下庄晏清一人，她点开视频。

过了不到五分钟，车门有动静传来，庄晏清以为是莫宝贝回来了，头也没抬地问："这么快？"

"怎么，还需要回放重温？"

男人的笑音带着戏谑传来。

庄晏清吓了一跳，手忙脚乱地将手机锁屏捂在怀里，抬眸见是萧北淮，顿时像只被惹怒的猫咪，一爪子伸过去挠了一把。

"你干什么啊吓我一跳！"

"什么胆子那么容易被吓。"

萧北淮往后退了一步。

庄晏清坐直了身，这才看到萧北淮旁边还站着大饼，以及不远处，与她对上目光，朝她挥手的演员阮非、郑斯沐。

"几个意思？"庄晏清问。

萧北淮双手抄着口袋，惬意地倚着车门："一起去吃牛肉火锅？"

庄晏清抿了抿唇，嘟哝了一句。

萧北淮没听清："什么？"

"我拒绝可以吗！"

庄晏清提不起劲，当着萧北淮的面也不用端着："没力气和你们一块攒局了，就想随便吃点然后赶紧回去休息。"

萧北淮："那好。"

庄晏清:"哎。"

她叫住准备转身离开的萧北淮，皱眉问:"你该不会生气吧？"

萧北淮屈起手指，骨节敲了敲车门:"不至于，好好休息，明天见。"

莫宝贝回来时，正好碰上萧北淮离开，故作客气地打了声招呼，迅速钻上车。

"他找你做什么？"

"大家组了个火锅局，想问我要不要一起去。"

庄晏清展开小毯子，裹住肩膀。

莫宝贝:"和阮非他们？我刚回来的时候碰见他们站在路口了。"

庄晏清:"应该是，组局肯定没法儿早走，我明早还有戏要拍，怕晚睡误了状态。娅娅呢？怎么还没来？"

"来啦来啦。"

说曹操，曹操到。

娅娅上车第一句话问的就是晚饭吃什么，显然也饿了。

莫宝贝:"粤菜？"

庄晏清睁开眼:"我们酒店是不是就有间粤菜馆子？先前来的时候我看过点评，五星呢。"

莫宝贝当下立断:"说的是炳胜公馆吧？可以！"

饭后，车子驶回酒店的路上，娅娅埋头勤奋修图，就等着下车后发给庄晏清进行微博营业。正式进组第一天，总要有些仪式感的产出。

"娅娅，接下来半个月，剧组这边就要你一个人盯着了。"

莫家有些事情需要莫宝贝回去处理，没法儿待在穗城陪庄晏清拍完戏，明晚的飞机离开，她多少有些放心不下。

毕竟这是庄晏清第一部电影，又是继《年轻得更久一些》之后第二部作品，前期赚足了热度和眼球，就需要作品后期续航，才能提升她的演员价值，《清醒梦》的重要性非寥寥数字可以概括。

"每天除了要关注晏晏的状态，记录片场花絮，还得格外注意剧组里的关系维护，避免让人拍到什么传出去，惹出负面新闻。"

特别是盯紧萧北淮！

这点是莫宝贝最操心的，可偏偏又不能直说。

娅娅："我知道了莫姐。"

莫宝贝想起："过两天是不是钟老师就要进组了？"

娅娅："对，后天开始B组就同步拍摄了。"

B组负责的是老年时期戏份，钟玉老师饰演的是老年版任南熹。

莫宝贝免不了叮嘱一句："晏晏拍摄结束后记得带她去和钟玉老师打招呼。"

闭眼小憩的庄晏清听到这儿，幽幽插了句："这都不用你说好嘛。"

莫宝贝回头看她："不是怕你们两组拍摄时间撞了，回头拍起来便忘了这事。"

庄晏清："放心，礼貌与尊重，忘不了。"

莫宝贝："那就行，总之有什么事就给我打电话。"

娅娅："好嘞。"

酒店楼下有不少蹲点的粉丝，见保姆车过来一个个精神抖擞，就盼着是自家偶像来了。

"好多人啊。"娅娅背起包，"我先下车，稍等我一下。"

莫宝贝："嗯，小心些。"

在安保的护送下，一行人顺利进电梯，庄晏清站在最角落位置，无意间抬头望向外面，见有好几个小姑娘举着写着她名字的灯牌，喊着应援口号。

庄晏清怔了怔。

"想什么呢？"

莫宝贝侧头留意她的表情。

庄晏清抿唇，收回目光摘下墨镜，轻扫了下额前碎发："我刚见到有我名字的灯牌，还有喊口号的。"

莫宝贝不明所以。

庄晏清柔声道："我也有粉丝来探班啦。"

莫宝贝怔了怔，忽地一笑："瞧你这出息，未来你会站得更高，会有更多人看见你。"

庄晏清默不作声，脑海里却已经有了想象。

次日，庄晏清早早便到了片场，此时B组已经开始拍摄，她化完妆便匆匆赶过去。

钟玉饰演的任南熹和程一杰饰演的张燎正在对戏,这场拍的是已经得了阿尔兹海默症的任南熹出门去买东西,却不小心迷了路,好不容易在民警的帮助下回到家的情节。

心急火燎的张燎见到妻子,又急又心疼,忍不住想发脾气,就见她捧着久久护在怀里的蝴蝶酥,朝自己笑道:"看!我买了你爱吃的蝴蝶酥!"

张燎的话一下哽在了喉间,手颤颤巍巍地接过蝴蝶酥,细细查看老伴儿有没有哪儿受了伤。

任南熹边说着没事,边和他分享早上出去的见闻,听得在场其他人一愣一愣的,不懂老太太在说些什么。

唯独张燎听懂了,任南熹说的是十年前,和他在一起时的事情。

钟玉老师不愧是老一辈演员中表演奖大满贯获得者,对细微处的演绎把握得非常准确,她演出了一个阿尔兹海默症病人的状态,即便是记不得了,但眼里仍旧有着光,有爱着的人,和惦记着的事。

台词功底也很强,那么长一段词,她愣是一字不差地记下来,七十多岁的老太太,咬字还非常清晰。

老戏骨的对戏,总是感染力颇深。

"咔!"

B组导演站起身:"很好,两位老师先休息一下,我们拍点群戏部分。"

钟玉在助理的搀扶下到旁边稍作休息,接过养生壶,浅抿了两口茶水,又忍不住和老朋友程一杰老师攀谈起来,聊着方才刚演完的情节。

林亦伽见庄晏清已在旁边站着看了许久,走上前:"来啦?和两位老师打声招呼?"

庄晏清眨了眨眼,待眼眶湿润的劲缓下去,点头:"嗯。"

林亦伽亲亲密密挽住庄晏清的手,帮她作了引荐。

"哎呀,小任,我年轻时候要长这样,要美死的啦。"钟玉拉起庄晏清的手,忍不住夸,"是个漂亮的娃娃,今天要拍哪场戏呀?"

庄晏清有些受宠若惊,微微俯身将今天的戏同钟玉简单讲了一遍,再过不到半个小时,她也该开拍了。

钟玉连说了几声好:"老程,晚点有时间我们也过去瞧瞧年轻人的场子?"

程一杰:"我没问题的呀。"

"行,踏实去演!"

钟玉又拍了拍庄晏清的手,顺势捏了捏她手臂上的肌肉,像是想起什么,微微皱眉:"太瘦啦,一点肌肉都没有。小任可是田径队出身,你这看上去又瘦又白,估计得花时间练练。"

"钟老师训得是。"

男人走过来,双手背在身后微微躬下身:"我正邀请晏清加入夜跑健身小分队呢。"

钟玉:"哦?"

萧北淮是什么时候来的,庄晏清的视线在他脸上睃了一圈后收回,干笑了两声:"是。从前太懒了,没什么运动的习惯。"

钟玉指了指萧北淮:"那可以让小萧带着你,练练身子骨,不然啊观众很难买单的。"

庄晏清:"是,辛苦萧老师接下来有空夜跑的时候,带上我这个拖油瓶了。"

说完,她还有模有样地鞠了个躬,生怕现场其他人没有注意到。

萧北淮勾了下唇,极为配合地转身询问周围工作人员:"夜跑计划即日开启,有需要的可以报名参加。"

工作人员一个个笑着摇头挥手,躲得远远的,生怕一个眼神对上,就会被拉去夜跑。拜托,打工人只想早点下班回去干饭睡觉好吧?

还运动?有这精力,打几盘游戏都好过去夜跑。

"A组准备开拍,演员请到位,各部门请到位。"

对讲机传来副导的声音,寒暄告一段落。

庄晏清和萧北淮前后离开,走到外面,他迈开长腿追上庄晏清。

"你怎么知道我来这儿?"庄晏清瞥了他一眼,问。

萧北淮:"有没有一种可能,是我来了之后看到你正好也在这里?"

庄晏清若无其事地点头:"可以。"

萧北淮:"我和钟玉老师合作过两次,这是第三次了,最近一次是在《扶摇直上》那部剧里,她饰演我的祖母,关系很亲厚。"

难怪刚刚他们的互动那么自然。

"晚上没有夜戏，收工后换下衣服，去夜跑？"

还沉浸在 B 组氛围的庄晏清听到这句话，猛地扭头："今晚就去？这么快？"

萧北淮像是早就料到她有这个反应，提醒她："夜跑这件事，整个 B 组可都听见了，别忘了之前怎么答应我的。"

庄晏清肩膀一下垮了大半："好吧，去就是了。"

傍晚六点半，庄晏清先于萧北淮收工，因为约好了一起夜跑，她先回酒店换了套轻便的运动服，在环岛路口等他。

"我上一次跑步，还是大学体测。"

这里有个连坐倒霉蛋，也在愁眉苦脸中。

娅娅怎么也没想到有一天跟组，还得陪老板一块跑步锻炼："姐，要不我就在这儿等你们吧？给你们买水递递毛巾之类的？"

只要萧北淮没到，她就还有挣扎的机会。

"不行，你这体格也不太行，万一哪天被狗仔追，你八百米都没法跑，瞬间就被人给逮住了。"

庄晏清一边压腿一边说服她。

娅娅叹了口气，好吧，老板是发工资的人，都得听老板的。

热身结束，庄晏清终于看见姗姗来迟的萧北淮，后面还跟着阮非？

阮非一见庄晏清，就很热情地打招呼："嗨！南熹！"

庄晏清双手背在身后，有一下没一下地活动脚踝，笑着打趣："怎么，被抓壮丁了？"

阮非在戏里饰演的是张燎的发小，性子和他本人相差无几，都是比较闹腾的类型，就连莫宝贝见了都忍不住说，这是本色出演吧。

"那倒没有，我这是自愿的。"阮非小秀了一下自己的肌肉，"之前都是在健身房练，正愁进组后没法坚持，听说你们要夜跑，我果断加入！"

"行了。"萧北淮打断阮非的话，简单活动了下筋骨，看向庄晏清。

她编了两根鱼骨辫，头发不易散开，身上穿的是他买的那套运动服，很合身，将她整个身形衬得纤长。

萧北淮："你没有经验，匀速跑就可以，不求快，注意脚下。"

庄晏清："好。"

"那我去前面领跑？"阮非自告奋勇。

正中他心意，萧北淮点头："嗯，我跟在你们后面。"

庄晏清原地弹跳了两下，准备出发，无意瞥见身旁呆若木鸡的娅娅，伸手拍了一下她手臂："发什么呆呢，跑起来。"

娅娅猛然回过神，捂着脸惊叹："何德何能让两位男神为我们夜跑保驾护航，晏清姐，这辈子能来做你的助理，真是值了。"

庄晏清失笑："你刚刚不是还说不跑？"

娅娅："那是刚刚！不作数了！"

庄晏清笑着摇头。

萧北淮选的环岛路线，跑起来特别舒服，晚风轻柔地拂过脸颊，丝毫没有白天的闷热感。远离市中心的喧嚣与吵闹，没有汽车尾气也没有热闹人群。

庄晏清享受着初次夜跑带来的新鲜体验，没有刻意去追求速度感，以至于没一会儿就被阮非甩在了后面。

没有锻炼习惯的娅娅也因体力不支，没跑几百米便招手示意不行了，改成快走。

唯有萧北淮，一直不疾不徐地跟在庄晏清身后，也没开口聊天，就这么匀速跟着跑。庄晏清好几次都回头看他，示意他可以提速往前，他就是不理睬。

全程跑下来，庄晏清双手扶着膝盖俯身大喘气，萧北淮最多就是胸脯上下起伏得急促了些，压根儿看不出累。

"你们终于跟上来了，我都在这儿吹半天冷风了。"

阮非拿着水走过来，掀起衣服下摆抖了抖，隐约可见那腹肌线条，看来经常去健身房锻炼的说法并不假。

"还好吧？"

萧北淮抽出纸巾递给庄晏清："擦擦汗，放松一下小腿肌肉。"

庄晏清："谢谢。"

有外人在，他们总是保持着一定的距离和客气，生怕被看出什么。好在阮非也是个大大咧咧的性子，对这些细节并不太注意。

"我让我经纪人把车开到这边等了，你们呢？"

阮非跑累了，回去若不坐车，恐怕明早都起不来拍戏。

庄晏清等来娅娅后，见她上气不接下气的样子，也决定让司机开车过来接。

阮非:"用不着再叫你的司机了,一同坐我的车回去就行,坐得下。"

庄晏清:"好,谢谢了。"

阮非挥了挥手:"客气。"

回酒店的路上,庄晏清手机振得欢快,同一时间,娅娅也接到了莫宝贝打来的电话,询问人在哪儿。

前排正低头刷着微博的阮非大喊一句:"我们上热搜了!"

后排闭眼休息的萧北淮闻声,缓缓掀眼。

"莫姐说有狗仔拍到你们收工后组团去吃火锅的视频,所有主创演员都在,就晏清姐没出现。"娅娅把莫宝贝说的话原封不动传达,"网上传不和呢,两家粉丝也都闹了起来。"

萧北淮:"谁家粉丝?"

庄晏清幽幽道:"除了你家,还能有谁?"

萧北淮:"嗯?"

他拿过手机点开微博,推送准确无误——

#庄晏清疑似被孤立#

"这是第一天拍摄结束后,我们去吃火锅的路透吧?好一个看视频编故事,要不是我本人就在里面,差点就信了。"

阮非觉得十分无语,点开评论就开始在那儿埋头打字,用小号进行回击。他可不管这评论有没有人看,有没有人信,发泄情绪才是第一重要。

娅娅留心观察着庄晏清的表情,莫宝贝在电话里再三叮嘱,一定要注意,别让她因舆论受到影响,导致拍戏不在状态。

现在看……

好像还好?

的确,这事儿在庄晏清心里掀不起任何波澜,起先定角闹出的风波她都不在意,更何况这种。手指头是别人的,她哪有能耐去控制别人的键盘怎么敲。

娅娅试探性开口:"姐,要不你给莫姐回个消息?她说微信你没回。"

"嗯,跑步那会儿没看手机。"

刚刚,她已经回复莫宝贝了,估计挂断和娅娅的通话就能看见了——没事,冷处理即可,用不着给眼神。

很快,屏幕上方显示"对方正在输入"。

MoBoo:真是什么垃圾料都有。

MoBoo:我让娅娅以片场工作人员的身份,进行简短发言然后同步撤热搜,你这边拍戏别受到影响。

YanQ:嗯,不会有影响。

YanQ:你忙你的事情去,这边娅娅处理就行。

收起手机,庄晏清柔声吩咐娅娅:"按照宝贝说的做,旁的不用搭理。"

娅娅重重点头:"好的,明白!"

车子抵达酒店,庄晏清同娅娅先行下车,进电梯前,眼角余光瞥见了萧北淮,他似是对着她抬手比画了个什么手势。

电梯门缓缓关上。

趁娅娅沉迷编辑信息处理事件,庄晏清躲到轿厢角落发消息——

YanQ:?

信号不好,消息转了好一会儿圈才发送成功。

楼层抵达,对话框这才有更新。

萧北淮:助理走后说一声,我过去找你。

庄晏清脚步一顿。

这哥们,胆儿真大!

"娅娅,我有些累了想回房洗洗睡觉,你也直接回去吧。"

庄晏清收起手机,往前快走两步:"晚饭我就不吃了。"

娅娅:"啊,水果也不吃了吗?空腹去跑步,过会儿就饿了吧?"

庄晏清:"没事,饿了我自己再张罗吃的。"

娅娅:"那好,有什么事儿再打电话给我。"

庄晏清:"嗯。"

庄晏清佯装翻包找房卡,不动声色地等着娅娅坐电梯下去,待她离开,庄晏清这才拿出手机发了条微信,转身径直走向廊口的露天阳台。

约莫等了五分钟,余光瞥见有道身影朝这边走来,庄晏清默默往旁边移动了几厘米，顺势扫了下四周，并没有发现什么可疑的人。

这家酒店的安保措施还是做得很到位。

"给。"

身旁传来轻描淡写的声音，庄晏清垂眸一看，是个水壶，还有根能量棒。

萧北淮："吃点。"

庄晏清接过："谢谢。"

萧北淮："网上的传言，我已经否了。"

"你？否了？"

庄晏清愕然回头，拧开瓶盖的手一顿，压根儿顾不上喝："什么意思？"

萧北淮取出口袋里的手机，点开微博界面翻了翻，然后递给庄晏清。

她接过看了一眼，眉头皱成麻花结，语气倏地急了起来："你发这个干什么啊……"

十分钟前，萧北淮转了那营销号的原博，并附带评论了个问号。到这会儿，底下评论已有上千，几乎都在帮自家明星解释这个"？"的意思——

"我哥大无语，正正经经拍戏呢别乱安帽子，哪只眼睛看到孤立了？"

"…………"

"耐心告罄，与其让有些人得了空子，在那儿张嘴说胡话，不如从源头上彻底解决。"萧北淮拿回自己的手机，睨了眼庄晏清，"下次集体行动，不得掉队。"

庄晏清眉头仍未有所松懈，她知道萧北淮多半是替她出气，可关键她也不在意这些啊，更何况莫宝贝那边已经盼咐娅娅处理了。

"你下次别管了，像这种小新闻你都回应，那他们只会觉得你很在意。"

庄晏清绷紧了唇。

萧北淮正视前方，应得坦然："可我的确是在意。"

庄晏清的心顿时像被灌满碳酸泡泡，"咕咕噜噜"往上冒，最后不争气地化为一声咕哝："谁要你说这个了。"

"我知道你的性子，一贯对这些事情不甚在意，可网络是什么地方？你真以为今日这些诽谤话题，你不给眼色，它们就会消失直至毫无踪迹？不会的。"

萧北淮："保持理性和良知，不入舆论狂欢者的套路固然是好事，但不去及时澄清，作为公众人物，这些话题就会像是隐藏的标签，但凡你有点动静，就会重新跃出来，紧紧攀扯。"

"我明白你的意思了。"庄晏清侧过脸，看着萧北淮，目光柔软，"下次这个问号我来发？我可是当事人哎。"

萧北淮眯了眯眼，半晌后轻笑着抬手刮了一下她眉头。

自拍了几场亲热戏后，庄晏清与萧北淮之间的相处越来越自然，有时候连他们自己都未曾察觉，像是早已熟悉对方的亲昵。

就像现在，庄晏清将水壶和能量棒塞回到萧北淮手里，使唤："帮我撕一下，我去看看你那问号发完，现在是个什么情况了。"

萧北淮接过，将水壶夹在臂弯，轻而易举地撕开能量棒包装纸，将其递到庄晏清嘴边。她看都没看，掀唇咬了一口。

"哎？"庄晏清咀嚼着含混不清道，"阮非他们也评论了。"

"哪儿？"

萧北淮眯起眼睛凑近了看——

阮非 Fei：夜跑小分队遭到质疑！

并附了一张三人一起夜跑的照片。

郑斯沐评论阮非 Fei：哎？你们组织夜跑？没叫我？孤立我？

阮非 Fei 评论郑斯沐：认真拍戏别玩手机。

两人在萧北淮微博下，三两句话坐实#庄晏清疑似被孤立#这个话题就是个笑话，还有那张夜跑小分队照片，谁看了还敢说庄晏清被孤立了？

孤立的话，会一起跑步？

会一起对着镜头比耶？

庄晏清嘟囔了一句："真是大直男，居然原图直发，也不和我们商量一下。"

"说不定问了你，但你没看消息也有可能？"

萧北淮提醒了一句。

庄晏清愣住，赶忙调回微信界面，果不其然。

阮非在"白日清醒不做梦"的群里问了一嘴，还特意@庄晏清，结果庄晏清没看到消息，反倒是郑斯沐在下面起哄，说是要和阮非一起演一下作澄清。

庄晏清胸脯起伏，抿唇编辑——

YanQ：才看到聊天。

YanQ：谢谢！演得真好，一点都看不出来呢！

阮非：还行吧南熹？

阮非：不用谢。

郑斯沐：晏清你终于出现了！

郑斯沐：我举报！他发原图！

郑斯沐：我都提醒他稍微处理一下面部肤色了，他偏不听！显得你和萧老师好黑……

YanQ：原图真是……

庄晏清发了个"我也很无奈"的表情包过去。

"嗯？"脖颈忽然一凉，庄晏清条件反射地缩了一下，有点茫然，"怎么了？"

萧北淮收回手："回去后揉一揉，或者涂点牙膏。"

半晌，庄晏清才反应过来他说的是什么，猛地捂住脖子，脸颊一阵滚烫如海浪般涌过。

"你……哎呀，让开！"

她面红耳赤地推开萧北淮，疾步朝外走去，速度越来越快，到最后都小跑起来。

她的身影逃也似的消失在视线里，站在门口的萧北淮缓缓勾了下唇，喉结一动。

门"砰"的一声关上，庄晏清后背紧贴着门板小口喘气，脑海里浮现白天拍的吻戏——是久别重逢的炽热碰撞。

至今想起那抹爬上她脖颈的温热，都能令她忍不住全身泛软，萧北淮眼底那不容忽视的信号带着她从白昼直入昏暗，便是一阵阵光束蹚过，她也只是个全然被动接受的角色。

缓步走向浴室，借着洗手台前的光，她细细打量了脖颈上的吻痕。萧北淮低哑的呼吸声似乎还在耳畔，而她自己当时呢？

是战栗过后不自觉陷进去的沉溺与无法自拔；是贪恋过后无法控制的痴迷与被动顺从。

节奏全都是萧北淮在把控。庄晏清伸手感应水龙头，鞠一捧水狠狠扑在脸上，试图保持清醒。

戏里戏外，她该是要分清楚的。

在穗城的拍摄已近两个月，都市戏份渐入尾声。

厘野在细节上的把控超出了庄晏清的想象，她真切感受到电影与电视剧的区别，好在有萧北淮带着，她成长得很快。

就连钟玉都忍不住夸赞她，像是天生吃这碗饭一样，眼神里有戏。

庄晏清有些受宠若惊，在她看来，组里前辈们的演技甩她十八条街有余，好几次她都没忍住，在监视器后面哭得稀里哗啦。

如果说她的任南熹是一张素描纸，是简单勾勒的铅笔线条，那么钟玉老师的任南熹，就是一张色彩丰富的油画，有深有浅，情绪饱满。

庄晏清心里明白，她离一名好演员还有很长一段距离，需要保持一个永远谦逊的态度，向上攀爬，继续学习。

钟玉和程一杰杀青当日，剧组好些人哭得眼睛通红，包括庄晏清在内。

"看剧本的时候……我就哭了好几次，没想到……再看两位老师演的……"庄晏清抹着眼泪，"我又忍不住了。"

萧北淮站在她身旁，抬手搂着她的肩膀轻轻拍了两下。

事实上，他的双眸里也有湿意，是感慨于任南熹和张燎之间的爱情。

"所有记忆都倒退归零，像从未来过这个世界，从未爱过人一样地离开，真的是一件非常残忍的事情。"庄晏清猛吸一口气，胸口似被重重碾压过一样泛着疼痛，"对爱她的人，也好残忍。"

萧北淮："张燎会永远记得任南熹。"

庄晏清抬眼看他，鼻尖冒酸："任南熹，她永远都爱张燎。"

萧北淮垂眸，目光柔软："嗯。"

就像——

萧北淮永远爱庄晏清。

他暗暗说道。

这日，剧组为两位老师组织了一场杀青宴，众人收拾好情绪陆续前往餐厅。

席间的气氛一直很活跃，阮非仍旧是扮演开心果的角色，和郑斯沐一个捧哏一个逗哏，配合得天衣无缝。

这两人不是CP，简直是这部戏最大的缺憾。

而庄晏清，酒量实在太浅，喝了一杯后就坐在角落扶额，时不时傻笑着回应同剧组演员的"表演"，生怕又传出她不合群的假料。

萧北淮就坐在庄晏清正对面，单手搭着椅背姿势闲散，视线凝视着她，旁的不清楚，直至手机屏幕亮了一下。

是厘导发来的消息。

厘野："收敛些，太明显了。"

萧北淮忽地扬起嘴角，将手机反盖到桌面上，端起桌上酒杯与他遥碰了一下。

钟玉和程一杰毕竟已是七十多岁的高龄，像这种年轻人组织的气氛局，他们露个面后便各自找借口先行离开。

"下半场，下半场！"

阮非嗨上了头，嚷嚷着再组个新局。

庄晏清长睫微动，在郑斯沐拉起她时，微微摆了摆手："我、我就不去啦。"

"啊？怎么不去啊？"

郑斯沐嘟着嘴，还想再劝庄晏清，结果旁边有人伸手拦了一下："萧老师？"

萧北淮点了下头，朝庄晏清沉声道："娅娅联系不上你，给凯恩打电话了，说你家里人有急事找你，先走？"

"嗯？联系不上我？"庄晏清浓翘的眼睫颤动，四下慌乱找手机，结果拿都拿不稳，掉到了桌面上，起身时脚又绊到椅子腿，"哎哎……"

萧北淮扶她站好，眸色沉沉："你这酒量，真是差到家了。"

凯恩推开包厢门，第一眼就看见扶着庄晏清的萧北淮，还有身旁那不时用目光打量他们的郑斯沐，心下暗骂一句，随即笑着疾步上前。

"吴总好，哎哟，厘导，这些小辈酒量不是对手吧？看，都有喝趴的了。"

凯恩到底是金牌经纪人，在应酬说漂亮话这件事上说第二，极少有人敢抢着要第一的位置。

这都还不是杀青宴,从前要这种场合,导演都能让她给喝趴下。

"哎呀,晏清怎么喝成这样了?娅娅在楼下接电话,着急跺脚呢,阿淮搭把手把人扶下去。"凯恩又看了眼郑斯沐,扬起嘴角,"瞧瞧斯沐这眼神清明如许,怕是众醉她独醒,酒量匪浅呀。"

郑斯沐愕然,随即慌张摆手:"不不不,凯恩姐说笑了。"

趁着凯恩把控场上气氛,萧北淮将庄晏清带离包厢。

"我爸妈给我打电话了?没有呀?"

庄晏清倚靠在萧北淮怀里,强撑着眼皮费劲地确认着手机上的信息,就连娅娅也没给她打过电话。

"是借口,怎么,难不成你还能和他们一起拼下半场?"

萧北淮低头瞥了她一眼,溢出薄唇的嗓音听上去还带着嘲笑之意:"你这酒量,简直比我想象中的还要差。"

庄晏清听闻抬头,冲他瞪了一眼,还打了个酒嗝。

"怎……怎么……还不许我不会喝酒啦?"

萧北淮气笑:"不是不许,是往后如果没有我在的场子,你喝成这样容易出事。"

跌跌撞撞走到门口,庄晏清毫无征兆地将萧北淮一把推开,用手指比画着一小杯的量:"我喝了不到一杯的量,清醒着呢,桌上那都是装的你明白不?那是我的演技,演技!"

要不是岑翎从前说过庄晏清喝醉后是什么样的,他真是要信了她的话,以为她是在装。

"娅娅呢?"

庄晏清回身看了几眼,压根儿没见到自己的商务车。

萧北淮很欠揍地抬了抬下巴,挑衅道:"那儿呢,没看见?你没事吧,就这还说很清醒?"

"我……"

庄晏清话还没说完,就听见娅娅的声音。娅娅从车上跳下来,背着包包小跑到他俩身边,先是和萧北淮打了声招呼,再扶好庄晏清。

"晏清姐,你没事吧?"

这四个字,庄晏清都要听吐了!

仿佛有人在自己耳边循环了无数次,她不耐烦地挥手:"没事没事我没事!你怎么从那儿下来了?那谁的车啊?"

萧北淮:"我的。"

庄晏清嘀咕一声。

"凯恩过会儿下来,先上车,别逗留太久。"

萧北淮朝娅娅吩咐了一句,然后给凯恩发消息。

后座的门打开,庄晏清被扶着坐到最后一排,娅娅正准备坐在她旁边。

"等……等会儿……"庄晏清挥开她,眯着眼睑了半天,"萧北淮人呢?"

"来了。"萧北淮手扶着车门,看向娅娅,"你坐前面,我去后头坐。"

娅娅:"啥?"

娅娅像是听错了一样整个人愣怔在原地,眼珠子瞪得圆圆的,一眨不敢眨。

"你坐前面,他过来我旁边坐。"

庄晏清大声强调了一遍,说完甚至还重重拍了拍身旁的座位。

娅娅感觉整个人裂开了,担心庄晏清是喝醉了开始说胡话,可前面还有萧大神盯着,无奈之下她只得乖乖往前排挪。

后排情况她半点都不敢忽略,视线有意无意地扫过去,最终咽了咽口水赔笑:"萧老师别介意,晏清姐可能是喝醉了……"

萧北淮坐下,理了理衣服褶皱,淡声道:"嗯,没事。"

"我有点头晕,你坐过来点,我靠着。"

庄晏清调整了一下坐姿,扯着萧北淮的手,极为自然地挽着,把头靠在了他肩上。

娅娅猝不及防,像是见到了什么不该看的,火速转过身,心里默念了数遍阿弥陀佛。诚心问佛祖,是庄晏清醉了,还是她醉了……

没有胆子回头再确认一遍,娅娅咬着自己紧攥的拳头,眼珠子慌乱转着。

从凯恩姐给她打电话,到支开她们的商务车,再到上了萧北淮的车子,说是一起回酒店,这一切难道有那么简单?

不对劲!

她的晏清姐,该不会和萧北淮在谈恋爱吧!

想到这儿,娅娅忽地起身,头一下子重重磕到了车顶,动静大到前排司机都忍不住回过头来询问一句:"怎么了这是?"

娅娅还没回答,门口传来凯恩的声音——

"呼,总算是逃回来了。"

娅娅捂着头顶,强忍着痛:"凯恩……凯恩姐……"

娅娅的视线慌乱地往后瞥,糟糕,晏清姐正躺在萧老师的怀里!这、这可怎么办啊!凯恩姐不会生气,觉得她家艺人在占萧老师便宜吧!

娅娅正磕磕巴巴揣摩着措辞,准备替庄晏清解释时,就见凯恩一把拉下了后排加装的帘幕。

这下,啥都看不见了。

凯恩朝娅娅勾了勾唇,紧接着淡定地在她身边坐下,抬手解着衣领扣子,吩咐:"老于,开车吧。"

司机应声:"好。"

娅娅盯着那帘幕,张了张嘴,话都说不出来。

凯恩瞧她一副呆若木鸡的样子,就猜到小姑娘肯定对萧北淮和庄晏清的事情一无所知。也罢,这事儿就等着莫宝贝自己去说,她可没兴趣嚼舌根。

"娅娅?方才我们说到哪儿啦?说穗城哪家SPA最舒服?"

这都是上去包厢救场前聊的话题了,凯恩再度热情攀谈起来,心想——这样,她总不会还把注意力放在身后那两个人身上吧。

庄晏清靠在萧北淮的怀里,总是不时调整自己觉得舒服的姿势,一下用脸蹭了蹭他的胸膛,一下又抓着他的手臂。

"干什么呢,跟只小猫一样?"

萧北淮攥住她不安分的手,低头轻声警告了一下。

庄晏清迷蒙着眼抬头,忽地抬脚踢了一下萧北淮的鞋边:"说谁……说谁小猫呢……"

"说你。"

萧北淮扬起嘴角,低头在她额头上亲了亲。

庄晏清瞬间像收起了爪子一样,不再乱动,乖巧倚靠着他。

到了酒店,庄晏清在娅娅的搀扶下先行下车离开,萧北淮和凯恩在楼下站着聊了会儿工作,结束时,凯恩又提起了娅娅,脸上满是戏谑。

"我看她身边那个小助理,似是不清楚你们之间的事情,这一路上的微表情可太精彩了,没少往你们后排瞟,还夸我们车上那帘幕做得好呢。"凯恩"扑哧"一笑,"可不就是好,什么都看不见。"

萧北淮表情异常平静:"没事,莫宝贝能把她一个人留在穗城,想必就是信任她,看出来也罢,不会有什么影响。"

凯恩:"我听厘导说,穗城的戏份后天基本全结束,休息三天就转场到平城,这三天有什么打算?"

口袋里的手机响动,萧北淮拿出来看了眼,动作一顿。数秒后,他收起手机朝凯恩简短回复:"休息。"

凯恩目光中的探究转瞬即逝,取而代之的是淡淡笑意:"行。"

萧北淮:"我先上去了。"

凯恩点头:"早些休息。"

萧北淮乘坐电梯上楼,摁的却是庄晏清所在的楼层。

两分钟前,某人给他发了两条带满感叹号的消息——

YanQ:你人呢!!!!!

YanQ:我想见你!!!!!!

萧北淮看了眼手机上的时间,心下不由得感叹岑翎对庄晏清的了解:她真的是一杯酒的量,多了都不行,会闹会撒娇会耍小脾气,持续时间最长记录要一整夜,特别不安分!

他垂眸看了眼屏幕上这堆感叹号,可不就是在闹。

这要在平日,情绪最激烈也不过发一个。

到了门口,萧北淮直接给庄晏清打电话:"开门。"

"你、你等等。"

过了会儿,就听见跌跌撞撞的脚步声,庄晏清把门打开,努力瞪大眼睛确认:"嗯!进来吧!"

那迷迷糊糊的劲儿,萧北淮是见一次觉得好笑一次。

"娅娅呢?"

他弯腰将丢在地上的外套捡起,顺手拍了拍搭在一旁的椅背上。

庄晏清"哒哒哒"往沙发上一瘫,大手一挥:"回去睡觉啦!"

萧北淮自然而然地顺着她的话往下问:"那你怎么不睡觉?想见我做什么?"

"张燎，你简直没有心。"

庄晏清乌黑漂亮的眼睛里盛满了盈光，萧北淮走近了才看见，一下有些无措："怎么了这是？"

都喊他张燎了，该不会大半夜陷进戏里了吧？

"你们男人，婚前婚后都不一样！"

庄晏清仰着头嘟着嘴看他，灯光下，脸蛋周围映着一圈柔和暖光，那双眼一眨不眨地望进他的心底，萧北淮连呼吸都放慢了几分。

"怎么不一样了？嗯？"

他丢开一旁的抱枕，在她身边坐下，修长漂亮的指尖穿过庄晏清的发丝，轻拢住她的脸颊，极有耐心地哄着："结婚前爱你，结婚后也最爱你，没有变。"

"不对。"

庄晏清抿了抿唇，有些心烦意乱："结婚前你都是哄着我的，事事都以我为中心，会常常给我准备小惊喜，会和我说很浪漫的话。可结婚后，你就没有了。"

嗯？

不是戏里的台词了。

和先前两句不同，庄晏清现在说的话，不是《清醒梦》剧本里的。

萧北淮定定地看着她，漆黑的瞳孔骤然紧缩了下。

庄晏清不察，还在自己的情绪里："你想要的都已经得到了，对我就没有了从前那种珍视感。就像考评成功，不再争着表现一样。可你有没有想过，我习惯了你对我的好，习惯了那些惊喜，习惯了你会事事站在我身边，考虑我的感受。"

庄晏清抿紧了唇，胸口似麦浪起伏，一阵一阵。

白天的戏，在前期熟读剧本、现场对戏之后，她以为只是在演任南熹与张燎的故事。直到她看了钟玉老师最后那一番独白，冷不丁地，意识到自己与萧北淮的这段感情。

过于真实的故事，无形中让她这张感情白纸染上了前人提醒的颜色。

"萧北淮。"庄晏清叫对他的名字，不再把他当成张燎，不轻不重地问，"我们……"

"这是剧本。"

萧北淮打断她,理解了这一整夜庄晏清所有突如其来的情绪究竟是因为什么。

他手指在她耳垂上轻轻捏了捏,软声耐心地解释:"是包含了创作,当然,我并不否认现实中也会有这种情况出现,但一定不会是我们。"

庄晏清皱了皱鼻子,不自觉地委屈:"你……你怎么就能笃定……我们不会呢?"

"因为我比谁都更清楚,走到你身边的这段路,花了多长的时间,付出了多少努力。"萧北淮捧过庄晏清的脸,与她额头相贴,"你永远是我心上的独一无二。"

眼泪如水珠子般不停地往外冒,积攒了一夜的情绪在这一刻,因为萧北淮的回答而彻底绷不住。

她就是没出息,还没开始就害怕了。

因为暗恋,所以习惯了小心翼翼,习惯了无端猜想,甚至习惯了自卑,稍有能撬动情绪的旁枝伸过来,便能轻而易举搅动一池子心思。

说白了,就是没有安全感。

庄晏清顾不上任何形象,也不再像从前那般端着理智,一把抱紧了萧北淮,断断续续道:"你……你要永远记得今天说过的话!"

萧北淮抱紧她,轻轻拍抚着后背哄着,时不时低头亲吻庄晏清的额角:"嗯,别哭了,乖。"

不知是谁先吻的谁,待反应过来,心脏蓬勃跳动的声音与呼吸里的急促渴望交缠到了一块。

对于萧北淮的吻,庄晏清已然变得熟悉。

从起初的生涩笨拙到如今的主动渴望,说没有想法,那都是假的。成年人做得到对自己的真心负责,

"晏晏,你还醉着。"

他的唇瓣贴在她的脖颈处,能感觉到她手臂缠着自己的力量。心底那不断攀升的燥热,让萧北淮闭上眼睛,他深呼吸,哑着声哄她:"我抱你回床上休息。"

庄晏清摇了摇头,探起身来,眼神丝毫没有闪躲,语气里藏着一股执拗

与大胆:"萧北淮,我没有醉,我清醒着呢。"

她抬手托着他的脸,凑近了将唇贴在他的鬓角,呼吸细细密密:"你吻我的时候,我也想要你。"

萧北淮瞳孔一缩,微微提气:"知不知道你自己在说什么?"

庄晏清松开左手往下,悄然攀上他的胸膛,将戏里学到的知识点加以灵活运用。

事实上,即便她笨拙如初学者,在萧北淮这里也有着难以言喻的撩拨力,稍有不慎,难以自控。

"我们,还不是男女朋友。"萧北淮抓住庄晏清捣乱的手,哑着声提醒。

庄晏清笑,忽地将他推开了些,扬眸:"那……我做你女朋友好不好?"

萧北淮薄唇紧闭,乌木瞳眸紧凝着庄晏清,似乎在辨别着她到底是真的醉了,还是像她自己说的那样,是清醒的。

等得不耐烦,庄晏清一下凑近,张唇咬在了他的喉结上。

萧北淮猛地仰高头,闷哼一声。

"不想……哎……"猝不及防地被他抱起身,庄晏清话说到一半,吓得紧紧攀住。

"不后悔?"他问。

庄晏清眯起眼睛,眼底似有星辰闪烁,唇色在方才无数个热吻后更显娇艳:"那你,后悔喜欢我吗?"

夜幕低垂,月色摇曳。

萧北淮托了托怀里被视若珍宝的女人,英俊面孔下全是正经与认真。

他的回答,即是承诺。

"从不后悔。"

庄晏清笑得眉眼弯弯,倾下身吻住他,滚烫恣意在心口蔓延,她无心再撩拨,直接点火:"我也喜欢你,萧北淮。"

所有在戏里点到即止的诱人,在这夜里以迅雷不及掩耳之势将两人瞬间湮灭。

萧北淮的每一个吻,都能让庄晏清尝到被珍视与战栗。

她的吻技不算高超,却依旧能让萧北淮体会到什么是上瘾与沉溺。

灯光下,如一尾银鱼深入这翻涌的浪潮里,起起伏伏,肆意酣畅。从前只做岸上之人，未有过亲身经历。

如今深入了海，浪潮一阵阵滚来，时而起伏，时而后退，时而有片刻窒息。无一处是自己，最终都是与之相拥，直至融为一体。

指尖将他身上的线条牢记在心，厮磨时的温度都在提醒着她，从此以后，萧北淮就是她庄晏清的人了。

在她身上讨要不到一丝理智的萧北淮，也甘愿在这场爱恋中臣服，这一切，仅仅是因为爱。

第十五章

/

是在一起

qingxingmeng-

翌日早晨,庄晏清辗转醒来,迷糊之间察觉到耳畔的呼吸,脑海里瞬间闪过那些脸红心跳的画面。

她整个人倏地清醒过来——

"呜……"

庄晏清拉高被子捂住脸,好丢人!

她这是主动了?

是她主动的没错吧?

真的是主动?

自我确认三连击后,庄晏清确定是没法见人了。

"醒了?"

萧北淮的嗓音微微泛哑,搂着庄晏清,在她耳边吻了吻。

"几……几点了……我找找手机。"

庄晏清心跳得厉害,又怕被身后的人撞见自己这慌乱的表情,轻拍了下他的手,试图挣脱起身,结果一个恍惚,没坐起身不说,还重重摔回了大床上。

这下,萧北淮彻底醒了。

他长指覆在她白皙的脖颈上,轻轻捏了捏,语气温柔得像是在哄小孩子:"慌什么,要手机?我去给你拿。"

身后窸窸窣窣的动作丝毫没有影响到庄晏清望着落地窗失神,她整个人都不淡定了，当着萧北淮的面儿，连起身都做不到。是昨晚的程度太过激烈，还是她这副身子板太弱了？

庄晏清恨不得把头埋进被子里一辈子不出来，太丢人了！

"才六点过四分，再睡会儿？"

萧北淮将手机递给庄晏清，顺带拉了拉被角："捂什么，别憋过去了。"

他倾身就要亲她，庄晏清一下躲过。

"天亮就不给亲了？想赖账吗，女朋友？"

后面三个字他咬得极为清晰，像是吃准了庄晏清这颗雀儿胆，昨夜一副天不怕地不怕，要就是要的样子，今早一起来，要多安静有多安静。

"我没有。"庄晏清小声说道。

"那是怎么？"萧北淮坐到床头，伸手探了探她的额头，柔声问，"有没有哪里不舒服？"

庄晏清老实交代："没劲……"

听到这话，萧北淮低笑了两声。

庄晏清气急，隔着被子抬腿蹬他，却被一把握住。

"我看你劲儿挺大的，许是刚醒还没缓过来，肚子饿了吧？先给你温杯牛奶，然后点餐？"

"等等。"见萧北淮起身，庄晏清下意识伸手抓住他的手腕，"这是我的房间。"

萧北淮："嗯？"

庄晏清支支吾吾半天，索性道："这个点，叫餐上门很容易被发现，我不吃，去片场路上我再吃。"

话音刚落，肚子"咕"的一声叫。

这拆台的速度，简直绝了。

萧北淮好脾气道："那就先喝杯牛奶垫垫肚子。"

趁着萧北淮温牛奶，庄晏清起身收拾，瞧见角落那被踩躏得不成样子的衣服，她忍不住白眼一翻，跳过去捡起三两下塞进了装着换洗衣服的袋子里。

忽地，她又重新拿出来打量了一番，这程度，不能穿了吧？

算了，赶紧扔掉！

"萧北淮，我去洗个澡！"

屋内人喊了一声。

正在餐厅温牛奶的某人，手上动作一顿，回应得毫无情绪："嗯。"

待庄晏清洗完澡出来，外厅里的萧北淮早已穿戴整齐，面前桌子上摆了杯喝到一半的美式，香味浓郁，让人闻着就觉得清醒。

"你帮我看看，这脖颈上的印子是不是很明显。"庄晏清小跑着过来，背对着他很是亲昵地靠过来，扯了下浴袍的领子，一阵馨香窜入鼻尖。

萧北淮看了眼，指腹抹了一下："还好，帮你涂点遮瑕？"

庄晏清一听是要涂遮瑕的程度，声音一下子变得板正起来，小脸跟着佯装生气："你你你，你说你为什么要留下痕迹啊。"

萧北淮一听，眉头轻挑："那要不要来看看你给我留的？比比看谁更过分？"

这是什么荒谬的发言！

这种东西是能比的吗？

萧北淮见她不说话，作势就要掀衣服，嘴里还慢慢悠悠地描述着："就你昨天，是舒服了也挠，不舒服也挠。"

"萧北淮！"庄晏清赶忙捂住他的嘴，气得跺脚，"别说了！不准说了！"

男人笑了，伸手揽住庄晏清的腰肢，轻轻一带，将她拥在怀里："和你商量个事。"

突如其来的正经，庄晏清纤长的眼睫颤了颤："你说。"

萧北淮："怎么说我也比你大了几岁，连名带姓地唤我，不合适吧？"

"啊？"庄晏清愣了，"可旁人也有这么叫你的啊。"

萧北淮牵过庄晏清的手在掌心里把玩，说道："对，旁人可以这么喊，唯独你不行。怎么说我现在也是你男朋友了吧？讨个亲密些的称呼，不算过分？"

"亲密些的称呼？"

这可把庄晏清给难倒了："你想让我喊你什么？阿淮？可凯恩姐不就是这么喊你的……"

萧北淮顺势靠近，保持着一个欲亲不亲的距离，压低了嗓音提醒："你之前叫我淮哥，我觉得就挺好。"

"哎呀，好好说话。"庄晏清轻声嘟囔，推了推萧北淮的胸膛。

345

萧北淮:"那你喊一声我听听。"

庄晏清抿唇,凝着萧北淮看了数秒,开口:"淮哥。"

萧北淮沉默了一瞬。

庄晏清皱眉:"又怎么了?"

萧北淮竟还真的与她斤斤计较起来:"我怎么觉得你喊江延的时候,也差不多是这种感觉?"

庄晏清:"……你有什么问题吗?"

萧北淮得寸进尺:"把语气放柔点喊,和昨晚一样。"

"你又提昨晚!萧北淮,你有完没完!"

庄晏清一拳挥过去,直击某人胸膛,脸颊涨红:"不准提了!"

萧北淮气笑:"好好好,不提就不提。"

闹着闹着,呼吸又开始不规律起来,经过昨夜,庄晏清觉得自己已经对这种亲热有了上瘾的感觉,像自动匹配到了信号,隐约还有些期待。

只是,正当唇瓣触碰上,刚尝到一丝来自咖啡的苦味时,手机便响了起来。

庄晏清吓了一跳,理智骤然被拉回:"我、我接个电话。"

萧北淮扣着她的腰不放人,用力啄了一下她的唇瓣,这才松开。

"是娅娅的电话。"庄晏清清了清嗓子,示意萧北淮安静后才接听,"喂。"

"晏清姐……你醒了吗?"

娅娅的声音听上去有些有气无力,自己倒像是没睡醒的样子。

庄晏清:"我起来了,嗯……半个小时后楼下的咖啡厅集合?打包份早餐。"

娅娅对庄晏清的习惯了如指掌:"法式焦糖酥和香草蒸汽奶?"

"不喝牛奶了。"庄晏清纠正,"换杯香草拿铁。"

娅娅:"好。"

挂断电话,庄晏清重新回到餐厅,喝完萧北淮帮她热好的牛奶。

"你的小助理,不知道我们之间的事情。"

萧北淮安静两秒,指尖搭在桌面上轻轻敲了敲:"你找个机会和她说一声?昨晚在车上,你非要拉着我一起坐,赖在我怀里。她估计吓得够呛。"

一口牛奶差点喷出来,庄晏清绷起小脸,重复强调:"拉着你一起坐?还,非要赖在你怀里?"

346

萧北淮神情自若："不信？你可以问问你的小助理。"

庄晏清摇头似拨浪鼓："不要。"

萧北淮浅勾了下唇："以后你还是少喝酒，要不然什么事儿都藏不住。"

"知道了，我会练练酒量的。"

庄晏清托腮，小声咕哝："先前还义正词严说要等拍完这部电影才在一起，现在好了，破戒！"

萧北淮挑眉，不作声。

庄晏清倒也没有把这口锅甩在他头上，自己没能控制住，怪谁呢。

"我们接下来怎么办？低调些？在片场保持点安全距离？"

萧北淮："你问我？"

"对呀，"庄晏清怔了下，郝意攀上脖颈，"这不是在征求男朋友你的意见？"

萧北淮意外地挑了一下眉，显然"男朋友"这三个字对他来说很受用。

"过于刻意反倒很容易被人发现，在片场和从前一样就行，我们是对手演员，怎么都不能影响到作品的呈现。至于其他时间……"

他停了一下。

庄晏清迫不及待地问："其他时间怎么了？"

萧北淮嘴角带着笑意，倾身拉近与庄晏清之间的距离："明天收工后有三天假期，我去你那儿？还是……你来我家？"

庄晏清忍不住抬脚踢他："问你正经事，你答的什么呀。"

"我回答的也是正经的啊，今明两天的拍摄其实一点都不轻松，相反，钟老师和程老师杀青后，给到我们是有一定压力的。"

前辈们的表演珠玉在前，他们也不能落后太多，起码不能让观众出戏。

"所以这两天先集中精力在工作上，收工就好好休息，等转场中间这三日，我们再约着见面。"

庄晏清点头："好。"

萧北淮："时间差不多了，我也该走了。"

将人送到门口，又不舍地亲了起来，庄晏清双手攥着萧北淮的衣摆，软软道："出去小心点，留心周围。"

"嗯。"他薄唇沿着嘴角，蜿蜒至耳根，咬了口耳垂，"早点和小助理说。"

347

庄晏清:"嗯?"

萧北淮松开手,眼底情绪起伏:"总得有个人和凯恩一起,打配合。"

庄晏清脸又红了。

"知道啦!"

酒店楼下的咖啡馆远近闻名,皆因咖啡师都是年轻帅气的小伙了,说话又温柔,所以即便不是酒店客人,也有专门从外面赶来买一杯,听一声"早安,请慢用"问候的客人。

庄晏清到的时候,就见娅娅手支着脑袋站在出餐台前,有一搭没一搭地和小哥聊天,住穗城拍戏这些天,娅娅倒是和他们都混熟了。

"娅娅。"

点单台前还排了不少人,门口也有粉丝早早等候,安保见庄晏清出现,很自觉地围了过来,在两米开外形成一个保护圈。

娅娅拎着打包好的早餐走过来,同庄晏清一道上车。

"晏清姐,给。"

"咖啡等等,我先吃焦糖酥。"才刚喝完牛奶,她只想吃点面包。

娅娅将袋子递给庄晏清后,便开始观察她,嘴唇翕动,似在斟酌着什么。

兴许是有所察觉,庄晏清的视线忽地往这边一瞥。

娅娅顿了一下,想着飞速收拢表情已经来不及了。

庄晏清问:"怎么了?有什么话想说?"

娅娅往前探了探身,吩咐司机把挡板放下后,清了下嗓子小声问:"晏清姐,你还记得……昨天晚上发生的事情吗?"

庄晏清咬着焦糖酥的动作一顿,敛下眼睑,装傻:"昨天晚上?你指的什么事情?饭局还是别的?"

"就是结束回酒店的时候,萧老师扶你上车,我们是坐他的商务车回的酒店,你都忘记了吗?"

娅娅问得格外小心,就差连手带比画。

庄晏清没有直接回答娅娅的问题,而是想起今早萧北淮走之前,和她说过的话。

自打招了娅娅,莫宝贝几乎是亲自带亲自培养,觉得她是个踏实做事、心眼不多的孩子,可以信任。

事实证明,莫宝贝不在的这段时间里,娅娅的确成长得很快,也能够独当一面。如果她今天敢坦白问出心里想问的问题,这又何尝不是一种考验。

"说吧,你想说什么?"

庄晏清佯装满不在乎地问了一句。

娅娅作深呼吸,她昨晚一晚没睡,只要一闭眼,全都是庄晏清和萧北淮两人腻在一块的画面,甚至她还想象出了其他延伸细节。

那些亲昵又自然的行为姿态,绝对不是好朋友关系这么简单!

她进天寰的时间虽不算长,但是真心喜欢这份工作,喜欢自己的老板。庄晏清的个人魅力很是吸引她,就因为如此,娅娅才希望自己老板能站到更高的位置。

若是,有其他什么阻拦并影响了庄晏清的发展,娅娅是万万不允许的!

想到这儿,她又陡然坚定起来:"姐,你和萧老师是在暧昧吗?"

庄晏清托腮,眨了眨眼看她:"你觉得我们……在暧昧?"

"是……"

娅娅犹豫了一阵儿还是开口:"我知道姐和萧老师从前就认识,加上这次又演了情侣,所以是会显得亲密些。可我昨晚看到你们俩……"

见娅娅吞吞吐吐半天,庄晏清开门见山,直接打断:"别想了,是你看到的意思。"

娅娅:"啊?"

"你不就是想知道,我和萧北淮的关系吗?"

庄晏清张嘴,无声又缓慢地说了四个字——男女朋友。

这下,娅娅彻底蒙了。

她设想了一整晚的可能性,甚至还不断找理由推翻自己,就是觉得不可能。而且连让庄晏清认真搞事业的措辞都来回斟酌了好久,结果,庄晏清居然就这么承认了。

"你这是什么表情啊?"

庄晏清抬手在娅娅面前晃了晃,哭笑不得。

"姐。"

"嗯?"

娅娅咽了咽口水，咬咬牙道："虽然但是，我还是想问，你们是因戏生情吗？"

如果是的话，就算冒着被解雇的风险，她也要提醒庄晏清，千万不要在事业上升期变成"恋爱脑"。

互相有感觉那是正常的，因为演的就是情侣，还是感情那么深的 CP。可万一这戏拍完了呢，角色抽离了，那爱情呢？

要知道萧北淮上一次官宣恋情，就是和靳白雪，也是因戏生情。

结果呢？戏一播完就分手了，赚了个"前男友""前女友"的身份，有意思？

庄晏清取出纸巾擦了擦嘴角上的焦糖酥屑，摇摇头："不是，我和他之间从很久以前就互相喜欢了，远在我入这个圈子之前。"

娅娅怔在原地，表情反应一下迟钝起来，她这是听到了什么？

从很久以前就互相喜欢？

"可他之前和……"

"那不是真的。"庄晏清没有解释，"具体不太方便细说，你只要知道是假的就行。"

这是什么小说情节！

这……这是《清醒梦》现实版本吧？

"我……我……"娅娅连语言都不知该如何流利组织，激动得不能自己，"这是真的吗？这是可以说的吗？我的天啊，我……"

庄晏清压了压娅娅的肩膀，生怕她一激动，上演一个原地头撞车顶。

"冷静些。"

"姐，你怎么能连这个都跟我说了呢。"娅娅捂着嘴，激动得宛若下一秒就要当场哭出来，她脑海里已经开始脑补各种萧北淮和庄晏清双向奔赴的情节了——

"你、你就不怕我一激动，忍不住说出去吗？"

庄晏清觉得很好笑："那你会说出去吗？"

娅娅赶忙摇头："不会，我发誓！"

庄晏清淡定自若："那不就得了，我相信你所以才会说，除非……你不想当我的助理。"

"不不不。"娅娅把头摇得跟拨浪鼓似的，就差三指并立对天发誓证明自己的心意，"姐你放心，我一定会保护好'清北CP'！"

"'清北CP'？"

庄晏清抿了下嘴，困惑："这该不会是我和萧北淮的CP名吧？"

娅娅尬笑了两声："确实，网上已经有一部分网友在'嗑'了，特别是'520'之后，连超话都建了。怎么，你自己没有去逛过？"

庄晏清摇头，她对这些一贯不敏感。

"可惜了！"

娅娅重拳砸在手心上。

庄晏清噎住。

娅娅不好意思地挠了挠脖子："其实……我有关注CP超话，每天都签到！现在已经12级了！"

"也就是说你也在嗑CP？光近距离嗑还不够，还要在线嗑？"庄晏清纳闷了，"既然如此，为什么刚才一听到我……"

她指了指自己，又用手指比画了一下爱心。

娅娅立马明白过来："因为嗑CP是我自己的事情，只要有糖吃就快乐。可如果真的谈恋爱，直接影响就是你，我会怕你受伤。"

全然没有料到会是这样一个回答，当然，庄晏清也相信这并不是什么漂亮话，而是发自内心，女孩想要守护女孩的坚定。

"这个秘密，你可要帮我一起守着。"

庄晏清莞尔。

娅娅郑重点头："我会的！晏清姐放心！"

娅娅的"会"，就是在见到萧北淮时，装作一本正经打招呼，紧接着以手握拳在自己胸口前轻捶了两下，手指一指，表明立场——

我是你们的人。

其"中二"程度让萧北淮忍不住给庄晏清发微信寻求确认，你这小助理是不是靠谱的？

庄晏清哭笑不得。

YanQ：你等我找个机会试一试不就知道了？

很快，机会便来了。

《清醒梦》都市戏份的拍摄顺利结束,剧组将转至平城拍摄剩下的校园情节,庄晏清和萧北淮同样得了三天假期。

他们明明搭乘同一班飞机回云城,离开却要装作一前一后。

萧北淮:晚上来闲庭?

YanQ:可是我们团队要聚餐。

萧北淮:哪些人?

YanQ:除了宝贝和娅娅,还有其他小伙伴在,不方便加入你。

YanQ:要不你在杭山畔等我回去?

萧北淮:为什么是杭山畔不是闲庭?

YanQ:你名气比较大,万一有人蹲着,我去岂不是很危险?

萧北淮:我去你那儿就不会被蹲?

YanQ:你在怀疑杭山畔的安保系统。

萧北淮:不敢。

萧北淮:毕竟是云城最贵房产之一。

YanQ:娅娅先回去一趟帮我放行李,你和她同车走?这样就不会被拍到了。

萧北淮:别吃太晚,忘了家里还有个人等着。

YanQ:哈哈哈哈哈哈,好!

得知大神要和自己同趟车先回杭山畔,娅娅惊讶地张大了嘴,下意识问:"那萧老师是要在家里饿着等你吃完饭回去吗?"

庄晏清愣住。

很好,一下就考虑到她没想到的问题。

庄晏清:"回去路上顺带买点吃的,或者叫外卖。"

娅娅谨慎:"那不行,外卖送到会看见的。"

娅娅:"姐,你放心,我路上看着安排。"

庄晏清:"……好,那我就把他交给你了。"

如果说接送萧北淮去杭山畔这一路,娅娅的表现是 A,那么聚餐时,她的表现就是 A+!

专业挡酒不说,一看时间差不多,娅娅就以老板赶班机累了,要早些回去休息为由,将庄晏清推给了莫宝贝,让她们先行离开。

"可以啊，我不在的这些日子，她这简直是光速成长！"

回杭山畔的路上，莫宝贝再度感叹。

庄晏清也频频点头："确实，我之前还担心她知道我和萧北淮的事情后，工作处理上会不冷静，结果是我多想了，人家真的很淡定。"

莫宝贝："对了，翎翎明天过来，你和萧北淮是不是得请我们吃顿饭？"

先前两人在群里官宣在一起时，大家伙都不在同一个城市，除了激动和替他们高兴，就等着蹭这一顿饭吃。

庄晏清："没问题！不知道江延会不会来，明儿可是周末。"

莫宝贝挑眉："会吧？晚点群里再问一下，翎翎都来了，他要是一起，我们人可算就凑齐了。"

到了杭山畔，莫宝贝以家里还有事要处理为借口，醒目开溜。

庄晏清到了楼下，也不急着刷门禁进去，先给萧北淮发了条信息。

YanQ：吃完饭了吗？

萧北淮：嗯。

回得很快，庄晏清径直拨通语音。

萧北淮秒接："怎么了？"

庄晏清："你现在走到我家玄关，在可视电话那里帮我开门。"

萧北淮纳闷："你没带钥匙？"

"不是。"庄晏清一脸娇羞，像个小女生一样站在门口等待，"你拍一下我在可视门铃里的样子，拍好看些！然后发给我。"

萧北淮不明所以，但还是照做。

过了会儿，门外传来电梯打开的声音。

站在玄关口把玩手机的萧北淮倾身把门打开，直直迎来一个拥抱——

"我回来啦！"

萧北淮稳稳抱住庄晏清："怎么这么快就回来了？"

"快？"庄晏清直起身，目光在他脸上睃了一圈，"都怕你等久了，一个人在家很无聊，你倒好，还觉得我回来得太快？"

萧北淮淡笑："不是这个意思，是怕你因为我，和同事聚餐不尽兴。"

庄晏清："那不会。"

萧北淮问："宝贝送你回来的？"

庄晏清点头:"我先去洗个澡换身衣服,你等我一下。"

聚餐吃的火锅,现在一身味儿,萧北淮能忍,她自己可不能。

"嗯。"

萧北淮很自然地亲了亲她的唇,松开手。

庄晏清洗完澡下楼,就见萧北淮在沙发上玩手机,凑过去一看,是《王者荣耀》。

印象中,内娱有不少明星都爱玩王者,她先前还在剧组里见到有些人在化妆的时候还在打排位,可谓是争分夺秒。

"你什么段位了?"她开口问。

"是小庄妹妹?"

萧北淮还没回答,倒有人抢了先。

庄晏清这才注意到游戏里开了麦,惊讶地捂住嘴,手指胡乱指,一脸的慌张。

萧北淮腾出手拉她坐到身边,扬了扬下巴解释:"我开的是组队麦,只有江延能听见。"

庄晏清捂着胸口,长舒一口气:"吓我一跳,还以为你开麦,全队人都能听见。"

安下心,庄晏清忙打招呼:"江延哥,你现在在哪儿啊?"

江延:"什么在哪儿?在家里啊。"

庄晏清:"那你明天来云城吗?"

江延:"怎么,有什么大好事需要我亲自光临?"

萧北淮操作的英雄在河道被人埋伏,没有大招,一套被人带走,屏幕瞬间变灰。

庄晏清掀起眼皮看他,软声问:"我在你旁边聊天,会影响到你发挥吗?"

萧北淮腾出手来在她脸上捏了捏:"没事,是我自己没注意,你们继续说。"

庄晏清:"我说到哪儿啦?"

江延:这谈了恋爱,会使人智商下降?

"啊,翎翎明天要来云城,这不,我和淮哥在一起后还没有请大家一块吃饭,想着趁我们转场拍戏,在云城休息这两天,请大家聚一聚。"

庄晏清对江延发出邀请："你要不要和翎翎一起过来，路上也有个伴。"

江延豪爽答应："可以啊，我周末有时间，岑翎买的是高铁还是飞机？"

庄晏清故意道："这个我不太清楚哎，你问问她？你俩一个地方的，平常都不交流的吗？"

江延难得被呛得没法儿回答。

萧北淮英雄复活，从泉水慢悠悠出来："绅士些，别什么都让人家女孩子问。"

江延：夫唱妇随啊这是。

一把游戏打完，江延是胜方 MVP（全场最佳），嚷嚷着继续继续。

萧北淮拒绝："不打了。"

江延："为什么？我这手感刚来！今晚上王者啊。"

萧北淮："陪女朋友。"

庄晏清、江延双双沉默。

一个脸红，一个无语。

不等江延回应，萧北淮直接退出了组队小房间："岑翎明天来云城？"

"对呀。"庄晏清指了下屏幕，"真不打了？"

萧北淮嗓音淡淡："刚刚是为了等你，才开了一局消磨时间，难得和你在一起，还打什么游戏。"

"真好。"

庄晏清伸手揽住萧北淮的腰，整个人窝进他怀里。

"嗯？你身上的味道好熟悉啊，我家沐浴露？"庄晏清怔住，抬头看他。

萧北淮"嗯"了一声，手臂环着庄晏清的肩，也不怪她进门时粗心没发现。

"从机场过来的时候带了个小行李箱，回来后就在客房浴室洗了个澡，不换身干净的衣服也不好抱着你。"

庄晏清掀起嘴角，紧了紧环着的手臂。

"明天怎么安排啊？"

萧北淮："你怎么和她们说的？"

"没有规划得很正式。"

和萧北淮在一起的那个时间点，纯属偶然，根本就不在计划之内。所以当她在小群里公布这一消息时，页面都炸了。

355

莫宝贝一个问号接着一个问号发了一整个屏幕，结束语就是：**挑我不在的时候搞事情？**

岑翎也是在那儿一个劲地发表情包，闹到最后，庄晏清只能拉起一个三人视频，坦白和萧北淮在一起的起因经过。

"后来宝贝就说，要讹你一顿大餐，让你请吃饭。既然如此，那自然是等人齐的时候请，你有没有意见？"

萧北淮语调温和："当然没有。"

庄晏清："那我们去吃什么？"

萧北淮沉吟片刻，提议："不如来家里吃？"

"家里？"

庄晏清一下坐起身，瞳眸盯着萧北淮看了半晌，支支吾吾道："可是，我、我不会做饭……"

煎个鸡蛋、煮个泡面那种她还是行的，再多就不会了，能保证厨房安全，但不能保证出品安全。

先前在英国留学时，也只在岑翎过来家里的时候下厨煮过饭，但她就是个打下手的角色，岑翎才是大厨。

若要让莫宝贝她们知道，大餐是在家里吃，估计会挂了她的电话，几天不搭理吧？

"放心，我会。"

萧北淮修长的手指在庄晏清发尾上绕着圈："你只要负责把菜单列出来就行。"

庄晏清震惊："真的假的？你都会做？"

萧北淮挑眉："还不相信我？你忘了《刺槐》里，我演的是一名厨师？"

庄晏清噎住。

"怎么，深夜去看我的电影，却不记得我演的内容？"说到这儿，萧北淮开始演起记仇的小模样，"还说什么是去支持我的票房，熟悉对手演员演技？另外——"

他视线忽然转向玄关处那个玻璃罐子，还没开口，庄晏清就已经反应过来。

"罐子里的，是电影票？"他问。

嗓音带着磁性,无形中撩拨着庄晏清,她只要一心虚,目光就会晃动。

萧北淮也是第一时间捕捉到,挑起她的下巴,逼迫她视线与自己相对,性感的喉结上下滚动:"不会全是《刺槐》的吧?"

"当、当然不是。"

庄晏清长睫微动,支吾道:"我、我看过的电影票都会丢进去,偶尔宝贝和娅娅她们也会丢。"

"做什么?许愿?"

萧北淮一听就不太信的样子。

庄晏清:"哎呀,说做饭呢,把话题都扯远了!"

"放心,不会给你的闺密们下毒。作为交换条件……"

萧北淮忽地凑近,呼吸喷在了她的脖颈处。庄晏清下意识仰高了头,气氛莫名变得微妙起来。

"说、说正事呢……"

她伸手推搡着他越发靠近的肩膀。

萧北淮吻了吻庄晏清的脖颈,埋头在她的肩上,眼睛眯起,嗓音慵懒喑哑:"都说了我来做。"

"嗯?"

她怎么回事!

竟然从这句话里听出了歧义!

完了完了,一次过后,她脑子里开始有黄色废料侵入了!

庄晏清控制着喘息,睫毛微颤:"可是、可是你不累吗?"

从穗城收工后就直接赶往机场,实不相瞒,她吃饭那会儿眼皮都在打架,也就是洗了个澡才清醒许多。

萧北淮转而亲上她的唇,由浅至深的几下,像尝到一颗鲜甜的果子,溢出喉间的动静让庄晏清耳根一点点染红。

"我不累,我来。"

脑海里像有什么如一阵烟花般绽放开来,伴随着这句话的,是更加汹涌的吻。

入夜,空中斟满了星辰,晚风揉碎了帘幕,偕同月光洒落进屋子。

庄晏清偎依在萧北淮的怀里,身上搭着件长绒毯子,疲乏得眼睛都睁不开,就那么合眼躺着。

"唔……几点了?"

嗓音哑得她自己都有些听不得。

萧北淮摸过手机,眯着眼确认:"零点二十七分。"

他们,居然折腾了这么久?

庄晏清在脑海里快速回顾全程,下意识咬紧了唇,真是——

尝过滋味,情难自禁。

"咕!"

肚子不合时宜地叫唤了一声,在这夜里显得格外清楚。

萧北淮掀眸,垂首问怀里的人:"饿了?"

庄晏清卷翘的长睫颤了颤,缓缓睁眼:"我为了早点回来见你,都没吃多少……"

萧北淮笑了下,亲了亲庄晏清的额角:"家里有什么吃的没有?"

庄晏清摇头:"去穗城前就把冰箱清空了,这才刚回,还没来得及买。"

萧北淮:"那只能叫外卖了。"

"我只想吃清淡些的,你选。"

庄晏清犯懒,赖在萧北淮身上不愿意起来,调了个更舒服的姿势,又开始眯眼。

萧北淮无奈一笑,只得举高手机选,生怕脱手砸到她的脸,每根手指头都在用力,等选完外卖将手机丢到一旁后,才察觉指尖都麻了。

"我点了砂锅粥,还有些开胃小菜。"

庄晏清乌龟点头,慢吞吞:"都……行……"

三十分钟不到,外卖送达,庄晏清早已饿趴在餐桌上,耷拉着脑袋:"这个点吃东西,简直罪恶。"

萧北淮拆包装袋的动作一顿,抬眼:"那别吃?"

庄晏清:"不行,我真的很饿。"

萧北淮:"那你还说什么罪不罪恶,填饱肚子先,再说了你也不胖,多吃点长些肉,抱起来才舒服。"

358

一听这话，庄晏清立马坐直了身子，眉头微皱，佯装生气："你就是在为你自己谋福利吧？不行，胖了上镜就不好看了，而且女明星一长胖，很容易被喷不自律什么的。"

萧北淮嘴角翘起，将盛好的粥推到庄晏清面前："这可不像是你的性子说出来的话，你会在意这些？会对自己不自信？还有，什么时候身材成了评判标准了？"

"道理都是这些道理，可架不住网上有些人不懂啊。"

庄晏清低头尝了一口粥，眼睛瞬间亮了起来："好好吃！好甜！这该不会是放了味精调味的吧？"

萧北淮拨弄了一下碗里的料："这家是很出名的老字号潮汕砂锅粥，用的都是新鲜海鲜所以很鲜甜，不是靠添作料出味的。"

"这是哪家，我一定要给宝贝她们推。"

庄晏清拿起手机拍了下包装袋子，原图发到群里，头也没抬地催促萧北淮："你也吃，你……"

伴随着"噔噔"一声新消息提示音，庄晏清未说完的话陡然中断。

萧北淮瞥了眼微信界面，看不清上面的内容，他也无意偷窥。

他盛好了粥坐在对面，一口一口浅尝。

MoBoo：牛哇，运动完喝砂锅粥补充体力？太养生了吧。

翎翎：哈哈哈哈哈哈哈哈。

翎翎：不愧是你。

真是的！

庄晏清羞赧咋舌，她好心分享好吃的粥店，这两个人怎么回事啊，重点都跑偏了十万八千里。

YanQ：拜托！

YanQ：说的是粥店好不好！这家砂锅粥真的很好吃，强推！

MoBoo：萧北淮今晚住你那儿？

聊天可以说和粥没有半点关系，早知道她就不挑这个时间点分享，还以为都睡了不会搭理她。

MoBoo：这么晚了也别让他回去了，免得被拍到。

气死！

庄晏清恨不得穿过屏幕去狠掐莫宝贝的脖子，该说的不说，竟发些不着边的话！

MoBoo：明天怎么说？

MoBoo：翎翎几点的飞机到？

翎翎：和江延一块，改了早上的飞机。

翎翎：到云城应该十二点多，正好赶上午饭。

MoBoo：那主角怎么安排？

YanQ：萧北淮说了，来杭山畔吃。

YanQ：他下厨。

MoBoo：萧大明星会做饭？

翎翎：同款震惊！

MoBoo：能吃的那种吗？

庄晏清翻了个白眼，连着发了几个揍人挥木棍的表情包到群里，表达她的心声——就是想打莫宝贝！

MooBoo：干吗，我又没说错。

MooBoo：人家翎翎千里迢迢过来，不请一顿全云城最贵的，还不能吃一顿安全的？

MooBoo：是吧翎翎？

翎翎：哈哈哈哈哈哈是的没错！

翎翎：不过好歹是大神亲自下厨，也挺给面子的了。

翎翎：对了，萧北淮会做饭吗？以前怎么没听说过？

YanQ：他在《刺槐》里饰演的就是一名厨师啊。不是支持票房了嘛，没认真看？

她直接照搬早些时候萧北淮质疑她时说的话来回应岑翎。

对面的人有没有被唬住不知道，庄晏清"啪啪"打字的手速倒是飞快。

翎翎：啊？

翎翎：难道不是手替？

庄晏清差点笑出来，这是无形中提出了个新思路？

对呀，想起来好像她一开始看《刺槐》的时候也以为是手替，只是萧北淮在说的时候，她忘记反问这点了。

"咚咚咚！"

漂亮的手指在桌面上轻敲了几声以作提醒，庄晏清茫茫然抬起头来，"啊"了一声。

对上萧北淮毫无表情的脸，他也没说话，只是把吃得很干净的碗底亮给她看。

他一碗粥都见底了，结果她还沉迷在微信聊天里。

萧北淮忍不住提醒："先把粥喝了。"

庄晏清："好，马上。"

YanQ：那就明天见啦。

YanQ：给我家这位留个面子，别闹他。

发完最后一条消息，庄晏清将手机反盖到桌面。

碗里的粥都凉了，萧北淮又给她添了些热的，紧接着开始处理手机上的信息。凯恩给他推了几个新的剧本，还有两档综艺邀约，另外，《观澜》"520"尝到了"清北CP"带来的热度与甜头，希望能在他们去平城拍摄时，约一次线下采访，还有青春主题拍摄。

凯恩：我的意思是，剧本你可以先看着，也不急着定下来。

凯恩：倒是这两档综艺你要不要重点考虑一下？眼下《扶摇直上》已经定档，再接个综艺作为和新作品的过度，也能提高你的曝光率和热度。

凯恩：这些都是我高筛后留下的资源，你抽空看一下，三天内给我答复。

凯恩：对了，你和小庄在一块？

萧北淮：嗯。

凯恩：好样的，我发了一串信息，你就只看见这条对吧？

萧北淮：刚吃完夜宵，剧本和综艺我晚点看。

萧北淮：杂志的采访和主题拍摄，有没有她？

凯恩：《观澜》给到的策划方案是针对全剧组的，不止你和小庄，阮非、郑斯沐，甚至钟老师和程老师都在沟通中。

萧北淮：好。

凯恩：那行，记得准点给我答复。

萧北淮：嗯。

"《观澜》有新的拍摄邀约，你接到了吗？"

庄晏清闻声抬头，含糊道："嗯，娅娅……和我说了……怎么了？"

萧北淮："凯恩刚和我提起。"

"嗯。"庄晏清咽下最后一口粥，抽过餐巾纸擦了擦嘴角，"说是给整个剧组的主创角色拍，主题贴靠校园和青春，并在开学季发布，可眼下都九月了。"

萧北淮："穗城戏份比原定晚了小半个月收工，所以没赶上。主题这种概念，一般都会有备选，兴许到了平城会发现更合适的。"

庄晏清抬起头："你对平城很熟悉？"

萧北淮探了探身，牵过庄晏清搭在桌面上的手捏了捏，眸色极深，语气却很平淡："那是我外公外婆住的地方，小时候常去。"

庄晏清愣住。

后来很长一段时间里，她只要一想起这个夜晚，脑海里就会浮现一个心思沉郁的萧北淮。是从前极少见的，却也是在那时，她才理解表白的时候，他为什么会说——

我和你，曾是两个不同世界的人。

第十六章

暗恋荆棘

qingxingmeng-

翌日，庄晏清醒的时候，萧北淮已经完成了三组腹肌训练。

"起得也太早了吧？"

她双手搭着走廊栏杆，有气无力地朝楼下挥手。要不是莫宝贝打电话过来，她还能再睡一会儿。

"醒了？"萧北淮指了指餐厅位置，"有早餐，洗漱后下来吃。"

早餐？

庄晏清以最快速度刷牙洗脸，简单护肤后下楼，看着桌上摆好的沙拉和三明治，还有水果奶昔，瞪圆了眼。

"这些都是你做的，还是叫的外卖？"

萧北淮拿过搭在椅背上的毛巾，擦了擦汗："你对我是多没信心？吐司机你也有，餐厅里的厨具一应俱全，自己下厨有多难？"

庄晏清尝了一口奶昔："牛油果和牛奶？还有……"

萧北淮："香蕉。"

庄晏清："你一大早去超市了？"

"App上下单的，送上门。"

察觉到庄晏清的表情，萧北淮瞬间理解她的意思，补充了一句："App上沟通了让他直接放门口，我过了一阵才开门拿的。"

庄晏清："哦。"

萧北淮:"不过还得去一趟市场才能买齐今日请客的食材。"

庄晏清下意识说道:"那我去吧,你把单子发给我,我去买。"

萧北淮端详了她数秒,双手抱臂倚靠在门框:"我这是被你金屋藏娇了?入了这扇门,就是出不去也没法出去?"

庄晏清眨了眨眼:"因为这是我家哎。"

萧北淮:"闲庭那儿,我买了两层楼打通了。"

闲庭?

庄晏清不知所以然:"所以?"

"你可以搬过来,若被拍到了,可对外宣称和我买的是同个小区的房。上下楼层打通了,不妨碍各进家门。"

萧北淮温和的嗓音徐徐落入她的耳朵里,像是棋盘上的黑白子"哒哒哒"落下,瞬间布好一个完整棋局。

庄晏清瞠目结舌,半晌后喃喃道:"你早就安排好了?"

"嗯,有备无患。"萧北淮唇线微抿,陈述事实,"杭山畔是独栋小别墅,且不论小楼之间还隔着几百米的距离,单论房价,我还得再接几部戏才能和你做邻居。但……"

庄晏清等着下文:"什么?"

萧北淮:"等到那时我们的关系应该已经公布于众了吧?作为家属,用不着买房,正大光明出入?"

庄晏清上下打量了萧北淮一下,终是"扑哧"笑出声来:"可以啊你这心思,净花在我身上了,步步为营?"

萧北淮:"因为是你。"

所以我才会如此上心。

后半句他没有说,但萧北淮知道,庄晏清定能明白他的意思。

果然,她小跑着来到他面前,伸手就要抱。

"刚运动完,身上还有汗。"

萧北淮自觉后退一步,抬手挡住她。

庄晏清眯了眯眼:"我又不嫌弃你,那亲一下就好。"

保持距离,身子往前倾,萧北淮浅勾唇,低下头在她唇上碰了碰。

"早餐要冷掉了,快吃。"

庄晏清："好，那食材呢？要不发给宝贝，让她来的路上顺便买齐？"

萧北淮挑眉："使唤客人不合理吧，还得等她到了才开始处理，那就不是午饭，是晚饭了。"

"反正放你去不安全。"庄晏清回身拿起桌面上的手机，打电话，"只能辛苦娅娅跑腿了。"

娅娅接到任务，将全部食材买齐送到杭山畔时，是庄晏清开的门，娅娅紧张得像只小仓鼠，在门外探头探脑半天不敢喘气，更别说上前一步。

"辛苦你啦，中午有时间吗，要不要留下来一块吃饭？"

庄晏清接过娅娅手中的袋子，料想不到的重量让她整个人都跟着往下坠了坠，差点没拿稳。

"啊，我就不啦。"娅娅站在玄关处，小心翼翼地问，"姐，萧老师还在这儿？"

庄晏清："嗯，怎么？"

"没事没事，那我先走了，有事你再喊我，祝你们生活愉快！"

客套得像是个送外卖的，分秒不敢多待转身就跑。

门"砰"的一声关上，萧北淮正好从楼上下来，见庄晏清拎着两个大袋子，长腿迈步上前接过："你的小助理？"

庄晏清："嗯！跑得比兔子还快。"

萧北淮把食材拎进厨房，一样一样码好。庄晏清赶忙拿出手机拍了张料理前的准备大合照。

然后，她发到小群里。

YanQ：期待吧！

YanQ：史诗级大餐！

"我要帮你什么？打下手我还是可以的。"发完微信，她将手机放回到口袋里，紧接着撸起袖子上前。

萧北淮取下围裙给她戴上："那就先洗菜，我来处理海鲜。"

"嗯！"

庄晏清点头，包揽了洗菜业务，时不时还偷偷打量萧北淮，见他动作干净利落，下刀快准稳，相信了他的确是会做饭这件事。

毕竟他做的早餐就很好吃。

没过一会儿，菜就处理好了，庄晏清将它们整齐码在萧北淮取之方便的地方，紧接着拿过一个塑料袋，准备将料理台边堆放的垃圾都打扫干净。

"哎？你都收拾好了？"

萧北淮："嗯，顺手。"

"和我一样，真是好习惯！"庄晏清不禁夸赞，"接下来我还……"

话还没说完，门铃就响了。

"这么快！"

庄晏清小跑着过去开门，是莫宝贝。

"哎？怎么就你一个人来了？"庄晏清探身看了下莫宝贝后面，确实没有人，"言四呢？不一起来？"

莫宝贝将买来的水果和蛋糕递给庄晏清，顾自换鞋，语气平淡："吵架了，不提他。"

庄晏清吃惊道："吵架？你俩居然还会吵架？他不是事事都让着你吗？"

又不是没见过言安和莫宝贝之间的相处，青梅竹马，少年爱人，恨不得时时刻刻都放在心上哄着宠着。

竟然还会吵架？

甚至是吵到能让莫宝贝不愿提及的程度，庄晏清着实好奇到底是为什么。

莫宝贝摆了摆手："不想说，让开让开，萧北淮呢？萧北淮！"

莫宝贝边喊着边进屋，不慌不忙地掏出手机来调到录视频模式，单刀直入："我一定要记录下这具有纪念性意义的一刻，萧大明星亲自下厨招待！来，萧老师，和我们的镜头打个招呼。"

萧北淮抡起菜刀，假笑。

"别呀。"莫宝贝解释，"我这后面剪辑成VLOG，自己人看呢。"

萧北淮只得放下刀，配合着打了声招呼。

"你就别影响他发挥了，还吃不吃饭？"庄晏清上来解围，拉着莫宝贝的手小声说，"不是和你们说了嘛，别闹他。"

"这就心疼了？"莫宝贝掉转镜头，"行行行，那我拍一下食材，你来讲解一下中午都有哪些菜色？"

两个人在厨房待了不到十分钟，最终还是被萧北淮赶了出去。

"你俩怎么打算的？要同居了？"

莫宝贝退出视频录制，翻了翻微信。

置顶那个对话框并没有未读新消息，她眸中闪过一丝失落，索性将手机锁屏，眼不见为净，将注意力都放到庄晏清和萧北淮的事情上。

庄晏清："没有，他今晚就走。"

莫宝贝点头："总归要谨慎些，你和他不一样，新人出道作品还不多，先前出圈的多数是平面海报，观众对你的演技和影视作品印象还比较浅。"

如果在这个关键点爆出恋情，与男方相比，女方事业上的影响会比较大。

"我是希望你可以往上进阶，站到与萧北淮齐平的高度，甚至比他还高。"

莫宝贝对庄晏清是有信心的，要不也不会在一开始就嚷嚷着只当她一个人的经纪人。她知道庄晏清进影视圈的主要目的是什么，但比爱情更重要的，是自己。

"还记得你之前和我说过的经济学理论吗？你是有先动优势的人，即便这本不是你的主场，但只要你想，还是可以成为那个发光的人。我现在就是希望恋爱不要成为遮挡你向上攀爬的帷幕，而是能成为你的推动力，让你无所顾忌地去追求更多。"

庄晏清抿唇，双眸中有光和温柔："我明白你的意思。"

莫宝贝努了下嘴，一屁股坐到阳台软榻上，整个人呈"大"字状慵懒闲散："希望你大红，希望你富贵，希望你幸福快乐。"

感动的话刚到嘴边，庄晏清就听见莫宝贝后面一句："然后养我一辈子。"

庄晏清："哈？"

"哦，对了，差点忘了重要的事情。曾姐给了我两个IP本子，你看看选一下？一个是仙侠题材的IP，你还没尝试过古装吧？大女主，武力值MAX，这要真的能照着原著还原到百分之九十，绝对能爆。"

前一阵子，莫宝贝忙于私事，没来得及给庄晏清筛选后面的剧本。正常情况下，新戏杀青前两个月，下一部作品就要敲定了。

还好有曾云屿，一直惦记着庄晏清，这不，得知她这两天休息，催着莫宝贝赶紧把下一部戏定下来。

"另一个呢？"

庄晏清盘腿坐在莫宝贝身边，手支着下巴问。

"你对仙侠IP不感兴趣？之前粉丝给你做的那些神图，你自己没有见过吗?你的颜值很适合古装扮相的,五官精致,体态仪表适配度也很高。关键是仙侠剧很容易爆,这对提升你成绩很有帮助。"

莫宝贝一个劲儿推荐,显然是比较喜欢前一个IP。

但庄晏清有自己的想法。

"古装光长得好看不够,对表演技巧更加考究,你说武力值MAX,那女主必然是会武功。我没有武术功底也没有舞蹈功底,站那儿就会跟木头一样,吊威亚也会显得很生硬,不够有美感,拍出来也不会好看到哪儿去。"

像是能提前料到莫宝贝会说什么,庄晏清抬手拦住:"哎,别说现在打戏可以武替或者提前进组训练什么的,我和你说,有没有功底一眼就能看出来。而且不是说仙侠剧很容易爆,剧情是否新颖、编剧是否尊重原著、团队是否靠谱,这些都在考虑范围内,没法儿直接就判定。"

行,又开始分析起来了。

"那你听一下第二个饼,现实题材,基层法医。有兴趣吗?"

对于莫宝贝的简短说明,庄晏清很是怀疑。

"不可能就这么简单吧?曾姐看中的饼,能是你这八个字概括得来的?说得具体些,别是你不喜欢,就帮我给否了。"

"你可真是太了解我了。"

莫宝贝拿起手机,将两份IP的资料发到庄晏清的微信上:"你自己研究一下,然后给我答复。法医那个虽说班底很好,是冲着拿奖去的,但不好演,也有些恐怖,反正我对那些细节会有生理上的不适,就不知道你会不会了。"

"为生者权,为死者言,是很值得尊敬的行业。"庄晏清抿唇,"等我看了以后,给你答复。"

莫宝贝:"嗯,哦,对了,忘了说。"

庄晏清:"什么?"

莫宝贝轻咳了一声,不知不觉挺直腰背:"不知道你最近有没有看网上的消息,《复杂证词》哦,就是那个法医剧,男主已经悄悄定下了,还没官宣。"

庄晏清好奇:"谁啊?"

莫宝贝摸了下鼻尖,说出一个名字:"盛怀津。"

"谁?"庄晏清愣住,差点以为自己听错了,"影帝盛怀津?"

莫宝贝："还有其他盛怀津吗？"

庄晏清："真的假的，这算是他婚后第一部电视剧？女主和他什么关系？有感情线？"

"你细看就知道了，这是现实题材的行业剧，没有爱情线。女主和男主是师徒关系，属于不打不相识。"

莫宝贝凑近庄晏清，压低了声："听说，这是平台重点推荐的电视剧项目。"

庄晏清瞬间明白："这么说，盛老师的角色是核心，我这个角色虽说是女主，但其实也是个配角？"

如果不是这样，这种资源怎么可能落到她头上。

当然，也不是说就定了是她，只是曾云屿拿到了这个试戏的机会，还得看庄晏清能不能争取到。

莫宝贝点头："可以这么理解，但像这种题材和项目，能参演就是很好的锻炼机会。"

"那你还给我猛推仙侠。"

庄晏清眉眼微挑。

"啊呀，仙侠剧那个竞争压力小点嘛，而且法医这个，我是真怕你受不了。"

她们这种出身，从小都是被捧在手心上，哪里见过那些血腥场面，加上又是女孩子，有些是会有心理压力。

怕看了恶心，做噩梦。

莫宝贝就是，她晕血。

医疗剧里凡涉及手术室的镜头，她一概不敢看。

"嗯……"庄晏清也不敢笃定自己不会有生理反应，只能是先找一些同类型剧目来看看，是否接受得了。

"那你和……"

话音未落，门铃响了。

莫宝贝似是料到了庄晏清想问什么，赶紧转移话题："估计是岑翎到了，快去开门。饿死了，我去看萧北淮这饭做到哪儿了，还有多久能吃。"

萧北淮所在的厨房一时间成了打卡地,每一个来杭山畔的人进门第一件事就是往厨房跑。

一个个跟监工一样,这里看一眼,那里问一句。

"哎,要不怎么说爱情的力量很伟大呢。"江延又开始了他那欠扁的夸张式演技,"我和他认识那么多年,一个鸡蛋他都没有为我煎过。"

萧北淮嫌弃他聒噪,抬脚踢过去:"赶紧滚。"

江延震惊又委屈:"我才刚来好吧!"

"我们能不能准点吃上饭还靠他呢。"庄晏清上前救场,将他们一个个推出厨房,又让莫宝贝帮忙招待一下,"你们坐着休息会儿,茶点果子自便。"说完,转身跑回厨房,不忘把门带上。

"怎么样啊你这里。"庄晏清双手背在身后,倾身贴靠着萧北淮看了眼灶台上的进度,"这是海鲜粉丝煲?好香啊。"

萧北淮回头看她,仅一个对视的动作,又默契地凑近亲了一下。

庄晏清莞尔:"提前给大厨的奖励。"

萧北淮高挺的鼻梁在她额头碰了碰:"那是不是好吃,还有另外奖励?"

庄晏清双手环着他的腰,垂眸轻笑:"也不是不行。"

"帮帮忙。"萧北淮用手背碰了碰庄晏清,"先把餐桌收拾好,碗筷摆上,汤是煲好的,可以让江延来端出去。我调了一款青桔话梅莫吉托,当然,你的那杯兑的是雪碧,也可以先放到外面。"

"怎么到了我这儿,就喝兑雪碧的了?"

庄晏清睁着乌黑眼睛看他。

萧北淮丝毫没有慌张,很是平静:"你喝酒是什么样子,你心里不清楚?莫吉托这种,不至于醉吧!

"叮"的一声,是烤箱提醒。

"快,把江延叫进来干活。"

萧北淮催促着庄晏清。

"哇!大菜啊!"

江延刚把海鲜盘端上桌,一个个闻香扑了过来,被盘上摆满的各种海鲜惊掉了下巴。

岑翎拿起手机又是近景又是特写,一顿拍:"好香!萧大神也太厉害了吧！晏晏，你这是什么神仙福气！"

庄晏清也被香味馋晃了神，没想到和宝贝在阳台说话的工夫，萧北淮一个人在厨房就忙出这么多大菜。

"海鲜盘、烤猪颈肉、淮山百合炒木耳、蟹黄豆腐、高汤白菜、瑶柱肉片枸杞芽高汤。"莫宝贝把桌上菜色都念了一遍，又踮脚张望厨房位置，问，"都这么多了，大厨还在做什么？"

给他们倒饮料的庄晏清回答："海鲜粉丝煲，还有一个炒青菜，一共八样，发发发！"

莫宝贝赞叹不已："牛啊，高规格！这种级别我能发个朋友圈吧？就啥都不说，P个图允许吗？"

庄晏清眨眨眼："不提萧北淮，不要拍到他，就可以。"

岑翎："怕什么，我们是朋友聚餐，正大光明啊。难不成他成了你男朋友，就不是我们的学长和老乡了？"

庄晏清都被说蒙了，只得点头："行行行，你喜欢就好。"

围桌提的第一杯，便是敬大厨。

莫宝贝和岑翎齐声道："萧大神辛苦啦！"

"北淮哥哥辛苦了！"

后面这句掐着嗓子喊的，自然是江延，他硬挨了萧北淮一个白眼。

"怎么，小庄妹妹不是这么叫你的？"

庄晏清使筷子的动作一顿，正想反驳，岑翎反倒抢了先。

"你以为谁都和你一样把哥哥妹妹缝在嘴边啊。"

江延："哎，我什么时候把哥哥妹妹缝嘴边了，也没这么叫你啊。"

庄晏清下意识地看向莫宝贝，见她嘴角一挑，便知道和自己的心思是一样的——

这两个冤家。

几个人久违地凑了一桌，聊天的内容从上学时期横跨到了现如今职场，从小时候的趣事聊到业内的八卦，没有一分钟是在空着发呆。

直到岑翎炸出一句："没想到暗恋成真这个戏码竟然在我身边上演了，沪城博物馆前那张合照，放现在看，价值连城啊！"

庄晏清吓了一跳，惊得后背一震。

江延："暗恋成真？"

萧北淮闻言抬眸看了岑翎一眼。

还是莫宝贝反应快，夹过一个扇贝放到岑翎碗里，不动声色地在她手背上点了两下："给大神留点面子，毕竟暗恋这么多年也挺不容易的，追到手就行，那就是成功！你说对吧？"

岑翎这才意识到说漏了嘴，忙不迭点头："啊，对对对。"

江延不知其中玄机，还在为萧北淮暗恋被人知晓这件事计较："你是暗恋这件事居然都传开了？完了，以后家庭地位肯定是垫底。"

"暗恋怎么了？"岑翎下意识张嘴辩驳，"你要是喜欢一个人，对方不知道，那你就是在暗恋，这不是很正常的事情吗？你没喜欢过人啊？"

江延蹙眉："我当然喜欢过！"

岑翎追问："表白了吗？"

江延："你管那么多。"

岑翎"呵"了一声："没有正面回答那就是没有，那你这也是暗恋！"

"暗恋明恋。"萧北淮淡声开口，原本搭在庄晏清椅背上的手转而搂到了她的肩上，"追到手了就行，至于家庭地位，我愿意垫底，你们还想说什么？"

庄晏清听得忍不住嘴角上扬，大拇指和食指死死摁着脸颊两边，试图做表情管理，终是没控制住，低头笑了起来。

萧北淮看了她一眼，顺势将人往怀里搂了搂。庄晏清埋在他怀里，不好意思了一阵。

莫宝贝停下剥螃蟹的动作，及时鼓掌表态："可以可以，这波发言很优秀，值得男同胞学习！"

岑翎："来，我提一杯！祝两位新人幸福！"

庄晏清抬眼："新人？"

萧北淮比她先一步举杯，与岑翎的杯子碰了碰："谢谢，借吉言。"

借吉言，他们一定会走到步入婚姻殿堂那一步。

"晏晏？"

岑翎晃了晃杯子。

庄晏清弯唇，举杯："谢谢。"

傍晚，一行人离开杭山畔前往"故事"开始下一局。

没过多久，言安出现了。

莫宝贝黯淡了一下午的眼神总算闪过一抹光，即便脸还挂着。

"我们出去聊聊？"

言安安静等了她数秒，后直接将人带离包厢。

岑翎这才小声同庄晏清咬耳朵："难怪我看她一下午都魂不守舍的，原来是吵架了。"

庄晏清抿唇摇头："我也不清楚发生了什么事，问了，宝贝也不说。"

岑翎虽诧异，但还是往好的方面想："能回头来哄，总归是好事，估计就是拌拌嘴，待会儿就和好了。"

庄晏清："兴许吧。"

然而，事实并不如庄晏清和岑翎所愿，莫宝贝和言安又大吵了一架，连外套都没拿就走了。还是"故事"的经理过来敲门，他们才知道。等追出去，人早不见了。

庄晏清赶忙给莫宝贝打电话，连着几通都无人接听，最后直接关机。

萧北淮拉住她的手："别急，我们先去她家？"

庄晏清跺了跺脚，眉头紧皱："她哪里有家，除了莫家老宅，就只有小洋楼，那是言安的住处。"

莫宝贝毕业后就直接搬到了小洋楼，和言安同居。不是莫家没有给她留房产，相反，作为莫家小公主，她手底下有好几套房，只是都没有住过，全都用作投资。

这会儿吵架，她也不可能回莫家老宅。

"那她有没有什么常去的酒店？"岑翎补充问。

庄晏清摇头，除了工作需要，莫宝贝基本不住酒店，都会和言安在一起。

萧北淮提醒庄晏清："'故事'的老板不是莫宝贝的嫂子，问问她有没有什么方式可以联系上莫宝贝？"

"哦，对。"

庄晏清反应过来，拿起莫宝贝落在包厢的外套跑了出去。

萧北淮下意识想要跟上去，被江延拦住："小心会被拍到，让岑翎去，我们在这儿等消息。"

岑翎附和："对对对，我去就好，你们在这儿等着。"

门"砰"的一声关上，江延下意识想从口袋里掏烟，虚抓了一把才记起，有一阵儿没有抽烟，都没有带烟的习惯了。

他看了眼萧北淮："结束后你回闲庭还是？"

"回闲庭。"

萧北淮坐回到沙发上，双手手肘搭着膝盖，漂亮的手指交握着重复握紧松开的动作，视线低垂，不知道在想些什么。

江延："你和小庄妹妹那部剧，什么时候杀青？"

萧北淮："大概还有一个月，怎么？"

"如果我没有记错的话。"江延走到萧北淮身旁坐下，侧过脸看他，"你接下来是去平城？剧组选场地的时候，演员没有发言权？"

萧北淮半边脸隐于暗处，嗓音不咸不淡："要发言权做什么？"

江延惊愕："做什么？那可是平城。"

萧北淮瞥他："都已经是过去的事了，难不成一辈子都要避着不去？"

听到这样的话，江延挑眉，似是对萧北淮的态度很意外。

可转念一想，也对，都过了这么些年了。

人都成长了，有些事也该成为过去。

"你……"

江延刚开口，包厢门从外被推开，他和萧北淮齐刷刷抬头。

"怎么样了？"

萧北淮伸手牵过庄晏清，极为自然地将她带到身边。

她拿起桌上的杯子，猛灌了两口水，才缓缓呼出一口气："二哥……就是宝贝的亲哥哥，亲自去找她了，找到的话会通知我们。"

江延帮庄晏清重新倒了杯水，又给岑翎也倒了一杯，忍不住开口问："她家里人知道她和言安为什么吵架吗？"

岑翎摇头："只是说事情有些复杂，具体我们也没有细问。"

庄晏清敛眸，她不想打听别人的隐私，只希望莫宝贝没事。

萧北淮看了眼腕表上的时间。

原本他们还有其他安排，可现在看，估计都没了心情。

"先送你们回去吧，回杭山畔等消息。"

庄晏清拉住萧北淮的手，生出好奇心："那你们呢？是去酒店还是回闲庭？"

　　萧北淮还没说话，江延先在那儿激动："就我俩，去酒店干什么？听上去怪奇怪的，万一被拍到，你家北淮哥哥可就跳进黄河也洗不清了。"

　　庄晏清愣住："我的意思是，把你送到酒店，他就走。"

　　萧北淮勾唇："他住我那儿。"

　　庄晏清点头，也无心再待在"故事"："那分开走吧，我没喝酒可以开车，你不用送。"

　　萧北淮手抄着口袋，闻声顿了一下。

　　庄晏清解释："杭山畔和闲庭是两个方向，我们自己回去就好。"

　　"行，到了给我发消息，有什么事情随时联系我们。"

　　说完，萧北淮当着江延和岑翎的面俯身亲了亲庄晏清。

　　他倒是很自然。

　　庄晏清反而脸红了，亲完下意识看了眼旁边，发现岑翎和江延都垂眸在做自己的事情，像是丝毫没看见他们的亲密行为。

　　只是……

　　那动作，稍显刻意了。

　　"那走吧。"

　　萧北淮拿起东西，扫了眼桌面，而后准备同庄晏清一块出门。

　　"你等下。"江延拉住他，一脸操心相，"我们晚点再出去，懂？"

　　岑翎竖起大拇指，不禁赞叹："你真的很专业，不做经纪人浪费了。"

　　江延挥挥手："赶紧的，先走。"

　　庄晏清侧眸望向萧北淮："那我先走了，到了给你微信。"

　　萧北淮点头叮嘱："开车小心。"

　　庄晏清没有想到，有一天，莫宝贝会和言安说分手。

　　莫宝贝让娅娅休了一星期假，留在云城处理线上事务，自己收拾行李同庄晏清到平城，几乎所有事都亲力亲为，恨不得用忙碌来麻痹失恋的心。

　　庄晏清问她，她什么也不说。

　　她就希望庄晏清能早日大红，成立自己的工作室，她不想再给言安打工。

　　冲着这股劲，庄晏清判断这一架估计没个十天半个月，缓和不了。

"加了零糖的椰浆。"

莫宝贝将自调的生椰拿铁递给庄晏清，又看了眼她的造型，不由得多留意了两下："好像真的回到了上学的时候。"

庄晏清对镜观察："我高中的头发可比现在长多了，眉眼也没有这么硬朗。"

"硬朗？"

莫宝贝对这个形容词难得有不同理解："你这是体育生的线条，是阳光和健康。厘导都夸了，这几个月的锻炼没白费，总算不是娇滴滴的小公主模样。"

庄晏清笑了下，抿唇喝了两口咖啡："好喝。"

"那是，也不看看是出自谁之手。"莫宝贝手往后撑着桌子，垂眸划拉手机上的信息。

庄晏清眼角余光扫了眼，意有所指地试探："待会儿就要开拍了，有什么重要的信息需要先处理吗？"

莫宝贝面露疑色："开拍和重要信息有什么关系，我又不用去演，倒是你，情绪都酝酿好了吗，今日这场戏可是很重要。"

庄晏清淡定喝咖啡，睇了莫宝贝一眼："这种情绪，代入感满分好吧。"

莫宝贝竖起大拇指，笑："我觉得也是。"

庄晏清今日要拍的，是学生时期任南熹暗恋张燎的第一视角。

体育生的身份，是她的荣耀，也是她的自卑，矛盾又割裂。

每天早晨五点起床，六点钟列队集训，别的同学还在睡梦中，她却已经跟小队成员一起跑到了学校的后山，开始来回超过四公里的晨训。

回到学校，其他人顾着放松肌肉和享受不用上早读课的快乐悠闲，任南熹则是马不停蹄地往宿舍赶，匆忙洗澡换衣服，背着书包就跑向教室。

她若早些到，兴许能和讲台上带读的张燎打声招呼；若晚些到，指不定进教室的动静会引起周围同学的注意，成了他们眼中闲散不上进的体育生。

不过，她从来在意的都只有张燎的目光。

早读课结束，组长过来收作业，任南熹押长了脖子做了个拉伸动作，结果一低头就和张燎对上眼，脖子"噌"地涨红。

"交周记了,任南熹。"

张燎面色平静地看她。

任南熹反倒有些手忙脚乱:"哦哦,你等我一下,周记……周记……我写了的。"

哎?

在哪儿呢?

她把书包从抽屉里拎出来,一个格子一个格子地翻找,可就是找不到周记本。

同桌将自己的周记本拿给张燎,撞了下任南熹的胳膊,笑道:"别装了,没写就没写。"

任南熹急了:"我真写了!就是早上收拾书包的时候有些着急,估计落下了。"

说完,她又看了张燎一眼,怕他误会自己在撒谎。

"张燎,我真的写了。"

张燎:"那你下午再带过来交。"

任南熹:"好吧。"

张燎收齐周记本离开,任南熹攥紧了手里的笔,他们好不容易说上一次话,结果,她又丢人了。

很快,上课铃响。

第一节课便是英语,老师有留英经验,一口流利伦敦腔听上去宛若被带进古老的城堡和英式庄园。

同学们都很爱上这门课,唯独任南熹不是,一听就犯困。

今天也不例外,加上一早就起床训练,她这会儿正疲着,没一会儿眼皮就像千斤重,一下下终是扛不住,打起了瞌睡。

讲台上的老师发现了任南熹,拿着课本走下台阶,一边讲一边来到她的座位上,轻轻敲了下桌面作提醒。

任南熹惊醒,得到老师一个眼神警告后,迅速坐好,拍了拍脸蛋试图让自己清醒些。

等老师走开,她第一件事就是偷看张燎所在的位置,见他专注学习的背影,任南熹松了口气。

377

还好。

还好没被他看见自己上课打瞌睡被老师叫醒的画面。

午休回宿舍,任南熹第一时间找到周记本放到书包里,瞥了眼旁边放着的数学题,脑海里浮现早上女同学抱着本题记去问张燎问题的画面。

如果……

如果她也去问题目,张燎会不会帮她解答?

想到这儿,任南熹拿起练习册随手翻了翻,大部分的空白让她面红耳赤,这本子她买了,也没做几道题。

要是拿去问,张燎随手一翻,岂不是穿帮了?

换一下,换……

任南熹选了本物理习题册,这是她做得最满的一本习题册了,全因科任老师要抽查。

她从中选了几道空着没写的大题,坐在床铺上琢磨了好一会儿。

一是怕大题看似复杂,但只要公式对了,就很简单。那样肯定不到五分钟,自己就要悻悻回座位。

二是怕真的太难,难到张燎会怀疑,这真的是她学不会然后想虚心求教的问题吗。

毕竟,体育生在他们眼里,与差等生是画等号的。

纠结了许久,任南熹选了道知识点还算熟悉的大题,将这页折了个小角。

下午,她刻意提前到教室,有几个同学还趴在桌子上午休,张燎刚来,正从书包里拿出课本。

任南熹坐到位置上,反复练习着要怎么打招呼,愁得周记本子边缘都给她捋出弧度来了。

"任南熹,要交周记吗?"

张燎拿着水杯走过来,本是想从后门绕去打水房,视线刚好瞥见任南熹手里的周记本,问她。

"啊,对。"任南熹将周记本递上,"谢谢。"

张燎:"你先放我桌上吧,我去打水。"

"好……对了——"

任南熹喊住张燎,后者回过头来看她。

"组长，我有道物理大题不会，你能……"

"物理大题？"

同桌不知什么时候来的，神不知鬼不觉地从张燎身后探出头来，一副很欠扁的表情和语气："任南熹，你还会搞学习的哦？别开玩笑咯。"

任南熹脸色涨成猪肝色，伸手下意识就要抡拳头过去。

意识到张燎还在，她堪堪缩回手。

张燎神色平静："那你等我打完水回来。"

任南熹赶忙点头："好！"

张燎一走，任南熹一拳头砸在同桌手臂上："你哪只眼睛看我不学习了？乱说话！"

同桌捂着痛处"嗷嗷"叫："你这劲儿用得也太大了吧！"

任南熹不管他，拿起周记和习题本就往张燎的座位走去，他前排的人还没到，那她暂时先坐这里也没什么问题吧。

张燎打完水回来，就见任南熹的位置是空的，挑眉疑惑，结果下一秒就看到自己前桌坐着个人，正托着脑袋把玩着他笔盒上的链子，乐此不疲。

他拿着水杯的手一紧，快步走过去。

"组长。"

任南熹见张燎来了，将周记递上，下一秒赶忙翻开习题册，点了点折好的那页大题："就这道。"

张燎看了眼，是上周的内容，这周已经讲到下一章了。

但他没有说什么，他拿出草稿纸来耐心给任南熹讲题，每一个步骤都说得很清晰，还依此类推给她讲了这类题型大致的解题思路。

本来只是想找个机会和他接近，但听着听着，任南熹也入了神。

"哟，南熹也有这么好学的时候啊？"

座位的主人来了，任南熹下意识想站起身。

对方朝她摆了摆手，示意她先听讲解，而后将书包往桌面上一丢，凑到张燎身旁看了眼："咦，这不是上周老柯讲的伏安法测电阻吗？这题上课也讲过啊。"

任南熹后背弧线瞬间像张拉满弦的弓，绷得紧紧的，原本搭在桌角的手也下意识扣紧了桌沿，很是用力。

"怎么，难道我说得不对吗？"

因这一声，周围其他同学也都望向了这边。

任南熹下意识屏住呼吸，脑袋"嗡"的一声响，白光四散。

"是讲过，但这题还是有不一样的地方，粗看知识点一样，但其实出题者也设了个小陷阱。"张燎温声道，点出了题目中的变量，"看见了吗？"

同学："哎？"

张燎却不让他细看了，"啪"地把习题册盖上，往任南熹面前推："怎么样？我刚才那么讲，你理解了吗？"

后背出了一身虚汗，任南熹下意识点头。

张燎嘴角弧度往上扬："下次遇到这类题型，要记得融会贯通，记得，不懂就问。"

任南熹不由得握紧了习题册，嘴角抿得紧紧的。

上课铃响，她像根弹簧一样弹起身，同被占座的同学颔首，不忘和张燎说声谢谢。她抱起习题册跑回座位，坐下时，手心还攥得紧紧的。

两节课，她基本没怎么用心在听，手撑着脑袋望着黑板，脑海里全是张燎和她讲题时的画面。

对了，这题老柯上课真的讲过吗？

任南熹忙弯腰翻着桌屉里的物理卷子，除了课本上的题目，老柯会讲的题全都出自卷子上。她仔细翻了翻，果然找到了题目。

可张燎说，她问的题是有不一样的地方，出题者设了个小陷阱。

但……陷阱在哪儿呢？

任南熹拿起习题册，逐字逐字对着，对完，傻坐在位子上发呆。

难怪张燎把本子盖得那么急，什么不一样，什么陷阱，这分明就是同一道题目！连数值都没有改！

任南熹恨不得把头狠狠磕在桌面上，磕晕了最好。

下午四点二十分，其他同学还有一节自习课要上。

任南熹已经在收拾书包，她要参加训练，一贯是不上自习课的。隔壁班的训练生走了过来，抬手敲了敲后门门板，吹了声口哨。

"走啦，南熹！"

任南熹赶紧食指抵唇，生怕吵到其他人，抓起书包就往外跑，头一个动作便是拍打对方的后肩。

"不是警告过你,找我的时候动静小点,别老给姐整些花里胡哨的!"

男生捂着后肩,回头看了眼教室,大大咧咧道:"放心,没人会关注我们的。"

我们?

怎么就成了我们了,那他们呢,又是谁?是教室里的好学生?

区别在哪儿?

任南熹垂眸看了眼手上拎着的训练包,经过其他教室,看到了埋头学习做题的学生。头一回有人这么清晰地在她耳边提醒,他们不一样。

傍晚,大雨骤降,打断了训练进程。

任南熹和伙伴们以最快速度跑至主席台下的空地避雨,顺势做起了肌肉放松的动作,突然,视线中出现了一道熟悉的身影。

是张燎。

同他一起撑伞的,是个女生。

任南熹凝眉,试图想要看清楚是谁,连换了好几个位置却怎么都看不清。

队友察觉到她的异样,凑过来,顺着任南熹的目光望去,眯着眼也没找着重点:"看什么呢你,这么入神?"

任南熹搭在栏杆上的手缓缓攥成拳,试图借助他人的帮忙辨认清那个女生:"就台阶那儿,撑着墨绿色伞的女生,你认出是谁了吗?"

"台阶,墨绿色伞?"

队友"啧"了一声:"这哪看得清啊,除非长了双千里眼。"

任南熹:"怎么看不清?她旁边,和她一同撑伞的张燎,我就看清了。"

队友似乎从中悟出了一丝不同,挤眉弄眼:"哦,醉翁之意不在酒啊,隔着这么远,除了知道男女,能认清什么?也就是你,熟悉张燎才能一眼看出,那就是他。"

"不是!"

任南熹生怕被发现小心思,急急忙忙辩解:"那是因为他是我组长,天天催我交作业,久了,形象在我脑子里都根深蒂固了。"

"真的假的?"队友怀疑。

"真的!"任南熹忙不迭点头,"而且你看,他和女同学一块撑伞,还有说有笑的，合理怀疑在早恋！所以我要知道女方是谁，以此来要挟他，哪天要是没做作业，还能让他借我抄，对吧？"

生怕队友不信，任南熹说得特别坚定，连带坏学生打好学生小算盘的样子都演出来了。

队友："原来如此，可真的看不清，我这都5.1的视力了。不过看身形，有点像重点班那个文艺委员，叫什么名字来着？"

"时好？"任南熹下意识脱口而出。

"对对对！"队友讶然看她，"除了视力，你这记忆力也很不错啊！"

才不是因为记忆力好。

任南熹咬咬唇，掩去眉眼中的失落之意。

"哎，快看！张燎帮她背书包了！"

随着队友一声喊，空中一道惊雷闪过，雨下得更急了，任南熹的心也如同这场瓢泼大雨，被淋得无一处是干净的。

她妒忌，她不安，她生气，她羡慕……

所有的情绪在这一瞬间，铺天盖地涌了过来，湮灭她所有理智与认知。任南熹后退了一步，摇头努力甩掉前一秒看到的那个画面。

她转身跑入大雨中。

"哎！任南熹——"

"还下着大雨呢，南熹！"

队友们的声音被任南熹抛在了身后，她只管一个劲地跑，不需要有人撑伞，不需要有人帮忙背书包，她一直都是一个，不被需要的角色。

这场雨戏，庄晏清来回拍了两次，头发、妆容、衣服都湿了，吹干了又重来。厘导拿着对讲机，犹豫了片刻，就在他刚想喊过的时候。

庄晏清主动要求，再来一条。

萧北淮撑伞走了过来，看了眼监视器后的回放，有所动容。他觉得情绪已经够了，而且厘导这边也没有喊停。

以为是庄晏清过于追求完美，萧北淮走上前："挺好的了，再说这天气，你淋一阵干一阵，反反复复很容易感冒。"

"不是。"庄晏清推开萧北淮，径直走到厘导面前，认真要求再来一次，

"导演,我觉得任南熹这儿,我处理得有点太潦草了。能不能辛苦大家,再给我最后一次机会,我酝酿好情绪重来。"

厘野没有直接答应庄晏清,而是反问她:"那你先说说,是怎么个潦草法?再来一次,你想怎么演?"

莫宝贝将外套给庄晏清披上,递给她一杯热姜水。

庄晏清接过,坐在导演旁边的空凳子上,眼睛有些红肿。化妆师上来给她补妆,她伸手挡了一下:"老师你先休息一会儿,不急。"

她缓了缓情绪,将自己对于任南熹的理解,说与厘野听。

"任南熹看见张燎和时好在一起,奔跑进雨中的这一段,不应该哭的,是我没控制好疯狂叠至的情绪,先露了怯。"

庄晏清很清楚自己的眼泪为什么会不受控制地掉下来,因为她完完全全将自己代入任南熹,那一瞬间她脑海里涌入的全都是从前萧北淮和廖婧柔的画面。

但是——

"任南熹是骄傲的,越是自卑的人,越有自己固守的一条底线在。那就是不让任何人察觉到她的异样,窥探到她心里的秘密。所以她不应该在大庭广众下哭,她应该是强撑着跑开,在跑回宿舍,无人看见的时候才将全部情绪发泄。"

一如她当初在英国,听见萧北淮和靳白雪官宣恋情时,躲在房间里哭了一整夜的样子。

"暗恋者,会拥有这世上最强韧的根,除非她自己愿意放弃这个人,愿意连根拔起,否则,不论看见什么听见什么,都不会最终动摇到她。这个情绪,一定是先强颜欢笑,强撑着与自己无关,再是难过得无法呼吸,冷静下来便又开始自我说服,最后再度陷入。"

庄晏清快速向厘野掠去一眼,紧张地交叉了下手:"这是我想演的情绪变化。抱歉导演,我一开始没处理好。"

厘野把玩了一下手中的对讲机,片刻后低头轻笑。

见他是这反应,庄晏清心里有些忐忑,难不成自己分析得不对?

她下意识地看向萧北淮,却见他正若有所思地看着自己,她心虚不已,慌乱垂眸。

"所有人，原地休息十分钟。"厘野拿起对讲机，吩咐，"十分钟后，日场24镜再拍一次。"

庄晏清欣喜不已。

厘野侧头看她："原先我以为那就是你最高水准的发挥，不算太差，但也称不上是满意，就是差点意思。"

庄晏清的脸微微泛红，下意识地抬手抠了抠额角。

"但是你刚刚那番话，让我听到了你对这个角色有属于你自己的，且深层次的理解。所以我愿意给多一次机会，让你试一试。"

厘野看着庄晏清，笑了下："去补下妆，准备吧。"

庄晏清抿了下唇："谢谢导演！"

众人一齐冲她看过来。

起身时，她深吸一口气，缓缓压下对方才那一镜的遗憾。

莫宝贝提醒她："先把姜水喝了再继续。"

庄晏清："好。"

无意间对上萧北淮那双乌木瞳眸，她喉间有些发痒。

"今天这场戏结束后回去，眼睛做下热敷。"

萧北淮指了指庄晏清有些红肿的眼眶，又是哭又是淋雨。

庄晏清抬了下嘴角："好。"

休息时间眨眼就过，所有演员到位，24镜第三次开拍。

庄晏清以最快速度进入情绪，将同厘野分析过的情绪层次全演了出来——硬撑的、固执的、自卑的、难过的……

演完，厘野摘下耳机起身为她鼓掌。

庄晏清一个人窝在宿舍角落，哭了很长很长的时间。

所有人都以为她是演得太投入了，一时还无法从中抽离，唯有庄晏清自己知道，这一刻，任南熹不只是任南熹，还有从前的自己。

莫宝贝心疼不已，正想上前去，萧北淮径直走向她，拿过她手里的外套，不顾周围人的目光，向庄晏清走去，将外套一抖，披在庄晏清身上。

庄晏清双手环抱的动作一僵，颤着眼睫抬眸，见是他，身体下意识往前倾，习惯性地想索要他的怀抱。

下一瞬，看见萧北淮身后站着的人，她倏地清醒，淋完一场雨的发抖发冷后知后觉袭来，她拉紧外套："谢谢萧老师。"

萧北淮闻声，愣了数秒，终是"嗯"了一声。

"辛苦了，你演得很好。"

称赞从薄唇溢出，可也不带多余情绪，萧北淮起身离开，经过莫宝贝身旁时小声留了一句话："晚点我过去看她。"

莫宝贝顿住。

反应过来，萧北淮已经走到了导演那儿。

"阿嚏！"

庄晏清打了个喷嚏，红着眼眶站起身，蹲久了脚发麻，下一秒便往旁边栽。莫宝贝赶忙上前将她扶住，一边给她擦头发，一边压低了声——

"他说晚点找你。"

庄晏清舔了舔发白的唇瓣，哑着声："嗯。"

第十七章

/

双向喜欢

qingxingmeng-

　　反复淋了几次雨,庄晏清觉得整个人走起路来都有些头重脚轻,好在今日已收工,她没在片场多逗留,直接回了酒店。

　　洗了个舒服的热水澡卸去了不少疲惫和疼痛感,她走出浴室,正好碰上从外面回来的莫宝贝,拎着一大袋外卖。

　　庄晏清擦干头发,上前瞥了一眼:"粥铺?"

　　莫宝贝拆袋子边回答:"嗯,你家萧北淮给你点的,怕你感冒不舒服,督促我给你喝姜汤,吃食卜也尽量清淡。"

　　见她还在一旁慢悠悠地擦头发,莫宝贝忍不住催促:"别擦了,赶紧把头发吹干,快去快去。"

　　等庄晏清把头发吹干,回到餐厅,桌上已摆满各类饭菜,大大小小的盒子加起来足足有七八个。

　　她表情无比惊讶:"这是两人份还是三人份啊?"

　　莫宝贝收起手机,拿起筷子示意她赶紧落座:"两人份,萧北淮在你之后还有一场戏要拍,没那么早结束。"

　　庄晏清说:"那他点这么多?我其实也没什么胃口,估计喝碗小米粥就饱了。"

　　莫宝贝倒是一点也不担心:"他不是晚点要过来找你吗?指不定给自己留了份呢,先吃吧,剩下的留给他解决。"

"白天我拍那场雨戏的时候,你就在监视器旁边吗?"庄晏清舀了舀碗里的粥,没憋住,问莫宝贝。

莫宝贝:"嗯,怎么啦?"

庄晏清抬眼:"你有注意到萧北淮的表情吗?在我雨中跑开,拍近景特写那儿。"

莫宝贝咬薄饼比萨的动作一顿,恍然大悟:"你是觉得,萧北淮说今晚过来找你,并不只是因为淋了那么多场雨所以来关心。而是他看了你的表演,怀疑你也有过暗恋经历?"

不愧是闺密,都不用细说,对方便明白了自己的意思。

"和他在一起的时候,是他先表白说喜欢我的,我从来没有说过自己对他的那份感情。说起来也很奇怪,他竟也没有追问过我。"

庄晏清尝了口粥,细嚼慢咽,陷入了沉思。

莫宝贝说:"那会不会有一种可能,就是他其实也能感觉到你对他的感情,有把握这才主动告白?都在一起了,自然也就不用去计较过去那些细枝末节?"

庄晏清下意识反问:"真的不会去计较吗?"

莫宝贝一怔,脑海里"噔"的一声像是有根弦断开,弹到了自以为愈合了的伤口,一阵疼感袭来,瞬间撕毁自欺欺人。

"也许吧,有些人会,有些人不会。"

莫宝贝点了点庄晏清的碗沿:"快吃,有什么问题等他来了自己问他,又不是吵架闹矛盾,他问什么你回答就是了。再说了,暗恋又不是什么自掉身价的事情,不必分个高低输赢,坦诚也无妨。"

庄晏清斜睨了莫宝贝一眼。

"我脸上有什么吗?"

莫宝贝摸了摸脸颊。

庄晏清摇头:"只是觉得听君一席话胜读十年书。"

莫宝贝动了动嘴唇,终是什么都没说,埋头吃饭,加快速度为萧北淮腾位置,免得撞上了,她可懒得打招呼。

莫宝贝走后,庄晏清一人贴墙站着消化,没一会儿就听到手机响。

萧北淮:现在回去,睡了吗?

YanQ：刚吃饱……

萧北淮：好，等我。

不知道他究竟要来找自己说些什么，庄晏清觉得十分好奇，她把房间空调打开，调了个舒适的温度，站累了，索性瘫在沙发上等着。

约莫过了有半个多小时，传来门铃声。

她急急忙忙穿上拖鞋，趿拉着往门口走，透过猫眼确认是萧北淮后才打开门。

"你——"

她刚发出声音，就被萧北淮以迅猛之势卷入怀里，门"砰"的一声关上，后背紧贴着门板，呼吸声和心跳声陡然被放大。

庄晏清紧贴着萧北淮，鼻尖萦绕着他身上从外面带来的冷意。

"怎么了？"

萧北淮一手搂着她的腰，一手护着她的后脑勺，距离凑得很近，几乎是下一秒就能亲到彼此的程度。

事实上，他也确实这么做了。

来势汹汹的吻让庄晏清有些难以适应，等到她调整了呼吸频率，对方节奏却也慢了下来，一下一下，吻得小心珍视，吻得极致温柔。

起初那如同骤雨及至的深吻，令她意乱情迷，后来的浅尝辄止，又将她的意识逐渐拉回。就这么一个吻，代替了她问"怎么了"的回答。

分开时，庄晏清眼睫轻抖，声音微不可闻——

"问你个问题，你、你就是这么回答的吗？"

她小口喘气，双手还紧紧揪着萧北淮身侧的衣服不放。

"晏晏。"

萧北淮轻喊庄晏清的名字，原本护着她后脑勺的手转而轻抚脸颊，指腹摩挲，嗓音低哑："你把任南熹拆得那么透彻，是不是因为你也曾像她一样，热烈又……"

他顿了顿，似在琢磨那几个字眼说出来，会不会伤到面前的人。

"又什么？"

庄晏清抬头看他。

门廊的灯没有打开，借着客厅里的灯光，她费点劲也能看见萧北淮眼底的血丝。她下意识抬手触碰他眼角，有些心疼。

萧北淮握住庄晏清的手，攥在掌心里，继续方才未说完的话。

"热烈又自卑，喜欢又小心。是吗？"

庄晏清隐约感受到萧北淮在问这个问题时，语气的起伏，像在克制什么，也不确定。

"你想从我这里，听到什么样的回答？"

她问，嘴角似笑非笑。

萧北淮抿了抿唇："标准答案。"

庄晏清调整了一下姿势，双手向上，交握着挂在萧北淮的肩膀上，轻轻踮起脚尖，人贴近了几分，只要稍主动往旁侧偏，便能轻而易举地亲到他的下颌线。

"是，我也曾经暗恋过一个人。"

萧北淮的喉结，很明显地上下滚动。

庄晏清勾唇："你能猜到是谁吗？"

萧北淮偏头，视线与她相碰，薄唇抿了抿却不作声。

庄晏清莞尔，手指轻戳他脸上的酒窝："傻呀，当然是你啦！"

萧北淮眼中闪过一丝诧异，复而又被惊喜盖住："你……"

"我就纳闷了，你怎么真的会误会我暗恋过别人。"庄晏清摇晃着萧北淮的肩膀，试图让他清醒些，"肯定是你啊，不然我怎么会在你表白后，就回应你。当然是因为喜欢你啊。"

萧北淮低头笑了，起初只是藏于喉间的笑意，慢慢地，变得肆意又张狂。

这一下，可把庄晏清给看蒙了。

她抬手捂住萧北淮的嘴："笑什么啊，别笑了！会被听见的，你给我小声点儿！"

庄晏清急得跺脚。

萧北淮眯了眯眼："好好好，我不笑了。"

庄晏清："怎么，我暗恋过你，让你觉得很好笑？"

"当然不是。"萧北淮极快速地否认，"我是开心你能告诉我这件事，也很惊喜你曾经暗恋过我，说起来，我们也算是双向喜欢？"

"嗯哼。"

庄晏清傲娇昂头。

萧北淮摩挲着她的脸颊和耳垂："如果我当年不是专注于自己的事情，及时察觉，或者表白得早些，我们是不是就能早点在一起？"

庄晏清："那都是如果，现在不也挺好的？"

萧北淮"嗯"了一声，轻轻碰了碰庄晏清的前额，嗓音里满是疼惜："我只是会很在意你是不是也像任南熹一样，哭过。"

白天那些画面，让他心里很是震撼。

庄晏清痛哭得不能自已的时候，他甚至觉得无形中有一双手，狠狠攥着自己的心脏，痛得窒息。

能演出那种感觉，并不只是因为演技好，相反，她一定是体会过，感同身受，才能将那种情绪给带出来。

庄晏清踮起脚尖，亲了亲萧北淮，柔声道："放心，我没有过。"

她下意识撒了个谎，仅仅是因为，那是她的自尊心与秘密。不需要与谁分享，也不需要得到怜惜或者其他愧疚的回应。哪怕对方是萧北淮，也不用。

萧北淮低下头，捕捉到庄晏清试图逃离的动作，将这个吻再度加深。

他一把将她抱起，猝不及防的动作，让庄晏清有些惊慌，双手撑着他的肩膀，成了俯视的视角。

萧北淮抱着她往屋里走，经过餐厅，庄晏清瞥见桌上的外卖盒，还小小声道："你吃饭了吗？"

萧北淮："消耗一下，晚点再吃。"

随着卧室门"砰"的一声关上，庄晏清捧着萧北淮的脸，吻下。

这一次，他们之间再无秘密，是毫无保留地属于彼此，全身心契合。

没有谁为了谁，布下一张天罗地网，抑或是一盘步步为营的棋局。他们是双向暗恋，是没有猜忌和不分输赢的爱与付出。

夜深，萧北淮连哄带抱地将庄晏清带到餐厅坐下，她压根儿一点力气都没有，趴在桌面上动都不想动。

她像只慵懒的猫咪，眯着眼睛看萧北淮热外卖。

"我说了我不吃……你热你的那份就好。"

萧北淮手叉着腰，站在微波炉旁看着她："那是谁刚刚老往我怀里拱，说饿了？"

庄晏清摇摇头，不承认。

"这家不好吃？不喜欢的话就再叫别家。"

萧北淮折回屋里拿手机，准备看外卖。

庄晏清提声喊："别，不用。"

这才发现自己的嗓子哑了。

都怪萧北淮！

庄晏清像根霜降的茄子，蔫了吧唧："我不吃，没胃口。"

萧北淮这才察觉到她情绪是真的不高，放下手机，走近："有哪儿不舒服没有？"

庄晏清伸手，抱住他的腰身贴紧："你说呢，我哪儿哪儿都不舒服。"

萧北淮笑了下，抬手轻轻抚着她的长发："对不起，是我不好。"

庄晏清安静了一会儿，直到微波炉传来"叮"的一声，这才抬起头来松开手："热好了，你快去吃吧。"

庄晏清："你明早几点的戏？"

萧北淮舀一勺粥放入嘴里，又夹了一块小米糕，往旁边投喂。

庄晏清凝视了他数秒，还是凑近咬了一小口。

"六点钟到，七点开拍。"

"几点？"庄晏清震惊，她看了眼手机上的时间，"吃完赶快回去洗漱休息，今天拍了一整天，明天一早开工呢。"

萧北淮笑了一下："心疼了？"

庄晏清挑眉："你该不会觉得你现在这状态，非常适合演高中生吧，清醒点。"

庄晏清继续说："化妆造型是一部分，但你自身的状态也是很重要的，千万别被观众吐槽，一把年纪了还来演高中生。"

萧北淮气笑，手指搭在桌面上警告式地敲了敲："一把年纪？我也就比你大两岁，你可以，哦，到我这儿就不可以了？"

庄晏清理直气壮："我这张脸出去，说是高中生都有人信的好吧。"

反倒是萧北淮，先前那些悬疑、现实题材的戏拍多了，整个人形象线条上都硬朗许多，演张燎毕业后的可以，演校园，不能只是在妆发上做文章。

"黑眼圈都出来了，回去记得敷张面膜，做下护肤再睡。明早醒来，你还是我帅气的张燎哥哥。"

萧北淮饶有兴致地看着庄晏清："你喊我什么？"

"张燎……"庄晏清抿唇，片刻后吐字，"哥哥。"

萧北淮的视线深深望了过来，庄晏清像是料定了他会做什么，先一步站起身，打着哈欠。

"我困了我先去睡，你走的时候小心些。"

萧北淮："……嗯。"

翌日，莫宝贝过来找庄晏清时，她才刚醒。

"昨晚萧北淮没留下？"

进门时，她都格外小心，生怕看见了什么不该看的。

庄晏清将滑落肩膀的睡衣拉高，抱着被角窝在床头，眯着眼赖床："怎么可能……"

莫宝贝目光赞许："算他谨慎。"

手机响了起来，是曾云屿的电话。

"对了，和你说一声，云屿姐今儿来探班。"莫宝贝晃了晃手机，"这会儿估计已经到片场了，你赶紧起来收拾一下。"

庄晏清起床气瞬间消散得一干二净："马上。"

莫宝贝拿着手机走到窗边接电话，开口时语气还很轻快："云屿姐，你到平城啦？"

"你们在哪儿？"

曾云屿的语气听上去不太对劲。

莫宝贝眉眼的笑意瞬时凝住，缓声："我和晏清还在酒店，她今早没有戏，刚醒。"

听筒对面传来吵闹喧哗声，屏息听辨，并不像是片场正常工作状态的声音，莫宝贝问："云屿姐，你在哪儿？"

"在片场。"

曾云屿哪里料到来这儿会看见这么戏剧化的一幕，快步找了个稍微僻静点的地方，吩咐莫宝贝："你们晚点再过来，这儿出了点事，估计没那么快开工。"

果然。

莫宝贝眉头一凛:"出什么事了姐?情况很严重?我刚才听着你那边好像很吵的样子。"

曾云屿叹了口气:"我也是刚来,正好撞上,有点摸不清楚状况,但大概是冲着萧北淮来的。让你们晚点来,就是怕晏清着急,万一扯上了关系,那就是另一桩上热搜的事了。"

对方一口一个"是萧北淮的亲小姨",架势却跟泼皮无赖一样。庄晏清和萧北淮又是上学时候就认识,万一对方认出来,岂不是直接拉下水,绑成团一块闹?

那算怎么一回事。

"这边有我在,你拖着晏清,别让她太早过来。"曾云屿尽量让自己表现得淡定些,"萧北淮那边有凯恩在处理,等风波平息了我再给你电话。"

莫宝贝急忙问:"具体什么事知道吗?还有,萧北淮没事吧?"

曾云屿看了眼不远处,平成老百姓几乎都往这儿拥了过来,安保围成一圈挡着基本也没什么用。一个个不顾警告,都举高了手机,拍照拍视频,现场还有蹲点的粉丝在。

总之,一片混乱。

"我也不太清楚到底什么情况,就是有个女人,说自己是萧北淮的亲小姨,认识,吵着闹着要见萧北淮。还带了几个乡亲过来现场闹?"曾云屿也是刚到,劈头盖脸就是这么一出,"这人到底是不是亲戚也不清楚,萧北淮也没出来。"

莫宝贝:"明白了,那我们晚点等你通知再过去?"

曾云屿:"对。"

挂断电话,莫宝贝第一时间翻了下微信。

果不其然,在《清醒梦》的工作群里看到了最新通知,上面没有说具体发生了什么事,只说现场因为一些特殊情况,需要一定调试时间,今日拍摄暂时往后延两个小时。

"在干什么呢?走吧,我这儿都好了。"

睡了个饱觉,庄晏清感觉精神多了,戴上帽子和口罩,催促着莫宝贝:"愣着干吗,不是说云屿姐到片场了吗?"

"哎，不急。"莫宝贝收起手机，上前拦住庄晏清，"云屿姐说还要一会儿才到片场，我们先找个地方吃饭？我早饭还没吃呢，饿死了，一醒来就处理工作。"

"想吃什么？在哪儿吃啊？"

庄晏清的注意力一下被转移，丝毫没有察觉到异样。

片场。

雨后的地上还有一个一个大小不一的小水坑，走近发现，上面还倒映着这座小镇上岁月留下的斑驳痕迹。

曾经，这也是给过他美好回忆的地方——

关于清晨乡间路口第一家油条铺子、傍晚麓山小道上掉满一地的玉兰花瓣，还有运动场边一到晚上就满座的水果炒冰。

现如今都成为了记忆里的画面——

油条铺子收摊了，老爷子去世，子女们无一想继承这份不体面的工作。麓山小道翻修成平整大道，两旁的玉兰树都被砍掉。城市面貌整改，运动场边围起了宣传栏，流动小贩被驱逐离开，再没有了水果炒冰。

"我都说了没骗你们，我是萧北淮的亲小姨，你们还不信！"

女人的声音打断了萧北淮的回忆，他转过身，冷峻的眉眼下无一丝友好情绪："找我什么事？"

前一秒还沉浸在被放通行，自以为身份尊贵必须得到重视的得意扬扬里，下一秒，就因为萧北淮这冷淡的态度，宛若一巴掌重重扇在了脸上。

杜淑卉的脸色一阵青一阵红，愣了数秒竟还能装出一副亲亲热热的样子，朝萧北淮扑来："小淮，好久没有见到你啦，你真的，越来越帅了！"

"干什么呢？"大饼将她拦住。

凯恩也走了过来，站在萧北淮旁边，脸色谈不上好："好好和她谈，问清楚到底要干吗，别耽误太长时间影响了后面的拍摄。"

萧北淮："嗯。"

凯恩瞥了一眼杜淑卉："我去处理一下外面的情况。"

说完，她快步离开。

走廊空地只剩下萧北淮、大饼和杜淑卉母子。

"大哥。"

陈飞怯生生地打招呼。

萧北淮扯了下嘴角，应了一声，目光落在这个表弟身上。

从小到大，"第一名"像是烙印在陈飞身上的标签。从小学到高中，班级第一、年级第一，学习上大大小小的奖都拿了个遍，是他们这辈中学习成绩最好的。

每次杜淑卉都会在第一时间像拿了村里的大广播，把陈飞考了第一名这件事说得大街小巷人人皆知。

以为是高考状元的料，结果不知道是压力太大还是什么原因，总之，陈飞没有发挥好，只考上了一所普通院校。听说杜淑卉还跑到学校去，提出复查申请，说陈飞的成绩不可能那么低，一定是阅卷出错。

后来什么情况，萧北淮没再听说也没兴趣打听。

"来找我有什么事？"萧北淮单刀直入。

以杜淑卉那爱占便宜的性子，今日来闹这一出，肯定不是为了闲话家常或者拉近关系，必是有所需。

何况，她还带了陈飞过来。

"小淮，是这样子的啦，你弟弟今年毕业了，想找一份电视台的工作，哦，他是读编导的。你看看能不能搭把手，帮忙引荐一下？"杜淑卉一脸笑吟吟地问。

大饼听了，都觉得有些荒唐。

萧北淮瞥了杜淑卉一眼，平静地望向陈飞："今年毕业？"

陈飞："对。"

萧北淮冷笑了一声："一本院校毕业的高才生，自己不会找工作？要别人帮忙搭把手引荐？"

没料到当着外人的面，萧北淮会这么说自己，陈飞的脸一下青一阵红一阵，尴尬得不行。

"我……"

"怎么，我哪里说错了？"

萧北淮一双眸子如鹰隼般锐利，紧凝着陈飞看。

"小淮你，你什么意思啊你。"

饶是一惯无理强硬的杜淑卉，这会儿表情也有点不自然："飞肯定是有自己找工作的呀，毕业前也是拿了不少offer（录取通知）的，只是他自己不要。就连大厂offer都有的我和你说。"

萧北淮表情半点未变，垂眸把玩了一下手机。

"他呀，是觉得光里平台更适合他发展，有专业发挥空间，所以想让你帮忙内推一下。哎，你之前不是有部戏在这个平台上吗？那肯定是认识平台大老板的呀，内推一下飞不是难事吧？"

杜淑卉始终觉得，这样的事情对于萧北淮来说，就是勾勾手指头那么简单，他可是大明星哎！来之前，她都在网上查过了，千万粉丝量，陈飞也说了，是如今年轻一代演员里人气最高的男明星之一。

杜淑卉："放心，小飞的成绩很好的，年年都排第一，不会给你丢脸的。"

萧北淮走到陈飞面前，扬了扬下巴："你自己的事情，你自己不会表达吗？都要你妈来说？"

陈飞恍然大悟，点头："大哥，是这样的。我有上过光里平台的官网，也投过校招简历，但就是石沉大海没有音讯。国内几个大型平台，就数光里做的节目类型比较多元化且有新意，是我喜欢的风格。我听说他们有内推的渠道，所以才想来问问你，能不能帮忙内推一下。就给个面试的机会，后面的，我自己来争取！"

"听他们说？他们是谁，你找他们不就行了。"萧北淮态度不疾不徐。

陈飞反倒被他呛得涨红了脸："是、是网友，我不认识……"

杜淑卉听到这里，尖锐的嗓音又响起："你让他去找谁啊，你是他亲表哥，我是你亲小姨，这么小的忙难道你都不愿意帮吗？就是张嘴说句话的事，对你来说能有多难？也没说让你直接把他安排进平台，就是有个面试机会，那往后飞要是进去了，不是可以互相照应吗？他可以帮你啊！"

"帮我？"听到这儿，萧北淮嘲讽一笑，"这事我帮不了，我和平台的人不熟。再说了，都是公开渠道招聘，没回应就是落选，正视自己的能力有那么难？"

杜淑卉愣了一下，一听萧北淮拒绝，瞬间急了起来："哎，你骗谁呢，怎么不熟了？你戏都在平台上播，怎么可能不认识老板。而且你们演员不都是会陪酒应酬的吗？你没陪过，会到今天这个位置？你糊弄谁呢你！"

"女士，请你说话放尊重点。"大饼听了都直皱眉，什么叫作陪酒应酬才混到今天的位置。

"我怎么就不尊重了，有哪里说错了吗？你就是势利眼，红了之后就翻脸不认人了。你妈当初多辛苦，一个人带着你打几份工，供你学琴供你学跳舞，你能爬到今天这个位置，有你妈一半的功劳！呵，结果倒好，为了立人设，转身就去找你那名牌大学的教授父亲，我们飞好歹是自己考上的大学，你嘛……"杜淑卉那尖酸刻薄的声音夹了几分轻佻，含沙射影。

"知不知道你在说什么？"萧北淮缓缓地说道，刻意将每个字的音都咬得很重，但凡有眼色的人都看得出来，他的情绪很不好，甚至已经到了临界点。

陈飞扯了扯母亲的袖子，想让她别再说了。

杜淑卉偏生没有意识到，还仗着自己长辈的身份往前逼近一步："你这是什么态度？像个小辈的样子吗？可怜我姐姐含辛茹苦把你养大，简直就是白眼狼！没良心！别人都知道报恩，到了你这里，什么都忘了，当大明星了不起啦？我告诉你，没用！你不尊重长辈，不怜爱小辈，不懂得互相照拂，不懂得感恩，活该像那萧长河，孤寡一生！没品！"

"你说什么——"

萧北淮眉骨耸起，满目猩红厉色，他一把攥住杜淑卉的领子，将她逼至栏杆上，眼底的厌恶一闪而过："你都不配提我妈的名字。"

"萧北淮！"杜淑卉尖叫。

陈飞赶忙上前，试图拉开他的手："你放开我妈！"

大饼也冲了过来，直言让萧北淮冷静。

这里是片场，周围还有工作人员在，动静闹大了，不好收拾。

杜淑卉气极反笑，扯高了嗓子指挥陈飞："小飞！拿手机录下来，快点录视频！打亲小姨了，大明星打亲小姨了！都来看啊！这忘恩负义的萧北淮！快！录视频！发到网上去！"

大饼一听这话，吓出一身冷汗，别闹了祖宗！

他直接将萧北淮拉开，挡在了身后，朝杜淑卉赔笑："阿姨，你看这事闹的，别冲动了。我们北淮在这件事上的确是没法儿插手帮忙，要照您说的，贵公子非常优秀，不缺 offer，那根本不愁就业问题。光里平台不行，那试一试其他平台？积累一定经验后再跳到光里不就可以了？据我了解，光里很重视经验的,应届生的确优势不太明显。"

"他就是不愿意帮!"

杜淑卉大吼了一句,气得瞪眼。

"妈,别说了。"陈飞觉得非常难堪,扯着杜淑卉的手,"走吧,不求人,我自己找。"

杜淑卉:"走什么啊!为什么要走啊!你怕你大哥,我可不怕,我是他亲小姨!"

"怎么都聊急眼啦?"

凯恩疾步走来,见气氛不太对劲,旋即露出一个温婉和善的笑容:"姐姐好,我是北淮的经纪人凯恩,您今日过来是有什么重要的事情找北淮吗?要不和我说?他的事基本上都是我在处理,兴许能帮得上忙?"

见到凯恩来了,大饼松了一口气,要不然这种局面,他还真不知道怎么处理才好。

凯恩回头看:"导演在找呢,你先带北淮回去。"

萧北淮寒着张脸不动:"帮不了。"

杜淑卉:"你——"

"别气别气。"凯恩安抚下杜淑卉,转而走到萧北淮面前,"我来处理,你回去拍戏,别耽误了正事,孰轻孰重你分得清吧?"

"砰"的一声,萧北淮抬脚踢翻堆在墙边的转头,眼神无波,嗓音冰冷:"但凡有点志气,都不会上门来闹。"

说完,他头也不回地转身离开。

陈飞呆愣地站在原地,萧北淮的身影犹如芒刺,狠狠扎在了他的自尊心上。

回到片场,其他演员都在。

阮非循着动静过来,见萧北淮脸色不好,到嘴边的八卦又生生咽了回去,只得岔开话题:"怎么样?跳高练得还行?"

接下来要拍的是校运会的戏份。

"没练。"

萧北淮眼底的冰冷还未褪散,拉过椅子坐下,开始戴护膝护腕,活动筋骨。

做完造型,他就听到外面传来喧哗声,几个工作人员在窃窃私语,没一阵儿话就传到他耳朵里。

杜淑卉会找上门来,萧北淮着实没料到。

但这里是平城,似乎又该是在意料之中,她本就是那种恨不得占尽天下便宜,自私自利的人。

阮非拉了把椅子,坐在萧北淮身旁,捅了下手臂,低声问:"还好吧?什么情况,就是和大明星亲戚打个招呼?图个新鲜?"

在阮非意识里,这就是乡下亲戚没见过世面。剧组来拍戏,大明星还是自己外甥,哪能不冲到一线来围观,要个特殊待遇什么的。

他没往深处想,语气还很松散:"之前都没听你说起过,你是平城人?哎,我听说平城海鲜挺出名的,哪天要是收工早,组织一块去大排档吃海鲜?"

萧北淮睨了他一眼:"你看我现在像是有和你讨论吃海鲜的心情?"

怎么回事,难道是来了个不省心的亲戚?

很快,阮非就见识到了萧北淮这个亲小姨的厉害。

彼时,说是一场腥风血雨,也不为过。谁都没有料到,一次上门讨要内推机会产生的矛盾,差点将萧北淮的坦荡星途摧毁。

而这个始作俑者,是与他有血脉联系的嫡亲小姨。

"你有没有觉得今日片场的气氛有点奇怪?"

庄晏清下车时就感觉到了,周围的粉丝,围观的群众,都比前几日要少,仔细看还增加了一圈安保。

莫宝贝扫了眼四周,的确如此,想来萧北淮的事情应该是处理完了,她没有放在心上,只是催着庄晏清:"哎呀,不重要,快走,云屿姐等着呢。"

"来了来了。"

曾云屿正在片场同凯恩说话,听见有人喊自己,扭头便看见了朝她招手的庄晏清和莫宝贝。

"我过去一下。"

和凯恩打完招呼,她转身快步朝来人走去。

"晏晏,宝贝,哎哟,好久没看见你俩了。"曾云屿抱了抱庄晏清后,上下打量了一番,满眼赞许,"看出来了,健身很有成果。"

庄晏清探身,悄悄说:"我有马甲线。"

曾云屿:"可以啊,刚刚厘导还和我夸你呢,说比试戏那会儿更像任南熹,看到了你的成长还有为这个角色付出的努力。最后这段时间,状态要保持住!"

庄晏清点头。

"对了。"曾云屿看了眼莫宝贝,问起接档新戏的事,"杀青后,是不是就直接去天水基层学习啦?"

庄晏清准备接《复杂证词》这部剧,导演不急着让她试戏,先提了一个要求,那就是下基层,深入学习两个月。

时间说长不长,说短不短,但对于有些明星来说,还是会有所顾虑。

毕竟不是作秀,是实实在在地了解与法医相关的知识与技能,甚至还要跟随有经验的老法医到第一现场进行勘察。

答应了,那就不能再接其他工作,而是心无旁骛、踏踏实实地学习。

有些艺人在听到这一条件后,便打了退堂鼓,唯独庄晏清,觉得是理所当然并且是个很好的机会,她零基础,总不能浮于表面地去饰演这个角色。既然有心要接,那她就一定要做到像一个真正的法医。

庄晏清:"会有三四天时间做状态调整,并不是直接就过去。"

曾云屿看向莫宝贝,抬手一指:"你呢?一起过去?"

"不不不,我就不了。"

自从知道庄晏清要接《复杂证词》,莫宝贝就打定了主意将一切剧组工作都交给娅娅,她躲都来不及,怎么可能还一块过去学习。

"我晕血,不能去给晏晏拖后腿。"

曾云屿半信半疑地看她:"真的假的。"

"庄老师。"小助理拿着对讲机跑过来,见庄晏清妆造还没做,愣了一下,"还有两镜就到您的群戏了。"

庄晏清愕然:"这么快。"

"那别聊了,快去换衣服,赶紧。"曾云屿约定,"拍完了再一起吃饭。"

庄晏清:"嗯。"

还好先是拍群戏,其实就是当背景板。

庄晏清换了套运动服过来,正好赶上。庄晏清饰演的任南熹,站在起跑线旁的签到处热身,目光始终落在不远处那被围得里三层外三层的跳高区域。

若非跃起，她才辨认出那个熟悉的身影。

不知怎的，庄晏清觉得今日的萧北淮有点不在状态，单一个起跳动作，就接连 NG 了两次，到后面过杆也是跳了好几次才越过。

厘导都忍不住问他，私下有没有做训练。

还好后面的戏拍得很顺利，收工时间并没有拖延太长。

曾云屿还在片场等着，并邀请了凯恩一道："吃小火锅，可以吗各位？"

"我没问题呀。"

答完，庄晏清扯了扯萧北淮的衣角。

他回过神来，嗓音温和："好。"

曾云屿装作没有察觉小情侣之间的动作，将提前选好的餐厅发到刚建的小群里："得坐两辆车吧？宝贝你和我一块，凯恩，晏清就交给你们了。地址我发群里了，走起？"

庄晏清被安排得明明白白，临上车还在嘀咕："大饼不去，总共就五个人，一辆商务车也坐得下吧？"

在后排落座，庄晏清习惯性贴靠在萧北淮怀里。

"你今天怎么了，好像有心事的样子？"

萧北淮闻声，意识到庄晏清今日来组里的时间较晚，并不知道杜淑卉来片场大闹一场的事情。

他紧了紧搂在她肩上的手："没事，就是有些累了。"

"累了？"庄晏清又惊讶又疑惑，抬头看他时，柔软的唇瓣擦过他的下颌线，"你才跳了几次高，就累了，体力变得这么差？"

"嗯？"

萧北淮舌尖抵着脸颊，笑了一下，倏忽低头，呼吸时的热气在她耳边最敏感的地方撩动："胡说什么，体力好不好，你不是最清楚？"

庄晏清顿了顿，抬手在他腿上轻拍一下，声音连羞带腆："闭嘴！"

萧北淮扯了扯嘴角，身子往后仰，恨不得将整个人都埋进座椅光线阴暗处。庄晏清只当他是真的累了，乖巧窝在他的怀里，听着沉稳有力的心跳，缓缓合眼。

一觉睡到目的地，曾云屿和莫宝贝比他们先到，将包厢名字发到了群里。

下车前，萧北淮透过车窗看了眼外面的街道，与记忆中参差不齐的小商铺画面不同,如今经过城市改造,这儿俨然已经是条成熟的商业街,商铺林立,人声鼎沸。

"想什么呢?下车啦。"

庄晏清推了推萧北淮的手。

他偏过头来,"嗯"了一声。

庄晏清刻意拉开与萧北淮之间的距离,和凯恩走在后面,她压了压帽檐,声音有些轻:"凯恩姐,北淮今日在片场发生了什么事情吗?"

凯恩眼皮一跳,心想这情侣之间的感应还真是不容小觑,可面上仍装得轻松自然,笑道:"能有什么事啊,无非就是跳高没好好练,好几次都不过杆,挨批了呗。"

庄晏清挑眉:"真的?"

明显不信。

萧北淮是什么性子的人,她能摸不清?

就眼前这张微弓着的背,毫无平日里的意气风发,不是有心事是什么。

凯恩见庄晏清的视线紧凝着走在前面的萧北淮,索性挽着她的手,贴近了开玩笑:"会不会是你这几天,有些冷落了他?"

冷落?

庄晏清把头摇得像拨浪鼓:"这锅我不背。"

进了包厢,她自然而然地和萧北淮坐在一起,旁的人都知晓他们之间的关系,她也就没有避讳。

"我想吃个响铃卷包虾滑,下番茄锅。"她吩咐。

萧北淮放下筷子,用湿毛巾擦了擦漂亮的手指,照做。

曾云屿看了,问莫宝贝:"他俩在剧组里,每日都这样?"

莫宝贝刚咬了个牛肉丸,腮帮子鼓鼓的,声音含混不清:"呜还行吧呜,呜……没那么明显。"

她说的的确是事实,自从在一起后,只要不是私下场合,庄晏清都会刻意和萧北淮保持距离。

说不是第一次谈地下恋,莫宝贝都不信。

"曾姐,听说你前一阵儿去斐济了,怎么样?有没有攻略?或者是避雷指南给到?"

圈中两位顶尖经纪人难得坐到一桌，论起辈分和入行时间，凯恩自然是排在曾云屿后面。

"我朋友做攻略了，可以给你分享一下，不得不说……"

曾云屿拿起手机，正准备给凯恩翻攻略，结果看到了未读消息和推送，脸上表情霎时凝伫，她抬眸看了萧北淮一眼，忽然问道。

"白天来找你的人，真的是你亲小姨吗？"

萧北淮夹筷的动作停下，气氛陷入死寂。

最先反应过来的凯恩慌忙拿出手机，她边翻消息边走到屏风后，下一秒大饼的电话就打了进来，说的都是同一件事——

杜淑卉将萧北淮拒绝认亲，暴力相对的事情发到了网上。

有的人擅长扮柔弱，有的人擅长说谎，有的人喜欢颠倒是非黑白，有的人觉得全世界都欠她的。

恶人的嘴脸，在杜淑卉那儿得到了淋漓尽致地展现。

这把刀捅过来，萧北淮一个失神没站稳，挨了一下，鲜血淋漓。从前的伤口如今跟着隐隐作痛，记忆和着鲜血涌出来。

他瞬间明白，这个世界上最荒谬的事情，莫过于相信刻意不去维持的关系，有一天会自然而然地断掉。

个人妄念是没有言语能概括的，对方一旦想攀附，想撕扯，那怎么都是避不开的。

杜淑卉在网上晒了张照片，脖子上有明显的掐痕，她声称是遭受了萧北淮的暴力对待，仅仅是因为私自到剧组找他，影响到了他的工作。

当然，最重要的还是拆穿了他光鲜亮丽的身份——不是什么富家子弟，也不是出自书香门第。其实就是小镇上普通出身，甚至成名了，连亲生母亲都不认了。

网上顿起喧哗，要知道一直以来，萧北淮的形象都非常正面。

倒也不是刻意立过人设，但此言一出，与他往日留给粉丝、路人的印象大相径庭，还是引起了热烈讨论。

当然，多数是群起攻击。

然后有人在网上发布小视频，称今日在《清醒梦》剧组的确见到这个妇女喊称自己是萧北淮的亲小姨。

后来也有工作人员将她带进去了,算是侧面印证有关系?

也有些自称是平城当地人,一个个冒出来对萧北淮指手画脚。

…………

六亲不认、暴力相向、亲妈犯法。

没有人问过当事人愿不愿意,就将这些标签擅自打在了他的脸上。

一个小时不到,#萧北淮#上了热门第一,甚至词条还爆了。点开话题后第一条内容,就是杜淑卉的原文指控。

紧跟着,后面还有不少相关词条,连剧名都带上了。

凯恩的手机都被打爆了,包厢里陷入了死寂。

似是有人拍到了他们在这家火锅店用餐,一时间门口围满了人,一个个举高了手机像极了守株待兔。

门店经理满脸焦灼,前一秒还在为疑似接待大明星而欢喜雀跃,变着法儿想给包厢送点小吃水果,目的就是蹭个合照或签名,好给店里做宣传。

下一秒,大明星冲上了热搜,出的还是这档子新闻,门口都围满了人,他这拦也不是,赶也不是。

"都吃完了吗?"

萧北淮抽过纸巾,擦了擦嘴角,眉眼里看不出丝毫情绪,起身时甚至还不忘向庄晏清伸手。

"要回去了吗?"

庄晏清将手指搭在他的掌心,探了下温度,随即十指相扣握紧。

"外面现在都闹翻天了,直接回酒店怕是也有粉丝在蹲着。"莫宝贝扶额,想了想,"要不先换个酒店住?"

曾云屿赞同,就等着凯恩打完电话,让她给萧北淮安排新的住处。

倒是庄晏清,曾云屿的目光落在两人交握的手上,嗓音温和,却也透着一股无法忽视的胁迫力在:"晏清,你确定要和他一道走吗?"

庄晏清没有犹豫,扣紧了与萧北淮紧握的手指:"当然。"

她不知道网上那些言论是怎么编派萧北淮的,他就坐在自己旁边,若无其事地吃饭,还不忘给她烫菜。

她总不能当着萧北淮的面,拿手机刷热搜。

即便不知道网上那些言论是如何中伤萧北淮的,她也有足够的信心给到眼前的男人。

庄晏清不会，也不可能在这个时候与他划清界限，离他而去。

"就让他俩待一块吧，总能放心些。"

莫宝贝刚说完，这边结束漫长通话的凯恩也走了过来，满脸疲倦之色，方才火锅衬起的红润血气，这会儿消散殆尽。

凯恩看了眼萧北淮，感觉血压直逼最高点，她下意识闭眼，做了几个深呼吸后调整情绪。

"我白天分明答应了那个大姐，还加了那年轻人的微信让他把简历发我先看看，再找机会帮他内推。那小孩儿长得也不算不懂事的样子啊，怎么反手就闹这一出。"

凯恩终是没忍住，扶额朝萧北淮抱怨道："这真是你亲小姨吗？怎么能这么害你。"

要不是大饼在场，说了事情的来龙去脉和全部经过，凯恩都不敢相信这亲小姨会伪造一张脖子伤痕的照片来污蔑萧北淮使用暴力。

"是撤热搜还是直接告她，都交给你全权处理。"萧北淮嗓音有点哑，听上去倒添了几分六亲不认的感觉。

"告她？"凯恩气笑，走回到座位上从包里翻出一包烟，抽出一根前下意识望向曾云屿。

对方知道她是要发泄，默默点了点头。

莫宝贝也表示不介意。

"谢谢。"

凯恩"啪"的一声，打火机点火，猛吸了一口，吐出袅袅烟雾，样子俨然就是把老烟杆，平日里却丝毫看不出来。

庄晏清将眼底的惊讶压下，拉了拉萧北淮的手，小声道："先坐下说。"

萧北淮不作声，沉默片刻，终是抬脚勾过一把椅子，坐下。

"你还没看见网上现在闹成什么样子了吧？算了，也不用去看，都是添堵的。我也不和你细说刚刚接了多少个电话，微信里还躺着上千条未回复的消息，我单跟你论，这今日制造舆论事端的由头人物，是你的小姨。"

凯恩抽了口烟，缓了缓语速和情绪："知道什么意思吗？不能撕破脸的意思。你以为'大义灭亲'这四个字放现在来看，是多好的词？把她告了，那之后呢，你妈这边的亲戚就都不认了？彻底断绝关系？你又能确定，她不会气急再猛咬你一口，再在你的出身上添几笔？"

"凯恩姐。"庄晏清的声音很平静，"抱歉打断了你的话，我和淮哥从小就认识，他出身没问题。网上若是有什么污言秽语，一定是污蔑。我们可以对那些散播谣言的 ID 进行起诉的。"

本垂眸不语的萧北淮，听到庄晏清的话，眼尾微挑了一下，他抬手揉了揉她的后脖颈。

"怎么了？我哪里说错了吗？"

她偏过脸。

萧北淮："没有。"

"晏清。"曾云屿将原本放在自己面前的烟灰缸移到凯恩面前，顺着方才的话柄往下，"网上的舆论从来都不是由我们来把控是真是假，所谓真实，都掌握在那些坐在键盘面前的人。起诉有用吗？有。但用处大吗？不大。治标不治本，关于萧北淮的出身，除了父母，旁人说的都不是全貌。"

"曾姐说得对。"

凯恩弹了弹烟头，烟灰簌簌往下落在透明缸里。

"当务之急就是和你小姨面对面谈一谈，问清楚她到底想要什么。她一定是有目的，否则不会这么大费周章地发微博来控诉你，不就是她那儿子找工作的事情吗？我们拉一把？"

"有些人的心，是贪得深不见底的。"

沉默了一晚上的萧北淮，终于开了口，他长指一挑，桌面上那用来搭筷子的玉筷枕瞬间翻了个个儿，撞到了碗，发出清脆的声响。

他表情几乎没有一丝变化，只有在对着庄晏清的时候，才会微微放柔些。

"今天她可以为了目的上剧组大闹一场，因为得不到想要的，就发网上宣泄。那后面呢？填了一时的欲望，待她有了新的心思，再闹？像这种人，欲壑难填。"

凯恩掐灭烟，冲萧北淮抬了抬下巴："那你说，怎么做？"

"陈飞将他的简历发给你了？"

"嗯？"凯恩眯了下眼，红唇微启，"成绩确实不错，但基本没什么实习经验，作品看上去也有些一般，算不上多好。想进光里怕是有些难，即便给他个内推的机会,没两轮肯定会被筛掉。"

"那就是了。"萧北淮懒散地靠着椅背。庄晏清怕他情绪不好,始终挽着他的左手,他也有一下没一下地勾着她的手指把玩。

"以杜淑卉的性子,不达目的誓不罢休,等陈飞被筛掉,她一定会再闹。"

萧北淮了解他这个小姨,就是个自私自利的人,真要让她攀上,就别想着能甩掉。

他拿出手机,调出语音备忘录,将白天录下的音频传给凯恩。

"见到她后,我就录了音。"

凯恩眼睛一亮,像是瞬间抓住了一棵救命稻草:"你怎么不早说啊,我听听。"

萧北淮眼底有疲色,也不愿继续留在这里就着这些问题再反复纠缠,他的意思已经说得很清楚了,录音也有,没理由任由杜淑卉胡乱攀咬。

"先离开这儿?"莫宝贝适时接过萧北淮的话茬,提醒凯恩,"再订个新酒店吧?青澜那边肯定有人蹲着。"

凯恩:"行,那就去我住的万景,有什么事也方便联系。"

"大饼是不是在酒店?你让他先帮你简单收个小箱子,我让宝贝帮我带几套衣服和化妆品过来,一起捎上?"去万景的路上,庄晏清捏着萧北淮的指尖,问他。

"让莫宝贝别来回折腾,大饼送就行了。"

说话间,他已经发了信息。

大饼回得很快,估计这一整晚都捏着手机不放。

前排凯恩一直在听录音,等到了酒店,她已有了对策。

"我会拿着你这个语音,先去和陈飞谈一轮,具体什么结果会第一时间告诉你。"凯恩的目光落在庄晏清身上,停顿了数秒,还是直说。

"晏清和我一起晚点再进去吧,现在可不时兴再出什么绯闻了,不然我十双手都处理不来。"

庄晏清点点头:"好。"

送完萧北淮,车子在外围大道又绕了一圈,凯恩找了家便利店买了包新的烟和打火机,站在路灯下抽完一根才上车。

把庄晏清送到酒店后,她又匆匆离开,一刻都停不下来。

趁着这路上兜转的时间，庄晏清基本把网上的热搜舆论都看了个遍，中途还收到来自晏琼玉的消息，问她萧北淮还好不好。

萧长河给他发了好几条信息都没回，电话也不接，很担心，这才联系晏琼玉，看能不能在庄晏清这儿打听到些什么。

庄晏清回复完晏琼玉，又调出萧长河的微信——

YanQ：**萧伯伯放心，有我陪着萧北淮。**

萧长河回得很快，并告知了庄晏清一件事。

第十八章

/

明目张胆
qingxingmeng-

　　回到酒店,客厅没有开灯,窗户半掩着,灌进来的晚风卷着帘子一下一下拍打着玻璃。月光将一侧的影子拉长,隐约可见那几缕糟乱头发在沙发内侧探头。

　　原来是躲这儿了。

　　庄晏清将东西放下,换了双软拖走过去,没开灯,就借着那点月光走得格外小心,生怕被绊倒了。

　　好不容易来到萧北淮身侧,她抬脚踢了踢他伸长的腿。

　　"还以为你真的无所谓呢,原来都是装的?"

　　沙发藏不下他的大长腿,整个身子只埋了一半,见庄晏清来了,他抬手试图将她拉下,共沉沦。

　　哦,不对,是躺平摆烂。

　　"白天发生这么多事,你怎么都没和我说啊?"

　　庄晏清坐在沙发扶手上,问他。

　　萧北淮眼睛都没睁开,模样十分懒散:"觉得离谱。"

　　离谱吗?

　　确实。

　　在庄晏清听了萧长河说的那些话后,她隐约能想象杜淑卉从前是什么样子的。也难怪萧北淮,从头到尾一副置之不理的样子。

"刚刚我给萧伯伯回微信了,他联系不上你,很着急。"

萧北淮这才抬起眼睑:"我爸?"

"对啊,他给你发微信打电话,你都没接。"

庄晏清见他从口袋里掏出手机,指尖戳着屏幕半天都没反应,半晌,反应过来——应该是涌进来的消息太多,把电量都耗没了。

"我包里有充电线,手机给我。"

"不急。"

萧北淮将手机搁在一旁的矮茶几上,伸手拉过庄晏清,她顺势坐在了他腿上,两人面对面,离得很近。

"网上骂得难听吗?"

庄晏清微微勾起嘴角:"我还以为你不在意呢。"

萧北淮凑近了,把头埋在庄晏清的脖颈处,哑着嗓子:"也要看骂得难不难听。"

庄晏清有些耐不住他闹自己,微微仰高了头,嗓音有些迷离:"那……如果难听呢?"

萧北淮偏头:"上小号,骂回去!"

"你还有小号?"

庄晏清瞬间来了兴趣,急切地托住萧北淮的脸,问:"名字叫什么?你开小号做什么?也发微博吗?你的粉丝知道吗?"

萧北淮一把将她拉下,吻了上去:"问题怎么那么多?"

"唔……唔……别亲别亲,你还没回答我的问题呢。"

月光氤氲,呼吸交缠。

后半夜,庄晏清懒懒地靠在萧北淮怀里听他说着小时候的故事。

壁灯橙黄的光线打落在她脸颊上,映着眼睑处两把小扇影,微微颤动,听到很荒谬的情节,她倏地睁开眼。

"她不是你外公的亲女儿吗?怎么这样?"

"是亲女儿。"萧北淮漂亮修长的手指在她发间缓慢穿梭,寻了一缕,在指间有一下没一下地绕着,"所以我对她,没有好脸色。"

"那……杜阿姨呢?"

庄晏清思索了一下,还是直接问,即便萧长河已经和她说过一些细节,但她还是想从萧北淮这儿听听他的意思。

"我妈她一个人带着我生活，打了很多份工。因为培训课的费用很高，我一度想放弃，但她不许，再辛苦也会供我学琴、学表演。"

萧北淮很少会和别人提起杜宁絮，多数时候，是因为提起这个人，会想起自己年少时一些很荒诞、很伤人的行为。

"父母感情不和，单亲家庭下长大的孩子，总归是要被人多看几眼。霸凌谈不上，无非是在你的课桌上乱涂乱画，当着你的面和别人高声谈论与你有关的话题，等到你走近想与他们对峙，他们一个个却又像是遇见了什么瘟疫恶神一样叫嚷着一哄而散。"

回想起很多年前的事情，萧北淮才发现，那些以为早已忘记的画面，其实还历历在目。

他冷笑着，舔了下嘴角。

"童星的身份耀眼吗？有用吗？在我看来没什么不同，却也是这层身份，让我比同龄人更早接触外面的世界，早熟、叛逆，是我少年时的另一面。"

庄晏清眼底闪过一丝心疼。

"年轻女人带着个孩子，今天去这里补习，明天去那里赶通告，后天去表演，居无定所。渐渐地，就有各种各样的流言，什么难听刺耳的话都有。"

萧北淮的呼吸变得有些粗重，缓了缓，才能继续往下说："我妈带着我搬家，但走到哪儿，流言就跟到哪儿。房东看她的表情猥琐又难缠，家门口被贴满了小广告，半夜还有醉汉来敲门……"

庄晏清光是听，都觉得心口像被人揪紧了一样难受。

"可是我妈，对这些从来就不在意。"

萧北淮艰难地咽了下口水，嗓音泛哑："那时的我，误听了一些流言，以为她真的在赚一些不干净的钱，所以对她发了很大一通脾气。转身，我就报了个昂贵的补习班，伸手管她要钱。后来她给了，是管我爸借的，说我爸给了很多，让我不用担心不用顾虑，房租也都交了，想上什么补习班也只管报名。"

后来，过了很长时间。

是在杜宁絮误入传销被抓时，萧北淮才得知——

那些补习班的钱都是杜宁絮贩卖三无产品赚来的。起初是有点营收，后面其实就是个无底洞。管萧长河拿的钱基本也都用去还债了，杜淑卉偶尔也会向杜宁絮借钱。

也就是在那之后，萧北淮才彻底看清楚，杜宁絮为了他，过的是怎样的一种生活。

"前年，我妈再婚了，对象是她老同学，在天水做些小生意，不算大富大贵的人家，但也比从前我们自己家的经济条件要好。"

这些年，萧北淮并没有因为杜宁絮再婚的事情就和她断了联系，相反，逢年过节他都会往家里寄些补品，也时常会打电话嘘寒问暖。

过去的十几二十年，杜宁絮为了他付出了太多太多，现在，他可以独当一面了，也希望母亲能够过得幸福。

他尊重且祝福杜宁絮的选择。

但这份不打扰到了杜淑卉那儿，却变成了抛弃生母，嫌弃、厌恶生母这些年的作为。

何其荒谬。

庄晏清探身亲了亲萧北淮的嘴角，轻声说："都过去了，只要阿姨现在过得很幸福，就不要再去谴责自己。"

心绪的起伏像一团簇拥的柴火堆不时冒窜出火星，随着她亲吻的动作，有如一汪清泉浇在了这越燃越旺的火堆上。

火势被浇灭，火星变成烟雾袅袅，飘浮到半空后消散无影。

萧北淮紧了紧环在庄晏清肩上的手。

"如果今天，你不是和我在一起，单凭网上杜淑卉那些话还有一些谣言，你会认为我就是那样一个人吗？"

"我当然是相信你啊。"

庄晏清答得毫不犹豫。

萧北淮笑了下："我的意思是，如果我们不是男女朋友。"

"那也不会。"庄晏清讨好似的，将脸贴在他的胸膛上，"我喜欢你，自是明目张胆地偏爱你。再说了，你上学时候是什么样的，我会不知道？"

那些网友逞一时口舌之快的话，怎么能信。

"哪怕从前你在我面前隐藏了很多，但，单就我说抽烟不好，你就把烟戒了这件事，就足够证明你是一个很好、很温柔、很值得相信的人。"

他其实可以不按照她的期许来成长,可以不戒烟,可以嚣张和狂妄,但他偏偏就这么做了。庄晏清不是迟钝的,她知道萧北淮骨子里是什么样的性子。

头顶传来淡淡的笑声,萧北淮捻起庄晏清的下巴:"用这么多好词来夸我?"

"夸?"庄晏清眯了下眼,狡黠一笑,"那你听着觉得开心,不就好啦?"

"嗯,开心。"

橙黄的灯光下,他的目光多情又温柔,庄晏清一时没忍住,微微使劲撑起身子,又再次亲了他嘴唇。

这次,萧北淮没有放过她,直接给予热烈的回应。

层层起伏里,宛若烈日骄阳,宛若迅猛山洪,而他的声音越过一切,清晰落入她的耳朵里——

"晏晏,谢谢你。"

另一边,凯恩联系到了陈飞,希望他能劝说母亲杜淑卉删掉发在网上的长文和视频。她手里有录音,片场也有监控摄像头,完全可以直接还原当时的现场,以证萧北淮的清白。

到那时,视频和长文都会被推翻,严重的话,是可以作为诽谤污蔑的证据。

现在的情况是——

热搜已经撤下,工作室也第一时间做出回应,声明并无视频中杜淑卉指控的那些事情发生。舆论有所平息,有不少萧北淮从前的同学,甚至是校友出来帮忙说话,证实他并非是"平城当地人"口中那种又狂又高傲,且六亲不认的人。

凯恩表示,萧北淮本人不想把这件事闹大,也不希望与杜淑卉闹得太僵,毕竟是亲戚关系。

所以,只要陈飞答应去做杜淑卉的思想工作,劝说她删除长文和视频并做出澄清解释,还萧北淮一个清白。那么内推一事,凯恩还是会帮忙牵线,可也仅仅在于牵线,并不能保证也无法帮助陈飞后续面试进展,包括录取与否的结果。

这段谈话,凯恩不仅录了音,还找来了剧组请的法务以及在平城派出所工作的警员做见证，目的就是避免回头再出什么幺蛾子。

陈飞好歹也是名校毕业，凯恩想着不至于和他妈是一条路子。

这道理也说了，情分也给到了，总得给双方一个台阶。

结果倒好，年轻人当场答应，体面话说得是一套一套，转身回去，就写了一篇小作文发到了网上，大标题打着——没想到，最后是他经纪人来谈。

凯恩气得大半夜就想抡棒子上陈家去揍人，怎么，这一大家子人都听不懂中国话是吧？陈飞这么多年的书都是白念的？一点道理都不懂。

别说当编导了，去当键盘侠吧，光这三十分钟敲出一篇两千字控诉文的能力，这些年没少躲在屏幕后面，键盘前面，以抨击诬陷别人为生活乐趣吧。

"什么人啊！"

凯恩气得时间都不看，一个电话打到萧北淮那儿，关机？她二话不说，又打给庄晏清。

庄晏清才睡下就被吵醒，闹了几回，属实是睁不开眼，推搡着萧北淮："我手机，有电话。"

萧北淮理都不理："别管。"

"别，大半夜的兴许是有什么事。"

多听这一小会儿铃声，庄晏清都清醒了七八分，见使唤不动萧北淮，自己挣扎着就要起身。

"我去。"萧北淮睁开眼，拉过被子盖住她露在外的肩膀，"手机放哪儿了？"

庄晏清："在……沙发旁边的外套里？你开着灯，小心别绊倒。"

萧北淮掀开被子下床，很快就找到了庄晏清的手机，看了眼屏幕来电，顺手就接了。

"是我。"

凯恩声音里夹带着怒气："我知道是你！手机关机算怎么回事？给你们十分钟，给我开门！"

萧北淮："现在？"

凯恩咬着后槽牙，话里都带着狠劲："现在！我十分钟后到酒店，别让我站门口等！"说完，直接把电话挂断了。

"嘟嘟嘟！"

萧北淮彻底醒了。

"谁呀?出什么事了?"

里屋,庄晏清裹着被子起身,揉了揉惺忪的眼睛,探头望向外面。

萧北淮拿着手机进屋,声音迟疑:"凯恩说要过来。"

"凯恩姐?"庄晏清彻底清醒,抬手,"你把手机给我,充电线在我包里,放在门口那张桌子上,你快给你自己手机充电开机。"

萧北淮将手机递给庄晏清,顺手拿过挂在椅背上的外套,披在她肩上:"凯恩很快就到了,我和她在外面谈,你困了就先睡。"

庄晏清纳闷地抬了抬眉:"睡什么啊,都什么时候了还睡。"

怎么还有点在生气的样子。

很快,庄晏清就找到了凯恩大半夜盛怒的根源。

"你的表弟发了一篇小作文。"

庄晏清一目十行看完,总结了几个重点:"一、说你不留情面,指使经纪人上门封口。二、说你高考成绩是作假,能进正阳大学全是因为有个在正阳大学当教授的好父亲。三、说你有如今的资源,全因母亲后来高嫁,傍上了大款。还有最后一条,说自己读的是编导专业,你以前途威胁他,如果不撤长文和视频,就让他在这个圈子没法儿找工作。"

她双眸紧凝着那不断攀升的数据,只觉得这背后有人在煽风点火:"凯恩估计一晚上都在为这个事奔波,这样,你点些吃的送到房间吧?点心还有凉茶,清淡些。"

"我手机在充电。"萧北淮嗓音沉静,"你来点吧,我先冲个澡。"

"也行。"

刚点好外卖,门铃就响了。

庄晏清趿拉着拖鞋开门,凯恩没料到是她,上来就发脾气:"我真的要被气死,入行这么多年都没见过这么无语的事情。"

庄晏清哭笑不得:"凯恩姐,辛苦你了。"

"晏清?"凯恩环视屋内一圈,"萧北淮呢?"

"在浴室。"

庄晏清挽着凯恩到沙发前坐下,给她倒了杯温水:"你先喝口水,我点了些点心和凉茶，估摸着半个小时就能送到。你为这事忙了一夜，没合过眼吧？"

"我哪里还吃得下。"凯恩简直要被陈飞气昏了头，"现在的小孩子都是这个样子的吗？道理说不通，一不顺心就往网上发帖子，能力不见得有多好，颠倒是非倒是一把好手。"

发泄完，她才幽幽看向庄晏清，问："萧北淮回来后情绪如何？你俩看了陈飞刚刚发的帖子了没？"

"他还好，和我说了不少家里从前的事情，关于网上那些话，都是胡乱编派不作数的。"庄晏清抿了抿唇。

"这我知道，他毕竟是我一手带出来的，从一开始我就知道他是什么性子的人，包括杜阿姨，旁的不说，她花在萧北淮身上的心思不比我少。"

凯恩叹气："我就是不明白，怎么就摊上了这样的亲戚，而且这陈飞还是正儿八经高校出来的。"

"有没有一种可能，他的背后有对家在怂恿？"

萧北淮洗完澡出来，头发都还是湿的，细碎刘海下的双眸漆黑。他用毛巾随意擦了擦头发，展开抖了抖又盖回到头上。

"来时路上我也想到了。"

凯恩挑眉。

成长到今日，萧北淮的确算得上圈中资源数一数二的小生，光影视这块，他的成绩就很能打。

每一部作品在平台上的打分都很高，包括近期定档的S级巨制《扶摇直上》，在前段时间招商阶段就是热门剧作，也是市场非常看好的作品，就等着播出。

在商务这块，他是三家高奢品牌的全球时尚大使与品牌代言人，虽没有刻意去扩大版图，但接的基本都是高奢和大IP品牌。

说没有挡着谁的道，那是不可能的。

"你极少有负面，就冲着今儿这一出，能攻击你的点非常多。不怕陈飞，说到底就是个毛头小子，一时被人利用。怕的是他背后的人，指不定在想什么阴招对付你。"

"我们先发制人不就行了？"

萧北淮语气轻描淡写，像是早已有了主意。

手机电量已能支持开机，微信消息和未接来电，甚至是短信都一个劲儿冒出来，"叮叮当当"响得都卡壳了。

萧北淮默默调为静音，丢在一旁，等着它没动静了，这才重新拿起来看。

"网上的舆论谣言，就像一把装满了子弹的枪，瞄准受害人不停地扫射。出血点多了，血液弥漫开来，受伤范围也在不停地扩大，有些地方可能没有伤口，但被血浸湿，也会误以为是伤口。"

庄晏清用着最通俗易懂的文字，来形容这次对萧北淮的诽谤攻击。

"现在是凌晨四点，网上还有这么多人没睡，都在盯着这件事情发酵。等到了一早，上班时间，大家起床刷微博，地铁上看热搜，办公室里关注新闻……就又是一轮新的爆发，我们要赶在这之前，由淮哥自己来出面解释。"

凯恩闻言，默不作声，下意识摸了下口袋，掏出一个烟盒，打开才发现烟都抽完了。

一整晚消耗掉了一整包烟，庄晏清光是看着，都觉得心惊。

恰好有人摁门铃。

庄晏清："应该是外卖到了！"

萧北淮放下手机，起身："我去拿。"

广式点心，广式凉茶。

这头一杯就是清热祛湿，还有降火功效。

凯恩的舌尖抵着腮帮子，忽地笑了一下："我确实需要降降火，刚才气得头发丝都要冒烟了。"

庄晏清想了半天，还是别扭开口："姐，往后少抽些烟，对身体不好，你这一下就抽掉了一整包……"

凯恩喝凉茶的动作停下，目光在庄晏清和萧北淮身上来回睃了两圈，垂眸，扯了扯嘴角："当初是不是也是你，劝这小子戒烟的？"

"啊？"庄晏清愣怔。

凯恩瞥了萧北淮一眼，一副大人看小孩儿，早把他拿捏透了的样子："他那会儿抽烟，我发现了，后面正准备说他呢，发现他又戒了。"

庄晏清不好意思地抠了抠额角。

凯恩却点头:"挺好的,就得有人管着他,说的话他能听进去。"

萧北淮回复完所有重要信息,走了过来,见庄晏清拆开一盒小麻薯,就凑过去讨了一个。

"刚在说什么?"

凯恩将一瓶凉茶仰头喝完,将瓶盖拧回,随手一条漂亮的抛物线直接落入垃圾桶里,命中率百分百。

"在说,让你亲自发份声明解释这两天的事情,最好是有理有据,反击陈飞,让他那把小鸟枪彻底哑火。"

萧北淮靠着沙发往后仰,手搭在额间,长指摁着太阳穴揉了两下。

庄晏清又拿了一个小麻薯喂到他嘴边,接上凯恩的话:"有时,公司的确可以出面声明,挡在前面。但有些事,你亲自发声回应的效果,会比公司澄清来得更有力量。起码我是这么认为的,赶在上班族起床刷微博的高峰期,把这两天发生的事情一并解决。"

"我想一想要怎么说。"萧北淮没有拒绝。

凯恩放下点心,抽过纸巾擦了擦手指,抓起手机就准备联系公关部的人:"我让等等联系你,你把大致意思发给她,她来给你写。"

萧北淮:"用不着。"

声明还要别人帮忙写,一点诚意都没有。

凯恩:"知道你什么意思,这不是专业人士在措辞上会严谨一些吗?你写,你能写出什么来?这东西一定要有主次,有逻辑,不能让人逮着漏洞攻击,要有一锤定音的效果。"

萧北淮听着凯恩不停地唠叨,坐直了身:"我当年高考,好歹语文也是考了119分的好吧,写作文不差!"

"哎!说到这儿,当年查询高考成绩的截图还在不在?"

凯恩可没忘记陈飞在小作文里提到萧北淮高考不是靠自己,而是靠当教授的爸爸,这种时候,甩成绩截图就是最好的打脸方式。

结果,萧北淮语气淡淡:"没有。"

庄晏清:"应该可以问班主任要?我觉得学校会存有你的成绩单,毕竟是近些年唯一一位明星学子。再不然,教育厅那儿也可以查。"

凯恩打了个响指,同意庄晏清的说法。

"至于声明……"庄晏清沉默半晌，索性直接提，"我来帮你写，可以吗？"

风吹起窗帘，露出外面的天色，泛起鱼肚白。

天快亮了。

意味着留给他们的时间不算多，再找公关部的人处理，未必会比她当下敲键盘来得快，更何况萧北淮和凯恩都在，有什么问题可以当面捋清。

萧北淮："行。"

凯恩似乎还在犹豫。

萧北淮漫不经心地强调一个事实："她是学霸，年级第一。"

啊，对对对。

怎么给忘了！

凯恩看着庄晏清，一下星星眼，这儿坐着的可是圈中正儿八经的学霸，写篇声明简直不在话下。

"那我去楼上拿电脑，你俩商量一下该怎么写。"

凯恩二话不说起身离开。

"在想什么？"

凯恩走后，萧北淮一直靠着沙发不说话，长腿半倚着桌脚，眉宇蹙得越来越紧，面上看有些烦躁。

庄晏清正仔细复看陈飞写的小作文，抬眸就瞧见他这副表情。

"陈飞提到了老萧，我怕会影响到他的工作。"

萧长河还有几年就要退休了，他这一生几乎把最好的时间和精力都奉献给了科研与学校，钜儒宿学，诲人不倦。

若是因为他的事而受到影响，那么萧北淮一定不会原谅陈飞。

"萧伯伯声名在外，桃李可谓遍天下。若真有人质疑他，学校和学生定然不会袖手旁观，更不会助纣为虐。是非黑白，正阳大学的学子还是分得清的。"

庄晏清拿过酒店的纸笔，对照着陈飞还有杜淑卉前后发的微博，簌簌几笔，飞快列出几条比较重要的信息。

"你看看，我想先从这几个比较重要的、大众争议最多的地方落笔。"

落地灯在她脸上打下一片柔和的光，从发丝到睫毛再到月亮耳钉，都在发亮，萧北淮一下看出了神。

等不到回应的庄晏清忽然扭头，正好对上萧北淮的目光。

"怎么了？我脸上沾了什么东西吗？"

"没有，很好看。"

庄晏清愣了一下，一拳捶在萧北淮的胸口，故意拉下脸来："都什么时候了，还说一些不正经的话。"

萧北淮嗤笑一声："夸你长得好看怎么就不正经了。"

见庄晏清皱眉，萧北淮这才赔了两声笑："好好，不闹了，只是刚刚这一瞬间，我有一种在上学时候，你给我补课讲重点的错觉。"

气氛一阵诡异，萧北淮本以为说出口的画面很美好，能引起庄晏清的共鸣，却见她表情越来越古怪。

这下，他彻底有些摸不清了。

"怎么，我有哪里说错了？"

庄晏清睫毛颤动，握紧手里的笔，突然冷笑了两声。

"萧北淮，上学那会儿我可没给你补过课画过重点，你这是记错人了吧？谁给你讲过重点啊？廖婧柔？"

"你突然提她干吗？"萧北淮纳闷。

这名字，他都快记不起了，若不是庄晏清说，差点忘了还有这号人物。

"都还没和你算账！"庄晏清一把将手里的备忘便签砸在萧北淮身上，皱了皱鼻子，"你俩上高中那会儿就眉来眼去的，她为了你还特地考去正阳大学。你别说不知道廖婧柔喜欢你，她为了你，没少在辩论社给我使绊子。说起来，这辩论社当初还是你向我推荐的！"

先前不说，不代表她不在意。

虽然萧北淮同她告白了不下八百遍，从一开始喜欢的人就是她，那些校园关键词说的也是她。

但庄晏清心里还是有这么一根刺，总觉得他和廖婧柔是有过暧昧的。

男人不都爱这样，嘴上说着最喜欢谁，可对那些主动投来的示好从不会明确拒绝，堂而皇之地享受着这份爱慕。

甚至还不觉得有什么问题。

"我简直太冤枉了。"

萧北淮本还有些哭笑不得，被庄晏清反瞪了一眼，直接变得老实起来。

他清了清嗓子，伸手将庄晏清搂在怀里，宽大的手掌抵在她后背，有一下没一下地抚着，像在安抚闹腾炸毛的小猫咪一样。

"我和廖婧柔真的什么都没有，她可能真的喜欢过我？"

"别加那么多修饰词。"庄晏清反手推了萧北淮一把，以示警告。

她就不信，像廖婧柔那么大胆，敢于表达自己的人，会没有主动告白过。

"咳。"萧北淮以手抵唇，轻咳了一声，"是，她高考后给我发过消息，约我见面，但那时我在山城拍戏就没见成。后来她又特地在跨年的时候给我打了通电话。"

庄晏清扬眉："表白？"

萧北淮："算是吧，但那会儿我急着给你录剧组放的烟花，就没仔细听，草草说了声新年快乐，还有事要忙就挂断了。就是那次，我没赶上零点给你发祝福。"

听到这儿，庄晏清心上涌过一阵热意，有些许撩人，但更多的是甜蜜和满足。

从前那些不经意，很容易被忽略的细节，从他口中再度听到，与自己当时的感受相比，有太多的不同。

原来被人放在心上珍视，是这样的感觉。

"后来就听说她交了男朋友，余下和她有关的，我就都不知道了。"萧北淮低下头，鼻尖亲昵地蹭了蹭庄晏清原本皱起的眉间，"还觉得我有哪里交代地不清楚的，你可以问。"

"不问了。"

庄晏清抬了抬下巴。

萧北淮下意识凑近，亲了亲她的唇，是自然而然，已经成了习惯的一种回应方式。

"我来了！"

凯恩刷房卡进屋，捧着电脑戴着无线耳机，看似还在与别人语音通话，撞见沙发上那腻在一起的两个人，一个急刹车转身，差点撞到了玄关。

"我去……"

这都什么时候了！

她差点爆粗。

庄晏清慌忙推开萧北淮。

后者抚平衣服上的褶皱，起身走到凯恩面前，接过电脑："晏清已经列好几个重点，等会儿你过一下。"

凯恩捂着耳机，倍速挥手，径直走到阳台去打电话。

"给。"

萧北淮将电脑递给庄晏清，又拿过一旁的抱枕示意她垫在腿上。

找回散落在沙发上的便签，她将笔一同递过去："看哪里需要改动，你圈出来，我这边先简单起一份草稿。"

萧北淮："好。"

莫宝贝从原来住的酒店赶过来时，凯恩刚从阳台打完电话出来，开门见是她，露出一脸疲态，下一秒弯腰抱住，将下巴搭在了莫宝贝的肩上。

"哎哟，快把我给累死了。"

莫宝贝拍了拍凯恩的后背："姐，不是我说风凉话，我们晏晏可比你家萧北淮省心多了。"

凯恩"啊"了一声，有些不同意："她之前不也老上热搜吗？"

莫宝贝："那些算什么啊，小问题，她本人都不在意。"

两个经纪人就这样在门口较起劲来，直到屋里头有人喊："写完啦！快过来看看！"

庄晏清虽不是文科出身，但好歹大学时候是辩论社的，写出来的声明逻辑思维非常强，层次分明，主次清晰，关键是语言表达能力也很优秀。

篇幅并不冗长，但重点全在里头，凯恩足足看了三遍，才竖起大拇指："完美回应，不过如此。"

莫宝贝看了眼萧北淮，还以为他什么事都没干，张嘴就训："你好歹也是正儿八经考上我们正阳大学的，居然找女朋友给你写回应微博，可真有能耐。"

庄晏清："是我主动要求帮他写的。"

莫宝贝"哦"了一声，还是不给萧北淮好脸色："你主动，那他就什么事都不用干，白捡便宜？出了这档子事，归根到底还不是一开始没和人家好好谈，惹火了，又得别人熬夜加班替你收拾，大爷还做上瘾了。"

萧北淮依旧不作声,注意力都在庄晏清写的稿子上,根据自己的情况改动一些字眼,并且找到能够证明要点的证据。

"哎,你怎么不说话呢?"

莫宝贝踢了下萧北淮坐的凳子:"我都这么说你了,你还不反驳我?"

萧北淮眼都没抬一下,不痛不痒:"知道你失恋,让让你。"

莫宝贝一听,急了:"谁失恋了!你把话说清楚!"

"宝贝,别闹啦。"庄晏清将人带离桌子,好声好气地哄着,"你怎么啦,一大早就跟吃了枪子儿似的。"

莫宝贝有些烦躁地跺脚:"没什么,就是看不惯他。"

"他哪儿惹你啦,你和我说,我去教训他。"

庄晏清将莫宝贝散落在脸颊那儿的几根不听话老是被风一吹就往她鼻梁上扫的碎发挽到耳后:"还是……惹到你的,另有其人?"

莫宝贝支支吾吾不说话。

庄晏清就知道自己猜中了:"大半夜发了条仅他可见的朋友圈?"

莫宝贝震惊脸:"你怎么知道!"

"拜托,下次这种你应该提前和我知会一声,言安找到我这儿的时候,我一头雾水,人家一下就明白过来了。"

莫宝贝抬脚狠踹了一下栏杆:"那他也没回我,再说了,仅他可见这一招不是你教的吗?"

庄晏清表情有些不自然,耳根微微泛红:"那也是偶尔才能用,有共同好友的时候,很容易被发现的!我自己都很久不发仅他可见了……"

"你就说,出了这么大的事情,连我哥那种眼里只有我嫂子的人,都知道给我来通电话,他呢!什么反应都没有!"

莫宝贝越想越气,说:"哼!这架真是吵对了!不吵还不知道他是这样的人!"

"从云城过来平城,没有直飞,要先转机再搭高铁,他就是再着急也不可能半夜过来啊,又不是小说里的霸道总裁,说有私人飞机就真有私人飞机。"

庄晏清捏了捏莫宝贝的肩,不经意地看了眼外面的天色,想起早上还有戏要拍,"啊"了一声。

"是不是得开工了?"

"开什么工啊……"莫宝贝拿出手机，点开群聊递给庄晏清，"昨晚半夜剧组就发通知了，暂停早上的拍摄，最快下午复工，具体还得看现场情况以及萧北淮这边的处理结果。"

透过玻璃门望向室内，凯恩的耳机就没摘下来过，也不知道在与谁沟通，萧北淮那边也在不停敲键盘。

庄晏清疲倦地捏了捏眼窝："说到底这事从头到尾他都没有错，就因为是公众人物，很多事情都被放大了讲。明明是私事，却要摆在大众面前，像被脱光了衣服一样被人指指点点，末了，还得站出来澄清回应那些莫须有的。"

莫宝贝："这就是行业现状啊，你不该是从一开始就知道的吗？没有隐私，不能犯错，稍有不慎就牵扯到家人，动辄全网都是审判者，动动手指头就能教育你批判你。"

"我知道。"庄晏清脊背挺直，咬了咬后槽牙，嘴角扯出一丝无奈的笑容，"但说到底，我们褪去演员这层身份，除了拍戏，也只是普通人。"

莫宝贝难得严谨，抬了抬手指："纠正一下你的说法，打从选择这条路，就不是普通人，而是公众人物。"

庄晏清淡笑不语。

屋里，萧北淮将最终长文生成微博预览，凯恩确认了一遍，又让团队内部再过一眼，无误才掐点发布。

"成绩截图有了吗？"

凯恩未敢放松。

萧北淮叹了口气，身子往后仰靠在椅子上，双手伸展开拉了下筋骨，摇摇头："还没。"

话音刚落，凯恩的手机又响了起来，仅这一早，《扶摇直上》的平台和片方负责人就给她打了三四通电话，问的就是萧北淮这事的处理进展。

眼看《扶摇直上》口碑正往高走，本周播出的戏份更是全剧最虐的点，有望多几个词条冲上热搜。

宣传那边也都已经安排好，结果主演萧北淮出了负面新闻，平台和片方一下慌了神。

眼下已经有些不明真相的路人和黑粉开始给剧刷负分和低星，照这样的形势下去，前期宣传的努力可就全白费了。"

"黎总放心，我们一定会处理好，不会影响到《扶摇直上》的。刚刚北淮这边已经拟好了长微博，过会儿就发，啊对对，放心放心。"

凯恩点头哈腰道歉一条龙都快成惯性动作了。

后续该上门赔礼道歉的，还得上门，该缓和关系的，还得缓和。

一个电话未结束，另一通又挤了进来，凯恩眼前发黑，扶着沙发坐下，匆匆与黎总道别，喘口气的时间都没有，又接了闻夏的电话。

闻夏，工作室合伙人之一，也是公关部总监。

"查到了，陈飞和戎洽那边有接触。"

"果然。"

和凯恩起初猜的八九不离十，戎洽力捧的艺人李勤然，在《扶摇直上》里是个三番角色，却因为和萧北淮的对手戏多，人气一路蹿过男二。

李勤然的粉丝量翻倍，评论区人气高涨，公司终于看到了他，也开始帮谈一些男一的剧，各路资源都有了提高。这让李勤然有些飘，他觉得自己即将迎来事业的高峰，再过些日子，他只要多接几部男一，有了曝光，定能超过萧北淮。

在这个时间点，陈飞的出现让李勤然找到了突破口，深觉这是一次可以将萧北淮拉下高坛，趁势取而代之的好机会。

他找到了经纪人，第一时间联系了陈飞，以答应让陈飞进入光里平台为条件，为这场风波添了几把柴火。

"也是个没头脑的。"凯恩懒得多费口舌去评价，"戎洽这边交给你去处理，北淮准备发微博了，你提醒手下的人看着点，及时关注舆情和评论区。"

闻夏："好。"

凯恩扶额："辛苦了夏夏。"

闻夏轻笑："这算什么辛苦，我们本就是被冤枉的一方，理都在我们这边，还怕打不赢？"

挂断电话，凯恩回身看向萧北淮。

后者抬了抬手指。

"行，网上会议拉起了没？"

凯恩回到餐桌，拿过电脑接入公司内部会议，这场满城风雨里，他们并不是单独作战。

阳台。

手机响了一声，有了新推送。

莫宝贝瞥了眼："萧北淮发微博了。"

庄晏清看向屋内，看样子像是在开线上会议，估计还有好一段时间要等。她们严格来说是外人，不太方便听其他公司的舆情处理会议。索性就一直在阳台坐着，聊天，顺便关注一下网上的形势。

"明星满分回应模板有了。"莫宝贝念出一个大V转发的原话，"啧"了一声，"这满分还不是你的功劳。"

庄晏清："他自己也有改动，不全是我写的内容。等下，这是什么——"

自从正阳大学和天水二中在上次《观澜》"520"特辑周刊封面微博下冒泡后，庄晏清就回关了两个母校官微。

虽然不太清楚都是谁在运营，但出于礼貌，她还是有所回应。

这一举动也被粉丝及外界解读为——未来和两所学校会有合作。

事实上并没有。

微博都关注了，对方发动态她自然能第一时间刷到，正如此刻，天水二中官方微博发布了一条声明：

近期我校优秀毕业生@萧北淮 高考成绩一事受到社会多方关注，校方第一时间成立调查组，对事件进行查证，结果如下：

我校201×届学生萧北淮于201×年参加普通高等学校招生全国统一考试，总分587，考上正阳大学。

其中语文119分，文科数学146分，英语108分，文科综合214分，无其他奖励加分。

特此附上成绩单。

学生是好学生，成绩是真成绩，我们不允许高考成绩被蒙尘，也不希望优秀毕业生被扣上莫须有的帽子。

如有其他疑议，欢迎提出。

天水二中

202×年×月×

"可以啊这波，学校官方回应，还附上了截图。"

莫宝贝力赞排面感有，很快又开始猜，这究竟是学校主动站出来声明，还是萧北淮和校方联系后，希望能以校方口径来回答高考成绩这个问题。

"应该是学校主动站出来声明吧？我猜。"

毕竟涉及高考成绩，问题不可小觑，眼下又是新学期，学校这边也是要顾虑舆论影响。更何况这成绩没有掺杂任何水分，坦坦荡荡，直接正面回应对学校来说不是桩头疼事儿。

"哈哈哈哈哈哈！"莫宝贝大笑，倏地意识到屋里人还在焦头烂额，赶忙捂住嘴，心虚地瞅了眼屋内。

还好没听到。

她戳了戳庄晏清的手，压低了声音提醒："看评论看评论，笑死我了。"

庄晏清点开。

再追剧就打断腿：划重点！优秀毕业生！学生是好学生，成绩是真成绩，咱就是说，别来碰瓷！

我每天都很困：哈哈哈哈哈，官博怼怼生气了！污蔑谁不好，污蔑萧北淮！拜托，凭实力考上正阳大学的好不好，无其他奖励加分！

迈特等：冷知识，当年天水市文科状元是萧北淮发小。

森森要上分：与文科状元是好兄弟？理解了，和学霸玩在一起的男人，会差到哪儿去？

…………

庄晏清忍俊不禁："画风好像一下跑偏了？"

"文科状元，说的不会是江延吧？"莫宝贝有点意外。

庄晏清点头："你不知道吗？我以为说过呢。"

莫宝贝："那也可能是我自己忘记了，行啊，看上去那么吊儿郎当不着四六的人，居然还是状元。"

庄晏清笑："夸他机灵不好？"

"话说回来，不得不承认这一次又给萧北淮狠圈了一波粉，那谁，他表弟？估计都要气死了。"

摊上那样的亲戚，想想都觉得头痛，莫宝贝晃了晃手中的咖啡："对了，他说他是编导专业的吧？我看闹了这一出，他去写那种搞笑剧本，估计还会有人愿意要。"

庄晏清闻言笑了："损人你最在行。"

很快，继天水二中官方发言后，正阳大学也出来声明录取萧北淮是严格按照高考招生录取章程。

至于提到了萧北淮的父亲萧长河教授，正阳大学明确表示，萧教授绝对没有在学术、科研工作以外的领域有过违法乱纪行为。

萧教授长期致力于凝聚态光谱学以及量子调控的研究，在相关前沿课题做出了一系列有影响力的工作，是在物理学科有过卓越研究贡献的学者。

其专业能力与思想素质教养不容置喙。

这声明一发，意外的是，评论区活跃的不是粉丝，大部分都是正阳大学的学生，还有萧教授的门生。

…………

网上的局势一下彻底扭转，也几乎没给戎洽可翻盘的机会。

录音、截图、学校声明，每一份铁一样的证据都足以压垮陈飞那些莫须有的诬陷。一时间，他和杜淑卉成了众矢之的。

关于陈飞和杜淑卉后续的情况，萧北淮一点都不感兴趣，也没有心思打听。见网上事态有所回缓，他给萧长河打了一通电话。

"你那边什么情况啊？有没有受到影响啊？闹成这样，你们还在平城继续拍吗？"

听着电话里头父亲焦急的语气，萧北淮顿时觉得有一股和煦的风缓缓拂过自己的心间，抚平了所有焦躁、烦闷和戾气。

"爸，我没事，倒是您。"他有些愧疚，"因为我的事，受牵连和影响了。"

萧长河大手一挥："哎！没有的事，我会受到什么影响，无非就是好奇的人多了那么几个。我平日做事行得正，也不怕别人多问多打听，放心，没影响。倒是你妈，联系不上你，往我这儿打了几通电话。"

"我妈？"

"对，你联系她了吗？"

萧北淮垂眸："还没。"

此事全因杜淑卉而起，萧北淮就怕杜宁絮来求情。

"嗯……"萧长河犹豫了一下，语重心长道，"你呀抽个时间，和你妈联系一下，她就是关心你，怕你因为杜淑卉的事受到什么伤害。只要确认你没事，她啊就放心了。至于杜淑卉和陈飞……你们公司有没有说会怎么处理？私底下调解？还是……还是起诉？"

萧北淮看了眼凯恩，见她仍忙于工作，手指敲击键盘，速度飞起。

"我没有过问，全权交给公司处理，他们会有具体的考量。"

萧长河沉吟片刻："嗯，也行，你就避一避，专心拍戏。"

萧北淮："嗯。"

"那你们大概还要在平城待多久啊？"

"约莫还有小半个月吧，顺利的话。"

萧北淮的嗓音低沉，也不知经此一事，对剧组的拍摄进度有没有影响，所以也不确定。

萧长河又叮嘱了几句，这才挂电话。

阳台。

桌面上的手机连连响了好几回，莫宝贝都视而不见。

庄晏清瞥了一眼，正准备说话，手心里捏着的手机也响了起来，猜都猜得到是谁来的电话。

"哎！别接！"

莫宝贝食指一指，横眉竖起，带着小脾气警告。

"我的电话，为什么不接啊，更何况他还是我的老板，哪有员工不接老板电话的。"庄晏清语气慢条斯理的，说完，当着莫宝贝的面摁下接听。

"喂，言总。"

刻意示好的语调，换来莫宝贝一个白眼，外加原地跺脚。

"你和宝贝不在酒店？"

言安知道剧组所在酒店，下了高铁直接赶过去，一路上给莫宝贝打了好几通电话都不接，结果倒好，人都没在酒店。

庄晏清看了莫宝贝一眼，对方不停地做食指抵唇嘘声的动作，她扯了扯嘴角，答："嗯，我们在外面。"

"和萧北淮一起？"

言安一猜就中。

听电话另一头没否认，他又顺着要地址。

庄晏清："这样，你先在酒店等我们，别来回奔波了，我们马上回去。"

言安犹豫了一瞬，勉强答应。

挂断电话，莫宝贝还在那儿噘嘴生气，庄晏清柔声劝她："估计是赶了最早一班高铁过来的，掐着时间算，已经很快了。有什么事当面说，我刚听电话里，那声音都哑了，差点听不出是他本人。"

莫宝贝捧着咖啡，吸管塞嘴里，猛嘬了一口，喝完才出声："骗谁呢，你那听筒音量那么大，我都听见了，能哑到哪儿去。"

萧北淮推开阳台的门，正好听见这段谈话。

还没来得及问什么事，庄晏清倒抢先开口问他："怎么样？我看网上反应挺热烈的，二中和正阳大学也都先后发了声明，这下对你不利的因素也都一一排清了。"

萧北淮点头："剩些收尾的事情，凯恩在处理，下午应该能复工。"

庄晏清勾唇："那太好了，没什么事的话，我和宝贝先回青澜。言安过来了，估计看了新闻，也担心这边的情况。"

莫宝贝和言安吵架冷战的事情，萧北淮也听说了一些，但没过问细节。

"行，正好大饼在，我让他送你们回去。"

庄晏清点头："那下午片场见。"

萧北淮俯身，在她额间亲了一下："嗯。"

离开前，凯恩还忙得腾不出空闲和她们打招呼道别。

房门"砰"的一声关上，莫宝贝心有余悸，牵起庄晏清的手，一本正经道："宝，我们以后好好演戏，好好做人，别闯祸好吗？这人啊，真经不起几个通宵的。"

庄晏清不慌不忙地整理帽子，语气没有丝毫起伏："这次的事，是萧北淮没有好好演戏，没有好好做人吗？不是的，就算我们不惹麻烦，麻烦也会找上门，由不得自己。"

莫宝贝拎着包，垂头踢脚。

庄晏清偏头看她，一眼就猜中了对方的心思："你是看到凯恩姐的状态，吓到了?"

"谁不想当女强人,但也不是谁都能当好女强人。"

莫宝贝感慨,说白了,这就是一条自我进阶的道路,她会有顾虑,有害怕,有懒惰,但最后也一定会咬牙坚持。

因为这是她自己的选择。

庄晏清伸手搂着她,带着轻快的步伐,承诺:"放心,我会一直陪着你,我们一起成长!"

回到原先的酒店,庄晏清一眼就看到了坐在大厅沙发上处理工作的言安。

莫宝贝还想当作没看见径直走向电梯,被庄晏清一把拉住。

"日理万机的人,争分夺秒赶过来,你就给个台阶下。"庄晏清压低了声劝她。

莫宝贝咬着唇,看了眼坐在沙发上的男人,默不作声。

庄晏清还以为她就是扭捏,不好意思开这个口,索性将她拉住,又喊了下坐在沙发上的言安:"言总!这儿!"

言安闻声抬头,对着耳机里的会议不知说了句什么,很快起身,大步迈开朝她们走来。

"吃过饭了没?"

庄晏清莞尔:"早餐用过了,午饭还没到点。言总是不是赶着来平城,还没吃饭?"

言安的目光落在莫宝贝身上,"嗯"了一声。

"空腹?那可不行。"庄晏清将莫宝贝往前推,"平城小镇上有不少美食,都特别好吃,可惜我下午有戏要拍,这会儿想回去补一补剧本,让宝贝带你过去吧,吃这方面她可熟了。"

莫宝贝:"不去。"

言安:"好。"

同时出声,不同回答。

庄晏清张了张嘴,最后还是一使劲儿把人推到了言安面前:"不管你们了,有什么事自己说清楚,我还有剧本要看,先走了。"

她往电梯口跑了两步,又回过头同莫宝贝打招呼:"下午我和斯沐一块去片场,你就不用特地回头来接我了。"

莫宝贝："啧！"

言安扶着莫宝贝的肩："走吧，我从昨晚到现在，一口饭都还没吃。"

莫宝贝扭头看他，喉咙一下子就哽住了，就是心里面再气，这会儿也有些心软，拉不下脸来，只能挥开言安的手，往外走。

萧北淮的事情虽说已经及时处理，但给剧组带来的影响还是有一些，导演和制片临时决定，先把校园部分的内容集中拍完。等风波彻底过去，再补拍小镇上一些课外、生活部分的戏份。以免再起什么小争执，影响剧组杀青时间。

演员们都同意这样的安排并积极配合，很快，拍摄进入尾声。

郑斯沐最先杀青，哭得像个小孩子似的，特别不舍得离开这个剧组，感觉像是回到了学生时代，纯粹又张扬，无忧无虑。

阮非笑她就是个长不大的小姑娘，也不看都毕业多久了，还想着永远都十八岁，气得郑斯沐追着他满场打。

萧北淮和庄晏清还有一天才杀青，也是《清醒梦》通告上最后的拍摄日。

一众主演决定在戏正式杀青后，再聚一次，郑斯沐后面暂时没有工作安排，也不急着走，就这样多留了一天。

数月的拍摄转瞬即逝，真到了杀青日，庄晏清觉得心口像被塞满灌了水的海绵似的，闷得发慌。

不得不承认，她对任南熹这个角色，有了很深的感情。像是借任南熹，回忆了一遍自己的校园生活，有不一样的地方，但更多的像是平行时空里的重合。

同样是暗恋，但任南熹明显比她勇敢许多，敢于主动表达自己的爱意，敢于主动承认彼此之间的差距，敢于争取在一起的机会……

敢于做爱情里那个横冲直撞的爱慕者。

厘野捧花祝贺庄晏清顺利杀青时，说："谢谢你，诠释了一个很好的任南熹，生动鲜活，有优点，也有缺点，但人本就不是完人，在我看来已足够好。"

编剧林亦伽也特地在网上发了一篇长文，感谢所有主创演员，将她笔下的故事完美还原。

作为男主张燎的饰演者，萧北淮也在众人面前给予庄晏清一个很久的拥抱，不是以男朋友的身份，而是以合作演员的身份——

"平行时空里的张燎，会永远爱着任南熹，哪怕她全都忘记了，他也会替她记住所有。谢谢你，我的搭档。这段时间辛苦了。"

庄晏清抱着他，把头埋在他肩上："也谢谢你，我最好的张燎。"

杀青宴上，几个年轻人惦记着还要开车去山顶看星星，都没有喝酒。导演、投资方和平台代表也都很好说话，早早就放他们离开，连一杯酒都没有劝。

"这真是我待过最舒服的剧组了。"

上车后，阮非忍不住张开双手，舒服地喟叹。

郑斯沐则挽着庄晏清，贴着她的肩膀，还跟戏里好闺密的关系似的，亲亲密密聊天："晏清，你后面的戏定下来了吗？"

庄晏清摇头："还没。"

郑斯沐有些惊讶："还以为你早就挑好本子了，前一阵儿营销号不是还说，你接了一个仙侠IP的女主吗？"

庄晏清浅笑盈盈："你都知道是营销号说的，自然不作数。"

郑斯沐："那就是有接触，只不过不合适没签。"

庄晏清没出声，算是默认。

"北淮哥下一部是不是郑导的《乌夜啼》？"

郑斯沐没少上网冲浪，也听经纪人说起过。

以萧北淮的人气，早在他接《清醒梦》时，就有其他剧本抛来橄榄枝，表示愿意等着他的档期，只要他有意向接。

所以和他们几个人的情况不同，如果萧北淮不想放长假，那必定是有了下一部作品的安排。

阮非难得不挑郑斯沐的话，接着《乌夜啼》的话茬往下说："奇正也和我说过这个本子，里面有个反派角色我还挺感兴趣的，淮哥你要真接了，我俩后面估计又是一个组！"

奇正，是阮非的经纪人。

萧北淮本是专心开车，见聊天重点转眼间都落在自己身上，不得不回答："其实也刚定下不久，是《乌夜啼》。"

庄晏清扒着驾驶座靠背，下意识问："你不是说接的综艺？"

郑斯沐惊讶："这你都知道？"

庄晏清猝不及防，口水卡在嗓子眼，猛地一呛，咳了几声才缓上气来，眼眶都蒙了一层湿意。

萧北淮透过后视镜看了她一眼，唇角扯了扯，开口时语气又很平静："先前在片场闲聊的时候，我和她说起过。是一个密室题材的综艺，想拉她入伙。"

郑斯沐："原来如此。"

庄晏清忙不迭点头："是是是。"

阮非看了眼两人，手搭着车窗，笑了一下。

很快上了山路，城市里的灯火被远远抛在了车后，庄晏清瞥了眼导航，还有不到一百米的距离，看样子也不是很偏远。

到了目的地下车一看，说是山顶，但与她多年前和庄南承他们去看流星雨时的山坡相比，差远了。

"这……我们把野营垫子铺哪儿啊？"

郑斯沐拎着篮子下车，绕了一圈兜兜转转又回到车旁，有点苦恼着无法下手。

不是没有平地，而是没有视野，这垫子一铺，坐下去一看，周围一圈都乌漆墨黑的啥也看不清。

更别说什么小镇上的灯火了。

"书记该不会是骗我们的吧？"郑斯沐又问。

阮非："上面不是有个凉亭吗？往上走走，估计在上面呢。"

郑斯沐惊呆了："不是吧？没说还要爬山啊，这黑得都看不清，也不装几盏路灯，真行，像拍什么阴森悬疑片。"

她嘴上嫌弃，但跟在阮非身后的动作却没有半点犹豫，一路上还不忘在那儿设想剧情，听得阮非都忍不住劝她，要不干脆改行当导演得了。

庄晏清跟萧北淮走在后面，离凉亭还有一小段山路，有崎岖不平的小台阶，砌得有些敷衍。

"你来过这儿吗？"庄晏清问。

手机打开手电筒功能，他们就这么照着，小心翼翼往上走。

"来过。"萧北淮朝她伸手，"不过在很小的时候。"

庄晏清仰头指了指走在前面的两个人，小小声道："干吗，会被看见的。"

"这么黑，看不到。"

萧北淮笃定。

庄晏清目光闪了闪，很快把手搭上去，牵住。

两人挨在一起往上走。

萧北淮："你看新闻了没？说是今晚有流星雨，不过是在后半夜，我们没法儿等。"

庄晏清摇头："没看。"

想了想，她顺着话题问："你看过流星雨吗？亲眼见到那种。"

萧北淮："没，你呢。"

庄晏清刚想回答，顶上传来了阮非的声音——

"你俩干吗呢？走那么慢，牵小手呢？"

庄晏清做贼心虚地甩开了萧北淮的手。

后者看了她一眼，指尖摩挲了一下掌心残留的温度，又缓缓收紧背在了身后。

凉亭所在地势高，视野开阔，既能看清山下小镇星罗密布的灯火，又能看见天上繁星。郑斯沐连着赞叹了好几句，垫子都没顾得上铺，就开始调试相机拍照。

庄晏清主动接过铺餐垫的任务，开始整理。

等一切都准备完毕，莫宝贝她们也到了，陪着应酬了一轮，都喝得脸颊泛红醉醺醺的，代驾一听她们要来山顶，还再三确认几遍，生怕有想不开的念头。

"哎哟，早知道我就回酒店睡觉了，这星星……"莫宝贝拼命眨巴眼，无奈喝得属实有点多，都看不太清，"翻倍着来。"

庄晏清差点笑岔气，扶着莫宝贝坐好。

"哎——那是不是流星？"

莫宝贝又是一嗓门。

众人齐刷刷顺着她手指的方向看过去，结果，什么流星，影子都没见着。

庄晏清干笑了两声，替莫宝贝解释："她喝醉了，眼花没看清。"

"对了，你是不是看过流星？许了愿没有？准不准啊？"

莫宝贝又问。

庄晏清愣了一下，似曾相识的问题令她不由得望向了萧北淮，后者也正看向她，似乎在等着答案。

庄晏清点点头说："看过。"

莫宝贝不依不饶："许的愿望呢？"

庄晏清微微仰头，露出如天鹅般白皙的脖颈，嘴角往上扬："自然是实现了。"

…………

"我希望，萧北淮高考顺利，人生再无荆棘泥泞。"

希望他永远骄傲又锋利，飞云踏海，直上云霄。

…………

时隔数年，她依然能把那个愿望一字不差地回想起来，皆因为那时万般小心的心愿，最终被眷顾。

"你许了什么愿望啊？"

郑斯沐好奇地凑上前来。

庄晏清眯了眯眼，神秘兮兮："秘密，不能告诉你。"

不远处的萧北淮在听到这话后，垂首，浅勾唇。

当晚，他缠着庄晏清，一下又一下，终究是要到了郑斯沐好奇的回答。

第十九章

礼尚往来

qingxingmeng-

云城。

庄晏清刚下飞机就接到晏琼玉的电话,说是庄明宴得知她电影已杀青,来云城找她玩。她看了眼航班信息,竟也是今天到,不过比自己晚一个小时抵达。

庄晏清有些哭笑不得,这小祖宗,来云城干什么。

"走吧,车子在外面等着我们呢。"

莫宝贝推着行李过来,庄晏清晃了晃手机:"母上大人来电,我弟来云城了,晚一个小时到,我们等等他?"

"你弟?庄明宴?"莫宝贝歪头,"他来做什么,找你玩?"

庄晏清:"说是这么说,但我也不知道他怎么打算的,事先也没和我商量。"

这些年,庄明宴大部分时间都在国外,庄怀让他毕业后回国发展,他却转眼申请了硕博连读。

大有读到世界尽头之意,连庄晏清得知,都忍不住呛他——从前怎么没发现你这么爱学习。

莫宝贝提议:"那……买点吃的到车上等?"

庄晏清:"不找家咖啡厅?"

莫宝贝禁不住翻了个白眼:"拜托大小姐,对自己的定位稍微准确一些可以？没见今日的接机阵势吗？好歹是个明星，想在机场被围追堵截啊？"

庄晏清只能听从安排。

就这样，她们最终还是在车上待了快一个多小时，才等来庄明宴的电话。

"我到啦，怎么没见到你们的车？"

庄晏清揉了揉困顿的眼睛："挪位置了，你走到对面停车场，就沿着斑马线往前直走。"

娅娅放下手中的电脑，举手："我下去接他吧。"

"也行。"庄晏清对着电话里头的人吩咐，"你先往停车场这方向走，我助理去接你，她穿着件深蓝色背心小工装。"

庄明宴："行。"

很快，车门外传来一声："庄晏清！"

司机把门打开，庄晏清一眼就瞧见热情打招呼的庄明宴，俨然还是一副大男孩的样子，脖子上还挂着个耳机，穿搭看上去随意又不失时尚。

"把行李放好，赶紧上车。"

"哟，这位是？"

庄明宴看见莫宝贝，目光里带着感兴趣的探寻。

莫宝贝直接赏了他一个脑门栗暴："你莫姐！"

"哎，莫宝贝，这要是正经论起年纪，你是得喊我一声哥的。"庄明宴不服。

"行了，动作快点。"庄晏清催促。

他们在机场逗留的时间太久，哪怕吃了些东西垫肚子，这会儿还是觉得饿。在平城待了一个多月，家常菜吃惯了，真的会想念云城的火锅串串。

庄晏清："第一顿怎么说？吃火锅还是酸菜鱼？"

庄明宴："火锅！"

莫宝贝："酸菜鱼！"

庄晏清无语。

又有得吵。

还好有娅娅，庄晏清直接将难题抛给她。

娅娅歉意地看了眼莫宝贝，绞着手指头不太好意思地道："我上火了，吃不了辣的，火锅还能分一格清汤，要不就火锅吧。"

"Nice！"

庄明宴忍不住低吼，赢了莫宝贝，宛若赢了整个世界。

莫宝贝："喊，幼稚。"

借着火锅局，庄晏清终于了解到庄明宴来云城的真实目的——追回被气跑的女朋友。

能耐啊，拿亲姐姐当幌子，还和爸妈说什么来云城找她玩，放狗屁，就是蹭车和蹭住！

回到杭山畔，庄晏清上楼收拾行李，娅娅带着庄明宴转了一圈，把常用的设施都和他说了一遍。

来云城的这些天，他就住杭山畔。

娅娅："如果有什么不清楚的地方，你再打电话问晏清姐。"

庄明宴摆弄着桌上的小盆栽，听到这话，手指一顿，骨节清晰分明："打电话？她要去哪儿？我刚来就有工作？"

"我去闲庭住。"

庄晏清在楼上收拾东西，从房间出来，去衣帽间时碰巧听到了这个对话，索性探出头来自个儿回答。

"反正你也不是为了我才来的云城，是吧？"

"闲庭？"庄明宴对这名字有些陌生，"你的另一处房产？先前怎么没有听你说起过？"

庄晏清自顾自笑了下："难不成我什么事情都要和你报备一声？不过事先说好，我这地方，你不可以带女朋友回来。"

"知道，这点分寸我还是有的。"

庄晏清满意地折回衣帽间，继续收东西。

虽说去闲庭也不过住个三四日，但衣服多带一些放在那儿，什么常用的都多备一些，总归是方便，指不定下次就不用来回搬了。

"天啦！这什么速度！"

楼下忽地传来莫宝贝的惊号。

庄明宴轻"啧"了一声："干什么，大惊小怪的。好歹是女孩子，淑女一点好吗？"

莫宝贝瞪着眼前这个罪魁祸首，恨不得一脚踢过去："还不是因为你，上车的时候磨磨蹭蹭，现在好了吧，被拍了！"

"被拍了？我看看！"

庄明宴差点控制不住嘴角上扬的笑容，有些小兴奋地跑到莫宝贝面前，拿过手机仔细看："哇，这就是和明星传绯闻的感觉？"

莫宝贝横眸一瞪，气笑："你还来劲了？"

"新鲜啊！托庄晏清的福，这辈子还能上个热搜。"

庄明宴一目十行，扫完狗仔写的微博，大呼一句没水平。

"这照片，也太糊了吧！你说，能看出来这是我吗？"

莫宝贝满脑子问号，对于庄明宴关注的点，可以说完全不理解。

反倒是娅娅，凑了过来随口一问："你是希望女朋友也看到这条微博，然后发现是你？"

"聪明！"

庄明宴打了一个响指，眉眼间全是欣赏。

莫宝贝：无聊。

她一把夺回手机，正准备上楼同庄晏清商量，是回应澄清，还是干脆不搭理。

庄明宴拦住她。

莫宝贝诧异，看了眼："又想干吗？"

庄明宴："别太快回应，让它挂一会儿，反正都是假的。"

莫宝贝扯了扯嘴角，骂："滚！"

真是冤家。

庄晏清在衣帽间多少听到了些动静，见莫宝贝气呼呼上楼来，免不了要笑她："你俩怎么还跟小时候一样，一见面就吵，这都多大的人了。"

莫宝贝满脸嫌弃："你以为我愿意啊，瞧瞧他说的那些话，满目心思都是为了女朋友，也不想想这热搜挂着，对你有没有影响。"

"能有什么影响啊，等澄清之后就是一桩小笑话。"庄晏清不紧不慢地将衣服叠好，规整，合上行李箱，"差不多了。"

莫宝贝正欲开口，手机振了起来，她看了眼屏幕上的来电，随即转给庄晏清看，大有一副反驳她的样子——

有没有影响？这就是影响。

庄晏清抿唇噤声。

来电的是《复杂证词》的制片，态度非常亲和友好，表面上关心的是几日后去基层学习的行程是否已安排妥当，实则是想打探庄晏清的恋情是真是假。

言语间透露的信息无非就是那些个道理，谈恋爱可以，但还是尽量不要影响到工作。庄晏清现在正在上升期，或许恋爱的心思可以先放一放？

莫宝贝不由得干笑着解释道："那是晏清的亲弟弟，知道她电影杀青回云城，就来找她。谁能想到狗仔就在机场蹲点呢，真不是男朋友，如假包换的亲弟弟。"

对方惊讶，连笑了几声："原来如此，那怎么不澄清呢，任由恋情绯闻发酵，这都过了多久，快上前三词条了。"

莫宝贝刚想回话，对方又补了一句——

"不过偶尔上上热搜也是好的，多点数据和曝光，黑红也是红嘛，哈哈哈哈。"

莫宝贝噎住，除了赔着干笑，不知道还能说什么。

结束和制片的通话后，莫宝贝又点开微信，连着在几个群里冒泡发言澄清，编辑码字的手指飞快，美甲触得屏幕"嗒嗒"作响。

"撤热搜就得了？反正他们也扒不出庄明宴的身份？"

她头也不抬地问。

庄晏清心不在焉地应了一声："嗯。"

莫宝贝闻声回头，从这个角度，只能看见庄晏清低头在刷微信页面，看不清内容，也辨不清她的神情。

"怎么了？"她问。

庄晏清"啊"了一声，茫茫然抬头："热搜第三了。"

莫宝贝："所以呢？"

"评论里都在猜一些我都不熟的人名。"庄晏清刷了几个营销号下的热评，提到的男艺人她一个都不熟。

最主要的是，就在刚刚，一分钟前，萧北淮发了一条微博。

庄晏清将页面示意给莫宝贝看。

"这是商务广告啊，可能是大饼用他的号帮忙发的。"莫宝贝说。

庄晏清收回手，摇头。

萧北淮曾和她说过,公司并没有干涉他各平台的社交账号,就连凯恩也没有他的微博密码。平台内容都是他自己发布,最多就是团队帮忙拟好文案,他在这基础上稍微修改。

"他上线肯定看到绯闻话题了,可是居然没有来问我。"

庄晏清在意的正是这点,莫宝贝却有些不以为然。

"他是你的正牌男友,像这样的绯闻,自然不会给眼神啊。再说了,他会不知道你有个双胞胎弟弟?"

庄晏清眼珠子滴溜溜转了一圈,努力回想了一下,发现自己的确没有主动和萧北淮提起过庄明宴。

"也许……他真的不知道?因为我没有主动说起过。"

莫宝贝不理解:"他家和你家不是世交吗?你没说过,万一他爸说过呢。你平时挺聪明的一个人,怎么在这个事上反应这么迟钝。"

"我也不是迟钝。"庄晏清脸上是藏不住的小心思,"就是在想,他怎么不吃醋。"

说到底,就是还没见过萧北淮吃醋的样子,也想象不到。眼下刚好出了这样一条新闻,他明明都看见了,也没有来多问一句。

这让庄晏清心情多少有些起伏,也不是说生气或者失望。

就是……

"那你就先别急着去闲庭了。"莫宝贝打断庄晏清的自我分析,"他不动,你不动,他要是没主动来问,没吃醋,没关心,你就别去闲庭了。"

庄晏清一时哽住:"可……我都答应他了……"

行李也都收拾好了。

莫宝贝挑眉:"那随你想呗,大不了过去之后,你再当面问他。"

啧,论谈恋爱。

还是莫家大小姐有本事。

庄晏清一下就不愁了,喊来庄明宴帮她把行李箱扛下楼,就这么坐在沙发上喝茶消磨时间,等上一两个小时再出发去闲庭。

另一边。

庄晏清的恋情绯闻冲上了微博前三,工作室迟迟未给反应,仅有粉丝自发在绯闻八卦下打假,宣传新电影《清醒梦》。

还有一些黑粉在那里跳脚嘲讽。

"晏清那边什么情况啊？你问过没有？"商务车里，就连凯恩都忍不住多嘴问一句。

萧北淮堪堪抬眼："什么？"

凯恩回头："绯闻呀。狗仔在机场蹲到一个神秘男人上了她的车，有说有笑的，还一块回了住处。你刚上线没看到？"

萧北淮察觉到凯恩的好奇心，语调淡淡地道："看见了。"

凯恩："看见了你还这副表情？喂，未免太有恃无恐了些吧，你们都还没有公开，这一笔到时候都是要记到晏清头上的，在你前面可就多了一位绯闻男友人选。"

要知道，互联网都是有记忆的。

"她们工作室这是不打算回应了？想着安静盖过去？"见萧北淮是真的没反应，凯恩忍不住抬手敲了一下椅背，"好歹去问一下吧？你女朋友哎。"

"眼见不一定为实，我吃过亏了。"萧北淮觑了眼凯恩，嘴角淡淡地道，"再说了，那是她亲弟弟。"

"啊？"

凯恩手里的手机没拿稳，"啪嗒"一声掉在了扶手箱上，她眼疾手快地抓住，避免掉进夹层。她拿起来后还不忘再次确认："亲弟弟？她不是独生女？"

萧北淮："不是。"

凯恩感觉自己吃到了很大的"瓜"，甚至还有概率再吃一口，想着就多问一句——

吃过亏是什么意思。

但车子已经到了闲庭地下停车场，这个问题也错失了询问的最好时机。

"这几天进出小心点，明天下午有个杂志要拍别忘了，到时候我过来接你。"凯恩知道庄晏清会搬过来，就多叮嘱了萧北淮一句。

"好。"

车门一开，地下车库的闷热扑面而来，眼镜一下子起雾，视野变得白茫茫一片。大饼下来帮忙拿行李，萧北淮摘下眼镜，随手折好放入左胸口的口袋。

"我自己来就行，你们先回去吧。"

"行。"大饼把后备箱车门关上，"那……哥，有什么事你再给我打电话。"

443

萧北淮："嗯。"

车子驶离，他看都没有多看一眼，径直往电梯口走去。这一路就盯着微信页面，庄晏清迟迟没有给他发消息。

萧北淮：来了吗？

萧北淮：还是因为你弟来了，所以要留在杭山畔？

发完消息，他将手机放回兜里进电梯，手撑着行李箱拉杆，身子歪靠着轿厢，眼皮犹如千斤重。

杭山畔。

新消息跳出来时，庄晏清正在和晏琼玉视频，庄明宴也凑在她身旁，自然而然就看到了顶部弹出的消息。

还有备注——淮哥。

"哎哟喂！"庄明宴怪叫了一声，瞬间吸引来沙发另一侧莫宝贝和娅娅的目光。

庄晏清直接一掌过去，呼在他后背上，张了张嘴，无声警告他，安分一点！

"怎么啦？"

晏琼玉关切地问，正聊着天呢，这突然什么声音。

"妈妈，我这边有点事要忙，你打庄明宴的视频，让他和你说。"

庄晏清催促着庄明宴，后者寄人篱下，不得不屈服。

"行行行，妈，她有事要出门，我给你拨视频。"

晏琼玉："这样……不用啦，话也说得差不多了，小清你有事就去忙，这几天工作没有安排得太满的话，就早些休息。至于明宴，少给你姐添麻烦知不知道？"

庄明宴一脸无辜相："我怎么可能给她添麻烦，放心吧！"

通话忽然仓促结束了，与先前有一搭没一搭的闲聊氛围截然不同。莫宝贝咬着苹果，含混不清地问："怎么了？你要忙什么？"

庄明宴抢着回答："淮哥给她发微信了，问来了没。"

"要你多嘴。"庄晏清"噌"地起身，耳根微热，挥着手示意莫宝贝和娅娅，"我们走吧，去闲庭。"

莫宝贝纳闷，秀气的眉头微微蹙起："不是蹲个反馈吗？怎么他一招手，你就跟小狗一样摇着尾巴迫不及待要扑过去了？"

庄明宴踢了一下桌腿，佯装生气："怎么说话呢，当着我的面说我姐是小狗？"

莫宝贝无语。

"他知道明宴。"

萧北淮发的第二条消息，让庄晏清绞得如同毛线球的心绪有了纾解，他竟真的知道那是庄明宴。

难怪一声不吭。

"哎呀，我们快些走，这都几点了。"庄晏清催促着。

莫宝贝硬是多塞了一块苹果到嘴里，咀嚼到门口玄关处换鞋才有空吱声："那就是他爸和他讲过，你有个双胞胎弟弟？我和你说你还不信！"

庄晏清踮了踮脚尖，玄关处吸顶暖灯的光，映着她笑眼盈盈："我信，就是想等他一个反应罢了。"

换好了鞋子的莫宝贝抬起头来，应得漫不经心："你呀，就是被他彻底拿捏住了，娅娅！走！"

娅娅："来啦！"

"庄明宴，记得别带人回来，有什么事给我电话。"

走之前，庄晏清又叮嘱了一声。

庄明宴双手抄着裤袋，倚靠着墙壁："知道了，懂事的话，记得让淮哥组个局，请我吃顿饭。"

莫宝贝听见这话，难得同意："确实，毕竟是女方家属，如假包换。"

"哎呀什么女方家属，快点走。"

庄晏清搭着莫宝贝的肩，推着她出门。

车子很快抵达闲庭，娅娅陪着庄晏清进电梯。

她们按照萧北淮提前给的密码输入成功后，门"滴答"一声打开。

"那晏清姐，我就先走了。"

"嗯嗯，路上小心。"

"好。"

等娅娅离开，庄晏清这才推门而入，玄关处的声控灯亮了起来，她一眼就瞧见了站在不远处，双手抱臂正懒散望着她的男人。

"你早就在这儿啦?"

门关上,庄晏清连行李箱都不管了,往前小跳两步跃进了萧北淮的怀里,双手缠着人家,小脑袋却使劲儿往后面探。

"电梯在哪儿?你真的是直接从楼上下来的?"

萧北淮勾起嘴角,露出酒窝:"嗯,下来接你。"

庄晏清搂着他,手指无意识地在他脖颈间划拉:"到多久了?"

"不久。"

萧北淮搂住她的腰,配合着身高,微微低下头来。

庄晏清闻到了从他身上传来的淡淡薄荷香,凑近贴了贴:"你都洗完澡了。"

萧北淮:"嗯。"

庄晏清:"都不等我一起洗?"

萧北淮难得没有立即明白过来话里的意思,紧接着,怀里的人就吻了上来。下意识的迎合比任何时候都要熟练,玄关口的灯亮了又暗,暗了又亮。

事后,两人挤在浴室的大浴缸里,庄晏清像只被煮熟了的小龙虾,有气无力地趴在一角小憩。

萧北淮则坐在她身后,有一下没一下地轻捏她的肩膀,做着舒缓放松。

"知不知道你刚才的样子,像什么?"

庄晏清没睁开眼,反手抓过萧北淮的手,从肩膀移至腰间,示意这里酸。她嘴上不忘回答问题:"像什么?"

萧北淮瞥了她一眼,轻笑:"做贼心虚。"

庄晏清忽地睁眼,偏过头去:"我有什么好心虚的?"

"不然呢?急急忙忙亲我做什么?"

不是封口,他都不信。

庄晏清推开他凑近的脸,翻了个身,面对面坐着:"你瞧见绯闻的时候,就认出来那是我弟了?谁和你说的?"

"我爸。"

果然。

庄晏清又问:"萧伯伯什么时候和你说过我有个弟弟?而且你都没有见过他,怎么知道那个人就是?照片拍得也不清晰。"

萧北淮搁在水下的手，移到庄晏清的小腿肚上，轻轻地揉着："你还记得有一年，你邀请我去你家参加跨年派对吗？"

庄晏清点头："记得。"

"那一年我原本是答应了，但后来没去。"

他指尖的力道掌握得刚刚好，揉得庄晏清特别舒服，下意识把两条腿都搭到了他怀里，方才踮着脚，都踮累了。

"那会儿不是说你妈妈有事找你，急着过去一趟吗？"

虽说都是很久以前的事情了，但因为和萧北淮有关，庄晏清就都记得。

"其实不是，是我不想去然后找的借口。"

庄晏清意外地撩眼，长腿缩了一下："为什么？"

"那天，我其实已经在去你家的路上了，但就在那个十字路口，等红绿灯的时候，看见了你和庄明宴。"

说到这里，萧北淮停了下来。

聪明如庄晏清，几乎是下一秒就猜到："然后你该不会以为，那是我未来的男朋友，然后……"

"嗯。"

萧北淮脑海里浮现起当时的画面，庄明宴搂着庄晏清的脖子，嬉笑打闹的场景。

"因为事先听说，你邀请的是很好的朋友，我以为。"

庄晏清有些哭笑不得："好朋友说的是岑翎，那次我请她到家里来了。"

"是，但因为我之前不知道你还有个双胞胎弟弟，加上当时你们追逐打闹的动作确实很亲昵，所以下意识就误会了。"

萧北淮抬手摁了摁额角，水珠沾到了细碎的鬓边，在灯光下泛着光。

"后来回到家，无意中听我爸说起你亲弟弟回国，我才知道……但那会儿已经太晚了，也赶不及去你家，只能在微信上和你说新年快乐。"

原来如此。

庄晏清拨弄着水珠，水纹一圈圈荡漾开来，宛若过去的回忆，一层层浮现在眼前。

"现在回想起来……"她抬眸，望着萧北淮时的语气很惊喜，"当时你就吃过醋了！"

萧北淮想了几秒，承认："嗯，是吃醋。"

他不惧直说，因为本就是事实。

从前就因为这种事误会过，虽说是亲眼所见，但也不排除有其他种可能。没赶上和她一起跨年，以至于后来很多年，再想起这件事还会很懊恼。

庄晏清松开抓着浴缸壁沿的手，身子一轻，往前扑到萧北淮的怀里："我还纳闷呢，怎么都在热搜上挂了大半天了，你都没来问一句。明明还发了微博，没理由没看见。还在想是不是我和谁传绯闻，你都不会吃醋的。"

"那不是。"萧北淮垂首在她耳边轻啄了一下，"我是对你有信心，也对我自己有信心。"

庄晏清："嗯哼，真会往自己脸上贴金。"

萧北淮辩解："我只是，实话实说？"

庄晏清双手搭着他的肩："嗯，我只喜欢你。"

他说过爱。

那她说一次喜欢。

是不是也算礼尚往来了。

不管，反正她今天赔得很多了，他赚也赚够了。

当晚十一点多，就在大众都以为庄晏清不会对绯闻做出回应澄清时，她上线发了一条微博。

△多谢大家关心，我们不是热恋中的情侣，是许久未见的龙凤胎。

除了文字，她还晒出了两张合照，一是小时候的婴儿照，特地问晏琼玉要来的，二是早些时候在杭山畔的自拍，特地保持着机场那套着装。

十个敏敏：哈哈哈哈哈狗仔看见了没，人家是亲弟弟！

能有什么坏心思呢：玫瑰姐姐居然有绿叶弟弟！歪个楼，弟弟好帅啊！是不是准备进影视圈发展了？

在下高亮：太好笑了吧！蹲了半天结果蹲到了个弟弟！哇，清清家的基因也太好了吧，女美男帅，能生出这么漂亮的龙凤胎，爸妈肯定也很好看！

…………

杭山畔。

躺在床上刷微博的庄明宴看到新推送，一个鲤鱼打挺跃起身来，气得眉头竖起:"这庄晏清怎么回事!说好了等我信号再发微博澄清的,怎么现在就发了?"

他气得点开微信。

Z:我还没给你说可以。

Z:你怎么就发微博了?

Z:姜夏还没找我呢!!!

床头柜上的手机响得欢快,庄晏清则沉迷于电视剧投屏,无暇顾及。

"不是都发完澄清了嘛,怎么还给我发消息,淮哥你帮我看看,是谁。"

被叫到的人从剧本里抬起头来,他拿过手机熟练输入密码,看了一眼对话框的名字,就将手机锁屏放回原位。

"是明宴。"

"啊?"庄晏清直起腰,想了几秒,笑开,"肯定是来找我算账的。"

"算账?"

萧北淮不理解,见庄晏清已投好屏,他下意识调整好旁边的靠枕,好让她过来坐时舒服一些。

"他这次来云城,并不是单纯要见我,而是哄女朋友来了。说是吵了一架,有些误会,话都没说清楚就撂下分手两字走了。"

庄晏清一边回复庄明宴的微信,一边和萧北淮解释。

"原本他想借这个绯闻热搜让小姑娘认出来,等着人家上门质问。"

"所以不让你澄清?"

萧北淮顺着庄晏清的话往下猜。

"也不是不让,就是打好配合,等他那边有动静了,我这边再澄清。可是——"

庄晏清嘴角不得已往下拉了拉:"宝贝一问,我就忘了这个事,直接就把微博发出去了,也没和他说一声。"

萧北淮低笑了一声。

"都说龙凤胎最擅长的就是心灵感应,好像到了你这里,并不是这么一回事。"

他收回目光,重新翻开手上的剧本,背靠着床头,侧颜安静又沉稳。

庄晏清冷不丁多看了几眼,这才收回目光。

"现在怎么办啊。"

她嘴里嘀嘀咕咕。

庄明宴难得求她一件事,好说歹说半天,还答应帮她和家里保守搬来闲庭和萧北淮同居的小秘密,结果倒好,她转身就把这件事办砸了。

YanQ:啊对不起。

YanQ:公司等着我的回复,我想都这个点了,她估计要真看见,肯定找你了。

YanQ:要不你发条仅她可见的朋友圈?

仅他可见这个招数,在支给莫宝贝后,庄晏清又有了第二个小徒弟。

Z:?

见庄明宴回了个问号,她立马开始热情教学。在谈恋爱这方面,庄晏清始终觉得自己是很有天赋,而且有资格传授点小技巧的。

毕竟,她可是追到萧北淮的女人!

"要不你先把剧暂停了?"

好不容易调试好的投屏,结果都没顾得上看,就在那儿聊天,萧北淮忍不住提醒了一句。

庄晏清眯起眼,佯装吃惊:"你该不会是连听都会怕吧?"

萧北淮睨了她一眼,语气淡淡:"没有的事。"

"那不用暂停。"

庄晏清看了一下进度,片头跳过,开场就是快节奏的事件背景渲染,她就是漏掉个三四分钟也不妨碍。

毕竟重点在于法医解剖。

先前她说起要接这个题材的剧,并且要去基层鉴定中心学习两个月的时候,萧北淮还看了她好一会儿,反复确认真的假的,最后竖起大拇指。

他听凯恩说起过圈内对庄晏清的评价,也知道她对剧本有自己的要求。

可就是没想到,从青春群像题材的《年轻得更久一些》到文艺爱情片《清醒梦》,再到法医题材的《复杂证词》,跨度会这么大。

中间也没有校园剧、小甜剧或者古装剧过渡一下。

睡前时间,说好了一块看部浪漫老电影,结果在片库翻着翻着,翻到了一部法医题材的片子,庄晏清的注意力一下就被吸引了。

不管不顾就是要学习,也不看看这都几点了,谁会在睡前看法医解剖。

无奈之下,萧北淮只得拿过自己的剧本,一方面是陪着她,另一方面,也是最主要的原因——转移注意力。

虽说他好歹是拍过刑侦悬疑题材的剧,但对解剖这类的,还是有点抵触。

大白天还好,深更半夜看,就怕做梦梦见。

"终于说清楚了,你们男人真行,死要面子活受罪。"

庄晏清将手机丢到一边,拉起被子嘀咕了一声。

萧北淮什么都没做,也什么都没说,无意中被刺了一刀,满脸疑惑。

见庄晏清一杆子打翻一船人,还不想解释,萧北淮伸手捏了一下她的脸:"什么叫作你们男人,拉我下水做什么?"

他先前都不知内情!就算后来听说了,这不也没有插嘴多管闲事吗,怎么还被连坐了。

"你们都想着让女生主动些,不是吗?庄明宴和女朋友吵架分手,都追到云城来了,还不主动,还想等着对方看到绯闻来兴师问罪。我就不理解了,他怎么就不能先开这个口。"

庄晏清没有在发脾气,只是客观阐述自己不理解的点。

"你也是,就是知道那是我亲弟弟,也不问一下,好歹都上热搜了。"

萧北淮垂着眼看庄晏清。

问?

有什么好问的……

庄晏清见他不说话,干脆挑明了说:"我没有第一时间回应,就是想看看你会不会主动来问我,我只记得自己没和你说过庄明宴,压根儿不清楚你已经知道。"

她眨眨眼睛:"我那会儿都已经做好准备了,要是你不问,我就不搬过来闲庭!"

萧北淮愣了一下,笑出声。

"干吗呢!"

庄晏清追着他打了一下:"和你说正经的呢,笑什么。"

"改明儿要是见到了庄明宴,我一定要好好和他算这一笔账。"

简直就是殃及无辜。

萧北淮只差三指并立发誓，自己绝对没有怠慢庄晏清或者有其他任何想法："我保证，以后一定事事以你为先，不给你胡思乱想的机会。"

"这还差不多。"

庄晏清顺着杆子往上又多爬了几米："别总是让女孩子主动，男生要大方一点，直接一点。女孩子说没关系，你一定不能觉得是真的没关系，要多问一句，确认了才可以放心。"

萧北淮微挑眉，指尖抵着额角，当着庄晏清的面，想笑又不敢笑，就这么憋着。

"女生说随便，那就是要你做主，你一定要给出选择，别还在那儿以为很绅士地谦让，一来二去只会觉得你做事很磨叽。还有，我们一般要是带着情绪说不要，你也记得要多问。"

"都不要了，还问？"

萧北淮真是诧异。

"当然啦，那是带着情绪，不作数的。"

萧北淮摸了摸鼻子，煞有介事地点着头，一副学到了的样子。

"你会不会觉得我这是在说教？"

庄晏清眨了眨眼，盯着萧北淮看。

不论是从前，还是现在在一起了，这中间大多数时候，她表现出来的都是非常温柔懂事得体的样子。

在学校的时候，觉得他是站在高处闪闪发光的那个人，自己与他之间有距离，所以即便出身好，娇生惯养，但到了萧北淮面前，庄晏清始终都是一个有所伪装的样子。

后来进了影视圈，她虽逐渐张扬，向上攀爬，可在他面前，还是禁不住会退缩，不敢大胆地表露自己的情绪。

直到现在，依旧会有这种不自信的时候。

所以当她一口气说完，见萧北淮反应很平淡的时候，心里又开始打鼓。

"怎么会。"

他指腹揉开她下意识蹙起的眉间，眼神看上去虽然很散漫，但说出口的话却极为认真："我也是第一次谈恋爱，肯定有需要学习的地方。"

真的假的。

庄晏清试图看清他有没有表演的痕迹。

萧北淮却先一步猜透了她的心思:"说认真的。"

庄晏清眼睫垂下,软着身依偎进他的怀里。

连着三天,除了各自工作行程,萧北淮和庄晏清多数时间都待在闲庭,一个看剧本,一个学习专业知识,互不影响。

庄明宴来过一次,看了眼相处状态后连连摇头:"这哪里是谈恋爱,是互助学习,准备迎接高考呢!"

莫宝贝笑得腰都直不起来。

但真的是有那种感觉,特别是萧北淮在庄晏清看专业课程视频的时候,去缠她,还被挥手推开那一幕。

记忆犹新。

果然,在学霸眼里,学习永远最重要!

第四天,庄晏清收拾行李准备回天水,萧北淮也有密室综艺要录,两人前后脚从云城机场出发,各自开启新的征程。

在天水的实习,庄晏清只带了娅娅一人在身边,原本想着连助理都不用,她这是去闭关学习又不是拍什么观察类综艺,不需要人跟着。

但莫宝贝不放心,这万一有什么事情,无人照应。

就这样,娅娅跟着庄晏清回到天水,总算见识到了自家老板的真实身份——天水庄家大小姐。

什么野玫瑰啊。

人家是真公主。

剧组联系在先,庄怀亲自打招呼在后,待庄晏清正式进入鉴定中心,接待她并作为后续为期两个月培训的带教老师便是中心的刘主任,也是天水市司法鉴定协会法医专业的培训部副主任。

本以为来的会是位娇滴滴的小公主,但入职第一天,庄晏清就让刘主任刮目相看。

在专业知识层面上,她坦白自己并没有任何学习的经验,也就是在接到剧本邀请后,突击看了几部法医题材的电视剧。知道的也只是一些浅层的知识点,不敢在刘主任面前班门弄斧,滥竽充数。

在进入鉴定中心后,她以最快速度进入到一个实习生的状态,凡是老师讲到的点,都第一时间牢记在心,并懂得举一反三,询问一些案例类型用以加深巩固。

在学习态度层面上,她更是虚心且沉稳。既没有拿出明星的架子来,装模作样地摆拍,也没有摆庄家大小姐的身份,高高在上,金贵又碰不得。

对死者尊重,对案件有自己的思考。

首日实习结束,刘主任交给庄晏清一份案件资料,让她回去之后提前做一下功课,并尝试着进行事件还原。

"今天表现得挺好的,让我有点意外。但还是要先给你提个醒,重磅都在后头,进解剖室,出现场,这些都会经历,你要做好心理准备。"

庄晏清整理好今日笔记,双眸漆黑,语气认真:"老师放心,我会努力学习的。"

"嗯。"刘主任满意地点头,"时间不早了,先回去吧,记得布置的作业。"

庄晏清:"好。"

入夜,萧北淮打来视频电话,彼时的庄晏清正在查阅资料。

通话接听后,她就看了镜头一眼,紧接着注意力全在资料上,这让萧北淮很是疑惑。

"都这个点了,还在学习?"

"嗯,你收工了?"

她依旧是头也未抬。

萧北淮目光闪了闪,调整好镜头:"刚结束,在回酒店的路上了。你呢,这第一日的实习怎么样?没有上去就给你看尸体吧?"

"看了。"庄晏清语气格外平静,"不过是道具。"

萧北淮:"吓我一跳,还以为上来就这么直接,那不就把你给吓退了。"

庄晏清轻笑了一声,面上依旧平静:"我才不会那么容易放弃,不过说真的,来了之后才觉得自己是什么都不懂。"

萧北淮:"你这不是说废话?"

庄晏清的目光难得从资料上移开,和视频里的人讨要安慰:"你就不能鼓励我一下?要这么直白?"

一不小心,又掉坑里了。

他清了清嗓子，敛回嘴角的笑意："不懂是正常的，术业有专攻。更何况法医这个职业，光是专业学习就要花上数年时间才能算踏入门槛，再累积几年的实习经验，出现场，做解剖，每一样都是要积累的。"

当然不是看几部题材电视剧，就能说自己已经了解到皮毛。

"不过我相信，以你的学习能力，这两个月多多少少都会积累一定的经验，当一名专业法医肯定不能够，但演好一名专业法医，还是可以的。"

萧北淮的语气温柔且有耐心："别给自己太大压力，一口气吃不成胖子，慢慢来。"

庄晏清捏了捏笔记本的边角，点头。

"从接视频开始，你一共就看了我两眼。"

萧北淮还有模有样地拨弄了一下头发，试图让庄晏清注意到他新换的发型。

结果——

他都这么说了！

人还是没有抬头多看他一眼。

"我在做事件还原呢，翻了半天资料才提炼出逻辑要点。你还有多久到酒店啊？到了早些休息。"

萧北淮眼睛眨了两下，准备了大半天想要和她分享的录制趣事，最终还是咽回了肚子里。

"还有半个小时左右，你先忙吧，等有空了我们再聊。"

"嗯嗯，晚安。"

萧北淮虽有不舍，但还是缓声："晚安。"

"这么快就结束了？"

见萧北淮挂断电话，凯恩满脸惊讶，她都还没看完一个八卦帖子。

萧北淮将手机收回后，淡淡合眼："她在学习。"

凯恩听到这话，一下来了兴趣，她入这圈子也挺多年了，演技派见过，非艺术类的学霸还是头一回碰上。

"晏清当年在学校，真的是年年都考年级第一？我听说她正阳大学是保送的，既然如此，为什么不选其他学校？"

车里的灯光掺着城市灯火的光影，打落在男人的脸庞上，忽明忽暗，一次又一次重复着将脸颊轮廓线条清晰勾勒。

"我和她中间隔了一届,她高一那会儿我已经高三了,但她的确是转学到二中后,就考了年级第一。从那之后,基本没下过前三。"

萧北淮抿了下嘴角,讲了很多与庄晏清有关的细节,而这些,都是他变着法儿从萧长河、岑翎,甚至是学校论坛上打听了解到的。

"后来她参加了数学联赛,高三那会儿获得了金奖,也就是保送名额。至于为什么选了正阳大学……"

凯恩抢先替萧北淮回答:"该不会是因为你吧?"

萧北淮缓缓抬眸,盯着窗外的景色看了片刻,沉默数秒,才收回了视线。

"我想,正阳大学在金融经济专业这方面的优势,才是她考虑的首要元素。"

他还没有自恋到觉得,庄晏清选择保送正阳大学是为了自己的程度。

凯恩意外萧北淮的回答,这两人之间的情况,她或多或少有听说一些,从年少开始就互相喜欢,虽谈不上是青梅竹马,但也能和校园暗恋沾边。

暗恋,都会有一些奔赴的情节在,怎么到了萧北淮这儿,就没信心承认了。

"估计你自己都没有问过晏清吧,我倒是觉得她选择正阳大学,多半是为了你。"

听了这话,萧北淮皱了皱眉,神情莫辨:"我不希望她是为了我做选择,应该是为了她自己。"

说完,他重新闭上眼。

第二十章

/

绕过山巅

qingxingmeng-

鉴定中心的工作比想象中的要严谨与烦琐,加上庄晏清又是零基础,所以不少时候都会觉得吃力和跟不上。

刘主任知道她有心要学习,便找来培训部的老师,就一些比较重要的知识点,对庄晏清进行课外培训以及提供整理过的学术资料。

一个月的时间,眨眼就过去。

萧北淮除了第一天和庄晏清打过视频,后面基本都没怎么通话,大部分时间,他发一条信息,庄晏清要等到大半夜才回。

眼看着他也要进组拍戏,还剩不到半个月的时间,思来想去,萧北淮和凯恩申请,想回一趟天水。

"正好,你高中母校之前就来询问过,是否有档期和意愿接受他们的邀请,做一期校友演讲。那会儿《清醒梦》还没有杀青,我就没帮你接,要不干脆趁这个回去的机会,和母校联动一下?"

凯恩欣然给出建议,觉得是个不错的机会。

天水二中前后与萧北淮互动过两次:一次是《观澜》"520"杂志特刊,一次是核实高考成绩,两次都上了热搜。

若这次能促成一次真正的合作,肯定能出圈。再说了,这也是一次积极正面的营销。

"二中邀请我?没有晏晏?"

萧北淮纳闷。

凯恩："应该有吧，我是你的经纪人，又不是晏清的。而且也不方便问校方负责人。"

萧北淮："嗯，如果时间能安排上，我没有意见。"

就当是给母校在他陷入舆论困境的时候，出言声明相帮的还礼吧。

"还有一个事，原本跟《观澜》谈好在平城拍《清醒梦》那会儿，对整个剧组做一次主题拍摄。"

后来遇上萧北淮的负面事件，加上剧组拍摄安排做了调整，这事也就不了了之，搁置了。

"昨天，他们主编又找到了我，想和我们谈十二月主刊封面拍摄和人物采访。"凯恩揉了揉耳朵，眼角余光扫过萧北淮脸上的表情，"你新综首播也是十二月吧？"

萧北淮："嗯，这些你定就可以了，我不至于因为之前的事情，就耿耿于怀。"

凯恩："这不是征求你的意见嘛。"

萧北淮："不影响我回天水的行程，就都可以。"

得。

凯恩明白了。

某人现在的心思，全在去见庄晏清这事上，别的都撼动不了。

天水连下了两日大雨，在萧北淮抵达之时，才终于放晴。

萧长河特地开车来机场接他，一路上既开心又兴奋，光是一句"你来呀，这天水的太阳蓝天就都出来了"，就反复说了不下五遍。

萧北淮无奈轻笑。

"对了，你这次能回来休息多久？前些日子不是还听说，要进新的剧组吗？我在网上都看到了。"

萧长河费劲回忆了一下，才把剧名说出来："《乌夜啼》对吧？《乌夜啼》！词牌名！"

萧北淮拨弄手机的指尖倏地顿住，嘴角微勾："是，难为您还记着。"

"你的消息，我自然是要关注的。"

萧长河乐呵呵地笑。

"对了,小清回天水实习这个事,你知道吧?有一个多月了吧,我听老庄说,忙得不可开交。"

萧北淮慢悠悠地"嗯"了声。

"说是为了一个新剧的角色?演的法医,这才特地来学习?"

"是。"

"哎呀,这孩子,学什么都那么专注认真,不知道的还以为她这是要转行,考法医研究生呢。"

车子到了住处,萧北淮拎下一个行李箱,等着萧长河停完车过来,一块上楼。

进了家门,陈设布局还和之前一样,老萧一个人生活,什么都是简简单单,也不会张罗布置。

这家里,什么花草活物都没有。

萧北淮看了一圈,视线落在那空旷的阳台上:"爸,改明儿有空我们去趟花卉市场,买几盆盆栽回来种吧?"

"种花?"萧长河洗完手出来,顺着萧北淮的目光望向外面,呵呵笑了,"研究粒子我在行,种花我可不会,别折腾了,买回来我怕连浇水都忘了。"

萧北淮扬了扬眉,随口说道:"您不是快退休了吗?养养花也算是修身养性,不至于没时间浇花吧。"

说到退休这个话题,萧长河弯腰收拾桌子的动作一顿,后背宛若一张虚虚拉开却无力拉满的弓,眉目间浮现起落寞神情。

"不清楚呢……"

萧北淮察觉到萧长河的神情,正欲开口,手机响了起来。

是庄晏清的电话。

萧北淮随即推开阳台门,走了出去:"晏晏。"

"你到天水了吗?"

庄晏清的声音听上去很愉悦。

萧北淮:"嗯,刚到家,你几点下班?我去接你。"

"接我?"庄晏清笑出声,"你就不怕被拍到?我今天和师父出现场了,估计要晚些才收工,到时候我直接去你家找你?"

"也可以。"

萧北淮的语气,听上去懒洋洋的。

庄晏清:"那先这样,我去吃饭啦。"

萧北淮:"嗯。"

"交女朋友啦?"

萧北淮刚进屋,手机都还没收起,就听到这句。

对上萧长河那一脸看透的笑容,萧北淮顿了一下,难得地没有犹豫地承认:"嗯。"

"哈哈哈,我就知道!"萧长河一下激动起来,指着萧北淮的手指都在微微颤抖,"你那接电话的表情啊,太明显了!"

"有吗?"

萧北淮眉头微挑,佯装平静地走向洗手间洗了把脸。

"怎么没有,我都能看出来。"

萧长河紧跟在萧北淮后面,对儿子谈恋爱这件事表现出了特别大的兴趣与积极性:"哪家姑娘啊?是小清?"

萧北淮理头发的动作一顿。

萧长河激动得拍了下大腿:"我就知道!"

这四个字,快成了萧长河的口头禅了。

萧北淮难得愿意顺着这个话题继续往下聊,单手搭在门框上,就这么半倚着看萧长河:"怎么就猜是她了?"

"知子莫若父!哎呀,你听我给你分析分析。"

萧长河一下来了劲,掰着手指头和萧北淮比画,一桩桩一件件,有些细节连当事人自己都没注意到。

"你是什么性子的,我会不知道?从小对外人就爱答不理,唯独对小清,会照顾她,会关心她。"

萧长河越说越开心,最后还冲着萧北淮竖起了大拇指:"好小子,有眼光!"

萧北淮难得被闹了个大红脸,话都不会说。

萧长河:"你这次回天水,一半原因也是因为她来实习了吧?不对,是三分之二的原因。"

"您有必要分得那么清楚吗？"

一半不够，还要更正为三分之二。

萧北淮扶额无奈地笑。

"你们是从什么时候开始在一起的？拍电影之前？还是合作了之后？"

萧长河知道，儿子这刚杀青的电影就是和庄晏清搭档出演的。就这事，老庄还总在他面前提起。

萧北淮："您就别问这么多了行不？晚上晏清会过来，到时候您就假装不知道这件事，别让她太尴尬。"

"尴尬？"萧长河哈哈大笑，"小清就跟我亲闺女似的，从小看着长大，怎么会尴尬。不过尊重你们年轻人，我晚上还有一篇论文要看，到时候给你们腾空间。"

萧北淮："谢谢爸。"

"对了，她来家里吃饭吗？吃的话我提前多买些熟食回来？"

"您忙您的，我来安排就好。"

"哦哦，对。"萧长河轻拍脑门，"都忘了你是能独当一面的人了，行，你安排！先把行李都简单收拾收拾，我下个面条，煮好了叫你吃饭。"

萧北淮："嗯。"

傍晚，庄晏清打来电话。

"我这边还有一些收尾工作要跟，估计会晚点。"

"晚饭呢？"

萧北淮刚备完菜。

庄晏清不知道萧北淮已有所准备，说："有工作餐，我和他们一块吃完了再走。"

"那……到了你再和我说。"

"行。"

挂断电话，望着料理台面上准备好的琳琅菜品，萧北淮苦笑着摇了摇头。

一直等到晚上九点半，门铃才响。

"等等，我开个门。"

萧北淮正在打排位，起身走到门口，透过猫眼一看，随即直接退出游戏，招呼都来不及打一声。

"我来啦！"

门打开，庄晏清张开双手扑了过来。

萧北淮一把将其接住，腾出另一只手把门关上。

"等很久了吧。"

庄晏清抱着萧北淮，语气软糯，鼻尖萦绕着专属于他身上的淡香，浑身压力卸了下来，就想这么一直赖在萧北淮的怀里不分开。

"我好想你啊。"

"我也是。"

低淡的嗓音落在头顶，庄晏清鼻尖一下就酸了，生怕被萧北淮发现，又往他怀里藏了半分。

听闻门铃动静，从书房出来的萧长河一眼就看到门口抱在一起的年轻人，赶忙捂住嘴，又蹑手蹑脚地折回屋里，关上门。他生怕打扰到他们，一举一动都非常小心。

"萧伯伯呢？"

庄晏清松开手，探身望了一下屋里，差点忘记萧长河也在家。

"在书房看论文。"

萧北淮捻着庄晏清的下巴，仔细打量，确信："瘦了。"

庄晏清吸了吸鼻子，手抱着他的腰不放："能不瘦嘛，感觉像是回到了高三那会儿，参加数学竞赛都没这么拼。"

"你是拍戏需要，去体验一下，怎么真把自己当法医来培养了？"

萧北淮撩起庄晏清耳边的碎发，在指尖上缠绕。

"倒没有，我也做不到，只是抓住这个机会，能多学一些就多学一些。"

庄晏清松开手，将包包递给萧北淮："拿一下，我去洗手洗脸。"

萧北淮："架子上有一次性洗面巾。"

庄晏清："好！"

洗了把脸，整个人顿时感觉舒服许多，庄晏清刚把门打开，一道挺拔的身影笼罩下来，她下意识后退了一步。

卫生间的门重新关上。

后背抵在大理石台面前，单手撑着萧北淮的胸膛，庄晏清瞬间压低了声音："你干吗啊！吓我一跳！"

"见到你真好。"

伴随着话音落下的,是一记深吻。

不算急促,是纷迭而至的想念与纾解,一下又一下地找回彼此熟悉的点与爱意。

松开时,两人额头贴着额头,庄晏清手指紧紧攥着萧北淮衣服的下摆,眼睫乱颤:"我们……会不会在这里面待得太久了。"

她记得,萧家就只有一个卫生间。

万一……

"去我房间。"

萧北淮牵起庄晏清的手,后者急急忙忙拦住:"哎,等等——"

她理了理方才被卷起的衣服,这才将手伸进萧北淮的掌心里:"走吧。"

客厅还是很安静,书房的门紧关着。

"我想先和萧伯伯打声招呼。"

都来大半天了,也没主动和长辈照面,于礼不太合适。

萧北淮:"那我去叫他。"

"嗯嗯。"

庄晏清点头,留在客厅等着。

很快,萧长河从书房出来,手里还拿着刚摘下的老花镜,见到庄晏清,欣喜之色跃上眉间。

"小清来啦!"

"萧伯伯,好久不见。"

"好好好。"萧长河上下打量庄晏清,点头,"长大了,不再是小丫头时满脸稚气的模样了。"

庄晏清眯了眯眼,莞尔:"我觉得萧伯伯还是没变化,还是那么帅气。"

"哈哈哈哈!"萧长河爽朗大笑,"你这孩子,惯会说好听话。"

知道两个年轻人许久未见,肯定有一肚子话要说,聊了几句家常后,萧长河借口说自己还有论文要改,便又回了书房。

门关上,萧北淮牵起庄晏清的手,见她的目光始终落在书房外,神情不自觉泛柔。

"淮哥。"庄晏清抿唇,问,"你有没有想过,让萧伯伯再找一个伴过下半辈子?"

萧北淮没想到她会突然这么说,愣了一下。

"我、我不是想要干涉你家里的事情,我只是觉得……"庄晏清斟酌说辞,"我们常年在外,顾不上家里的事情,萧伯伯一个人生活,眼下也到了退休的年龄。"

从前,生活里有工作、学生、论文、研究等等的事情,虽一个人,但也过得充实和忙碌。可退休就不一样了,一下子全空了下来,时间也像变慢了一样。

"他的事情,我从不干涉。"萧北淮抬手,指尖缓缓穿过庄晏清的发间,最后落在她的肩上,"包括婚姻。"

庄晏清抿了下唇,乖巧点头。

"不说他了,走,和我说说你这一个多月来都做了些什么。"

难得见面,两个人说什么都腻在一起。

庄晏清靠在萧北淮的怀里,边说,边玩着他的手指。他的手修长漂亮,指甲也修得格外整齐,骨节清晰,手背青筋平添几分性感。

"我真的觉得法医是一份很值得尊重的职业,有敬畏心,也有理解。"

萧北淮:"我之前听你说,这个角色还没有走合同,导演给你两个月的时间来基层学习,最后选角还得参考你的实习表现,也就是说,不一定是你。"

庄晏清点头:"是。"

"那万一这个角色最终定的不是你,你不会后悔?"

庄晏清抬起头来,眨了眨眼睛:"为什么会后悔?这段经历对我来说,只会是人生财富。我很庆幸自己真的来学习,不然就会错过这么好的带教老师和团队。"

萧北淮脸上挂着懒散的笑,一把揉了揉庄晏清的头发:"你啊,天生就是学习的料,进这一行可惜了。"

"有什么好可惜的。"

庄晏清抓住萧北淮的手,捋顺被弄乱的头发,声音柔柔:"要不是进了这个圈子,学习了表演,我也不会有机会去接触那么多不同的角色,去体验不同专业的人生。相反,我挺庆幸当初走这条路的,我很享受现在的生活。"

萧北淮眼睫低垂,俯身亲了亲她:"开心就好。"

庄晏清："别光说我了,你呢?是不是要进组拍戏了?"

萧北淮："嗯,过几天进组。"

"综艺录制呢?"

那档推理综艺,她记得萧北淮签的是常驻嘉宾的合同,这个月断断续续连录几期,也不够一整季的量吧?

"提前和剧组打好招呼了,每周会匀出两天时间去参加节目录制,不影响。"

屋外虫鸣声不断,帘子只拉了一半,正好能看见那挂在天幕上的一弯弦月。

"对了,二中联系过你吗?找你拍校友演讲。"

庄晏清惊讶："你怎么知道?他们也联系你啦?"

萧北淮点头："我答应了,反正都回来了,抽空录一期也没什么问题。"

"嗯,挺好的,先前官博和你也有互动,这次校友演讲也一定能有话题出圈。"

庄晏清把手指当梳子,梳了梳衣服上的流苏配饰："校方先前联系过宝贝,但我这次情况特殊,是专门回来学习的,也就没答应。不过联系我的时候,谈的并不是校友演讲。"

萧北淮沉默数秒,问："那谈什么?"

"形象大使。"庄晏清冲着萧北淮抬了抬下巴,还一副不太理解的样子,"同样是因为《观澜》杂志出圈,为什么我俩的邀约不一样啊?"

萧北淮抬了下眼皮,佯装不经意："有没有一种可能……"

庄晏清："什么?"

"因为你是学霸,所以用来招生比较有效果。"萧北淮挑了挑眉,露出一副吊儿郎当,痞里痞气的样子,"而我这种,从某种程度上讲,算不良学生?"

"怎么就不良学生了,艺术也是需要花时间花精力去学习的呀。"庄晏清不太认同。

萧北淮捏了捏她的脸颊,好脾气地解释："但对于普遍家长来说,都会觉得学生,还是学习更重要。至于兴趣爱好,从另一个层面上讲,是曲线救国。"

文化课成绩不够,艺术来凑,只要挤上一本线就好。

"呵……"

庄晏清忍不住打了个哈欠。

正好被萧北淮抓了个正着:"你和我聊天都能聊困?长本事了啊庄晏清,这才分开多久,你就对我倦了。"

男人有时候,是真的很幼稚。

庄晏清一把拍在他的腿上:"我是因为起太早了,昨晚忙着作总结,三点多才睡。早上六点就出发了,一直忙到刚刚。"

"这么辛苦?"

他指腹在她太阳穴旁缓缓打着圈,一下一下帮她舒缓着。

庄晏清自动调整姿势,背靠进萧北淮的怀里,闭上眼,只觉得他的指尖宛若一汪清泉注入,瞬间抚平她起伏波动的思绪,舒服又惬意。

"要不晚上留下来?"

他不过是轻轻问了一句。

庄晏清倏地睁眼,一把推开萧北淮的手,力气还不小:"你、你想什么呢!这是天水,不是闲庭!"

手被她扫开,萧北淮眨了眨眼,表情正经又无辜:"该问你在想什么吧,我是看你太困,想留你直接在这儿休息,免得来回奔波。你以为我是要对你做什么?"

问完,萧北淮又凑近,薄唇贴着庄晏清的耳垂:"还是……你想和我做什么?"

热气灌进耳朵,蔓延至脖颈处,所及之处泛起一阵阵酥麻和热意。

庄晏清彻底弹坐起身,与萧北淮保持距离,表情又气又羞:"你再闹我,我这就走,马上走!"

"好好好,不开玩笑了。"

萧北淮比画着发誓的手势:"再待一会儿,晚点我送你回家。"

本以为在天水待的这几日,都能见到庄晏清,哪怕是等她下班见上一面都可以。事实证明,萧北淮太理想化了。

庄晏清连着两日和带教老师去邻市出现场,几乎是早出晚归。

第三天早上,庄晏清好不容易有调休时间,又赶上萧北淮去二中录制演讲的行程,怕去了被拍到,就只在萧家待着。结果不到中午,鉴定中心来电话,她又提前离开了。

和萧北淮的微信聊天界面里，庄晏清说得最多的字眼就是——对不起。

他好不容易来趟天水，就是为了两人能见面，结果她一次又一次失约。眼看只剩最后一天，庄晏清抿唇，在刘主任办公室外徘徊了许久，最终还是抬手敲门。

"进。"

刘主任见是庄晏清，扶了一下眼镜："有什么事吗，小庄？"

庄晏清抱着笔记本："老师，我看今日待办事项里主要是整理邻市案件信息和关键性证据排查以及案件还原报告。还会有其他任务吗？"

刘主任："暂时没有了，这次的案件是水上漂，难度比较大，这几天你也比较辛苦。我下午有个会，要和吴老师一块出去，估计晚上也不回来了。你今日做完这几项，若无遗漏，就可以直接下班。"

庄晏清心里松了口气："好的，老师。"

刘主任一双看透一切的眼睛紧盯着庄晏清，脸上浮起笑意，试探道："怎么，有其他安排？"

庄晏清抿唇，微微一笑："见个朋友，他明天就走了。"

"行，那不耽误，你把手头上的工作做完就下班吧。"

刘主任大手一挥，态度非常好。

"谢谢刘主任。"

回到位置上，庄晏清先将这个好消息告知萧北淮，而后便全副精力投入到工作中，争取能早些完成。

傍晚，萧北淮亲自开车接庄晏清下班，倒不至于把车明目张胆地停在鉴定中心门口。

庄晏清沿着大道走过一个红绿灯口，左转便看到了那辆黑色车子，打开副驾的门，一捧鲜花跃然于眼前。

"好漂亮！"

萧北淮指尖搭着方向盘，轻轻敲了敲："我亲自挑的。"

庄晏清露出笑靥："好看，我喜欢。"

上车后，庄晏清系好安全带，注意力就全在这束花上，拿起手机拍了又拍，各种角度，以至于驾驶位上的人觉得，自己有被忽略了。

"看样子,我以后要多送你花。"

乌眸下的情绪难辨,姿势却有些揶揄的味道在,萧北淮不急着开车,反倒就这么看着庄晏清。

"要是知道你见花比见到我要开心,我今天就不来了,直接鲜花送上门。"

庄晏清偏过脸看他,讶异:"这都要计较?因为是你送的花,我才开心好吧。"

"和你开玩笑的。想想接下来去哪儿?"

"去我家?"庄晏清眨了眨眼,小声说,"我爸妈不在,君姨也休假了。"

萧北淮放手刹的动作一顿,抬眼,眸中情绪翻涌:"你——"

庄晏清耳根羞红,抱紧了怀里的花束:"但得先去趟便利店。"

萧北淮喉结上下滚动,半晌,点头:"行,听你安排。"

晚餐,庄晏清点了一道广式靓汤。

厨师自然是萧北淮,她就只在一旁帮忙打下手。

仅是一道汤,两人就在厨房里腻歪了半天,难怪都说情侣一起做饭很容易增进感情,确实,实践出真知。

"行了,煲个四十分钟差不多。"

萧北淮拿出手机,调了个闹钟以作提醒。

"这一次喝完你亲手做的汤,不知道下一次是什么时候了。"庄晏清从背后抱着萧北淮,轻叹了一声。

现在才觉得,能进一个组拍戏是件多么幸福的事情。

"等《乌夜啼》拍完,我应该会调整一段时间,不急着再接下一部剧。到时我们就能经常在一起了。"

这些年他都是无缝接戏,是时候需要一个空白期用来调整状态,以求有新的突破。而庄晏清的情况,与他恰好相反,正需要积累作品和打磨演技。

所以,如果她行程忙碌,那就由他来迁就她。

"你在说什么啊。"庄晏清仰着一张脸,巴巴地望着萧北淮,好脾气地提醒他,"《乌夜啼》都还没开拍,你就已经开始想拍完的事了,这中间,起码要四五个月?"

古装权谋大片,全新置景,这前后怎么也得小半年时间。

"你接下来不也是要拍新剧?到时候忙起来,就会觉得日子一天天过得很快了。"

萧北淮开导着庄晏清。

"那就祝我们接下来的戏,都能顺顺利利。"

萧北淮轻捻起她的下巴,俯身浅尝辄止地吻了吻:"嗯。"

浴室的水声停下,很快,萧北淮推门出来。他身上还带着水汽,凑近时,庄晏清能闻到他身上传来的甜果味香气。

"你怎么挑了这个味道的?"

她浴室的架子上有两款沐浴露,一个是甜果味的,一个是他那种清冷木调香的。后者是和萧北淮在一起后,贪恋并渐渐习惯这个味道才选的。

"不是和你一样?"

他在她脖颈间确认了一下,也是这个香味。

萧北淮眼睫上还沾着水珠,嗓音磁性:"很甜。"

庄晏清不自觉颤了一下,碰到他头发上的水珠。

"你这头发也不擦一下。"

萧北淮抬了抬下巴,视线落在桌上刚用完、还没来得及收起的吹风筒:"你帮我吹干?"

庄晏清起身,让开位置给萧北淮。

"那你坐下来。"

伴随着"呼呼"风声,她的指尖穿过他的头发。

庄晏清还是头一回帮人吹头,学着美容院总监的手法,有模有样地捣鼓着,风向转至他额前,无意间暴露了发际线。

萧北淮"嘶"的一声,身子往后躲,下意识捂住前刘海。

"怎么了呀。"

庄晏清还故作不知情地晃了晃手里的吹风筒,捣蛋似的往他头上吹,把方才费劲打理好的造型又吹得一团乱糟糟。

"你下部戏是古装,到时候肯定会戴头套,发际线也是要修一修的吧?"

她还没有拍古装的经验,只是隐约听说过,古装戏拍多了,发际线会往后移。

萧北淮对着镜子简单理了理头发,然后单手搂住庄晏清的腰,一把将她带到了怀里。

庄晏清顺势坐在他腿上，一手搭着肩，另一只手还拿着吹风筒。

"会戴头套。"

"没事。"庄晏清捧着他的脸，语气轻松，"就你这张脸，光头也好看。"

萧北淮干笑了两声，嗓音清朗："等哪一天真剃了光头，你恐怕就不会这么说了。"

"怎么会。"

庄晏清鼓了鼓腮帮子，仔仔细细打量，指腹顺着他的前额，到眉毛，再到眼睛，顺着鼻梁又逐渐往下。

最终落在他的唇上。

她用尽了形容美男子的词汇，最后声音软糯总结道："你在我眼里，是最帅气的。"

萧北淮笑了起来，头越笑越低。

庄晏清有些不明白："干吗啊，夸你帅气怎么还不好意思起来了？这些词眼你也不是第一次听说吧？"

她那都是在萧北淮评论区里学来的，每次他只要发自拍或者宣传照，底下清一色都是这种评论。

"听过。"萧北淮看着庄晏清，嘴角笑意未褪，"但听你夸，还是觉得不太一样。"

庄晏清："怎么不一样了？"

萧北淮："王婆卖瓜，自卖自夸。"

庄晏清小腿一荡，微仰头："我是在夸你……"

话说到半截，她反应过来。

萧北淮看着她笑，语气缓缓："是，我是你的，所以——"

庄晏清反手勾住他的后脖子，低头在他唇上重重亲了一下："盖章！认证！"

甜腻的果香味再度混合到一起。

"再洗一次，换你喜欢的木调香。"

"好……"

第二十一章

偏爱炽热
qingxingmeng-

电视剧《复杂证词》官博开通后，#盛怀津复杂证词#话题一度冲到了第一的位置，原先营销号传的男主选角，也被官博盖章认证。

因为官博列表里第一个关注，就是盛怀津。

看样子，这是变相官宣，也让网友对这部剧有了更大期待——

男主是盛怀津啊！

影帝！

婚后首部电视剧，还是现实题材。

这不仅是粉丝看好，市场也极为认可，纷纷预言《复杂证词》将成为年度大剧。

至于女主，虽谈不上是一番角色，但在这样的导演、主演阵容团队里，对许多青衣花旦来说，也算是很好的资源。起码曝光和话题，不用担心。

△女主定了，某三字花。

一个营销号的原创微博，不到十分钟时间，被冲上了前排。路人纷纷在底下猜测，这"三字花"到底是谁。也有人将之前被营销号溜过的女明星重筛了一遍，最终落在了靳白雪和庄晏清身上，这两位名字都是三个字。

乔豆麻爹：这么说，这张照片是真的？我原先以为是在录制综艺……

一个粉丝带图片的评论，顿时引起注意——

那是一张庄晏清和鉴定中心法医同事一起出现场勘察的照片，距离隔着有些远,拍得不算很清晰。

但只要是庄晏清的粉丝,都能一眼认出来,那就是自家野玫瑰。

…………

评论一下两极化,有些感慨于放出的路拍中,庄晏清的形象很正,原先对这部剧还没有什么脸谱化概念,现在一下就清晰起来。

有些则觉得庄晏清有蹭热搜的嫌疑,新电影刚杀青,就上赶着贴大饼。这么好的资源,论圈中咖位排在她之前的女明星也不少,怎么可能轮得到庄晏清。

云城。

莫宝贝靠着沙发,身着一件墨绿色真丝长裙,小腿搭着扶手处,一下一下地晃悠。裙摆往上褪了些,露出如凝皮肤,还有一小块刺青。

清纯中透着股与平日截然不同的性感。

"艺人都上热搜了,你这个做经纪人的还在这里玩游戏。"言安倒了杯红酒走过来,顺手把莫宝贝的裙摆往下拉了拉,盖住小腿。

"啊?上就上呗,合同都签了。"说起这个,莫宝贝眼泪都要掉下来了,"呜呜呜,我们家晏晏真的好得没话说。言四,你要不好好捧,砸钱捧,我跟你没完。"

言安看了她一眼,语气轻飘飘:"没听现在外界怎么称呼她的?"

怎么称呼?

"野玫瑰?公主?"

说实话,莫宝贝都不大喜欢这些词眼,乍一听有点贬义。不熟悉庄晏清的人会下意识代入,觉得她就是那种骄纵的资源咖。

可实际上,她是突进型的刺客。

言安摇头,浅抿了口红酒,摇晃着手中的酒杯:"是天寰一姐。"

莫宝贝闻言皱眉:"好土啊,现在都不时兴这种叫法了吧。再说了,她的资源也不是接到手软那种。"

真正的一姐,都是不用愁角色是不是一番,是不是有其他竞争者。愁的是在一堆大级别的本子里如何挑选如何排序。

哪像庄晏清,还得去基层学习,整整一个多月,努力被看到,有口皆碑,这才稳稳拿下这个角色。这期间,还差点就被人截和了。

言安:"稳扎稳打比什么都强。"
"嗯。"
这点她认同。
打完一局游戏,莫宝贝点开微博,见话题发酵得差不多:"干活干活。"
她趿拉着拖鞋跑回书房,联系团队负责营销的同事,以之前与剧方沟通好的形式,陆续用"路人视角"发布一些庄晏清在鉴定中心工作的照片。

一石激起千层浪。
关于庄晏清在基层鉴定中心做法医实习的事情引起了大众广泛关注,大家对演员这个职业又有了新的思考。
碧空:难怪这一个多月清清都没有更新微博,原来是去实习去了,好棒!
西西:什么时候如果演员拍职场戏都先实地考察学习一下,那我相信这剧出来一定不会太悬浮。这次,我支持小庄!
…………
眼看着风评一路转好,营销目的达到,莫宝贝松了松肩颈,舒服地伸了个懒腰,合上电脑,光着脚一步一跳地回到客厅。
彼时的言安正在办公。
银丝框眼镜下蕴藏一双锐利的黑眸,剑眉斜飞英挺,端坐在那儿,周身弥漫着一股孤清气场,宛若生人勿近。
与他身着笔挺西装,作为天寰掌权人出席重要会议时,那孑然独立间散发出的强势凌人,是两种不同的感觉。
"忙完了?"
察觉到视线,言安抬起头来,见莫宝贝倚靠着墙边,一动不动地看着自己,他下意识微低头。
架在高挺鼻梁上的眼镜微微滑落。他没有抬手扶,就这么凝着莫宝贝看,模样倒显出另一份性感。
"你这双眼睛啊……"
莫宝贝走过来,手指捻起言安的下巴,剑眉微挑,眸光相撞。
贝齿咬着红唇,她微微一笑:"惯会勾引人的,还好没有进影视圈,否则定会惹不少桃花债。"

言安坏笑，单手搂过莫宝贝的腰，熟练地将人勾至怀里。

平板、触控笔、手机统统滑落到一旁。

低沉的嗓音，与她身上的白茶香交缠："放心，我只和你共沉沦。"

两个月实习期结束，庄晏清发了一条微博。

△这段旅程对我来说，惊喜、刺激、无时无刻都充满挑战。从未想过自己有一天能拥有这么宝贵的机会，可以近距离去体验、学习、了解法医这个行业。谢谢每一位老师的孜孜教诲，谢谢老师们对这个行业与社会的贡献。

△从前觉得法医与我，遥远如月亮，但走近了才知道，这是一群多么可爱又可敬的人。在艰难的工作环境中，反复求证，不惧失败；在无垠的科学发展道路上，奉献自己，不求回报；在复杂的案件面前，为生者权，为死者言。

△不忘初心，永远热爱。感谢相遇，永远致敬。

附上的照片，是她这两个月以来，在鉴定中心的一些生活碎片记录。

有凌晨四点钟的中心天台，有收工返回中心的路灯街拍，有零零碎碎的笔记要点，也有深夜复习归纳的思维导图……

是烟火气息，是认真记录，更是一种学习态度。

微博一经发出，引起了不小的波动。

鉴定中心的刘主任，率先转发并回复庄晏清，亲切地称她为小庄徒儿，三言两语道清了她在中心的付出与努力，以美好祝愿作为结尾。

其他工作人员也都陆续跑来微博下评论，友好互动。毕竟这对他们来说，也是一次奇妙又美好的相遇。

月球心碎小狗：有被成功圈粉，大小姐的微博好有人情味，特别是照片记录，好用心哇。

Dog：我的天……这绝对不是作秀或剧本吧？都快赶上我当年高考那挑灯夜战的程度了，所以@电视剧复杂证词 什么时候官宣？

仿佛是在回应网友的疑问，《复杂证词》官博在下午两点，官宣了庄晏清将饰演乔芷一角的消息。

△真相难辨，前路未必永远光芒万丈，但只要你在@庄晏清 就会有光。乔芷，欢迎加入凌锋小队。

庄晏清也及时回应——初出茅庐,乔芷已就位!

傍晚,萧北淮微博上线,并连赞庄晏清两条动态。

庄晏清看见了,莫名有点心虚,生怕火眼金睛的网友看出什么来,忙问萧北淮能不能把赞取消了。

萧北淮:嗯?

萧北淮:赞了又取消,才会引起关注吧。

YanQ:我就是有点担心……

许是觉得微信一来一回很折腾,萧北淮直接打了视频过来。庄晏清正在楼下客厅坐着,旁边还有晏琼玉。

见屏幕弹出萧北淮的头像,她吓得手机差点打滑,忙不迭起身,慌乱往楼上跑。

"谁的电话这么急急忙忙,你慢点。"

动静引起晏琼玉的注意,她多看了一眼。

"喂。"

庄晏清招呼打得格外小声。

房门关上,灯都还没来得及开,以至于接通时,萧北淮差点以为手机镜头出了什么问题,乌漆墨黑一片。

"你在哪儿?"

庄晏清把灯打开,捋了捋额前凌乱的碎发:"在家啊,你突然给我打视频,那会儿正和我妈在客厅沙发聊天呢。"

注意到萧北淮的古装扮相,庄晏清眼中闪过一丝惊艳:"好帅啊你这个造型,和之前那些古装剧不太一样。"

不愧是古装权谋,腹黑疯子人设狠狠代入了。

"那就等剧播出的时候,多帮忙宣传宣传。"

萧北淮陪着庄晏清开玩笑。

"没问题,小事!"庄晏清拍了拍胸脯打包票,"你这是收工,回车上了?"

萧北淮:"休息,晚上要拍大夜。"

一听到拍大夜,庄晏清小脸微垮:"辛苦了……是不是还要拉威亚,拍打戏?"

萧北淮:"嗯。"

"那注意安全。"

"说回正题。"萧北淮喉结微滚,声线明显压低,"你不希望我们之间的关系公开?"

庄晏清一下就被问到了。说实话,她并没有考虑过这个问题,又或者坦白些承认,脑海里的确有过想法,但下一秒就被她自己否定了。

她不希望公开。

见镜头另一端陷入沉默,萧北淮也跟着静了片刻,才开口:"我始终觉得我们就是一对普通情侣,不偷不抢不违法。不需要偷偷摸摸,躲着避着,凡事都束缚着。"

庄晏清抿唇,听着萧北淮的话。

"我不希望被狗仔追着拍,不希望他们写一些莫名其妙的小作文抹黑了我们之间的感情。我希望一切都大大方方地来,被拍到,就承认。"

萧北淮调整了一下自己说话的语气,甚至还有些紧张,生怕在表达上让庄晏清产生误会,影响了她的情绪,适得其反。

"晏晏。"

"嗯?"庄晏清嘴角忍不住扬起,笑笑,"我在听呢,你说。"

四目相对了半秒,萧北淮沉声又清晰地说道——

"我们会永远相爱,永不分开。"

舆论也好,旁人也罢,都没有资格与本事在他们的人生里指手画脚。纵使这个世界并不温柔,总会有站在风口浪尖上的时候。但萧北淮愿意给出承诺。他会一直将庄晏清护在身后,不让她成为博弈的棋子,也不让她成为狠毒言语的靶子。

"嗯。"

庄晏清弯了弯嘴角,那些到了嘴边却还没有机会说出口的迟疑与顾虑,被萧北淮的话一击溃散。

他都如此笃定,那自己又有什么好担忧的呢。

"温柔者得你。"

萧北淮闻言低笑,长久松了口气。

这一夜,他们聊了很多从前未敢去触碰细提的话题,也不是非要从对方口中听到什么肯定的答复或者是有意义的建议。

更多时候,是站在同等位置上的不同思考,是从男女不同角度出发的理性探讨。不要求一方听从另一方的言语,或者是争个高下。

但更多时候体现出来的,是萧北淮对庄晏清的偏爱和喜欢,在她面前,他所有一切都有一个"可以"的答复。

是爱情,那么晚一些也没关系,坎坷一些也没关系。

只要这段关系永远热烈且亲密。

第二十二章

/

凛冬散尽

qingxingmeng-

　　立冬这日，庄晏清正式进组，《复杂证词》取景地在漳城，与萧北淮所在的《乌夜啼》剧组相距七百多公里。

　　大雪，《复杂证词》剧组放出第一波宣传物料，官方剧照给庄晏清所饰演的乔芷安排了足足三张，粉丝大喜。

　　转眼到了冬至，在各大IP剧组释放CP甜蜜吃汤圆的物料夹缝中，"清北超话"里一条帖子杀出重围。

　　标题是"青春、晚会、抹茶冰激凌，我的'清北'是真的"。

　　彼时漳城酒店套房的灯火，燃了一夜。房间里人影交叠起伏，他来时，摒退了这夜的寒冷阴郁。

　　至于汤圆，是吃甜的还是咸的，都不重要。

　　庄晏清没有想到萧北淮会过来，以至于收工后上车，见到人时，那一瞬间以为产生了幻觉。因为她真的太想他了。

　　许久未见，情难自抑，庄晏清瞬间抛开了原先的矜持和拘谨。

　　床头上的手机一个振得比一个响，她吓了一跳，喘气都被打断片刻。

　　"发生什么事了？"

　　"等等——"

　　萧北淮半撑着床面起身，拿过手机。

一个是凯恩的来电,一个是莫宝贝。

庄晏清原本懒散靠在他肩上的动作一僵,瞬间清醒过来:"被拍到了?"

如果不是,他俩的电话不会来得如此一致。

"给你,我去外面接。"

萧北淮把手机递给庄晏清,又帮她拉高了被子,盖住裸露肩膀,又拿过遥控调了下室温,做完这些才掀开被子下床,接通凯恩的电话。

庄晏清指尖滑动屏幕,还没开口呢,莫宝贝那边就先嚷了一句——

"出大事了!你们被发现了!"

同一时间,客厅。

凯恩的语气稍显镇定,想来是早预料到会有这么一天,加上先前也和萧北淮谈论过关于恋情的相关话题。

世界上没有不透风的墙,更何况两个都是艺人。所以,在知道萧北淮的态度后,处理恋情被曝光这件事,凯恩就显得不那么手足无措。

"一个CP粉发的帖子,时间线非常长,细节基本都有行程图或者其他线索加以佐证,乍一看,非常真,基本不需要解密。"

凯恩仔仔细细看了几遍,猜测:"不排除这个人从前和你们是同学关系,毕竟连高中晚会这些事都知道。"

萧北淮没有看热搜,从见到庄晏清那一刻起,手机就被他丢至九霄云外。

"网上现在什么情况?"

凯恩语气平静:"就还好。粉丝比想象中的要平和许多,看好你们的人也不少。我从前都没关注过你们的CP超话,今儿一看才知道。"

她还特地停顿,卖了个关子。

萧北淮薄唇微抿:"什么?"

凯恩:"非常火。"

萧北淮沉默了下。

凯恩给出了建议,眼下这条帖子被顶上了热搜,各大营销号也纷纷进行了截图和转发,要删除后低调处理恐怕不行。

而且,循着帖子里的时间线,神通广大的网友也一个个就跟福尔摩斯似的查了起来,实锤越来越多,别说图了,连综艺里的视频都能给挖出来!

"我真服了,也就是这种事发生在自己身边,才知道网友有多厉害。"

莫宝贝在电话里没少表露出震惊和难以置信，毕竟综艺里一个不到两分钟的片段都能被翻出来，不是火眼金睛是什么。

"就他拍独自生活那次，你是不是给他发了个采访视频的链接？问他那个初恋关键词的事？"

庄晏清哽住，咬着指尖，回忆了半天："好像是有这么一回事……"

莫宝贝："绝了，我都不知道说什么了。"

庄晏清裹了裹被子，眨眼，不敢相信："这都多久以前的综艺了，当时还拍到了这个？那他们把这片段翻出来，和我有什么关系吗？"

"怎么没关系啊大姐，你是不是还没睡醒呢。"

莫宝贝大声嚷嚷。

庄晏清没作声。

莫宝贝耐心和她解释："网友发的帖子里，拉了一条很长的时间线，用来证明你们之间其实早就认识，而且可能早就喜欢彼此了，只是没在一起。网友就搜到了萧北淮的采访视频，和当初你质问他时一样，也对那几个关键词有所疑惑。"

庄晏清反应过来："所以，他们顺藤摸瓜找到了那个综艺，就在猜当时是我在和萧北淮发微信？"

"对，他们一边对那几个词，一边发现了这个片段，你想，有谁会平白无故在家里待着的时候，看自己关于校园恋情的采访？还边看边笑？这里面不就透着古怪？"

庄晏清顿时话都说不出来了。

莫宝贝："不过还好，都是在吃糖，疯狂吃的那种，也只有少数人在底下叫嚣着，说些不沾边的话。"

"什么话？"

庄晏清还没来得及看，估计这会儿上线，也很难一下子找全所有重点，倒不如听莫宝贝总结来得快些。

"萧北淮和靳白雪那一段，虽说我们知道是假的，但在网友眼里，那是承认过的，是可以标记在时间轴上的。"莫宝贝犹豫了一下，说，"这样，你也就算不上是他从一而终的选择。"

"我明白了……"

庄晏清卷着被角的小动作一顿，陷入沉思。

莫宝贝又问："萧北淮呢？他不是和你在一起吗？凯恩姐给他打电话了没？怎么说？你们打算怎么处理这事？"

这张嘴，抛问题跟撒豆子似的，一股脑倒一堆，都不带喘气。

萧北淮进来时，瞧见的便是庄晏清这说不上话的表情，还以为电话另一头的莫宝贝在训斥她，伸手就摁了免提。

"是我。"

"哎？"

庄晏清没来得及拦住，萧北淮抬起手掌压了压。

莫宝贝讶异："萧北淮？你终于出声了，说说吧，就网上这情况，你打算怎么处理？"

"凯恩那边我们已经说好了，但我还需要和晏晏商量一下。"萧北淮双手撑着床面，视线瞥了眼庄晏清，不紧不慢地对着电话另一头解释，"你给我们十分钟。"

"好，等会儿给我回电话。"

莫宝贝爽快答应。

挂断电话，庄晏清调整坐姿，端正看着萧北淮："凯恩怎么和你说的？"

萧北淮薄唇扯动："就这话题，我之前就和她讨论过了。还是那句话，被拍到了就公开，我们是真情侣，受得起这份光明正大。"

"可是……"

原先，庄晏清的想法也是和萧北淮一样的，但不得不说，方才莫宝贝的那几句话有影响到她。

那就是靳白雪和萧北淮的这段"过去"，无论如何，在他人眼里都是官宣过的。

"如果你不同意公开，我也尊重你的选择。"

庄晏清说过她的顾虑，她希望摆脱掉"资源咖"这个标签，用实际行动来证明自己是真的想做一名好演员。如今，她也正在往这条路上努力攀爬，以求快一些，能和萧北淮并肩站在顶端。

所以，如果公开会影响到她的路人缘和粉丝盘，那么萧北淮也可以让凯恩出面撤下这些热搜，不做任何回应。

这一切，都在于庄晏清。

"不是。"

庄晏清摇头，乌黑的长发因为动作幅度在玉背上漾起一阵波动弧度，漂亮的眼睛下是坚定和信任。

"我不想拿感情来做赌注，赌我的事业会不会受到影响。既然都被发现了，那就公开吧，大大方方承认，总好过藏着掖着。"

庄晏清清了清嗓子，往前凑，捂着被子的手松开，露出白玉般的肩："我们会永远在一起的对吗？所以自有时间帮我们证明，事业是事业，恋爱是恋爱，互不影响。"

"嗯。"萧北淮托起庄晏清的脸颊，声音在唇齿间逐渐变轻，"不怕，万事有我。"

晚上，十一点十分。

萧北淮微博上线。

十一点十八分，他发了一条微博——

△冬至快乐，来晚了，因为我来追逐我的月亮了。纵有疾风起，我仍奔赴，见尘埃，见星辰，见你@庄晏清

配图是三张照片，分别于不同时候拍的。

第一张，是高中时的校庆表演，连庄晏清本人都不知道的照片。是江延帮萧北淮拍的定妆照，在那一角，坐着低头捋裙摆的庄晏清。

第二张，是大学毕业典礼上，他们的合影，那次他手里捧着她精心制作的花束，眼底浮着世上最盛大的笑意。

第三张，是他们在一起后的第一张自拍，吃的是抹茶口味的冰激凌，她笑得眼角弯弯，而他眼里全是她。

谁都以为，是她在追逐他。

不，从来都是他在仰望她。

暗恋是一场永远清醒的梦境，好在，醒了是永远在一起。

大瓜都是不带预告的，"清北CP"的官宣微博，一下爆了热搜。

…………

窗外大雨滂沱，伴随着雷声一阵一阵，玻璃窗被拍打得发出乒乒乓乓的

声音，床上的人逐渐失了睡意，辗转醒来。

窗帘拉得严丝合缝，一点光都渗不进。加上暴雨压城，乌云密布，天地本就昏暗一片。摸过床头的手机看了眼屏幕显示的时间，庄晏清揉着头发坐起身来。

"萧北淮。"

她哑着嗓子喊了一声。

没一会儿就传来脚步声。

"醒了？"

萧北淮端着杯温水进屋，坐到庄晏清身旁，探手拂过她脸颊上的碎发，像是逗小孩似的，指尖戳了戳她的脸蛋。

"这雨下得好大啊。"

庄晏清身子一软，又栽进了萧北淮怀里，一副起不来又准备赖床的样子。

萧北淮亲了亲她鬓边："今天不用去片场，可以再睡一会儿。"

逢冬至，剧组放了一天假。

庄晏清摇摇头，指尖在萧北淮腹肌上戳了戳，问："网上的评论，你都看了吗？"

"没有。"

商量好公开恋情，发完微博后，萧北淮就把手机关机了，其他事情全都交由凯恩去处理。他难得请假过来找庄晏清，又怎么舍得把时间花在应付热搜舆论上。

"我看了。"

庄晏清缓缓抬眼。

醒来拿手机看时间的时候，她注意到 App 上的消息推送，原本想划走，结果误点，页面弹出来时映入眼帘的言论，铺天盖地势不可当。

"哦。"萧北淮闲散地拨弄着庄晏清的头发，目光瞥了眼窗外下个不停的雨，眉尾挑动，"叫外卖估计够呛，我看冰箱里有速冻饺子，煮点？"

"你怎么又把话题给扯开了？"

庄晏清坐起身来，盯着萧北淮看，虽说一屋子光线暗沉，可彼此离得这么近，脸上的表情全都窥探得一清二楚。

"说你是'恋爱脑'，说我们是'资源咖'。"

她的指尖在他胸膛上用力戳了戳。

萧北淮神色倒是坦然自若，像是根本不在意："宝贝不是提醒过你，公开了就先不要看网上的言论。恋爱是两个人的事情，事业也不是一蹴而就，即便想要证明什么，也需要时间。不要太在意这些话，眼下要做的就是先把戏拍好了。"

庄晏清睨了他一眼："骂你'恋爱脑'都无所谓，羽姐听了都要哭。"

周羽，是《乌夜啼》制片方，观澜传媒副总裁，也是立项后点名要求萧北淮来演男主角的人，力挺他可以担当这一权谋剧的大男主，并愿意等他的档期，只要他接。

萧北淮还没来得及说什么，庄晏清一把推开他下床，鞋子都没穿就气呼呼地走向浴室，门"砰"的一声关上。

被骂的是他，本人都不想理的程度，她怎么这么生气。

客厅窗帘倏地拉开，萧北淮拿着手机站在窗边，大约看了眼微博上的评论，又在微信上回了几条消息，末了，点开和凯恩的聊天对话框。

萧北淮："之前那个复原的视频，找个号发一下吧。"

凯恩直接回了语音通话。

"起了？"

萧北淮："嗯。"

凯恩："你说的是之前和靳白雪那段酒店视频？"

许是料到了有一天会需要再正式澄清一下这支视频，团队在很久以前就有所准备。从狗仔手里买到了原视频备份，又找来技术人员做了简单的复盘还原细节。萧北淮当夜与靳白雪他们玩游戏的记录也都留着。

只要想公开，证据一定是充足的。

"先前你怎么说来着？在这个圈子里，多的是不明是非的臆想，就算有一万张嘴都澄清不过来。怎么，这次为了晏清，打算澄清？"

萧北淮望了眼浴室的方向，看着玻璃门透出来的光，语气不自觉缓了几个度："嗯，初恋这个头衔，是她的。"

凯恩笑了笑："明白，我会和靳白雪那边知会一声。"

原先考虑到利益这一层，加之萧北淮的资源不像现在这样牢固，出于商业的角度，团队有自己的考量和安排，艺人本人没有过多的话语权。

圈内绯闻真真假假,哪怕毫无交集的人,只要有一些能联想到的点,都会被攀扯到一起,两个名字一凑,吃瓜人群纷迭而至,自有一帮被戳中了爽点。

而和靳白雪的绯闻,直白来说,是一桩交易。女方尚且没有说什么,他若是直接澄清,大有渣男翻脸不认人的嫌疑。毕竟他们当初的"恋爱声明"是真实存在的。

所以——

"只澄清视频伪造这一点就好,其他的细节,就不需要说了。"

雨停了,推开落地窗,带来一阵清爽的凉意。

庄晏清从后面走来,拉着外套"嘶"了一声:"好冷,你在干吗?"

她下意识往他怀里蹭,索取他的体温。

萧北淮:"开了一晚上暖气,想着开会儿窗透透气,空气对流。"

庄晏清:"煮饺子吧,我饿了。"

"好。"

餐桌前,庄晏清盘腿坐着,怀里还揣着两个暖宝宝,半张小脸藏在睡衣下,一双乌溜溜的眼睛紧盯着在开放厨房料理台前忙碌的男人。

"要汤吗?"

萧北淮问,他记得庄晏清一贯不爱这些汤汤水水,粉面都喜欢吃炒或者干捞。

"不要,我喝你那碗暖暖胃就行。"

萧北淮:"可以。"

端着两碗饺子过来,庄晏清像只刚睡醒的小乌龟,从壳里伸出四肢,瞬间坐直了身子:"好香。"

"先喝点汤。"

萧北淮将自己那碗往庄晏清面前推了推,刚拿起筷子,放在一旁的手机就振了起来,连着好几条消息。

庄晏清好奇地瞥了一眼,呃,防窥膜……什么都看不见。

"是凯恩。"

萧北淮瞥到了她的小动作,解释道。

庄晏清:"傍晚的飞机回横城?"

"嗯?"萧北淮抬眼,眼里映衬着女人温柔又不舍的眉眼,猜到她可能误会了凯恩这时发来的消息内容。

"她不是在催行程。"

萧北淮将澄清视频一事说给庄晏清听,屋内饺子的香味散尽,但她碗里还留了两个没动过。

庄晏清放下手中的筷子,觉得胸腔里有股情绪起起伏伏。

"我知道就算你不提及,那场绯闻与那一夜的真真假假,都会像根刺一样藏在你的心里。以为不存在,但只要碰到,还是会觉得刺痛。"

萧北淮的话,让庄晏清眯了眯双眸。

"怎么开始分析我的心理活动了?你怎么就觉得我会在意这个细节,都说了那晚只是在打游戏,还有排位记录在,我还会小心眼到这种程度吗?"

萧北淮凝眸看她,半响,点点头起身。

见他状若无事地开始收拾锅碗,庄晏清脑门旁边浮起一个大大的问号,这话题到这儿就结束了?

"你怎么就不说了?"她追上前去,仰头看着萧北淮,不容许他就这么轻而易举地将话题带过,"点头什么意思?不相信?"

"不是不相信,是觉得你能这么想还挺成熟的。"萧北淮低头碰了碰庄晏清的唇,"可我还是想解释,就这么简单。"

"什么呀。"

庄晏清拍了一下萧北淮的手臂:"你就是想先把这段视频放出来,让大众的目光从我们恋情公开转移到这桩陈年旧事上,一是还你一个清白,二是重提和靳白雪的恋情,坐实之前那些小道消息,你们就只是合约期情侣。两者都假借他人之口来传递,一次性回应,真真假假全凭看客心情,是不是?"

萧北淮低低笑出声来,关上水龙头,拿过旁边的餐巾纸擦了擦手,转身背靠着料理台,同庄晏清面对面。

那双往日在旁人眼里如鹰隼般的厉眼,在她这儿永远似春风。

"是,毕竟这件事,从一开始选择的处理方式就是错误的,所以没有办法正面做出澄清。如果仅涉及我一个人,我不会给任何眼神,因为都是过去的事情了。人生在世,多少总会缠上一些有的没的绯闻,解释不清,也无须向他人解释。"

他望着庄晏清,下颌微微扬着,眉目间簇着真实歉意:"抱歉,是我的失误,让我们之间多了其他人的名字。"

"还好,这种假的我也不是很在意。"

庄晏清刚出道那会儿被扣上"资源咖"的帽子,也没少被传背后有大金主捧,一度还扯上了言安,吓得言大总裁直接开微博辟谣。

但嘴长在别人身上,她总不能循着网线去封口吧?

"反正我知道的,你的初恋是我,所有第一次……"庄晏清双手搭在萧北淮脖子上,虚环住他的后脖颈,上前一步,身子相贴。她大胆又自然地对上他的眸光,"也都是我的。"

萧北淮扬了扬眉,原本垂在身侧的左手抬起,轻而易举地落在她的腰窝处,指腹微微用力一摁,嗓音跟着有些沙哑地应了一声:"嗯,你的。"

萧北淮回横城后,庄晏清也将全部精力放回到剧组上,关于恋情,两人默契地没有在社交平台上再做回应。

各种传闻八卦在网络上卷了一个多星期后,终于有了偃旗息鼓的迹象,用莫宝贝的话来说就是,网友们终于编累了。

"要不是靳白雪点赞了那条视频微博,你们的热搜早该撤下了。"

莫宝贝始终觉得黑红,不是好事。多了些关注度又怎么样,相对地,也是败坏了不少的路人缘。这种因为恋情和绯闻频繁上热搜的,对演员来说根本不算是好的曝光,还是得靠作品说话。

"你俩前脚刚公开,后脚就有综艺来约了。"莫宝贝在视频里把节目情况大致说了一下,语气听上去一点都不兴奋,"怎么想?"

庄晏清意外地看了眼莫宝贝,头顶白色的灯光映着她双眸里的疑惑越发明显:"我怎么可能会接,还需要问吗?"

莫宝贝:"还是要尊重你们小情侣,问一下的。"

"我和淮哥商量过了,以后会尽量减少同台次数,少些曝光,多些作品。毕竟我们本职工作是演员,作品最重要,恋情是私人生活,不想拿到台面上让别人指手画脚地评议。"

转眼便到平安夜,庄晏清收工后回到车上,就给萧北淮发消息。

YanQ：平安夜快乐！

YanQ：今天剧组有安排什么惊喜吗？

等了好一会儿，萧北淮都没回消息，估计在忙。

娅娅打完电话上车，见庄晏清正在玩手机，就问："姐，平安夜的微博发了吗？"

"还没，现在发。"

《复杂证词》剧组宣发早早就将节日物料发到了群里，文案也拟了参考，以角色台词口吻为基础，演员发布前再酌情修改。

庄晏清上线时，首页已经刷到了不少同僚的微博，有的和她一样是新剧照，有的是日常，靳白雪也发了一条九宫格，是符合圣诞节氛围的自拍。

底下评论都在为美女嗷嗷叫，表演哐哐撞大墙，庄晏清本意想点个赞，但想了想，怕生事端还是默默退了出来。

"呀，姐，萧老师点赞你微博了。"

嗯？

微信不回，在微博上点赞？

她心里正犯嘀咕，下一秒微信就弹出新消息——

淮哥：刚收工。

淮哥：未来准备顿顿吃苹果。

紧接着发来一张图片。

"哈哈哈哈！"

看到照片，庄晏清笑出声来，她换了个舒服的姿势，给萧北淮拨了通语音，对方秒接。

"平安夜快乐。"他嗓音里带着丝沙哑，疲惫因这通电话如雾化般散开，取而代之的是愉悦与宠溺，"苹果你送的？"

"不然呢？"庄晏清抿着唇，伸手拨弄后座上系的公仔，这还是上次和萧北淮去夹娃娃时，夹回来的。

他非要证明自己现在夹娃娃的技术比高中时好很多，两人大半夜在路边一家二十四小时营业的门店逗留了将近两个小时，出来时，怀里也不过才揣了四只公仔。

就这事，江延还嘲笑了好长一段时间——有这钱，去店里买更可爱的公仔不行？

后来，庄晏清选了两只，一只挂在车上，一只挂在杭山畔入门玄关，剩下的被萧北淮带走了。

"月底有假吗？"

萧北淮拆开一个苹果，慢条斯理地拨开外层的包装纸，边接电话边走到水池前，洗干净了咬一口，脆甜又多汁。

他有些想她了。

庄晏清捏着手机，慢吞吞道："原本有的……但临时加了个商业活动，时间都排满了。你呢？"

萧北淮咬着苹果，含糊："无……"

庄晏清捏着公仔挂绳上那颗小草莓，指尖又戳了戳，半晌后，似慵懒又可怜兮兮地说："下次我们接戏，别接距离太远的，好吗？"

萧北淮顿了一下，没忍住，爽朗的笑声透过听筒传入庄晏清耳朵里，惹得她脸颊通红。

第二十三章

金风玉露
qingxingmeng-

品牌线下活动在沪城举办,庄晏清一早的飞机和莫宝贝会合,马不停蹄做了妆造,拍了活动大片用作宣传。

"结束后直接去横城?你和萧北淮说了嘛?"莫宝贝问。

"说了要给他惊喜,怎么还带提前通知的?"

这趟行程,是庄晏清早就安排好的,在脑海里想了无数天,随着时间临近,心上如打鼓"咚咚"作响。

既期待又紧张。

比起萧北淮总给她惊喜,这还是她第一次主动安排,连带着凯恩都被她收买了,及时提供萧北淮的行程,免得她跨年夜扑空。倒是莫宝贝,这段时间因为私事忙得焦头烂额,在庄晏清的事情上都没过问太多,害怕她跑空。

"你心里有数就好。"

"嗯,到酒店后凯恩会来接我。"

庄晏清捋了一下晚礼服上的薄纱,目光落在不远处站着的言安身上,压低了声音道:"你呢,就和言四一起,不用管我。"

莫宝贝敛眸,轻嗤一声:"我才懒得理他。"

庄晏清抿唇。

这人啊,总是嘴犟。

活动结束后是晚宴,庄晏清并没有多待,她不是品牌的代言人,所以在这样的场合算不上主角，自然没有众星捧月的待遇。

在言四的引荐下同圈内几位大佬聊了会儿天，没一会儿，庄晏清便得赦，提溜着裙子离开现场，取而代之替她去应酬的可怜人儿，变成了莫宝贝。

想想似乎也合理。

言安名正言顺的女伴，她的经纪人。

换好衣服，司机已在地下停车场等着开车送她们去横城。

路上，庄晏清接到了凯恩的电话，说是萧北淮今晚加了两场戏要拍，估计结束不会太早。

"没关系，那我先回酒店等他。"

既然是给惊喜，那就要有耐心。

只是庄晏清没想到，萧北淮收工会那么晚，她等着等着就犯困了。先前还信誓旦旦说自己有耐心的人，在脑海里演练了无数遍重逢时的旖旎场景后，彻底累了，洗了个澡，换上真丝睡裙，熟门熟路地钻进了被窝里。她把被子一盖，临闭眼前还强行说服自己，先眯一下下，不至于待会儿见到了人打呵欠，那样太失礼了。

结果，就这么睡着了。

萧北淮是和大饼一块回酒店的，手中还提了个塑料袋，里面装了跌打药油。原本说好了让大饼帮忙擦完药油再走，结果到了门口，大饼接了个电话，说有急事，不等他问仔细，急急忙忙就离开了。

萧北淮无语。

他有的伤在后背上，怕是得自己费劲照镜子涂了。

"嘀嗒——"

开门的一刹那，萧北淮就察觉到了不妥，目光落在左手边感应卡槽上，俨然插着一张房卡，虽说走廊的灯都关着，但房间明显在取电状态。

有人来过。

萧北淮将手上的袋子放在玄关处的架子上，不舒服地扯开领口的扣子，拿起手机给大饼打电话，连着好几通都无人接听。

在门口站定数秒后，他将手机调至录像模式，轻手轻脚进屋。目光在四周睃着，排查着一切可疑迹象，直到看见搭在沙发背上的那条围巾。

去年冬天，他在一次品牌活动上看中了一条女士围巾，因是限定款所以设计极为别致，他几乎是一眼就相中，开始在脑海里想象庄晏清戴上它的样子。

后来证明，她也确实喜欢这条围巾，入秋便一直戴着，出镜率特别高，就连粉丝都忍不住调侃——

△大小姐衣橱里是只有这条围巾吗？

△这条围巾兴许上辈子救了庄晏清的命，这辈子要这么死死戴着。

△啊啊啊我想变成这条围巾，天天跟着大小姐。

…………

萧北淮收起手机，拿起围巾叠好放置在一旁，紧接着走到卧室。窗帘紧闭，只留了床头一盏小灯，昏黄的光线下，能看到大床隆起的身影。

他嘴角勾起，不急着过去，就这么双手抱臂站在门口看了许久，久到腿有些麻了，后背的酸疼感逐渐取代心中那股雀跃与温流，这才缓步上前。

床上的人儿睡得正酣，许是这几日奔波累着了，连身旁有人坐下都不知，就这么双手交叠压在脸颊下，睡相极为乖巧。

昏黄的灯光宛若柔软的金蚕丝，从她发梢、脸颊到每一根绒毛都细细勾勒，在这夜色里衬得熠熠生辉，叫人移不开目光。

这些天反反复复的情绪，与争先恐后涌上心头的想念，在这一刻统统被抚平，即便就这么坐在床头看着她，都甘之如饴。

她鬓边有一缕碎发，眼看就要撩到那如羽扇的睫毛，萧北淮下意识抬手，指尖撩起碎发，动作轻而缓地移落在鬓边。

留意到手腕间的青痕，他收回手，起身走向浴室。

许是听到了水声，又或者是心里头还惦记着给某人惊喜，庄晏清辗转从睡梦中醒来，惺忪着眼看下窗台位置，忽地，回过神——

睡过头了！

她挣扎着起身，听到了浴室传来的动静，忙掀开被子下床，小脸挂着失落。萧北淮都回来了，她这算什么惊喜啊。

原先想象的无数场景，一个都没发生，可谓是开了个好局，结果变成哑炮，要怪只能怪自己。

庄晏清捋了捋头发走到屋外，瞧见放在玄关台前的袋子，药房几个字过于显眼，她快步走过去。

492

云南白药喷雾、清凉油、跌打药油、止痛片……

萧北淮受伤了？

想到这儿，她二话没说急急冲到浴室门口，敲了下门也不等里头的人回应，便直接推门进去。

"你受伤了？"

浴室里，热雾袅袅，水声不断。

隔着水汽望见对方，萧北淮半合着眼，水珠循着发丝滴落到面颊，还有一些沿着胸前肌理线往下，经过腹肌，最后没入人鱼线……

"庄晏清。"沾了水珠的喉结上下滚动，声线里是戏谑与调侃，"看够了吗？"

因这话，庄晏清火速闭上眼转过身去，雾气烧得她脸颊有些烫："你这是，洗澡还是蒸桑拿啊，这么热。"

萧北淮关上花洒，拿过一旁架子上的毛巾抖开，闲散着开口却没有接过庄晏清的话茬："你这想来就来，想进就进……想看就看，可一点都不慌啊。"

慌？

庄晏清意识到什么，偏过头去，碰巧对上萧北淮调笑的眸光。她咽了咽口水，佯装淡定："喊，有什么好慌的，又不是没看过。"

闻言，萧北淮顿了一下，复又煞有介事地点头，长腿一迈，跨过干湿分离的界区走向庄晏清，伸手揽过她的肩。

随即，她转过身来，后背抵着台面，被迫面对面。

"说得也对，又不是没看过。"

他沾湿的指尖在她的锁骨间来回拨弄，继而落在那细细的吊带上，修长手指在细绳间缠绕，欲扯不扯的样子。

"来之前怎么没有说一声？先前还说月底很忙，没有假？"

庄晏清软着嗓子："想给你个惊喜啊，商务活动在沪城，离这儿很近。"

想起闯进浴室的原因，她捧过萧北淮的脸仔细看了看，又到处摸着。

"哎哎哎，过分了啊。"

萧北淮抓过乱摸的手，眉头一挑："做什么火急火燎的？"

"你胡说八道什么。"

庄晏清没好气地拍了一下他的胸口，手挣脱时不小心碰到了萧北淮的手腕，他皱了下眉，不动声色地将伤口藏于身后。

他动作虽快，但还是被看见了。

"受伤了？伤到哪儿了？"庄晏清急得小脸都皱着，"我在外面都看到药袋了。"

"没什么，就是拍了几场打戏，有些瘀青和伤痕。"

萧北淮没把这些放在心上，从前也不是没受过伤，比今日这种更严重的情况都有，只是那会儿没有人会像庄晏清这样，只听闻瘀青和伤痕，眼眶就红了。

"我看看。"庄晏清咬着唇，顺着萧北淮指着的地方看了眼，惊呼，"都有淤血了，这么严重，不去医院看一下吗？你这是拍打戏还是被人打啊……"

还真被她说对了，拍的就是挨打的戏份。

起初对手演员留了力道，试图用借位的方式来完成，但镜头前出来的效果并不理想，遂用了真劲。

"怎么打成这样啊，你演的不是王爷吗？不是有暗卫保护的那种吗？"庄晏清碰都不敢用力碰，声音里都带着颤意。

"心疼啦？"萧北淮捻起庄晏清的下巴，哄着，"没事，不疼。"

"怎么可能不疼，不疼你买那么多药干什么？"

提起药，庄晏清拉过他的手："走，出去，我帮你上药。"

较为严重的瘀青有两处，一处在肩胛骨位置，一处在后背，右手手腕上也有伤痕。庄晏清心疼不已，上药的动作轻了又轻，还怕弄疼萧北淮。

惹得他最后忍不住开口："我没那么金贵。"

庄晏清瞪了他一眼，又仔细问了一下这场戏的剧情，听下来直感叹权谋男主不好当，果然天将降大任于斯人也，必先苦其心志，劳其筋骨，饿其体肤。

"不说这些了。"

房间里散发着浓郁的药油味道，萧北淮凑近庄晏清，下巴搭在她肩窝处，闻到她身上淡淡的甜香味，眉间舒展："能待多久？一起跨年？"

这一年的最后一天，也不过就是在明日。是他们在一起后第一次跨年，原先肖想过很多浪漫场景，但后来谁都不敢主动提。

因为要拍戏，两个剧组距离那么远，能在这日见面，都是奢望。

"嗯，就是为了想和你一块跨年，才来的。"

庄晏清很自然地亲了亲萧北淮的唇，刚帮他上完药，正半蹲在沙发前，仰头望着他："我好想你。"

呼吸在极近的距离里被放大，凝着她的目光变得愈加灼热，嘴角微微勾起，萧北淮伸手拉起她，再轻轻一带。

她起身跨腿，坐在他身前。

他双眸里的慵懒笑意在头顶灯光下逐渐晕开，伴随着浅笑和落在她耳垂的轻吻："我也是，很想你。"

安静的室内，头顶灯光旖旎柔散，庄晏清坐在萧北淮身上，双手环绕着他的肩膀，脸颊发丝散落，平添几抹娇媚。

她手指上都还有药油的味道，方才想洗来着，没顾得上，这会儿指尖还半张开地搭在他肩上，生怕碰到。

萧北淮不以为然："明天，阮非组了个局，要不要去？"

"他知道我过来？"

庄晏清调整了一下坐姿，揉了揉后腰处。

"嗯，刚刚发消息问我的时候，我说了一下。"

瞧见她这个动作，萧北淮很自觉地伸手去帮她揉。

"对……就是这里。"庄晏清犯懒地趴到萧北淮的怀里，闭上眼睛，"再重一点。"

萧北淮："刚才抱你的时候就发现了。"

"什么？"

庄晏清懒懒抬眼，手搭在他的劲腰上，再往旁侧偏移些，便是她爱不释手的腹肌。

"又瘦了。"

比冬至那会儿见她时，又瘦了一些，腰上都没什么肉，一下就摸到了深陷的腰窝。萧北淮垂眸问："是不是又节食了？"

"不是，我吃得挺多的，别人喝美式，我都是喝加了两泵糖的拿铁。"庄晏清往前凑近，自己寻了个更舒服的姿势靠着，"估计是拍戏消耗太大？最近在拍最后一个案子，连环杀人，我都好几晚没怎么睡了。"

"怕？"

庄晏清"嗯"了一声："有点。"

萧北淮在她额前贴了贴，揉腰的动作也跟着放轻了些。

"阮非的局打算做什么啊？都有谁在啊？"

除了先前合作过的演员，庄晏清交好的圈内人并不多，她一惯不太爱凑热闹，也是和萧北淮在一起后，才渐渐多了这些局。

"嗯，有几个是《乌夜啼》的演员，还有廖之，她们剧组也在横城。"

"廖之？"

庄晏清有点小惊喜。

廖之是她拍《年轻得更久一些》时同剧组的女演员，在剧里饰演庄晏清的闺密，私底下关系也不错。和她不同，廖之接的多数是古装剧，没想到这次来还能碰上。

"前些天她来我们剧组，江湖救急客串了一个角色，后来阮非就把她拉进小群，说了跨年一块组局。"

"好。"庄晏清的声音软如棉花糖，又轻又软，"我和你一起，但零点前我们就回来？"

萧北淮捧着她的脸："零点前回？"

"嗯。"庄晏清坐直了身，眉眼弯弯，"想和你一起跨年，只和你。"

几秒沉默后。

萧北淮笑："好。"

和萧北淮一块跨年，是庄晏清盼了许久的心愿。

从前都是隔空蹲零点说声新年快乐，分享着在不同城市里的灯火与烟花，但今年不一样，是他们在一起后第一次一起跨年。

刚过十一点，萧北淮就拿过外套起身。

瞧见他准备离席的动作，阮非顿了顿："不是吧哥，还不到十二点呢，这就要走？"

萧北淮低头看了他一眼："你们继续玩。"

同廖之坐一块的庄晏清，见萧北淮朝自己伸手，她便快速和廖之打了声招呼，然后自觉将指尖递上。

"哎，慢着。"廖之拦住她，看向萧北淮，表情没了方才的热络，眉头故作皱起，"怎么回事啊萧北淮，不是要一起跨年吗？"

萧北淮半掀着眼皮："我说过这话？"

"不行。"廖之伸手环住庄晏清的腰，抱住不让走，"我都好久没见我家晏清了，这才待多久。"

"你家？"萧北淮眉头一挑，显然对这样的称呼不是很满意，再者——"你从来时就把她霸占着了，我都还没说什么，你搁这儿给我演不满意？"

廖之："哎，你这人……"

"之之。"庄晏清柔声解释，"是这样的，我们和家里人约好了零点视频连线看烟花，所以得先回去。等你杀青回云城，我们再聚好不好？"

"这样啊，那好吧。"廖之依依不舍地松开手，站起身，"还以为可以一起跨年，那先提前和你说一声，新年快乐。"

庄晏清："嗯，新年快乐。"

送到门口，萧北淮给庄晏清围好围巾，搂着她朝停车场走去。

"横城真冷。"庄晏清下意识地往萧北淮怀里缩了缩，"我们直接回酒店吗？"

"先去个地方。"

到了目的地，庄晏清才知，萧北淮这是带自己来买仙女棒了。

萧北淮："横城今年不让燃放烟花爆竹，所以只能给你买仙女棒玩。"

庄晏清露出藏在围巾里的半张小脸，舔了舔唇："没有烟花也不要紧呀，看看星星月亮也是可以的。"

萧北淮付完款，拎过袋子，又将她的围巾往上扯了扯："头一次一起跨年，不能太寒碜了，走，回去。"

离开时，他还不忘牵紧她的手。

回到酒店，距离零点还有十几分钟，庄晏清想着先洗个澡，身上还沾有烟酒味道，便使唤着萧北淮先去布置阳台。

"布置？有什么好布置的。"

萧北淮不理解。

"哎呀，就是把这桌椅稍微摆一下，还有那束花。"庄晏清跺了跺脚，"要拍照纪念的。"

懂了，仪式感。

"行，我弄。"萧北淮答应下来，催促着庄晏清，"要洗就快去，别待会儿自己在里面跨年,还是……你想磨蹭到一起洗澡跨年?"

"不不不。"

庄晏清转身跑开。

浴室门"砰"的一声拉上,萧北淮回身看了眼阳台,除了擦干净桌椅,摆上花束,想了想又从卧室的软塌上取来一张白色软毯搭在了椅子上垫着。

江延视频拨过来时,他正在试拍摄角度和灯光。

"哦哟,秒接?干什么呢?"

"怎么?"萧北淮瞥了一眼江延那边,瞬间捕捉到了坐在他旁边的岑翎,"嗯?你俩一起?"

"嗯,同学聚会。"江延把镜头对向岑翎。

"小庄妹妹和你一起?"

萧北淮"嗯"了一声:"你怎么知道?"

"是我说的。"岑翎凑了过来,"她早些时候就在小群里提起过,跨年应该会去找你,我们本来想一块去泡温泉的,计划泡汤。"

"哦?"

尽管计划泡汤和他有点关系,但这种时候,萧北淮选择不背锅:"挺好的,她要不来,你和江延又怎么会一起跨年?"

还同学聚会,他俩算哪门子同学。

岑翎:"拜托,要不是你,我们姐妹就能聚一起跨年了,往年我们都是一起的!"

萧北淮:"习惯一下,以后她都是和我一起了。"

岑翎一噎。

"淮哥,我睡衣忘了拿了,你帮我拿一下!"

屋里传来庄晏清的声音,电话另一头的岑翎听不太清,以为人就在旁边,连忙追着说:"是不是晏晏?"

"嗯,她有事喊我,先这样,挂了。"

约莫觉得自己语气太差,想了想,萧北淮还是补了一句"新年快乐",才挂断了视频。

手机另一头。

岑翎呆愣了片刻,眼看着江延都把手机给收起来了,她还一脸的不可思议:"这人也太过分了吧?我就是想和晏晏当面说句新年快乐,他居然连这个机会都不给。"

江延帮她把杯子里的热茶续上:"估计是真的不太方便,这个时间点。"

岑翎:"啊?"

这个时间点有什么不方便的,不都是在等着倒数跨年嘛。这时间也差不多了,她刚刚就是想要和庄晏清连线跨年的。

江延抬手在她脑门上轻碰了下:"和你说了你也不懂。"

短暂数秒,岑翎猛咳了几声。

浴室。

庄晏清跑得太急,把睡衣落在了客厅的沙发上,不得已只能喊萧北淮帮忙拿。

"几点了?"

洗了个战斗澡,平日里还要在里面涂涂抹抹半天才出来,今天连身体乳都没来得及擦。

"还有五分钟,来得及。"

"就剩五分钟了?"庄晏清焦急跺脚,把衣服换好后推着萧北淮往阳台跑,"快快快,点仙女棒,先拍照。"

"别急,你先把外套穿上,外面冷。"

好在聚会前已经带妆拍了张合照,这时只要再补一张点燃的烟火棒照片,符合跨年氛围感的,发朋友圈的素材也就齐了。

"你离我近一些。"

庄晏清拍了张手持仙女棒的照片,只露出她和萧北淮的手,但仔细看,墙壁上有灯光拉长的倒影,两人相依偎。

"好看吗?"

虽然时间很仓促,但庄晏清还是很满意这张图出来的效果。

萧北淮点头:"发给我。"

"你也要发朋友圈?"

庄晏清有些惊讶,自恋情官宣后,萧北淮就再没更新过动态。

"当然,就你可以发?"

萧北淮收了原图，也没多余操作，直接点开朋友圈右上角的小相机，快速编辑文字——未来也要一起迎接无数个崭新的开始。

末尾，他还附上了一个橙色爱心。

庄晏清凑近瞧见："哎，你学我做什么？"

橙色爱心是她自恋爱后发朋友圈的小习惯，每次都会在分享后附带上，像是一个有庄晏清日常碎片分享的辨识性符号。

而这种小女生习惯，一旦换到了萧北淮那儿，分分钟有让人怀疑是被拿了手机发朋友圈的行为。

"别人该误会你这条，是我拿你微信号发的了。"

专注在文案上的庄晏清忽略了窗外那隐约听见的倒数声，十、九、八、七、六、五、四……

"我管他们。"

萧北淮收起手机，一下托住庄晏清的脸，在她唇上亲了一下。

"新年快乐。"

伴随着酒店露天草坪处传来的欢呼声，庄晏清这才反应过来，喃喃道："零点了？"

萧北淮眼底温柔的笑意格外明显："嗯。"

"啊……我看看。"

她抓过手机一看，果然，00：00。

她赶忙勾过萧北淮的肩膀，仰头亲了亲："新年快乐，还来得及。"

萧北淮托着她的后腰，将本欲撤离的人摁了回来，加深了这个亲吻。

摇摇晃晃的窗帘影下，是交叠在一起，说尽温柔与浪漫的成年诗词。

温柔，是写诗的腔调；浪漫，是作词的品格。

书写的是从年少青涩到成年热烈的爱意，是说不尽的喜欢和对未来的热切盼望，是祈愿长长久久的相伴和融进彼此四肢百骸的执念。

仙女棒只燃了几根，剩下的一大把都堆在了阳台的桌面上，还有那束鲜花，花瓣摇摇欲坠。

"发什么呆？"

萧北淮从背后搂住庄晏清，细细密密的吻落在了她的肩头。

她扭过头来:"刚刚你许愿了吗?"

"许愿?"

萧北淮勾起嘴角:"为什么又要许愿?"

"跨年啊……"

伴随着身子相贴的动作,庄晏清扭头望着他,目光落在嘴角的梨涡上,兴致起来想要伸手去戳。但这个姿势,她根本碰不到。

萧北淮却像是看出了她想要做什么,主动凑近了脸。

"看见流星要许,生日要许,如今跨年也要许,庄晏清,你一年到头来愿望可真是太多了。"

萧北淮搂紧了她的肩膀,嗓音往下坠了一个度:"要不今晚,你把全部心愿都和我一次性说了?"

"嗯……"

庄晏清反手抓住他的小臂,下巴往上抬,嗓音又软又颤:"说了你都能帮我实现吗?"

萧北淮咬着她的耳垂,声音性感又好听:"你说,我余生都会帮你实现。"

第二十四章

/

春盛是你
qingxingmeng-

跨年结束后,庄晏清就匆匆赶回剧组,紧接着很长一段时间里,都是片场和酒店两点一线,什么活动都没有参加。

农历年二十七,剧组放了几天假,庄晏清直接回天水,萧北淮则是有其他工作安排,两人并未见上面。

春节,庄明宴带女友来家里过年,庄晏清是头一回见到姜夏,得知她竟然比冤家还要大三岁,一时间不知道是喊姐姐还是喊弟妹。

看不出来,庄明宴居然喜欢姐姐型的。先前回国为求女朋友复合,不惜利用绯闻来刺激,结果倒好,人家根本就不理睬。

后来,庄晏清还特地回头打听,彼时的庄明宴丧着一张脸,有气无力地承认——我又倒追了。

当时就好奇,到底是什么样的女孩子能让庄明宴这种嚣张大魔王甘愿臣服当小狗,没想到是个看似清冷,笑起来却有两个超甜小酒窝的长腿姐姐。

女孩性格大方:"嗨,可以叫我姜夏,或者阿夏。"

庄晏清点头:"阿夏你好,我叫庄晏清,你可以叫我晏晏。"

姜夏眯了眯眼,笑:"Milo 常和我说起你,本人比网上的还要漂亮。"

嗯?庄明宴居然还会提起她。

庄晏清意外地瞥了眼冤家,干笑两声:"他肯定又编派我的笑话了。"

"那倒没有。"姜夏极快否认。

庄明宴走了过来，一把搂住姜夏，两个人个子都很高，就这么手搭着肩搂在一块，把庄晏清前方视线都挡住了。

"萧北淮呢？没来？"

庄晏清白了庄明宴一眼，没好气道："没大没小的，你得管他叫哥。"

庄明宴笑道："人不在这儿，我叫什么哥，他听得见？"

"别胡说八道。"

姜夏偏头拍了一下庄明宴的脑袋，小声警告。

庄晏清当场愣神，特别是看见冤家真的噤声后，心底大受震撼——这就是养"年下小狗"的乐趣吗！

饭后，一家人坐在客厅沙发上闲聊，庄晏清窝在最角落的位置给萧北淮发微信，旁边隔着一个位置，便是打情骂俏的小情侣。

她目光不经意一扫，便注意到了庄明宴的手腕，往日佩戴手表的位置，如今被一条姑娘家的发圈所取代。

那种最普通的电线发圈，勒得发紧。

庄晏清没忍住，一下就笑了。

"在和小淮聊天？那么开心？"

晏琼玉将洗切好的水果匀出一份，单独放在庄晏清面前，里面还多了她最爱吃的车厘子。

"谢谢妈妈。"

庄晏清没解释，就这么让远在片场的萧某人背了口锅。

她发了一张车厘子的照片给对方。

YanQ：请你吃车厘子。

淮哥：我谢谢你。

YanQ：庄明宴带女朋友回家了，我给你看个很好笑的东西。

趁周围人不注意，庄晏清点开相机，放大偷拍庄明宴的手腕，将照片发给了萧北淮。

淮哥：嗯？

YanQ：你不知道这个梗吗？

淮哥：哪个？

YanQ：官宣，名草有主。

503

淮哥：发圈？

YanQ：对。

庄晏清也说不清是从什么时候流行起的，就记得刷社交平台讯息时看到过几次，小情侣之间的恋爱把戏。

男生会拿走女生的发圈，戴在手腕上，一是名草有主，二是宣誓主权。

起初以为是少年情侣才会有的浪漫，乍一看确实蛮甜，可当看到庄明宴这个版本后，有种破灭感，特别是那个发圈，它太紧——

庄明宴手腕上的肉都勒出来了。

YanQ：不知道为什么，我看一次笑一次，什么嘛，挺甜的一个梗，到庄明宴这儿我老觉得在搞笑，甚至还有点油腻？

淮哥：……你对你亲弟的恶意有点大。

淮哥：我以为你是要暗示我，下一次留下你的发圈。

YanQ：啊，那倒不是……

淮哥：想起来闲庭好像有不少，不过都是黑色的。

淮哥：还有几个发夹？

YanQ：别！没有任何暗示的意思！明示也没有！

淮哥：懂。

两人又聊了一些有的没的，直到萧北淮那边要工作，这才停了下来。

次日，#萧北淮 彩虹手链#话题上了热门。

他今日是参加某平台的年度盛典，工作室早早就出了造型精修图，连带话题也都拟好，结果被这条横空出世的热搜截和。

就连凯恩都没料到，彩虹手链也能出圈？也是，毕竟是粉丝在"嗑糖"。

尽管粉丝和路人的关注度都跑偏了，但热度就摆在那儿，主办方和艺人方也乐得多一条热搜话题冲榜。

庄晏清看见这条微博的时候刚下飞机，准备回酒店，起初还未留意到那条手链，还以为是合作品牌的造型搭配。

直到娅娅在那里尖叫："姐！这是你的项链啊！"

萧北淮会有这出，庄晏清合理怀疑是因为之前关于"发圈"的聊天，说了不要整这些，他倒好，另辟蹊径用项链来。

乍一看还真有种骗人是同款系列手链单品的样子。

这可是年度盛典哎,这么重要的场合居然还要这种小心思,庄晏清觉得又气又好笑。

"凯恩居然纵容他这样。"

"这波我站萧老师,他也太帅了!"

都上车了,娅娅还在不停地夸萧北淮,大有一种要跳槽去他工作室为他卖命打工的势头。说起来,这年度盛典原本也邀请了庄晏清,但莫宝贝以行程安排不开为由婉拒。事实是,庄晏清自己不想参加。

自从前年平台以"名人两面"作为传播话题,营销出一局名人盛宴,霸榜整整一周收割无数话题与团队采访。

之后各家的年度盛典,主办方的话题、邀请的名人以及拍摄传播团队,一个比一个卷。但凡戳对了点,主办方连带艺人话题热个三天三夜不是什么大问题。

今年,大有要复前年之势的决心,早早就开始和艺人方联系。莫宝贝是在庄晏清和萧北淮官宣恋情后接到的邀约,对方表达了初步合作意愿,想让庄晏清和萧北淮合体走红毯。

听到这个,庄晏清就拒绝了。

"这份邀请多半是基于恋情热度,单独走红毯我都得再三思虑,毕竟还没有足够能拿出手的作品成绩来支撑。更何况是合体,不去。"

她不想刚官宣恋情就频频上热搜,作为演员,作品才是第一位。总是因为恋情和私生活被关注,无疑是在消耗路人缘,久而久之,人家记得的不是演员庄晏清,而是萧北淮的女朋友。

莫宝贝还是有些可惜,年度盛典中,就这家是做得最好、最出圈的,能参加的话开年话题基本就有了。

不过庄晏清的顾虑也不无道理,加之她的性子太"佛"了,说不想去那就是真不去,劝也没用。莫宝贝也不会在这种事情上和她起争执,她们本也不是缺资源的主。

"剧本呢?"

庄晏清收回思绪,问。

娅娅忙放下手机,从包里取出本子:"给。"

庄晏清接过,见娅娅的页面还停留在热搜话题上,下意识地叮嘱:"别看了,想想晚上吃什么才要紧。"

娅娅愕然:"晚上有聚餐啊,和盛老师他们,姐忘了?"

"对哦。"

新年的开工宴,她的确是忘了。

庄晏清到酒店时,主创几乎都在了,她的航班订得晚,也不好让人都等着,所以进包厢时已经有不少男人开始吹酒瓶子。

"晏晏,这儿!"

闻声,她的视线越过屏风就见到旁一侧的内厢,恽仪正朝她招手。

庄晏清快步走过去,笑脸盈盈:"恽仪姐。"

恽仪如今有孕,盛怀津特别宝贝她,恨不得身上有个哆啦A梦的口袋,随时随地把老婆带着。

"新年好呀。"庄晏清弯下腰,摸了摸她隆起的肚子,柔声道,"宝贝你也是哦,新年快乐。"

恽仪眉眼温柔:"新年快乐晏晏,希望《复杂证词》顺顺利利杀青、过审、上线,好让更多人发现你这位宝藏演员。"

"谢谢恽仪姐。"

庄晏清望了眼外面主桌的人,端起手中的杯子往里倒了点王老吉,有模有样地晃了晃:"姐,我先去和导演他们拜个年。"

"嗯,悠着点。"恽仪柔声提醒。

《复杂证词》剧组是庄晏清待过氛围最好的一个组,大部分演员都是老戏骨,下戏了也不急着走,就和剧组请来的专业法医讨教一些侦破细节以及疑难案件。聊起来有模有样的,像极了那种深夜故事会,偶尔庄晏清也会凑过去听,听上瘾了连导演喊她都没注意。

原先她觉得自己并不是主角,所以在现场可能会轻松一些。万万没想到,这部剧更注重的是群戏,简单来说——

即便没有你的戏,你也要来当背景墙。

背景墙?

老戏骨们可不答应,现场就给自己找活干,还拉着庄晏清一行几个年轻人一起,找专业法医切磋学习,大有一种公费培训的架势。

等到二月底剧组正式杀青,庄晏清都依依不舍,剧还没播呢,她就哭着张脸,拉着编剧的手问:"老师,咱还写第二部的剧本吗?"

编剧哭笑不得:"这不得看市场赏不赏饭吃?"

庄晏清打定了想要好好休息的心,就没急着接下一个剧本,《复杂证词》拍完,她手里仅有一些商务活动,安排得也不算密集。

她回了趟天水,陪庄怀、晏琼玉出席了几场活动后,就订了去横城的机票,准备探班萧北淮。

与她一同去的,还有岑翎和莫宝贝,三人想借探班的机会顺道在横城玩一圈,连攻略都做好了。

"开了两间房,你一间,我和翎翎一间。"

莫宝贝将房卡递给庄晏清,粗略环顾四周的装潢,很快便有经理带着行李员过来,帮她们把行李装好,领着进电梯上楼。

经理在轿厢里简单介绍了酒店关键层的各类服务,又将三人亲自带到了房间门口,确认屋内设施无恙后,这才留下名片离开。

"这周家老大的产业,可真是奢靡得很。"望着屋内那上世纪人才喜欢的欧式宫殿装潢,莫宝贝摇了摇头,"品位真是一言难尽。"

"行啦,看中的是它新且服务高级,最重要的还是安保。至于装修,你管它,这又不是你家。"岑翎选好了那张靠近落地窗的床,转头问莫宝贝,"我睡这儿,行不?"

"我都行。"莫宝贝转身看向倚在门口处,还戴着墨镜正低头玩手机的庄晏清,"和萧北淮说了没?下午过去剧组?"

庄晏清:"说了,不过他没回,估计还在拍。"

莫宝贝点头:"嗯,探班应援的咖啡和水果娅娅都已经安排好了,店员会在下午我们过去的时间点送达。先去换身衣服洗个脸,然后下楼吃饭?"

庄晏清:"好。"

她刚回房,手机就响了,是萧北淮的电话。

"到了?"

那端听上去有些嘈杂,隐约还有导演的喊声。

"嗯,在酒店。"

庄晏清拆开软拖,将手机放到玄关台面上,开了免提,一边俯身换鞋,一边同萧北淮讲话:"我们下午过去,点了些咖啡和水果,到时候让大饼帮忙拿？"

萧北淮"嗯"了声："人给你用。"

盥洗室里摆了一个造型讨巧的瓷瓶，上面插了两枝新鲜的白玉兰。庄晏清挤了点泡沫慢吞吞地洗手，又凑近闻了闻花香。

她嘴角微微一挑，朝电话里的萧北淮说道："这家酒店还挺有意思的，又俗又雅。"

萧北淮笑她："你这是什么形容？"

"你晚上过来看就知道了。"庄晏清拨开水龙头，洗干净手，"现在收工了吗？准备去吃午饭？"

"回车上休息了，没什么胃口，吃了盒沙拉。"估计是怕庄晏清担心，萧北淮又补了句，"是黑松露野菌鸡肉沙拉，挺饱的。"

"好吧，那你眯一会儿，晚上再带你去吃好吃的！"

小姑娘语气横得很，大有一种千里迢迢来解救穷困潦倒小乞丐的感觉，生怕他是三餐都吃不饱，营养也跟不上。

萧北淮听笑了，柔声答："好。"

午后两点多，庄晏清一行人来到了《乌夜啼》剧组，头一回见古装戏的拍摄现场，岑翎双眼都在发光，像个好奇宝宝似的抓着庄晏清的手，很克制地嗷叫——

"啊啊啊，孟听南也太帅了吧！

"这是什么神仙古装扮相啊，将军娶我！"

嗷到这句，庄晏清吓了一跳，火速捂住身旁人的嘴，眼神警告："你这有夫之妇，给我收敛一点，不然我可跟延哥打小报告了！"

"哎呀，你这让我怎么收敛得住啊，你自己看看，这折扇一打，难掩雍贵风流，可偏偏是剑眉冷凛入鬓间，平添疏冷。"

岑翎来时就做足了功课，知道《乌夜啼》大致剧情后就一直很激动，是她喜欢的题材，关键男主的人设也很戳她。

"嗨，发什么呆呢。"萧北淮走到庄晏清面前，抬手打了下响指，瞥了眼她视线所及之处，掀唇，"长本事了？"

庄晏清急忙撇清："不是……是岑翎在看他。"

岑翎:"嗯?"

不是一起在看?

庄晏清摸了一下萧北淮的衣袖,指腹在缎面刺绣花纹上摩挲:"好精致的纹样,你们组的戏服真好看。"

萧北淮知道她是在转移话题,也没拆穿:"开拍前专门请老师定制的,走,我带你过去打招呼。"

"好。"

庄晏清牵着岑翎的手,怕她落单走丢。

"郑导。"

萧北淮领着庄晏清来到郑鸣声面前,刚开口,对方就认出了庄晏清。

"小庄来了,对了,谢谢你的咖啡和水果。"

庄晏清弯腰打招呼:"郑导好。"

"哎,前些日子我还在和北淮说呢,说你什么时候过来探班,顺便客串一下。"郑鸣声挥了挥手里快翻烂的剧本,佯装生气道,"结果这小子一直敷衍我,还说什么那是另外的价钱。"

庄晏清一愣,复而看向萧北淮。

后者摸了摸鼻尖,淡笑不语。

庄晏清弯唇,态度格外坦率:"我经纪人今天也来了,郑导下一部戏是什么题材的,抽空可以聊一下?"

郑鸣声哈哈大笑:"有意思。"

"是在呼唤我吗?"

莫宝贝同大饼一块,把应援的咖啡和水果分给剧组人员后,笑吟吟地迎了过来,正巧听到了庄晏清和郑鸣声的聊天。

"郑导是有什么合适的角色要给我们家晏晏吗?"

郑鸣声振振有词道:"那得先来《乌夜啼》友情客串一下?"

莫宝贝大手一挥:"好说好说,什么角色啊?"

"楼衍旻的白月光。"

郑鸣声话音刚落,楼衍旻的饰演者,也是《乌夜啼》另一位男主角孟听南走了过来:"我的白月光?"

站在庄晏清身旁的岑翎,心跳一下就乱了,像那夏天突至的暴雨,稀里哗啦打在了心窗上,响声不断。

庄晏清觉得自己的衣角快被她拽烂了,面上还得挤出一丝得体的微笑来,同孟听南打招呼:"孟老师好。"

"晏清你好,叫我孟听南就行。"

男人抱袖站在萧北淮身旁,抬起手肘轻撞了一下,眼尾往上挑:"我刚刚怎么听见,导演要给我安排个白月光的角色?"

萧北淮要笑不笑,哼了一声:"美死你得了,郑导开玩笑的,你这就当真了?"

"哎,我可没开玩笑。"

郑鸣声点了下戏里某个剧情片段,孟听南同萧北淮面面相觑,确实有这么一个角色,但在此之前,他们都以为这就是一个小插曲,无足轻重。

可如果庄晏清客串,那……

"如何?"郑鸣声再次看向庄晏清,认真发出邀请,"虽然说戏份不会很多,就两场,但人设上绝对出彩。以你的样貌条件,只演现代戏的话,就是明珠蒙尘。"

话都说到这儿了,庄晏清也不好再拒绝,这一趟收获一个客串《乌夜啼》的机会,是她想都没想到的。

作为经纪人,莫宝贝又问了一些妆造和拍摄时间、具体对手戏内容等细节,郑鸣声一一给了回答。

站在庄晏清身旁的岑翎都听蒙了:"晏晏,你这是要当着萧北淮的面,演他知己的白月光啊。"

庄晏清瞬间谨慎,偏头悄声道:"那我该不会是硬塞进去的白月光吧?强加女配戏份?到时候播出会不会被观众骂死?"

"想什么呢。"萧北淮一眼就看穿这两人在暗自嘀咕些什么,抬手在庄晏清额间点了下,"你这就是个客串,人家有明媒正娶的将军夫人,阮梨之演的。"

"那你呢?"

庄晏清仰头看他。

"咳。"萧北淮抬手掩唇,轻咳了一声,也不正面作答,"晚点再给你讲。"

"那个……"

510

喜欢的演员就站在自己面前，咫尺距离，岑翎终是忍不住了，小幅度迈开步站出来，原本还紧紧捏着庄晏清的手松开，呈祈求式地贴靠在胸口，犹豫着问："孟神，您能给我签个名吗？"

孟听南方才就注意到站在庄晏清身旁的岑翎，起初还以为是助理。

"哦，这位是我的好朋友岑翎。"对上孟听南的目光，庄晏清赶忙介绍，"她很喜欢你的戏。"

"谢谢。"孟听南甩了下衣袖，张手茫然地看了下四周，"签名没问题，可是我这儿没有纸笔，你带了吗？"

岑翎顿住，尴尬地支吾了两声："我……我也没有……"

萧北淮淡声解围："合个影不就行了，这不比要签名好？怎么，还想二手挂咸鱼？"

岑翎：……学长这张嘴真是，贱得很不是时候。

"说什么呢你。"孟听南挥了一下手，宽大袖口甩打在萧北淮正心口，继而温和地同岑翎说道，"那我们合张影行不行？你带手机了吧？"

"带了带了。"

岑翎忙不迭将手机拿出来，调好相机递给庄晏清，然后抿着唇一脸羞涩地站到了孟听南身边。

萧北淮走到庄晏清身后，指手画脚："站近些，隔那么远干什么，笑一笑，多点互动，跟人形立牌合影都比你们有生气……"

"哎呀，你闭嘴，别瞎指挥。"

庄晏清忍不住瞪了他一眼。

萧北淮这才消停。

来剧组探班，得到了和孟听南合影的机会，岑翎半天嘴角都没下来过，脚步雀跃，眉眼都笑弯了。末了，她还不忘叮嘱庄晏清，今天她犯花痴这件事，不能告诉江延。

庄晏清沉吟片刻，为难道："你搞错对象了，这话你应该和淮哥说。"

岑翎醍醐灌顶："对啊！我怎么给忘了，他可是大漏勺！哎不行，我说他肯定不听，指不定逆着来，你去说，你俩晚上都在一起，到时候你帮我说。"

庄晏清："我……"

岑翎耍赖："我不管，是不是最好的朋友，这点事你总要帮我办到的！"

庄晏清："好吧。"

入夜。

浴室里的水声停了下来，庄晏清推开门，擦着头发走了出来，睡裙上好几处布料因为打湿而贴紧肌肤。

萧北淮抬眸一看，放下手里的剧本。

"洗个澡怎么把睡衣都弄湿了。"

"拿的时候不小心掉在地上，没事，一会儿吹头发的时候顺便吹一吹。"

"过来，我给你吹。"

接过吹风机，萧北淮将庄晏清拉到窗边的小软榻坐下，极其熟练地先用毛巾擦干发尾，修长干净的指尖宛若梳子，一下一下轻柔地穿过她的发间，带走掉发，打了个结才丢到一旁的垃圾桶里。

"我今天在片场，看到你抚琴了。"

从前只知道他弹吉他特别厉害，贝斯也会一点，没想到如今古琴也会，庄晏清顿时觉得萧北淮像是宝藏，时不时解锁一个新技能。

"嗯，开拍前专门找老师学习的。"萧北淮指尖挑了挑庄晏清的头发，敛眸答道，"但后面还是需要用老师演奏的版本来合成，我这点雕虫小技，在古琴初学者面前都站不住脚。"

"会吗？我今天在现场看，还觉得有模有样的。"

萧北淮戳了戳庄晏清的脸，无奈一笑："别硬夸了，你自己好歹也是学过钢琴的，曲子是不是简易初学版，旋律是不是单一重复，你会听不出来？"

庄晏清抓住萧北淮作乱的手，捏了捏。

他这双手格外好看，拍杂志的时候连摄影师都会要求多几个带手部动作的镜头。庄晏清甚至还刷到过，有喜欢的画手拿萧北淮手部特写来作参照画速写。

"我哪里是在硬夸，分明就是实话实说。"风声过了一阵，庄晏清像是想到什么，又开口，"你这戏拍完后，戏服能带走一两件吗？"

萧北淮个子高，这会儿站在她身后，就这么垂眸看着，颇有一番居高临下之感，即便已经卸了古代装束，可眉宇间仍旧有白天时见到镇北王爷的气场。

"带走戏服？那可是古装。"

萧北淮暂停吹风筒按钮，还以为自己听错了。

"可是你古装扮相真的好帅。"

仅有两个人相处的时候，庄晏清大胆表露心意，白天在片场看见他时，几乎是第一眼目光就被吸引了。

比起岑翎还会被孟听南分去一半心思，她却从头至尾都觉得萧北淮就是最帅的。

"我帅这件事，不是早就知道了。"

萧北淮指尖撩起庄晏清长发的同时，在她后脖颈轻划了一下。

她肩膀旋即缩了缩，好痒。

"但把戏服带走是不是就过分了些，你该不会是想让我在家里给你扮演王爷吧？"

说到这儿，萧北淮的声音还有点怪里怪气："庄晏清，没想到你是这样的人。"

"不是……"庄晏清喉咙有点发哑，扭头看着萧北淮时，目光还带着点情侣间才有的娇嗔，"我就是单纯觉得扮相很好看。哎，你还帮不帮我吹头发了？快点快点，湿哒哒的有点难受。"

萧北淮抿唇，推开按钮，"呼呼"风声顿时充满整间屋子，盖过了呼吸，唯独没盖下各自的燥热与小心思。

不知过了多久，庄晏清抬手摸了摸发丝，感觉差不多："好了，我的皮筋呢？"

萧北淮从腕间取下一条带草莓装饰的皮筋，递给庄晏清，一边收起吹风筒，一边看着她动作熟练地扎好一个丸子，扎得太高了，倒像一个女扮男装的小道士。

如果不是穿着一件墨绿色吊带裙的话。

"慢着，准备去哪儿？刚刚的话还没说完。"

萧北淮拉住庄晏清的手，高大的身影笼罩了下来，两人半相拥的影子被灯光拉长，瞬间纠缠在一起。

"你在好奇什么？"

他的声音在这房间里显得格外撩人，少年时的澄澈如今被成年人的性感低音所取代，叫人心神乱晃。

"不出声……"他手指摁在她眉间轻轻推开，"脑子里又在胡思乱想些？"

"我没有。"

庄晏清脸已经红到不行了，这会儿还在狡辩："我就是在想，你好不容易演一个古装戏，没有女主角，会不会觉得太吃亏了些。"

萧北淮："《乌夜啼》这部戏本来就是主权谋，没有感情戏，就连孟听南那个角色也是。"

"他都还有个将军夫人，不对，还有我这个白月光。"庄晏清仰头看他，狡黠一笑，"你呢，一个都没？"

"什么叫作你这个白月光？"

萧北淮把玩着她耳边散落的碎发，声音喑哑："搞清楚，你那就是个客串，别入戏。"

他眼尾垂着，随着靠近的姿势，说话间热气喷洒在她脖颈上，庄晏清的呼吸，一下就乱了。

第二十五章

一揽芳华

qingxingmeng-

次日,庄晏清早早抵达片场做造型,说起来,这是她第一次古装扮相,别说莫宝贝觉得新鲜了,她自己也是,直到坐在化妆台前都想象不出会是什么样的。

来的路上,她还特意下载了几个 App,里面有通过自拍生成古装造型的滤镜,连着试了好几个都很奇怪,但多少有些感觉。

庄晏清和萧北淮到的时候,孟听南和阮非已经做好发型,正边上妆边玩游戏。剧组的化妆间比较大,可以容纳八位演员同时化妆。

"哟,北淮,今儿这么早就来了?"阮非瞧见庄晏清,打了声招呼,"哦对,晏清要来客串,我都听说了,这戏安排在什么时候拍?"

"嗯,就在这两天。"

萧北淮长腿勾过旁边的凳子,在阮非身边坐下,瞥了眼他屏幕右上方的数据,嗤了一声:"又想打翻盘局?"

"别提了,一大早排到的全是些坑货,你问问阿南,不是挂机就是狗脾气,河道补个兵就开始骂。"

被点到的孟听南正极为努力踏实地守着下路:"还行。"

萧北淮:"听见没,全世界就你心态不好。"

"你来,你来试试!"

阮非这性子还和在《清醒梦》时一样,咋咋呼呼的,说完就把手机丢到

515

萧北淮怀里，数据打得那么烂，还好意思让别人来接盘。"

"你打，你试试。"

"能翻盘你管我叫爹？"萧北淮松着劲儿问了句。

阮非气笑，扭头就和庄晏清打小报告："晏清，你看见没？这家伙就是人模狗样！你最好认清了，然后分手分手分手！"

"别乱号行不行。"

萧北淮抬脚用力踢了下阮非的椅子腿，以示警告。

因这一下，化妆师还差点把阮非眉毛给画歪了。

男人之间小打小闹的幼稚行为，庄晏清惯是不感兴趣的，她听见喊自己的名字，就附和地应了一声。

化妆师："庄老师，这边会先出一个造型给导演看看，如果觉得合适就定下，不合适再换。"

"好的。"

庄晏清点头。

她没有经验，听萧北淮说古装造型会比较久，从做发型开始到完成全妆，基本要两个小时。这会儿她也是规规矩矩坐在位置上，任凭化妆师发挥，很快，她的注意力就转移到手里的剧本上。

白月光这个角色，若是旁人看了，说是导演临时加进去的估计也会有人信，因为戏份是真的很少。虽然台词不超过五句，但情绪的把控很重要。

她是楼衍旻，也就是孟听南演的角色的少年恋人，青梅竹马一块长大，还有婚约在身。后来女郎所在世家被陷害，除她之外，满门被抄斩。

救女郎之人，是楼衍旻的政敌。

庄晏清今日要拍的是少年时的戏份，其实也就几个斗嘴、读书和放纸鸢的镜头，把青梅竹马之间无忧无虑的嬉笑玩闹与懵懂青涩心思表演出来。

"愁什么呢？这场不就两句台词？'旻哥哥好厉害啊！''旻哥哥，再高些再高些！'"

莫宝贝刚结束和制片人的聊天，看着时间差不多了就过来化妆间探探情况，第一眼就瞧见庄晏清捧着剧本出神的样子，表情凝重得像是在酝酿一场剧本里最重要的大戏。

但事实上就仅有两句台词，连她都能背出来的简易程度。

"不是，我没拍过古装，有点紧张。"庄晏清嘀咕着解释。

她不是科班出身，虽说上过专业表演课，也接受过老师一对一的训练辅导，但毕竟是古装戏，和现代戏的表演方式还是有差别的吧？

"没什么好紧张的，你自己看看现在这张脸。"

莫宝贝扶着她的肩，同她一块望向镜中人："是不是有感觉了？"

化妆师在旁听见了对话，忍不住笑着说："庄老师的五官脸型是真的很好看，很适合拍古装剧的，一点都不会违和。"

莫宝贝："听见没，自信点。"

"可以了。"造型师捡起一支蝴蝶发簪别在庄晏清发间，拨弄调整了一下，露出满意的眼神，"好看，豆蔻年华的少女不就是这个样子的？"

隔着一个化妆台的阮非闻声偏过头来，一看，惊呆了："好美！"

庄晏清不太好意思地抿唇，对上萧北淮的目光，下意识眨了眨眼，似乎在和后者确认是不是真的合适。

正粘头套动弹不得的萧北淮，坐在位置上凝视了数秒后，道："真是便宜孟听南那家伙了。"

庄晏清禁不住笑了。

莫宝贝看了眼时间："走吧，去换衣服，别迟到。"

经过萧北淮位置时，庄晏清停了下来，特地俯下身凑到他旁边。

望了眼镜子中的双人影，萧北淮下意识往她的方向靠近，再一次夸道："好看的。"

庄晏清脸颊微红，像是故意调侃："嗯，和将军一块也很登对呢。"

说完，她拉起莫宝贝就跑，大有一种犯错后火速逃匿的感觉。其速度连阮非看了都忍不住问一句——

"晏清这是怎么了？那么着急？"

萧北淮轻笑了卜，耳边似乎还绕有她喊着将军时的余音，顿时回想到了昨夜的光景，忍不住抬手掩唇，轻咳了一声。

"没演过古装戏，新鲜劲来了是这样。"

阮非半信半疑："会这样吗？嗯……我刚出道那会儿也觉得挺好玩的，像穿越。"

庄晏清的造型一下就被通过了，不止导演觉得眼前一亮，就连编剧老师

517

和制片人见了,都大呼惊喜。

编剧:"原先她在我的心里,就是个少年青春的模糊身影,可如今见到你,立马就有画面了。我只恨没有多写一点阿鸾的故事。"

阿鸾,就是庄晏清饰演的角色,萧妗鸾。

"有些人的出场不在于满,将将就好。"庄晏清莞尔。

郑鸣声满意地点头:"可以,现场准备一下,十分钟后开拍。"

庄晏清的古装首秀,虽说只是个不起眼的配角,但在无数人心中还是留下了很深的印象。

萧北淮紧赶慢赶过来,也只看到最后不到一分钟的收尾。

"我还以为你是故意不来看她和你CP演对手戏呢。"莫宝贝录了几段视频,随即传到了萧北淮的手机上,"回去好好考虑,还要不要她继续在影视圈待着。"

满眼的挑衅,太过明显。

"我做证。"岑翎在一旁举起手,小声道,"就在刚刚,制片姐姐已经和宝贝约戏了,古装大女主还有宅斗,两个IP就等着晏晏挑。"

萧北淮表情倒是很平静:"如果是很适合她,很好的剧本,为什么要拒绝。"

莫宝贝惊讶:"你就不怕有吻戏?"

"怕。"

这次,萧北淮回答得倒是很果断。

"但我更怕她不能做喜欢的事情,成为更耀眼的她。"

四月初,《乌夜啼》剧组杀青,几位主创都在微博上分享了小作文,还有片场照片花絮,颇有仪式感。

#乌夜啼#热词也一度冲上了热榜前三,网友纷纷在底下评论——

△传下去!今天杀青明天剪辑后天就上映啦!

期待程度,可想而知。

事实上,在此之前,《乌夜啼》因为#庄晏清客串乌夜啼#话题已经霸榜过几天,事情发生在庄晏清回云城后不久,一组庄晏清疑似探班萧北淮并客串《乌夜啼》的路透照被发到了网上。

起初网友热议的点在于庄晏清探班萧北淮这件事，觉得小情侣还挺甜的，但很快就发现，不只是探班这么简单，她还客串了！

尽管代拍拍到的那张照片有点糊，但一点也不影响大众欣赏到庄晏清的古装扮相。

…………

托庄晏清的福，《乌夜啼》在榜上待了一天赚足了热度，而她自己也接到了不少制片方递来的橄榄枝，清一色全是古装，莫宝贝筛选得头都大了，后来还是让庄晏清自己选。

杭山畔。

莫宝贝端着刚榨好的果汁走到客厅，分一杯递给庄晏清，顺带扫了眼她平板上的内容。

这些天，庄晏清除了看剧本，就是在整理拍摄《复杂证词》时做的笔记，针对每个案件还用思维导图的方式做了线索整理和复盘，其用心程度让莫宝贝叹为观止。

"你做这些是想等剧上线的时候，同步做宣发用？"

"是，也不完全是。"

庄晏清接过果汁，道了声谢，咬着吸管喝了一口，舒服地眯起眼来。

"那不是配合宣发，是做什么？"

庄晏清解释："一来，我答应了鉴定中心的老师，戏后会对案件做一次整理，让她验收我的学习成果，有错必改。二来，我希望通过分享，能让更多人了解、关注到法医这一行。"

"不愧是你。"

对庄晏清的操作，莫宝贝可以说是一点都不意外，要是她拍完剧立马就当什么事都没发生过，跳进下一个故事里，那才要惊讶。

"剧本呢，挑好了没？"

莫宝贝今日过来就是为了聊工作的，《复杂证词》都杀青一个多月了，下部戏还没着落，就连言安都忍不住问她，是不是姐妹档打算不干活，想摆烂了？

她们是有点"咸鱼"的成分在，点开官博评论下方都能看到粉丝一个个在那里叫喊着没有粮了，快点让庄晏清进组，实在不行接个综艺也好啊，曝光不能停。

但说摆烂就有点冤枉了,别的不说,庄晏清在学习这件事上,是一日都没停下来。

"《一揽芳华》这个的编剧是作者本人对吧?"

庄晏清昨天刚把原著小说看完,原来剧本只给到前五集,她是不打算接的,怕进组后剧本有被魔改的风险。

但看到编剧一栏是原作者,她又犹豫了。

"对啊,这家公司签了不少老牌作者当编剧培养,出的剧基本都是自家作者的IP,有兴趣?"

莫宝贝对《一揽芳华》有印象,古代社会家庭题材的群像戏。当初光是看人设,她都已经能想象到对应的老戏骨演员了,也是个大剧本,拍得好的话指不定能有成绩。

但她犹豫的点就在于这家公司太新了,比起其他几个行业内大佬,就像是崭露头角的新人,拿得出手的代表作也是一年前播的网剧。在当时的确有些话题和热度,但和大剧相比还是有很明显的差距。

"其他几本呢?微秒的《错撩反派》,还有观澜的《昭骅郡主》,前者大概率是上星剧,后者背靠大平台。"

莫宝贝给出自己的参考意见,又试探性地问了句:"这几个本,你和萧北淮聊过没有?我听云屿姐说,《错撩反派》的男主有意萧北淮,你俩要不要来个二搭?"

"不要。"

庄晏清半点犹豫都没,直接拒绝。

其速度之快,连莫宝贝都愣住了,数秒后,她点了点头——

明白,腻了。

"萧北淮今晚的航班回来?"

庄晏清"嗯"了一声:"晚上十点半到。"

莫宝贝晃了晃杯子,问:"去接机?"

庄晏清应得干脆:"不去。"

莫宝贝:"你俩该不会是吵架了吧?"

秒拒二搭,现在男朋友好不容易收工回来,接机都不去。

"没有啊。"庄晏清收起平板和笔记本，伸了个懒腰，捏了捏肩颈，"接机太惹眼了，指不定又会被拍到，我提前过去闲庭，大概晚上七八点吧，给他做个夜宵。"

"你？做夜宵？"莫宝贝面露怀疑，"能吃吗？"

庄晏清气呼呼："我学了的！能吃！"

莫宝贝点点头："行吧，反正不是我吃。那明天组个局？在'故事'？"

庄晏清："我没意见，就是不知道他有没有什么行程安排，晚上问一下，然后群里告诉你。"

莫宝贝还是没放弃："要不你也顺便问问他，接不接《错撩反派》？"

"哎呀，我不接那个！"庄晏清笃定道，"我就选《一揽芳华》，不要什么大女主，像这种家庭群像剧就很好。"

莫宝贝闲适地倚在椅子上，手指搭在桌面轻轻敲了两下，拆穿："你是为了进去免费上课的吧？"

群戏多，意味着老戏骨也很多，氛围和在《复杂证词》时能做比较，肯定也少不了切磋演技的机会。

就庄晏清的小九九，莫宝贝会不清楚？

庄晏清没憋住，一下笑了出来。

莫宝贝一副把她拿捏住的样子，得意："说对了吧？我就知道你！"

第二十六章

/

校服婚纱

qingxingmeng-

次日正好是周末，莫宝贝组的局，人前所未有的齐。江延和岑翎从天水过来，正好庄明宴和姜夏也闲着，便跟着一起，人都够组两桌麻将的了，最好是夫妇拆开，各赢各的。

入夜的云城不同于白日的忙碌、浮躁与喧嚣，是光怪陆离的声色场。

跑车尾喉声在如浓墨般的夜色里撕开了一道口子，声势浩大地停在了"故事"门口，引来不少路人的瞩目。

"言总，小小姐。"

经理迎上来，恭敬地打招呼。

"嗯。"

言安随手将车钥匙抛给经理，解开西装外套上的扣子，露出深灰色的衬衫，领口松松开了两颗扣子。

"等等，晏晏到了。"

一辆白色GTR停在了跑车后。

夜色里，前者如豹子般狂野肆意，后者如白狮般低调蛰伏。

萧北淮先下车，绕到副驾接过庄晏清的外套和包包，还不忘伸手给她挽着。

"咦，小祖宗呢？"莫宝贝问。

"和江延的车一起，估计还有一会儿才到。"

萧北淮将车钥匙递给上前来的泊车员，顺便回答了莫宝贝的问题。

言安从口袋里抽出烟盒，手指骨节在盒盖上敲了敲："那你们先进去，我抽根烟。"

"我陪你？"莫宝贝问。

男人瞥了眼她那及膝短裙："外面冷，你和晏清先进去。"

莫宝贝："那你一个人在这儿？"

萧北淮眸色淡淡："我和言总一起，顺便等一下江延，你们先去点些吃的。"

莫宝贝爽快道："行，那晏晏我们走。"

"等下。"萧北淮帮庄晏清把外套披上，拍了拍她的肩，"好了。"

"走吧。"

莫宝贝挽着庄晏清的手，在经理的带领下往里走，视线落在她脚上那双厚底小长靴上，问："今晚怎么穿得这么寡淡？说好的辣妹主题呢。"

辣妹主题，是在女生小群里定下的。自组好局，莫宝贝就开始策划了，连服饰搭配方向都提前想好，连夜在群里刷屏。

岑翎倒是冒泡响应了她的辣妹主题，就连晚进群的姜夏也发了个"OK"的表情包，唯独庄晏清，迟迟都没有消息。

考虑到小别胜新婚，萧北淮刚回，庄晏清指不定是真顾不上看群消息，但也不能一天都不看吧？第二天睡醒也会看一下吧？

谁知道——

"什么辣妹主题啊？"庄晏清一脸蒙。

"你居然连群消息都不看。"

莫宝贝拉下外套，露出白皙如凝的肩还有里面的吊带小皮衣："瞧见没，这才是轰趴场合该穿的。"

"言四居然同意你这么穿。"

庄晏清帮她把衣服拉上，佯装惊讶。

莫宝贝挑了挑眉："我又不是在别的场合，更何况他也在这儿呢。"

大厅里，人头攒动，带感的旋律震耳欲聋，莫宝贝领着庄晏清熟门熟路往里走。

很快，人都到齐了。

尽管晚风料峭，但岑翎和姜夏的穿搭还是准确符合了辣妹主题，甚至还跟着莫宝贝发到群里的图来穿，极为给面子。

这一下就显得庄晏清很不合群了。

"这天也没冷到穿高领的程度吧？你这雪纺堆得不热吗？"

岑翎坐在庄晏清身旁，冷不丁抬手摸了一下她领子上的布料。

后者下意识往旁躲了躲，反倒是露出了脖颈处的痕迹。

"哦……难怪呢……"

岑翎拉长了尾音，贴着庄晏清笑得狡黠："你这就算是看了群聊也没用，压根儿穿不了，挺浓情蜜意啊宝贝。"

"嗯？叫我呢？"

正张罗着摆麻将桌的莫宝贝回过头来。

她是个什么张扬性子，庄晏清会不清楚，立马摆手："没有没有，你忙你的。"

"行啦。"岑翎眼尾微微往上挑，"嘿"了一声，"知道你俩感情好。"

"哎哎哎！别都坐着了，打牌啊，再来两个人，晏晏，你家派谁来！"

莫宝贝站在牌桌前，边上是庄明宴和江延，岑翎不爱打牌，进来时就很自觉拿了麦，这会儿见张罗，便躲到了点歌机前面。

"你去吧，我在旁边看着你玩。"庄晏清抬脚蹭了蹭萧北淮的裤腿，懒懒道。她提不起精神玩牌，这局要不是提前定好了，她今天都想赖在家里睡大觉。

萧北淮收起在掌心把玩的手机："好。"

见萧北淮坐下，莫宝贝扫了他一眼，工作雷达不知不觉又点开了启动按钮，一边摸牌一边打听："萧老师接下来工作怎么安排的？麦姿前天还约了我喝下午茶，准备聊五月份杂志头刊，凯恩姐有和你说过吗？"

"凯恩休假了。"

萧北淮的嗓音平缓，指腹摩挲着手中的牌面："我之前就说过《乌夜啼》拍完要休息一段时间，所以什么工作都没安排。"

"休假？"莫宝贝讶异，"拼命三娘居然挑开年这时候休假？"

"嗯，她怀孕了。"

萧北淮目光平静地丢出一颗炸弹，当下把莫宝贝炸了个脑子一片空白：

"什……什么？怀孕了？她隐婚？和谁啊？什么时候啊？"

她甚至下意识望向了坐在一旁玩手机的言安，责问："这么大的瓜你怎么都没有和我说过？还算不算是圈里人了，连对家的消息都不知道！"

言四顿时无语。

庄晏清瞧见莫宝贝这副样子，嘴角忍不住往上翘，憋了数秒还是没忍住，手攀着萧北淮的肩膀笑出声来："哈哈哈哈，你看吧……"

萧北淮宠溺地瞥了她一眼，摇摇头。

"看什么？你们小夫妻在我面前打什么哑谜呢？"

见庄晏清这样，莫宝贝就知道她肯定已经提前知道了这个消息，竟然还瞒着自己不说？闺密情呢？

"哎，我也是昨天晚上淮哥回来后说起，我才知道的。"庄晏清就只差和莫宝贝发誓了，"就比你早半天，主要是我当时的反应和你一模一样，这才觉得好笑。"

莫宝贝半信半疑："真的？"

"当然，昨天太晚了，这瓜我就没有及时分享给你。再说了，我以为你知道的比我还多呢，毕竟你俩都是经纪人，言总消息又四通八达。"

言四再度无语，又一口锅从天而降，就让他安安静静坐会儿，忙点自己的事情不行？

"指望他？没用。"

莫宝贝直接就否定了言四存在的价值。

"所以你说的头刊是？和去年一样，想在'520'上？"

这事庄晏清没听莫宝贝提起过，这会儿也是和萧北淮一样头一回听说。去年《观澜》"520"特刊成绩瞩目，自他们恋情官宣后，也有其他家杂志投来橄榄枝约情侣封面，但是因为拍戏的行程安排得比较满，便也没有敲定下来。

转眼又是新的一年，这次的"520"刊面各家策划也是铆足了劲。麦姿的本意是想延续去年的热度，那会儿庄晏清和萧北淮还不是真情侣，封面是给《清醒梦》做官宣用。

但今年不是了，真情侣的"520"头版肯定抢手。

"嗯，除了封面，内页还有两个采访的版位。我没和你说的原因是

《森·Zoom》那边也有来约,想着看看能不能凑够三家再从中选。当然,我也是抱着凯恩会来和我讨论的想法,谁知道她居然休假了。"

莫宝贝看萧北淮:"那你现在的工作呢?谁在接手?大饼?"

萧北淮:"嗯。"

莫宝贝沉默,间接就是在摆烂了可以说。

"那为什么不直接选《观澜》啊?去年合作过,效果那么好,今年再续前缘不行?"

江延丢出手中的牌。

萧北淮紧随其后:"和了。"

江延:"我去,你就是在这儿蹲着我呢吧?"

又给这人做嫁衣了!

"正是因为合作过,所以才更想试试新的机会,万一有意想不到的效果呢。"

莫宝贝边洗牌边回答江延的问题。

果然,才隔了一天,凯恩就给莫宝贝打电话,看样子应该是聚会结束后,萧北淮和她沟通过。

麦姿原先找凯恩时,凯恩顾着要去医院做产检,所以没来得及细聊。

后来看了《观澜》那边发来的策划方案,还是有亮点的地方在,随即联系莫宝贝商量着接受哪一家的封刊拍摄。

闲庭。

"从校服到婚纱?这个主题?"

庄晏清一听,张了张唇:"确定要拍这个吗?会不会风险太大了?"

"风险?什么风险。"

萧北淮倒是比莫宝贝抢先反应,眼里只有庄晏清那副惊疑不定的表情,似乎在揣测她这反应是什么意思。

"粉丝觉得我们捆绑得太明显,太高调了?"

庄晏清一说完,莫宝贝立马叹气:"知道的清楚你是在谈恋爱,两情相悦,流程正规,三观稳妥。不知道的以为你是在做什么违背公序良俗的事情。都大大方方公开了,'520'节点秀个恩爱这不是很正常的一件事情吗?"

庄晏清被训得一句话都不敢说，看向萧北淮，手指不自觉地紧了紧："我真的……太敏感了？"

萧北淮："嗯。"

说完，他起身离开，表面上是去餐厅给自己倒了杯咖啡，结果倒完就径直朝阳台走去，看都没有多看沙发上的人一眼。

就连岑翎也看出来了，她扒拉着沙发扶手小声说："你家那位生气了。"

"啊……"庄晏清抿紧了唇线，眉头紧皱，"可是我真的会担心。"

出道前庄晏清作为萧北淮的粉丝，没少上网冲浪，也见过粉丝因为正主恋情而脱粉或者是吵架的帖子。

当初公布恋情，嘴上说着没关系没关系，但行动却很诚实，会刻意避开在社交平台上同萧北淮互动，也会拒绝那些同台的综艺或活动邀约。若不是前段时间有人拍到她去剧组探班，和萧北淮一块过新年，网上都有人开始传他俩分手的消息了。

"别忘了你们当初是公开过的，萧北淮之所以选择那种方式也是不希望委屈了你，谈恋爱是你们的私人生活，大大方方，你这样处处避着，反倒会让他觉得……"

岑翎犹豫了一下，继续说："会让他误会你对你们之间的感情不信任。"

庄晏清立马反驳："我没有。"

"翎翎说得对，要不然他刚刚怎么会反应那么大，问你什么风险。"莫宝贝揉了揉太阳穴的位置，慢吞吞地提醒着庄晏清，"别总是站在你自己的角度去替他思考，偶尔也听听他的想法？知道你家那位现在在圈里是什么位置嘛。"

庄晏清没吭声。

莫宝贝："当红IP不论古装还是现代剧，首选男演员之一，一线前列的小生。"

岑翎："这个我做证，感觉现在S级别的剧都会先溜他一圈，戏还没拍完就好几个主角的饼，我关注的那些营销号都发过。"

"对啊，说明他在这个圈里的成绩与能力都是有目共睹的。换句话说就是，他已经有足够的能力，可以护着你了。"

莫宝贝知道庄晏清在想些什么，强调道："他不是靠粉丝与话题站在金字塔尖的人，是靠作品与口碑，所以你不用担心恋情对他的影响，最多只会影响你自己，但你会吗？"

从某种角度上看，庄晏清和萧北淮是有相像的地方，他俩在事业上都很强势，追求实打实的成绩与能力。

都不是想走捷径或者吃一时红利的人。

所以慎重些可以理解，但过于慎重就没有必要了，反而会失去一些曝光或者增加热度与话题的机会。

这可是在影视圈啊。

莫宝贝的话多少点醒了庄晏清，她飞速起身，催促着闺密们："时间不早了，快快快，快回家。"

"不早了？这才下午四点半，说好了晚上一起吃饭的。"莫宝贝被推着起身，忙不迭道。言安今晚有应酬，她这才跑来闲庭，公事聊到一半还没解决就被赶着出门。

"哎呀，没看萧北淮有点小脾气嘛，估计是要去哄哄了。"岑翎上道地拎起包，挽着莫宝贝的手，"咱俩去逛会儿街？我好久没买新衣服了，正好看看。"

庄晏清把人送到玄关口，不停地在原地蹦跶，一副急不可耐的样子："对对，去逛街，有喜欢的衣服就买，算我的。"

见她这样，莫宝贝拉住岑翎的手提醒："听见没，庄老板发话了，我们只逛大牌，只选最新款。"

岑翎禁不住笑："得嘞！"

等人离开，庄晏清连忙整理了一下自己的表情，转身跑向阳台。

"宝贝和翎翎有事先走了。"

庄晏清上前抱住萧北淮，脸颊在他后背蹭了蹭："我们就选《观澜》那套主题，如何？"

萧北淮晃了晃杯中早已凉透的咖啡，温声问："你不是怕有风险，那就不接了。"

"我不是那个意思。"庄晏清一把拉过萧北淮，好让他同自己面对面，"我不是排斥和你一起的活动，我只是……"

"怕我受到影响。"

她说不出的话,萧北淮主动帮忙解释。

"但你有没有想过,不是非要推开,才算保护。"

"嗯……我知道。"庄晏清扯了扯萧北淮的外套,撒娇道,"往后我什么都不想了,反正有你来护着我。"

萧北淮低垂着头,身后的光线越过他的肩膀,将睫毛影子扫落在鼻梁,深深浅浅的:"别想太多,嗯?"

"是你别想太多才对。"庄晏清往他胸口上捶了一下,嘟囔着嘴,"一下就不开心,转身就走,你可知道我为了来哄你,付出了多少。"

大牌最新款的呢!

还不知道莫宝贝和岑翎会怎么薅她。

"呵。"

萧北淮冷笑了一声,指尖勾起庄晏清的下巴,轻挠了挠:"就哄这么一次,就心不甘情不愿了?"

"没有。"

庄晏清拉着萧北淮的手,捏了捏他的指尖:"就是不想因为这种小事吵架,或者不开心。"

"没有不开心。"萧北淮低下头,鼻尖在她的鼻梁上轻轻蹭了蹭,"但被人哄的感觉,还挺好的。"

庄晏清脸红地咬了咬唇。

只听见他又说:"要不,你再哄我一会儿?"

"你都不生气了……我……我还要哄什么啊。"

庄晏清话刚说完,萧北淮就吻了下来,气氛逐渐暧昧,亲吻变得滚烫,空气中满是亲吻的声音,一下一下撩人耳膜。

在春日的午后,热烈且灼灼。

"试试,再哄一下。"

被他抱起进屋时,庄晏清耳边只记得这句话,双手紧攀着萧北淮的肩膀,理智压根儿跟不上。

哄?

他究竟想她怎么哄啊!

和《观澜》的二次合作就这样敲定下来,莫宝贝还趁机多要了一个单人封,麦姿知道这次再合作不容易,便也给足莫宝贝面子。

再说了,《观澜》那边本就很看好庄晏清,特别是《复杂证词》那部剧,来年定是爆款。

敲定合作后,便紧锣密鼓地走流程,光拍摄创意,《观澜》那边就给了三轮方向和具体的策划案,庄晏清也提前表示过,希望去年负责他们拍摄主题的伊敏,这次也能继续负责。

没想到庄晏清会记住自己,伊敏受宠若惊的同时,也加倍用心地策划这次拍摄,了解到客户的诉求后,竭尽全力地去还原。

方案磨到第三版时,庄晏清正在杭山畔收拾行李,她和萧北淮准备回一趟天水,傍晚的飞机。

床边的手机"叮咚"作响,拿过来一看,是莫宝贝发来的创意方案"V3.0"。

MoBoo: 第三版,你看一眼。

MoBoo: 排期我看着有点赶,如果顺利的话就还行。

MoBoo: 创意部分……我对你俩高中时代的故事不太清楚,要不发给岑翎看一眼?怎么说也当了你们几年电灯泡,有点发言权?

MoBoo: 但不得不说,站在观众角度看,校园那块能拍好,一定会爆!

YanQ: 刚在收拾行李,我去看看。

午后的光影在窗边飘过,树叶与它一起一并被拉入初夏,如果说室外的温度是能将刚出炉的面包再烤上一层焦糖色,那么室内的温度就是一杯加了冰的话梅青柠,搭配着面包,舒服得刚刚好。

萧北淮上楼时喊了两声,庄晏清都没应,本以为她不在,结果正准备离开,就发现坐在床边的身影。

"怎么坐在这儿?行李收拾完了?"

庄晏清闻声,抬起头来。

萧北淮忽地怔住,对上那双如受伤小兔子般湿漉漉的眼睛,一下有些惊慌失措:"这是怎么了?"

庄晏清哑着嗓子,朝他张开双手:"要抱抱。"

萧北淮立马半蹲下身,将人揽进了怀里,手在后背轻轻拍抚:"怎么了?不是收拾行李?怎么躲在这儿哭鼻子?"

庄晏清紧紧抱住他,也不说话,就这么埋头汲取属于他的气息,缓缓压下心上起伏的情绪。

就是因为那份方案里，关于校园部分的脚本，勾起了她高中时的回忆，这一下才控制不住。时间一晃眼过去那么多年，有些画面与小心思还宛若昨日刚发生那般清晰，越是深刻，越是证明从前的自己很固执。

"你让我抱会儿，抱一会儿就没事了。"怀里的人闷声道，嗓音里还带着哭过的鼻音。

萧北淮环视了周围一圈，行李箱的衣服收拾了一半，手机丢在地上，除此以外也没有其他东西可以让他猜出庄晏清情绪失控的导火索。

到底是怎么了。

他莫名有些烦躁，可还是耐心地依着她，就这么抱着，一直抱到她松开手为止。

"眼泪鼻涕全抹我衣服上了？"

庄晏清小声啜泣着没说话。

"怎么了这是？"

脚都蹲麻了，萧北淮干脆和庄晏清一起坐在了地毯上，视线与她齐平，低声询问。

"没什么。"

庄晏清也没解释，生怕萧北淮知道她是因为什么而哭之后，觉得她太过矫情。

"眼睛、鼻子都哭红了。"萧北淮弯腰凑近，伸手轻而缓地帮她抹去眼角的泪渍，"就这样你还和我说没什么，庄晏清，长本事了啊。"

知道瞒不住，但也不想被他笑话，她试图编了个借口，说什么太久没回家，所以情绪就没绷住。

见萧北淮都没接话，就这么盯着自己看，庄晏清憋了数秒就垮下了肩，老实交代——

"我看了《观澜》那边给我发的方案，想起了很多从前的事情。"

萧北淮抬起她的下巴，探身亲了亲她的嘴。柔软的唇瓣就那么轻轻碰了碰，也没完全离开，磨了一会儿。

"刚刚为什么不直接说，还怕我会笑话你吗？"

他低声问，指腹在庄晏清耳朵后面摩挲了一下，片刻后松手："我看看，到底是写了什么。"

萧北淮掉转了姿势坐在她身旁，与她一样背靠着床沿，单腿支起，左手手肘搭在膝盖上。庄晏清将手机里的方案点开来，递给他，自己则像只小狗蹭着蹭着就往他怀里钻，两人就这么偎依着坐在床边。

他长指划拉屏幕，一页一页地过着。

"长台阶？"

萧北淮留意到这个词，侧眸望向怀里人："这是模仿韩剧？"

"不是，你再想想。"

庄晏清露出期盼的神色，这下倒让萧北淮有些压力，更加不敢草率回答，万一答错岂不是要被谴责一句没良心。

校服，高中，长台阶。

脑海里一个画面一闪而过，速度虽快但还是被萧北淮捕捉到："是二中教学楼旁侧的长台阶？"

"嗯嗯。"庄晏清扯了下嘴角，"我当时就是那么随口一提，没想到他们真的把这个片段放在了里面，虽然说不完全像，可还是让我觉得很暖心。"

萧北淮想了想，忽然问："既然如此，那高中部分的拍摄，不如就回二中拍？正巧，我们也回天水了。"

"可以吗？"

庄晏清眼睛一亮，小脸写满了惊喜和期待。

萧北淮偏头，慢悠悠地逗着她的手指："可以，怎么不可以？别忘了我们的身份。"

"形象代言人？"

"啧。"萧北淮转而捏了捏庄晏清的脸蛋，"不着调，是校友，懂不懂？"

庄晏清看着他，一下就笑了，连连点头："对对对，校友。"

这事就这么稀里糊涂地提起，又快马加鞭地落实了下来。

《观澜》那边本就有意将场地设在天水二中，但考虑到拍摄在非假期时间，校方未必会同意这种商业拍摄，便更换了其他的场地参考。

得知萧北淮这边已经和校方联系过并且争取到了周末的拍摄时间，《观澜》那边自然是万分惊喜，紧接着同步在天水市选了其他可以作为婚纱拍摄的场地，效率极高。

拍摄时间比原定提前了两天，好在场地都在天水，庄晏清和萧北淮便也不急着赶回云城。

天水机场。

萧北淮和庄晏清走的VIP通道，落地时便和萧长河取得了联系，出来后直奔停车处，也没多逗留。

私人行程，两人助理都没带。

"怎么样啊你们这趟回来，顺利吗？"

萧长河扶了扶镜框，一本正经地说起蹲守在机场半个小时里的经历："我啊，看到好几个小女生，都带着相机，大包小包的，当时我就在想，是不是准备蹲你们的。后来一想，不对啊这人数，才寥寥几位。以你们俩的人气，那不得是里三层外三层？"

"萧伯伯。"庄晏清直接就被逗笑了，"真要说起人气，我可不如淮哥。而且工作室月初就出了通告，艺人私人行程，粉丝是不会聚集机场的。"

"哎，这可不兴说。"萧长河摆摆手，"你超话粉丝都几十万上百万了，还叫没有人气？年轻人啊可以谦虚，但也要正视自己才行。"

"您连我超话粉丝多少都知道？"

庄晏清难以置信地看向萧北淮。

后者耸了耸肩膀，淡定地撇清关系："不关我的事，我跟老头子之间从不说这些。"

庄晏清："那……"

"哈哈哈，确实和小淮没关系。"萧长河把着方向盘，乐呵呵道，"是你妈妈，天天往你超话签到，都成大粉丝了，什么V10还是，总之就是有牌牌的那种，还和我们炫耀过呢。"

庄晏清愣了一下，脸上的笑容霎时有些僵："我……我妈？她怎么会……"

哪怕声音很小，萧长河也听见了："怎么不会，她可是你妈妈。这要说你当明星，排头的粉丝肯定就是你爸妈。就之前我去你们家做客的时候，她还在投屏看你的电视剧呢。"

见萧长河一副很笃定的模样，庄晏清也没有反驳什么，跟着笑了笑，含糊地应了一声"是吗",就再没有接话。

萧北淮坐在庄晏清旁边,将她脸上的表情尽收眼底,那份不熟悉的失落令他眉头轻蹙,下一秒,她忽地转过头来。

对视上那一瞬间,庄晏清错愕又惊慌,嘴角挤出一个笑来,却被萧北淮轻易拆穿——

"假笑太难看了。"

他掌心落在她的发顶,揉了揉又顺势将人扯进了怀里。

"干吗啊,萧伯伯在呢!"庄晏清被萧北淮这突如其来的亲昵动作吓了一跳,连忙把人推开,她还不习惯在长辈面前和男朋友亲热,总觉得举止不妥。

"胆小鬼。"

萧北淮捏了她脸颊一下,作罢。

"哈哈哈哈,没事,你们就当我是空气。"萧长河哈哈大笑,"你们啊感情好,我看了更开心,哈哈哈哈。"

萧北淮:"咳。"

庄晏清的脸更红了。

车子停在了庄家门口,见萧长河在庄家车库前熟练地停车操作,萧北淮冷不丁冒出一句——

"您没少来这儿吧?"

萧长河"啊"了一声,笑道:"从前我也经常来啊,你问小清,她上学那会儿我是不是常来给她讲解习题。"

庄晏清点头:"确实。"

"一个月来个两三次吧,那会儿都是蹭晏涛的车。后来和庄怀项目上有了合作,次数频繁了些,但都是谈公事。现在不一样了。"

萧长河停好车,放下手刹,回过头来指了指萧北淮和庄晏清,笑弯了眉眼:"你们两个小孩谈恋爱了,那我们长辈间的来往就更密切了。"

萧北淮:"说谁是小孩呢。"

庄晏清"啪"地拍了下他的后背:"怎么和长辈说话的,没大没小。"

萧长河哈哈大笑:"好好好,小清教得对,以后啊有你看着这臭小子,我就放心了。"

"爸,谁看着谁啊,我比这丫头大几岁好吧。"

萧北淮坐直了身,还来劲儿了。

庄晏清却像是突然长了胆子,也可能是因为萧长河前面那句夸赞,立马挺直小胸脯,不满道:"大个两岁就拿乔了?我就管着你,不愿意?"

萧北淮顿住,行吧,他还能说什么。

"来了。"

听见动静,庄怀从屋里出来,快步下台阶帮忙拿行李。

萧北淮:"叔叔。"

"爸爸。"庄晏清上前抱住庄怀,还像小时候一样撒娇,"您怎么好像瘦了啊。"

"我?"庄怀拍了拍女儿的脸颊,宠溺道,"我怎么可能会瘦,倒是你,脸比上次又瘦了一圈。"说完,立马看向半米开外,正在搬行李的萧北淮,"小淮,你是不是都没管她好好吃饭?"

萧北淮放下行李,手搭在拉杆上,特地瞥了庄晏清一眼,煞有介事地点头:"叔叔教育得对,我后面一定管,先前说她,她都不听我的话。"

庄晏清:"你什么时候说过我了?"

就很无语!

庄怀揉揉女儿的头发:"你呀你。"

"你们到啦。"

晏琼玉因为在厨房吩咐君姨准备夜宵,便出来得晚了些,走近打完招呼后,视线就紧紧黏在了庄晏清身上,拉着她的手嘘寒问暖。

"这阵子忙吗?"

"怎么好像瘦了一点啊?"

"飞机上用餐了吗?我还准备了点夜宵。"

"担心你不喝白粥,所以我让君姨准备了番茄排骨粥,炖得很软糯,还炒了几个小菜,饿了吗?"

"哎,你好像真的瘦了,这皮肤,最近没做保养吗?明天和妈妈去趟美容院吧。"

被晏琼玉拉着往屋里走,一路上庄晏清都插不上话,好不容易逮着个空隙,她苦笑:"妈妈,我过年那会儿还在家里养了小半个月呢,怎么会瘦。"

晏琼玉:"那都是多久以前的事情了,你也好意思提。"

久吗?不就才过去两个月?

三个男人走在后面,庄怀问身侧比自己高了半个头的年轻人:"路上还顺利吗?"

萧北淮一手拉着行李箱,一手提着从云城带来的名贵茶叶,庄怀和萧长河一样,都嗜爱喝茶。

"嗯,还好,因为是私人行程。"

庄怀点头:"这阵子都和小清一块待在云城?"

"对,难得有假期,原本想带她出去走走,但各自手头上还有一些零碎的商务行程,就没去成。"

萧北淮眼睛望向台阶上庄晏清的身影,语气柔软。

第二十七章

尘嚣过往
qingxingmeng-

"刚刚走那么慢,和我爸说什么悄悄话呢?"

从洗手间出来,庄晏清终于得了空和萧北淮说话,把他"壁咚"在走廊处,抬起下巴故作很凶的样子审问道。

"没什么,叔叔问我们来的路上顺不顺利。"萧北淮伸手抹去庄晏清下颌处的水珠,"飞机上你就没吃东西,待会儿多喝点粥。不过……"

"不过什么?"庄晏清问。

萧北淮松垮垮地弯下膝盖,视线与庄晏清齐平,还刻意与她贴近:"不过看你妈眼珠子都快黏你身上了,我想也不用我管。"

庄晏清愣了愣,忽然说道:"你这次回来,要去看阿姨吗?"

萧北淮顿住,似乎没想到庄晏清会提起杜宁絮,沉吟片刻后,眸色淡淡:"再看吧,有时间的话。"

时间?怎么会没时间呢。

但庄晏清没敢再继续往下说,就这么看着萧北淮,直到——

"哎哟。"

晏琼玉没想到两个小年轻躲这儿来黏糊,一走过来吓一跳,连忙捂着眼睛侧过身去。

萧北淮和庄晏清也吓了一跳,后者像是受惊的小仓鼠,一蹦直接拉开了一米多的距离,吓得像是头发丝都要竖起来一样:"妈……妈妈……"

"吃饭啦,看你们洗手洗半天也没过来。"晏琼玉轻咳了一下,"赶紧,别让长辈在餐厅等着。"

庄晏清耳垂烧得通红,赶忙走上前:"那、那妈妈我们过去吧。"走几步还偷偷回过头,对上萧北淮的目光,又火速缩了回去。

男人翘了下嘴角,小胆儿。

饭桌上,庄晏清和晏琼玉坐在一起。

"先喝小半碗粥垫垫肚子,再吃些别的,我买了你最爱吃的花甲和竹蛏子,可你爸说大晚上吃这些不好,就留着明天中午再做。"

晏琼玉提及"最爱吃"这三个字的时候,庄晏清只觉得鼻头有些酸涩,她以为妈妈并不会记得这些的。

"谢谢妈妈。"

"说什么谢谢啊你这孩子,过年回来时也这样,你是不是一段时间不回家,就一定要先跟我生分客套一阵儿?"晏琼玉拍了拍庄晏清的手背,"别聊了,快吃。"

坐在对面的萧北淮将眼前这一幕收入眼中,垂眸咬了口刚夹到碗里的蒜蓉虾。

"你们那部电影,什么时候上映啊?"庄怀给萧长河倒了杯小酒,顺势又碰了碰杯,"感觉杀青也有好一阵儿了,小半年有吧?"

萧北淮放下手中的筷子:"目前还在后期制作,估计再过一两个月会先出预告和贴片,等到真正定档,最快也得是明年年初了。"

"哦哦哦,那到时候你们是不是得跑线下影院做宣传啊?哎,我知道这个,之前就有个电影,叫什么什么《亲爱的你》。对!就到我们正阳大学宣传过,哎哟那多媒体大楼啊,挤满了学生,走廊乌压压一片,那阵仗可太热闹了。"

萧长河摆了摆手,形容得非常起劲。

庄晏清都看笑了:"应该会有线下见面会吧,我也不太清楚,到时配合宣传安排就行了。"

毕竟是她的第一部电影,还没有任何经验。

萧长河阔气道:"没事,反正到时候和小淮一块,他照顾你。"

萧北淮:"嗯。"

"还有一件事。"

庄怀放下酒杯，点了点晏琼玉。

后者瞬间反应过来，接过话："庄氏周年庆酒会就在大后天，我寻思着你也回来了，要不陪爸爸妈妈出席一下？"

出席公司的酒会？

"这种事为什么不找庄明宴啊？"庄晏清下意识地问。

晏琼玉都怔住了，和庄怀面面相觑后，开口："明宴当然也会去，可你也是家里人啊，从前就比较少出席这些酒会，所以妈妈就想问问你要不要趁这次机会一起去，多认识一些人脉，和叔伯阿姨也打打招呼。"

"我……"

庄晏清心里有些抗拒，下意识就看向萧北淮，似乎在向他求救。

当然，萧北淮也第一时间接收到了这个信号。

"阿姨，我们周末有个商务拍摄定在天水二中，大后天可能要去提前踩点，到时如果赶得及，我再陪晏晏一块过去？"

晏琼玉："回来还有工作啊？以为你们是纯休假呢。这样，既然有工作那就以工作为主。酒会的事看你们自个儿，想去就去，也都不是外人。"

庄晏清抿了抿唇，低头扒拉着碗里的粥，没再说话。

用完夜宵，萧北淮和庄晏清出门散步消食。

静夜沉沉，浮光霭霭。

沿着小楼外的道路走着，隐约还能闻见淡淡的花香，那叫不出名字的花，逢季节就开放，像是与时间做好了约定，每年都会在这个时候，静静绽放属于自己的美。

"你和阿姨之间，是不是发生过什么？"

朦胧月色的浸润下，萧北淮的嗓音显得格外温柔好听，庄晏清即便是在出神想事情，这会儿思绪也被拉了回来。

"你怎么会突然这么问？"

萧北淮牵着她的手，向来平静无波的眉峰稍稍往上挑了挑："就是感觉，看似很亲近的关系，却总有些细节耐人寻味。"

"嗯？"

耐人寻味？

庄晏清揣在口袋里的左手悄然攥紧，复而又松开，唇边挂着一丝淡淡的笑:"其实也没有什么,我自己的心结罢了。"

晏琼玉当年早产。

庄晏清出生时状态还好,但老二庄明宴是一生下来就被送进了保温箱,快满月的时候才接回家,瘦瘦小小的,十分可怜。

对这个孩子,晏琼玉一直觉得很亏欠,几乎把全部心力都花在了儿子身上,可即便如此,小明宴还是体弱多病,动不动就发烧,肠胃也很虚弱。

后来,晏琼玉就患上了产后抑郁症,情绪一直低落,动不动就哭,夜里也睡不着觉。妻子状态如此之差,儿子又总是生病,庄怀思来想去,在庄老爷子的建议下,还是将女儿送到了老宅照顾。

"六岁那年爸爸妈妈把我接回家,那会儿庄明宴还是很瘦小,就跟小猫崽一样没什么气力,胆子也小,和院里小孩子们一块玩,他总是躲在我身后,我走到哪儿他就跟到哪儿。我要是不在,他连门都不出。"

回忆起小时候的事情,庄晏清一双水眸在月色下衬得柔软,那会儿的庄明宴可比现在讨喜多了,总是奶声奶气地叫着姐姐,也最听她的话。

"那时的我可有大姐大的派头了,庄明宴叫我声姐姐,我辫子都能竖起来,常在院子里那群小屁孩中间充当老大,无所不能。"

"你?"萧北淮有点不确定的语气。

"对啊,我带着他爬过树摘杨桃,还走过那种小峭壁,不对,就是那种建筑围墙的外沿,然后从上面跳下平地,一米多高吧,不骗你。当时特别有冒险精神,总觉得自己特了不起。直到那天,我们放学回家……"

即便是过了很多年,庄晏清回想起那一幕还是会后背发凉。

那天的雨下得很大,窗棂被风撞得"哐啷"作响,她站在墙边最角落的位置,哆哆嗦嗦地看着躺在床上面色苍白的庄明宴。

暴风骤雨在她的心里叫嚣了一整夜,也远没有晏琼玉推开她,大喊着那声"滚开"刺耳。

九岁的庄晏清想不通,她明明已经叫庄明宴先回家了,他为什么还留在废旧房子傻等着。她明明连回家路线怎么走都告诉他了,他却还听不明白。

"所以那天,你本该是和他一块回家,却中途和同学一块去了其他地方玩?没带上庄明宴,让他自己回去?"

萧北淮凭借着庄晏清的形容,在脑海里想象着当时的画面。

"嗯,因为他总跟着我,同学们就嘲笑我俩是连体婴,说我走到哪儿都带着个拖油瓶。但那时我真不是嫌弃他,也不是故意要丢下他。那会儿我刚学会骑自行车,正是最得意最爱玩的时候,同学约着我一道去小山坡玩,就那种有高度的坡。"

庄晏清抬手比画了一下。

人骑着自行车从上面滑下来,双脚踩着踏板站起身,屁股离开皮座的那一瞬间,校服灌满了风,每一根头发丝都往后吹起,整个人就像是要被风带飞的样子。

又爽又带感。

正巧那天要下大雨,刮着风,体验感就更强了。

"我想,那么危险的事情带着他肯定不好,万一受伤了怎么办。而且,他要是回家和我爸妈打小报告,我以后还能骑自行车上学吗?所以我就没带他一块去,把他送到离家差不多四百米的位置,一个废旧房子门口。分岔口正好是去小山坡的方向,我就和他说走大路回家,直线十分钟就能到,他答应我了的。可等我回家的时候才知道,庄明宴没回来。"

后来的事,庄晏清几句话带过。

她走累了,在花坛处蹲下身,随手拿过路边的树杈子在地面上很随意地画着。

萧北淮也没走开,就站在她右前方的位置,正好也是来车方向,护着她。

"很长一段时间,我都是和爷爷一块生活的,上高中之前我就在云城念书。我妈也很少过问我的事情,关系算不上生疏,但和对待庄明宴的态度,还是有很大的差别。加之那会儿有重男轻女的碎言碎语,我听多了,就觉得自己是不受重视的那一个。青春期叛逆,一旦心底萌生了这种想法,说话做事就跟夹枪带棒似的。导火索就是庄明宴出国读书那事,我还记得爷爷和我爸妈大吵了一架,争论着为什么只送庄明宴出去,不送我。"

庄晏清苦笑。

"不过这些也不重要了,要不是他出国,我也不会转学到天水,也就不会遇见你了。"

她抬起头来,一双盈盈湿润的眼睛里盛满了说不清道不明的情绪。

萧北淮伸腿蹭了一下她的小白鞋鞋头:"这转折也不是很有必要。"

"我又没瞎说,要不是搬来天水,我们会遇见吗?"她眼神实诚。

萧北淮深吸一口气,提了下裤腿蹲下身来,如同和这月色、路灯灯光一起,坠落到庄晏清面前。

"如果是命中注定,那么哪怕再晚一些,我们也一定会相遇。可能在我爸和你爸谈合作的时候,也可能在我去云城上培训课的时候。"

萧北淮一双深眸望入她的眼底,路灯的光线将两人的身影拉长,亲密得像是贴靠在一起。四下寂静,更衬得他的声音清亮又坚定:"可能在某座天桥上,也可能在转角小巷子口,总之,一定会遇见,然后……"

"一见钟情!"

庄晏清笑着抢答,眼底闪动着明晃晃的亮光。像那掉在人间的珍珠明玉,与头顶苍穹里的璀璨繁星相互呼应。

萧北淮勾唇,脸颊处的梨涡越发明显:"嗯,一见钟情。"

那时的他们,一定会毫不顾忌地、赤忱滚烫地爱上对方,不再是朦胧的暗恋,而是直接清晰的喜欢。

入夜渐凉,庄晏清披着萧北淮的外套,两人手牵着手走回家,进院子的时候正好遇上了出来移盆栽的君姨。

"哎哟,你俩总算回来了。"君姨直起腰,指了指里屋,对着萧北淮说,"萧教授喝多了,快进去看看吧。"

"我爸喝多了?"萧北淮一听这话,松开庄晏清的手,"我进去看看。"说完,三两下蹿上台阶,身影倏地就消失在了门口。

君姨觉得就像一阵风刮过一样,扭头又看向落在后面的庄晏清:"还以为是个沉稳孩子呢。"

庄晏清裹紧外套,笑:"也有不太淡定的时候。"

萧北淮进屋的时候,庄怀已经把萧长河扶进一楼的客房休息了,晏琼玉听见动静回过身,眉眼温柔:"今天太晚了,你们就在家里歇下吧。明宴搬出去住了,小淮你今晚就先睡他那个屋?"

"玉姨,我爸他没事吧?"

萧北淮双手搭在腰间,小幅度地喘气。

庄怀正巧从客房出来,就代晏琼玉回答了这个问题:"你们难得一块回来,他太开心了,一下就没控制得住,多喝了几杯,这会儿已经睡着了。"

萧北淮站直了身子:"今晚叨扰叔叔阿姨了。"

晏琼玉佯装不悦:"你这孩子,这么见外做什么?"

萧北淮:"那我先进去看一下我爸。"

"等等,把这杯蜂蜜水放他床头的柜子上,万一半夜醒来渴了可以喝。"晏琼玉将杯子递给萧北淮。

他双手接过,道了声谢。

庄晏清换好鞋子,经过客厅,迎面与准备上楼回房洗漱的庄怀撞上。

"爸爸,萧伯伯喝多了?醉了?"

庄怀:"嗯,今晚就先在家里睡下了。"

晏琼玉跟在后面过来,吩咐庄晏清:"去楼上明宴衣柜里取套新衣服给小淮换洗,刚好明宴不在,他今晚就睡那儿了。"

"哦哦,好的。"庄晏清点头答应。

"你这眼睛怎么看上去肿肿的?哪儿不舒服吗?"晏琼玉摸了一下庄晏清的脸,坚定道,"不行,明天下午你和我去一趟美容室。这过几天还有工作呢,皮肤状态这么差可不行。"

庄晏清:"好的,妈妈。"

晏琼玉:"那我和你爸就先上楼休息了,你们今晚也早点睡,别熬夜知道吗?"

庄晏清点点头。

等庄怀和晏琼玉离开,她又在客厅的单人沙发上窝了一小会儿,听见熟悉的脚步声,还没来得及抬头——

头顶落下一只手,胡乱搓着她的发顶:"睡着了?"

庄晏清一把挥开,身子往后躲了躲:"你干吗呀。"

"叔叔阿姨呢?"萧北淮问。

庄晏清:"回房洗漱了,走吧,我带你上楼。庄明宴衣柜里应该还有新衣服给你替换,今晚就先将就穿他的吧。"

"我又不是没有带行李。"

萧北淮拦住庄晏清。

"对哦。"

后者这才反应过来,他们下了飞机就直接到这边来了,萧北淮的行李都还在车上呢。

"你等我一下，我去取。"

庄晏清："好。"

庄家是小洋楼格局，地下一层是影音房还有君姨的房间，一楼右侧有一间客房，这会儿是萧长河睡的屋子。

二楼是书房，还有庄晏清、庄明宴的卧室，往尽头走还有个露天大阳台，视野也很开阔。

三楼是主人房，也就是庄怀和晏琼玉的房间。

萧北淮取完行李上楼时，庄晏清正双手搭在栏杆上，长细腿有一下没一下地晃悠着，身材曲线凹凸有致，眉眼笑嘻嘻地看着他——

"要不要来我房间？"

"等会儿吧，先洗个澡。"

萧北淮神色淡定地拒绝了庄晏清的邀请，这反倒让她有些出乎意料，可是，进她房间和洗澡这两者之间，有什么必然的联系吗？

她就是刚刚翻到了柜子里那个小盒子，雀跃着想和他分享一下里面收集的东西罢了。

萧北淮走近，一手拎着行李，一手伸向庄晏清。

后者下意识地往后躲。

萧北淮："嗯？"

庄晏清："干吗？"

萧北淮似笑非笑："怎么，不接受你的邀请，连碰都不能碰了？"

"才不是。"庄晏清站直了身，"我带你过去吧。"

把人领到庄明宴房门口后，小姑娘转身就要走。

萧北淮眼疾手快地拉住她："待会儿门别锁。"

庄晏清的脸倏地涨红："知、知道了。"

大约过了十五分钟，桌面上的手机振动起来。庄晏清一边擦脸一边伸出小尾指，灵活地点开屏幕。

淮哥：开门。

嗯？

她连忙起身，刚把门打开，屋外的人就裹着一阵湿意像风一样卷进屋里，速度之快让庄晏清有些措手不及。

门关上,她连着倒退了几小步,诧异道:"你干吗跟做贼似的。"

萧北淮不自然地咳了一声,碎发下眸子清明:"怕被你爸妈看见。"

"啊?他们应该睡了。"

平日里庄怀和晏琼玉只要上三楼休息,就很少再下楼。

留意到萧北淮的头发正在往下滴水,身上的真丝睡衣都被水渍洇开大片,勾勒出宽肩还有胸肌轮廓,庄晏清皱了皱眉:"我去给你拿吹风机,你等等我。"

"好。"

萧北淮这才将目光移向房间内的布置,他不是头一回来庄家,却是头一回进庄晏清的房间。

和杭山畔的装修不太一样,整体偏少女风格,连床帘都是粉色带蕾丝的那种。房间收拾得很干净,空气中还带着淡淡的橘子香。

"你这面墙从前是做什么用的?怎么留了那么多印子?"萧北淮手抄着口袋,摩挲了一下墙面上的痕迹。

"那个啊,贴过奖状,后来就都撕下来了。你快过来,我帮你把头发吹干。"

庄晏清一把将人带到化妆台前,摁着肩膀坐下。之前在剧组酒店,还是他给她吹头发,手法算不上很娴熟,但胜在温柔。特别是那收拾掉发的动作,就很细致。

现在轮到她了,可要好好表现表现。

"你怎么不拿条干毛巾先把头发擦一擦啊?庄明宴房间里没有吹风机吗?衣服都湿了一大半,你还不如不穿的好。"

庄晏清一口气唠叨完,萧北淮偏过头看她,轻挑了下眉,视线中夹带着揶揄:"你想我不穿?"

庄晏清无语。

萧北淮:"早说,满足你。"

"我没和你开玩笑。"庄晏清拍打他的肩膀,装严肃,"再说了,这里可是我家,你别乱来。"

萧北淮抿唇,不再闹她。

男人的头发偏硬,也不长,没一会儿就吹干了。庄晏清拔掉电线,收好吹风机,刚准备走,腰间就被一股力道一揽,紧接着整个人跌坐在萧北淮的腿上。

"干吗啊?"

化妆台前的镜子映着她含羞带笑的脸,侧转身,双手绕到他后脖颈处交叠。

"早些时候邀请我过来,做什么?"

男人眸色加深,视线紧凝在庄晏清脸上,手掌落在她大腿旁侧,隔着一层柔软丝绸,能感受到温度。

"本来想和你分享一些小秘密,但现在不了。"庄晏清还挺较真,"谁让你一开始的时候不进来。"

"嘶……"萧北淮倒吸一口气,"你还斤斤计较起来了。"

庄晏清:"不行?没听说过一句话吗,时机就是要靠把握的,错过了就错过了,后悔也没有用。"

萧北淮低笑了几声,嘴角处的梨涡越发明显。

"我当时去拿行李,衣服蹭到了车尾的灰尘,加上今天行程也算奔波,总得先洗个澡才能进女孩子的房间吧。"

"喊。"庄晏清凑近,嘴唇轻轻碰了下他的脸,"我又不嫌弃你。"

"那也不行。"

分不清是谁先吻的谁。

过了一小会儿,她开口问,尾音还有些软:"你还记得高三的时候,给我写过一张 To 签吗?"

萧北淮沉吟片刻才出声:"记得。"

庄晏清拍拍萧北淮的肩:"你松手,我拿东西过来。"

窗外夜色如浓,稀疏零星散落在天幕,月亮也躲在云层里,不见月光洒落。

屋内大床上,庄晏清像是摆摊一样,在床面铺了一块丝巾做底,然后分别摆开几样东西,按照时间先后陈列有序。

萧北淮坐在床边看着,一手撑着床面,一手搭在支起的长腿上。

"当当当当!"庄晏清炫耀式地摊开手,笑嘻嘻地看向男人,"有没有印象?还记得都是什么时候发生的事吗?"

萧北淮失笑:"怎么会不记得。"

庄晏清:"那你说说看。"

"To 签是你去琴房练琴的时候,管我要的。"

"错!"

这才第一个就答错了,庄晏清敛起脸上笑容:"我什么时候管你要过签名了?"

"没有吗?岑翎要签名,我给了,我问你要不要,你说好。"萧北淮记忆力还是好。

庄晏清强调:"我那是顺便,你都那么问我了,我要是说不要,岂不是驳了你的面子?那得多没情商。"

萧北淮修长的手指在 To 签纸面上轻点了点:"不要,你留它做什么?"

庄晏清没说话。

"回答不上来了?"萧北淮微微俯低身子,好笑地看着庄晏清,"那会儿就喜欢我啦?早说。"

"早说有什么用,不能早恋懂不懂!"

庄晏清推开他的脑袋,视线落在第二样东西上,是他们在沪城时一起去博物馆后拍的合照。

这次萧北淮倒是抢先发言:"你怎么就只洗了一张,而且当初也没给我发原图?"

说完,他直接拿起那张合照。

"这张送给我。"

"哎,你怎么还带抢啊,我这是和你分享。"

庄晏清起身扒拉着他的手就要抢,谁知下一秒,人就直接栽进了对方怀里,打滑往前扑的那一刹那,她心里暗骂一句,该死。

"这么主动?"

萧北淮捏了捏她的耳朵,把人扶起来后,有商有量地解释:"相机是你的,再洗一张就行了。这张你保管了那么多年,现在归我,不行?"

庄晏清下巴微微抬高,像个商人一样精明算计:"那你说说,拿什么来换。这可是我们第一张单独合影,意义非凡。"

萧北淮没立即回答,就这么看她。

"盯着我干吗？问你……"

话还没说完，眼前忽然天旋地转，紧接着整个后背陷进大床里，头发丝都被这股势头吹起。

萧北淮整个人压下来的时候，庄晏清都蒙了："你、你干吗啊？"

男人压低了声线，在这静谧的夜里显得格外性感撩人："不是问我，能拿什么来换？"

庄晏清的脸颊越来越红。

他手指拨开散落在她脸颊的头发，顺势落在她的耳垂，捏了又捏，完了又绕到耳后，一下下地轻划。

"好痒……你别弄了。"

庄晏清别开脸，挣扎。

萧北淮却顺着这个姿势，一下咬到了她的耳垂，声音在她耳畔成倍放大——

"我自己，能换吗？"

心跳如擂鼓，不等她开口回答，话已经被热吻悉数堵了回去，呜咽声中还不忘提醒他一句。

"小……小声点，这是在我家。"

…………

后半夜又洗了个澡，庄晏清只觉得困得眼皮都抬不起来了，全程就缩在萧北淮怀里任由他伺候着。

"你要去哪儿啊？"

回到床上，她习惯性想往他那儿靠，却见人并没有躺下的意思，她睁开眼睛，哑着嗓子软乎乎地问。

"我回庄明宴房间睡。"

萧北淮弯下腰，在她眉间亲了一下。

"别……"庄晏清拉住他的手，不舍得地撒娇，"你走了我睡不着，大不了明早早点醒，你再偷偷溜回去。"

对上那双眸子，还有那带着鼻音的撒娇，萧北淮终是不忍，掀开被子重新躺了下来。庄晏清蹭着贴近他，就这么抱在一块，以一个极度契合的姿势。

像是，天生一对。

睡过去前，萧北淮暗暗提醒自己，一定一定要起早些，不能让人发现他是从这屋子出去的。

第二十八章

长阶重逢

qingxingmeng-

次日清晨,日光给窗棂镀上一层金黄,过满的光线悉数洒进了屋子。床尾的被角被晒得暖和,床上的人翻了个身,卷起的被子抖落纤维粒子,在光线下跳跃起舞。

"咚咚咚!"

敲门声响,晏琼玉推门进来,轻手轻脚地来到床边,柔声道:"晏晏,起床啦。"

庄晏清半张脸都埋在被子里,哼了两下。

"你这是听见了,还是没听到啊?"晏琼玉掖了掖被子,"该起床了,快十一点了,再不醒连午饭都赶不上了。"

"几点了?"

庄晏清眼睛都没睁开。

晏琼玉:"十一点了。"

"快"字省掉,直接跳到了十一点。

庄晏清一下就惊醒:"这么晚了?"

她手忙脚乱地爬起来,四下摸索着。

晏琼玉帮她拉着被子,问:"找什么呢?"

"我手机呢,我手机上哪儿了?"

手机?

晏琼玉的视线扫过床头柜，紧接着是书桌，最后落在化妆台前，在那儿。

晏琼玉走过去拿起，碰巧就看见搁在桌面上的木盒，盖子打开过，露出一角，旁边还放着块叠好的丝巾。

这是女儿的隐私，晏琼玉自然也不会偷看，拿过手机就回到床边，递给庄晏清："早上见你睡得熟，就没叫醒你。这会儿都快中午了，起来洗漱准备吃午饭。"

"妈妈。"看到手机屏幕上的时间，庄晏清整个后肩背都耷拉下来，有气无力地问，"您管十点二十，叫十一点？中午？"

她就不该信大人们口中的时间！

"哎，你这儿磨蹭一下，那儿赖一会儿，等刷完牙洗完脸擦好护肤品，不就得中午了吗？"

庄晏清哼唧了两声，手不小心碰到旁侧的枕头，像是想起什么，忽地直起身板。方才还睡眼惺忪，这会儿整个人清醒得不得了。

"妈妈，萧伯伯和萧北淮呢？"

"这都几点了，他们早回家了。"晏琼玉走到窗边，把帘子拉开，"你这窗户怎么开得这么大？晚上睡觉不会太冷吗？这几天入夜还是挺凉的，要注意些。"

萧北淮居然都走了，她连他什么时候醒了都不知道，窗户应该也是他开的。

"他们几点走的啊？我都不知道。"

庄晏清起身下床，抖了抖被子，顺手叠好。她捡起床头柜上的皮筋，随手扎了个丸子头，趿拉着拖鞋往浴室走。

"你萧伯伯七点不到就起来了，小淮也是，我听君姨说好像是七点半？说是要赶紧回家洗漱收拾，用完早餐就离开了。"晏琼玉走到浴室门口，与庄晏清面对面，"那会儿我也还没起，所以具体也不太清楚。你今天什么安排啊？下午能陪我去美容院吗？"

庄晏清刷着牙，含糊点头："能能能，听您安排。"

转眼到了周四晚。

萧北淮同庄晏清来到越 LING，正好碰上准备来接岑翎下班的江延。

"这什么啊？也太幼稚了吧。"江延敲了敲萧北淮车前玻璃，指着上面摆着的一整排鸭子,"你俩这是喝了多少杯奶茶,把人家店里好看的鸭子都掏空了?"

"没有啊,好几只是春节回来那会儿攒的,岑翎给工作室全员点了下午茶,我在她那儿薅的。"

剩余几只是昨天和萧北淮去逛街时加价买的,庄晏清对这些可爱的小东西有搜集的欲望,正好攒了一排就全摆在车前。

"你就这么任由她摆?"

这辆黑色保时捷911是萧北淮的爱车,前段时间还特地托他去更新了最高配置,这会儿摆满了塑料小鸭,只觉得哪里怪怪的。

就……一点都不酷也不高冷了。

萧北淮瞥了眼江延的车:"你,不懂。"

江延无语。

"我们进去吧。"

庄晏清走在前,萧北淮随后,帮她抬手挡了一下门。

越LING店里还有客人,江延一行人径直去了岑翎的办公室。没过多久,岑翎就回来了,怀里抱着几个文件夹,还有个电脑,走路颤颤巍巍的。

江延见她又要用屁股开门,箭步冲过去拉开,顺手就接过她怀里的东西。

"累死我了。"岑翎揉了揉手臂,"你们等很久了吗?"

"没有,我们也刚到。"庄晏清正在研究岑翎架子上的新品,香味还挺好闻的,"这款就是你说秋季准备上的晚桂?"

"对呀,刚刚开会对的就是这款上线的营销,味道怎么样?和你最爱的凛冬白柚相比?"

岑翎迫不及待地想听听庄晏清的意见,作为越LING品牌的忠实粉丝,她的评价很重要。

"这款对喜欢桂花香味的人来说应该是嗅觉狙击猎人,前调很舒服,给人一种既甜又舒心的感觉,挺适合秋天的。但无法动摇凛冬白柚在我心目中第一的位置。"

庄晏清嘴角禁不住上扬。

萧北淮合上手里的产品杂志,附和了一句:"这个人是柚子精,非柚不可。"

岑翎哈哈大笑。

"可以下班了没？订的餐厅时间差不多了。"江延看了眼腕表上的时间，"从这儿过去起码要半个小时，不算下班高峰期堵车时间。"

"啊，那我们赶紧走，江延你帮我拿一下外套，我收拾一下包包。"岑翎手忙脚乱，眼角余光扫过压在桌前日历一角的两张邀请卡，顺手塞进了包里，"走吧走吧。"

江延牵过她的手："慢点，不急这一两分钟。"

岑翎："我可能要来大姨妈了，今天的腰好酸。"

两人贴在一块的时候，她小声撒娇，江延松开原本牵着的手，绕到她后腰处轻轻摁了摁："你之前经常请公司同事喝下午茶？"

"嗯？也没有经常，一般有节点或者什么要庆祝的事儿才会点，怎么啦？"岑翎仰头看向身旁的人，他却忽然停下。

眼看庄晏清和萧北淮都快走出大门了，岑翎纳闷："干吗？你落下什么东西了吗？"

江延以手掩唇，咳了声："我看最近那些奶茶都有差不多的营销手段，就是会送一些小公仔什么的。"

岑翎："然后呢？"

江延破罐子破摔："我车上有点空，你给我拿几只好看点的摆一摆。"

岑翎："啊？"

"你们女生不都是喜欢布置吗？摆弄一些小玩意儿。"江延催促着她，"快快，挑几只最好看的摆咱们车上。"

等到了餐厅，下车后经过庄晏清他们的车时，岑翎才明白江延那心血来潮的想法是因为什么。

男人怎么那么幼稚啊！

连这种都要攀比！

就很无语。

"怎么了？"进包厢落座后，萧北淮和江延下楼去挑选新鲜食材，庄晏清留意到岑翎脸上古怪的表情，问道。

岑翎将外套挂在衣架上，拉开椅子坐下，又往身后垫了个软枕："江延和你家那位认识多久了?"

"应该很多年了吧,他俩是发小啊,具体什么时候认识的,我就不清楚了。"突然聊起这个,庄晏清好奇,"怎么啦?"

"我和你说,幼稚真的会传染。"

岑翎把鸭子的事和庄晏清说了一遍,后者听完哈哈大笑。

"我真的不理解,之前有段时间我很迷恋盲盒,其中有个系列叫超级赛道,就是各种很可爱的小车子。我想着抽几只好看点的,摆在家里入门玄关的架子上。"

庄晏清迫不及待:"后来呢?"

岑翎边倒茶边说:"抽到了重复款,但也挺好看的,我就带到了江延家,炫耀式地拿给他看,还张罗着摆在哪里会显眼些。你猜他说什么,说幼稚!就当时那副表情——"

岑翎有模有样地还原了一下。

庄晏清连连拍桌:"哈哈哈,好像!"

"对吧,从那之后我就不再往他家带什么小玩意儿了,在我眼里这就是位纯纯直男。结果今天,这大直男居然指控我不够少女心?拜托,要不是看到萧北淮车上摆着,换作从前我拿上车自己摆,肯定给我丢窗外了。"

末了,岑翎还不忘补上一句:"嫌弃鸭子拉低了他车子的品位。"

庄晏清抿着唇笑:"这点啊你就冤枉他了。"

岑翎:"啊?"

"真不是攀比。"

当时萧北淮说他不懂的时候,江延还不死心地追问,后来萧北淮才告诉他,车上放些幼稚点的小摆件,明眼人一看就知道这是名草有主。

"他也许听了萧北淮的话,知道这是间接宣示主权,刷女友存在感,才问你讨要小公仔的。"

心脏忽然一阵乱蹦,岑翎垂下双眸,眼珠子慌乱地滚了滚:"呃……好吧。"

庄晏清伸手碰了碰岑翎搭在桌面上的手指,笑嘻嘻:"看得出来,他很喜欢你。"

岑翎还没来得及回答,门口就传来了萧北淮和江延说话的声音,紧接着包厢门被推开。

"你喜欢的杏仁酪。"

萧北淮将一个小碗放到庄晏清面前，下楼选食材时正好看见师傅端着一盘出来摆，庄晏清爱吃甜品，就顺手给她拿了一碗。

"怎么就光我有啊？"庄晏清看了眼两手空空的江延，"你怎么没给翎翎拿？她也爱吃这个的。"

"她吃不了。"

江延在岑翎旁边坐下，自然而然地端起面前那杯水喝，丝毫没在意那是岑翎的杯子。

庄晏清疑惑不解："吃不了？"

岑翎嘿嘿道："来例假了。"

等上菜的时间，江延问起他们明早回天水二中踩点的行程。

"准备几点过去啊？晚上六七点？等学生都放学回家了？"

萧北淮："嗯，周五学生还要上课，太早过去影响不好。"

岑翎托腮："但太晚的话天都黑了，你们踩点还能有效果？趁学生上课的时候去，校道上空无一人，这不是更合适？"

"其实周末一早就到了，那会儿再走位定点也来得及。是我想先和他两个人……"

"懂懂懂，重温旧梦！"

庄晏清话还没说完，岑翎就打断她，惹得庄晏清耳朵微红。

江延反倒接起话茬："怎么选周六拍摄，周五踩点啊，就该选周日拍摄，周六去踩点，把我俩也带上。就许你们重温旧梦，我俩也是二中毕业的啊。"

"关你什么事？"萧北淮抬眸，睨了江延一眼，"你俩就在天水，分分钟能去重温，怎么，之前没有这个想法，非得学我们？"

江延无语。

萧北淮："那我们俩要是明天结婚，你是不是也要学我们去民政局登记？"

岑翎："你俩明天要结婚？"

庄晏清一口茶水差点喷出来，慌忙摆手："不……不是……"

萧北淮神色淡定："举个例子。"

岑翎："吓我一跳。"

江延"喊"了一声："就你俩这情况，要结婚也早不了，到时候我们一定在你前面，说不定连孩子都比你们早抱上。"

没料到江延胜负欲这么强，一下给岑翎听傻了，她忙不迭抬手捂住他的嘴，羞愤地拍了下他的肩膀："别乱说！谁要和你结婚了！"

江延："嗯？"

什么意思，不和他结婚，还想和谁？

"呵。"萧北淮不给面子地笑了一声，给庄晏清续上热茶，还不嫌过分地继续补刀，"听见没，翻车了。"

庄晏清摇头失笑。

吵吵闹闹吃完一顿饭，分开时还互相约好，有时间再一起回校。

周五下午，萧北淮来的路上买了两袋糖炒栗子，进门打开，满屋子瞬间充斥着栗子香味。庄晏清穿着拖鞋"哒哒哒"从楼上跑下来，像只快乐的小玉桂，使劲嗅着鼻子："是淮哥来了吗？买了什么？栗子吗？好香！"

"你慢点，小心别摔着。"

见庄晏清跑那么快，君姨忍不住提醒她下楼时注意些。

"君姨这是要出门？"

萧北淮见她手里拎着个包袋，问道。

"对，周末孙儿满月酒，提前回家。"

先前就请好的假，要回老家几天，下周三才回，也不知道那时庄晏清和萧北淮还在不在这儿。君姨有些可惜，她很喜欢这两个孩子，还想多给他们做几次好吃的。

临时才听说这个好消息，萧北淮忙送上祝福："恭喜君姨。"

君姨："谢谢，那你先坐，我车子到门口了。"

什么礼物都没来得及准备，萧北淮和庄晏清要了点现金和红包，又急急忙忙追出门送给君姨，聊表心意。

等回来，庄晏清已经盘腿坐在沙发上剥栗子了，问："怎么想到要给我买栗子？"

"路过,觉得很香。"

萧北淮洗完手走过来,一个俯低身的姿势,庄晏清就自觉地将刚剥好的一颗栗子喂到他嘴边。

她指尖触碰到他柔软的唇,正想收回,就被他舌尖舔了一下。

像过电似的窜过,指尖麻了,脊椎骨也麻了。

他夸:"好吃。"

庄晏清羞赧地睨了他一眼。

"叔叔和阿姨已经出去了?"

萧北淮环视四周一圈,并未看见庄怀和晏琼玉的身影。

"当然,我爸一早就去公司了,妈妈下午去美容院,晚上直接过去晚宴场地。"

萧北淮问:"酒会那儿,你晚上要过去吗?去的话我可以陪你。"

"不是很想,本来庄家生意上的事我也没插手,庄明宴去就可以啦。"庄晏清有节制地吃完第五颗栗子,开始收手整理袋子密封口,"东西带了吗?"

萧北淮一顿,表情有些不太自然:"嗯……"

"啊?走走走,上楼!"

庄晏清丢下栗子,抽过纸巾擦了擦嘴角和手指,迫不及待地推搡着萧北淮。

男人抬指摁了摁额角,颇有些无奈又好笑。

进卧室,庄晏清"砰"的一声把门关上。

"我去趟洗手间,你先在这儿换?"

萧北淮一语不发,就盯着庄晏清看。

"怎么了?我脸上沾了栗子?"

她用手背蹭了蹭,没有啊,很光滑什么都没有。

萧北淮上前一步,嘴角微微往上翘,声音慵懒又危险:"怎么就我穿,你呢?不穿?"

"我……"

"你把夏天那套拿出来,你不换,我也不会换。"

凭什么就他来,这种事情难道不是两个人一起?

庄晏清有些不好意思，手背在身后，小声道："我那都是好几年前的衣服了，也不知道穿不穿得下，我没试过。"

萧北淮的目光上下打量了一下她，唇边笑意浅浅："是长高了不少，好在夏装是裙子也不影响？反正其他地方嘛，也没什么变化。"

反应过来他说的什么后，庄晏清气急，伸手就往他胸口捶了一下："萧北淮，你胡说八道什么！"

"急什么？"他轻顿，握住她的手腕，指腹揉了揉，"我又没说错。"

"你别说了！"

庄晏清恨不得拿一整袋栗子堵上这张嘴。

最后，她还是听话地从柜子里翻出那套夏季校服，前一日还特地拿出来洗晒过。

虽说拍摄的时候会给到一套二中全新的校服，是更新后的新设计，符合时下学生们的审美，年轻又富有朝气。

但要说喜欢，她还是会选多年前自己那个时期穿的那套深蓝与白色相搭的衣服。

"咳，还行？"

思绪被打断，庄晏清闻声抬头，对上萧北淮目光的那一刹那，宛若是乘坐了时空穿梭机，回到他名噪一时的青春岁月里。

少年赤忱，有风带起热意，他在那刻盛大的香樟树下，单手抄着口袋，眉眼清朗又澄澈。

"想什么呢？都看出神了。"

萧北淮走到庄晏清面前，伸手打了个响指。

"啊，没什么。"她努了努嘴唇，自上而下看了他一眼，"上衣还好，裤腿就有些短了。"

"那当然，这可是高中校服，我大学的时候还在长个的。"

萧北淮双手抄着裤袋提了提，总觉得自己穿了件七分裤，高中那会儿他一米八三，后来个子蹿到了一米八七，狠狠打了那些说什么上大学就不会再长个子的人的脸。

"学长。"

庄晏清笑眯眯地望着他，目光像极了一道细细的丝线紧紧密密地缠绕在萧北淮的心上。那一声久违、熟悉又带着点与从前不一样的大胆挑衅，像颗汽水糖，投进他的世界里，瞬间沸腾出一堆的泡泡。

"嗯？"萧北淮上前，单手搂住她的腰，轻轻往前带。

下一秒，两个人贴在了一起。

她裙摆随着动作幅度，晃着贴到了他的校服裤上。

"怎么了，学妹？"

庄晏清"扑哧"一下笑出声来，垂下眸摇头："对不起，我有点出戏，因为你以前不会这么叫我的。"

她仔细回忆了一下。

那会儿他们见面的次数不算多，每次都是她先打招呼，萧北淮的反应也有些冷冷淡淡，就是因为这样，她才会在一开始的时候，不相信他说的什么——早就偷偷喜欢你了。

谁暗恋女孩子是这个样子的啊，跩给谁看呢，那么高冷！

但后来细想，他对自己又的确不太一样，会因为她说抽烟不好，转身就把烟戒掉，会把她分享的新年照片发到朋友圈里，全部人可见……

"你连叫我名字的次数，都很少。"庄晏清双手绕到他腰后，环抱着他，微微踮起脚尖，下巴搁在他颈侧，"像现在这样的距离，我当初想都不敢想。"

她连听到他的脚步声，都会下意识紧张，更别说和他靠近了。

"可我想过。"

萧北淮声音低沉，拥抱庄晏清的动作又格外温柔。

窗外的风吹得帘子起伏，偶尔会听见外面传来的窸窣虫鸣声。但庄晏清所有的注意力，都在面前的男人身上，等待着他未说完的话。

"见到你的时候，我会想该和你说些什么。你冲着我笑，我会想将你拥入怀中，生怕被旁人看见。还有像现在这样……"

他高挺的鼻梁贴在她耳边蹭了蹭，唇瓣若有似无地触碰到她的耳郭。屋外的光线带着她的发丝染上一缕缕金黄，连带着他凑近的动作都沾染上。

"甚至更亲密的，我都想过。"

透过纱帘的光，像被过滤了一层，以至于落在屋内人身上显得很柔软。

庄晏清眼底泛起潋滟的光，嗓音柔软："学长。"

这一声,像是把时间尽数拨回到从前。

落日熔金,他在傍晚的校道上看见她与朋友放学归家的身影,那嬉笑时如弯月的双眸和霞光一道烙在他心上,长发随风飘起,带起的风越过无数人,拂在他的心间。

南风知我意,吹梦到西洲。

少年时的不够勇敢,在重逢之后一一弥补,爱意会比从前,更深更深。

归咎于萧北淮非要胡来,以至于下午去踩点这件事变成了大晚上,庄晏清为此哼哼唧唧颇为不满。

"白天来我们就能把学校都走一遍了,现在教学楼也没开灯,黑漆漆的。"

"再早些来,球场指不定还有学生打球,你可以和他们一块打,我都快想不起你打球时是什么样的了。"

"哎,都和你说快点快点,你就是不听,来晚了吧,大晚上的就这几盏灯,感觉都没有了。"

…………

见她越走越快,萧北淮垂下头低笑了一声,随即又快步跟上:"对不起,是我不好,以后不瞎说不闹你了。"

庄晏清耍小脾气不理睬。

校道灯光下,两人的身影被拉得很长,男生追逐着女生,时而贴靠在一起,时而男生又被推开,一次又一次不嫌烦地推拉着,直到身影完全重叠在一起,月光下也传来女生银铃般的笑声——

"萧北淮,你别挠我痒痒!"

次日拍摄,莫宝贝来跟场。

她昨晚的飞机到天水,落地就直接回了酒店休息,也是一早才和庄晏清碰面。

"你脸色好差啊,生病了吗?"

莫宝贝摇头。

庄晏清又猜:"和言四又吵架了?"

莫宝贝还是摇头。

庄晏清:"那你这是怎么了?"

"我在发愁。"莫宝贝掀眸幽幽然地看着庄晏清，耷拉着脑袋有气无力，"我例假迟了。"

"啊？"

这……

庄晏清怔住了，好半晌才找回思绪："你验过了吗？"

"还没，也是昨晚在飞机上才想起例假迟了，到酒店后我就开始算日子。"莫宝贝苦着脸，"今天还有拍摄要跟，我怕买了验孕棒一验，连工作的心思都没了。"

庄晏清："那要真有了，你要这个孩子吗？"

莫宝贝想了想，咬牙切齿道："我先把孩子他爹弄死！"

庄晏清："呃……"

很快车子就到了天水二中，眼尖的庄晏清看见道路对面有家药店，她下车后挽着莫宝贝的手轻声说："下了斜坡，大路右侧有药店，去买了验一下心里踏实些。拍摄这边有萧北淮的人盯着呢，不用担心。"

莫宝贝："我等你做完妆发造型，踩点走位后再去。"

首套造型是二中的校服，庄晏清和萧北淮商量后还是决定沿用他们以前上学时穿的那一套，至于校服裤，萧北淮还是选了条新的。

毕竟穿"七分裤"有点太草率了些。

"莫宝贝呢？"准备进入拍摄，萧北淮注意到庄晏清身旁没有人，便问了一句。

"她不太舒服，买药去了。等会儿你走向我的时候，步调慢一些。"

庄晏清突然有些紧张，明明之前已经拍过这种情侣画报了，也不知怎的，在她换好校服，走到这校道上时，觉得整个人有些飘飘然，步伐都不是很实，而且心跳得厉害。就连摄影师都看出了她的紧张不自然，开玩笑道——

"这儿可是你们的地盘，怎么还慌起来了。"

萧北淮伸手捏了捏她的肩，晃了下："要紧张也是我紧张。"

庄晏清没反应过来："你紧张什么？"

萧北淮清俊的脸上带着肆意的笑，趁人不注意，忽地俯身凑近在她耳边说了句什么。

结果众人就看到庄晏清又气又恼地追着他打，场面霎时一阵乱，旁的人根本不知道发生了什么，呆若木鸡地看着，看完又觉得，无非是小情侣在打情骂俏吧，又都笑出声来。

因这段小插曲，庄晏清的状态放松了许多，连着好几个镜头与姿势的完成度都很高，摄影师不禁称赞完美。

伊敏双手抱紧脚本，抑制不住往上扬的嘴角，时不时还在旁边雀跃地蹦着："啊啊啊，我感觉从前看的那些青春校园小说，都有了脸！看着两位老师，我现在脑海里可以脑补一部校园偶像剧。"

《观澜》的工作人员："可不是嘛，他俩能不能再合作一部校园题材的电视剧啊，我真的会想看！"

伊敏："我也是我也是。"

《观澜》的工作人员："真的好配，还有那个眼神，我们拍的不是平面吗，我怎么觉得他们眼神会说话啊！"

"老师们换一下衣服，我们去长台阶那边拍下一组照片。"

摄影师拍完一组镜头，终于有空搭理身后这两个小姑娘："你俩也太花痴了吧，吵得我耳朵嗡嗡嗡的，注意力都快集中不了了。好歹也是跟过上百场拍摄的人，什么表现力没见过啊，淡定些。"

"你还说我。"伊敏不服气地拿出包包里的小镜子，"唰"一下掀开，对上摄影师，"您自个儿好好瞧瞧，这眼睛，这嘴角，怎么回事？明明笑得比我们都开心。"

摄影师："咳，我这是为今日拍摄顺利感到欣喜。"

伊敏懒得拆穿他，跟着去下一个场地。

莫宝贝不在，庄晏清和萧北淮一块去临时置的更衣间换衣服，先拍冬季款的校服，再换一套现代装，同一个场景拍一组时空穿梭的画面。

"我还要改一下头发，你换完衣服就先过去？反正我俩也不站在一起。"

接下来这一套拍摄取的是她之前的创意想法，在庄晏清的高中生涯里，若非要拎出三个让她印象最深的画面，并且带有一定意义的。

长台阶上的张望与期盼，必在其中。

因为那个画面出现的次数太多太多了，多到后来甚至成了下意识的习惯，每每经过就会条件反射地踮起脚张望，哪怕有一次等到那个身影，有一次对视也好。

但都没有。

和伊敏说起这个画面的时候，她的声线很平静，嘴角泛起一丝淡淡的笑容，目光像是落在了很久以前，眼前浮现当时的场景。

回忆里带着一丝少女娇羞、暗恋酸涩，还有隐隐约约的遗憾。

听到后面，伊敏的鼻尖都酸了，她摒弃掉自己原先设想出来的画面，坚持留一组照片给这个片段。

谁的青春里，没有一段不为人知的暗恋。

她狠狠共鸣。

"不急，我等等你。"

萧北淮双手抄着校服口袋，姿势闲散地倚靠在走廊的墙壁上，校服尺寸恰到好处，熨帖平整更衬得他肩线利落平整。

视线再往下，是他敞开的拉链，露出里面没有换掉的夏季校服，校服下摆没有塞进裤子里，因抄口袋的动作松垮垮地堆在腰腹处，显出一丝浑不懔的脾气。

这倒是从前在萧北淮身上不常看见的。

少年时的他虽然也有跩得二五八万的那种感觉，但更多时候还是比较高冷，神情淡而不痞。

不像现在这样，沾了些许成年男人的坏劲儿，反倒有点校霸酷哥的样子。

庄晏清改完发型出来，瞧见的正好是这样的画面。她抿着唇走过去，抬脚碰了碰他的鞋尖："学长在想什么？"

萧北淮伸手轻轻拨了一下她额前的空气刘海："想带小学妹逃课，也不知道学妹愿不愿意跟我走。"

"哎呀，刚弄好的发型，你别给我碰乱了。"庄晏清拿过助理手中的小镜子，仔细查看了一下，嘴上嘟囔着，"和你搭个腔，还真演起来了。"

"两位老师，准备好的话我们就直接过去了哦。"工作人员催场。

"走吧。"

萧北淮牵起庄晏清的手，一同往长台阶走去。

到了高三教学楼，两人分开，庄晏清依旧往台阶上走，萧北淮则是转身进了教学楼，接连爬了两层台阶，站在了走廊处，也是他曾经高三（15）班教室的走廊。

摄影师的机位设在了台阶上，取的是庄晏清近景特写的镜头，带过教学楼走廊上萧北淮的身影。

正好，夕阳西下，光线和他们原先的设定十分相似，是最理想化的状态。庄晏清沐浴着满身霞光，从台阶上走了下来，突地停下脚步，转而看向高三教学楼。

她轻轻踮起了脚尖，微风吹起她的发丝拂过脸颊，一眼，像是顷刻间望入了黄粱。光晕顺着她视线所及之处，落在了廊间那个颀长利落的身影上。

她在看他，他也在看她。

摄影师不断调整角度，以求拍到最完美的镜头。庄晏清也在他的指示下，一次又一次上台阶、下台阶。

她没有觉得疲累，反而每次望向萧北淮的眼神都做到了始终如一。

喊"OK"后，摄影师都忍不住赞一句："真情侣就是不一样，你们这个眼神啊，是真的有感染力。"

庄晏清被夸得有些不好意思。

莫宝贝赶回来时，他们正准备换最后一套服装，也就是现代装造型，依旧是长台阶的点，不过掉转一下两个人的位置，取都市重逢之意。

庄晏清见她一脸轻松，甚至还带着笑意的表情，猜到："没中？"

"嗯，吓死我了。"莫宝贝开心不已，"拍摄呢，还顺利吗？"

庄晏清："挺好的。"

最后一镜，萧北淮是一身墨绿色西装，外搭一件黑色长大衣，手持一把黑伞。发型做了些简单调整，打了发蜡往后梳，只留几缕散落，成熟中透着性感，还有些许禁欲。

工作人员里有几个是刚毕业的新人，过来跟场看到这套造型，一个个都忍不住犯花痴。

庄晏清穿的是一件V领裹胸的红色绒长裙，长发做微卷，慵懒中透着股妩媚，原先的空气刘海没有做保留，露出了她特有的美人尖，还有那双秀气的眉毛。臂弯处搭着一件黑色貂毛披肩，没有完全遮住那如白玉般的肩膀，若有似无中更显撩人。

"好了,造雪机准备好了没?两位老师我们要开拍了。"

这一次,庄晏清是站在教学楼走廊上的人,位置与萧北淮作了对调。

他从台阶上打伞下来,夜空中飘着雪,是初雪夜晚的重逢。她站在走廊的风口处,像是雪夜中悄然绽放着的一朵红玫瑰。

长廊四周的墙壁围困不住她的美,就那么直直落在了他的眼底。

是似曾相识的悸动,是久未动心的热烈。

别情无处说,方寸是星河。

他改变了原本往下走的动作,转而朝教学楼走去,迈向她的步伐坚定中透着迫切。他站在楼下,收起伞抬头看她。

她手肘搭在前廊的边缘,似笑非笑地回应他的目光。

"很好!很好!"摄影师连连夸赞了两声,又提醒庄晏清换一个托腮,妩媚中透着股娇俏的动作,"再笑一下,好的好的,完美。"

他的镜头越过萧北淮的肩线,拍到了一朵娇艳欲滴的玫瑰花。

同样的主角视角,摄影师在楼上也取了角度,到时自成一组。

"可以了,完成度超预期,大家可以收工了!两位老师辛苦了。"

摄影师不停地看着自己拍出来的画面,嘴角止不住地上扬。临时搭的办公桌旁,那些盯着电脑大屏出片的工作人员也是很激动——

艺人的表现力超出想象,这个季度的 KPI 有望超额完成!

简直太棒了!

庄晏清手遮挡着胸,浅笑盈盈:"谢谢老师,您也辛苦了。"

楼下,萧北淮将伞和外套递给大饼,三步并作两步上台阶,像黑夜中的猎豹卷着残雪晚风极快速地跑上二楼。

庄晏清听见脚步声,回过头,翘了下嘴角:"你怎么上来了?我都准备下去了。"

萧北淮长腿一迈,顷刻间便到了庄晏清面前,伸手搂着她的腰,低笑:"以后,我都会先走向你。"

庄晏清顿时一愣,反应过来他是为什么会突然说这句话后,复而笑开来:"好!"

浅喜似苍狗,深爱如长风。

往后的很多年,他们都一直记着这一幕。

萧北淮也像他自己说的那样,履行了承诺,做那个走向她的人,积极又主动。

第二十九章

倦怠明媚
qingxingmeng-

云城。

转眼，从天水回来有小半个月了，庄晏清一直都住在闲庭，小日子过得惬意又滋润。

萧北淮接了一档明星推理真人秀，是固定嘉宾。三天后就要去参加首期录制，一去就是四天。

庄晏清也在莫宝贝的三催四求下，定了新剧本《一揽芳华》，正在走合同流程。快的话，再过两周就要进组先做礼仪培训。

先前说什么要二人世界，要出去旅行，最后还不是被工作抢在了首位。旅游度假原本已经提上了日程，但《一揽芳华》的制片人，也就是《乌夜啼》的制片人，一直在磨庄晏清接下这部剧。

思来想去，庄晏清也觉得休息的时间挺久的，是时候回归工作状态，至于出去玩，以后有的是机会。

"你们家这咖啡机是坏了吗？奶泡怎么打不出来啊。"莫宝贝捣鼓了半天，有点无语，"还有你这牛奶，只剩这么点了也不买些新的补充。"

沙发上，庄晏清正翻着剧本，头也没抬地答："忘记买了，你直接兑着喝吧。要不我直接给你点外卖咖啡？"

莫宝贝："算了，先这么喝吧，这牛奶我倒了，你记得自己再买一些，冰箱里没有了。"

庄晏清："好。"

"转发文案都想好了吗？十点整配合《观澜》杂志微博宣传。"

莫宝贝端着咖啡来到庄晏清身旁坐下，抓过靠枕垫在后背，寻了个舒舒服服的姿势。

庄晏清："嗯啊。"

莫宝贝打量了一下这屋子，托庄晏清的福，她现在来闲庭的次数都比去杭山畔要多了，再这样下去，那边的房子都快成闲置了。

不得不说，情侣的品位还是相似，萧北淮当初买下这里装修的时候，都还没和庄晏清在一起，可风格却是女方喜欢的那一款。

"你说说你们，去年'520'还没在一起，所以没过节。今年好不容易在一起了，萧北淮又出去录综艺，剩你一个人独守空房。"莫宝贝摇了摇头，啧声，"你俩啊，和这节日没有缘分。"

"怎么就没有缘分啦。"庄晏清伸了伸腿，坐直了身，"我们可是连着两年'520'都拍了情侣画报上了《观澜》杂志刊面，这也是一种仪式感啊。再说了，去年虽然没在一起，可我们也见面了。今年……"

她顿了顿，笑嘻嘻道："他早上的飞机走，零点那会儿我们还是在一起的。"

莫宝贝："那他送你什么'520'礼物吗？"

"言四送了你什么？"

庄晏清不答反问，偶尔听听别的情侣，也能积攒点经验。

"D家刚出的新款包包，一个系列。"

莫宝贝答得很平静，面上也看不出什么很惊喜的样子。

"新款？一个系列？"庄晏清瞬时拔高声量，眉梢微挑，抬手鼓掌，"不愧是言总，出手阔气，大方。你这什么表情啊，都一个系列的新款了，还不开心？"

"没新意啊。"莫宝贝扬高了下巴，"买包我自己也能买，而且这个新款还是我之前说过喜欢的，他肯定听见了。"

"所以？"

莫宝贝一脸不屑："就是自己没有用心去想！他这是开卷考试，都知道答案了才去做题的，得满分有什么好骄傲的。"

"你就作吧，得了宠还不知道珍惜。"

庄晏清抬脚踢了她一下，可话又说回来，莫宝贝本也是大院明珠，自小被捧在手心上，要风得风要雨得雨。像这种名牌新出的系列，对莫宝贝来说的确算不上新鲜。

莫宝贝："你的呢？萧北淮送你什么？"

庄晏清伸出手来，在她面前晃了晃，亮出了腕间的手链。

"这是哪家的啊？"莫宝贝牵起她的手，定睛一看，"T家？又不太像，但挺好看的。"

"萧北淮有个朋友是做珠宝品牌的，这是他设计后找朋友定做的。这里还有我俩名字的缩写，瞧。"

庄晏清特地亮给莫宝贝看。

小公主的自尊心顿时有些受不了了："这才是用心了啊！救命，言安到底什么时候才能这么上道啊，我真的是会被这狗男人气死！"

莫宝贝抓过庄晏清的手，拍了一张手链的特写，转身发给言安。

四哥：嗯？

MoBoo：好看吗？

四哥：想要？

MoBoo：萧北淮给晏晏定制的节日礼物。

四哥：哦。

四哥：凑合吧。

MoBoo：什么叫凑合，萧北淮亲手设计的，花了心思的！不是那种张张嘴花钱就买到的礼物，懂？

四哥：什么意思？

四哥：不想要包？

四哥：那我让人送回去。

MoBoo：……我也不是这个意思！就是想让你学一学，看别人的男朋友都是很用心的！

四哥：哦。

四哥：下个月吧。

四哥：反正你每个月都要过情人节，还有机会。

"哈哈哈哈哈哈，我真是受不了你们。"庄晏清贴着莫宝贝，自然也看到了她与言安的聊天，"好幼稚啊你们俩，还每个月都要过情人节，这一年下来，言四该不会一半时间都在送礼吧。"

莫宝贝气呼呼："这臭男人就是不够真诚！"

六月初，影视博主曝光古装群像IP《一揽芳华》主演信息，庄晏清搭档孟听南出演男女主，并有一众老戏骨加盟主演，阵容强大引爆期待。

事业粉为自家正主拿到如此好的剧本欢呼雀跃，并积极应援，彼时的庄晏清已经低调进组。

这是她第一次担任古装女主角，和之前客串《乌夜啼》感觉完全不同。要先参加礼仪培训，再进行剧本围读，等正式开拍已经是七月底。

古装剧的"战线"往往比现代剧要长，加上《一揽芳华》是长篇家族群戏，整整拍了四个多月才顺利杀青。

又至年末，各大平台纷纷开始宣传明年即将上线的作品，Q1季度的新剧也开始了招商。《复杂证词》作为光里视频Q3季度重点剧目，也在品宣会上释出新片花。

基层法医题材的现实剧还是得到了不少人的关注，庄晏清配合剧组宣传转发新片花的同时，也发了一组在剧组拍摄时的现场花絮照。

每张图里都有一个法医行业关键词科普，宣传之余也让大众看见了她认真严谨的一面，对新剧播出更加期待。

年初七，电影《清醒梦》发布预告，看着视频中的自己，庄晏清有种穿越了时光的错觉，仿佛昨日还和萧北淮在同一个剧组，仿佛上一秒自己还是任南熹。

"你这都看了多少遍了。"萧北淮拿着刚洗好的水果走过来，喂了她一颗车厘子。

庄晏清含糊道："这片花，剪得好好。"

"嗯，四月份就要开始线下宣传了。"萧北淮在庄晏清身旁坐下，问，"车厘子甜不甜？"

庄晏清："甜。"

她没有线下跑宣传的经验，但萧北淮有，她便缠着萧北淮问了好多问题，包括观众都会问些什么、到时候会不会每一场都有采访、他俩要不要站一块等等。

答到后面，萧北淮都有些累了："听说了吗？"

"什么？"

庄晏清一边回应，一边修图，她今天要微博营业一组私照，这会儿正不紧不慢地调着照片滤镜。

"有帖子说我们分手了。"萧北淮漫不经心地道。

"分手？"

庄晏清大惊，怎么会这么想呢？

但仔细回顾了一下，除了去年"520"情侣画报，他俩的确没有在大众面前互动过。年末几场盛典的红毯，她和萧北淮都没有同台，倒也不是主办方没邀请，只是档期缘故所以没凑上。

就连电影节《清醒梦》剧组走红毯，她也没有和萧北淮站在一起，两人一左一右陪在导演身边，全程也没有什么眼神交流。

倒不是刻意避嫌，只是前一天晚上刚好吵了一架，所以那会儿庄晏清正耍小脾气，虽说当晚就被萧北淮哄得服服帖帖，可网上还是有人猜测这两人绝对是闹翻了，否则真情侣带着定情之作出席电影节怎么可能全程零交流。

事后，庄晏清也被莫宝贝"教训"了一顿，说她一点都不专业，分不清主次和场合，都什么时候了还因为吵架而拉脸，影响剧组走红毯。

可回顾了红毯视频片段后，庄晏清觉得自己当时的表情并没有那么夸张啊，还是笑了的，甚至签名的时候，她的笔都还是萧北淮递给她的。

也不算完全零互动吧。

但在莫宝贝眼里，就是狡辩。

从那以后，时不时就有萧北淮和庄晏清分手的帖子与八卦消息传出来，因为不常上网，庄晏清对这些讯息是一点都不敏感。

"所以线下巡演的时候，我们得认认真真合体营业，打破外界的分手传闻。"萧北淮提醒庄晏清，"别总想着和我保持距离。"

庄晏清心虚地笑了笑："我哪有……"

萧北淮双眸都没抬，冷哼了一声："有没有某人心里清楚。"

男人可真小气，记仇都要记半天。

这句话庄晏清只敢在心里嘀咕，面上还是带笑地讨好着萧北淮，放下手机，起身分开双腿坐在他身上，拿过装满车厘子的碗，亲自喂给他。

"我呀，到时候还得仰仗你帮忙解围呢，万一现场观众问的那些问题太过刁钻，我又不会回答，那就只能你帮我了。"庄晏清冲着萧北淮眨了眨眼睛，撒娇，"你不会袖手旁观的，对吧？"

萧北淮目光轻轻扫过来，咬着车厘子，爆汁超甜，舌尖勾着挑出内核，偏头吐在了旁边的空碟子里。

"要我帮忙，那你岂不是要给点报酬？"

庄晏清一手搭着他的肩，一手端着水果碗，在听到这句话后很上道地凑近，吻了吻他的唇，还尝到了一点樱桃汁，就是有点少，尝不到甜味。等她再想细尝，对方却不让了。

"再喂我吃一颗。"他努了努下巴，指着碗里的车厘子。

庄晏清挑了一颗还带把的喂给他，才到嘴边，猛地想起什么，好奇地问道："你会用舌头给樱桃梗打结吗？"

"打结？"

萧北淮虽不是头一回听到这种操作，但自己并没有尝试过，也太无聊了些。

庄晏清红着脸，细声说道："我听说吻技好的人，都会这招。"

"不会"二字都到嘴边的萧北淮，听到这句话之后顿了顿，片刻后点头，他装出一副很不屑的样子:"这有什么难的,给我,打给你看。"

一分钟后。

庄晏清柔声问:"还没好吗?"

她盯着他看了半天,见他表情越来越古怪。

"要不我们放弃吧?我也就只是说说而已。"她体贴地解围,"别待会儿舌头都在里面,卷抽筋了那可就不好了。"

舌头卷抽筋了是什么鬼。

萧北淮有些无语,微抿唇,将樱桃结取出:"喏,可以了。"

"哇!"庄晏清惊喜不已,连连夸赞,"居然真的做到了,我还是头一回见到真的有人能用舌头给樱桃梗打结。"

"呵,这有什么难的。"

男人的胜负欲可是非常强的,即便这个时候舌头有些累,可面上也不会表露出来,背靠着沙发,方才还悬着的心瞬间放下。

"怎么样你感觉?难不难?"

庄晏清像个好奇宝宝一样,她试图进行无实物模拟练习,但总感觉很难成功,没卷几下,就觉得舌根很累。

"你还好吗?会不会都麻了?"

她伸手捏着萧北淮的嘴巴,后者一下拉住她的手,指尖在腕间收紧。

"试试?"

一碗的车厘子滚落在沙发四处,水果碗跌落在了地毯上打着旋翻盖住。

八月,《复杂证词》开播,收视一路走高,在暑期档成功霸榜第一的位置,刷新了不少平台数据,其中有效播放数据更是打破了两年前一部古装长篇IP巨制的纪录。

可见,是实火。

而剧中带有社会话题性的情节也频频引发热议与讨论,好的剧本加上好的主创团队,呈现出来的自然是高口碑作品,为此,自来水营销也将他们推到了高位,几位主演连着几个月都是数据网上搜索量和话题量前十。

男主盛怀津本就是影帝级别，原声台词功底非常强，其作品和演技在国民心目中认可度也是比较高，《复杂证词》是他婚后出演的首部电视剧，再度刷新了他的话题度还有路人缘，为他的演艺生涯交出了一份锦上添花的成绩单。

女主庄晏清的表现也带给了观众不少惊喜，尽管不算大女主戏份，但表现却十分有感染力。不是科班出身，却用原声台词，虽还有不足之处，但瑕不掩瑜。看得出来庄晏清是下足了功夫，在认真对待作品与角色。

同一时间，随着剧的播出，她在社交平台上分享的学习笔记和剧场小结也引发了网友的热议和关注。

已经很久没出现这么认真，堪称一股清流的演员了。

甚至还有法医学生下场证实，庄晏清的这些笔记都是自己梳理出的重点，不是随随便便在课本上摘抄的，也不是班门弄斧，不夸张地说，这种思维导图剖析案件经过以及尸检报告呈现，是教科书级别的。

光里平台原本下半年的定位是"冷静增长"，没想到押对了宝，《复杂证词》的大火带动了整个平台的数据，一度成为宣传重点，甚至有望成为年度最瞩目佳作。

年末，凭借着《复杂证词》乔芷一角，庄晏清拿到了不少有分量的奖项。

前有《清醒梦》破五亿票房，庄晏清以任南熹的角色斩获电影节最佳新人奖，后有《复杂证词》超高数据以及国民认可度，虽在时间上比约定的两年延长了些，但总算是兑现了当初的诺言，向老爷子交出了一份出色的答卷，也得到了继续留在这一行闯荡奋斗的机会。

次年七月，《乌夜啼》开播。

作为年度最受期待的古装权谋大剧，从定角开始就备受关注，因为阵容很豪华。双流量男主搭档，皆是公认的演技派，而配角也是存在感很强的演员。

既有年轻的、待爆的上升期梯队，又有好评颇高的老戏骨梯队，还有去年获得路人高口碑的庄晏清客串打酱油。

从前那些讽刺她瞎掺和，给女配加戏的喷子，在片子上映后被纷纷打脸。

庄晏清仅四分钟的表演片段美得让人印象深刻，演技也在线，这让大众纷纷开始期待《一揽芳华》的播出，叫嚷着能不能直接接档《乌夜啼》。

作为暑期档正剧播放量的冠军，《乌夜啼》的确狠狠拿捏住了观众的审美，而其中，萧北淮和庄晏清的恋情也再度被搬上话题榜。

自公开恋情已经过去将近四年，除去年《清醒梦》上映，这两人同台宣传后，大众便极少看见他们合体。

就连情侣画报也仅仅拍过两次，便再无延续。

关于分手的传闻甚嚣而上，从未停止过，小道消息像是月经帖，时不时就爆出来一条也没有经过官方求证。

巧的是，双方只要一有什么作品要上，这消息就会出来溜一圈，团队也没有正面回应过，导致路人一直觉得这是艺人的炒作手段，仅凭粉丝在回应也显得有些乏力，甚至还有点败坏路人缘。

"什么？分手恋人恋爱观察类真人秀固定嘉宾？"

听到这个邀约信息，庄晏清一个鲤鱼打挺从床上坐起身来。

萧北淮费劲地睁开眼睛，伸手摸索了一下，很自然地拉起被子盖住她，扶额叹了口气。

庄晏清捂着被子，困倦全无，脑海里回荡着莫宝贝方才说的话："你再说一遍，什么综艺邀请我？"

莫宝贝在另一头笑得像是快岔过气："哈哈哈哈哈，分手，分手恋人恋爱观察。哈哈哈哈，就是那种将分手的情侣聚在一起，同处一室找寻新恋情的综艺。"

"为什么啊？"庄晏清不理解，她坐在床上平缓了一下情绪，"恋综，还是分手恋综，找我去干吗？我能分析出什么来，我又没有分手的经验。"

就很无语啊！

还很离谱！

萧北淮听到了对话内容，似乎也觉得有点好笑，没忍住就笑出了声。

庄晏清偏过头看了他一眼，被子下的脚伸过去踹一下："少幸灾乐祸！"

"还不是因为你们，合体秀恩爱的次数太少了，连选角导演都怀疑你们已经分手。上一次恋爱旅行类综艺你不接,现在好啦,来了个分手综艺。"莫宝贝忍不住怂恿,"晏晏,你要不,和萧北淮商量一下,公开你俩已经结婚这个消息?"

庄晏清和萧北淮是去年圣诞节领证的,两人非常低调,也不怪那些娱记没有寻到蛛丝马迹。

从一开始,萧北淮就是奔着结婚去的。

他这一生没有想过除庄晏清以外的其他人。不论时间早晚,不论他们之间经历过什么,不论彼此站在怎样的高度,庄晏清在他眼里,永远是当年初见时的模样。

萌生求婚的念头,是在和《观澜》第二次合作拍摄情侣画报,她穿着那件红色绒裙,站在长廊处冲他微笑招手的时候。

那一瞬间,萧北淮觉得那是他的新娘,是他的玫瑰,是无事绊心弦,所念皆如愿的愿。天地浩瀚终不及她一个人重要。

再后来就是江延向岑翎求婚,萧北淮承认,这其中多少有点男人之间的胜负欲在作祟。他们明明要比自己和庄晏清在一起晚,却抢在了前头求婚成功。

但不得不说,江延在大庭广众之下说的那番话,有影响到他。

爱情曾几何时是被顾虑和小心翼翼占先的?该是大胆和赤诚,是无所顾忌。

自那日起,求婚变成了他行程里最重要的一个待办事项。仪式感与浪漫缺一不可,他想给她世界上最好的,也恨不得把全部都给她。

彼时,岑翎的话提醒了萧北淮——

"拜托,她可是庄家大小姐,要什么没有,什么稀罕物什没见过。加上又是演员,剧里那些烂大街的求婚惊喜你肯定是不能再用了,若非要说她有过什么遗憾的事情,学生时期没有听过你表白,算吗?"

得知二中校庆将在十一月上旬举办,萧北淮向母校毛遂自荐,又找来了当年艺术节上与他一起合作演出的乐队成员,包括江延在内,重新编排了节目。

"你要回二中参加校庆表演?"

网上的消息都传出来了,庄晏清自然也看到,刚收工就给萧北淮打视频,巧的是他正好在音乐室练习。

"嗯,先前答应过学校那边,有机会的话返场一次,之前一直都没时间。"萧北淮拨弄了一下琴弦,给她弹了一小段新编的旋律,"怎么样?"

"好听。"庄晏清竖起耳朵后,不吝赞美,又像是想起什么,说道,"可之前邀请的不是和我一起吗?你怎么就一个人答应了。"

萧北淮:"练习需要时间,而且校庆表演那会儿你戏还没有杀青,走不开。"

这个理由倒是能解释得通。

"那到时候你让大饼给我录个视频,我收工后看。"庄晏清托着脸颊,陷入回忆,"我好像也有很长一段时间,没有看过你演出了。"

萧北淮:"以后有机会的话,我开巡演,请你当我的特邀嘉宾。"

冷不丁听到这句,庄晏清笑出声来:"好,敢于做梦,挺好。"

要说后来几天,庄晏清心里都惦记的一件事,那非萧北淮的校庆演出莫属。奇怪的是,除了那一日微信视频看见他练习,其他花絮片段她一个都没瞧见。

一眨眼来到校庆日,庄晏清很不巧地有一整天戏要拍,等到收工已经是凌晨三点多,熬了一天一夜哪还记得今天是什么日子,回酒店的路上就睡晕过去。

等再记起,已经是两日后的事情。庄晏清吓得手忙脚乱,一个电话拨过去,带着满满忏悔的心,连声调都比往日温柔一百倍。

"演出很顺利吧?学弟学妹们是不是都被你迷倒了呀?啊啊啊我没有在现场真的是太可惜了,我就是你的铁粉,死忠粉!"

"庄晏清,校庆都结束两天了你才记起我,你这么有本事怎么不等明年再来问?"

萧北淮的声音听上去幽幽的,还夹带着一声冷笑。

"你生气了吗？对不起，我真不是故意的……"庄晏清扁着嘴，可怜兮兮地撒娇，"我连着拍了两天大夜，你问宝贝，我真的是累到坐着休息，一闭眼都能睡着的那种。"

"哦？"萧北淮下意识地挑眉，"这个阶段，如果我没记错的话，拍的是和孟听南那家伙大婚的戏？"

好家伙，这都能记得。庄晏清瞬间没了气焰。

"累不累？"

"嗯？"就在庄晏清发愁到底该怎么隔着视频哄这个男人时，冷不丁听到这句话，有些顿住。

萧北淮柔声道："今天没有夜戏，回酒店后就早点休息，别玩手机。"

"嗯……"庄晏清鼻尖泛酸，"萧北淮，我好想你啊。"

"我也想你。"萧北淮温柔地看着她，"乖，再过几日就杀青了，到时候我去接你。"

庄晏清哑着嗓子："好。"

萧北淮轻笑："哭包，演出的视频过段时间给你看，后期在剪辑。"

"好。"

庄晏清不疑有他，情绪和注意力全都被带跑了，这会儿对演出视频也不是很执着，只想着快点杀青，然后回云城与他见面。

那时的她怎会想到，一场惊喜悄然而至。

第三十章

清醒梦境 无人是你
qingxingmeng-

月底，庄晏清终于杀青，这次她直接回天水，萧北淮也从云城过来与她会合。

"翎翎约我们晚上去五街吃烧烤。"

白色浴袍带子松松系了个蝴蝶结，庄晏清坐在化妆台前，一边上妆一边回岑翎的微信消息。

身后传来脚步声，紧接着闻到一股熟悉的须后水味道，她下意识偏过头去，正好与凑过来的男人照面。

趁她还没有涂口红，他电光石火地亲了一下。

"吃烧烤，你去吗？"

"去。"萧北淮双手搭着庄晏清的座椅扶手上，将她整个人虚虚揽在怀里，"五街，那不是在学校旁边？饭后一块回去散步？"

庄晏清："好呀，我没意见。"

"你快去换衣服，若要去五街，现在就得出发了。"

萧北淮："急什么，让江延去等位，我们到点过去吃就行。"

五街距离天水二中也就六百米不到的距离，因为是周末，来的人不算多。江延和岑翎提前到，要了个包厢位置，等萧北淮和庄晏清来，桌上已经摆满了吃的。

"翎翎，你这件裙子也太好看了吧。"庄晏清在岑翎身旁坐下，见她还化了很精致的妆，旁边空椅上也放着相机包，"妆也好好看，你们今天去哪儿玩了？"

岑翎顿住，尬笑了两声，不好意思地捋了捋头发："也没有去哪儿，就是周边玩。"

庄晏清："拍到什么好看照片了吗？我看看。"

"哎，别。"岑翎拦住庄晏清。

相机是特地带来晚上拍照做记录的，里面哪有什么合照，若庄晏清非要看，岂不是要穿帮。

她赶忙求救似的望向江延。

老公……

江延收到眼神暗示，出声："烧烤要趁热吃，放凉了味道就打折扣了。照片晚点看也来得及。对了——"

他看向萧北淮："这里离学校挺近，要不饭后过去一趟，散散步消食？"

"哎，我们来之前也是这么想的。"庄晏清一下就被转移了注意力，天真道，"真的，不信你问淮哥。"

萧北淮"嗯"了一声，夹了串广章肉片，放到她盘子上："尝尝看，好吃。"

烧烤吃到尾声，岑翎小声提醒庄晏清："你嘴角的妆都没了，要不去补一补？"

"补妆？不用了吧，待会儿擦一下口红就好。"庄晏清偷懒，从包里拿出湿巾和小镜子，"我今天带了最爱的小粉条，你要不要试下颜色？"

"不行，仙女怎么能这么敷衍，满嘴都是孜然的味道，你陪我去下洗手间。"

见她从包里拿出便携漱口水和补妆包，庄晏清讶然："翎翎，你变精致了。"

等两人离开，江延身子往后靠，瘫在了椅背上，瞥了萧北淮一眼："你确定她没有丝毫察觉？"

"应该没有。"萧北淮答道，下一秒话锋一转，"但我不确定你老婆那么拙劣的演技，会不会让她起疑。"

江延："你才演技拙劣！"

但岑翎的表现，确实有些过了。自打她知道萧北淮的求婚计划，就一直处于一种很亢奋的状态。江延甚至还仔细回忆对比了一番，觉得当初她被求婚的时候，好像也没有现在这么激动。

"她能憋到现在已经挺了不起的了，我俩这段时间的话题百分之八十都是为着你这事。"江延不耐烦地踢了下萧北淮的凳子腿，"赶紧的，速战速决，我都快听烦了。"

萧北淮手臂搭着椅背上，侧了下头："过河拆桥？当初你大半夜凌晨两点想不出招儿给我打电话，我还接了。"

行，算欠他萧北淮的。

"那我们先过去？"江延看了眼腕表上的时间，"差不多了。"

萧北淮："嗯。"

"给。"

这是岑翎刚刚偷塞给他的便携漱口水，他转交给萧北淮："真有你的，求婚前带人家来吃烧烤。"

萧北淮低笑："谢谢，接地气些，她才会相信这只是顿普通聚餐。"

"晏晏，江延被他发小一通急电叫走了。"

庄晏清刚从洗手间出来，就得知这一消息："那你呢，我们送你回家？"

岑翎摇摇头："你家萧北淮也跟着去了，那发小是他俩老同学，估计是有什么急事，让我们去学校那边等他们。"

"这样。"

庄晏清拿手机一看，果然，两分钟前萧北淮给她发了条消息，那会儿她正在补妆就没听见。

"那行，我们过去等他们。"

都是从小生长的地方，也不存在什么人生地不熟，更何况还是和岑翎一起。两人久违地手挽着手散步，像是回到了从前，一起上学进教室的时光。

校门口传达室的老伯，一听她俩是毕业生，小姑娘长得又漂亮，嘴也甜，就笑呵呵地帮忙开门，还不忘叮嘱一句："别玩太晚。"

岑翎："谢谢老伯！"

庄晏清拉着岑翎的手，一边往里走一边小声嘀咕："怎么感觉今天很容易就进来了，之前来过几次，门卫大爷都不太好说话。"

那是因为你家萧北淮已经买通打点好了！

岑翎心里说道，面上还在那儿装："哎呀，这不是周末嘛，学生都回家去了，自然管得就比较松。这老伯人好，我之前和江延来的时候也是，聊两句就熟络了。"

"是吗？"

庄晏清半信半疑，但不管怎样都进来了，也没再多想。

沿着校道一直往上走，经过高三教学楼往右拐是往操场方向的路，庄晏清正准备过去，被岑翎一把拦住。

"哎，你要去哪儿？"

庄晏清："操场啊，散步的话去操场绕圈岂不是最好？"

"下面风太大了，我们沿着校道走就好，我想去看一下光荣榜，早听说二中今年高考成绩斐然，走走走，去看下学弟学妹们都被哪些高校录取了。"说完，她拽着庄晏清就往教学楼走去。

大半夜的看什么光荣榜啊，奇奇怪怪，庄晏清虽有不解但也没拒绝。

这边，岑翎很努力地拖着庄晏清，给萧北淮争取时间，那边也是按计划有条不紊地布置着现场。

就在庄晏清想着给萧北淮发条信息，询问他事情处理得是否顺利时，岑翎的手机响了起来。

"啊？你们到啦，在哪儿呢？操场？哦，好好好，我们现在过去。"

结束通话，岑翎挽着庄晏清的手，双眸亮闪闪："他们进来了，以为我们在操场那边呢，走吧。"

庄晏清用一种审视的眼神盯着她看："刚刚我都听见了，江延就说句可以过来了，你怎么知道他们在操场？"

听筒漏音这么严重？

听力这么好？

这都能听见？

"啊，是这样，分开前我和他说了，到的时候直接去操场找我们。如果没见到人，再给我打电话。"

岑翎火速应变。

庄晏清半信半疑："是吗？"

岑翎："当然，走吧走吧，别让他们等急了。"

走下台阶，在距离操场内圈不过百米距离时，庄晏清停了下来。她看到了舞台上搭起的大屏幕与音响设备。

异样的感觉瞬间蹿上心头，她拉住岑翎的手，视线定在那儿："他是不是给我准备了什么？"

岑翎抿紧了唇没有作答，低头笑了笑后拉起庄晏清的手飞速下台阶，往操场中心跑去。

心中有个猜想在这一刻被无限放大，庄晏清提了提裙摆，一颗心隐约就快要跳出来了。

"嘭"的一声，台上的大屏幕亮了起来，熟悉的前奏响彻整个操场，是那日萧北淮他们在校庆上的表演。

"怎么会……"

惊喜、激动、震撼……太多情绪交织着攀上心间，像一阵阵浪潮势要将她吞灭。庄晏清捂着嘴，一时惊讶得有些说不出话来，目光专注于大屏上，片刻不敢移开。

她所有注意力都集中在上面，丝毫没有察觉身后渐渐走近的人。

视频里的萧北淮，一如当年那个在舞台上肆意挥洒青春的少年，如仲夏夜的荒野，有不羁也有狂妄，鲜衣怒马如一只即将高飞的雏鹰。

不对，现在不是雏鹰了。

他已足够强大，岁月在他的骨相上平添了成熟与桀骜，能傲然凌驾于苍穹之上。

旋律进入尾声，台上的灯忽然亮了起来，现场响起的演唱与大屏幕同频，甚至乐队全员都在。

庄晏清霎时怔住，她呆呆地看着舞台中央那个人，生怕是错觉，他怎么，怎么会……

> 雨下整夜我的爱溢出就像雨水
> 窗台蝴蝶像诗里纷飞的美丽章节
> 我接着写把永远爱你写进诗的结尾
> 你是我唯一想要的了解

他把《七里香》的歌词唱进了曲子的结尾，而此时此刻大屏幕的内容已经变成了一段单人采访——

"晏晏。"

才开口喊她的名字，他就忍不住笑了，露出了嘴角那个梨涡。

站在台下的庄晏清死死咬住唇，眼睛都不敢多眨一下，生怕错过任意一秒钟。眼眶有些湿，她拼命忍住，就怕视线模糊看不清楚。

"你好呀。"

猝不及防的一声招呼，让庄晏清"扑哧"一笑。

大屏幕里的萧北淮像是有些紧张，一直在抿唇："接下来的这些话，我准备了很久，也练习了很久。但不知道为什么，多年台词功底感觉到了这个事儿上，就一点都不顶用了，我还是会很紧张。

"距离上一次手心出汗，还是在三年前，在杭山畔和你表白的时候。不知不觉，我们已经在一起这么久了，可我总觉得还是刚刚在一起，还是在热恋期，每一天都比过去的一天更爱你。

"拍《清醒梦》的时候，里面有句台词，张燎永远爱任南熹。拍的那天，我心里想的是，萧北淮会永远爱庄晏清。拍《观澜》封面的时候，你站在长廊的护墙边，自上而下望着我，那一瞬间我有所感慨，还好你是生长在我心上的玫瑰，只属于我，无人能摘。对了，还记得学校多媒体大楼顶层的天台吗？那时你没有往前走，可能不太清楚，其实站在那儿能望见你们高一年级的教学楼。我会经常在那儿,是因为抱着会看见你的念想,有时一等,会很久很久。"

久到即便没有看见,还是会告诉自己,再等一会儿,再等一会儿兴许她就出现了。

"我很庆幸这辈子能遇见你,喜欢上你,从暗恋到表白再到一起,没有一秒钟让我觉得是被浪费或者可惜,哪怕你后来没有喜欢我,我也不会觉得遗憾。"

萧北淮停了数秒,忽地一笑:"因为,仅仅是喜欢你这件事,就能让我觉得世界有光。"

看到这里,庄晏清已经泣不成声,岑翎一边给她递纸巾擦眼泪,一边小声哄着:"别哭别哭,妆都哭花了。"

可她却越哭越厉害,眼泪止不住地往下掉。

"你曾和我说起过,当年校庆晚会,舞台下有无数人喊着萧北淮,我喜欢你。你说你也偷偷喊了,你用了'偷偷'二字……"萧北淮眼里闪着泪花,嘴角微微扬起,"今天,台下高朋满座,换我来将爱你这件事,说到尽兴。"

采访视频戛然而止,取而代之的是站在台上的人,灯光打在他的身上,叫人移不开半点目光。

萧北淮手拿着麦克风,嘴角始终含笑,眼里只余庄晏清——

"晏晏,我爱你。

"嫁给我,做我萧北淮的妻子,好不好?"

爱意斟得太满,如这夜的月光尽数倾洒在他的身上。庄晏清张了张嘴,却哽咽得说不出话来。

从前她只敢在人群的掩饰下说喜欢,如今换他将爱意说给全世界知道。

"答应他!"

"答应他!"

…………

身后忽然传来起哄的声音,庄晏清惊讶地转过头,一张张熟悉的面孔出现在她面前——

庄怀搂着哭红了眼的晏琼玉,欣慰地看着女儿。

萧长河和杜宁絮也站在身旁，笑着鼓掌。

莫宝贝和言安挥舞着手里的鲜花，庄明宴则把"答应他"三个字喊得比谁都响亮。

还有凯恩、娅娅、大饼，甚至连盛怀津夫妇也在，他们手里都拿着鲜花和荧光棒，陪着萧北淮低调准备这场惊喜，做幸福的见证人。

"晏晏。"岑翎往她手里塞了个话筒，提醒她，"你还没回答呢。"

庄晏清这才回过神来，重新望向台上的萧北淮。

"你……"她一开口，鼻音浓厚。

萧北淮宠溺地看着她，又问了一遍，给足她考虑的时间。

庄晏清用力点了点头，稳住情绪，喊道："我愿意！"

"噢！"

掌声热烈，欢呼声此起彼伏，萧北淮手撑着台面，一跃而下，奔向庄晏清。

星月皎洁，明河在天。从她答应的那一刻起，所有与暗恋有关的都留在了过去，他嘴角不可抑制地上扬，眼里只留有属于他的月亮。

哦，不对，是玫瑰。

从此，永远盛开在他的心间，无上热烈。

"你……"

她话还没有说完，下一秒身子腾空，被萧北淮抱着原地转了好几圈。庄晏清双手搭在他的肩膀上，眼里全是他。

"我爱你，晏晏。"

月光拉长的影子，是她低下头吻住他，于人群中最显眼，也最浪漫。

"我也爱你啊，萧北淮。"

九岁的庄晏清不会去想，哪天会有一个人像妈妈爱庄明宴一样爱她，全部目光都只落在她的身上，眼里只有她。

十五岁的庄晏清对着流星许愿时，只敢祝她的少年人生再无荆棘泥泞，不敢想他会回头看她。

二十三岁的庄晏清自认为有足够的勇气，可以重新去到他的世界，顺从爱意，疯狂又清醒，却不知他也在朝她走来。

从十五岁，到二十六岁，她喜欢的人一直都没有变。树木在森林中相依偎而生长，星辰在银河中因辉映而璀璨，她在人生浩瀚里得萧北淮独一无二的爱而永远灿烂。

远处的天幕泛起鱼肚白，光线渐渐从云层中跃出，透过落地玻璃映射进屋子，与床头落地灯光相互融合。

明暗交叠的衔接处，是交缠着的身影。

萧北淮终于懂了为什么有人会愿意迷失在莎士比亚的花园里，因为那儿有全世界盛放得最热烈的玫瑰。

哪怕在最高处，他都愿意踮起脚尖去亲吻；哪怕被藤蔓死死绞住，他都甘愿永远臣服；哪怕玫瑰枝叶有刺，他都不会去拔，陷进去，便就陷了，全部都可以给它。

天空逐渐明亮起来，云层之间甚至还裹着一层薄薄的云雾，庄晏清分神被外面的天色所吸引，呼吸逐渐平缓了下来。

她上半身的弧线宛若被晨光勾勒过，散落的长发因她仰起身的动作而荡漾出波浪，余韵在身下堆积，她抿了抿唇："看，是新的一天。"

萧北淮眸色很深，双手搂着她，线条完全绷紧："嗯。"单音一字，喉结滚动。

日出窥见玫瑰的汹涌绽放，熹光拂过爱人的温柔脸庞。

庄晏清双手环在他的后脖处，十指交扣，呼吸落在他的耳边，身子微微往前倾——

"早安啊，老公。"

萧北淮胸腔震动，偏头咬住她泛红的耳垂，舌尖沿着耳郭线滑动，喉结滚动："早安，我的萧太太。"

选在圣诞节那天领证登记，是庄晏清的主意。

"我们25号去领证吧，以后圣诞节就是我们的结婚纪念日，是不是很浪漫？"

"行,萧太太,都听你的。"

领证后的生活,庄晏清一直觉得没什么太大区别,除了称呼上。

萧北淮改口喊庄怀、晏琼玉为"爸爸""妈妈"似乎非常顺畅,叫得也很起劲,听得晏琼玉每次都笑不拢嘴。

反倒是她,偶尔还会犯迷糊喊萧长河为"萧伯伯",这么多年都叫习惯了,一时半会儿还没适应。就连喊"老公",庄晏清都有些别扭,总觉得不太好意思,特别是当着外人的面。

庄怀和晏琼玉为小两口在天水置办了一套小别墅作为新婚礼物,不过,因为工作的关系,多数时间庄晏清还是和萧北淮住在云城,也没买新房,就是把闲庭简单装修了一下当作婚房。

这段时间,萧北淮就搬到了杭山畔住。除了各自有通告,其余时间基本都在一起。

领证小半年,在接到分手恋综的嘉宾邀约后,庄晏清重新审视起她和萧北淮的婚姻来,已经低调隐秘到这种程度了吗?

狗仔就算没有拍到他们领证,起码也拍到他俩同进同出小区吧?出门和朋友聚会也是有的啊?两人一块出去吃饭、逛超市、看电影这些素材总得有一些吧?

还是他们已经寡淡到连跟拍的狗仔都没有,这才会有频频传出分手的帖子?

"要不我们公开吧?"

这夜,庄晏清坐在床头冷静思考了小半个钟头后,拍了拍身旁睡着的人。

男人闭着眼,"嗯"了一声以作回应,态度有些敷衍,像是听见了又像是压根儿没听见,只是下意识给老婆反应。

"喂,我和你说话呢。"庄晏清低下身,捏住萧北淮的鼻子,"我说我们对外公开结婚这个消息吧!"

萧北淮被弄醒,睁开眼来,棕眸下情绪淡淡,回答时嗓音里有化不开的散漫:"琢磨了半个多月,想清楚了?"

庄晏清抿唇:"没半个月那么久好不好……"

"不觉得公开后会掉粉，会被攻击，会影响事业了？"萧北淮显然之前没少听庄晏清在自己耳边唠唠叨叨。

"想清楚了。"庄晏清挪了下身侧躺在萧北淮身旁，手肘撑着枕面，"与其一直瞒着，最后被曝光让公众觉得不信任，倒不如大大方方地承认，和之前公开恋情一样。我们都是走事业路线的啊，作品的成绩都摆在那里，一点都没有因为谈恋爱而影响过。"

萧北淮伸手枕在脑后，调整了一下姿势听她说。

"明星也是普通人，都是要恋爱、结婚的，不过是早晚而已，时间会帮我们证明一切，证明我们是真心相爱，婚姻忠诚，不掺杂任何利益捆绑或者其他关系。所以公开也不会影响太多，会产生的负面，都是时间可以抹平的，对吧？"

萧北淮眉梢微挑，指尖在她眉眼间点了点："可以啊，这次分析我很满意。"

"那你先发。"

庄晏清俯身在他唇上啄了一下，像只得逞的小猫咪，一脸狡黠："冲锋陷阵，为我挡刀！"

萧北淮不禁低笑："行，听老婆安排。"

结婚一周年，也是圣诞节。

萧北淮发了一条原创微博，配图是家里极具圣诞氛围的一角，除了一棵圣诞树，还有树下堆满的各种礼物。

当然，最主要的还是他手里抽中的那张贺卡——"恭喜萧先生，喜提圣诞礼物：仙女老婆"。

配文极简：祝老婆圣诞快乐。

很快，庄晏清转发了那条微博，配文：嘻嘻，大家圣诞节快乐！捡到一枚老公，谢谢圣诞老人啦。

微博直接炸了，网友哪承想，这对被传了许久已分手的情侣会在这天官宣结婚，也太浪漫了吧！

不少圈内好友纷纷上线转发微博并祝福——

盛怀津：师父很欣慰，祝乔芷永远幸福。@庄晏清 @萧北淮

恽仪：圣诞快乐，嗝……汀宝今天给干爹@萧北淮加鸡腿了！

孟听南：恭喜恭喜！

阮非：啊啊啊，在现场见证全程的人表示，这对真的超甜啊！祝幸福！嗝……圣诞狗粮真的是吃撑了！

郑斯沐：好配我说累了！！淮哥和嫂子永远幸福！圣诞快乐！

廖之：啊啊啊要永远对我的宝贝@庄晏清好！！新婚快乐！

厘野：最好的任南熹和张燎，最好的@萧北淮和@庄晏清恭喜！

林亦伽：很开心能见证你们的爱情，永远幸福~！

…………

你曾是我青春里无人知晓的秘密篇章，好在，从今往后你是我世界里尽人皆知的浩瀚星野，无可替代。

番外

/

前方到站：心岛

qingxingmeng-

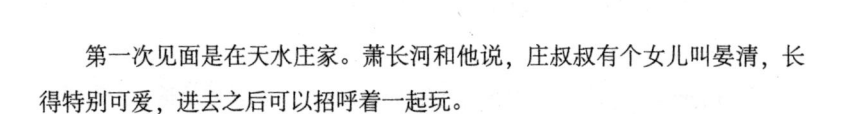

第一次见面是在天水庄家。萧长河和他说，庄叔叔有个女儿叫晏清，长得特别可爱，进去之后可以招呼着一起玩。

晏清，河晏海清。

他想，是个好名字。

"小清，叫伯伯和哥哥。"

小姑娘倚在老爷子身旁，穿着件小裙子和双樱桃红皮鞋，眼睛似琥珀，圆润又明亮。窗外的天色晦冥，而她就像是一束光亮击退了他身旁的暗沉。

老爷子低头唤她打招呼，小姑娘鸦羽般的睫毛轻轻一颤，乖巧道："伯伯好，哥哥好。"

永远不会有人知道的瞬间里，他被小姑娘一声哥哥，还有明媚的笑容打动过。

小岛在下沉，时间在变慢，细雨还未撕破浓厚的云层，"浪漫主义"四个字还没学透，庄晏清就已经进驻到了萧北淮的世界里。

"哥哥，你也是在天水念书吗？"

庭院里，小姑娘荡着秋千问。

被长辈叫出来陪着她的萧北淮有些闲散无事地倚靠在一旁的茶座上,他没有陪小孩子玩的经验,便只是在一旁盯着,别让人摔着受伤就行。

听见询问,他"嗯"了一声:"你呢?在天水附小还是外国语实验?"

天水拢共就这两所小学最出名,他想,庄晏清读的应该是最好的。

却见小姑娘摇了摇头,轻声道:"我不在这儿念书,这儿不是我家。"

那天后来下起了小雨,赶在雨势变大前,他和萧长河一起离开庄家,小姑娘牵着庄老爷子的手站在大门处,朝他挥了挥手。

"晏清为什么说这儿不是她家?"

他收回目光,好奇地问萧长河。

萧长河呵呵笑了笑:"胡说什么呢,这怎么就不是她家了。"

那时,他尚未知道属于庄晏清的过去。

三月底的黄花风铃木,引得行人纷纷驻足拍照,满地的晨曦中,春意在生长。

早自习铃声打响后,他背着书包从宿舍区出来,慢悠悠地往教室走去,额前细碎发丝下是一双懒倦的眉眼,与身旁经过的朝气蓬勃的同学相比,整个人显得十分懒散、有气无力。

长腿迈上台阶时,他听到了一声呼喊,原本耷拉着的肩线一下拉紧——

"晏清,快点!要迟到啦!"

熟悉的名字勾起数年前的记忆,他猛地回过头去,在看清对方的那一瞬间,微微愣住了。

小裙子被规规矩矩的校服所取代,樱桃红小皮鞋换成了一双高帮帆布鞋,她伸手牵住同伴时露出的那弯弯笑眼,一如初见,她喊他哥哥时的样子。

流动的云朵化作透明,身旁每个经过的身影都变得匆匆,唯有他像是被时间定住,站在了原地一动不动。

喉头间停留的打招呼,仅有他自己听得见。

喂,庄晏清,是我。

你还记得吗?

无意识间涌出的情绪，在隔着栏杆和两个通往不同方向的台阶处被迫分开，女生们手拉着手跑向高一的教学楼，他收起心上的触动，嘴角微微一撇，抬脚往自己的教室走去。

课本放到桌面上，指尖压了压边缘翘起的地方，思绪一下拨回数天前，萧长河告诉他——

"你庄叔叔家的晏清转来二中念书了，你要是在学校遇见，可一定要记得打招呼，别忘了你们小时候可是一起玩过的。"

就陪她荡了一次秋千，也算玩过？

兴许她都不记得自己了。

"北淮啊，你这马上就要毕业了，学校今年的校庆晚会，你准备个节目作为压台演出表演吧，也算是为你的高中生涯画上一个圆满句号。"

面对班主任发出的邀请，他勾起嘴角："老师，高考不才是句号吗？这顶多只是个逗号吧。"

"你这孩子。"班主任手里还拿着课本，轻拍了一下他的手臂，"学校今年的校庆想要大办，和往年各年级分开不同，今年啊全校都一起。所以这个舞台，可是面对全校师生的。"

面对全校师生……

那就是包括高一年级在内？

走廊的风吹来，他想到了那个身影，心绪一下和这穿堂风一样不能平歇，直到班主任又追问一次。

他换了个端正点的站姿，轻抬下巴："好的，老师，我参加。"

下午是小周考，卷子难度不高，提前交卷后有些无所事事，萧北淮便来了一趟琴房，正巧门是开着的，里面也没有人，他将书包随手搁在第一排的桌面上，挽了挽袖口走到钢琴前。

许久未曾练习，还有些许手生，他十指交扣简单活动了一下这才开始。

闭上眼睛的那一刹那，他想到了四年前第一次去庄家的场景。那天，他在她家里看见了一架珠江三角钢琴。

尽管年纪小,但他也知道,那琴价值不菲。

比起她的伸手可得,自己能触碰到钢琴的机会少之又少,以至于那天的他有些藏不住跃跃欲试的心,在大人的怂恿下坐到了那柔软的真皮琴椅上,除了紧张还是紧张,以至于弹错了几个音符。

他以为旁人是听不出来的,自己已经极力掩饰了,但站在琴旁的小姑娘还是一针见血地指出来:"哥哥,你弹错了几个音,还有,你的指尖力度不够,音色太飘了不扎实。"

他耳根涨得通红,腾地从位置上站起来,琴椅往后推,与地板之间摩擦发出了刺耳的声响。他双手背在身后,语气没什么起伏道:"嗯,这是我第一次弹钢琴。"

他不知道钢琴的琴键和电子琴的琴键差距那么大,杜宁絮买不起钢琴,只能给他买一台电子琴练习,去培训的地方也很少有空出的钢琴给他练习,他不曾拥有过的,又怎么会熟练。

以为都是黑白琴键,应该都一样的。

但事实上,天差万别。

就像自己和庄晏清。

门口的骚动逐渐将他游移的思绪拉回,伴随着琴音一顿,门"砰"的一声被外力推开,紧接着就看到两个小姑娘摔在了门口。

空气对流,窗外的风霎时灌进来,吹得窗帘"呼啦"作响,他从位置上站起身,走近了才看见,居然是庄晏清。

恍惚的、强烈的,甚至是惊喜的情绪轮番涌来,方才在他脑海里出现的小姑娘,如今就在自己面前。

心跳频率有些起伏,她的名字就在嘴边,但下一秒,小姑娘站起身低垂着眉眼往后躲的反应却让他原本有些嘈乱的心霎时停滞了下来,不由得将视线收回。

她是已经忘记自己了吗?又或者是故意保持距离?

但不论是哪种可能，都让他的情绪躲不开地往下沉。

他故意问她要不要To签，故意把她的名字说得亲昵，就像四年前，在她家时喊她一样，长辈管她叫小清，他偏要喊晏晏。

可直到离开，小姑娘的态度都很平静，他喉结滚了滚，头一回有些不确定了。如果非要给他们四年后的重逢相遇定个主观色彩，他会选灰色。

同没有得到回应的心情一样，灰败。

"哎，看什么呢？"江延抱着球走过来，还有不到五米位置做了个三步上篮的动作，"接着！"

虚晃一枪，球根本就没扔出来。

他懒得理江延，收回目光往教室里走。

江延靠着栏杆张望了一下，见学生会正在往布告栏上贴通知，想了下，嘴角微微勾起。

"我听说校庆晚会的节目入选名单出来了，你说小庄妹妹她们，选上了吗？"

他从书包里取出校章佩戴好，抬眼看向站在桌边的江延："升旗仪式结束后，你去看看？"

江延："不一起去？"

他站起身来，双手抄着口袋，声音里还带着化不开的困意："老班谈话，走不开。"

江延意外于萧北淮的反应，伸手揽住他的肩膀，拥着往外走："什么情况啊，真想让我去看？这小庄妹妹和你是什么关系啊？认识？喜欢人家？"

"嘶——"他抬手往江延腰腹处轻撞了一下，眼神带警告，"别胡说八道。"

江延人是聒噪了些，但办事总归还是靠谱，带回来的消息也让他很满意，小姑娘的节目被选上了。

和预想中的一样，她确实很优秀，不论是文艺方面，还是成绩。年级第一的消息也是江延带给他的，外附一句夸赞——

"你这小庄妹妹可真了不得,刚转过来就考了年级第一,估计高二就转进重点班去了,肯定当拔尖苗子培养。"

他一点也不意外:"嗯,她很优秀。"

天气预报说今天会有雨,午后的风昏沉沉的,将光线都吹至乌云背后,没有小考的一周,第八节课成了自习。

教室里安静得连翻卷子的声音都听得格外清楚,萧北淮的位置却是空的。

顶楼天台的风更盛,萧北淮倚在外墙栏杆处望着高一教学楼的位置。

他们已经放学了,走廊上追逐打闹的人不少,却始终没有看见那个熟悉的身影。不知是从什么时候开始,他已经能熟练地从人群中辨认出她,即便是隔着一栋楼的距离。

出现了。

她还是和岑翎一起,小姑娘们之间叽叽喳喳热闹地讨论着什么,看起来很开心的样子。

他没有意识到,自己的嘴角也在跟着上扬。原本皱巴巴的心情,一下舒展开来,就连这肆意纷乱的晚风,也没有那么惹人嫌了。

"抽烟,一点都不酷。"
"二模加油。"
"我、我的意思是你一定会红的。"
"北淮哥,高考加油!"
"送给你,新年烟花!"
"淮哥,新春快乐啊!"
....

她选择了竞赛这条路子,得金奖保送至正阳;选了分数最高的专业,全年级绩点第一,申请到了杜伦交换生名额。

雨燕高歌,冬雪留痕,庄晏清在她自己的世界里毫无保留地绽放着耀眼的光,在向上生长,以飞速之势,逐渐远离了他所在的轨道。

宇宙是真正的艺术家，它看似有秩序地编排着群星，可从某种角度上来讲却也无迹可寻。

凯恩说得对，他要立于高处，成为那颗无人可取代的星，除了被她时时看见，还要成为能与她并肩的风，把那条分界线，彻底吹散。

但向上攀爬，是要付出代价的，他也不例外。

木板上的裂痕在灯光的映照下透着有层次的颜色，上面摆着一个被摔得四分五裂的手机。凯恩抱手站在桌旁，目光落在地上那堆得东倒西歪的空酒瓶子上，声音分外平静。

"L家全球品牌代言人，不出意外会是你的。"

坐在窗台处的人没有任何反应，依旧把玩着手里的酒瓶盖，锋利的边缘在他指尖处划出几道血痕，他却状若未知，不予置理。

"小淮。"凯恩叹了口气，弯腰捡起地上的空酒瓶子，"我知道你现在很生气，但除此之外，还有更妥善的处理方式吗？并没有，更何况我们也置换到了一直想争取的品牌资源，这不好吗？"

手指摩挲瓶盖的动作一顿，他缓缓转过头来，指尖一拨，瓶盖从手中脱落掉在了飘窗台上，滚至角落发出清脆的声响。

仿佛是对凯恩那句话的回应，并不算愉悦。

"我有没有和你说过，我有喜欢的人了？"

他站起身来，光着脚踩过那些尖锐纹路朝上的瓶盖，甚至还有易拉罐拉环，看得凯恩触目惊心，忍不住伸手想要制止他。

"你——"

他面色未改，眉头都没有多皱一下地走到凯恩面前，盯着她的眼睛里，布满了红血丝。从昨夜到现在，他就没合过眼。

"我以为那个对视是有信任在的，你说你心里有数，我便也相信你了。可现在，你让我怎么办？"

他哑着嗓，失落、绝望、愤恨和不满。

"什么怎么办？"凯恩气得都有些偏头疼了，"你清醒一点，到底清不清楚自己几斤几两,你如今所在的位置,在这个圈子里顶多只能算是中部,初露锋芒,随时都有可能被淹没、被取代,你知不知道?有没有危机感?"

见萧北淮还是这副如失半魂,不生不死的样子,凯恩一把拽过椅子,在他面前坐下,大有与他剖清楚细说的架势,事实上,她也这么做了。

"你付出多少努力才走到今天这个位置,等了多少年才拿到这么一个S级男主的剧本,你今天站在那儿,看没看清楚局势?你若是不承认,视频就摆在那儿,观众不买单,刷恶评,你过往几个月的努力可就都白费了,别说是你,其他人都是,平台、投资方全部的努力都打水漂!好不容易定档,寄托希望的剧,临了出了这样的绯闻,你觉得还有比现在更合适的处理方式?如果没有那个剪辑视频在,另当别论,现在是视频已经先一步公开在大众面前……"

凯恩深呼吸,扶额:"我知道现在说再多,你也会觉得我就是个商人,以利益为主,不为你考虑。可真的是这样吗?扪心自问,从决定带你到现在,我每一个选择出发点都是你,包括这次。小淮,你不再是个孩子了,要认清楚这个很现实的世界,弱肉强食,少数能力者掌握着决定权。不要把现阶段稚嫩的自己看得太高,以为事事都能顺从本意。利益、谣言、绯闻,甚至是我,即便牢靠也不可信,唯有你自己,努力往高处站,就不会再像今天这样,没有主动权,只能接受别人的安排。"

视线注意到他手指上的伤痕,最终,凯恩还是放软了语气:"我答应你,后续不会再出现和靳白雪一起的热搜,视频的事情我也会找人着手去处理,是高价收原盘,还是花钱找技术处理拼接痕迹,我都会做。但你,尽快调整好自己。至于那个女孩……"

她站起身,将刚买来未拆封的新手机放在了桌面上:"你可以考虑和她解释,如果她在意的话。"

他没有任何动作。

窗外的风似乎已经平息,凯恩收起一地的空酒瓶子离开。

他却像失了疲惫和耐心，整个人空洞无生气地坐在桌面，长久回味着凯恩说的每一句话。

无人引渡的时间里，他像是失去了触感，沉入工作之中。庄晏清没有给他发过任何消息，像是不需要解释，也像是从不在意。

而他也没有找到开口的机会，像是直接被判了刑，没有庭审，也不需要证人证词。

人类一旦坠入爱河，也不全是甜蜜和幸福，也会有一些人伤痕累累，就像猛一下扎进了冰冷刺骨的河中，被细碎的冰块刺破皮肤，唯一能做的就是护住心脏，等来春日消融。

这一等，就是一年多。

庄晏清进影视圈的消息，像是一股巨力卷起沉寂许久的海平面。

浪潮掀翻，出现在海面上的除了如灼日般的她，还有不再消沉，准备好坦诚全部心意，大胆说爱意的萧北淮。

不论是《清醒梦》还是《观澜》杂志的拍摄，在他掌握主动权的世界里，每一步都是坚定有力地朝向她。

后来呢？

后来他们长久地在一起，落日缩影下曾有过他轻描淡写的暗恋，一时蠢蠢欲动，一时飘荡磨灭，但最后还是追赶着闯进了斜风细雨里，等来了雨后晴天，与她携手日复一日。